ソーンダーズ先生の小説教室

ロシア文学に学ぶ
書くこと、読むこと、生きること

ジョージ・ソーンダーズ＝著
秋草俊一郎・柳田麻里＝訳

フィルムアート社

**A Swim in a Pond in the Rain:
In Which Four Russians Give a Master Class
on Writing, Reading, and Life
George Saunders**

A SWIM IN A POND IN THE RAIN: In Which Four Russians Give a Master Class on Writing, Reading, and Life by George Saunders

This edition published by arrangement with Random House, an imprint and division of Penguin Random House LLC through The English Agency (Japan) Ltd.

過去・現在・未来のシラキュースの教え子たちへ、
そして編集者スーザン・カミルの思い出に感謝をこめて。

目次

ロシア人の名前について

ロシア人の名前は名前・父称・姓の三つの部分からなっている。

ヴァシーリー・アンドレイチ・プストヴァーロフ（「かわいいひと」）
（名前）（父称）（姓）

ヴラジーミル・プラトーヌィチ・スミルニン（「かわいいひと」）
ヴァシーリー・アンドレイチ・ブレフーノフ（「主人と下男」）
アレクサンドラ・グリゴリエヴナ・ポドトーチナ（「鼻」）
プラトン・クジミーチ・コヴァリョフ（「鼻」）
パーヴェル・コンスタンティヌィチ・アリョーヒン（「すぐり」）

父称は父親の名前からつけられる。作中で「〇〇・××」という人名が出てくる場合、ほとんどが名前と父称の組み合わせである。名前と父称の組み合わせは目上の人やさほど親しくない人への呼びかけにも使われる。

マリヤ・ヴァシリエヴナ（「すぐり」）
ニコライ・イヴァーヌィチ（「のど自慢」）

名前は愛称へと変化する。愛称からさらに愛称がつくられることもある。～チカ、～シャのようなかたちの名前は愛称のことが多い。

ヤーコフ→ヤーシャ→ヤーシュカ（「のど自慢」）
オリガ（・セミョーノヴナ）→オーレニカ（「かわいいひと」）
イヴァン（・ペトローヴィチ・クーキン）→ヴァーニチカ（「かわいいひと」）
ヴァシーリー→ヴァーシチカ（「かわいいひと」）
ヴラジーミル→ヴォロージチカ（「かわいいひと」）
アレクサンドル→サーシャ→サーシェニカ（「かわいいひと」）
ニコライ（・ステパノヴィチ）→ニキータ、ニキート、ニキートゥシュカ、ミキータ、ミキート（「主人と下男」）
ピョートル→ペトルーハ、ペトルーシュカ（「主人と下男」）
アレクセイ→アリョーシャ→アリョーシュカ（「壺のアリョーシャ」）
ウスチーニヤ→ウスチューシャ（「壺のアリョーシャ」）

ロシアの単位について

小説には（革命前の）ロシアで使用されていた単位がしばしば登場する。

一ヴェルショーク＝四・四五センチ
一アルシン＝七一センチ
一サージェン＝二・一メートル
一露里（ヴェルスタ）＝一・〇六キロメートル
一デシャチーナ＝一・〇九二五ヘクタール
一フント＝四〇九グラム
一プード＝一六・三八キログラム
一ヴェドロー＝一二・三リットル
一ルーブル＝百コペイカ

ソーンダーズ先生の小説教室

ロシア文学に学ぶ書くこと、読むこと、生きること

はじめに

ここ二十年間、シラキュース大学で短編小説の授業を受けもってきた。十九世紀ロシアの短編を、英訳を使って教えるのだ。学生にはアメリカ最良の若手作家もいる（六、七百人の希望者の中から毎年六人、新しい学生を選ぶのだ）。学生はすでにすばらしいところにいる。そこから三年をかけて、学生が「イコンの場所」（と私が呼ぶもの）に辿りつけるよう私たちは手助けする。その場所では、自分にしか書けない小説を、自分を自分たらしめているもの——強さ、弱さ、執着心、個性といった一切合切——を駆使して書くのだ。このレベルでは、よく書けることは前提になる。ゴールは、学生が堂々と、そして活き活きと、自分らしく書くためのスキルを修得する一助になることだ。

このロシアの短編小説の授業では、短編という形式の物理法則を理解するため（たとえば「これっていったいどうなっているの？」と考えたり）、一握りのロシアの大作家たちがそれをどう使っているかを見てみる。私はときおり冗談で（なかば本気で）盗めるものを探すために読むんだ、と言っている。

数年前、授業のあとで（そうだな、描写するなら、チョークの粉が秋風に漂い、旧式の暖房機が隅でガチャガチャ音を立て、マーチングバンドが練習しているのが遠くから聞こえる）、人生最良の瞬間――自分が世界になにか価値のあるものを提示できていると実感できた瞬間――のいくらかは、このロシア短編小説の授業に費やしているときだったと悟った。そこで教えている短編小説は常に仕事の傍らにあって、私が自作を測る上での高いハードルになっている（ロシアの短編小説が私の心を動かし、私を変えたように、私は自分の短編小説がだれかの心を動かし、変えてほしいと思っている）。こうして年月が経ったあとでは、小説のテキストは昔馴染みの友人のように感じられる――授業を教えるときはいつも、友人をすぐれた若手作家の新グループに紹介するような心地なのだ。

それで私はこの本を書くことにした――学生と私が長年かけてともに発見してきたものの一部を文章に起こすことで授業の一端をお見せできればと思ったのだ。

実際の授業では半期で三十本の短編小説を読む（毎回二、三本）。だが、この本の目的に鑑みて七本に絞った。私が選んだ短編は多士済々のロシア作家の全貌を紹介するようなものではないし（チェーホフ、ツルゲーネフ、トルストイ、ゴーゴリだけ）、それらの作家の最良の作品ですらないかもしれない。これらは私が好きで、長年格別教えやすいと思ってきた七本の作品というだけだ。私のゴールが読書家ならざる人を短編小説の虜にすることならば、これらの作品は私が推薦する小説に入る。これらの作品は――私の考えでは――短編小説という形式の絶頂期に書かれた傑作だ。だが、その傑作度合いはみな同じというわけではない。ある種の傷が認められるにもかかわらず傑作だというものもある。その傷がゆえに傑作だというものもある。なかにはいささか説明が必要なものもある（よろこんで説明させてもらう）。私が本当に話したいことは短編小説という形式そのものについてなのであり、これらの作品はその目的によくかなっているのだ——簡潔で、明晰で、本質的なのだ。

若手作家がこの時期のロシアの短編小説を読むのは、若手作曲家がバッハを学ぶようなものだ。短編小説という形式の根本原理がみな揃っている。物語《ストーリー》はシンプルだが琴線に触れてくる。そこで起こっていることから目が離せない。それらは異議を申し立て、敵意を煽り、憤慨させるために書かれた。そして——遠回しには——慰みを与えるために書かれてもいる。

ひとたび小説を読みはじめれば——作品のほとんどの部分は静かで、内向きで、非政治的なので——こうした意見は奇妙に映るかもしれない。しかし、これは抵抗の文学なのだ——抑圧の強い文化において進歩的な改革派が書いたのだ。政治色を出せば追放、投獄、処刑につながりかねない時代に、絶え間ない検閲の恐怖のもとで書かれたのだ。小説における抵抗は静かで、迂遠なもので、おそらくは史上もっとも過激な理念に由来するものだ。つまりは、あらゆる人間は注目に値し、宇宙のあらゆる善悪の起源は、たったひとりの、ごくごくつまらない人間とその心の動きを観察することでわかるかもしれないという。

私はコロラド鉱山学校の工学部の出なので、小説に出会ったのは遅く、小説の目的についてある種特殊な理解をした。ある夏、強烈な体験をした。夜、ジョン・スタインベックの『怒りの葡萄』を読んでいたときのことだ。場所は、テキサス州アマリロの両親の家の前の私道に停めた、古いＲＶ車の中だった。連日、油田で下っ端の荷物もちとして日がな一日働いたあとのことだった。同僚の中には、草原のど真ん中で定期的にハイになり、ラジオMCのものまねの「アマリロのみなさん、こちらWVORラジオです!」を突然大声でわめきちらすベトナム帰還兵や、毎朝、職場の作業場まで乗っていくバンの中で、前夜に自分と自分の「女」が試みた新たな変態行為についての情報を話してくれる釈放されたての前科もちなんかがいて、そのイメージが――哀しいことに――以来ずっと頭にこびりついている。

そんな一日の終わりにスタインベックを読むと、小説はまさに息づいていた。そう、私はまさに小説と地続きの世界で働いていた。場所は同じアメリカ、数十年後。私はくたびれ、トム・ジョードもくたびれていた。私は巨大な富の力によって酷使されていると感じていたし、ケイシー師もそう思っていた。資本主義の巨獣が、私と新しく知りあった仲間たちを押しつぶそうとしていた。それはまさに一九三〇年代にオクラホマ州の農業労働者《オーキー》たちを押しつぶしたもので、それでオーキーたちは同じ回廊地帯《パンハンドル》を抜けてカリフォルニアに向かったのだ。私たちはどちらも資本主義の生んだ出来損ないの廃棄物であり、ビジネスに必要不可欠なコストというわけだった。つまり、スタインベックは私がいる世界を書いていたのだった。彼は私がいま辿りついたのと同じ疑問に辿りついていて、それがのっぴきならないものと感じていた。そして私も同じく、それがのっぴきならないものと感じだしていた。

その数年後に見つけたロシア人たちも、同じような作用を私におよぼした。どうも彼らは、小説をごてごてと飾りたてたものとしてではなく、生きるために欠かせない、倫理・道徳的な道具と見ていたようだ。彼らの作品を読むと、それまでの自分ではいられない。世界はいままでとはちがう、より深い話を語っているように感じられる。その話のなかで自分は、なにかしらの役目をもち、責任を負っているのかもしれない。

おそらくはお気づきのとおり、私たちは劣化した時代に暮らしている——あまりにも速やかに拡散する、軽薄で、浅薄で、偏った情報の洪水に曝されている。私たちがこれから時間を過ごすことになる領域は、偉大な（二十世紀の）ロシアの短編小説家の巨匠イサーク・バーベリが「どんなに頑丈な鉄であっても、時宜をえた句点ほどには冷たく人の心に食い入りはしない」と言った場所なのだ。*私たちが入っていくのは、ある目的をかなえるため綿密に組みあげられた七つの世界の模型なのであり、その目的とは現在ではまるごと是認されるようなものではないかもしれないが、作者らが当時芸術の目標と暗に見なしていたものなのだ。つまり、以下の大きな疑問を問うことだ。ここでどうやってやり過ごせばいいのだろう？　なにを為すためにここに配されたのだろう？　なにに価値を置くべきか？　とにかく真実とはなにか、そしてどうしたらそれがわかるのか？　一方がありとあらゆるものをもち、もう一方がなにももっていないという状況で、どうして平穏を得ることができるだろう？　互いに愛しあうように求められていそうなのに、最終的には酷く離れ離れになってしまうと決まっているこの世界で、どうしてよろこびを感じて生きていけるだろう？

（ううむ、なんとも愉快な、ロシア的な大疑問だ。）

小説がこうした疑問を問うためには、こちらがまず小説を読み終わらなくてはならない。小説は私たちを引きずりこみ、先へ先へと歩を進ませる。そう、本書の主たる狙いは分析である。小説がこちらを引っぱりこみ、頁を繰らせ、あたたかさを感じさせるのなら、いかな手段が駆使されているのだろう？私は批評家でも文学史家でもロシア文学の専門家でもなんでもない。私の作家人生の目的は、読者が巻を措く能わずという感動的な小説を書く術を学ぶことにある。私は自分のことを学者というよりは喜劇俳優《ボードビリアン》だと思っている。私の教授法は学術的なもの（「この文脈で復活は、ロシアの時代精神《ツァイトガイスト》では目下の関心事だった政治革命のメタファーである」とか）というよりは、技法的なものだ（たとえば「なぜ村に二度も帰ってくる必要があったのか?」とか）。

私が提示する基本のドリルは以下のようなものだ。小説を読み、それから自分がいま感じたことを思いかえしてみる。とくに心を動かされた場所はあるだろうか？　つっかかったり、よくわからなかった箇所があるだろうか？　涙を流したり、いらいらしたり、なにか思いついたりした瞬間があっただろうか？　小説について、納得がいかないことがあればなんでもどうぞ。どんな回答でもかまわない。あなた（わが心優しき勇者である読者）が感じたのなら、それはありだ。わからないことは口に出してみる価値がある。退屈したり、いらついたりしたら、それも重要な手がかりだ。あなたの感想を文学的な言葉で飾り立てたり、「テーマ」だか「プロット」だか「キャラクター造型」だかそんなので言いあらわす必要はない。

もちろん、小説はロシア語で書かれている。本書に収録した英訳は私が一番気にいっているものか、場合によってはずっと前にはじめて入手して以来ずっと教えているものだ。私はロシア語を読めも話せもしないから、翻訳が原文に忠実かどうかの保証はできない（とはいえ本書が進むにつれその点についても少

＊〔訳注〕イサーク・バーベリ「ギイ・ド・モーパッサン」『オデッサ物語』中村唯史訳、群像社、一九九五年、一五二頁より、一部改変を施して引用。

し考えてみるが）。私の方法は、原文のロシア語のもつ魔法とロシアの読者が感じるニュアンスが失われていることは念頭に置きつつ、もともと英語で書かれたものであるかのように短編にアプローチするというものだ。原文のもつよろこびに欠けた英語で読んでみたとしても、これらの作品には学ぶべき世界がある。私がいっしょに問うてほしいのは主に次のことだ。なにを感じたのか？　そしてどこで感じたのか？（筋の通った知的営みというものはみな、嘘のないリアクションからはじまる。）

あなたが小説を読み終わったら、私は自分の考えをまとめた文章を提示する。そこで私は順を追って自分の反応を示し、小説についての意見を述べ、どうしてそこでそう感じたかについて技術的な説明を加える。

ここで言っておかねばならないのは、私の文章は対応する小説を読んでいなければあまり意味がないということだ。私は自分の文章を、小説を読み終えたばかりでまだ感想がうずまいている人に目がけて投げてみたわけだ。これは私にとっては、普段より技術色の濃い内容の、新しいタイプの文章だった。もちろん自分の文章を楽しんでもらいたいと思っているが、書いているあいだ「ワークブック」という言葉が浮かんでいた。これは一仕事、ときに大仕事になるが、最初に一読したときよりも小説に深く入り込もうという気もちがあれば、ともにこなしていけるだろう。

つまり言いたいのは、この小説とじっくり取り組めば、自作に取り組んでいるときよりも、小説についてよくわかるようになるということである。小説とのそのような密な、（こう言ってよければ）無理やりな出会いは、書くということの現実のかなりの部分を占める、瞬間瞬間の筆のすべりやとっさに出てくるものについて教えてくれるだろう。

そう、この本は作家のための本であるのと同時に、読者のための本でもある（そうだといいと思っている）。この十年間、私は世界中で朗読会や講演をし、何千人も熱心な読者に会う機会に恵まれた。読者の文学への情熱（フロアからの質問、サイン会のテーブルでのおしゃべり、ブッククラブでの会話によくあらわれている）は、世界には善意のための広大な地下ネットワークが存在するのだと私に信じさせるに足るものだった。そのネットワークは読書を生活の中心に据える人々からなっている。なぜなら彼らは経験上、読書をすればより心の広い、おおらかな人間になれ、人生はより意義深いものになると知っているからだ。

この本を書いているとき、浮かんできたのは彼らの顔だった。彼らが私の作品を受けいれ、文学への探求心をもちつづけ、それを信じてくれたから、私もここで少しだけバットを思いきりよく振ることができるような気がしたのだ。必要に応じて技術的な側面を論じたり、オタク的に論じたり、率直に論じたりして、創作のプロセスが実際にどういったものかを探求しようとした。

読むことの研究とは、頭の働きの研究である。ある主張が真実か、どうやって判断するのか。住む時代も場所もちがう他人の（つまり作者の）頭との関係においてどう振るまうのか。ここでやろうとすることは、本質的には、自分たちが本を読んでいるところの観察である（いまこうして本を読んでいるとき、どう感じるのかを再構成しようという）。なぜそんなことをしたいのだろう？　そう、小説を読むときに働く頭の部分は、世界を読むときに働く部分でもある。私たちを欺きもするが、正確さを期すよう訓練もできる。使われなくなってしまうこともあれば、怠惰や暴力、目先の利益を求める力に私たちを染めてしまいもする。だが私たちを生に立ちかえらせ、より潑剌として好奇心旺盛で、目ざとい現実の読者に変えることもできる。

本書を通じて、私は小説について考えるうえでのモデルをいくつか提示する。そのどれも「正解」だとか必要十分だったりするものではない。これは、一種の観測気球のようなものだと思ってほしい（「ある小説をこう考えてみたらどうだろうか？　それは役に立ちそうか？」）。モデルにぐっとくれば、使えばいい。そうでないなら、無視すればいい。仏教では人にものを教えることを「月を指《ゆび》させば指を認む」と言う。月（悟り）が大事なもので、指はそれを指しているものなのだが、指と月を混同してはならないのだ。作家である私たちがいつの日か書きたいと思っている小説とは、自分が好きで、気もちよく入っていけた小説に似た小説であり、つまるところいわゆる「現実」よりもリアルに感じられる小説だ。その私たちにとって目標（「月」）とは、そういう小説を書けるかもしれないという心のありようを手に入れることなのだ。ワークショップの話や小説理論、金言めいて、賢《さか》しらで、創作奨励的なスローガンもみな、そんな心のありようを目ざして月を指している指に過ぎないのだ。私たちが指を受けいれるかどうかの基準は「役に立つかどうか？」だ。

私はそんな精神でこの本を書いた。

荷馬車で

1897年

アントン・チェーホフ

一度に一頁ずつ

「荷馬車で」について

数年前、当時雑誌『ニューヨーカー』の小説部門の編集者だったビル・ビュフォードと電話で話していた。つらい改稿作業のくり返しにめげて、少々自信を喪失し、なにかほめ言葉を頂戴しに電話したのだ。「でも、いったいこの短編のどこが好きなんです?」私は泣き言をこぼした。電話の向こうからは長い沈黙がつづいた。そしてビルはこう言った。「うん、一行目は読んだよ。気に入った……それで次の行を読む動機としては十分だ」

つまりはそうなのだ。ビュフォードの短編小説の美学と、おそらくは『ニューヨーカー』の美学がそこに詰まっている。そしてそれで完璧なのだ。短編小説とは線形時相現象だ。一度に一行ずつ読みすすめ、読者はぐっとくる（あるいはこない）。短編小説がなにがしかの働きかけをするためには、読者をぐいぐい引っぱりつづけなくてはならない。

長年、私はこの考え方にかなり満足してきた。小説を書くうえで大げさな理論はいらない。なにも心配することはなかった——ひとつのことをのぞいては。ごく普通の人間が四行分を読んで、さて五行目に進もうというだけのインパクトを受けるだろうか？

なぜ私たちは短編小説を読みつづけるのだろうか？

そうしたいからだ。

なぜそうしたいのか？

それぞれ百万ドルの疑問だ。どうすれば読者は読みつづけるのか？

物理法則のように、小説の法則が存在するのか？　ほかと比べて特別にうまくいくものがあるのか？

なにが読み手と書き手の結びつきを強め、なにが壊してしまうのか？

それで、どうやったらそれがわかるのか？

一行ごとの読者の心の動きを追うのもひとつの方法だろう。

小説（どんな小説でも、どの小説でも）は速やかに意味をつむぎつつも、構造を成す小さなパルスを少しずつ発している。テキストをちょっと読めば、いくらかの期待がわきあがってくる。

「七十階建てのビルの屋上に男がひとり、立っていた。」

この時点ですでに男が飛びおりたり、落ちたり、突き落とされたりするのを期待していないだろうか？

小説が期待どおりになればうれしいが、あまりにうまく収まってしまうとうれしくないだろう。私たちは小説のことをざっくりと、そんな期待・結果の連続として理解することもできる。

最初の小説であるアントン・チェーホフの「荷馬車で」を読むにあたって、序文でちょっと触れた「基本のドリル」から一度きりの例外とし、シラキュース大学で用いている練習方法で小説にアプローチしてみることを提案する。

手順は以下のとおり。

小説を一度に一頁ずつ提示する。その頁を読んでみる。そのあとで自分の居場所を見定めてみよう。その頁を読んで自分になにが起きただろうか？　その頁を読むことで、それまでは知らなかったなにを知っただろうか？　小説に対する理解がどう変わっただろうか？　次になにが起こると思うだろうか？　読みつづけようと思うのなら、どうして？

はじめるまえのこの瞬間——当たり前だが——「荷馬車で」について、あなたの頭は完全にからっぽな状態になっていることに注意してほしい。

荷馬車で

［1］

朝八時半に、二人は馬車で町を出た。

街道は乾いていて、気持ちのいい四月の太陽はあかあかと燃えていたが、溝や森にはまだ雪が残っていた。あの暗くて底意地の悪い冬はまだつい最近のことだった。春は突然やって来たが、いま荷台に座っているマリヤ・ヴァシリエヴナにとっては目新しいこともおもしろいこともなにもなかった――物憂げな、春の息吹で温まった葉の落ちた森も、野にある、湖もかくやという巨大な水溜りの上を飛びまわる黒い群れも、吸いこまれればどんなにいいだろうと思わせる目を見張るような、底なしのこの空すらもそうだったのである。彼女は教師になって十三年にもなる。そのあいだ何度町に給料を受けとりに出かけたことか、数えきれないほどだった。いまのような春だろうが、雨の降る秋の夕暮れだろうが、冬だろうが、彼女にとってはみな同じ、つねにひとつのことだけを望んでいた――早く着けばいいのに、という。

マリヤ・ヴァシリエヴナは、ずっとずっと昔、百年ほども前から、このあたりに住んでいるような気持ちになった。町から学校までの道なら、石という石、木という木を知りつくしているようにすら思えた。ここに彼女の過去があり、現在がある。そして未来はといえば、学校と町への道、そして帰り道、また学校、また道という具合にしか想像できなかった……。

もう頭のなかはからっぽじゃない。

それはどう変わっただろうか？

教室にいっしょに座っているとしたら（そうだったらいいと思うけど）、教えてくれただろう。かわりにちょっとのあいだ静かに座ったままで、二つの頭の状態を比べてみるようお願いする。読みはじめる前のからっぽで、受け入れ態勢にある頭と、いまの状態だ。

時間をとって、以下の問いに答えてほしい。

1　頁から目を離して、これまでにわかったことを要約してください。一文か二文でやってみてください。
2　関心を惹かれるものはなんですか？
3　小説はどこに向かっていると思いますか？

あなたがどう答えたにせよ、それはいまチェーホフが働きかけたせいだ。チェーホフはすでに、この最初の頁で、いくつかの期待と疑問を喚起している。そうした期待や疑問に応じた程度によって（あるいは期待や疑問を「斟酌」したり、「利用」したりした程度によって）、小説の残りの部分を意味があって連続性があるものとして感じるようになる。

この小説最初のパルスで、作家は曲芸師がごとく、ボーリングのピンを何本も宙に放り投げている。作品の残りの部分で投げたピンをキャッチするのだ。短編のどこで立ちどまっても、何本かのピンが宙を舞っていて、こちらはそれを感じとることができる。私たちはその気配を感じなくてはならないのだ。そうしなければ、この小説にはなんの意味もないことになってしまう。

この頁が進むあいだに、小説のいく道が狭まったと言えるかもしれない。読む前には無限の可能性があったのに（なんについての話でもよかったのに）、わずかながらなにかについての話になってしまった。ところでここまでのところ、あなたにとってそれはなんについての話だろう？

小説がなんについてのものかは、私たちのなかで生まれる好奇心によるのであり、それはある種の気づかいだ。

そう、この小説でここまでのところ、なにが気になるだろうか？

マリヤだ。

さて、この気がかりの中身はなんだろう？　いかに、どこで、あなたはマリヤを気にかけるようになったのか？

最初の行で、私たちは正体不明のだれかが早朝に町を出るところなのを知る。

街道は乾いていて、気持ちのいい四月の太陽はあかあかと燃えていた**が**、溝や森にはまだ雪が残っていた。あの暗くて底意地の悪い冬はまだつい最近のことだった。春は突然やって来た**が**、いま荷台に座っているマリヤ・ヴァシリエヴナにとっては目新しいこともおもしろいこともなにもなかった——物憂げな、春の息吹で温まった葉の落ちた森も、野にある、湖もかくやという巨大な水溜りの上を飛びまわる黒い群れも［…］。

私は上の引用文に二回出てくる「が」という言葉を太字にしておいた。「幸せの条件はそろっているが、幸せではない」と同じパターンで二度のくり返しがあるのを強調するためだ。いい天気だ**が**、まだ地面には雪が残っている。冬は終わった**が**、なにも目新しいこともおもしろいこともない……そして私たちは、ロシアの長い冬の終わりに無聊をかこっている人物がだれなのかわかるのを待つのだ。

小説に人物が登場する前ですら、語りの声の二つの要素のあいだに暗黙の緊張感が漂っている。ひとつは物事がすてきだと告げる語りであり（空は「目を見張るよう」で「底なし」）、もうひとつは一般的なすてきさに抵抗する語りだ（もし小説がこんな風なはじまりなら、もうちがう風な話になっただろう。「街道は乾いていて、気持ちのいい四月の太陽はあかあかと燃えていた。溝や森にはまだ雪が残っていたが、そんなものはなんでもなかった。あの暗くて底意地の悪い冬は、ついに終わったのだった」）。

第二段落のなかほどで、私たちはこの抵抗する要素をある人物の語りの声のなかに認める。その人物とは、春の訪れに心を動かされず、その名前の響きとともに荷馬車のなかに登場するマリヤ・ヴァシリエヴナだ。

荷馬車に乗せるのは世界中のだれでもよかったのに、チェーホフは春の魅力にあらがう不幸な女性をわざわざ選んだのだ。幸せな女性についての小説にしてもよかったのに（たとえば婚約したての女性、健康診断証明書をもらったばかりの女性、生まれつき幸せな女性とか）、チェーホフはマリヤを不幸せにすることを選んだのだ。

そしてチェーホフはマリヤを不幸せにしたが、それは特別な味付けで、特別な事情でだった。学校で十三年間教えてきた。町への旅は「数えきれない」ほどで、うんざりしている。「このあたり」にもう百年も住んでいる気がしている。道中の石や木もみんな知りつくしている。最悪なのは、自分にそれ以外の未来はなにもないように思えることだ。

不幸せな人物についての小説は、失恋しただとか、不治の病の診断を受けたばかりだとか、生まれつき不幸だとかそういった人物についてのものでもよかった。だがチェーホフはマリヤを人生が単調なせいで不幸な人物にすることを選んだ。

こうであってもよかったというあらゆる物語の靄《もや》のなかから、ある特定の女性がすがたをあらわすのだ。

いま読んだ三つの段落は、特定化のためのものだったと言えるかもしれない。

いわゆるキャラクター造型は、こういった特定化から来るものでしかない。作家は「これはいったいどんな特殊な人物なのだろう?」と問い、道を狭めるような事実を積み重ねることでそれに答えていく。ある可能性を排除しつつ、別の可能性を容れるのだ。

ある人物ができあがっていくにつれ、「プロット」と呼ばれるもののポテンシャルが高まっていく(この言葉を私はあまり好きではないのだが——「意味のあるアクション」に置きかえよう)。

ある人物ができあがっていくと、意味あるアクションのポテンシャルが高まる。

小説の書きだしが「むかし、水が怖い少年がいました」なら、湖や川、海、滝、お風呂、津波なんかがすぐ出てくるのではと読者は思う。登場人物が「人生で怖かったことは一度もない」と言えば、ライオンがのっそり入ってきても読者はさほど気にならないかもしれない。恥をかくことを常に恐れている人物がいれば、彼の身になにがふりかかるのかだいたい想像はつく。金に目がない人間や、友情なんてものは真に受けないと漏らす人間、ほかの生き方がまったく思い描けないほど疲れ切ってしまったと言う人間についても同様だ。

小説になにもなかったときには（読みはじめる前だ）、起こってほしいこともなにもなかった。いまやマリヤがここにいて、不幸せで、小説はぐらぐらしはじめた。

小説はマリヤのことを「彼女は不幸せで、ほかの人生は考えられなかった」と言ったのだ。

そして私たちは小説自体が「さてさてつづきを見てみよう」とでも言わんばかりの様子だと感じる。

ここで――全十一頁からなる本短編の最初の頁の終わりで――理不尽なほどの時間をかけるじゃないかと読者は思うだろう。実際、私たちはおもしろい場面にさしかかっているのだ。*小説は進行中だ。最初の頁は小説の関心事を急激に狭めてしまった。小説の残りの部分はこの関心事に応えなくてはならなくなった（利用したり、つけこんだりしてもいい）。ほかのことはできない。

あなたが作家なら、次はどうする？

読者として、ほかになにを知りたいだろう？

教師になるまでの過去のことは、もうあまり思い出すこともなかった——ほとんどすべて忘れてしまった。かつては自分にも父と母がいたのだ。モスクワのクラースヌイエ・ヴォロータのそばに大きなアパートがあってそこに住んでいた。しかしそこでの生活は夢のようにぼんやりとした、輪郭のはっきりしないものとして記憶にあった。彼女が十歳のときに父が死に、それからほどなく母が死んだ……。軍人の兄がいて、はじめは手紙をやりとりしていたが、そのうち返事がこなくなって、やめてしまった。かつての生活を偲ぶ物といえば、母の写真ぐらいしか残っていなかったが、これも学校の湿気でくすんでしまい、いまでは髪と眉のほかは見えなくなってしまった。

三露里ほどきたころ、馬を繰っているセミョーン老人が振り返って言った。

「町じゃ、役人がひとりつかまって、送られたそうですよ。噂では、どうも、ドイツ人とぐるになってアレクセーエフ市長を殺したそうで」

「だれがそんなことを言ったの？」

「イヴァン・イオーノフの酒場で、新聞を読んでいる人がいましたので」

ふたたび、長い沈黙が訪れた。マリヤ・ヴァシリエヴナは自分の学校のことを考えた。もうすぐ試験で、男の子が四人に女の子が一人受ける。ちょうど試験のことを考えていると、地主のハーノフが四頭立ての馬車で追いついてきた。昨年、まさに自分の学校で試験を監督した人物だ。馬車が並ぶと、ハーノフはこちらに気づいて頭を下げた。

「ごきげんよう！」——ハーノフは言った。「お帰りですか？」

［2］

＊この一度に一頁ずつ方式の特徴に、小説がよければよいほど、読者はなにが起きるのか気になってしまい、ドリルがわずらわしくなるというものがある。

さっきの節の終わりに、私はなにか知りたいことはないかと訊いた。

私が知りたかったのは、マリヤはどうしてここで、しけた人生を送っていたのか?ということだ。チェーホフはこの頁の最初の段落で答えている。そうするしかなかったから。マリヤはモスクワの大きなアパートに家族と住んでいた。しかし両親が死ぬと、たったひとりの肉親とも疎遠になり、世界にひとりきりになってしまった。

だれかが「ここにいる」理由としては、ここに、田舎に生まれたからとか、農村の改革に燃える理想主義者の若い女性で、都会風の保守的なフィアンセとの婚約を解消して地方に逃げてきたとかがありうるだろう。だがマリヤがここにいる理由はこうだ——両親が死に、経済上の理由で来ざるをえなかったから。そして家族のもので残されたのは悲しい写真だけだ——母親は髪と眉しか写っていない。つまりマリヤの人生は単調なだけでなく、孤独なのだ。


小説についての話をするとき、「テーマ」「プロット」「キャラクター造型」「構造」のような語を用いがちだ。一作家として、こういった用語が便利だと思ったことは一度もない(「きみのテーマはよくないね」と言われてもまったくぴんと来ない。「プロットを改善すべきだ」もご同様)。この手の言葉はなにかの言いかえなのだ。だから、こういった言葉に委縮してうまくいかないのなら(そうなりがちなのだ)、脇にのけて(それが言いかえていたものがなんであれ)それを考えるもっと有意義な方法を探してみてもいいんだ。

ここでチェーホフは、「構造」という恐ろしげな言葉について考えなおす機会をくれている。構造のことをごく単純にこうとらえてみてもいい。小説が読者に問いを引きおこしてはそれに答えるような仕組みのことだと。

最初の頁を読みおえた私：「かわいそうなマリヤ。もう彼女のことが気になってしまう。どうしてここに来たんだろう？」

小説（2頁目の最初の段落時点）：「ええと、マリヤは運が悪かったんだよ」。

構造はコール・アンド・レスポンスの一種だと見なせるかもしれない。小説から有機的に問いが生まれ、小説はそれに丁寧に丁寧に答えていく。よい構造をつくりたかったら、読者にどんな問いを投げているのかを意識するようにして、それに答えるだけでいいのだ。

（わかったかい？

構造なんてかんたんなんだ。

わはは。）

私たちは小説の最初の行から（「朝八時半に、二人は馬車で町を出た」）、荷馬車にマリヤ以外のだれかが乗っていることを知っていた。頁を半分ほどいくと、それが「セミョーン老人」だとわかる。そしてセミョーンが自分のキャラクターを見せるのを待つ。（「セミョーン、お前はだれなんだ。この小説でなにをしているんだ？」）彼の答えが「荷馬車を操っているんです」では、十分ではない。荷馬車を繰れる農民なら百万人はいただろう。なぜチェーホフがよりによってこの農民にそうさせたのか、それがわかるのを私たちは待っているのだ。

これまでのところ、小説はだいたい次のような内容だと言っていた。それは単調な人生――必要に迫られてやむなく送っている人生――に不幸せな女性の話だ。セミョーンは突然現れて、好むと好まざるとにかかわらず、その話の一部になってしまった。だから、景色を眺めながらただ荷馬車を走らせているわけではない。セミョーンは――（退屈しきって不幸せな）マリヤといっしょにいる人物として――この小説のためになにかをしなくてはならないのだ。

それで、セミョーンについてなにかわかっただろうか？

いまのところあまりわからない。彼は老人で、荷馬車を繰っている（マリヤはその後ろに座っているのだとわかる）。セミョーンはニュースを話す。モスクワの市長が殺された。マリヤの返事（「だれがそんなことを言ったの？」）は、教え諭すような響きと、いらだちがうかがえる（マリヤはセミョーンを疑っているのだ）。セミョーンは酒場で、新聞が声に出して読まれているのを聞いたのだ（つまり、自分では読めないわけだ）。マリヤはまだ疑っているが、セミョーンは現に正しい。モスクワ市長のニコライ・アレクセーエフは実際に、錯乱した男に職場で撃たれた。一八九三年のことだ。

マリヤの反応は？　彼女は自分の学校についての物思いに戻ってしまった。

読者にはまだ判断はつかないが、頭のなかでは「セミョーンについてのあれこれ」と「マリヤについてのあれこれ」という見出しで着々とファイルをしている。この実に質素な形式から私たちが期待するのは、ファイルのなかのあれこれにあとで意味があったと判明することだ。

この頁の最後から二番目の段落で、生徒や次の試験について考えているマリヤを邪魔するものがある――「地主のハーノフが四頭立ての馬車で追いついてきた。昨年、まさに自分の学校で試験を監督した人物だ」。

ここでちょっととめよう。あなたの頭はハーノフが小説に入ってくるのをどう「受けとめた」だろうか？　私が思いだすのは古い映画によく出てくるフレーズ「私をなんだと思っているの？」だ。あなたはハーノフをなんだと思っただろうか？　小説のここで彼はなにをすると思っただろうか？

小説のなかで、状況が定まったのちに新たなキャラクターが登場するこの瞬間には名前がついてしかるべきだ。私たちは新たな要素が、状況を変えるか・複雑化するか・進展させないかと自動的に期待する。エレベーターのなかで男が、自分がどれだけ仕事がいやかぶつぶつ呟いている。ドアが開き、だれかが入ってくる。この新しい人物が、最初の男の仕事への憎しみを変えるか・複雑化するか・進展させるかするために現れたのだと自動的にとらえないだろうか？（さもなくば、なんだって彼はここにいるんだろう？　そいつをたたきだして、状況を変えたり・複雑化したり・進展させる人物を連れてきてくれ。つまるところ、これは小説なんだ。監視カメラじゃない。）

マリヤのことを「人生の単調さに不幸せ」な人物と理解したとたん、私たちはもう、なにか変化をもたらす存在が来るのを待っているのだ。

そしてハーノフがやってきた。

これは本頁のビッグ・イベントだ。以下のことに注目してほしい。マリヤを最初の頁に出しても、小説は長期にわたって停滞なんてしなかった（その退屈さを説明するためだけの2頁目があるわけではなかった）。このことから、小説の速度VS現実世界の速度について学べるものがはずだ。小説のほうがうんと速く、圧縮されていて、誇張されている――常になにか新しいことが、それまでのできごとに関係することが起きざるをえない場所なのだ。

シラキュース大学（そしてほとんどのＭＦＡプログラム）で教えられている創作の授業では、ワークショップ形式が採られている。六人の学生が一週間に一度集まり、うち二名の書いた作品を読んできたうえで技術的な面について全員で議論するのだ。少なくともそれぞれの小説を二回は読んで、一行ずつ添削し、数頁分の論評をつける。

おもしろくなるのはここからだ。

授業内での批評に入る前に、ワークショップで小説の「ハリウッド版」——ぴりっとした一、二文の要約——と呼んでいるものを考えてもらうことがある。その小説の狙いについての合意をえずに作品についてなにかを言おうとしてもよくならない（仮に自分の家の庭に複雑な機械があらわれたとしたら、その機能がある程度わかってからでないと改造とか「改良」なんて手がつけられないだろう）。「ハリウッド版」は「この小説はどんな小説になりたいのか？」という疑問に答えるようなものだ。

これは（少なくとも私のイメージでは）砲兵射撃のような方式でおこなわれる。初弾を撃ち、つづいて精度を高めるため調整を加えていく。

不幸な女性がどこかに荷馬車でいく。

あまりにも長く教えていたせいで不幸せな教師マリヤ・ヴァシリエヴナは、町からの帰り道にいる。

あまりにも長く教えていたせいで不幸せな教師マリヤ・ヴァシリエヴナは、人生の単調さにあきあきし、世界でひとりぼっちで、生活の為だけに教えていて、町からの帰り道にいる。

退屈していて、孤独な教師マリヤは、ハーノフという名の男にばったり会う。

実際、マリヤは裕福な男ハーノフにばったり会う（なんといっても「地主」だし、馬も四頭もっている）。明記しておきたいのは、チェーホフの傑作を熟読している私たちは文学にすれてしまっているにもかかわらず、ハーノフが突然現れると、十九世紀ロシアの「出会い」の可能性を感じてしまう点だ。**孤独な女教師が裕福な地主にばったり会う。この人物が、彼女の憂鬱な人生を変えてくれるかもしれないと、私たちは思う。**

もう少しくだけた言い方をすればこうだ。

孤独な女が恋人になるかもしれない男に出会う。

ここから小説はどこにいくだろう？

頭のなかをさらって、リストを作成してほしい。

どのアイデアが一番ありきたりだろうか。つまり、チェーホフがそれを実行したら、読者の期待にあまりに従順に応えすぎていてがっかりしてしまうようなものはどれだろうか（たとえば次の頁でハーノフは片膝をついてプロポーズする）。読者の期待にまったく応えない、あまりに場当たり的なものはどれだろうか（宇宙船がやってきてセミョーンをさらっていく）。

チェーホフの挑んだ課題とは、自分が生みだした期待を利用するのだが、あまりきちんとやりすぎないというものだ。

力が抜けている。

［3］

このハーノフは、四十がらみの男で、くたびれた顔をして表情にも生気がなく、もう目立って老けこみはじめていたが、まだ美男子と言ってよく、女性に好かれていた。彼は広い領地にひとりで住み、どこに勤めるわけでもなかった。うわさでは家ではなにもせずに、ただ部屋の中をうろうろしては、口笛を吹いたり、老僕とチェスを指したりしているという。大酒飲みだという噂もあった。実際、去年の試験の紙は彼が自分で持ってきたものだったが、香水とワインの匂いがした。そのとき彼の身につけていたものはみな新品で、マリヤ・ヴァシリエヴナは大いに気に入り、隣に座ってどぎまぎしっぱなしだった。彼女が見慣れていた試験官は、冷たく、頭の固いひとびとだったが、ハーノフはお祈りの言葉ひとつも知らず、なにを尋ねたものかもわからず、ひたすら丁寧で礼儀正しく、優ばかりつけていた。

「これからバークヴィストに会いに行くところなんです」――ハーノフはマリヤ・ヴァシリエヴナの方を向いてつづけた。「でも、いないらしいですね？」

街道からわきの田舎道に折れた。ハーノフが先をすすみ、セミョーンがあとにつづいた。四頭立ての馬車は、重い車体をぬかるみから懸命に引き抜きながら、道を並足で進んでいった。セミョーンは丘や草地の上を通って迂回しつつ、ときに馬車から飛び降りて馬を助けながら、巧みに進んでいった。マリヤ・ヴァシリエヴナはずっと学校のこと、試験でどんな問題が出るのかを考えていた――難しいものだろうか、やさしいものだろうか。彼女は郡役場のことが腹立たしかった。昨日行ったのに誰もいなかったのだ。なんという適当さだろう！　もう二年前から、なにもする気がなく、こちらに暴言を吐いたり、生徒を殴ったりする守衛をやめさせるように頼んでいたが、誰も話を聞いてくれなかった。

読者としてはたったいま、ラブストーリーを期待したことに少々後ろめたい思いをいだいているかもしれない。だがこの頁の最初の段落を読むと、マリヤのほうでも同じように考えているとわかる。ハーノフは（マリヤが見るところ）くたびれた顔をしていて生気がなく、老けこみはじめてはいるがまだ「女性に好かれ」ている。ひとりで暮らしていて、人生を浪費している（チェスと酒を飲むくらいしかすることがない）。昨年学校に来たとき、ハーノフの紙はワインの匂いがした。では、そのせいでマリヤはむっとしたりぞっとしたりしただろうか？　いいや。紙は「香水とワイン」の匂いがして、マリヤは彼のことを「大いに気に入り」、隣に座って「どぎまぎ」していた。これを私たちは「ハーノフが近くにいるせいで自分が抱いた感情にどぎまぎしていた」と読む。

最初の段落の最後の文を見ると、チェーホフがいかにキャラクターをつくるのかについていささかの洞察をえられる。私たちはマリヤが「冷たく、頭の固い」試験官に慣れていたことを知る。このことからハーノフが逆の人物だと見当がつく（つまり温かく、頭の柔らかい）。私たちがこの温かくて頭の柔らかいという推定を文章の次の一部分にも持ちこむと、そこで肯定される（「ひたすら丁寧で礼儀正しく」）のだが、同時に込み入ってもくる。ハーノフが温かく頭の柔らかい人物だとすると、同時に彼は抜けていて、だらしがなく、大人ならついて当然の分別がついていないことになる（「お祈りの言葉ひとつ」思いだせず、優しかつけない）。

つまり、大まかな人物像（ハンサムな金持ち）が、相反する情報によって塗りかえらえてしまうのだ（彼は、たしかにハンサムで金持ちだ。でもあぶなっかしい。そして読者はアルコール依存症のせいでどじだったり、不注意だったり、孤立していたりするのではないかと思うのだ）。登場する人物は複雑で、立体的だ。私たちは彼のことを、ポケットにきちんとしまっておくのではなく、不思議に思うのであり、マリヤが彼に惹かれてほしいのかどうかわからなくなる。

ハーノフが旅の目的を告げると、ある意味で愛すべき頓珍漢という肖像画は完成する。ハーノフは友人を訪ねるため、ぬかるみを抜けて長旅をしている最中なのだが、その友人が在宅中か定かでないのだ。

荷馬車は街道からそれる。あまりうまくない短編なら、マリヤはハーノフのことしか考えないだろう。しかしチェーホフは自分がつくりしマリヤのことを覚えている。マリヤはここに長いあいだ住んでいた。マリヤはハーノフを知っているし、ハーノフはマリヤを知っている。マリヤはすでに、ハーノフのことを救世主かもしれないと考えたことがあるのだろう。そこでマリヤの心はあっさりと、自然に学校のことに戻っていく。そして読者は、先ほどのセミョーンの暗殺の小話のあとの状態とまったく同じだと思いだすかもしれない。マリヤはもう二度、世界から学校についての考えに退却してしまった（それだけに読者は未来になにが起こるのか、一層過敏になる）。どうしてそうするのだろう？　このことは彼女について、読者が知ったほうがいいかもしれないなにを語っているのだろうか？

ここではこの疑問は脇に置いておこう。だが、こうしているあいだにも、読者にふたたび効率についての期待が生じていることに気がつく――彼女のこの傾向があとでなんらかの形で出てこないのなら、読者はそれを（少しだけ）無駄だと思う。

そう。短編小説とは過酷な形式なのだ。

ジョークのように、歌のように、絞首台からのレポートのように過酷なのだ。

［4］

役場では長はなかなかつかまらず、首尾よくつかまえられても涙ながらに時間がないというばかりだった。監査員は三年に一度学校にやってきたが、事情をなにも知らないのだ——というのも、元々は税務署に務めていたのを、監査員の職をコネでまかされたからだ。教育委員会はめったに開かれないし、開かれたとしてもどこでなのかわからない。監督官は無学な農民の、皮革工場の持ち主で、粗野な愚か者で、守衛とは大の仲良しときている——陳情や照会をしようにもどこに持っていけばいいかわからない……。

「この人って、ほんとうにハンサムね」——ハーノフのほうをちらと見て彼女は思った。

道はどんどん悪くなっていく……。二台の馬車は森に入った。そこはもう迂回することもできず、轍《わだち》は深く、そこを水が流れて音をたてている。棘のある枝が顔を打つ。

「なんという道でしょうね？」——と、訊ねてきたハーノフが、ははは と笑った。

学校教師はこの男をじっと見つめたが、なんでこの変人はこんなところに住んでいるのかさっぱりわからなかった。こんな僻地、みじめな境遇、退屈の中にあっては、金や、人目を惹く外見、洗練された教養があってもどうしようもない。人生からなんの恩典も受けていないばかりか、セミョーンと同じように、ひどい道を馬を並足で走らせ、不便を忍んでいる。なんだってこんなところに住んでいるのだろう——ペテルブルグだって、国外にだって住めるかもしれないというのに？　彼のような金持ちにとって、このひどい道をきちんとしたものにするぐらいなんだというのだろう——そうすれば自分もこんな風に苦しまず、御者やセミョーンの顔にはっきりと浮かんでいる絶望を見ないですむようになるではないか。だがハーノフはほほえんでいるだけで、どうも万事どうでもいい、よりよい生活など必要ないと言わんばかりなのだ。善良で、物腰柔らかく、繊細で、貧しい生活のことなどなにひとつわからないし、試験でお祈りの言葉を知らなかったように、そんなことなど頭にないのだ。学校に地球儀をひとつ寄付したぐらいで、国民の教育に奉仕した人間、立派な活動家だとすっかり思いこんでしまうのだ。ここでハーノフの地球儀が必要な人間なんて誰もいないっていうのに！

マリヤは学校のこと、その管理が腐敗していることについて考えつづける——そして頼る人がだれもいないという現実も——。

そして前触れなく、自分で自分の思考をさえぎってこう思う——「この人って、ほんとうにハンサムね」。そう、マリヤはハーノフのことを頭から追いだしたあとも、目を離せなかったのだ（ハーノフの広い、裕福そうな背中がすぐ目の前で揺れている——高そうな毛皮のコートを着て）。こう言えるかもしれない——本当はハーノフのことを考えているのに、学校について考えている、あるいはハーノフのことを考えまいとしているのだと。

この思考のさえぎりは美しい。心は同時に二つの場所に存在できる、ということだからだ（心のなかでは何本もの列車が同時に走っているが、一度に意識できるのは一本だけなのだ）。

マリヤのなかに自分を認めると、ぱっと少しうれしくなる（なんとなくだが執拗で、報われない、それでいて弁解の余地のない片思いをしたことが一度くらいあるだろう?）。自分はハーノフには不釣り合いだ——マリヤは知っている——彼女は彼のことを真剣に思ったりはしなかった。それでもマリヤの心はハーノフのほうに惹かれていってしまうのだ——よい香りが漂ってくるレストランの裏手の小径に犬が引きこまれるようなものだ。

読み手の心がいかにせっかちか——あるいはこう言えるかもしれない——いかに目ざといか気をつけよう。自分がどこにいるかわかっているのだ。孤独で不幸なマリヤが、解毒剤かもしれないものと出会う。偏執的な探偵のように、読み手の心はなにか新しいテキストが入ってこようものならすべてこの文脈でのみ解釈し、ほかの可能性には関心を示さない。

だがここで、第三段落で、好むと好まざるとにかかわらず、道の描写につきあたる。なぜ小説にこのようなタイプの描写が必要なのだろうか？　なぜチェーホフは話の中心から読者を引き離し、荷馬車の外の世界を書くことにしたのか？　短編小説の暗黙の約束事に（あまりに短いので）無駄なものはいっさいない、というものがある。あるものは全部、なんらかの理由があって（短編に役立てられるようにと）そこにある——道のちょっとした記述ですらも。

そこでこの記述を読んでも、読み手側の意識のどこかではこう問いかけている——この道の描写はいったいどう本筋に（つまりは無駄にならないで）かかわるのだろう？

先だって小説にはある種の「法則」があるのではないかと問うた。読み手としての心がふっと反応してしまうものはあるだろうか？　外形的な描写はそのひとつだ。なぜかわかるだろうか？　私たちは自分の世界が描写されるのを聞くのが好きなのだ。そしてそれが具体的に描写されるのを聞くのが好きなのだ（「緑色のセーターを着た男二人が、壊れた車の脇でキャッチボールをしていた」のほうが「この一帯を車で通りぬけたが、どことなく殺風景で関心を惹かれなかった」よりもいい）。具体的な描写は、舞台の小道具と同じで、徹頭徹尾作り物である世界をより信じこむうえで役に立つのだ。これはある意味安手の、少なくとも安直な、作家のトリックだ。読者をなにかの（作り物の）家に連れこもうする場合、私はその家のソファに「普段の二倍の長さほどにも伸びをしている」「大きな白猫」を呼びだすかもしれない。もし読者に猫が見えれば、家はリアルになる。

だが、それは狙いの一部にすぎない。この小説に配置された猫は、いまやメタファー的な猫にもなり、小説にただようほかの何十（何百）というメタファー的要素のすべてと関わりあう。

そして、その猫はもはや、なにか小説特有の働きをしなくてはならない。あるいは、（そうすることを選択するしないにかかわらず）それがまさに小説のなかに存在するという理由で、なにか小説特有の働きをすることになるとも言えるかもしれない。問題は、どんな仕事を託され、どれくらいそれがこなせるかということだ。

ここで「道はどんどん悪くなっていく」。作者の色が出た選択だ。道が広くなって乾き、花が咲き乱れる平野に出ればまったく別の小説になっただろう。道が悪くなる、この「意味」するところはなんだ？なぜチェーホフは道が悪くなることを選んだのか？　これはなかなかいい質問だ。読者諸君、以下の方法を使って回答するのがベストかもしれんよ。二つのモデルを頭のなかに思い浮かべ（道が悪くなるVS道がよくなる）、そして「道が悪くなる」ほうがよいと感じてみる。あるいは二つの選択肢が別物だと感じてみる。なぜ道が悪くなるほうが道がよくなるほうよりもよい選択なのか（あるいはその逆も）、理由を明確にしてみる。だがさしあたっては、チェーホフがこの段落でしていることを二つ、明記するに留めよう。チェーホフは私たちがいる場所を思いださせ（荷馬車は新春の森を抜けていく）、次いで状況を具体的に描写する（「轍は深く、そこを水が流れて音をたてている」）。

そう、これはどちらもリアリスティックな描写でもあり（春で、雪が溶け、道がぬかるんでいる）、同時に小説の理解に即したちょっとした詩でもあるのだ。

大雑把に言えば、この描写は「状況はちゃくちゃくと悪くなる」ことを指していると読者は受けとる。

道は「どんどん悪くなっていく」。馬車は「森に入」る。「迂回することもでき」ない。旅の代償もある(棘のある枝が顔にあたる)。

これは「森を抜けて輝かしい陽光の中に」進んでいき、「道は招き入れるように広がってい」て、「荷馬車が結婚式にわく農民のそばをそっと抜けていき、木から垂れた花が彼女のほほをやさしくなで」る描写と比べると、ちがった風に(いわばより不吉に)私たちに作用する。

これらの描写は両方とも、ある種の準備をしているようだ——描写を用いることでチェーホフは、これから起こることに読者を備えさせているように感じる。

不思議なのはこの点だ。チェーホフが結婚式にわく農民たちのそばを馬車が抜けていく決断をしたなら、小説の残りの部分は変わってしまっていただろう。あるいは小説の残りの部分は変わらざるをえなかっただろう——はるかにポジティブな描写を物語に組み入れ、より大きくて、先へ進展していく存在に小説を対応させなくてはならないからだ。

小説とは全体が有機的なものである。そしてある小説が「いい」とは、小説が自分自身に敏感に反応していることを指すのだ。これは双方の描写にあてはまる。道の簡潔な描写ひとつが、現在の瞬間だけでなく、小説の過去や、これからやってくるものすべてについてもどう読むかを告げるのだ。

ハーノフはお金をもっている。どこにだって住める。だが彼はここに、マリヤのいる場所にいる。ぬかるんだ田舎道に——この道を彼は直すぐらいはできるはずだが、そんな考えは夢にも思わないようだ。「だがハーノフはほほえんでいるだけで、どうも万事どうでもいい、よりよい生活など必要ないと言わんばかりなのだ」。なんだってそう受け身なのだろう？　もしマリヤに力があれば、なにかはしただろう。マリヤはこの頁の終わりで、ハーノフが学校に寄付したばかげた地球儀を思いだして、彼への反発を終える。こんな贈り物をしたからといって、ハーノフが啓蒙的な、役に立つ人間であるはずはないのに、ハーノフ自身はそう思ってしまったのだ。

いまいちど三つの疑問を問いなおそう。そして私のおおまかな答えを示しておこう。

1　頁から目を離して、これまでにわかったことを要約してください。

孤独な女性の前に、だれか——友人か恋人になってくれるかもしれない、あるいはその孤独をなんらかの方法で慰めてくれるかもしれないと思わせる人物——が現れる。

2　関心を惹かれるものはなんですか？

二人は長いあいだお互いに知っているようで、恋の火花が出ることはない。それで、今日はなにが二人をくっつけるのだろうか（いままでいっしょにならなかったとしたら）**？　それに私は、二人にいっしょになってほしいのだろうか？　この小説は、眼前にその可能性をぶらさげているように思える。だがこの頁の終わりではマリヤは自分からハーノフを遠ざけているように思える。**

3　小説はどこに向かっていると思いますか？

わからない。「課題」はわかるのだが、それがどう落ち着くのかは見えない。この手探り感が生むテンションは不快ではない。ハーノフにとってマリヤの無聊を慰める機会となるなにかが起こって、その孤独が埋まるのかもしれないと感じる。ひょっとすると二人は単なる友人になるか、マリヤの不幸が（わずかに）癒されるちょっとした瞬間が二人のあいだに生まれるのかもしれない。

さて、ここでひとつお知らせがある。読者がいらいらしてこの本を序盤戦で投げださないように、これからは一度に二頁ずつ読みすすめることにしよう。

「ヴァシリエヴナ、おつかまりを！」――セミョーンは言った。

荷馬車はひどく傾いた――いまにも倒れそうなほど。

マリヤ・ヴァシリエヴナの足になにか重いものが落ちてきた――彼女の買い物包みだった。丘の斜面の急な上り坂、足元は粘土質ときている。ここでは曲がりくねった溝を小川が音を立てて流れ、水が道を侵食していた。こんなところ通れやしない！　馬たちは鼻息を荒くしている。ハーノフは四頭立ての馬車から降りると、長い外套を着たまま道の端をうろうろ歩いている。どうにも暑そうだ。

「なんという道でしょうね？」――と、ハーノフはまた訊ね、はははと笑った。「この四輪馬車ももうじき壊れてしまいますよ」

「誰がこんな天候で出かけるように命じたのかね！」――セミョーンは憮然として言った。「うちにいればいいではないか」

「おじいさん、うちは退屈でね。家でじっとしているのは嫌いなんですよ」

年老いたセミョーンの周りにいると、ハーノフはいかにもスマートで元気溌剌としていたが、その足取りはすでに毒がまわり、弱り、死に近づいているなにかが露呈しているのがかすかに感じられるのだった。まさにと言うべきか、森に入ると突然、ワインの匂いがしだした。マリヤ・ヴァシリエヴナはなんのためにでも、理由もなく死んでいきつつあるこの男が怖くなり、哀れにもなった。もし自分が妻や妹だったら、生涯を投げだしてこの人物を破滅から救うのにとすら思った。妻になろうか？　ふとした人生のなりゆきで、男は大きな屋敷にひとりで住んでいて、自分は辺鄙な村にひとりで住んでいる――だがなぜか、ハーノフとマリヤが近しく等しく暮らすと考えると、どうにもありえないような、筋の通らないような気がしてしまう。実際問題、人生というものはすっかり決まっていて、人間関係だって――考えてみると――、ぞっとするような、心臓だって止まりかねないほど不可解で複雑怪奇なのだ。

「それにわからない」――彼女は考えた――「この美しさ、この繊細さ、悲しげでやさしい瞳を、なぜ神は弱くて不幸な、役にも立たない人々にお授けになるのか、なぜこういう人々があんなにも好かれるのか」

「ここで私どもは右に曲がらないといけませんので」――四輪馬車に乗りこみながらハーノフは言った。「さようなら！　お元気で！」

マリヤ・ヴァシリエヴナはふたたび自分の生徒のこと、試験のこと、守衛のこと、教育委員会のことを考えた。風が右手から遠ざかる馬車の音を伝えてくると、考えが入り乱れてしまった。あの美しい瞳のこと、愛のこと、けっして訪れることはない幸福のことを考えたかった……。

妻になろうか？　朝は寒く、暖炉を温めるものもなく、守衛もどこかに行ってしまった。生徒たちは夜が明けるかどうかというころにやってきて、雪や泥まみれで騒いでいる。なにもかもひどく不便で、不愉快だ。住まいは一部屋だけで、台所も同じ部屋だ。仕事のあとは毎日頭痛がするし、夕食のあとは心臓の下が焼けるようにひりつく。生徒から薪代と守衛の給金を集めて、監査官にわたし、あの肥った、厚かましい農民に、後生だから薪を送ってくれと頼まなくてはならない。夜には、試験や、農民や、雪だまりの夢をみる。そしてこんな生活をつづけているうちに彼女は老いてすさんで醜くなり、まるで鉛を流しこんだかのように武骨で鈍重になってしまった。なにもかも恐ろしく、郡役場のメンバーや監査官の前ではあえて腰を下ろす度胸もなく、立ちつくしている。その誰かについて話さなければならないと、うやうやしく「あのお方」と言うのだった。彼女は誰からも好かれず、人生は退屈で、愛情も友情もなければ、愉快な交流もない。彼女の立場で恋に落ちるなんて、なんと恐ろしいことだろう！

［6］

荷馬車はひっくり返りそうになる。マリヤが町でなにか買い物をしたことがわかる（この買い物はもう小説の一要素になった。いったい、どんな使いみちがあるのだろう?）。ハーノフが前頁の愚かな軽口をくり返すと、セミョーンは食ってかかる（「誰がこんな天候で出かけるように命じたのかね!」と「憮然として」言う）。地位が下の者（セミョーンは農民で、ハーノフは富裕な地主なのだ）からの無礼な言葉にもハーノフはやさしく返し、これはマリヤが語った内容にもぴったりあっている。彼は柔弱で、お人好しで、甘い点をつける人物なのだ。

森のなかで、マリヤはハーノフから酒の匂いがすると思う。マリヤはこの「なんのためにでも、理由もなく死んでいきつつある」ハーノフを哀れに感じ、自分が妻や妹だったら「生涯を投げだして」助けたかもしれないと思う。だがそれは不可能だ。「実際問題、人生というものはすっかり決まっていて、人間関係だって——考えてみると——ぞっとするような、心臓だって止まりかねないほど不可解で複雑怪奇なのだ」。

そしてマリヤが結婚の可能性を排除してしまったのを聞きつけたかのように、ハーノフは小説からさっさと出ていってしまう。

マリヤはほとんど気にしていない様子で、彼女がハーノフをロマンスの相手としては真剣には考えていないという読者の勘は裏づけられる（彼女は「ああ、あの人が行ってしまった。気を惹くことができなかった!」とは思わないのだ）。マリヤの心は学校のことに戻っていく（マリヤは「自分の生徒のこと、試験のこと、守衛のこと、教育委員会のこと」を考える）。マリヤがこうするのはこれで三度目だ。現実世界から学校の心配に戻ってしまうのだ。そのことについて考えるのが癖になってしまっているのだ（それが最初に来る想念になってしまっている――日々の骨折りのせいでマリヤがどれほど心身をすり減らしてしまったかがわかろうというものだ)。

この小説のひとつの達成は、チェーホフが孤独な心の揺れ動きを表現していることだ。マリヤはここで、私たちが宝くじがあたったらとか、議員になれたらとか、高校で意地悪してきた人間に言い返してやろうとか想像するみたいに、ちょっとした空想の類にふけっているだけなのだ。小説は、マリヤがハーノフに心を開くかもしれない(かもしれない)と思わせる一方で、それが不可能で、望まれてもいないと受けとらざるをえない理由もどっさり用意している。ハーノフは酒飲みで、怠け者で、更生するには年をとりすぎている。彼はマリヤにも、だれにも関心がない――結婚しようと思えばいくらでもできただろうに、しなかったのだ。そしてマリヤのほうも、実は自尊心がある。マリヤはハーノフのことを値踏みしているが、もし二人がいっしょになれば、ハーノフは手にあまり、自分はがっかりするだろうとマリヤが考えていると読者は感じるのだ。

それなのに……。

チェーホフが描く彼女の姿は魅力的なのだ。彼女は「遠ざかる馬車の音」を聞き、突然「あの美しい瞳のこと、愛のこと、けっして訪れることはない幸福のこと」を考えたくなる。

彼女はまた、(今度は妹でなく)彼の妻になることを考える。

すでに数段落前に可能性を排除したばかりではないか。でもここでもう一度考えてみる。(「妻になろうか?」)彼女の心という浮きはぴくぴくと浮いたり沈んだりしている。これは哀しいことだ――彼女の心がハーノフに戻るのは、彼がすばらしい男だからでもソウルメイトだからでもない。その理由は(1)ほかにだれもいないから(つまり、彼女の世界には)(2)孤独がそこまで極まっているからなのだ。

彼女は孤独で、彼はそばにいる。彼はそばにいて、正確には孤独ではないけれど、なにか助けが必要なようだ。

しかし結婚仲介人の役目をしようとしたことのある人ならわかっているように、きわめて孤独な人間二名でさえ、それぞれに基準というものがあるのだ。彼らの代弁はできない。この場合、マリヤとハーノフはすでに自分自身のことを話してしまっている。結婚適齢期の二人の人間がはじめて出会ったわけではないのだ。結婚適齢期とは言い難い二人の人間が（もし深い仲になっていたなら、何年も前にしていただろう）、また出会ったのだ。なにか起こるだなんてだれも期待していないし、そうなったら実際変だろう。6頁最後の長い段落で、マリヤは自分の疑問（「妻になろうか？」）に、実際の暗澹たる生活の描写で答えている。雪、ぬかるみ、不便な暮らし、狭い住居、頭痛、心臓の下の痛み、常に金を集めなくてはならないこと。このみじめな暮らしのせいで「老いてすさんで醜くな」ってしまった。卑屈になっても「誰からも好かれ」ない、かわいそうな人物。

全体にわたって、この段落はこう言っているかのようだ——「裕福な男が私みたいなすれっからしと結婚するなんて考えるのはばかげている」。そして最後の行ではもっとひどいこと（「彼女の立場で恋に落ちるなんて、なんと恐ろしいことだろう！」）を言っている。そう、彼女は彼の下にいる。そしてやはり難しいのは——たとえ彼が好意を抱いたとしても——彼女の人生には愛の入ってくる隙間がないことだ。そして彼はと言えば、明らかに好意を抱いていない。

アインシュタインはこう言ったことがある。「価値ある疑問が、当初の構想の次元で解かれたためしがない」[*]。

ハーノフをマリヤの孤独を癒してくれるかもしれない存在から排除することで、小説は当初の構想の次元から逸れてしまった。

さてどうする?

物語を、エネルギーを伝達するためのシステムだと考えてみてもいいかもしれない。できれば前半の頁でエネルギーを生みだし、後半の頁でそのエネルギーを使うのがコツになる。マリヤは不幸で孤独に造型され、頁が進むにつれその不幸と孤独が具体的になっていく。これぞ小説が生みだしたエネルギーだ。使わぬ手はない。ハーノフからアプローチされれば断らないという思考の痕跡がマリヤにはある。マリヤはハーノフをハンサムで魅力的だと感じていて、彼を自堕落な生活から救ってやりたいとも思っている。小説のほうではずっと、二人が結びつくなんてありえないと言っているのに(いままで起こらなかったんだから、今日起こるわけがない)、読者はずっとそうなればいいと応援してしまう――マリヤを応援してしまうのだ。

私たちは彼女が望んでいることを望んでしまう――彼女が孤独ではなくなることを。小説のエネルギーは、彼女が救われてほしいという読者の望みに貯えられつづけていく。

―――

*どうやらこれはアインシュタインが実際に言ったことをまちがって引用したものらしい。もともとは「人類が生き延び、高いレベルへと前進するためには思考の新たな型が必要だとみなに知らせよう」。しかし数年前、ある学生が改変されたほうを引用してくれ――アインシュタインに無礼を働くつもりはないのだが――私は学生のものがすばらしいと思って、以来その形で使っている。

チェーホフは最初の五頁で扉をつくり、読者にそこを通るようにという意思表示をした。扉の上にはこう書いてある――「ハーノフがマリヤの孤独を埋めるかもしれない」。マリヤの孤独に触れるたびに、読者はその扉の上を期待をこめて眺めてきた。いまその扉は閉ざされ、鍵がかけられてしまった。

あるいは、実際、消えてしまった。

ハーノフの退場によってチェーホフは、明白かつ期待大だった解決の道を自分で断ってしまったのだ。チェーホフがどうしてこの決断をするに至ったのかは現実問題だれにもわからないが、彼がなにをしたのかは見てとることができる。つまり、チェーホフはハーノフを退場させた。もう小説が安易な道をとる危険はなくなった。

これはストーリーテリングの重要な手法で、「陳腐さの儀礼的回避」とでも呼べるかもしれない。もし自分の小説の不出来なバージョンを自分で却下すれば、もっと出来のいいバージョン（読者としてはそうなったらいいなと切望するもの）が姿を現すだろう。不出来な要素を却下すれば、事実上、品質向上のため一撃を加えたことになる（なにはともあれそれだけはしなかったことになる）。

こんな風に考えてもいいかもしれない。チェーホフはマリヤとハーノフのあいだにロマンスが生まれるという読者の期待を利としてすでにえたのだ、と。その展開を読者はもう先取りして想像している。だったらそちらにいく必要はない。ハーノフをただ小説から追いだすだけで、チェーホフはそれをスルーして、とにかく次の、おそらくはよりスマートだったとわかる解決策にいけるのだ（いわばチェーホフは自分で自分に次の手を制限している――台所にキャンディの入った大きなボールがあって、それだけを食べているのだとしたら、自分がもっといいものを食べるようにしむけるにはキャンディを全部捨ててしまえばいい）。

この考え方を学生に説明するとき、小学生だった一九六〇年代後半によくつくっていたブレスレットをもちだす（「ラブビーズ」と、シカゴランドの修行中のヒッピーである私たちは呼んでいた）。ビーズをひとつ通して、紐の結び目のところまでずーっと引っ張っていく。そうすれば次のビーズを通せるようになる。小説でも同じことだ。私たちはいつも、次のビーズを結び目まで引っ張っていかねばならない。自分で小説がどこにいくかわかっているのなら、もったいぶってはだめだ。いますぐ小説をそこに差しむけるのだ。でもそれからどうする？　次はなにをすればいい？　手の内がばれちゃった。まったくそのとおり。語るべき本当の小説が自分にあるのかどうかしばしば疑心暗鬼に陥り、ネタ切れになることを恐れて、手の内をさらすのをもったいぶってしまう。そしてこれは詐術にもなりうる。手の内を明かすのは、一か八かの賭けなのだ。事実上こう言いはなって、小説に無理やり関心をひきつける方法なのだ――「あなたはもっとうまくやれますよね。いま、読者はあなたのトリック、最初にもちだした解決策を拒否したのだから。できると思っていますよ」。

最後の行で、語り手がずっと半身不随だったとわかる小説を考えてみよう（あるいはただ単に言うのを忘れていた場合）。

語り手がリンカーン・パーク動物園を散歩している人間ではなくて、そこのトラ（！）だと最後にわかる小説を考えてみよう（だが手がかりはすべて、種明かしの効果が最大になるよう入念に隠されている。たとえばほかの動物はトラのことを「メル」と呼んで、ずっとホワイトソックスの話をしているなど）。

芸術とは実直であることで読者を感動させるものだ。そして実直であるかどうかは、小説の言葉と形式、あけすけな態度に現れるのだ。

マリヤのジレンマはまだ有効だ。彼女はまだ孤独で、退屈している。最初の解決策（ハーノフ）を排除して、チェーホフは小説をより野心的なものにした。前半の方の頁では「あるところに孤独な人間がいました」と言っていた。小説はこうつづけてもよかったはずだ――「こうなったらすてきではないでしょうか？　その孤独な人間が別の孤独な人間と出会い、もう二人とも孤独ではなくなった」。そうするのをやめ、小説はいまさらに深い疑問を問いかけだしている――「孤独な人間が、孤独から抜けだす術がなかったらどうでしょう？」

ここぞ、私にとって、小説が大きく感じられる瞬間なのだ。それはこう言っているのだ――「孤独はリアルで、ゆゆしき事態であり、だれもが一度嵌りこめば抜けだす安易な道はない。ときには道すらもない」。

マリヤを気づかう私たちは、ハーノフが助けてくれることを期待していたのに、突然彼はいってしまった。

さて次は？

［7］

「ヴァシリエヴナ、おつかまりを！」――セミョーンは言った。

　また急な山道だ……。

　天職だとはまったく思わなかったが、必要にせまられて教師になった。彼女は一度も転職や、教育の効能については考えたことがなかった。自分の仕事で一番大切なのは、生徒でも教育でもなく、試験だと彼女には常に思えるのだった。いったいいつ天職だとか、教育の効能だとか考えられるだろうか。教師も、貧乏医者も、準医師も、山のような仕事をかかえ、自分が高邁な理念のためだとか、民衆の為に働いていると慰めに考える時間すらない。頭はいつも、日々の糧のことや、薪のこと、ひどい道のこと、病気のことでいっぱいなのだから。生活は厳しく、退屈で、そんなものに長く耐えてきたとすれば、このマリヤ・ヴァシリエヴナのような口数の少ない駄馬だけなのだ。自分の天職だとか、理想の仕事だとか話していた活発で、神経質で、感受性の強い人々は、たちまち疲れはてて、仕事を投げだしてしまった。

　セミョーンはなるべく乾燥したところ、近道をいこうとして、草地や裏道を選んで進んだ。ところが驚いたことに、農民が通してくれなかったり、司祭の土地で通行禁止だったり、イヴァン・イオーノフが主人から地所を買いとって堀をめぐらせてしまったりで、何度も後戻りしなくてはならなかった。

　ニージネエ・ゴロジーシチェに着いた。酒場のあたりには荷馬車が何台もとまっていて、馬糞がたくさん落ちていたが、その下にはまだ雪が溶けのこっていた。どの馬車も緑礬油《りょくばんゆ》の大瓶が積んであった。居酒屋は人でごったがえしていたが、みな御者で、ウォッカや煙草、羊の毛皮の臭いがした。みな大きな声でがやがやしゃべり、滑車の付いたドアがばたばた鳴っていた。壁の向こうからは一秒たりとも休まずに、アコーディオンが聞こえてきた。マリヤ・ヴァシリエヴナは腰を下ろしてお茶を飲んだ。隣のテーブルでは農民たちがお茶と酒場の人いきれで汗びっしょりになりながら、ウォッカやビールを飲んでいた。

「クジマ、聞いてくれ！」――そんな声が乱れ飛んでいた。「なんだって！　よしきた！　イヴァン・デメンチイチ、おれがやってやる！　こいつめ、見てろよ！」

　相当前から酔っぱらっていたと思しき、背が低く、黒い顎髭をした、あばた面の農民が、突然なにかにびっくりして、口汚く毒づきだした。

［8］

「おめえ、なんだってそんな悪態をつくんだい⁉」——かなり離れたところに座っていたセミョーンが怒った調子で応じた。「目がついてるんかい。お嬢さんがいるんだぞ！」

「お嬢さん……」——別の隅でだれかがからかうようにくり返した。

「この阿保面！」

「あっしらは別に……」——背の低い農民はまごつきだした。「すみません。あっしらは自分の銭で、お嬢さんは自分の……。ごきげんよう！」

「ごきげんよう」——女教師は答えた。

「あなたがたに心より感謝いたします」

　マリヤ・ヴァシリエヴナは満足そうにお茶を飲み、農民と同じようにひとりでに赤くなっては、また薪や守衛のことを考えた……。

「こいつめ、待てよ！」——隣のテーブルから声が響いた。

「ヴァゾーヴィエからいらした先生だ……知っているよ！　とってもいいお嬢さんだ」

「立派な方だ！」

　滑車付きのドアがばたばたと開いたり閉まったりし、入ってくる人もいれば、出ていく人もいた。マリヤ・ヴァシリエヴナは座ったまま、ずっと同じことを考えていた。壁の向こうで今度はハーモニカが始終鳴り響いていた。床に落ちた陽の光が、カウンターに行ったかと思うと、壁をつたい、完全に見えなくなった。つまり、正午をすぎて太陽が傾きだしたのだ。隣のテーブルの農民たちは出発の準備をはじめた。背の低い農民は少々覚束ない足取りでマリヤ・ヴァシリエヴナに近づいてきて、片手を差し出した。その姿を見て、ほかのものもみな別れに手を差し伸べてひとり、またひとりと出ていき、滑車付きのドアは軋んでは開くのを九度くり返した。

7頁の最初は、具体化によるキャラクター造型がつづく。

マリヤはまた、より具体性をましたマリヤになる（人間という存在が、静的でも安定的でもないということを小説は思いださせる。小説の形式は、作家がこのことを尊重するよう求めている。仮に登場人物がずっと同じことを言ったりして、同じポジションを占めていれば読者は動きがなく、同じビートのくり返しだと感じるだろう——展開に失敗したのだと）。ここで私たちは、マリヤにとって教えるのが天職というわけではないことを知る。経済上の理由で教えなくてはならなかったのだ。彼女にとっては「常に」試験が大事だと思えている（子供や啓蒙ではなく）。チェーホフが描くこの人物の個別性が、だんだんと増していくことに注目したい。マリヤが最初に登場したときの、紋切り型の、疲れ切った、理想の教師像からいままさに離れるところまできた。彼女は好きで教師をしているわけではないし、いままでもけっしてそうではなかった。仕事への愛情の欠如、それこそがマリヤが疲れ切っている原因のひとつだ。彼女は希望に満ちあふれてではなく、いやいやながら仕事をはじめた。好きだからやっているわけではなく、彼女にはふさわしくない仕事であり、失敗するかもしれない仕事なのである。

チェーホフは根っからの善人や根っからの悪人を出すことを嫌う。このことはハーノフ（金持ちでハンサムな頓珍漢、アル中）で見たし、マリヤ（日々苦闘する気高い教師で、自分の境遇によろこびを感じぬまま加担して檻を自分でつくってしまった）でいままさに見ている。おかげで物事は複雑になる。登場人物を「善」か「悪」でとらえようとするこちら側の直観的な傾向が疑義にふされるのだ。結果として読者の注意力は磨かれる。小説に若干はねのけられつつも、（こう言ってよければ）その真実の新たな側面に至るのだ。ここで私たちは、マリヤはまったく悪くなく、残酷なシステムの罪なき犠牲者なのだというシンプルな見方に落ち着くところだった。だがそこで小説はこう言ってきたのだ——「ちょっと待ちなよ。残酷なシステムの特質は、そのなかで人々を変形させ、自分自身を破壊するようにしむけて共犯関係にする点にもあるだろう」(別の言い方をすればこうだ——「マリヤは複雑な人間であり、過ちも犯しやすいということを忘れないようにしよう」)。

これはまだ哀しい状況だ。しかし、仕事上の難局にうまく立ち向かう力をもたないという意味では、彼女自身がそれに加担していることはわかる。私は彼女の人物像を頭のなかでわずかに修正する。マリヤには限界があり、少しだけ能力も劣っている。

他方で、彼女に天職でもない仕事をさせ、ここまですり減らしてしまうロシアという国はどんな国なんだとも思う。集金して、隙間風のひどい部屋で教えなくちゃならないのに、周囲からなんのサポートもえられないなんて? こんな生活をどうやって送ればいいんだろう? (頭をよぎるのは批評家テリー・イーグルトンの「資本主義は肉体の官能性を略奪する」という主張だ。)

世界中に無数のマリヤが存在し、必要に迫られて最良の自分を犠牲にしてきたのだと想像してみてほしい。生計を立てるため自分にあっていない労苦を背負いこみ、その重圧で己の尊厳を損なってきたのだと(ひょっとすると、私も、あなたもそのひとりだったかもしれない)。

これまで述べてきたように、短編小説という形式は容赦ないほど効率重視だ。短編に出てくるものはすべて、目的がなくてはならない。われわれの作業仮説はこうだ——短編には、偶然や単に書きとめておきたかったからという理由で存在するものはない。あらゆる要素は、小説の目的と関連した意味をわずかに帯びた、ちょっとした詩でなくてはならない。
この原則（「容赦なく効率重視の原則（YKG）」と呼ぶことにしよう）を心に刻んでいると、荷馬車が町（ニージネエ・ゴロジーシチェ）に着いたとき、自ずとこう問うているはずだ――「この町の目的はなんだ？」小説に町が出てくるなら、可能な唯一の答えはこうだ――「この町がここで出てくるのは、小説に必要ななにかをするためだ」。そこでこちらは実際はこう問うていることになる――「この町の目的はなんだ？　なぜこの町で、ほかの町ではなかったんだ？」
7頁の終わりのこの段落を読みながら、自分の心を観察して、チェーホフが読者になにを気づかせようとしているのか考えてみよう。

ニージネエ・ゴロジーシチェに着いた。酒場のあたりには荷馬車が何台もとまっていて、馬糞がたくさん落ちていたが、その下にはまだ雪が溶けのこっていた。どの馬車も緑礬油の大瓶が積んであった。居酒屋は人でごったがえしていたが、みな御者で、ウォッカや煙草、羊の毛皮の臭いがした。みな大きな声でがやがやしゃべり、滑車の付いたドアがばたばた鳴っていた。壁の向こうからは一秒たりとも休まずに、アコーディオンが聞こえてきた。

なかなかいい描写だ――ドアの滑車が場面を特に活き活きとしたものにしているように私には感じられる――だが、辛辣でもある。マリヤを追ってなかにはいった私たちに、チェーホフはなにかを伝えたかったのだ。読みすすめるうちに、いつのまにか「ネガティブな」言葉を蒐集してしまう――「馬糞」

「緑礬油」「臭い」「がやがや」「ばたばた」。どんちゃん騒ぎや絶え間なくうなりをあげるアコーディオンも加味すると、チェーホフはこう伝えたかったのだと結論できる――「ここは荒っぽい場所だ」。

次の、別の味付けをほどこしたバージョンを見てみよう。

酒場のそばには、雪で白い地面に、はるか遠くの異国から運ばれてきたオレンジやリンゴをたっぷり載せた箱を積んだ荷車が停まっていた。酒場には大勢の人々がいて、みな御者だった。お茶の香りと、部屋の片隅にある巨大なオーブンでなにかが焼ける匂いがした。店は楽しそうなおしゃべりで騒々しく、ドアが楽しげに、ひっきりなしに開いたりしまったりし、お祭りのような、歓迎するような雰囲気を醸している。隣の店からは、だれかがアコーディオンで軽快なダンス曲を演奏するのが聞こえてくる。

こんな町があってもいいし、実際どこかにあっただろうが、チェーホフはそんなのは必要とはしなかった。つまりはこうだ。不釣り合いな人生を送らざるをえないせいで不満を抱いた孤独な女性が、荒っぽい場所に入っていく。そこは自分が送りたかった人生では、けっして足を踏み入れるはずのない場所なのだ。

映画プロデューサーで万能の天才たるスチュアート・コーンフェルドは、かつて私にこう言ったことがある。よき映画では、構成要素はみな、以下の二点を満たさなくてはならない。(1)それ自体おもしろい(2)ストーリーをゆゆしく前進させる。

以降これを「コーンフェルドの原則」と呼ぶことにしよう。

平凡な小説では、酒場のなかではたいしたことはなにも起きない。平凡な小説の酒場では、作家に地方色を補充し、そこがどんなところかを読者に教えたりする。あるいはそこでなにかが起こっても、たいした意味はない。皿が落ちてきて割れたり、現実世界の陽光がそうだからという理由だけで、陽光が窓からなんの気なしに降りそそいだり、作家が最近、現実の酒場で現実の犬がそうするのを見たからという理由で、犬が駆けこんできて出ていったりする。こうしたことはみな、「それ自体おもしろい」（リアルで、愉快で、活き活きとした言葉で描かれているとか）かもしれないが、「ストーリーをゆゆしく前進させ」はしない。

小説は「ゆゆしく前進」し、読者は地方色となにかをえる。登場人物はある状態でそのシーンに入っていき、別の状態で出てくる。小説はそれ自体、さらに具体的なものになる。つまり、ずっと問われてきた疑問にさらに踏み込んでいるのだ。

それで、ここでいったいなにが起こるのか？

「あばた面の農民」が悪態をつく（これは地方色の範疇に入るだろう）。それからセミョーンが、マリヤがいることに注意を向けてその悪態に反応する（「お嬢さんがいるんだぞ！」）。

ワークショップでは、小説の「賭け金」をあげることについてよく話す。セミョーンはまさにそれをやった。「マリヤ」というラベルのついた導線と、「酒場の農民」というラベルのついた導線があり、それぞれに電流が流れているのだが、数十センチ離れて平行に置かれていた。

セミョーンは悪態に反応して、二本を交わらせた。マリヤと集まった農民は互いに思うところはなかったし、なんの関係もなかった。いま両者は互いに思うところがあり、関わりあっている。

セミョーンがマリヤを指して言った言葉を「からかう」ものがいる。「お嬢さん……」（「この人がお嬢さん?」というふくみがある）。

突然酒場の緊張感が高まる。マリヤは二度侮辱されたのだ。最初の悪態で間接的に、からかいで直接的に。私たちは、酒場にいる農民がこの「エリート」の教師に盾突くのではないかと感じる。いったいここのだれが彼女を守ってくれるのか?

緊張感は、あばた面の背の低い農民（この人物を私は、「七人のこびと」のねぼすけ《スリーピー》のようにいつもイメージしている——イメージでは謝罪のさいに帽子を脱ぐ）のおかげで霧消する。マリヤは謝罪を受けいれる。「ごきげんよう」、彼女は固くなってそう言う——おそらく事態がエスカレートするのを恐れてのことだ。

というわけで間一髪、大衆のなかでのマリヤの微妙な立場が浮き彫りになった。この悪態をついた農民が別の農民だったら、事態はさらに悪くなっていただろう（およそ二十年後には実際に事態はさらに悪くなる——ロシア革命が起こると、この農民たちのなかにも道を行進してハーノフの領地を奪取したものもいただろう）。

マリヤのリアクションは? 彼女はお茶を「満足そうに」飲む。彼女は「震える手で」や「涙を浮かべながら」そうすることもできた。だがそうしなかった。おそらく、マリヤにとって予期せぬ経験というわけでなかったのだ、そう読者は思う（私たちのほうが深刻に受けとめている）。マリヤは別の、町からの帰りに何度もこの酒場に来たことがあるのだろう。おそらくこういった低レベルなヤジは以前もあったのでは?

私たちのマリヤに対する理解はまた一段と深まった。これはいましがた落ちぶれた女性の話ではないのだ。これはちょっと前に落ちぶれて、落ちぶれた状態に慣れてしまい、もう腹をたてなくなった女性の話である。彼女は落ちぶれ、さらに落ちぶれつづけており、まだまだ落ちぶれるだろう。彼女はもうほとんど農民だ。

この場面は「コーンフェルドの原則」にかなっているのだろうか？　私はかなっていると思う。これまでマリヤは内心のモノローグを通じて、自分を大衆のなかに身をやつした女性として提示してきてはいたが、読者は本当には信じていなかったかもしれない。いまは信じられる。そのモノローグで（内心のモノローグとはおおむねそういうものだと思うが）、彼女はセミョーンとハーノフを遠回しにであれ値踏みし、そして知的な内省という行為そのものによって自制心を保っていた。だがいま、私たちは彼女の立場がいかに危ういものか目撃した。実際は自分で思っているよりも悪い状況なのだ。彼女は自分がここまで落ちぶれてしまったことに気がついていないのだ――ところが読者にはそれがわかるのだ。

そろそろ新しいスーツを買おうかと思いながら道を歩いている人を思い浮かべてほしい。いま着ているのだってなかなかいいし、いつもみんなほめてくれるけど、自分で自分にご褒美をあげたっていいじゃないか。店に向かう途中ですれちがったティーンエイジャーのグループは、彼のスーツがいかに古臭く、ださいかで軽口をとばしている。

私たちは彼を憐れむと同時に、そのスーツが突然目に入ってくる。

マリヤが内心で独白した自分自身の姿と世間一般での実際の立場の落差を目にして、知らず知らずのうちにいっそう彼女にやさしくしてやりたい、守ってやりたいと思ってしまう。このより深みを増した、危ういマリヤこそ、小説の最後までともに歩んでいく人物なのだ。

さて（気をとりなおして）三頁先に進もう。

「ヴァシリエヴナ、準備してください！」――セミョーンが叫んだ。

出発だ。そしてまたずっと並足だ。

「つい先ごろ、ここニージネエ・ゴロジーシチェに学校を建てたんです」――セミョーンは振り返って言った。「なんという罪なことさね！」

「なぜ？」

「議長が千、監査官がやはり千、教師が五百を懐に入れたようで」

「学校全部が千で建つのよ。おじいさん、他人を中傷するのはよくないわ。根も葉もないでたらめ」

「私にはわかりませんや……。みんなが言っていることを私も言ったまでで」

だがセミョーンが女教師を信じていないのは明らかだった。農民たちは彼女を信じてはいなかった。彼らときたら、いつもこう思っているのだった――少しばかり給料をもらいすぎだ――一月二十一ルーブルなんて（五ルーブルで十分だ）。そして生徒から薪代や守衛の給金として集めた金も、ほとんど懐に入れているのだ、と。

監査官も農民たちと同じように考えていた――自分では薪代から懐に入れ、役場から隠れて自分の監査代として農民から取りたてていた。

ありがたいことに森が終わり、ここからはヴャゾーヴィエまで平原がつづく。残った道はわずかだ。川を越え、線路を横切ると、そこがヴャゾーヴィエだ。

「どこに行くつもり？」――マリヤ・ヴァシリエヴナはセミョーンに訊いた。「右の道を橋へ行けばいいのに」

「なぜです？　こちらを行きましょう。深いといってもそれほどでもありますまい」

「気をつけて、馬を溺れさせないように」

「なぜです？」

「あそこでハーノフさんも橋を渡っていますよ」――マリヤ・ヴァシリエヴナは遥か右手に四頭立ての馬車を見つけて言った。「あれはあの人ではない？」

「ああ、あの人ですね。バークヴィストさんがいなかったにちがいない。まったくあほうだな、あんなところを通るなんて。こっちならまるまる三露里は近いのに」

川が近づいてきた。夏はごく浅い小川で、徒歩でたやすく渡れ、通常八月には干上がってしまうのだが、増水のあとの現在は、幅六サージェンほどの、流れの速い、濁って冷たい川になっていた。川岸にも流れの中にも真新しい轍が見えた――つまり、ここを渡ったのだ。

「進め！」——セミョーンはかっとなって叫んだが、顔には不安の色があった。鳥が羽ばたくように、両脇を閉じたり開いたりしながら、力いっぱい手綱を引いた。「進め！」

　馬は水に腹までつかってとまった。だが、また力をふりしぼってまた歩き出した。マリヤ・ヴァシリエヴナは足元に刺すような冷気を感じた。

「進め！」——彼女も腰を浮かして叫んだ——「進め！」

　向こう岸に出た。

「まったくもう、えらい骨折りだ」——馬具を直しながら、セミョーンはつぶやいた。「自治会《ゼムストヴォ》ってやつは罰でしかないな……」

　オーバーシューズも靴も水びたしだった。服や外套の裾、片袖も濡れて水がしたたっていた。砂糖も小麦粉もどうも水をかぶってしまったようだ——それがなにより腹立たしく、がっかりしたマリヤ・ヴァシリエヴナは、両手を軽く打ち合わせて、こう言うよりなかった。

「ああ、セミョーン、セミョーン！……あんたはまったく正しかったってわけね！」

［10］

ここで状況の変化について一言。

荷馬車に戻るとセミョーンはふたたびゴシップを口にする。今回は通りすぎた町の「罪なこと」について話す。先の場面では、セミョーンが伝えたゴシップは正しかったのだが（モスクワ市長の殺害）、マリヤは彼を信じず、関心も示さなかった。ここではセミョーンはまちがっていて、マリヤは関心を示し、訂正している。双方の場合で、セミョーンがまちがったゴシップを話し、マリヤは関心を示して訂正してもよかったのではないだろうか。ここでもまたチェーホフの本能は、停滞よりも変化に向かっているようだ。チェーホフの才能のひとつは、並の作家なら停滞したままにしてしまう状況に自然に変化をつける能力だ。

セミョーンの描き方に変化があるせいで、読者は彼を同時に二とおりに読むことができる。十九世紀ロシア版の陰謀論者で、権力者は悪を成すと常に信じている人物として。そしてマリヤと同じく貧しい暮らしをしながらも周囲のできごとに活き活きとした（ときにまちがってはいるが）関心をもちつづけようとしている人物として。

他方でマリヤは、「世間のできごと」に関心を示さない。彼女が関心を示すのは、地元のことだけ、身のまわりのコミュニティですでにして微妙な自分の立場に影響がありそうなことだけだ（酒場でのできごとを見たあとでは、彼女を責められない）。この事実は、マリヤの心が常に学校に立ち返るという観察からえられた傾向を説明してもくれる。これは自己防衛的で、境界をはっきりさせようという行動だ。彼女は自分がまだコントロールできるかもしれないことだけに集中している。ここで、セミョーンとマリヤを対比して読んでいることにも注意したい。二人は同じ箱のなかの二体の人形が、別々のポーズをとらされているようなものだ。セミョーンは世間に関心がある。マリヤはない。セミョーンはあれこれ推測をめぐらせる。マリヤはしない。二人ともシステムを信用していない(理由は別にせよ)。セミョーンは農民だ。彼女はそれに近い……などなど。

そして実際には、人形は三体いるのだ。マリヤ、セミョーン、ハーノフ。そんなつもりはなくとも、私たちはこの三人がどこが似ていて、どこがちがうのが、ずっと探りつづけているのである。マリヤとセミョーンを同じ町から来て、同じ荷馬車に乗っているという理由でいっしょにする。セミョーンよりも若く、社会的な地位が高く、カップルになりうる(どうやらそんな可能性はなさそうだが)という理由でマリヤとハーノフをいっしょにする。「マリヤよりも知的には劣る、彼女が付きあう必要のある相手」をあらわすという理由でセミョーンとハーノフをいっしょにする。だがそれぞれの人間はそれぞれに唯一無二でもある。マリヤは唯一の女性であり、セミョーンは唯一の農民であり、ハーノフは唯一の地主である。

小説は現実世界とはちがう。それは、物を数個だけ並べたテーブルのようなものだ。テーブルの「意味」は、選んだ物と、物同士の関係性によって決まる。こんなテーブルを想像してみてほしい。銃、手榴弾、手斧、陶器製のアヒルがのったテーブルだ。アヒルがテーブルの真ん中に置かれ、その周囲を武器がとりかこんでいれば、アヒルは困っていると感じる。アヒルと銃と手榴弾が手斧をテーブルの隅に釘付けしているようなら、アヒルが近代兵器(銃、手榴弾)を率いて(古臭い)手斧に対抗しているように感じるだろう。三つの武器がテーブルの一方の端から危なっかしくぶら下がっていて、アヒルがそれを見ているようなら、アヒルはラディカルな平和主義者で武器にもううんざりしてしまったと思うかもしれない。

小説とは実際そういうものなのだ。ひとつひとつ互いに対比させられる、限られた要素の組みあわせなのだ。


さて、少なくともここ（9頁の真ん中）からは旅は楽になる。二人は文字どおり森を抜け、一面平らな平野がつづく。チェーホフが提示するのは、シンプルな、ヴィジュアル化に適した風景の地図だ。「残った道はわずかだ。川を越え、線路を横切」ればいい。

近くに橋があるが、セミョーンは一計を案じた。彼は川を横切ることにした。「深いといってもそれほどでも」ないし、時間を節約できる。ハーノフがふたたび小説に登場し、心配性なのか（慎重に？）橋のほうに向かっていく。マリヤはハーノフを気に留めない点に注意しよう（希望をふたたび呼び覚まさないし、どきどきすることもない）。これは、ハーノフについてマリヤがめぐらせる思案がごく真剣なものというよりは、茫漠としたものであるというこちらの意見を裏づけてくれる。ハーノフと会った時間からして、セミョーンはハーノフが「あほう」で、けっきょく友人は家にいなかったんだと結論づける。つまりハーノフの旅は無駄だったわけだ。

二人は川に差しかかる。

セミョーンが馬を進める前に、こう問うてみよう。なぜチェーホフはわざわざこの川をつくったのだろう？　チェーホフは乾いた道路を渡って、荷馬車をただ町まで走らせることもできた。なにかチェーホフの目的にかなったことが川を渡る最中に起こるにちがいない（小説を書くうえでの一対の心得だ――「理由もなく物事を起こすな」と「物事を起こしたからには、それを問題にせよ」)。

「夏はごく浅い小川［…］だが、増水のあとの現在は、幅六サージェンほど［…］になっていた」。つまり、渡河はチャレンジだ。だが轍の跡はだれか最近渡ったものがいることを示している。この瞬間、セミョーンとハーノフのあいだで能力テストがおこなわれているように感じる。どちらの現実が正しいだろうか。(A)「独善的な農民のセミョーンは、より知的な貴族を退けて、渡河不能の川を横断しようとしてひどい結果に陥る」か、(B)「民衆のヒーローであるセミョーンは、機転を利かせて最近だれかがそうしたように川を渡る。ところが馬鹿な貴族のハーノフは、理由もなく安全策をとって時間を無駄にする」か、どちらだろうか。

マリヤはなにも言わない。どんな難局が起ころうとじっと座って耐え忍ぶしかない。彼女こそ小説の中心にいて、小説のなかでもっとも賢く、もっとも分別のついた人物なのにもかかわらずだ。

最初からかなり際どい。水が荷馬車に流れこんでくる。なんとか渡りきったところで、セミョーン（つまるところ陰謀論者）が責めるのは……自治会《ゼムストヴォ》だ。それはここで生きるうえでの「罰」なのだ（「悪いのは自分ではなく、この町だ！」)。そのあいだハーノフは（読者はそう想像する）橋のうえを渡っている。

勝ったのはだれだ？　まあ、セミョーンかもしれない。だがマリヤの靴は水浸し、服も濡れ、最悪なことに給料のかなりの部分をはたいて買ったと思しき砂糖と小麦粉（彼女の「買い物」）が台無しになってしまった。

マリヤは言う――「ああ、セミョーン、セミョーン！……あんたはまったく正しかったってわけね！」

なんと悲しい瞬間だろう。求めた慎ましやかな幸せ（ちっぽけな部屋に生活必需品を買いそろえることを「幸せ」と呼べるのなら）ですら、えられないのだから。

ハーノフは一日をつぶして旅をして、なんら明確な成果はえられなかった。

マリヤも同じだ。

前に、チェーホフはなぜわざわざ川を小説に出したのかと問うた。どうやら、マリヤの買い物を台無しにするためにやったようだ。

なんでそんなことをする必要があったのか？

この疑問はもちこしになる。


若かったころ、讃辞で埋め尽くされてはいるが、次のように結ばれたリジェクトをくらったことがある。「速くて愉快でワイルドだ……でも小説になっているかどうかわからない」。わかると思うけど、これにはもう……むかついたよ（思ったのは、速くて愉快でワイルドならそれで十分だろ、ぁほかと）。でも、いまならわかる。短編は単にできごとを次から次につなげただけではないのだ。活きのいい語りがきびきび数頁つづいて終わり、というものではないのだ。小説とはこちらを読み終えずにはいられない気分にさせ、そう、それでも話のなかで盛りあがって広がっていき、それで……満ち足りるようなものだ。

子供のころ、リプトンがこんなキャッチフレーズのテレビCMを流していた──「スープはまだ？」

作品（それが自分自身のものであっても）を読んでいるとき、私たちはいつもこう問うている──「小説はまだ？」

これぞ私たちが書いているあいだ、探し求めている瞬間だ。いわばテキストが仕上がるまで、「さあ、これが小説ですよ」という気になるまで私たちは推敲に推敲を重ねるのだ。

どうしてそんな気になるのか、掘り下げるうえでいい方法がひとつある。いい小説を、作者が実際に終わりにしたのよりも手前で、ためしに切ってみるのだ。ちょっと切ってみて、その無理やりな終わり方に対する自分のリアクションを観察する。結果わきあがってきた感情が、欠けてしまったものについて何事か語ってくれるだろう。あるいは逆に、切りとられた側のテキストを読めば、「お話」から「小説」への変身を完了させるうえで、それがなにを供給しているのかわかるだろう。

それで、ここで、たったいま読んだ節の終わりで、小説を終わらせてみたらどうだろう。こんな感じだ。


「ああ、セミョーン、セミョーン！……あんたはまったく正しかったってわけね！」

おしまい。

冒頭にもどって小説全体をじっくり読み返して、ここで終える。どんな感じになっただろうか？　そんな風に終わった小説はなにを「語っている」ように思えるだろう？　欠けているものはなんだろう？

（どのボーリングのピンが宙に浮いたままなのか？）

私はこんな風に感じた。「いや、まだ小説じゃない」

なぜそう感じたのか、考えてみよう。

先に、この小説のアイデアをごく簡単に言いあらわすとこうだと言った。

孤独な女が恋人になるかもしれない男に出会う。

私たちはいま、そこを通過してこんな風になっている。**孤独な女が恋人になるかもしれない男に出会い、彼女の孤独が癒されるかもしれなかったがそうならなくて、彼女**（と私たち）**はそれが虚しい望みだったことを悟り、それから酒場でほとんど侮辱され、旅の表向きの目的はだめになった。**

おしまい。

こんな風に切りとってみると、小説はアネクドート風で辛辣になる。**こちらが好意をよせずにはいられない、すてきな女性に悪いことが次々に起こり、出ていったときよりもひどい状態で戻ってくる**（これは現実世界で毎日毎日何百万回とくり返されてきたことを描いているのだが、まだ「小説」じゃない）。

ワークショップでときどき話すのは、文章を小説に変えるのは、そこで登場人物が永遠に変わってしまうようななにかが起こるせいだということだ（これは少々厳格にすぎるが、スタート地点にして先に進もう）。それで、その変化の瞬間を切りとるため、小説をある時点からはじめて別の時点で終える風に語るのだ（三人の幽霊が憑く前の週のスクルージとか、ロミオの十歳の誕生日パーティーとか、たいしたことはなにも起きない時期のルーク・スカイウォーカーとかの話はしないわけだ）。

マリヤの人生のなかで、チェーホフはなぜこの日を選んで語ることにしたのか？　こう言いかえてみてもいい。今日、マリヤのなにが変わったのか？　最初の頁で会った女性と別の人間になっただろうか？　そうは見えない。新しいことがなにかその身に起こっただろうか？　そうは思えない。ハーノフには前から何度も会ったことがあるし、（すでに述べたように）ロマンティックな感情や希望を抱いたこともあったようだが、彼とはなにも起こらないし、彼女もそれをよく知っている。酒場で侮辱されたが、軽く受け流した。この反応が彼女についてのこちらの見解を変えることがあっても（エスカレーションのように思える）、彼女自身の考えを変えはしなかった（侮辱されたあと「満足そうに」お茶を飲み、学校についての考えにすぐに戻っていったことからもこれがわかる）。

本当に問うべきことはこうだ。残りの七段落でこれを小説に昇華させるために起こることはなんだろう（なにが起こるべきか）？

ここで一旦手をとめて、現状ではこれは小説じゃないと確認するのはある意味エキサイティングだ。まだ小説じゃない。そしていまここで言ってしまうと、終わりには、これは傑作短編小説になるのだ。

じゃあ、ここには短編小説という形式そのものについて学ぶうえで本質的ななにかがあることになる。まだ小説じゃないをすばらしい小説に変えるなにかが（それがなんであれ）、いまから数分のうちに、この次の（最後の）頁で起こるのだ。

踏切では遮断機が降りていた。駅から急行列車が出たところだった。マリヤ・ヴァシリエヴナは踏切のそばに立って、列車が通過するのを待っていた。寒さから全身ぶるぶる震えていた。もうヴャゾーヴィエが見える――緑色の屋根の学校も、日没をうけて十字架が輝く教会も。駅舎の窓も輝いている。蒸気機関車からはバラ色の煙が立ち上っている……。彼女にはすべてが寒さに震えているように思えた。

ほら、汽車だ。窓は教会の十字架のように明るく輝いていて、目に痛いほどだ。一等車のデッキに女性が立っている――マリヤ・ヴァシリエヴナはその姿をちらと目にとめた。母さんだ！　とてもよく似ている！　母も同じように髪の量が多く、額のかたちもあんな感じで、頭をかしげていた。そして彼女はこの十三年間ではじめて、驚くほどはっきりと、母を、父を、兄を、モスクワの住居を、魚を入れていた水槽を、こまごまとした細部にいたるまで全部まざまざと思いだした――ふっとピアノの演奏や父の声が耳に聞こえたかと思うと、自分もあの時のように、若く、美しく、着飾った姿のように思え、明るく暖かな部屋で、近しい人々に囲まれているように思えた。歓喜と幸福の感情に突然とらえられ、うっとりとして両手の手のひらでこめかみを押さえると、祈りをこめてやさしくこう叫んでいた。

「ママ！」

そしてわけもなく泣き出した。ちょうどこの時、ハーノフが四頭立ての馬車で通りがかった。その姿を見ると、いままでなかったような幸福がわきおこってきて、ほほえみながら会釈した――あたかも対等で、近しい存在であるかのように。すると彼女には、空にも、窓という窓にも、樹々の合間にも、自分の幸福が、勝利が輝いているように思えた。そう、父も母も死ななかったし、自分は教師になんてならなかった。あれは長くて重苦しい、奇妙な夢だったのだ。そしていま、彼女は夢から覚めた……。

「ヴァシリエヴナ、お座りください！」

突然すべてが消えてしまった。遮断機がゆっくりと上がっていった。マリヤ・ヴァシリエヴナは寒さに震え、かじかみながら馬車に乗りこんだ。四頭立ての馬車が線路をわたり、セミョーンがつづいた。踏切の守衛が帽子をとった。

「ヴャゾーヴィエです。着きましたよ」

鉄道の遮断機が降りている（列車が通過するところなのだ）。線路の向こうには家のあるヴャゾーヴィエの村が見える。チェーホフはいくつか特定の建物（マリヤが奴隷のように働く「緑色の屋根の学校」もふくまれている）を、一日の特定の時間に描きだす。日没だ。夕日があたると建物はどうなるのか？　照り映えるのだ。特に、どこの部分が？　十字架と駅の窓だ（この描写と「目の前には町があった――ほかのロシアの小さな村とまったく同じように見えた」とのちがいを意識しよう）。

列車がやってくる。ここでチェーホフは、夕日があたれば物が照り映えるとさっき言ったことを思いださせる。そう、列車の窓も照り映えるのだ。結果として、マリヤは直接なかを見ることができなくなる。代わりに、一等客車のデッキを見る。そして見えたのは……母親だ（ここではあることが別のなにかを引きおこすという、緊密な因果関係に注目したい）。チェーホフはすぐに、この誤認を修正する（マリヤに修正させる）。「とてもよく似ている！」この女性を母親ととりちがえたのは理にかなっているのだろうか？　そのとおり。チェーホフはディテールを用いてそのことを証明する。どこが似ているのか？　女性の髪と、額、頭のかしげ方だ。

そのせいで忘れていた記憶が押しよせてくる。「この十三年間ではじめて」、モスクワでの子供のころの生活をありありと思いだす。

この段階を、マリヤが子供時代を回想した最初のほうの段落（2頁最初の段落）と照らしあわせてみよう。最初のほうの段落には、魚がいた水槽も、ピアノも、歌も、幸福な生活と結びつくものはなにもなかった。以前（ほんの数時間前だ）子供時代を振りかえったときには、「夢のようにぼんやりとした、輪郭のはっきりしないもの」を思いだすのがせいぜいだった。いま、彼女の心はディテールでいっぱいだ。

子供時代のぼんやりした記憶のほうは修正された。思い起こしたディテールが、自分自身の認識も変えていく。昔、彼女は別のだれかだった。家があって、愛され、「若く、美しく、着飾った姿」で「明るく暖かな部屋で、近しい人々に囲まれている」だれかだった。

彼女は「歓喜と幸福の感情」にとらえられる。

「ママ！」と叫び、泣きだしてしまうが、自分でも理由はわからない。

私たちが彼女の不幸に終わりがくる瞬間を待っていたのだとすれば、これがその終わりだ。救いは思い出となって訪れたのだ。彼女は自分が昔、だれだったのかを思いだす。彼女は昔、自分だった人なのだ。

見いだされた幸福はつづくのだろうか？（彼女を永遠に変えてしまうだろうか？）

チェーホフがなぜ、ほかの日ではなくこの日の話をしたのか、読者にはわかる。これが昨日には起こらなかったから――悪夢のような十三年のあいだのどの日にも起こらなかったからだ。

まさに今日、はじめて起こったのだ。

ここでいったん手をとめて、彼女の子供時代についての段落をまとめて読んでみるとよい。重なりあう部分だけでなく（モスクワ、アパート）、二度目の回想で加筆されている箇所に注目してみよう。水槽、ピアノ、愛、うちとけた感情。これはエスカレーションだ。チェーホフが両方とも同じ記述にしたら、停滞になる（たとえば「店にいったらなかは暑くて、トッドに会った。あとで店にいったらなかは暑くてトッドに会った」）。過去を思いだすことで、マリヤは文字どおり、ほんの数秒前とは別人になる。これを読者はエスカレーションと感じる。突然、かつてそうであった自分（愛され、特別で、大切にされていた）がおぞましい新しい現実のなかで目覚めるのだ。読者はショックを受けるが（「しけた田舎の学校で、ほとんど農民みたいな教師をしているだなんて？　なんで？　私が？　マリヤが？」）、自分を、本当の自分自身をとりもどした彼女のよろこびも感じる。

　私はこの新しい、突然顔を輝かせたマリヤが好きだ（読者には彼女がずっとみじめな思いをしてきたこと、勇敢だったことがわかっている）。

　小説とはエネルギーを伝えるためのシステムだと述べた。最初のほうの頁で生みだされたエネルギーが、小説全体を通して、節から節へと、火消しを目指すバケツリレーのように伝達されていく。そして願わくば、一滴もこぼさないようにと。

　ここで因果関係の、ドミノ倒しのような美しい効果に着目してほしい。小説のはじめでマリヤに対して読者が抱く憐れみのエネルギーが（おかげでこちらはマリヤが救われてほしいと思い、ハーノフがその救いになるかもしれないと誤解した）、このひどい一日を通じて深まっていき、買い物が台無しになるところで頂点に達し、それから一日のうちに積もり積もった苦しみが赤の他人を母親と見間違いをさせ、それが今度は在りし日の自分を思いださせ、彼女に幸福の瞬間をもたらすのだが、それは読者が彼女の様子をずっと見だしてからはじめての、哀れな彼女のことを知ってからはじめて――つまりは小説の冒頭からはじめて――のことだったのだ。

　彼女は若返り、かつてそうだった屈託のない、幸せで、希望にあふれた少女に生まれかわる。突然力をとりもどしたスーパーヒーローのようだ。

そしてここで、私はいつもこう感じる――彼女がこれまで暮らしてきた残酷な世界が、修正を受けいれる頃合いなのではないかと。

とにかくそう願うのだ。

ハーノフが追いついてくる。川をわたることでセミョーンが節約した時間なんて、列車の通過を待つあいだに帳消しになってしまった。すべて水の泡だ。ハーノフの賢さはセミョーン程度で、その逆も言える。つまりそんなに賢くない。このロシアでは、蔓延する退屈に打ち勝てるほど賢い人間はだれもいない――貴族も農民も均しく無能であり、物事をいくぶんクリアにとらえている世界中のマリヤたちはその中間で絡めとられてしまっている。

ハーノフを見ると、マリヤは「いままでなかったような幸福がわきおこってきて、ほほえみながら会釈した――あたかも対等で、近しい存在であるかのように」(5頁で彼女は、ほとんど同じ言葉「近しく等しく」で語りながらも、ありえないと却下していた)。「すると彼女には、空にも、窓という窓にも、樹々の合間にも、自分の幸福が、勝利が輝いているように思えた」――そう、奇妙なことに「勝利」も輝くのだ。なにが彼女の「勝利」なのか? そう、彼女はかつての少女の姿をとりもどしたのだ。両親は死ななかったし、「自分は教師になんてならなかった」。落ちぶれたりもしていない。全部「長くて重苦しい、奇妙な夢」で、まさにいまそこから目覚めたのだ。

彼女はふたたび幸福を、誇りをとりもどし、ついには完全な人間にもどる。

彼女は幸福だが、まだひとりだ（だがまだ孤独なのだろうか？）。ここから終わりまでの数行、小説がどうなるか想像できるだろうか？　この突然の自信、自分が愛に値する人間だという意識の芽生えは彼女を劇的に変え、ハーノフはそのちがいに気がつき、まるではじめて会ったかのように彼女を見て、そして――。

ああ、きみならできるさ。私にもできる。ここに来るといつもそう思うんだ。

でも無理なんだ。

セミョーンは「お座りください！」――と声をかける。つまり、「現実世界である荷馬車に戻ってこい」ということだ。「突然すべてが消えてしまった」。小説はすでに、彼らのあいだに関係が生まれるのは不可能だと告げていたが、いまも、依然としてそうなのだ。もうハーノフは出てこず、ただ馬車の記述だけがある。「四頭立ての馬車が線路をわた」った。守衛が帽子をとってみせるという、奇妙だが、不思議とはまっているディテールがある（「マダム、あなたの孤独へお帰りなさい」）。

そして彼らは帰ってきて、小説は終わる。

ひたすらに悲しくて、悲しくて、徹頭徹尾真に迫った小説だ。

なぜハーノフはマリヤに魅了されなかったのだろう？

ええと、最適解は、そのほうが小説がより美しいからだ。もしハーノフが魅了されてしまえば、遠回しにではあるが、以前魅了されなかった理由はマリヤがそれまで幸せでなかった（以前はこんな風に魅力的でなかった）せいということだけになる。言いかえれば、小説はこう言っているに等しいことになる――

「マリヤが愛されるためにはもっとよくなるだけでいい」。これでは小説はおもしろくないどころか、平凡ですらない。おまけに、すでにわかっていることとも矛盾している。二人は相容れないのだ。どれほど幸せの光を放ったところで二人のあいだの溝は埋まらないし、もし埋まってしまったら無理やりで嘘くさく感じるだろう。

ハーノフはマリヤの変化を認めたのか？　そうではなさそうだ。この笑みと会釈を見逃したか（すでに橋の向こうを見ている）、気がついたがなにも感じなかったか――愛の告白どころか、明るくさよならを言うでもなく、笑みと会釈を返すでもない。この変化に気がつかないなんてことがありえるのか？　そのとおり。そしてもしそうなら、これまでの「ハーノフはまぬけ」だという瞬間はむくわれる（この男は、ある女性が十三年間分の不幸をたったいま振りはらったのにそれに気づかないほどうかつなのだ）。

いずれにしてもマリヤは気にしていない。彼女の注意はハーノフではなく、彼女の幸福が輝く空に、窓に、樹々に向けられ、そして突如として本当の自分をとりもどした「勝利」に向けられている。

彼女に起こったのは心の奥底でのことで、ハーノフとはなんの関係もない。長らく死んでいたなにかが、ふっと息を吹きかえしたのだ。

そしてその瞬間彼女の瞳に映った（と私たちが思い描く）光は、小説が生みだしたエネルギーがすべて宿っている場所なのだ。

これまで話してきたように、小説は変化の瞬間を切りとって、暗黙のうちにこう言うのだ。――「この日を境に物事が永遠に変わってしまったのです」。その変形はこうだ――「この日を境に物事がほとんど永遠に変わってしまいそうになったが、変わりませんでした」。線路に来るまでの「荷馬車で」は、その変形の変形だ——「この日を境に物事は永遠に変わるかもしれなかったが、そうはならなかった。なぜなら、もちろん、変わりようなどないから」（束の間の、偽物の希望がわきあがる小説）。線路のところで、小説はこうなった——「この日を境に実際、物事は永遠に変わってしまったが、よいとも悪いともつかない予期せぬ方向に変わった」。

仮に、自分にはなにもないと感じていて、これまでも常になにもなかったのなら、それもひとつの小説だ。だが自分にはなにもないと感じていて、ある奇跡的な瞬間にかつて自分にはなにかがあったと思いだすのなら——それは幸福な小説なのか、悲しい小説なのか、どちらだろう？

まあ、場合によるだろう。

私たちは疑問に思う（この小説は疑問を引き起こす）——マリヤにわいていた力と自信は後まで残るのだろうか？　この体験は「彼女を永遠に変えてしまった」のだろうか？　明日もまだ彼女は同じように感じるだろうか？　自分がかつて若く、愛されていたという感覚は彼女のなかで息づき、その生き方を変えるだろうか？

最後から二番目の段落を読むと、そうは考えにくい。「寒さに震え、かじかみながら」という部分は、以前の状態に逆戻りしてしまったことを指している。幸福の絶頂時には物事が「輝いている」という、ぬくもりを連想させる語が使われていたことを踏まえれば特にそうだ。

しかし、きれいな終わり方をした小説の特徴は、登場人物の生活がその後もつづくのが想像できる点にもある。私には、この経験でマリヤの人生がよくなるのではないかと思い描くことができる——気の滅入る学校で駆けずりまわっているさなかにもふと戻れる秘密の場所ができたからだ。私には、この経験でマリヤの人生が悪くなるのも想像できる。嘲笑の的として、自分がどれほど落ちぶれてしまったのかを思い知らされるようになるからだ。

そして、これまでの彼女の人生と地続きの、一番悲しい結末も想像できる。それは、ほんの数週間（数か月、数年）後には、このうんざりする生活がつづくなか、かつて自分の子供時代の水槽を忘れてしまったのと同じように、線路際での輝かしい瞬間をすっかり忘れてしまうというものだ。

この作品が、孤独の描写として——本当の孤独の、この世界で実際に起こっている孤独の描写として——等身大で心を打つのは、マリヤの内側から彼女の体験すべてを見ているからだ。内面描写が足りない小説だと、かわいそうだという単純な感情しか生まれない（「ああ、なんとかわいそうな、孤独な人間だろう」）。私たちはマリヤを「小さきもの」として理解する。だが、この小説の内面描写の名人芸は、私たちを引きこむだけでなく、彼女をも巻き添えにするのである。彼女は完璧な人間で孤独なのではない。彼女は不完全な人間で、孤独なのだ。私たちが孤独で不完全なマリヤをかわいそうだと思うのは、自分の愛する人が孤独で不完全なのをそう思うのと、あるいは自分が不完全（孤独）なのをそう思うのと同じなのである。

私たちは小説をこう考えることができる。作者が運転するオートバイのサイドカーに読者は座っている。語りがうまい小説では、読者と作者はひとつのユニットのようにぴったりくっついている。作家としての仕事は、オートバイとサイドカーの距離を短く保って、私が右にいけば、読者も右にいくようにすることだ。小説の終わりで私がオートバイを崖から落としたとしても、読者はついていくしかない（ここまで私は、なぜ読者が私から距離をとれないか、理由を言っていない）。オートバイとサイドカーの距離が空きすぎると、私がカーブしても読者はそれを聞き逃してしまい、結果として関係が損なわれて、退屈したりいらいらしたりして、本を読むのをやめて映画を見にいってしまう。するとキャラクター造型もプロットも声もポリティクスもテーマもなくなってしまう。なんにもなくなってしまうんだ。

チェーホフは読者がほとんど彼女になってしまうぐらいまで、私たちをマリヤに近づけたままにしておく。チェーホフは私たちがマリヤとのあいだに心理的な距離をとる理由を一切与えない。それどころか、チェーホフによる彼女の心の動きの描写はあまりにも見事なので、ときとしてまるで自分の心の動きを描いているように感じられるのだ。私たちはマリヤであり、マリヤは私たちだ。だが、別の生活を送る私たちだ。つまり、手の施しようがないほど孤独な私たちだ。

小説は孤独を解決するだろうか？　なにかの解決策を示すだろうか？　いいや。小説は、こんな孤独はいつも私たちのそばにあったし、これからもあるだろうと言っているようだ。愛が存在するかぎり、愛されない人間は生まれてしまう。富が存在するかぎり、貧困も生まれてしまう。胸おどらせる体験が存在するかぎり、退屈も生まれてしまう。つまるところ、小説の結論は「そう、それがこの世界の成り立ちなんだ」。

だが小説の真の美しさは、見かけ上の結論なんかではなく、その過程で読者に起こる心の変化にある。

チェーホフはこんなことを言ったことがある――「作家が問題を解決する必要はない。問題を正しく提示するだけでいい」*。「正しく提示する」は「問題を否定することなく、その存在をあまさず感じさせる」という意味だととれるだろう。

私たちはいま、マリヤの孤独をリアルに感じている。わが身のこととして感じるのだ。もう私たちは(以前は知らなかったとしても)、癒しがたいほどの孤独というものが存在しうると知っている——そしてそれは、身のまわりの人々のなかにも——表だってはそうは見えなくても、町にいって、小切手を受けとり、家に静かに帰っていく人々のなかにも(あるいは郵便局の列に並んでいる人々や、信号待ちをする車のなかでラジオにあわせて歌っている人々のなかにも)——あるのだ。

この十一頁のあいだに、最初真っ白だった頭は、新しい友達、マリヤでいっぱいになった。私の経験から言わせてもらえば、彼女はずっとあなたとともにいるだろう。そして次にだれかが「孤独」だと呼ばれるのを聞いたときには、マリヤとの友情のおかげで、その人にやさしくしようとより考えるようになるかもしれない——たとえその人にまだ会ったことがなくても。

(八一頁)*〔訳注〕これはチェーホフが一八八八年十月二八日のA・S・スヴォーリンあての書簡でのべた「あなたは、問題の解決と問題の正しい提起とを混同なさっておられる。芸術家に必要なのは後者だけです」という言葉からきたものと思われる。アントン・チェーホフ『チェーホフ全集 16』神西清・池田健太郎・原卓也訳、一九六一年、九三-九四頁。

授業のあとに　その一

　このわずらわしい「一度に一頁ずつ方式」のエクササイズをもっと短く授業でやってみたいという教員の方が読者にいれば、アーネスト・ヘミングウェイの短編「雨の中の猫」をおすすめする。小説（およそ二千五百字）をまるごとコピーして、四百字ごとに六「頁」に切り分けるだけでいい。みなに一頁目を黙読させて、それから本章でしたように、こう訊ねればいい。（1）これまでわかったことはなんだろう？（2）関心を惹かれるものはなんだろう？（3）小説はどこに向かっていると思うだろうか？（どのボーリングのピンが宙にあると思うか？）

　小説の終盤に、そこから先を切ってしまうという場所を決めて、あの「小説はまだ？」という疑問を問うてみよう。

　このドリルをすることで、学生は短編小説が実際にどう組み立てられ、どう膨らませられているのか実感できる。このちょっとした短編は、とりわけエスカレーションについて議論するすこぶるよい機会になる。静かな短編だが、けっしてじっとしているわけではない。ほとんどすべての段落で、じょじょにエスカレートしていくのだ。

おさらいしておこう。短編小説とは線形時相現象である。

実際のところ、芸術作品はみなそうなのだ。映画を見てほんの数分後のことを考えてみればわかる。絵画にはなにも考えずに近づき、ちょっと見ると、心がいっぱいになる。コンサート・ホールでは、すぐにステージに釘付けになってしまうか、バルコニー席の男がどんなメッセージを打っているのか気になるかどちらかだ。

小説とは増幅していくパルスの連なりである。それぞれのパルスは、こちらに働きかけをする。パルスは私たちをそれまでいた場所とはちがった、新しい場所に連れていく。批評は不可解な、謎めいたものなんかではない。それは単に、次のような問題である。(1)自分が作品に、瞬間瞬間、反応していることに気がつくこと。(2)その反応をうまく表現できるようになること。

私が学生に強調しているのは、このプロセスがいかに勇気をくれるかということだ。世の中は、私たちを自分のいいように操ってやろうという思惑の人々であふれている(彼らのために金を使い、彼らのために戦い、彼らのために死に、彼らのために他人を抑圧させようとする)。だが私たちの内部にはヘミングウェイが「内蔵型の、耐衝撃性の、クソ発見器」と呼ぶものが存在する。*

どうやってクソがわかるのだろう? 心の奥底の、素直な部分がどう反応するのか観察してやればいい。

そして心のその部分は、読んだり書いたりすることで研ぎ澄まされていく。

この「一度に一頁ずつ」方式はほかのジャンルの作品にも使用できる。

たとえば、映画『自転車泥棒』のなかで、開始から五十四分ぐらいからはじまる場面がある。この場面で、父親と息子は盗まれた自転車を探している。追っていた手掛かりは父親のミスのせいで途絶えてしまう。問いただされた父親は、息子を平手打ちし、息子は泣きだしてしまう。父親は息子に橋の上で待つよう命じ、自分は降りて川沿いを捜索する。するとなにかの騒ぎが聞こえてくる。どうやら少年が溺れているようだ。父親は——そしてこちらは——自分の息子かもしれないと思う。だがちがうのだ。息子は長い階段を上った先、橋の上の、待っていろと言われた場所にいる。

父親と息子は川沿いを歩いている。平手打ちしたことを反省している父親は財布を覗いたあと、豪遊しようと言いだす。ピザ屋にいくのだ。レストランで、二人は裕福な一家のそばに座る。息子は自分の年ごろの、金持ちの少年の様子を興味津々に見ている。それを見ていた父親は、素直な気もちになり、息子に心を開く（平手打ちの傷は癒える）。

授業ではこのシークエンスを何度も見ることで、最初は見落としたことに気がつくようになる。たとえば、父親と息子が川沿いを悲しげに歩いているとき、二人は一本の樹をはさんで別々の側を歩いてい

＊〔訳注〕『パリ・レヴュー』誌のインタビューに答えて、作家の一番の資質とはなにかという発言（一九五八年）。「アーネスト・ヘミングウェイ」『作家はどうやって小説を書くのか、たっぷり聞いてみよう！（パリ・レヴュー・インタヴューII）』青山南編訳、岩波書店、二〇一五年、四九頁より、一部改変を施して引用。

る。だが次の樹が近づくと、少年がわきにそれ、父親と同じ側を歩く（こちらはこれを、「和解の可能性は保留？」と読む）。お祭り騒ぎのサッカーファンをいっぱいに乗せたトラックが通りすぎていく（彼らは親子とはちがって、幸せだ）。

父親は息子がトラックの若者たちを見ていることに気づき、そのことと、平手打ちをしたことを恥じる気もちが結びつき（こちらはそう思うのだが）、息子をレストランに連れていくことを思いつく（だがまず、父親は財布を覗いてみる）。

このすてきな和解のシーンの最中、フレームの二人の向こうでは恋人たちが川を眺めている。あの樹々、幸せそうなファンを満載したトラック、財布のなかの小切手、愛しあうカップルがなければシークエンスはつまらないものになってしまう。

このエクササイズをしていてうれしいのは、学生が、わあ、すごい、監督のヴィットリオ・デ・シーカは本当にこんなに気を配っていたんだと気づきはじめるのを見るときだ。どのフレームのどの面も入念に考案されて丹念に用いられており、そのせいもあってはじめてこのシークエンスを見ると心を動かされてしまうのだ。つまり、デ・シーカは映画のなかのひとつひとつすべてに責任を負っているのだ。

もちろんそうなのだ。『自転車泥棒』は傑作であり、デ・シーカは芸術家で、芸術家がすべきことはまさにそれなのだ。つまりは、責任を負うこと。

のど自慢

1852年

イヴァン・ツルゲーネフ

［1］

のど自慢

コロトフカの小さな村はかつて、その大胆不敵な性格から近隣で「切れ者《ストルイガニハ》」と呼ばれていた女地主（本名は残っていない）のものだったが、いまはペテルブルグのドイツ人の領地になっている。剝き出しの丘の斜面にある村は、深淵のように口を開けた恐ろしい谷間で上から下まで真っ二つになっている――雨雪に浸食され、崩落したこの谷が通りの真ん中に沿って蛇行しているのだが、これは川が町中を流れているよりもひどい事態だ（川なら少なくとも橋をかけることができよう）――村は哀れにも引き裂かれてしまっているのだから。その脇の砂地を、数本の痩せたヤナギの木がおっかなびっくり降りてきている。どん底には、乾燥のあまり銅のように黄色くなった巨大な粘板岩の石が層になっている。言うまでもなく愉快な光景ではない――それでも近隣の住民はコロトフカへの道をよく知っている。彼らは熱心に、足しげくそこに通うのである。

峡谷の一番奥――まさにそこから谷間が細い亀裂となってはじまるところ――から少し歩いた場所に、四角い小屋がぽつんと一軒建っている。小屋は藁ぶきで、煙突が突き出ていた。窓はひ

［2］

とつ、まるで目のようにぎらりと峡谷を見据えている。冬の夜には窓を内側から照らす光が厳寒の霧靄のなか遠くからでも見え、導きの星がまたたくように思う通りすがりの農民も少なくなかった。小屋の戸には青い板切れが釘で留められている——小屋は「安楽亭《プリトゥインヌイ》」*という居酒屋なのだ。ワインを市価より安く売っていたせいでもないらしいが、近隣にある似たようなどの店よりもずっと繁盛している。その理由は亭主のニコライ・イヴァーヌィチにある。

ニコライ・イヴァーヌィチはかつてはすらりとした、巻き毛で血色のいい若者だったが、いまや異常なまでに肥って、顔はむくんでいる。すでに髪も白髪頭で、目つきはずるそうでもあり愛想がよさそうでもあり、脂ぎった額には糸のようなしわが張りめぐらされている。もう二十年以上もコロトフカで暮らしているのだ。ニコライ・イヴァーヌィチは、他の居酒屋の亭主同様、抜け目なくはしこい男である。格別愛嬌があるわけでも、饒舌なわけでもないが、客を引きつけ、引き留める才能があった——粘着質な亭主のおちついて人好きのする、それでいて鋭い目つきを浴びると、なぜか客はうきうきとカウンターに腰かけていられるのだ。常識も兼ね備えている——地主や、農民、町人の暮らしに精通しているのだ。難局が持ちあがった際などには、気の利いた助言もできるはずだが、いかにも用心深いエゴイストらしく脇に退いたまま、なんの気なしに口をついたという風を装って、客に——それもお気に入りの客にかぎって——採るべき道を遠回しに

---

*［ツルゲーネフ自注］「プリトゥインヌイ」とは人々が好んで集まる場所、一息つける場所を指す。

［3］

ほのめかすだけである。彼はロシア人にとって大切なこと、大事なことをみんな知り抜いているのだ——馬や家畜のこと、木々のこと、煉瓦のこと、食器のこと、織物のこと、革細工のこと、歌や踊りのこと。客がいないときには、たいてい小屋の戸の前でその細い両足を組んでだらしなく座り、通りすがりと誰彼かまわずなれなれしい言葉を交わすのだ。これまでの人生でいろいろなものを見てきたので、自分のところに「混じりものなしの酒」を買いにきては死んでいった下級貴族も十人どころではなく、周囲百露里で起こっていることならなんでも知っているが、べらべらしゃべったりなんかはしないし、きわめて勘のいい郷警察署長ですら見逃していることさえお見通しでも、そんな素振りはおくびにも出さない。我関せずといった風情で口をつぐみ、笑みを浮かべて、コップをいじったりしている。

隣人たちは尊敬の念を抱いている。この群で一番身分の高い地主で、将官相当の文官のシチェレペチェンコも、そばを通りかかるときにはかならず丁寧に挨拶していく。ニコライ・イヴァーヌィチは顔が広いのだ。悪名高い馬泥棒が知り合いの厩舎から馬を盗んだりすれば返させ、新顔の管理人の受け入れをしぶっている隣の村の農民を説き伏せたりなどなど……。しかし、男が公正さを愛し、隣人に尽くそうとしてそういった行いをしたと考えるべきではない——とんでもない！　ただただ、自らの平穏を掻き乱しかねないものにはなんとしてでも先手を打ってしまいたいだけなのだ。

ニコライ・イヴァーヌィチは妻帯者で、子供もいる。妻はきびきびとした、鼻の高い、目ざとい町女だが、最近は夫に似てか、幾分ふくよかになってきた。男はなんにつけ妻を頼り、金庫の

［4］

鍵も預けている。酔って大声を出す客は妻を恐れている。妻の側が彼らを嫌っているのだ。儲けは少ないのに、声ばかり大きいのだ。陰気で無口な客の方がずっとましだ。ニコライ・イヴァーヌィチの子供はまだみな小さい。最初に生まれた子供らはみな死んでしまったが、残っているのは両親によく似ている。健康な子供の利口そうな顔を見るのはなんとも心躍るものだ。

七月の耐えられないほど暑い日のこと、私は愛犬を連れ、コロトフカの谷間に沿って「安楽亭」に向かってゆっくり歩を進めていた。空には太陽が猛り狂ったかのように燃えさかっていた。執拗に火の手を緩めないのだ。空気は一面、息苦しいほどの埃で満ちていた。艶《あで》やかな羽を輝かせたミヤマガラスやワタリガラスはくちばしを開けて、憐れみを乞うかのように通りすがりの人々を熱心に眺めていた。スズメだけは悲しむこともなく、羽を広げ、いつもよりも盛んにさえずり、垣根のあたりでけんかをしていたかと思えば、埃っぽい道から仲よく舞い上がり、緑眩い麻畑の上を灰色の雲のように飛んでいる。私はといえば、喉の渇きに苦しめられていた。水が手近になかったのだ。コロトフカではステップ地帯にあるほか多数の村同様、泉も井戸もなかったので、農民は池から汲んだどろっとした汚水を飲んでいる……。だが、こんな不快な飲物を水などと呼ぶ奴がいるだろうか？　私はニコライ・イヴァーヌィチにビールかクワス〔麦を発酵させてつくる飲料〕を一杯もらうつもりだった。

実を言うと、コロトフカには年中いつ来たところで、目を楽しませるような光景というものはない。むしろ七月のぎらぎらした太陽が容赦ない光線をあたりに浴びせかけているころには、とりわけ苦い気持ちがわきあがってくるものだ——家々の褐色の屋根はなかばめくれあがっている

［5］

し、谷間は深く、干からびて埃まみれの牧草地にはひょろひょろした脚の、やせ細った鶏があてもなくうろうろしており、ヤマナラシの灰色の残骸には窓のかわりに洞がいくつも開いていて、地主屋敷の跡地には一面にイラクサやニガヨモギ、雑草が生い茂り、黒い池はガチョウの羽で覆われて沸きたつかのようで、池の縁は半乾きの泥になっていて、脇の堤は壊れているし、そのほとりの、ほとんど踏み荒らされ、灰色になった地面には、熱さにむせかえってやっとのことで息をしながら悲しげに身を寄せ合う羊たちが、塞ぎこんだ様子でじっと頭を下げているのは、できるだけ頭を低くしてこの耐え難い暑さが行ってしまうのを待っているかのようだ。私は棒のようになった脚でニコライ・イヴァーヌィチの住み家に近づいていったが、いつものように子供らは驚いて、意味もなくじっとこちらを見つめ、犬はといえば機嫌の悪さを、内臓が全部張り裂けそうになるほど猛然と、声が枯れるほど吠えかかることで表現していたが、結句咳きこんで息を切らしてしまった。すると突然、居酒屋の敷居にぬっと背の高い男があらわれた。帽子もかぶらず、毛織の外套を着て、水色の帯を低い位置に締めている。その姿は屋敷勤めの下男のようだ。髪は濃かったが、白髪が無造作に生え、かさかさした、しわだらけの顔をしていた。忙しく両腕を振りながら誰かを呼んでいるのだが、どうも自分で思っているよりもずっと腕の振りが大きいようだった。すでに一杯やっているにちがいない。

「こっちに来いよ！」——濃い眉を無理につりあげながら、男はぶつぶつ言いだした。「パチクリ《モルガチ》、来いったら！　まったく、なにをのろのろしてるんだい。よくないぞ、兄弟。こっちはお前を待ってるってのに、お前はのろのろしているんだから……。来いったら」

［6］

「わかった、行くよ、行くよ」――ガラガラ声が響いて、物置の右手から背の低い、太った男がびっこを引いてあらわれた。こざっぱりとしたラシャのコートに、片袖だけ通している。大きなとんがり帽子を眉まで目深にかぶっているせいで、丸く膨れた顔はずる賢そうにもひょうきんそうにも見えた。その小さな、黄色い瞳はいかにもはしっこく動いていた。薄い唇には無理におさえこんだような笑みが絶えず浮かんでいたが、先端がすぼまった鼻は長く、舵のように図々しく前に突き出ている。

「お前さん、いま行くよ」――酒場の方にびっこをひきながら男はつづけた。「それで、誰がおれを呼んでるんだい？……誰が待ってるんだい？」

「なんでおれがお前を呼んだかって？」――咎めだてるように毛織の外套を着た男は言った。「パチクリよ、お前さんって変な奴だなあ。酒屋に来いって呼んでんだよ。なのにお前さんときたらなんでときたもんだ。みんなお前さんを待っているんだぞ。トルコ人のヤーシュカに、荒くれ大将も、ジーズドラの請負師もいるぞ。ヤーシュカは請負師と賭けをしたんだ。ビール一杯と決めてな――どっちがうまいのか、どっちがうまく歌えるのか……わかったかい？」

「ヤーシュカが歌うのかい？」――パチクリと呼ばれている男は身を乗りだして言う。「この頓馬、かついでるんじゃねえよなあ？」

「嘘なんてついてねえよ」――頓馬の方が堂々と答える。「お前こそふかすんじゃねえ。賭けをしたら歌うのは当たり前だ。パチクリ、この間抜け、ペテン師め！」

「じゃあ行くか、このうすのろ」――パチクリが返答する。

［7］

「こいつめ、ほれ、せめてキスぐらいしてよ」――頓馬はハグしようと両腕を大きく広げて、ささやくような声で言った。

「まったく、この奇人《イソップ》は甘ったれだなあ」――パチクリは肘で突きながらあきれたように答えて、二人は身をかがめながら低い戸をくぐっていった。

二人の会話を聞いていて、好奇心がむくむくとわきおこってきた。トルコ人のヤーシュカが界隈で一番歌がうまいとの噂は私の耳にも一度ならず聞こえていた。突然、ヤーシュカがほかの名人とのど自慢するのを聴く機会がめぐってきたのだ。私は足取りを速めると、店に入った。

おそらく、私の読者に村の酒場を覗いたことがあるものは多くはあるまい。とはいえ私の仲間の猟人たちはどこにでも顔を出すから話は別だ！　酒場の造りはいたって簡素だ。たいてい、暗い広間と明るい奥の間の二つにしきってあって、奥の方には客は誰も立ち入れない。この仕切りに縦に大きな穴がくりぬいてある。ちょうど広い樫のテーブルの上あたりだ。そのテーブルだか、カウンターだかの上でワインを売るのだ。穴のすぐ向こうの棚には、大小さまざまなウォッカの酒瓶が封をしたまま一列に並べてある。客に割り当てられた、玄関側の部屋の方には、ベンチ数脚と、二、三の空の樽にくわえて、隅にテーブルが置かれている。田舎の酒場は全体にかなり薄暗く、丸太づくりの壁に掛かった派手な色彩のルボーク版画――田舎の民家にはかかせないものだ――なんかも、ほとんど目に入らないくらいなのだ。

私が「安楽亭」に入ったときには、すでにかなりの人だかりができていた。テーブルの向こうには、いつものようにほとんど仕切りの穴いっぱいに広がるようにニコライ・

［8］

イヴァーヌィチが、色鮮やかな更紗のシャツを着て立っていて、頬を膨らませて気だるげな笑みを浮かべ、入ってきた二人の友人――パチクリと頓馬――にふとった白い手でビールを一杯ずつ注いでやっていた。その背後、窓際の隅に、ニコライ・イヴァーヌィチの妻が鋭い目つきをしているのが見えた。部屋の中央にはトルコ人のヤーシュカが立っていた。痩せた、すらりとした男で、年は二十三ほどだろうか。南京木綿の、裾の長い水色のカフタンを着ている。彼は工場で働く勇ましい若者のように見えたが、とくに健康が自慢のようではなかった。落ちくぼんだ頬。灰色の大きな目は落ち着きがない。鼻筋はまっすぐで、狭い鼻孔をびくびくと動かしている。広い額は白く、亜麻色の明るい巻き毛が後ろに撫でつけられている。唇は大ぶりだが、見栄えは良く、表情豊かだ。顔の造作はどれも、情熱的で感じやすい人間だということを物語っていた。ひどく興奮していた。目をしばたたかせ、神経質そうに息をし、熱病に冒されたかのように腕を震わせていた――たしかに彼は熱病に冒されていたのだ――みなの前で話したり、歌ったりせねばならない人ならだれでも知っているあの、突発性の不安の虫の熱病だ。

その横には四十ぐらいだろうか、肩幅が広く、頬骨の張った男が立っていた。こちらは狭い額に、タタール人の細い瞳、低い小さな鼻に角ばった顎をしており、その艶のある黒髪は、ブラシの毛を思わせるほど固そうだった。鉛色の照りがでたその浅黒い顔色、とりわけ青白い唇の表情は、静かに思慮に耽っている様子がなければ、凶悪そうにすら見えただろう。男はほとんど微動だにせず、軛《くびき》に繋がれた牡牛のように、あたりをゆっくり見まわすぐらいだった。身にまとうフロックコートはかなり着古したもので、飾り気のない銅のボタンがついていた。古そうな黒いシ

［9］

ルクのプラトーク［ロシアのスカーフ、ショール］を太い首に巻いていた。この男が荒くれ大将だ。

荒くれ大将の正面、聖像が並ぶ下のベンチにヤーシュカの相手が座っていた――ジーズドラの請負師だ。年の頃三十ほどの背の低いがっしりした男で、あばた面に巻き毛を生やし、団子鼻が突き出ている。こげ茶の瞳ははしっこそうで、髭はまばらだ。腰の下に両手をあてて、じろじろとあたりを見まわしている。いかにも呑気そうに、縁飾りのついた粋なブーツをはいた両足をぶらぶらさせたり、床に打ちつけたりしている。おろしたての薄手の農民外套をはおっていたが、これは灰色のラシャ地で、ベッチンの襟がついていた。その襟元からは喉元まできっちりボタンを留めた赤いシャツの縁がくっきりと浮き上がって見えていた。

入口から入って右側の、反対側の隅には、テーブルにむかって農夫が座っていたが、その農民服は相当に着古して、サイズもきつそうなもので、肩のところに大きな穴が開いていた。壁には二か所、小さな窓が開いていて、そこから陽光が埃だらけのガラスをぬけて薄黄色の奔流となって流れこんではいたが、どうやら部屋の常闇を晴らすにはいたらないようだった。なにもかもがけちな光で照らされて澱のように淀んで見えた。そのかわり部屋の中はひんやりしていると言っていいぐらいで、むせかえるような猛暑の感覚は、一歩酒場に足を踏み入れるやいなや、荷が下りるように肩から下りた。

私が入ってきたせいで――よくわかったのだが――ニコライ・イヴァーヌィチの客は最初ややまごついたようだった。だがニコライ・イヴァーヌィチが旧知の仲であるかのように私に挨拶したのを見て、みな安心し、もうこちらを気にすることもなかった。私はビールを頼み、ぼろぼろの作業着を着た農夫のそばの隅の方に腰を落ち着けた。

「さあ、どうだ」——頓馬は一息にジョッキのビールを飲み干すと、両腕を妙な具合に振りながら突然大声を張りあげた——どうやらこんな動作なしには一言も口をきけない性質のようだ。

「これ以上何を待っているんだい？　とにかくはじめようじゃないか。え、ヤーシャ？」

「はじめよう、はじめよう」——ニコライ・イヴァーヌィチも同調した。

「じゃあはじめよう」——落ち着きはらった様子で、自信ありげな笑みを浮かべて、請負師が口に出した。「こちらは準備はできてる」

「俺も準備できているぞ」——ヤーコフは興奮して言った。

「では請負師、はじめようじゃないか」——パチクリは甲高い声で言った。

だが全員が息をそろえて意見表明したにもかかわらず、誰もはじめようとしない。請負師などベンチから腰をあげもしない——みな何かを待っているようだ。「はじめろ！」——荒くれ大将はむっとして、声を張りあげた。

ヤーコフはびくっとした。請負師は立ち上がって、帯を直すと、咳払いした。

「でも誰からはじめる？」——ニッカポッカのポケットにたくましい腕をほとんど肘のところまでつっこみ、太い脚を大股に広げて部屋の真ん中にどっしりと立ったまま、荒くれ大将は少し声音を変えて訊ねた。

「請負師、お前だお前」——頓馬がささやくような声で言った。「お前さんだよ」

荒くれ大将は胡散臭そうにそちらを見た。頓馬は弱々しい声を漏らして口ごもり、天井のどこ

［11］

かを見やって肩をひそめると黙りこんでしまった。

「くじできめよう」——荒くれ大将は一息入れると言った。「それからカウンターの上にビールを一瓶」

ニコライ・イヴァーヌィチは屈んで、呻きつつも床からビールを取り上げて、カウンターに置いた。

荒くれ大将はヤーコフに目をやって、言った——「ほれ！」

ヤーコフはポケットに手を突っこみ、半コペイカ銅貨を取り出すと、歯で印をつけた。請負師はカフタンのすそから新しい革の財布を出してきて、ゆっくり紐をほどき、手のひらの上に小銭を大量に出しては中から新しい半コペイカ銅貨を選んだ。頓馬はひさしが壊れて、取れかかっている着古した帽子を差しだした。ヤーコフはその中に自分の半コペイカ銅貨を入れた。請負師もつづいた。

「お前が選びな」——荒くれ大将はパチクリの方を向いて言った。

パチクリは満足げに笑うと、帽子を両手に取って揺らしはじめた。

一瞬、深い静寂が場を支配した。半コペイカ銅貨はぶつかり合って、かそけき音をたてた。私は周囲を注意深く見まわした。どの顔も、固唾をのんで見守っている。荒くれ大将は目を細めている。私の隣の、ぼろぼろの作業着を着た農夫は、好奇心から首を伸ばしさえしている。パチクリは帽子に手を突っこんで、請負師の銅貨を取り出した。みながほっと息を吐いた。ヤーコフは顔を赤らめ、請負師は髪に手でなでた。「だからお前からやれって言ったじゃねえか」——頓馬が金切り声をあげた。「俺は言ったぞ」

「ほら、ほら、ぎゃあぎゃあ騒ぐんじゃねえ《ニェ・ツィルカイ》！*」――荒くれ大将が蔑むように言った。「はじめようじゃねえか」――請負師にむかってうなずくとつづけた。

「一体、なんの歌を歌えばいいんだ？」――請負師は答えたが、動揺していた。

「なんでも好きなのをよ」――パチクリは答える。「思いついたのを歌えばいい」

「もちろん好きなのをやりゃいい」――ニコライ・イヴァーヌィチがゆっくりと胸のところで両手を組みながら付け加えた。「誰も指図はしないんだ。好きなのを歌えばいい。ただ上手く歌えばいいんだ。それでこちらは公正に決めるから」

「もちろん、公正にだ」――頓馬は声を合わせると、空のカップの縁を舐めた。

「なあ、咳払いでもさせてくれや」――カフタンの襟を指でなぞりながら、請負師は言った。

「ほら、ほら、のろのろしてるんじゃない――はじめろ！」――荒くれ大将は決めつけて、うつむいてしまった。請負師は少しのあいだ考えていたが、首を振って前に歩み出た。ヤーコフはまじまじと彼を見つめた……。

　しかしこののど自慢そのものの描写に取りかかる前に、話の登場人物について少々語っておいた方がいいのではないか。うち何名かの身の上は「安楽亭」で会ったときにはすでにわかってい

＊「ツルゲーネフ自注」「ツィルカチ」というのはタカがなにかに驚いたときにつかう語である。

た。ほかの者はあとから聞いて知ったものだ。

まず頓馬からはじめよう。本当の名はエヴグラフ・イヴァーノフと言った。だが界隈では誰も頓馬としか呼ばず、自分でもその名前を名のって威張っていた。それくらいぴったりだったのだ。実際、うだつのあがらない、常に不安そうにしている性格にこれ以上の呼び名はなかった。この男は独り身で、酒浸りの生活を送っており、どこかの屋敷の下男をしていたが、とうの昔に主人から見捨てられ、なんの仕事にも就いていなければ一銭の給料もなかったが、毎日他人の勘定で飯を喰う算段をつけていた。頓馬にはたくさん知り合いがいて、ワインやお茶を奢ってくれるのだが、奢るほうもなぜそんなことをするのかわからなかった――なぜなら頓馬は人の興味を惹く人物というわけではなく、むしろその反対で、無意味極まりない駄弁や、うんざりするほどしつこい性格、熱病にでも浮かされたのかという体の動き、絶え間ない不自然な高笑いなんかにみんなうんざりしてしまうのだった。この男は歌えもしなければ、踊れもしなかった。生まれてこの方ただの一度も気の利いた言葉どころか、筋の通った言葉すらしゃべったためしがない。いつもなんやかやと「くっちゃべって」出まかせを言っていた――まさに頓馬だ！　とはいえ、半径四十露里の中の酒宴なら、客のあいだをうろうろしているそのひょろっとした姿を見ないで済ませることはできない。こういったわけで、この男がやってきても、避けがたい災難みたいなものとして慣れ、我慢するようになった。実際、みな内心馬鹿にしてつきあっていたのだが、ただ荒くれ大将にかかっては、そのとりとめのない戯言も抑えこまれてしまうのだ。

パチクリは頓馬と少しも似ていなかった。別に人一倍まばたきをしているわけでもなかったが、

［14］

パチクリというあだ名がついた。これも知れわたっていた。ロシアの民衆はあだ名にかけては名人なのだ。この人物の過去についてもっと詳しく知ろうとして骨を折ってみたが、私には（おそらく、ほか大多数にとっても）得体のしれないもの、愛書家たちの言葉を借りれば、皆目見当がつかないものでしかなかった。わかったことといえば、パチクリがかつて子供のいない老貴婦人の御者をしていたが、託された三頭の馬とともに逃亡し、丸一年のあいだ姿をくらましていたということで（それできっと浮浪者の身の不自由と不幸を悟ったのだろう）、自分から戻ってきたが、その時にはびっこを引いていて、主人の足元に体を投げだしたのだった――それから数年間は模範的な振る舞いをして罪滅ぼしに努め、少しずつ主にかわいがられるようになってついにはそのまったき信頼を受けるにいたると執事にとり立てられたが、女主人の死に際して、どういう風にかはわからないが自由の身になって町人の仲間入りし、近所の瓜畑を借りあげるようになって身代を築きあげ、いまや鼻歌交じりに暮らしていた。この人物は百戦錬磨で、抜け目がなく、善人でも悪人でもなく、むしろ計算高かった。人間を知り尽くし、利用する術に長けた古狸なのだった。キツネのように用心深い面もありながら同時に大胆な手も打てる人物だ。年増女のようにおしゃべりで、ほかの人間には打ち明け話をさせるのだが、自分は決して口をすべらしはしなかった。ところでほかの十人並みのずるい男なら馬鹿のふりをしただろうが、この人物はそうするのが難しいようなのだった。私はこれほど鋭い、賢《さか》しらな瞳に――小さな、ずるそうな「まなこ」*という奴にいまだかつてお目にかかったことがなかった。この眼ときたら決してただ見ているということはない――なにもかも奥の奥まで見通そうとしているのだ。パチクリは一見簡単そうな仕事でも、何

［15］

週間もずっと思案に耽っていたりするかと思えば、突然思い切ったことをやってのけることもある。こんなことじゃ大失敗をやらかすぞと思えて……見ていると……万事うまくいき、順風満帆といった具合にすらすら事が運ぶのだ。パチクリは運のいい男で、自分でもその運を信じているし、縁起もかつぐ。この人物はなかなかの迷信家なのである。自分のことに専心しているので、誰からも好かれないが、敬われている。家族は息子がひとりだけで、溺愛しているが、このような父に育てられれば、息子はおそらく大事を為すだろう。「パチクリの子は父親にそっくりだ」――もういまでは老人たちが夏の夕方など、盛り土の上に座って世間話などしていると、小声でそんな言葉も出るようになっていた。みなその意味がわかっているので、それ以上は語らないのだ。

トルコ人ヤーコフと請負師については、あまり話を広げられない。ヤーコフがトルコ人と呼ばれていたのは、実際に囚われの身のトルコ人女から生まれたからだ。ヤーコフの心根はその言葉のあらゆる意味で芸術家だったが、ある商人が経営する製紙工場で紙すき工をしていた。請負師になると、正直その人生を私はいまだに知らない――抜け目なく、はきはきした、大きな町の町人のような印象を受けたが。しかし荒くれ大将についてはもう少し詳しく話さなければならない。

この人物の見た目からみなが受ける第一印象は、どことなく粗野で、鈍重で、抗いがたい力の持ち主というところだろう。体つきは不格好で、よく言う「むくつけき」タイプのようだが、不撓不屈の頑丈さをそなえていた――そして奇妙なことに、その熊のような姿はどこか独特の優美さを失っておらず、それはおそらく己の膂力を完全に信じきって揺らがないがゆえなのだろう。

［16］

このヘラクレスがどの階層に属するかは、一見して判断しがたい。男は下男というわけでも、町人というわけでも、退職して落ちぶれた小役人にも、零落した下級貴族が猟犬番や喧嘩師になったようにも見えない。まったく独特の人間だ。この郡にどこから来たものか知るものもいなかった。噂によれば、郷士《ごうし》の出で、かつては役所づとめをしていたらしいが、それを裏づける話を誰も知らなかった。それに誰から聞き出せるのか——男自身の口からというわけにもいくまい。あれほど無口で、陰鬱な男もいないのだから。そんなわけで、男がどうやって暮らしているのか詳しく知るものもいなかった。荒くれ大将はなんの商売もしておらず、誰のところに出入りするのでもなく、ほとんど誰とつきあうでもなかったが、金はあるのだった。まあたいした額ではないが、それでもあるにはあるのだった。男は謙虚なわけではなかったし、それどころか謙虚とはほど遠かったのだが、もの静かなのだった。暮らしぶりといったら、周りのものなど気にとめず、そんなものなど一切要らないと決めてかかっているかのようだった。

荒くれ大将（これはあだ名で、本当の名はペレヴレーソフといった）は、周囲に多大な影響力をもっていた。男は誰かに命令する権利などなかったし、それどころか偶然に出会った人物に要求を聞けなどはおくびにも出さなかったが、みな熱心かつ即座に彼に従うのだった。男がしゃべれば、みなが従う。力は常に物を言うのだ。ワインもほとんど飲まず、女に手出しもせず、ひたすらに歌

（一〇一頁）＊〔ツルゲーネフ自注〕オリョール地方出身の人は眼《グラザー》を「まなこ」《グリャジェルカ》と呼び、口《ロート》を「ぐち」《イェーダル》と呼ぶ。

［17］

が好きだった。この人物には謎がたんまりあるのだった。あたかも、その身の内には巨大な力がむっつり塞ぎこんでいて、一度首をもたげ、一度自由に破れだしたら、己も手近にあるなにもかも破壊せずにはいられないことを知っているようだった。もし男の人生で一度もそのような爆発がなかったとしたら、もし男が経験から学んでなんとか破滅を免れてきたがゆえ現在自分を厳しく律しているのではないのだとしたら、こちらはひどい勘違いをしていることになる。特に驚かされたのは、男の中になにか生まれながらの粗暴さとやはり生まれながらの高潔さの混じり合ったものがあることだった――これこそ私がほかの誰にも見たことのないものだった。

そして、請負師が前に進み出て、目を半開きにして、甲高いファルセットで歌いだした。ややかすれ気味ではあったが、十分に心地よい、甘い声だった。歌いつづけると、モリヒバリのように声を転がし、高い声で歌っては、上から下へと声調を不断に変化させ、また元の高さに戻るのを飽かずにくり返し、格別力をこめて声調を保ったまま引きのばした――そして静まりかえったかと思えば、突然元のメロディーを不敵な調子で唄った。この転調はときにかなり大胆で、ときにかなり愉快だった。通なら大いに楽しんだことだろう。ドイツ人なら憤慨しただろうが。これはまさにロシアのテノーレ・ディ・グラツィア、テノール・レジェだった。請負師が歌ったのは陽気な舞曲だった――私が果てしない潤色と、原曲にはなかった子音や嘆声の中からなんとか捕まえられた言葉は次のようなものだった。

［18］

かわいこちゃんよ、お前のためなら、
わずかばかりの土地を耕そう。
かわいこちゃんよ、お前のためなら、
花を、紅いお花を植えよう。

請負師は歌った――みなが一心に聴きいった。どうやら請負師は、通《つう》を相手にしていると感じていたのだ――だから、言わば死に物狂いで歌っていたのだ。実際、われらの地方は歌にかけては耳が肥えていたし、オリョール街道のセルギエフスコエ村が、全ロシアにとりわけその心地よい、名調子の歌で知れわたっていたのも理由がないわけではなかった。
請負師は長いこと歌っていたが、聴衆が特に強い印象を受けたかといえば、そうではなかった。観客のコーラスがなかったせいだ。ようやく特別うまくいった転調があって、荒くれ大将自身もにやりとし、頓馬はこらえきれずに得心から叫び声をあげた。みなが活気づいた。頓馬とパチクリは小声で唱和したり、伴唱したり、合いの手をいれたりしはじめた。「下手くそ！……しっかりやれ、ろくでなし！……しっかりやれ、声を伸ばせ、この下手くそ！　もっと伸ばせ！　もっと集中しろ、この犬っころめ！……ヘロデ王に魂を滅ばされちまえ！」などなど。ニコライ・イヴァーヌィチはカウンターの向こうから励ますように頭を右に左に揺らしていた。頓馬はついには足を踏みならしたり、小刻みに動かしたり、肩を揺らしたりしはじめた。ヤーコフは目を炭火のように燃やし、木の葉のように全身を震わすと、落ち着かない笑みを浮かべていた。荒くれ大将だけは顔色ひとつ変えず、その場からぴくりともしなかった。口元にはばかにしたような感じが残ったままだったが、請負師に注がれる視線はいくぶん和らいでいた。

みなの満足げな様子に勢いづいた請負師は、まったく旋風が舞い上がるように歌いだした。そして旋風をまとめあげようとするあまり、舌を鳴らし、舌を巻き、喉もかれよと懸命にやっているうちに、ついに疲れ果て、青ざめ、熱い汗でびっしょりになってしまい、全身を後ろにめいっぱい倒して、最後の消え入りそうな叫びを吐きだした――するとみなの感性がわっと爆発してそれに応えた。頓馬は首元に飛びつくと、その長い、骨ばった両腕で抱きしめた。ニコライ・イヴァーヌィチの肥満した顔にも赤みがさし、若返ったかのようだった。ヤーコフは狂ったかのように叫んだ――「たいしたもんだ、たいしたもんだ!」ぼろぼろの作業着を着た私のとなりの農夫でさえ、こらえきれずに拳でテーブルを叩き、こう叫んだ――「おお、すごいじゃないか! ちくしょう、すごいじゃないか!」そして強い調子でぺっとわきに唾を吐き捨てた。

「お前さん、楽しませてもらったぞ!」――疲労困憊した請負師を抱きかかえたまま、頓馬は叫んだ。「楽しませてもらった、まぎれもねえ! お前の勝ちだ、兄弟。お前の勝ちだよ! おめでとう――ビールはお前のものだ! ヤーシュカはお前に遠くおよぶめえ……。俺はこう言ってるんだ。遠くおよぶめえって……。俺を信じろ!」(そしてまたもや請負師を抱きしめた)。

「そいつを放してやれ。放せったら、しつこい……」パチクリがいまいましげに口を出した。「そいつをベンチに座らせてやれ。ほら、疲れてるのに……。この馬鹿、まったくお前は馬鹿だ! なにをべたべたべたべたひっついてやがるんだ!」

［20］

「それじゃあ座らせてやる。俺はこいつの健康のために一杯やろう」――頓馬は言って、カウンターに近づいた。

「お前にごちそうになるぞ、兄弟」――請負師の方を見て、付け加えた。

請負師はうなずいて、ベンチに腰掛け、帽子から手拭いを取り出して顔を拭きだした。頓馬は慌ててむさぼるようにコップを飲み干すと、ひどい酒飲みにはよくあるように、喉を鳴らし、さびしそうな、不安そうな様子になった。

「歌がうまいな、兄弟。まったくうまいよ」――ニコライ・イヴァーヌィチは愛想よく言った。「さあ今度はお前の番だ。ヤーシャ。さて、びくびくするなよ。見ててやるぞ、誰がうまいか、見ててやる……。しかし請負師はうまいな、まったくうまい」

「まったくうまいわね」――ニコライの妻は言って、笑みを浮かべてちらりとヤーコフを見た。

「うめえな、はあ！」――私のとなりの男が小声でくり返した。

「おお、山男の聞かん坊*」――突然頓馬がどなって、肩に穴の開いた農夫に近寄って、指で指しながら、飛びあがったり、声を震わせて高笑いしたりした。「山男！　山男！　はあ、だとよ。**この聞かん坊が！　どうしたってお出ましになったんだい、

――

＊〔ツルゲーネフ自注〕山男《ボレハ》は、ボルホフ郡とジーズドラ郡の境から南にむけて広がる森林地帯の住民を指す。彼らは、生活様式、マナー、言語など、多くの点で異なっている。疑り深く、気性が荒いので聞かん坊《ザボロチェーニ》と呼ばれている。
＊＊〔ツルゲーネフ自注〕山男はほとんどの語に「はあ」という感嘆をつけるのをからかっている。

［21］

この聞かん坊！」――頓馬は笑いながら叫んだ。

哀れな農夫はすっかり狼狽えてしまい、そそくさと出ていこうとして立ち上がった。するとそこに荒くれ大将の銅鑼を打つような声が響きわたった。

「まったく、なんと我慢ならん生き物なんだ！」――歯をぎりぎり鳴らしながら口から漏らした。

「俺は別に……」――頓馬はもごもごと口ごもった。「俺は別に……ただ……」

「とにかく黙るんだ！」――荒くれ大将はぴしゃりと言った。「ヤーコフ、はじめるんだ！」

ヤーコフはのどに手をあてた。

「なにを……兄弟、なにをやればいいか……ふむ……。なにをやればいいかわからんが……」

「もうたくさんだ、びくびくするな。恥ずかしがるんじゃない！……なにをまごついているんだい？……神の命じるがままに歌えばいいんだ」そして荒くれ大将は目を伏せて、じっと待った。

ヤーコフは黙ってあたりを見まわしたあと、片手で顔を覆った。みな目を皿のようにして注目した――わけても請負師はそうだった。その顔には、いつもの自信とやってやったぞという確信の陰に、わずかな不安の色が無意識に浮かんでいた。請負師は壁にもたれかかり、ふたたび腰の下に両手をしまったが、もう足をぶらぶらさせはしなかった。そしてついにヤーコフが顔を覆っていた手を放した――死人のように真っ青だった。伏せたまつ毛の奥で瞳はかすかに光っていた。

ヤーコフは深いため息を吐くと、歌いだした……。

その最初の声音は弱々しくて乱れがちで、胸から出ていなかった。いや、どこか遠くの方からきたかのような――まるでたまたまこの部屋に飛びこんできたかのようだった。聞いている方に

［22］

はこの鈴が鳴るような響きの声は奇妙な作用をした。私たちは顔を見合わせ、ニコライ・イヴァーヌィチの妻は姿勢を正した。この最初の声のあとから、もっとしっかりした息の長い声がつづいたが、まだ明らかに震えていて、その様子は指で強く弾かれて突然鳴り響き、しばらく振動していたが、最後にはふいに静まってしまう弦のようだった。二番目の声のあとには三番目の声がつづいた――そしてじょじょに熱を帯びて広がりを増しながら、物悲しげな歌が流れだした。「野に延びる道は一筋ならずして」――ヤーシュカは歌い、私たちはみな甘美な、それでいて薄気味わるい気持ちになった。正直に言って、こんな声はめったに聞かなかった。声は少しふらふらしており、かすれたようだった。その声は最初、なにか病的な響きがあった。だがそこには正真正銘の深い情熱が、若さが、力が、甘さがあり、それでいてなにか魅惑的な屈託のなさ、胸を突き刺すような哀愁があった。嘘偽りのないロシアの熱い魂の調べが息づいていて、こちらの心をしかと打ち、そのロシアの琴線にじかに触れたのだ。歌は膨れあがり、声が張りあげられた。ヤーコフは明らかに恍惚としていた。もうびくびくせず、己の幸福に酔いしれていた。その声はもはや震えてはいない――震えてはいたが、かすかに認められるような内側からの情熱の震えであって、それは聴き手の心を矢のように射貫くと、絶え間なく強まり、固まり、広がっていった。思い出されるのはいつぞやの、ざあざあと重苦しい音が彼方から響いてくる夜の引き潮時の砂浜で、大きな白いカモメを見たことだ。カモメはじっとして、絹のような胸元を日没の真紅の輝きにさらしていた。ときたまゆっくりと大きな翼を、知己の海に向かって、沈みゆく赤黒い太陽に向かって広げるだけだった。ヤーコフの歌を聞いていて、私はあのカモメを思い出した。ヤーコ

［23］

フは競争相手のことも、私たちのことも完全に忘れて歌った。しかし見たところ、泳ぎ巧者が波に乗るように、こちらが黙ってじっと傾聴しているのに乗って浮かびあがっていた。ヤーコフは歌った――その声の音ひとつひとつは、遥か彼方へと遠ざかっていく眼前に広がるあの見知った草原のように、ひたすらに広く、どこか懐かしいものが感じられた。

心の中に熱いものが込みあげると、涙があふれてきた。内にこもった、押さえこんでいた嗚咽が、堰を切ったように私を押し流したのだ……。ふと見ると、亭主の妻が胸を窓に押し当てて泣いていた。ヤーコフはちらりと彼女の方に目をやり、さらに声高く、甘く歌った。ニコライ・イヴァーヌィチは顔を伏せ、パチクリは顔をそむけた。すっかり毒気をぬかれた頓馬は、馬鹿のように口を開けて立っていた。みすぼらしい農夫は隅っこで静かに涙を流しながら、なにかを苦々しくつぶやきつつ頭を振っていた。荒くれ大将の鉄面皮の、すっかり垂れ下がった眉の下から、大粒の涙がぼろりぼろりとこぼれてきた。請負師は握りこぶしを額にあてて、ぴくりとも動かなかった……。

ヤーコフが突然、甲高い、尋常ではない音色で――あたかもぶつりと途切れたように――ふっと歌を切らなかったら、一同の陶酔がどうやって解けたのか、私にはわからない。誰も声をあげず、それどころか身じろぎすらしなかった。みながヤーコフがまだ歌うのを待っているかのようだった。だがヤーコフは私たちの沈黙に驚いたかのように目を見開き、けげんそうな目つきであたりをぐるっと見まわし、自分の勝利に気がついた……。

「ヤーシャ」――荒くれ大将はその肩に手を置いて話しかけたが、そのまま黙ってしまった。私たちはみな、茫然自失して立ちくしていた。請負師は静かに立ち上がると、ヤーコフに歩みよった。

「おまえが……おまえの勝ちだ」――やっとのことでそう言うと、あたふたと酒場から出ていった。

［24］

そのすばやい、きっぱりとした行動で、呪縛が解かれたかのようになった。みなが突然やかましく、嬉々としておしゃべりをはじめた。頓馬は飛びあがり、ささやくような声でひとりごちながら、風車のように両腕を振り回した。パチクリはびっこをひきながらヤーコフの方に歩みよると、キスをはじめた。ニコライ・イヴァーヌィチはのびあがって、自分からもビールを一本追加しようと厳かに述べた。荒くれ大将はなんとも善良そうな笑みを浮かべていたが、それは私がその顔に見るとは夢にも思わない類のものだった。みすぼらしい農夫は両手で目や頬、鼻やあごをぬぐいながら、こうくり返していた――「すげえ、ほんとにすげえ、おれはろくでなしだけどさ、すげえや！」すっかり顔を赤くしたニコライ・イヴァーヌィチの妻は、すっと立ち上がって、離れていってしまった。

ヤーコフは自分の勝利を子供のようによろこび、顔をくしゃくしゃにしていた。とりわけその瞳は幸せの光で輝いていた。ヤーコフはカウンターに引っぱっていかれた。ヤーコフは泣いているみすぼらしい農夫を呼び寄せた。そして亭主の息子に請負師を探しに行かせた。だが結局見つからず、酒盛りがはじまった。「おめえ、もっと歌ってくれよ、夜まで歌ってくれよ」――頓馬は両手を高くかかげてくり返した。

私は最後にもう一度ヤーコフを見やると、店から出た。私は残りたくなかった——自分の印象を台無しにしてしまうのが怖かったのだ。しかし暑さは依然として耐えがたかった。猛暑は鬱蒼とした重い層になって地面にのしかかっているようだった。群青色の空には、ほとんど黒い埃の粒子のなかに、なにか小さな、明るい火のようなものがさまよっているように見えた。あたり一面静まりかえっていた。この自然が疲れ切って沈黙しているさまには、なにか絶望的なもの、打ちひしがれたものがあった。私はなんとか干し草小屋までたどり着くと、刈ったばかりの、しかしほとんど乾ききっている草の上に寝ころんだ。私は長いあいだ寝つけなかった。耳の中で、ヤーコフの鮮烈な声が鳴っていたのだ……。しかし暑さと疲れにつかまってしまい、とうとう死んだように眠りこんでしまった。そして目覚めると——すっかり暗くなっていた。周囲に散乱した草は鼻をつくような匂いがし、かすかに湿り気を帯びていた。なかばまでしかかかっていない屋根の細い梁の合間から、青白い星がかすかに瞬いていた。私は表に出た。夜明けはとうに消え去り、かろうじて最後の名残りが地平線を白ませていた。しかしさきほどまで熱せられていた空気は夜の冷気にあてられてもなお熱が感じられた。胸はまだ冷たい風に焦がれていた。風はなく、雲もなかった。空は一面なにもなく、暗く澄んでいて、無数の、かろうじて見える星々がじっと輝いていた。村には小さな灯りがそこかしこにちらついていた。遠くない、煌々と明るい酒場からは、がやがやとくぐもった騒ぎ声が聞こえてきたのだが、そのなかに私は、ヤーコフの声を聞きわけたように思った。時折、どっと激しい笑い声が漏れ出てきた。

私は小窓に近づいて、顔をガラスに押し当てた。いかにも活気があったが、不愉快な光景が目

［26］

に飛びこんできた。だれもかれも酔っぱらっていた——ヤーコフをはじめとしてみんなが。ヤーコフは胸を剝き出しにしてベンチに座り、なにか踊りの、大衆曲のようなものをかすれた声で歌いながら、ギターの弦を気だるげにかき鳴らしたり、爪弾いたりしていた。恐ろしく青ざめた顔に、濡れた髪の毛が数条の房になって垂れ下がっていた。酒場の真ん中では頓馬がカフタンも脱いでしまって、完全に「できあがって」、灰色がかった作業着を着た農夫の前でぴょんぴょん跳ぶように踊っていた。農夫はと言えば、萎えた足を大儀そうに踏みならしたり引きずったりしながら、ぼさぼさの髭の奥でわけもなく笑い、時折片腕を振り上げて、「どうとでもなれ！」とでも言いたげにしていた。その顔はこれ以上愉快なものはないというぐらいなのだった。男が眉を吊り上げようとしても、重たくなった目蓋はどうしても上がろうとせず、やっとわかるぐらいの、うっとりしきった寝ぼけまなこのうえにかぶさっているのだった。彼はすっかり酩酊してしまったので、誰か通りがかって、その顔を覗きこもうものなら、かならずこう言うにちがいなかった——「上機嫌だな、兄弟、上機嫌だなあ！」パチクリは蟹のように真っ赤になって、鼻孔をふくらませ、隅で悪意をにじませて笑っていた。ニコライ・イヴァーヌィチだけが、いかにも本物の亭主らしく、変わらぬ冷静さを保っていた。部屋には新顔がたくさんいた。しかし、荒くれ大将はいなかった。

私は踵をかえすと、コロトフカのある丘を足早に下りはじめた。この丘のふもとには果てしない平原が広がっていた。夕靄の波にとっぷり浸されて、平原は一層広大無辺に見え、あたかも暗くなった空と溶けあわさったかのようだった。谷沿いの道を大股で進んでいくと、突然どこか遠

［27］

くからよくとおる少年の声が平原に響きわたった。

「アントロプカ！　アントロプカア〰〰ア〰〰ア！」――最後の音節を長く、長く引き延ばしながら、少年はしつこく、涙ながらにやけっぱちな叫びをあげるのだった。少しの間黙っていたかと思えば、また声を張りあげるのだ。その声は、しーんとした、ほとんど寝静まった空気の中に音高く響きわたるのだった。少なくとも三十回はアントロプカの名前を叫んだだろうか、突然野原の反対の端から――あたかも別の世界からのように――返事がかすかに聞こえてきた。「なあああああんだ？」

すぐさま、安堵と憎しみが入り混じった少年の声が響いた。

「こっちに来い、このばかたれめえええぇ！」

「なんでだようう？」――しばらくしてから返答があった。

「なんでって、お父が鞭をくれてやるってようう」――最初の声は急いで怒鳴った。

二番目の声はもう叫びかえさなかった。少年はまたアントロプカを大声で呼びだした。その叫び声はどんどん弱く、間隔もまばらになっていったが、あたりがすっかり暗くなり、私がコロトフカから四露里離れた自分の村を取り囲む森の縁を迂回しているときになってもなお耳に飛びこんできた……。

「アントロプカア〰〰ア〰〰ア！」――夜の闇に満たされた空気に、その声はまだ聞こえてくるように思われた。

小説の中心

「のど自慢」について

毎年毎年、私が傑作だと考えている「のど自慢」を授業ではじめてとりあげるとき、生徒たちに読んでみての第一印象を聞くと、いつも教室がぎこちない沈黙で静まりかえってしまう。そしてようやく、だれかがこう発言する。「なんていうか……その……この短編にあるたくさんの脱線の意味するところはなんだろう、って思ってしまいました」その発言に勇気づけられたのか、もうひとりが同意を示す。「そうそう、安楽亭の半径三キロメートル以内に存在する全生命体の身体的特徴を延々と描写する意味がわかりません」そして三人目がこう尋ねる。「すごくゆっくりですよね。ツルゲーネフは、本当に全員のなにもかもを読者に示さないといけなかったのでしょうか？」

すると、ほっとしたような笑いがわきおこり、いい授業になりそうだと私は確信するのだ。

問題のある小説は、問題のある人間のようだ——実におもしろい。

小説を読んでいるとき、私たちは「気づかずにはいられないもの」（ＫＩＭと呼ぼう）と書かれた札をつけたショッピングカートを押していると（想像）しよう。小説を読んでいるとき、私たちは表面的なプロット（たとえばロミオは本当にジュリエットのことが好きみたいだ、とか）といったものだけでなく、目立たないものにも気づいている。言葉づかいに関して（わあ、最初の三頁だけで頭韻が山ほど使われているな）だとか、構造的な特徴（時系列とは逆の順に語られているのか！）、色のパターン、フラッシュバックや未来予知《フラッシュ・フォワード》があったり、視点の変化があったりといったことにも気づく。私はなにも、意識的に気づくものだと言っているわけではない。多くの場合、無意識だ。私たちは自らの身体と注意力で「感じとって」、のちに小説を分析するときになってはじめて、意識的に「気づく」のだ。

　私たちがＫＩＭカートに入れているのは、いわば小説の「非標準的」な部分、つまり多少なりとも表現が過剰で私たちの注意を引く部分にあたる。

　読書中の自分の意識をじっくり観察してみると、過剰な部分（非標準的ななにか）にいきあたったとき、著者とのやりとりが発生するのがわかる。カフカが「グレゴール・ザムザはある朝、なにやら胸騒ぐ夢がつづいて目覚めると、ベッドの中の自分が一匹のばかでかい毒虫に変わっていることに気がついた*」と語っても、「いやフランツ、それはないよ」とあなたがツッコミを入れてぶん投げた本が室内を飛ぶ、ということにはならない。あなたは「ありえない話――成人男性がたったいま虫に変身した」をＫＩＭカートに追加し、「つづきを待つのみ」の状態に突入する。さあ、カフカはここからどうするのか？　このとき、あなたの読書状態は影響を受けている。「抗いはじめている」状態とでも言おうか。あなたは「小さな反論」をかかえている。しかし私たち読者は、一見ネガティブなものも含め、さまざまな読書状態を受けいれてしまう。退屈または困惑している状態も、登場人物Ｘが嫌いすぎて著者は本当にこの嫌悪感を理解して書いているのだろうかと疑問になるような状態もある。つまりこの場合、「わかったよフランツ、虫に変身はやりすぎだけど、とりあえず受けいれるよ。先に進んで。でも私のKIMをどうしてくれよう？　これが無駄にならないことを祈るよ」と読者は言っている状態だ。

著者が読者に非標準的なイベント――物理的にありえないことや、明らかに格調高い言葉づかい（もしくは方言）、あとは、とあるロシアのパブで何頁にもわたり脱線がつづいたせいでみなが凍てついてとまってしまうだとか――を示すとき、代償をはらっている。私たちの読書エネルギーだ（エネルギーが減ると私たちは疑り深く、いじっぱりになる）。だが、致命的なまでにエネルギーが減らなければ、そしてのちにすべて著者の計画どおりとわかれば――失敗に見えたものが小説の意義の根幹をなすと気づけば（すなわち著者が「意図的にやった」と思えれば）――すべて許してしまう。許すだけでなく、そのやりすぎと思われた部分が、著者の匠の業だと理解するかもしれない。

KIMカートが空のまま、「完全に正常」な小説を書くのがゴールではない。KIMカートが空のままエンディングをむかえた小説で、壮大に幕を下ろすのは難しいだろう。よい小説は、過剰な箇所についてもパターンを形成し、読者に気づかせながらもそれを美点に変えていく。

ここで単純な質問をしたい。どうやって私たちは小説のよさを判断するのだろう？

＊〔訳注〕フランツ・カフカ「変身」『変身・断食芸人』山下肇・山下萬里訳、岩波文庫、二〇〇四年、七頁。

コミック作家のリンダ・バリーがとある神経学の研究を引用して、物語《ストーリー》、短い詩、もしくはジョークの終わりが近づくと、私たちはそくざにはじめまでさかのぼって効率性を評価するものだ、というようなことを言っていたのを聞いたことがある。たとえば、アヒルがバーに入店するジョークを私が話している途中に、アヒルの子ども時代について十五分ほど脱線したら、そしてのちにそれが本筋とまったく関係ないとわかったら、あなたの脳は脱線を非効率だと記録し、オチでのあなたの笑いは小さくなる。

どのような基準で脳は効率性を評価するのだろうか？

脳は、ジョークのなかの全要素が、本筋を支えるため、強化するためにあるという前提に立っている。小説を一種の儀式――カトリック教のミサ、戴冠式、または結婚式――にたとえて考えてみよう。ミサであれば聖餐、戴冠式であれば王冠を被った瞬間、結婚式であれば誓いを交わした瞬間が佳境であると、私たちは理解している。それ以外の場面（行列、斉唱、聖書の唱和等々）は、儀式の佳境をむかえる役に立つかぎり、美しく必要なものと受けとめられる。

したがって、小説への向きあい方――そのよさを判断し、どれほど優美で効率的かを評価する――としては、「小説よ、あなたの佳境はなんだ？」（もしくは絵本作家のドクター・スース的に言うなら「なんでわざわざ私にその話をするんだ？」）と聞いてみるというやり方がある。

つまり、「小説よ、すべて語り終わったあとの、あなたの存在意義はなんだ？　それがわからないと、あなたの非標準的な部分が佳境をむかえる役に立っているのか、わからないではないか」と問いかけるのだ。

「のど自慢」の佳境は、むろん、のど自慢対決の場面だ。本短編はそれについての話であり、本短編から私たちに差しだされているものでもあり、ほかの部分もそのために構成されている（「のど自慢」の「ハリウッド版」は、「二人の男がロシアのパブでのど自慢対決をする。一方が勝利し、一方が敗北する」といったものになるだろう）。

たぶんお気づきのとおり――いや、確実にお気づきだとは思っているのだが――その対決は、なんともくだくだとした十六頁をわたった先にようやくはじまる。

したがって、前の章でふれたYKG（容赦なく効率重視の原則）に従って、私たちはこう問いかける権利、というかむしろ責任がある――この最初の十六頁はなんのためにあるのだろうか？　その十六頁にかけた手間にみあうだけの効果はあるのだろうか？　苦労して読むかいはあるのか？

「のど自慢」は昔からよくある、人物AとBが対峙し、技術を競いあい、一方が勝利するというテンプレートの派生である（『イーリアス』、もしくは『ベスト・キッド』、『ロッキー』や銃撃戦のある映画を思い浮かべてほしい）。

このような物語の意義はなんだろうか？　ただ「AとBが技術を競いあう」というだけなら、だれが勝つかどうして気になるのだろうか？　実のところどうでもいい。というか気にしてもしようがないのだ。AイコールBイコールAイコールBという状態、つまり両者が同一であれば勝負にならない。私が「うちの向かいにあるバーで男二人が喧嘩になって、どうなったと思う？　片方が勝ったよ！」と話しても、無意味だろう。その二人が何者なのかわかってはじめて、意味のある話になる。Aが聖人のような紳士で、Bがクソ野郎で、Bが勝ったのなら、その話は「正義が勝つとは限らない」というような話と受けとられる。Aがセロリだけ食べて特訓し、Bがホットドッグだけ食べて戦いに挑んで、Aが勝利したのなら、セロリ最強説として受けとめられるかもしれない。

「のど自慢」の佳境が歌唱対決で、ヤーシュカと請負師がそれぞれAとBとして出演するのであれば、対決の前の十六頁で両者についてのなにか（つまり「なんのために」戦うのか）が少しでもわかるのではないかと期待するのも当然だろう。どちらかが勝ったとき、その結果を解釈するのに必要だからだ。

だが、そこが本短編のおもしろいところなのだ。控えめに（そして敬意をもって）言っても「記述に富んで」いるのにもかかわらず、対決前の十六頁を読んでも、安楽亭にいるほかの人物については、ツルゲーネフは設定のための裏話をたくさんもちあわせているようなのに、メインの二人についてはあまり語ることがなくたいして差別化されていない（そして対決の意味がわからない）。ヤーシュカは地元の気弱な青年で、請負師はよそものだ。ヤーシュカは「製紙工場で紙すき工」をしていて、「情熱的で感じやすい人間」であり、地元では一番の歌い手であるようだ。請負師については、9頁に少し身体的特徴が書かれているのと、そのあとに「抜け目なく、はきはきした、大きな町の町人のような印象を受けた」という曖昧で短い記述があるだけだ。「トルコ人ヤーコフと請負師については、あまり話を広げられない」という。

したがって、最初の十六頁を読み終えて、「この勝負のゆく末に意味をもたせるであろう、二人の歌い手の特徴はなにか？」と問うても、私たち読者はまだなにもわかっておらず、対決自体を見るしかない。

そこで、ツルゲーネフがこうしてくれたらよかったのに、とあなたがきっと考えたであろうルートを選んで——最初の十六頁をとばして、歌唱対決に直行しよう。

請負師が歌いはじめ（17頁の二段落目）、読者は請負師の実力を感じられそうな記述——正確にはツルゲーネフが私たち読者に抱いてほしい印象——を探す（たとえばロッキーがパンチを受けて片膝をつくとき、私たちは「ロッキーが負けそうになってる！」とわかるように）。

請負師の歌いはじめは「甲高いファルセット〔…〕十分に心地よい、甘い声」とある（つまりうまくいっていて、勝ち目がある）。次の一節を見ると、（「モリヒバリのように声を転がし、高い声で歌っては、上から下へと声調を不断に変化させ」「不敵な調子で」といった言葉が並ぶので）請負師が自信満々で肩の力も抜けていることがわかる——余裕綽々のプロだ。彼の転調は「通なら大いに楽しんだことだろう」。彼が選んだ曲は「陽気な舞曲」で、「果てしない潤色と、原曲にはなかった子音や嘆声」にあふれていた。歌詞も野心と自信にあふれたものだった（「かわいこちゃんよ、お前のためなら、／わずかばかりの土地を耕そう。／かわいこちゃんよ、お前のためなら、／花を、紅いお花を植えよう」）。みなが「一心に聴きいった」。

私たちは、請負師はすばらしい歌い手で、強敵だと感じる。

フィクションを読むという体験は、「提示」（例：「犬が寝ている」）、安定（「犬はぐっすり眠りこんでおり、猫が犬の背中を歩いても起きなかった」）、そして変化（「あ、起きちゃった」）の連続と考えられるだろう。

この場面で、請負師がうまくやっていることが提示され、彼の勝ちに傾いているように見せた。ツルゲーネフはここで安定させたあと、変化を入れる——「請負師は長いこと歌っていたが、**聴衆が特に強い印象を受けたかといえば、そうではなかった**」。請負師はいまや、「一種の困難にぶちあたった」状態と言えるだろう。うまいし、洗練されているが、聴衆の感情をゆさぶるまでには至っていない。私たちは「速報――予想に反し請負師敗北の可能性あり」と読む。

ツルゲーネフによりこの詳細が与えられたおかげで、請負師のことが少し見えてくる。この請負師を要約すると、他人の目は惹くが、心をつかめない、といったところか（私たちの「Aはどんな人物だ？」という質問の答えが出はじめたわけだ）。困難が提示されたタイミングで、請負師がこの困難を乗り越えていくのを、ツルゲーネフは状況報告として新たに伝えてくる……そう、派手さを増す方向で。「ようやく特別うまくいった転調があって」、興奮の波がわきおこる。荒くれ大将はにやりとし、頓馬はよろこびの叫び声をあげ、パチクリはいっしょに小声で口ずさみはじめる。舞台袖で待つヤーシュカも、請負師の腕を認めて、「目を炭火のように燃やし、木の葉のように全身を震わすと、落ち着かない笑みを浮かべていた」。荒くれ大将だけが変わらない（「顔色ひとつ変えず」）が、視線が少し和らぐ。

そして勢いづいた請負師は、自分を解き放ち、もっと派手に歌いあげた。旋風をあげるように、舌を鳴らし、舌を巻き、喉を使った。問題に直面し（聴衆の心をつかんでいないと気づき）、解決策を見つけた（もっと派手にいくぞ！）。歌い終え、みなの「感性がわっと爆発」した。頓馬は請負師が勝ったと明言した。酒場の主人ニコライ・イヴァーヌィチは、請負師は「歌がうまいな」と認めつつも、対決はまだ終わっていないとみなに注意した。

では、請負師のパフォーマンスを振りかえってみよう。請負師の才能は、主に技術的なものだ。請負師の歌唱は技術的な側面から描かれており、彼は二か所で聴衆を魅了した。まずは「特別うまくいった転調」のあと、そして終盤での「喉もかれよ」とばかりの歌いっぷりだ。

前にも言ったが、具体性が登場人物を肉づけていく。ツルゲーネフは請負師に特殊な歌い方をさせる（請負師はギター界でいう「速弾き奏者《シュレッダー》」で、技術力で聴衆を圧倒する）。この歌い方によって、請負師は特定の男として認識され、位置づけられる。

次はヤーシュカの番だ。ここから本短編が進む道は二とおりある。ヤーシュカが負けるか（敗北の物語となり、地元のスターが輝きを失い、おそらくはその挫折とどう向きあうかといったところをとりあげるだろう）、もしくは勝つか。本短編は間接的に、私たちに問いかけている。請負師の超絶技巧の歌唱に対抗できるような、ヤーシュカの強みとはなんだろうか？　私はこの短編を読みなおすたびに、ヤーシュカの番となるこの場面で、「ヤーシュカはどうすれば勝てるのだろう？　請負師はめちゃくちゃ上手なのに」と新鮮な気もちで疑問に思う。本短編は一種の投票になった……なにに対する投票かは、まだわからないが。ただ、片側には「技術力」があるのがわかる（念のために補足するが、一回目の読了時点で、このことに読者が気づいているのだと言いたいわけではない。実際のところ、私たち読者は気づいていなかったと思う。ただ、請負師が勝負のハードルをあげたのを感じ、「わあ、どうやってヤーシュカはこれに立ち向かうのだろう？」と思うだけだろう）。

そしていま（21頁）、ツルゲーネフが描く歌唱シーンを私たちはふたたび観察し、作者が読者に見せたいものはなにか、探っていく。

ヤーシュカは緊張気味に歌いだす。「その最初の声音は弱々しくて乱れがちで［…］たまたまこの部屋に飛びこんできたかのよう」に聴こえる（つまり圧倒的な技術力とは真逆だ）。「おーっと。ヤーシュカつまっちゃったよ」と読者は感じるかもしれない。しかし、「聞いている方にはこの鈴が鳴るような響きの声は奇妙な作用をした。私たちは顔を見合わせ、ニコライ・イヴァーヌィチの妻は姿勢を正した」。

ヤーシュカの歌は哀しかった。歌詞も、請負師のそれと比べてしまうと、自信なさげで、ふんわりした内容だ。「野に延びる道は一筋ならずして」（私たちはまだ、ヤーシュカがどうすれば勝てるか考えているので、この一行は「殺《や》り方はいくらでもある」という慣用句のマイルドなロシア版だと感じるかもしれない）とある。

ヤーシュカの歌唱は完璧ではない。声はしゃがれ、かすれているし、「なにか病的な響き」があるものの、「正真正銘の深い情熱が、若さが、力が、甘さ」があった。すぐに、ヤーシュカは「明らかに恍惚としていた」。自分や観客のことも頭にないかのように、「己の幸福に酔いしれていた」。同様の場面（請負師の歌唱のクライマックス）で、請負師は自分を解き放って、旋風をあげ、舌を鳴らすなどの技巧の連続で観客の印象に残った。請負師は我を失うでもなく、観客のことを忘れるわけでもなく、感情に身をまかせたのでもなかった。勝利の気配を感じて、観客を虜にするため、より高度な必殺技をくり出したのだ（請負師は観客に対してというより、観客の反応を受けて作戦を実行した形だった）。

ここで、話の展開とツルゲーネフの語りにすばらしい変化が訪れる。ヤーシュカが「己の幸福に酔いしれていた」直後、ながらく存在感を消していた語り手が急に復帰する（9頁の後半に、自分の存在を周りに気づかれた、と意識した場面以降、語り手はほとんど消えていた）。ヤーシュカの歌唱に心打たれ、語り手は「大きな白いカモメ」を思いだす。「カモメ」という単語で普通は「頭上で高く舞いあがるカモメ」を連想するかもしれないが、語り手が思いだすカモメは「じっとして」いた。なぜだかわからないが、私は自分の連想を訂正されたこの瞬間に、「絹のような胸元を日没の真紅の輝きにさらしていた。ときたまゆっくりと大きな翼を、知己の海に向かって、沈みゆく赤黒い太陽に向かって広げるだけだった」というカモメがはっきり目に浮かぶ。

ここで、この短編の最初のほう、4頁に登場した「憐れみを乞うかのよう」なミヤマガラスやワタリガラス、そして「けんかをしてい」るスズメを思いだす読者もいるかもしれない。カモメは鳥のなかでも自由な種族だろう。このうす汚い、ひからびかけた小さな村から遠く、涼しくて爽やかな海風に乗って飛ぶ。地元の鳥たちとはちがい、苦悩に満ちていない。カモメは力強く余裕があるし、羽を広げた姿からは、美（語り手の言う夕日）も目で見て認識できているのではないかと思わせる。そのようなカモメを語り手に思い起こさせたのはだれか？　ヤーシュカだ。どうやって？　ヤーシュカの歌でだ。

ヤーシュカの「その声の音ひとつひとつは、遥か彼方へと遠ざかっていく眼前に広がるあの見知った草原のように、ひたすらに広く、どこか懐かしいものが感じられた」。語り手に起きたことは、聴衆全員にも起きていたのだ。それぞれが、語り手にとってのカモメのような、なにがしかを思いだした。請負師の歌唱では、このようなことはなかった。請負師は彼らを圧倒したものの、彼らを別世界へと誘《いざな》いはしなかった。請負師の歌唱では、彼の能力についての記述に終始していたのに対し、ヤーシュカの歌唱では、聴衆の心をどう動かしたか描写されている。

ヤーシュカの歌唱はカモメを思いおこさせたが、彼自身もカモメなのだ。美しさに触れ、束の間、いつもの人格から抜けだした。カモメは飛ぶのではなく「じっとして」いた。このようなさびれた小さな村ではあるが、ヤーシュカは紙すき工でいるのをやめて、ひとりの芸術家になった。

一斉に泣き声があがる。

ヤーシュカの勝利だ。

いま私が説明した内容は、先にも言ったように、この短編の中心だ。合計二十七頁のうちの七頁ほどが割かれ、先にも言ったように、17頁になるまでこの場面に入らない。

では、最初の十六頁の役目はなんだったのか?

小説をキャンディ工場のようなものと考えてみよう。キャンディの製造の神髄は……そのキャンディを一個一個つくることだ。工場のなかを見て回るとき、そこのすべてが——人員、電話、部署、手順のすべてが——多かれ少なかれ、キャンディの製造工程に「関する」もの、もしくは「必要な」ものだと思うだろう。だから「スティーブの結婚式計画室」の表札がかかった部屋にいきあたれば、非効率な業務の存在を察知する。スティーブの結婚式の計画が、特定のキャンディの製造に役立つ可能性があるというのも、ちょっと無理がある気がする。その計画室を閉室すれば、私たちのキャンディ製造は、実際に効率化されるはずだ(スティーブの感想はちがうかもしれないが)。キャンディ工場は、より効率化されたキャンディ工場となり、すなわち、より美しいキャンディ工場となる。

もしくは、私たちがクラブ「小説」の警備員だったとしよう。クラブ内の各所を「すみませんが、どうしてこちらにいらっしゃるのでしょう?」とたずねて回る。完璧な「小説」であれば、各所から正当な答えが返ってくる(たとえば「えーっと、わかりにくいかもしれませんが、小説の中心にエネルギーを送っているんです」とか)。

かわるがわる、いくぶんか厳しめの例をあげたが、小説を構成するどのパーツも存在意義があるのだ。純粋に偶発的なもの(「でも本当にこんなことが起きちゃったんですよね」とか「かっこいいでしょう」とか「うっかり小説に混ざってとりだせなくなっちゃったんです」)が入りこむ余地はない。小説のすべてのパーツが、これほど細かいレベルの精査に耐えられるはずなのだ。とはいえ、小説が理路整然と数学的になりすぎない程度には、寛容性も必要だと特筆しておこう。

さて、最初の十六頁を「あなたたちは、小説の中心のためにどう役立っているのでしょう」と尋ねながら見ていこう。

元エンジニアの性で、十六頁を構成するパーツ（数学的に無縁と思われるが検証中）を次にリストアップするが、ご容赦いただきたい。また、意味のあるできごとが起きるパーツは、単純に説明文となっているパーツと区別するために太字にしている。冗談ではなく、本当に書きだすので見てほしい（表1）。

この表を見ると、本短編の最初の十六頁は、少しやわらかい言い方をするならば、変化のない詳述ばかりであることに気づく（実際の**できごと**としては、語り手がパブに到着し、頓馬とパチクリに遭遇し、パブのなかに入り、のど自慢対決の詳細についての会話を耳にするというだけだ）。対決が（17頁で）はじまると、詳述が減り、地の文（のほとんど）はパブ内と周辺で起きた、連続したリアルタイムのできごとを追っている。（これがどれほど奇妙なことか可視化したい場合は、前述の表を参照しながら、蛍光ペンで本短編のコピーをハイライトしてほしい。詳述文で一色、できごとは別の色でだ。）

私たちのＫＩＭカートには、「発見――脱線と動きのない詳述が多い」などと書かれたものが入るだろう。そして不思議に思う。本短編はこの過剰に気づいているのだろうか？　これが美点に変わることはあるのだろうか？

表1　のど自慢対決前の十六頁の概要

概要	該当頁
安楽亭の説明	1〜2
安楽亭の主人、ニコライ・イヴァーヌィチの説明	2〜3
ニコライの妻（本名記載なし）の説明	3〜4
カラス数羽の説明	4（前半）
コロトフカの村の説明	4〜5
頓馬とパチクリの説明	5〜6（前半）
頓馬とパチクリの会話の場面描写、のど自慢大会があるとのこと	5〜6
安楽亭の説明	7
語り手がパブに入店する場面（一行）の描写	7（後半）
ヤーシュカの説明	8
荒くれ大将の説明	8〜9
請負師の説明	9（前半）
農夫の説明	9
紳士である語り手が、労働者たちに気づかれ、亭主に客として認められる場面の描写	9（後半）
のど自慢対決の詳細について決まり、（もう少しで）はじまりそうになる	10〜12
頓馬の再説明（二度目、経歴中心）	13
パチクリの再説明（二度目、経歴中心）	13〜15
ヤーシュカと請負師の再説明（たいして内容はない）。どうして詳しい説明ができないかという説明が入る。	15
荒くれ大将の説明	15〜17
ようやくのど自慢対決が開始	17

それでは、ツルゲーネフの脱線や動きのない詳述に「意義がある」、つまり、ツルゲーネフが「意図的にやった」のだと考えてみよう。

表1を見かえすと、詳述文のほとんどが人物についてであることがわかる。ここで、ツルゲーネフの人物描写について一言補足したい。ここが、毎年私の生徒たちをいらだたせてきたポイントだと思うからだ。

8頁の最初のほうで、私たちはヤーシュカと出会う。

> 痩せた、すらりとした男で、年は二十三ほどだろうか［…］彼は工場で働く勇ましい若者のように見えたが、とくに健康が自慢のようではなかった。落ちくぼんだ頬。灰色の大きな目は落ち着きがない。鼻筋はまっすぐで、狭い鼻孔をびくびくと動かしている。広い額は白く、亜麻色の明るい巻き毛が後ろに撫でつけられている。唇は大ぶりだが、見栄えは良く、表情豊かだ。

この描写で人物像が思い浮かぶだろうか？　私には思い浮かばなかった。私が、映像化が苦手なだけかもしれないが、顔貌のこれらの描写は私には呪文のようで、具体的なイメージがわかない。私の脳内では、これらの描写がピカソのようなつぎはぎしか生みださない。この描写法（主に顔立ちや身体のパーツを完全網羅していく方法）は、本短編中で貫かれている。荒くれ大将は「頬骨の張った男［…］こちらは狭い額に、タタール人の細い瞳、低い小さな鼻に角ばった顎をしており、その艶のある黒髪は、ブラシの毛を思わせるほど固そうだった」とある。請負師がはじめて出てくる場面では、「年の頃三十ほどの背の低いがっしりした男で、あばた面に巻き毛を生やし、団子鼻が突き出ている。こげ茶の瞳ははしっこそうで、髭はまばらだ」と描かれている。ニコライ・イヴァーヌィチは「顔はむくんでいる〔…〕目つきはずるそうでもあり愛想がよさそうでもあり、脂ぎった額には糸のようなしわが張りめぐらされている」とある。

現代読者からすれば、この描写法は時代遅れに感じる。現代の私たちは、フィクションでは登場人物の描写は取捨選択されるべき――全員を描写する必要はないし、各人物のすべてを描写する必要もない――ものと理解している。描写は必要最低限にとどめるべきだし、テーマを表現するためにあるものだと私たちは考えるわけだが、ツルゲーネフはそこにあるからという理由だけで記述しているようにみえる。

この手法は、小説はドキュメンタリーに近い役割を果たすものだと考えられていた時代に生まれたようだ。ツルゲーネフは上流階級に属し、本短編の語り手のように、狩りのために田舎を歩きまわることもあった。「のど自慢」の初出である『猟人日記』は、文化人類学の側面をもつ文学作品の草分け的存在であり、作中の人間たち、つまり田舎の労働階級の暮らしぶりを知識階級に伝えた。当時、この労働階級の描写が共感的かつ繊細でリアルだと、ツルゲーネフは称賛された（語り手が上流階級に位置づけられるからこそ、9頁の「私が入ってきたせいで――よくわかったのだが――ニコライ・イヴァーヌィチの客は最初ややまごついたようだった。だがニコライ・イヴァーヌィチが旧知の仲であるかのように私に挨拶したのを見て、みな安心し、もうこちらを気にすることもなかった」という場面になるわけだ）。

したがって、安楽亭の描写は、このようなパブにいったことがない読者を意図して書かれたのだ（「おそらく、私の読者に村の酒場を覗いたことがあるものは多くはあるまい」とある）。これから登場するニコライ・イヴァーヌィチとその妻、パチクリと頓馬についての描写が長ったらしいのも、このせいかもしれない。ツルゲーネフの考える自身の役割とは、リポーターだ。各地を取材するジャーナリストのように、自分たちの下位の世界というある意味エキゾティックな世界を切りとって見せる。この手法は、ツルゲーネフの執筆方法にも由来している。

ツルゲーネフについて、ヘンリー・ジェイムズは次のように書いている。

> 彼にとって小説の芽は、反乱の計画からはじまるなどありえなかった——反乱なぞついぞ考えたことがなかった。特定の人物を表現したいだけだった。ツルゲーネフの前に小説が最初に現れるとき、個人または複数の人間の姿という形で現れる［…］人物たちは確かで鮮やかな人物像として現れ、ツルゲーネフは彼らのありのままをできる限り理解し、表現したいと願う。まずは、ツルゲーネフ自身が理解できていることを整理するところからはじめる。ここで各登場人物の伝記のようなものを書き、小説開始までのそれぞれがとった言動やそれぞれの身に起こったできごとすべてを書いていく。フランス語でいう人物調査書《ドシエ》を準備したのだ［…］これらの資料がそろって、はじめて彼は次に進むことができた。そしてどの小説にも通用する、「彼らになにをさせよう？」という問いに向きあう［…］しかし彼が言っていたように、自身の手法の欠点および難点は、「構造」を求めてしまうところ、言いかえれば構成を求めてしまうところだった［…］読者がツルゲ

ーネフの作品を、このような構成部品――というより作品の制作工程――から成り立つことを知ったうえで読めば、どの行からもその過程を辿ることができるだろう。[*]

ナボコフは、ジェイムズよりも冷淡に「文学的想像力という点では、つまり、彼の描写技術の独創性に匹敵するような筋の展開を自然に発見するということに関しては、ツルゲーネフの文学的才能は不足なのである」[**]と述べている。

現代の私たちの美意識としては、情景描写はテンポよく自然に、動作のなかに組みこまれるべきものだろう（私たちは語ることよりも映しだすことに重きをおいているわけだ）。長ったらしく、延々と説明をつづける語り手に、私たちは不寛容だ。私の生徒のひとりがかつて指摘したように、ツルゲーネフの作品では、動作と説明がかわるがわるマイクの前に立っているようだ。片方がしゃべっているあいだ、もう片方は沈黙する。その効果は、退屈であり、気もち悪くもあり、ときには気が狂いそうになる。ひとりの人物の経緯がデータの山《ダンプ》としてドンとわたされるあいだ、ほかの登場人物たちは、「一八五〇年ごろ、ロシアの田舎の酒場」とでも題したジオラマの人形のように定位置で固まっている。

であるからして、本短編がときおり読みづらくなってもしかたがない。みなに行動や会話をやめさせ、そのあいだにみなの眉やら髪の生えぎわやらジャケットやらのデータを集めるというツルゲーネフの習癖を、私たちは疎ましく思う。場面によっては、この演出の不自然さがもはや喜劇のようになってしまっている。私の生徒たちはいつも、ある一行（12頁の最後のほう、対決がもうすぐはじまろうとしている箇所）を特に嘲笑の的にする。請負師は緊張でまごまごしている。荒くれ大将が、はじめろと指図する。請負師が一歩前に出る。緊張感が高まる。私たちは、歌がはじまるのをいまかいまかと待っていた。

そこへ、これだ。

「しかしこののど自慢そのものの描写に取りかかる前に、話の登場人物について少々語っておいた方がいいのではないか」

私たちは「イヴァン、ちょっと待ってよ、この十二頁ずっとその調子だったじゃないか？」となる。

友達がごつい、ありえない服装——たとえば、アスベスト製のダイビングスーツとか——であなたの家にやってきて、あなたにもその服を着るように言ったとしよう。そして、あなたも言われたとおりにしたとしよう。でも着心地は悪いし、かゆいし、暑い。時計の針がチクタクと時を刻んでいく。どこかのタイミングであなたは、「えっと、これなんのために着てるの？」と尋ねるだろう。

私たちもいま、同じく問いかけよう——「このうっとうしい人物説明はなんのためにあるのだろう？」

それがわかれば、かゆい珍発明の服装でも着ようと思えるように、ツルゲーネフの人物説明の手法にも得心がいくかもしれない。

そうならないかもしれないが。

＊Henry James. *The Art of Fiction*. 1884. Reprint, New York: Pantianos Classics, 2018.〔訳注〕正しくはヘンリー・ジェイムズの *Partial Portraits* からの引用。
＊＊ウラジーミル・ナボコフ『ナボコフのロシア文学講義　上』小笠原豊樹訳、河出文庫、二〇一三年、一六九頁。

しかしその前に、ツルゲーネフの脱線に敬意を表してパクらせていただこう。少し立ちどまって、問いかけるのだ。そもそも、なぜ人物の説明が必要なのだろうか？　登場人物の説明が果たす役割とはなにか？

さらにいえば、なぜ登場人物は必要なのだろうか？

劇作家デヴィッド・マメットが俳優について語った言葉を借りるなら、登場人物たちは、小説における彼らの役割を果たすために必要だ*。チャールズ・ディケンズの『クリスマス・キャロル』においてジェイコブ・マーレイはなぜ必要なのだろうか？　スクルージ自身が変わらなければ、先行きは惨憺《さんたん》たるものだと説得するためだ。であれば、マーレイについて読者はなにを知っていなければならないだろう？その役割を果たすのに役立つ内容すべてだ。マーレイに説得力をもたせるのは、スクルージの共同経営者であった事実と、スクルージにとって唯一と言ってもいい信頼できる友だったことだ。マーレイはスクルージとまったく同じような人生を送り、同じ罪を犯した。このこと（それ以上はたいして必要ない）を知らないと、マーレイがスクルージに生き方を変えるべきと説き、スクルージが納得したときに、私たちも納得できない（私たちは、マーレイの結婚歴や、子ども時代や、鼻の大きさや、スクルージとはじめて出会ったときのことを知らなくてもいい）。

では、「のど自慢」に出てくるさまざまな脇役たち（頓馬、パチクリ、ニコライと妻、荒くれ大将）は、小説の中心（のど自慢対決）を盛りあげるのに役立っているのだろうか？

役立っていると言えなくもない。彼らは審査員の役割を果たす。

請負師の歌唱場面（17〜19頁）に戻って、脇役たちの反応を辿りながら、もう一度読んでみよう。本短編の中心は、私たちには実際に聴くことができない歌唱だ。脇役たちは、歌唱についてそれぞれどう思ったのか教えてくれる。読者は脇役たちの反応を見て、請負師とヤーシュカの歌唱の出来を見ようとする。そして、脇役それぞれについて知らされている内容によって、それぞれの歌に対する評価を読者がどう受けとるかも異なってくる。

たとえば、頓馬であれば、地元に住む飲んだくれでとるに足らない人物だと私たちは知っているので、彼の出す評価は信用できない（「生まれてこの方ただの一度も気の利いた言葉どころか、筋の通った言葉すらしゃべったためしがない。いつもなんやかやと「くっちゃべって」出まかせを言っていた――まさに頓馬だ！」とある）。したがって、頓馬は馬鹿な審査員――判断力に欠け、やじ馬根性が旺盛で、最初に、強くもほとんどの場合は誤った反応を見せる人物――の役を果たす。頓馬が、請負師が勝者だと宣言したときも、請負師の歌唱がおおむねよかったことを読者に示しつつも、結論があまりに早すぎるため、「ロシア人にとって大切なこと、大事なことをみんな知り抜いている」亭主のニコライにやんわりとたしなめられ、覆される。荒くれ大将も見てみよう。対決の前の長々とした説明によれば、彼は「周囲に多大な影響力をもっていた」。彼は「ひたすらに歌が好きだった」。それだけでなく、「その身の内には巨大な力がむっつり塞ぎこんで」いるようだった。「ヘラクレス」のようであり、「みな熱心かつ即座に彼に従う」。請負師の歌唱については、まず（特定の転調の場面で）にやりとし、歌唱の最後のほうで視線が「いくぶん和ら」ぐもの

――

* David Mamet. *True and False: Heresy and Common Sense for the Actor*. New York: Vintage Books, 1997.

の「口元にはばかにしたような感じが残ったままだった」とあるのが参考になる。しかし自身の審査結果はまだ示さず、ヤーシュカにびくびくしていないで「神の命じるがままに歌えばいいんだ」と指示する。

今度はヤーシュカの歌唱を同じようにもう一度見てみよう（21頁から）。

ニコライの妻は、対決の前に「きびきびとした、鼻の高い、目ざとい町女」と堅苦しい人物として描かれていた（つまり聴衆としては強敵）が、ヤーシュカの歌に心動かされ、泣きだす。ニコライはうつむく（涙を隠すためかもしれない）。パチクリも（同じく）横を向く。頓馬は柄にもなく硬直し、黙りこむ。農夫（請負師に肩入れし「こらえきれずに拳でテーブルを叩き」唾を吐き捨てていた）もいまやすすり泣いており、より強く感動したことが読みとれる。そして私たちは、審査委員の面々のトップに、より信頼できる意見をあおぎたくなる。本短編では、だれが最終決定者になりうるだろうか？　請負師の歌唱の直後でも自らの審査結果を開示しなかった荒くれ大将が、ヤーシュカの歌のあとでは「大粒の涙」を見せ、たった一言、「ヤーシャ」で勝負を決着させる。ヤーシュカの勝利だ。

自分ではオペラを見にいけないため、かわりに友達四人に見にいってもらい、上演中にショートメッセージで実況してもらったとしよう。四人とも感性がまったく同じということはないだろうから、彼らのメッセージはオペラの多角的かつリアルタイムなレビューとなる。四人ともよく知っている人物だろうから、それぞれの人物像から反応を加味することができる。

つまり（そう、まだツルゲーネフを擁護しているところだ）、ツルゲーネフはさまざまな人格、信頼性および権威をもつ審査員一同を登場させ、優劣の異なる反応を描写することで二人の歌唱をリアルタイムに忠実に映しだしたのだ。だからこそ、脇役たちの説明が必要だった——彼らが反応を示したとき、その反応がどういう意味をもつのか、どれを重視すべきか、どれは軽視してもよいのか、私たちがわかるように。脇役たちを説明することで、彼らに信頼性の序列をつけていったのだ。

それでも、私たちは質問せざるをえない——歎願せざるをえないと言ってもいいかもしれない。説明はこれほど長くなければならなかったのだろうか？　このためだけに、一言一句すべて必要だったのだろうか？　パチクリは、頓馬を引きたてる、いかれ具合が少しましという役回りだったとしよう。であれば、13～15頁であれほどパチクリについて知る必要はあっただろうか（彼がパブに入店する場面から、彼が馬鹿であることは見受けられたではないか）？　パチクリがコートの片袖だけに腕を通し、大きなとんがり帽子をかぶっていることや、彼の唇と鼻の形まで知る必要はあるのだろうか？　この詳細が、パチクリの審査結果がどのようなものか、私たちが判断するうえで役に立つだろうか？　情報量が多すぎて、重要なものがどれか判断するのに私たちは苦労してしまう。

本短編を、もっと効率的で、説明が少なくて、もうちょっと楽に読めるバージョンに書きかえて、同じ真意をてきぱきとした感じで伝えることはできないだろうか？

私は、毎年生徒たちに、このような任意の課題を出している——本短編のコピーをとって、赤ペンで不要と思うところを削り、現代の感覚にあうテンポに編集してみなさい。もっと速く展開するようにしつつ、文章のよいところは残すようにしてみよう。自信があるなら、書きなおしてみてもいい。そしてまっさらな目で読みなおす。小説としてうまくできているだろうか？　よくなっただろうか？　もう二十パーセントほど、短くできるだろうか？　さらに十パーセント短縮できるだろうか？　これ以上削ると、原作の骨（冗長でありながらも神秘的な美を醸しだしていた部分）まで落としてしまうと感じるのはどの段階からだろうか？

このドリルをやってみると、「筆致《タッチ》」の問題だとわかるだろう。一言一句ごとの、あなたの取捨選択にすべてはかかっている。このような極端な削減手法は、プロの作家をめざすなら自分の文章でできるようにすべきであり、他者の作品――しかもだいぶ前に他界し反論できない作家のもの――で習得しようとすることに反対意見もあるだろう（ツルゲーネフの文章を削るなんて無理だ、という人には、私がこのドリル用に書いた文章を与えている）。


24頁に辿りつくころには、対決が終わっている。小説の中心から離れ、エピローグのような部分のひとつがはじまる。ヤーシュカは「子供のように」勝利をよろこぶ。語り手は干し草のうえで仮眠をとる。語り手が目覚めると、外はまだ暗く、パブから大声が聞こえる（「どっと激しい笑い声」）。語り手は窓から、ヤーシュカを含む全員が酔っぱらっているのを見つける。ヤーシュカはまた歌っている（歌うと言うよりギターを片手に口ずさみ、「恐ろしく青ざめた顔に、濡れた髪の毛が数条の房になって垂れ下がっていた」）。たった数時間前の、神秘的な勝利の瞬間からだいぶ様相が異なる。ほかの人物たちも同様だ。

のど自慢対決のあいだ、居酒屋は変貌を遂げ、まるで教会のようだった。神聖なできごとが起きていた。粗野な男ども（このむさ苦しく威圧的な状況下で過労死寸前までこき使われる農民や貧困者）が、芸術に触れて舞いあがり、一種の変身を遂げる。美しいものを目撃し、認識した。それがいまや、教会も居酒屋へと逆戻りする。

芸術に触れた経験が、なにか継続的な変化をもたらしたのだろうか? 答えはノーだ。実際には、強烈な体験に心動かされすぎて、むしろ普段よりも深く酔っている。エネルギーの転換が起きたのだ。歌の力はゆき場を失い、飲んだくれのどんちゃん騒ぎに変化していった(本短編の最初のほうにある、請負師の歌唱に動かされ、芸術からえたエネルギーが暴力へと転換した結果、頓馬が農夫を攻撃した場面を彷彿とさせる)。

そして、本短編は芸術の必要性について語っているのではないかと感じさせる。人類は——「下層階級」の人間も含め——美を求め、そのためには苦労もいとわない。と同時に、美は危険でもある。人を動かす力が強すぎて、人を揺るがし、惑わせ、煽り、ときには暴力へと走らせる(私はときおり、この場面で、ナチス政権の大がかりな式典や、ルワンダの大量虐殺前の混乱と扇動にみちたラジオ放送を連想する)。

それでありながら、このパブで起きたできごとは美しく必要不可欠なものだった。ここの人々に与えられた温かい感情が、危険にさらされる。

そして感情があふれすぎて、泡沫に帰してしまうのだ。

26頁の最後の段落から、エピローグのようなものに突入する。

語り手は、村を二つに分断する峡谷に沿って、ふたたび丘をくだっていく。足もとの渓谷から、遠く声が聞こえる。少年が、「最後の音節を長く、長く引き延ばしながら、少年はしつこく、涙ながらにやけっぱちな叫びをあげ」て、だれかを呼んでいる。言いかえれば、歌っているのだ。歌うように、少年がだれかを呼んでいる。少年はその名前を「少なくとも三十回」は歌うように呼んでいる。そして返事があるが、「あたかも別の世界からのよう」で、ヤーシュカの歌唱の最初の部分を読者は思いだすかもしれない（彼の歌声は「胸から出ていなかった。いや、どこか遠くの方からきたかのよう」だった）。そしてこの返答（「なあああああんだ？」）もどこか歌のようだ。一人目の少年が、「こっちに来い、このばかたれめええええ！」「お父が鞭をくれてやるってようううう」と歌うように叫ぶ。理解したのか、二人目の少年は「もう叫びかえさなかった」。一人目の少年は歌うように呼びつづけ、二人目の少年は沈黙をつづける。語り手がその場から遠ざかるにつれ、呼び声は小さくなっていく（とはいえ、四露里離れても一人目の少年が呼んでいるのが聞こえる）。

この最後の場面は、私たちになにを与えてくれるだろう？　まず、本短編のミニチュア版だと私たちは感づく。もしくは、サイズ感がちがうだけと考えてみる。二人の男性が交互に歌っているのだから、そのとおりだ。片方が先に「歌い」だし、もう片方がそれにこたえる。

私は、一人目の少年を請負師に、二人目の少年をヤーシュカと重ねる。なぜか？　まあ、一人目の男の子は現実主義だ。彼はもう一人の少年――おそらく弟だろう――が、お父さんにぶたれるように、早く家に帰ってこさせようとする。この「現実主義」な部分は、請負師と関連性があるだろうか？　現実主義を技術力とひもづければ、関連性はあると言える。請負師は「抜け目なく、はきはきした、大きな町の町人のよう」であると同時に、技術を効果的に駆使した、歌の魔術師だったことを覚えているだろう。

したがって、請負師と一人目の少年は現実的なテクニシャンだ。やるべきことはやりとげる、最終形を頭に思い描けるタイプだ（一人目の少年は、「お父さんが弟をたたきたがっているのだから、自分がたたかれないように、弟を家に帰らせないと」と考えているわけだ）。厳しい環境におかれ、一人目の少年の場合は現実主義に、請負師の場合は（単純に、機械的な）技術力に凝り固まってしまっている。対して、ヤーシュカと二人目の少年は受け身で、繊細で、この田舎の肥溜めの厳しさのなかで打たれ弱くなってしまっている。

安楽亭では、歌が一種のコミュニケーション手段となり、粗野な男たちの格をあげていた。歌を聴いて何人かは涙し、日常生活では排除されてしまう感情に触れられた。しかし本短編の最後で、歌は暴力の場を提供し、兄が弟を罠にかける手段として使われる。そうして本短編はそれについての話――称賛されていたはずのものを格下げする話になっていく。男たちは、浮きあがってから沈んでいく。村は、かつてはすてきな場所だったのにいまや廃墟のようだ。歌は、高度なコミュニケーションの手段にも、たたかれるために人を家に連れ戻す方法にもなりうる。芸術としての歌は人を動かす力があるが、その力をどのように使うべきかという点については正解がない。

見つかってたたかれるのを避けたい二人目の少年は、黙ってしまう（歌うのをやめてしまう）。ヤーシュカもそうだ――少なくとも、あの格調高い歌唱は終わってしまった。ヤーシュカの歌をとめたのもまた、二人目の少年を黙らせたのと同じもの――さびれ、厳しい環境で、美など長つづきしようのない村だ。

なお、頭のなかでこのようなテーマの矮小化をおこなうとき、このひもづけが完璧なものではないことにも気づかされる。関連性はあるが、さほど整ったものでもない。本短編は、このように矮小化するには、あまりにもよすぎて一か所におさまるようなものでもない。私たちがつくった「～のような」動物の形をした入口の箱に、いやがる野生動物をはめこむようなもので、動物が常に動くものだということをないがしろにしている。

いずれにしても、このエピローグは役割を果たしていると私は思う。この最後の場面があったほうが、この短編は活きる。

この最後の場面に辿りつき、読了直後から私たちは小説をさかのぼって効率性を評価するというリンダ・バリーの言葉を思いだしていると、ＫＩＭカートに入れられたアイテムたちが自分たちを忘れるなと前に出てくる。アイテムの多くは問題だらけの長ったらしい最初の十六頁のあいだにカートに入れられており、特に1頁の渓谷に関する説明と4頁のミヤマガラスやワタリガラス、スズメや村の説明に関するアイテムが目につく。

授業では、アイテムをひとつひとつ見ていく。勉強になるから、あなたにも同じように進めてほしい。ここでいったん読む手をとめて、アイテムひとつひとつを、小説の中心（のど自慢対決）と並べてみたら、どうなるだろうか。それぞれのアイテムはどのように「役割を果たして」いるだろうか？

私はのど自慢対決とアイテムを「並べてみて」と言ったが、それはどういう意味だろうか？

木が描かれた絵を想像してみてほしい。良質で、高く、生育状態のよさそうなオークの木が、丘の頂上に誇り高く生えている。そこで二本目のオークの木を絵に足すとしよう。しかし……二本目は生育状態が悪い。枝には葉が生い茂ることもなく、節だらけで折れ曲がっている。その絵を見るとき、あなたの脳は、たとえば力強さと弱さの対立に「関する」絵だと理解するだろう。もしくは生と死。もしくは病と健康とか。二本の木を写実的に描いた絵であるのはまちがいないが、描かれている要素から比喩的な意義もこめられている。私たちは、まずは考えや分析なしに二本の木を「比較」（もしくは「比較対照」）する。ただ見るだけだ。二本の木は私たちの頭のなかで横並びになり、間接的に意義を提示する。私たちはその結果を、明確に叙述するというより、体験する。横並びされることにより、そくざに、脊髄反射的に、複雑な、多層的な、集約不能な感情がわきあがる。

私たちはこの能力に優れている。仮に、その絵に健康的な木と、もう一本、初見ではまったく同じように見える木が並んでいたとしよう。脳はそくざに、二本の相違点をスキャンしだす。どちらか片方に、かろうじて見える鳥がとまっていたとしよう。そうすると、鳥がとまっている木は「生き物にやさしい」木となり、もう一方は「生気のない」木となる。

私たちは常に、物事を論理的に説明し叙述している。しかし、私たちがもっとも優れているのは、説明し叙述する直前のこの瞬間だ。すばらしい芸術は、この瞬間に生まれるか生まれないかが決まる。まさにこの瞬間こそ、私たちが芸術にすがる要因でもある。そこにあるのは「わかって」(感じられて)いるが、複雑すぎて、いろいろありすぎて、自分では言葉にできない。だがその瞬間を「わかって」いるからこそ、言葉にならなくてもリアルな体験になる。私は、これが芸術の存在意義だと思う。このような「わかる」という体験がリアルなだけでなく、日常の(概念的で還元的な)理解よりも格上であることを教えてくれる。

では、あの渓谷とのど自慢対決で、この「並べてみる」ドリルをやってみよう。

並べてみると、両者になんらかの関連性がそこにあって、その関連性が偶然ではないと私はまず感じとる。

ここで一秒だけ立ちどまって、この感じが重要であることを強調しておきたい。渓谷とのど自慢対決を横並びにしてみたら……私たちの頭のなかでなにかが起きて、そのなにかはいいことなのだとわかった（一方で、共通点が偶然でしかないと、「うまくかみあわなかった」感じが残り、あの「リレーションが見つかりません」というプログラミングエラーメッセージが出てくる）。

先に進んで、「峡谷」と「のど自慢対決」を横並びにしたときのいい感じを、正確に言語化してみよう。

まず思い浮かぶのは二元性だ。二人の歌い手がいて、村は二つに分断されている。そうすると、私は「ほかに対になるものはあるだろうか？」と疑問に思う。実際のところ、本短編は対になるものであふれている。憐れみを乞うかのようなミヤマガラスやワタリガラスに対して、悲しむこともなく、元気にさえずるスズメたち。農業で栄えたかつての栄光（牧草地、地主屋敷、池がある）に対する、現状の村（牧草地は「干からびて埃まみれ」、「黒い池はガチョウの羽で覆われて沸きたつかのよう」、屋敷跡地は「雑草が生い茂」っている）。ヤーシュカに対する請負師。技術力に対する感情。少年その一対少年その二。ヤーシュカがつくりあげた美しく芸術的な瞬間に対して、その瞬間が生まれた醜い村。穏やかな生活を送る紳士である語り手に対して、語り手が観察のために訪れる下層階級のど田舎。

二元性が生まれるので、峡谷について説明した文章を本短編のなかに入れた「価値はあった」と私は思う。峡谷なしでは、本短編の価値が下がっただろう。峡谷が、本短編中に隠された（といまならわかる）さまざまな対を解く「鍵」だと言ってよいかもしれない。

この「並べてみる」という動きは、さまざまな方向でできる。

たとえば、4頁の小さな鳥の群れと、二人の歌い手を「並べてみる」ことにしよう。ミヤマガラスやワタリガラスは「憐れみを乞うかのように」くちばしを開けている（暑いからだろう）。スズメたちはまたちがっていて、血気盛んだ。スズメたちは暑さを「悲しむこともなく、羽を広げ、いつもよりも盛んにさえず」っている。ヤーシュカと請負師のどちらが、「いつもよりも盛んにさえずり」そうだろうか？　請負師のほうがこうした質《たち》のようだ。彼のほうが派手で、技術的なパフォーマーで、目立ちたがり屋で、ヤーシュカほど神経質でない。ヤーシュカのほうが疲れ、やつれ、「憐れみを乞うかのよう」という印象だ。しかし、（そのおかげで美しさが増すわけだが）複雑なのは、（どちらかといえばヤーシュカのように）浮きあがり村の上を回遊する（ヤーシュカのように上昇気流に乗れる）のはスズメたちのほうなのだ。また、鳥たちを安楽亭のほかの客たちと並べてみることもできる（頓馬はスズメか、それともミヤマガラスやワタリガラスだろうか）。二人の歌い手は、スズメたちのように、惨めな現実から一時的に逃避できる。しかし、頓馬その他大勢はミヤマガラスやワタリガラスのように地面に残るしかない。

いずれにせよ、このように横並びにすることで、本短編の要素が非常に意図的で、ツルゲーネフはこの鳥や人物たちを芸術的なタッチでキャンバスにのせていったのだとわかる。これらの要素は、活発に互いに発話している。本短編は、それ以外の部分ではゆるいかもしれないが、構造は高度なのだ。演出は冗長で不自然かもしれないが、その高い管理能力は偶然の産物ではない。

ヤーシュカが勝利したことの意味はなんだろうか？　その答えをえるために、二人の歌唱の重要な特徴を分析してみよう。大雑把に言ってしまえば、請負師の歌は技術的にすばらしかったが、聴衆に技術力への感嘆以上の感情を呼びおこせなかった。ヤーシュカは、技術的には少し頼りなかったが、聴衆が無視できないほど深い感情を呼びおこし、語り手の脳に、動揺を生む、論理的とは言えない記憶を思いださせた。ここから、本短編は技術力対感情の力についてとりあげ、後者を優遇するなにかを伝えたいのではないかと私たちは感じとる。本短編は、芸術の最大の目的は観衆を動かすことであり、観衆が動くのであれば、技術面の欠如はそくざに無視されるものだと伝えている。

本短編のこの点こそ私が愛してやまない部分で、ほかに欠点があってもかまわないと思ってしまう。私はツルゲーネフの技術的な粗《あら》――鼻や眉や髪の生えぎわについての山のような説明、動作の再生と停止のくり返し、脱線のなかでくり広げられるさらなる脱線――を厭っていた。だが、技術的に卓越しているわけではないかもしれなくても美しいヤーシュカの歌唱に、そしてそれと同じくらい、技術的にはがたついているものの美しいツルゲーネフの表現力に、私は突如として心動かされる。

このぎこちなさのある作品に心動かされて、芸術は、心動かす力さえあればぎこちなさがあってもよいのだと私は主張したくなる。

ときおり、この効果も意図的だったのだろうかと疑問に思う。ツルゲーネフ自身の技術力の欠如に対する、弁明書になっているのではないかと考える。私たちが心動かされたのであれば、ツルゲーネフは、感情の力こそ芸術の最大の目的であり、技量がおぼつかなくてもその目的は達成できる、と主張した作品でまさにそれをやってのけたのだ。

そうであれば、匠の業ではないだろうか。

話として成立させつつ、読者を動かす作品を書くのは難しく、ほとんどの人間がなしえないことだ。

なしとげた人間でさえ、ほとんど成功しない。完全にコントロール可能な状況下で、無欠の業をもってして、意図的に、理解して実行できるというものでもない。直観による部分もあるし、背伸びして自らの能力の限界に挑み、その結果として失敗することもある。書き手もまた、ヤーシュカのように、声が割れるリスクをとり、自分の実力に対する不安も抗わずに受けいれなければならない。

ダンスのパフォーマンス中のエネルギー出力を計測できる、手首に装着するタイプの測定器があったとして、一千単位のエネルギー出力をパフォーマンスのノルマにすえたとしよう。そのノルマを超えないと、あなたは殺されてしまう（と仮定してみよう）。どのように踊りたいかというイメージがあなたのなかにあるけれども、そのように踊ってみても、エネルギーレベルは五十ぐらいしか出ない。そしてようやく、なんとかエネルギー出力が一千を超え、鏡（が、そこにあったとしよう。あなたが死なないように踊っている場所であっても）を見てみたら……なんと。これは本当にダンスか？　ダンスをしているのは本当に自分か？　信じられない。でもあなたのエネルギー出力は千二百を超え、さらに上昇している。

ここからどうするか？

あなたはそのまま踊りつづけるだろう。

ダンスホールの人々があなたを笑っても、「笑えばいいさ、私のダンスは完璧じゃないだろうけど、少なくともこれで私は死なずにすむ」とあなたは思うだろう。

書き手は、どのような手を使ってでも、必要なエネルギーを産出しなければならないのだ。ツルゲーネフの場合、一千以上のエネルギー出力を産出するためには、あの人物調査書《ドシエ》の山が必要だった。ツルゲーネフ自身、説明と動作をうまく融合させるのが上手でなかったと認めざるをえなかった。それでも先へと、自分なりのやり方で進まなければ、死ぬしかなかった。素直に自分自身を認めて、「ナボコフさんはあいかわらず正しい（私の時代にはまだ生まれていないけどね）。私の文学的才能は、描写技術の独創性に比べて、小説を自然な流れで語るという点で確かに欠けていたのだ。でも、それでどうしろというのだ？」と結論づけるしかなかった。

ひとつの作品に、ひとつだけでも美しさを入れこむのは難しい。美しさを入れこもうとして、思っていたのとはちがう美しさが生まれることもある。それでも私たちは、どのような美でもかまわないから、どのような手を使ってでも美を手に入れなければならない。

私が「のど自慢」を教えるのは、どのような書き手に成長するのかという点において私たちに選択肢はほとんどないということを、生徒たちに示したいからだ。若い書き手たちは特定の作家像に憧れを抱き、特定の派閥に順じようとする。徹底したリアリスト、ナボコフのような名文家、マリリン・ロビンソンのような敬虔なキリスト教作家などなど、思い浮かべるかもしれない。だが、そのスタイルで書いた散文に対し、社会は生ぬるい反応しか返さず、あなたはそのスタイルの作家ではないと示すこともある。そうして私たちはほかのアプローチを、必要な一千単位を超えさせてくれるようなやり方を、追及しなければならなくなる。私たちは、その必要なエネルギー出力を産出できる作家になるしかないのだ（フラナリー・オコナーいわく、「作家は、自分が書く対象は選べる。だが、何を生かせるかは自分の筆で選ぶことはできない」*）。

自分が夢みた作家像とはほど遠い作家になるかもしれない。けっきょくのところ、書き手はよくも悪くも、本当の自分に書けるものしか書けない。幾年も努力してきたこと――文章だけでなく、もしかしたら人生そのものにおいても、抑制したり否定したり修正を試みてきたかもしれない少し恥ずかしいような自分自身の性《さが》――からしか生みだせない。

詩人ウォルト・ホイットマンは正しかった――私たちは大きくて、多くを包みこめるのだ。** ここでいう「私たち」が指すものはひとつではない。私たちが「自分の声《ヴォイス》を見つけた」と言うとき、私たちはさまざまな声のなかから自分が「使える」ものを選びとっている。自分がもっている声のうちそれが、少なくともいまのところは、一番大きなエネルギーを秘めているからだ。

人生の最初の二十年間を、短距離走のオリンピック選手たちの華々しい映像を常に流しているテレビが置かれた一室（ちなみにその部屋は、ほかの作家たちが命がけで踊っている部屋と同じ廊下沿いにある）で過ごしたとしたら、と想像してみてほしい。何年も短距離走者を眺めつづけたあなたは……短距離走者になりたいという夢を抱く。そして二十一歳の誕生日に、その部屋から解放されて、廊下の鏡の前で立ちどまり、自分が身長百九十五センチで、筋肉ムキムキで、体重百四十キロ（明らかに短距離走者向きではない）と気づいてまごつきながらも、屋外に出て人生初の百メートル走を走ってみたら、ビリだった。ショック！　夢破れたり。だが、落ちこんだあなたがトラックから歩きだしたとき、あなたは自分と同じような体格の砲丸投げの選手たちが練習しているのを見かける。その瞬間、あなたの夢が、形を変えてふた

＊〔訳注〕フラナリー・オコナー『秘儀と習俗――アメリカの荒野より』上杉明訳、春秋社、一九八二年、二七頁。
＊＊〔訳注〕ホイットマンの『草の葉』をもじっている。

たび芽吹く(「私が短距離走者になりたいと思っていたのは、本当はアスリートになりたかっただけなんだ」と気づくわけだ)。

このような体験が、書き手にも起こりうる。

三十代前半だったころ、私はヘミングウェイのようなリアリストだと自認していた。私の小説のネタは、アジアの油田で働いていたころの経験だった。私はその体験についての話を何本も書いた。どれも文章を徹底的にそぎ落とし、厳しく効率的で殺伐としてユーモアの欠片もないものばかりだった——現実世界では、困難なときや人生の山場や恥ずかしいできごとや美しい瞬間にいきあたったとき、いつも反射的にユーモアに飛びついていたにもかかわらず、だ。

私はなにを書くか選びとっていたが、それに生命を吹きこめずにいた。

ある日、職場の環境エンジニアリング会社の会議で議事録を担当していたとき、退屈のあまりドクター・スース的な短くダークな詩を落書きしはじめた。一編書き終えたら、その内容に沿ったイラストも描いた。その会議が終わるころには、詩とイラストが十セットほどできあがったが、私の「本当の」文章ではないからと終業時に全部捨てようとした。だが、なにかが私をとめた。私はそれらを家にもちかえり、テーブルの上に放りだして、子どもたちの様子を見ようとテーブルから離れた。そのとき、背後のテーブルのほうから、私の拙い詩を読んだ妻の、心の底からの笑い声が聞こえた。

まず、私が書いた文章でだれかがよろこんでくれたのは、ここ数年ではじめてのことだと気づいた。何年も、友達や編集者から返ってくるリアクションは、書き手ならだれしもうんざりするようなものばかりだった。私の作品は「興味深い」、「本当にもりだくさん」だし、私が「労力をかけたもの」だとわかる、と言う。

　私の頭のなかでスイッチが切り替わり、次の日から新しい執筆モードで小説を書きはじめた。エンターテインメント性をとりいれるようにしつつ、「名作」文学はかくあるべしという自分の考えも、現実世界で起きたことしか書いてはいけないという先入観もいったん捨てた。未来的なテーマパークを舞台にしたこの新作では、「よし、おもしろくしてやれ」と考えたら自然に思いついた声《ヴォイス》――不自然で少しやりすぎなくらいビジネス調の語り口――を使った。話がどこにいきつくか（その弧がいきつく先が、小説のテーマが、「メッセージ」が）わからず、ただ一行一行のエネルギー出力に気をつけながら、特にユーモアに注力しながら、空想上の読者がついてきてくれているか――私の妻のように隣の部屋からでも聞こえるぐらい笑っていて、小説が非情にもすぐ終わってしまうのではなくつづきが読めることを祈ってくれているか――そんなことを気にしながら数行ずつ書き進めた。

　この執筆モードだと、ヘミングウェイみたいに書こうとしていたときよりも、強く自分の意見を出せることに気づいた。どこかでつまずいても、すぐに本能的に、直観の形で（「おお、こうすればかっこいいかも」というような形で）どうすればいいのかわかった。以前は、小説はかくあるべし、いやこうでなければならない、という凝り固まった考えにとらわれ、理論的に決断を下していた。

　新しいモードのほうが自由だった。パーティーでウケを狙いにいくような感覚だ。

　この短編は最終的に、七年後（！）に出版された私のデビュー作である『凋落の南北戦争パーク』にも収載される、私にとって初の短編「波製造機担当」になった。

この短編を書き終えたとき、いままで書いた作品のなかで一番いいものが書けたとわかった。大事な「自分らしさ」、よくも悪くも、ほかの人には書けないだろうと思わせるものがあった。そのころの私の頭のなかにあった物事は、私の生活の一部でもあったので、短編のなかに組みこまれていった——格差社会、経済問題、職場のプレッシャー、失敗への恐怖、変人が好まれるアメリカの労働環境、長時間労働のせいで余裕がなくミスをくり返す毎日。この短編はいびつだし、少し恥ずかしい。私の趣向が、労働階級かつ卑猥かつ目立ちたがり屋なものだとあらわになってしまった。私のこの作品を、私が好きな作品（そのいくつかはこの本に収載されている）と並べてみて、自分の作品が短編小説全体の格を下げたように感じた。

したがって、勝利であるはずのこの瞬間（自分の声《ヴォイス》を見つけた！ という瞬間）は、哀しい瞬間でもあった。

自分の才能の化身でもある猟犬を草原に放ち、キジをとってこいと言ったのに、バービー人形の下半身をくわえて戻ってきたようなものだ。

別の言葉で言うならば、ヘミングウェイ山を登れる高さまで登ってみて、その山では私はどれだけ頑張っても手習いレベルまでしか辿りつけないと気づき、猿真似は二度としないと反省しながら谷を下りていったら、「ソーンダーズ山」と銘打たれたクズ山にいきあたった。

「うーん……すごく小さい。しかもクズ山だし」と私は考える。

でも、私の名前がついている。

この瞬間（勝利と落胆の入りまじった瞬間）は、どのような芸術家にとっても重大なものだ。制作中も制御不能で、承認すべきものかどうかも自信がないような作品を、自分のものとして受けいれるか否か決断しなければならない。自分が思い描いたものより過小であると同時に、過多でもある。巨匠たちの作品に比べると矮小だしなかなか酷いものだが、完全に自分だけのものだ。

この時点で私たちがしなければならないことは、おどおどしながらも自分のクズ山を登り、仁王立ちし、高くなることを願うばかりだと私は思う。

すでに問題だらけのこの喩えをつづけて使わせていただくと、このクズ山を成長させるものは自分の努力だ——「まあ、たしかにこれはクズ山だが、私だけのクズ山だから、自分の執筆モードで書きつづければ、この山もいつかクズじゃなくなって、大きくなって、いつかは世界中を見わたす（そして作品に描く）こともできるようになるだろう」と思って頑張れるかどうか。

ツルゲーネフは、「のど自慢」を自分の能力の欠如の弁明書として書いたのだろうか？　そう意図しながら書いたのだろうか？　書き終えたあとにそう思っただろうか？　ツルゲーネフは、弁明書を書くことを「目標にした」わけではないと思う。少なくとも、書きはじめたときはそう思っていなかったのではないか。書き終えたあとも、自分のなしとげたことに気づいていなかったのではないかという気がする。しかも、私たちのこのような評価を彼がよろこんでくれるかどうかはわからない。だが重要なのは、そんなのは関係ないということだ。ツルゲーネフはやってのけた。そして作品を成立させた。それは、芸術家にとって最大の成果であり、「やりとげる意志」（責任をとるという意思）の成果物だ。最終的には作品に芸術家が与える祝福（世に送りだすということ）は、その作品にあるすべてを——その瞬間の彼には見えていない部分があるとしても――彼自身が受けいれるという表明である。

つまり、最終承認は意識的なものばかりでない。

私の経験では、残り時間わずかで小説を仕上げているとき、作品とあまりにも深くつながっていて、もはや無意識に、言語化できないぐらい複雑な理由で、さまざまな選択をしている。どちらにしても、その言い訳を言語化しようとする時間すらもったいないないぐらいに、急いで書いている。直観的に執筆しているので、どれも即決で、考え込むこともほとんどない。

一日中、晩餐のためにホールを飾りつけ、模様替えをし、装飾をつけたり外したりし、といった作業をすごいスピードで集中してやっていれば、なぜその作業をしたのか逐一説明するのは難しいだろう。時間がない。招待客がもうすぐやってくる。一度家に戻って着替えなければ。ホールの扉の前で立ちどまり、ホールを見わたす。直さないといけない箇所はもうない。もう一度なかに戻って、ひとつだけでもなにかをいじるのでない限り、そのホールは完成（したと承認し）、作品は完成したことになるのだ。

授業のあとに　その二

この本では、ロシア作家たちがなにをしたのか検討するが、どのようにやったのかについては、あまり語れないだろうと思う（彼らは、インタビューを好まなかったし、執筆論といったプロセス関連の話題にも私たちほど興味がなかった）。チェーホフの詳細な伝記のなかで、著者アンリ・トロワイヤは「荷馬車で」について一度だけ触れている。それによれば、チェーホフは「荷馬車で」をニースにあるホテルの二階の部屋にあるデスクで数か月ほどかけて執筆しており、同時期に「ペチェネグ人」と「帰郷」も書いている。しかし創作の状況についてはこれしか情報がなく、あとはホテルで執筆するのは「他人のミシンで縫いものをするようなもの」*とチェーホフは感じた、という記述があるだけだ（トロワイヤ著のツルゲーネフの伝記**では、「のど自慢」は一切触れられていない）。

＊アンリ・トロワイヤ『チェーホフ伝』村上香住子訳、中央公論社、一九八七年、二一二頁。

しかし、どうやって書いたかは重要でない。ロシア作家たちがどのように書いたとしても、私たちはそれぞれ自分のやり方を探すしかないからだ。

ここで私たちがやっているように技術的な側面から作品を検討しても、けっきょくどのように作品が書かれているのかという謎は完全には解けない。この点を強調するためだけに、ここでは私が本当によく知っているやり方（自分のやり方）を少しお話ししたい。

私たちは、芸術家はなにがしか表現したいものをもっていて、それをどうにかして表現した、というような言い回しを使う。この言い回しは、芸術とは、まず単純明快な意図があって、そこから生まれただけのものという一種の誤謬《ごびゅう》からできたものだ。

私の経験では、実際のプロセスはもっとミステリアスで美しくて、率直に語るにはクソめんどくさすぎるものだ。

ある男（スタンという名だとしよう）は、自宅の地下室で鉄道模型を使って街並をつくっている。スタンは小さな放浪者の人形を手にし、人形をプラスチックの鉄道橋の下、つくりもののキャンプファイヤーの近くに置いてみたら、人形がある動きをしている――街を眺めているように見えた。放浪者はなにを見ているのだろう？　あの青いビクトリア様式の家だろうか？　家の窓際にプラスチックの女性がいるのを見つけたスタンは、女性の向きを少し変え、外を眺めるような姿勢にした。というより、鉄道橋のほうを眺める形だ。ふむ。急に、スタンが組み立てたものがラブストーリーに変わってしまった（ああ、なぜ二人はいっしょになれないのだろうか？「かわいいジャック」が家に戻りさえしたら……妻の、「リンダ」のもとへ）。

さて、スタン（芸術家）はなにをしたのだろうか？　まず、自分の領地を検分していて、小さな放浪者が見ている方角に気づいた。そしてその小さな世界を、プラスチックの女性の向きを変えることで変化させた。正確に言うと、スタンは女性の向きを変えることを決断したわけではない。より正確に言うならば、そのようにしたほうがよい、という気がしたのだ——コンマ一秒のあいだに、言語をともなうこともなく（心のなかで小さく「イエス」と言ったかもしれないが）。
理由は言葉にならなかったし、言語化する時間も気もちもなかったが、スタンはそうしたほうがよいと思った。
私が思うに、すべての芸術がこのような一瞬で直観的な好き嫌いからはじまる。

そこからどう進むか？　少しのあいだ、とある文章の第一稿があると仮定して、私は次の手法を実行する。自分の額にメーターがあって、目盛の片方にはプラス（ポジティブなもの）、もう片方にはマイナス（ネガティブなもの）が刻まれている。私は、初見の読者と同じ目線を心がけて、自分が書いたものを読みなおす（「希望も絶望もない状態」だ）。さて、針はどの目盛を指しているだろうか？　マイナスの目盛を指しているのであれば、それを受けいれる。そうするとあっという間に、修正案——削除か、編集か、追記か——が思い浮かぶ。知能的な要素も、分析的な要素もない。どちらかといえば一種の衝動、「ああ、

——

（一五五頁）＊＊アンリ・トロワイヤ『トゥルゲーネフ伝』市川裕見子訳、水声社、二〇一〇年。

これこれ、このほうがいい」という感覚をもたらす衝動だ。先の例でいう放浪者の位置調整のように、本能的で、一瞬のできごとでしかない。

本当に、それだけのことなのだ。そうやってドラフトに目をとおし、最後まで赤を入れ、また最初に戻って変更を反映させて、印刷しなおして、もう一度読んで、というのを頭が冴えているあいだはくり返す――（一日中執筆できる日であれば）だいたい一日に三、四回ほどだ。

好き嫌いの反映を、反復的に、執念深く、積み重ねていく。針の動きを読みとり、散文を編集し、針の動きを読みとり、散文を編集し（洗って、流して、くり返して）、というのを（ときには）百稿もくり返す。何か月も、ときには何年も。時間が経つにつれ、ゆっくりと旋回するクルーズ船のように、何千と追加された修正によって小説の航路が変わっていく。

小説を書きはじめるとき、私の手元には脈絡のない、中途半端な文章のブロック（塊？　細切れといったほうがいいか？）がいくつかある。推敲を重ねるにつれ、このブロックは……よくなっていく。そのうち、ひとつのブロックがうまく動きだす。メーターの針を読まなくても最後まで書き終えられる。そんなとき、私の頭のなかにふとよぎるのは、「否定できない」という言葉だ。「わかった、この部分は否定できないよな」という意味の「否定できない」だ。たいていの読者がよいと思ってくれるだろう、最後まで私についてきてくれるだろうなと感じる。

推敲するなかでそのブロックは、自らの存在意義を語りだす。ときには問いを投げかけてきたり（「みなが話しているクレイグというのはだれだ?」とか）、なにかを引きおこそうとしているように見えたりする（「フエルンがブライスをけなすので、ブライスは爆発寸前だ」とか）。いくつか「否定できない」文章のブロックができあがると、どの順序で並びたいか、ときにはあるブロックを完全に削除したほうがいいなどと主張しだす（「ブロックBを削除したら、ブロックAとCがくっついて、ほら、いい感じでしょう？」とのたまう）。そして私は、「EがFの原因になるのか、それともFがEの原因になるのだろうか？　どちらのほうが自然に感じるだろう？　どちらのほうが理にかなっているだろう？　どちらのほうがしっくり来るだろう？」などと質問をはじめる。そうすると、特定のブロックが接着し（FよりもE前にEが来る）、そうなるともう剥離できない。

そうして「否定できない」状態になったら、それらは紙に書かれた文字ではなく、もうすでに実際に起きて変えられない事実のように思えてくる。

ブロックが順序よく並んでいき、その因果関係がなにがしかの意味を帯びるようになり（男が拳で壁に穴を開け、街頭のデモに加わったら、それはすでにひとつの物語だ。男がデモから帰宅してから、拳で壁に穴を開けたら、それはまた別の物語になる）、その小説が「なにについて」の話になりたがっているのかが見えてくる（このプロセスの一環として、感情をそぎ落とし、あのプラスとマイナスのメーターに戻って、そのメーターの値を信頼して、当然ながら、毎行、何千もの小さな決断を下していった結果として大きなテーマが決まっていくのだと信じる）。

しかしこれらすべて、どのステップも、決断するというより感じるものだ。

私の執筆がうまくいっているとき、理論的な、分析的な思考はほとんどない。

最初にこのやり方を発見したとき、開放的な気分だった。なにも心配する必要がない、なにも決めなくてよい、ただそこにいて、自分の書いた小説を新しい頭で読みなおして、メーターを見ながら、一行ごとに（楽しんで）前向きに修正を加えていけばいい。たとえまちがったとしても、次に読みなおすときにやりなおせる。かつて、「無限の時間があれば、どのようなことも可能だ」とだれかが言っていたのを聞いたことがある。この推敲作業をしていると、そのような気もちになる。責任重大な決断など必要ない。小説は自分の意志をもっていて、私に感動を与えようとしてくれているから、それを信じさえすれば、すべてがうまくいって、自分の当初の想定を超えたものができあがる。

シカゴが生んだ偉大な作家スチュアート・ダイベックが「小説は常にあなたに語りかけている。それに耳をすます方法を学べばよいだけだ」というようなことを言っていたのを聞いたことがある。私の推敲法は、このように小説に耳をかたむけて、信頼するやり方だ。小説はベストな状態でありたいと願っていて、それに辛抱強くつきあってあげれば、そのうちそうなる。

つまるところ、このプロセスは直観と蓄積がすべてだ。

なぜ蓄積か？

たとえば、私があなたに、私が内装をコーディネートしたニューヨーク市内のアパートの一室を与えたとしよう。私の親切心からだ。だが、（あなたのことを知らないので）思い入れはあまりないかもしれない。私が費用を負担するから、あなた自身で一日以内にコーディネートしなおしてごらん、と言ったとする。そうしたら私が最初にやってみたよりも、あなたらしい部屋になるだろう。だが、一日しかあなたに作業時間を与えられなかったので、限界はある。模様替えの結果、たくさんあるはずのあなたらしさのうち、ほんの一部分しか反映されていないと言ってもよいかもしれない。
今度は、一日一アイテム（今日はソファ、明日は時計、あさってはそのださい小さなラグ、というように）を部屋から出し、あなたの選んだ同等のアイテムに入れ替えられるとしよう。それを、いまから二年間つづけてもよい、ということにしよう。二年後、アパートの部屋は、私たちが最初に思っていたよりももっと、「あなた」らしさにあふれているだろう。文字どおり何百というあなたらしさ――うれしいあなた、不機嫌なあなた、頑固なあなた、幸せなあなた、いい加減なあなた、正確なあなた、などなど――が反映されたかいがあるはずだ。何百回というチャンスを与えられ、あなたの直観は最良の仕事をしたはずだ。

私が考える推敲もそういうものだ。書き手の直観を、何度も何度も明確化するチャンスを与える。

このように書かれ、推敲された作品は、理科の授業で見る結晶の種のように、最初は小さく何物でもなかったのに、じょじょに大きくなり、自然と自分自身に反応して、元々あわせもつエネルギーを蓄えていく。

この手法の美点は、とっかかりはなんでもよくて、最初のアイデアがどのように生まれたかなど関係がないところだ。あなたを書き手たらしめるのは、この積み重ねによる手法で、古い文章にどう手を加えていくかによる。この手法は、第一稿の悪逆非道も覆せる。第一稿がよいかどうかなんて、だれが気にするだろうか？　よくなくてもいい、ただそこにあるだけで、推敲できる状態にあるだけで十分だ。小説を書きはじめるのにアイデアはいらない。ただ、一文があればいい。その一文はどこから来るのか？

どこからでもいい。特別な文章でなくてもいい。時間が経つにつれ、あなたが手を加えるにつれ、特別になっていく。その一文に反応し、その陳腐さや惰性を少しでもはぎとろうと修正していくのが……書くということだ。執筆はそれだけのことだ、それだけでいいのだ。私たちは自分の声《ヴォイス》とエートスをみつけ、世界中のほかの書き手から自分を差別化しなければならないわけだが、責任重大な決断を下していく必要などなく、ただ推敲のなかで何千と小さな選択を積み重ねるだけでいいのだ。

　私の娘たちがまだ幼かったころ、私はときおり組み立て系のおもちゃ（レゴやら積木やらほかの種類も混ぜて）を床に広げ、何時間も、音楽を流しながら、娘たちといっしょにしゃべりながら、頭を空っぽにしておもちゃをいじっていた。計画はなにもない。なんだか見栄えがいいという理由で、あれとこれをくっつける。さほど時間もかからないうちに、なにがしかの構造があらわれる。こちら側の道はあそこの台につながっており、台の下には小さなかっこいい空間が広がり、プラスチックのドラゴンとレゴの配管工が生活するのにぴったりだ。最終形は複雑な形となり、「意味」があると言ってもよいものだったと思うが、私たちが意図的にその意味を与えてつくったわけではない。このような不可思議なものを計画的につくるなどありえないし、そのような効果がもたらされるなど、つくり終わったら忘れ去り、そこから離れてしまうのだから期待しようもない。つまり、計画してつくったら、これほどよくならなかっただろう。意図してつくった場合、意図したとおりにできあがったものが最高の形となる。しかし芸術作品は、それ以上でなければならない。観衆に驚きを与えなければならず、まず制作者を順当に驚かせられなければ観衆を驚かすことなどできない。

　私にとってこの推敲法（自分の趣味趣向に従って、何度も何度も文章をよくしようとする方法）の興味深い点は、意図しない効果、私たちが「道徳・倫理」と分類しうるところにある。

私が「ボブはクズだ」と書いたとして、その後、この文章は具体性を欠くと感じ、「ボブはバリスタにいらだち、どなった」と書きなおし、そしてもっと具体性を、なぜボブがそうしたのか書き足すべきと考え、「ボブは若いバリスタにいらだち、どなった。彼女は死んだ妻を思い起こさせた」と書きなおしたものの、少し思いなおして「特にいまのようなクリスマスの時分は、彼女に会いたくてしかたなかった」と書き足した。この過程で、ボブは「単なるクズ」から「いつもならやさしく接するであろう若者に八つ当たりしてしまうほど悲しみに暮れている、さみしい男やもめ」に変身した。最初は、ボブは軽蔑に値する風刺画のキャラクターのようでしかなかったが、いまは、「別の人生を歩んでいるものの、私たちと同じ人間」に近い存在となった。

文章の視点は「ボブに近い」状態になったと言えるだろう。だが、この変化は私が善人ぶった結果として起こったわけではない。私が「ボブはクズだ」という文章に得心がいかず、改善したから起こったのだ。

だが、「ボブは若いバリスタにいらだち、どなった。彼女は死んだ妻、マリーを思い起こさせ、特にいま、彼女が大好きだったクリスマスの時分は、彼女に会いたくてしかたなかった」と書いた人間は、「ボブはクズだ」と書いた人間よりもどことなくいい人そうに思える。

このようなことが、いつも起こる。現実の私自身よりも、小説の私のほうが好きだ。小説の私のほうが、頭がいいし、ウィットに富んでいるし、忍耐深いし、おもしろい――彼の世界観のほうが思慮深い。執筆の手をとめ、現実の自分に戻ると、才能のない、独善的で、つまらない人間になったような気がする。
でも紙の上にいるあいだだけは、いつもよりもましな自分でいられる快感がある。

芸術家は、いつもなにをしているのだろうか？　すでにつくったものをいじっている。白紙の前に座っていることもあるが、ほとんどの時間を、すでにつくったものを直すことに費やしている。書き手であれば推敲し、画家であれば筆を入れ、監督であれば編集し、ミュージシャンであれば追加で録音する。私が「ジェーンは部屋に入り、青いソファに腰をおろした」と書いたのを読んで、目をすがめて、「部屋に入り」を消し（だって、なぜ部屋に入らないといけないかわからないではないか？）、「おろした」を「かけた」に変え（ソファに腰をあげるのも変だろう？）、「青い」を消し（何色でも変わりないだろう？）、その結果「ジェーンはソファに腰かけた」となった。文章は一気によくなった（もはやヘミングウェイ的だ）。だが……ジェーンがソファに座ることにどれほどの意味があるのだろうか？　本当に必要なことだろうか？

そうして「ソファに腰かけた」を消す。

「ジェーン」しか残らない。

少なくとも、悪い文章ではないし、簡潔な美しさがある。

というのはもちろん、半分冗談だ。だが、半分本気だ。一文を「ジェーン……」だけにそぎ落とすことで、求めていた独自性が保たれる。凡庸さを変えたのだ。この世のすべての最高のものが、（いまはまだ）私たちを待っている。

実におもしろい——私はなぜこの削除をおこなったのか？

読者のことを思ってやったのだと言えるかもしれない。質問に質問を重ねることで（「ジェーンがソファに座る意味は？」などなど）、私たちは読者の先発要員のような役割を果たした。きっと頭がよく、趣味がいいであろう読者を、退屈させたくない。

では、次の文章を見てみよう。

レストランに入ったジムは、前妻のサラが、どう見ても二十歳以上年下の男にくっついて座っているのが目に入った。信じられなかった。サラがこれほどにも年下の男といるのがショックだった。ジムとサラは同い年だから、ジムよりも若いことになる。ショックのあまり、ジムは車の鍵を落としてしまった。

「お客様」とウェイターが声をかけた。「落としましたよ」と言ってジムに車の鍵をわたした。

あなたのメーターが、この文章のどこかでマイナスに振れただろう。二回ほど振れただろうか（一回大きく振れて、そのあと小さく振れたのではないだろうか？）。

では、次の修正版はどうだろう。

レストランに入ったジムは、前妻のサラが、どう見ても二十歳以上年下の男の隣に座っているのが目に入った。

「お客様」とウェイターが声をかけた。「落としましたよ」と言ってジムに車の鍵をわたした。

さて、なにが起きただろうか？　私は「信じられなかった。サラがこれほどにも年下の男といるのがショックだった。ジムとサラは同い年だから、ジムよりも若いことになる。ショックのあまり、ジムは車の鍵を落としてしまった。」を削除した。

この二つのバージョンのちがいとしては、後者のほうが読者に敬意を表した文章になっている。「信じられなかった」も「ショックだった」も、ジムが鍵を落とした動作から読みとれる。私は、ジムとサラはだいたい同じくらいの年代だと読者は想定してくれると踏んだ。そうして、私（と読者）の労力を八十六字分――最初の文章の半分ほどの量――節約した。

私は、どうやって削除を決めたか？　そうだな、私があなたの立場だったら、あなたはきっと私と同じように読むだろうから、最初のバージョンを読んだときに私と同じ箇所で不満を抱くだろうなと考えた。

小説は、対等な者どうしの率直で緊密な対話だ。私たちが読むのをやめられないのは、書き手からのリスペクトを感じるからだ。制作ラインの端のほうに作者の存在が感じられる。作者はきっと、読者が自分と同じぐらい、知的で世間慣れしていて好奇心旺盛であるものと想像している。作者は読者がどこに（作者が置いた場所に）いるか気にしているので、読者が「変化を期待している」、「新しい展開に懸念を抱いている」または「話に退屈している」タイミングもすべて把握している（私たち読者がよろこんでいて、次の展開に寛容になっているタイミングもわかっているわけだ）。

小説は二者の頭のなかでくり広げられる対話だという考え方は、ひとりの人間がもうひとりに物語を聞かせるという行為から自然に生まれた。この考え方は、私たちが読むロシアの作品にもあてはまり、きっと原始人が焚火の周りに集まり世界初のお話会をやったときにもあてはまる。原始人の語り手が、物語は語り手と聴衆の対話だということを無視したら、聴衆がうとうとしていたり、その場からこっそり抜けだしたりするのが見えただろう。著者が登壇するイベントで、頭を低くして視界から消えていれば、著者にとって存在していないのと同じと考えている聴衆がいるが、そんなことはまったくない。

ともかくこの考え方で、私がおもしろいと思うところは、先に進むための前提が常にあるということだ。読者はそこにいる。リアルな存在だ。読者は人生に興味をもっていて、私たちの作品を手にとることで、私たち作者をひとまず信用してくれている。

私たちは、読者を口説くだけだ。

読者を口説くには、読者を大切に想えばいい。

かわいいひと

1899 年

アントン・チェーホフ

［1］

かわいいひと

オーレニカ——退職した八等官プレミャンコフの娘が、庭へとつづく玄関ポーチの階段に座って、考え事をしていた。暑い日だった。ハエがしつこくつきまとってきた。じきに日が暮れると思うと、いかにも愉快だった。東から黒い雨雲が押しよせてきて、そちらのほうから時折、湿気のある空気がただよってきた。

庭の真ん中に立っているのはクーキンだ——遊興地「ティヴォリ」の持ち主兼経営者で、同じ庭にある離れを借りて住んでいる男だ。クーキンは空を見つめていた。

「またですか！」——クーキンはやけくそという調子で言った。「また雨になる！　来る日も来る日も雨、雨——まったく、私への面当てですか！　首をくくるしかないですな！　これじゃあ破産ですよ！　来る日も来る日もひどい赤字ですからな！」

クーキンは両手を軽く打ちあわせて、オーレニカのほうをむいて話をつづけた。

「ほらね、オリガ・セミョーノヴナ、暮らしなんてこんなものです。泣きたいですよ！　働いて、骨を折って、苦しんで、夜も寝ないで、よくなるよう常に知恵をしぼって——それがどうです？　第一に、観客が、無知で野蛮なせいです。至極上質なオペレッタ、夢幻劇、すばらしい流行小唄歌手を呼んできたって、そんなものが本当に必要でしょうか？　本当になにかわかってくれるのか？　必要なのはばか騒ぎなんですよ！　俗悪なものをあたえてやらなきゃね！　第二には、この天気をご覧なさい。ほとんど来る日も来る日も雨じゃないですか。五月の十日から降りだして、五月六月まるまる雨なんて、ひどすぎますよ！　お客なんて来ませんよ、でも地代はおさめなくてはなりません。芸人にも支払いをしないといけません」

翌日には、また黒雲が押しよせてきて、クーキンはヒステリックな笑い声をあげながらこう話した。

「まったく！　お手上げですよ！　遊興地まるごとずぶ濡れになって、私もそうなればいい！　どうせこの世でもあの世でも幸せになんてなれやしない！　芸人たちが訴えたければ訴えればいいんです！　裁判がなんだっていうんです？　懲役にシベリアでも行きましょう！　絞首台にものぼりましょう！　は、は、は！」

その次の日も同じだった……。オーレニカはクーキンの話を黙ったまま、真剣に聞いていた。目に涙があふれることもよくあった。とうとうオーレニカは、不幸なクーキンに心動かされ、愛するようになった。クーキンは小柄で、やせこけ、黄色い顔をして、側頭部の髪をなでつけていて、声は弱々しいテノールで、話すときには、口元をゆがめた。顔にはいつも焦燥の色を浮かべていたが、それでも彼女の中に、本当の、深い感情を呼びおこしたのだった。オーレニカはいつも

［3］

だれかを好きになり、それなしでは片時もいられないのだった。昔、オーレニカは自分のパパを好きだった——その父親も、いまでは病気で、陽のあたらぬ部屋の安楽椅子に座ったきり、ぜーはーぜーはーと息をしていた。自分のおばさんを好きになったこともある——年に一度か二度、ブリャンスクから出てくる人だった。その前、四年制女学校に通っていたころには、フランス語の教師を好きになった。オーレニカは物静かで気立てのいい、情の深いお嬢さんで、まなざしは柔和で、至極健康だった。そのふっくらしたバラ色の頬を、そのぽつんと黒いほくろのある白い首筋を、なにか愉快な話を聞くとついつい顔に浮かべてしまうその無垢であどけないほほ笑みを見ると、男たちは「おや、悪くないじゃないか」と思い、同じようにほほ笑んでしまうのだ。女の客はこらえきれなくなって、会話の途中で突然オーレニカの手をとって、よろこびを爆発させてこう言わずにはいられなかった——「かわいいひとねえ！」

生まれた日から住んでいる家は、遺言状に名義人として自分の名前が記されてもいたが、町外れのジプシー村にあって、「ティヴォリ」遊興地からも遠くなかった。日が暮れ、夜になると遊興地で演奏されている音楽や、打ち上げ花火がぽんぽんはじける音がいつも聞こえてきたが、それがオーレニカには、クーキンが運命に抗い、無関心な観客という大敵に突撃を敢行しているように思えるのだった。するとオーレニカの胸は甘く締めつけられ、目も覚めてしまうのだった。そして明け方になってクーキンが帰ってくると、オーレニカは寝室の小窓をそっとたたいて、カーテン越しに顔と片方の肩だけのぞかせ、やさしくほほ笑むのだった……。

クーキンがプロポーズして、二人は結婚式をあげた。クーキンはオーレニカの首筋やふくふくとしていかにも健康そうな上腕の肉づきに見とれ、両手を軽く打ちあわせてこうもらすのだった。

「かわいいひとだなあ！」

クーキンは幸せだったが、婚礼の日も、それからもずっと雨が降っていたので、その顔からは絶望の色が消えなかった。

結婚してから、二人は楽しく暮らした。オーレニカは切符売り場に座って、遊興地の采配に気を配り、出費を記録したり、給料を払ったりした。そのバラ色のほほ、かわいい、あどけないほほ笑みがまるでまばゆい光のように、切符売り場の小窓やら、楽屋やら、ビュッフェやらにまたたいた。オーレニカは自分の知り合いには、この世で一番意義深いもの、一等大切で欠かせないものはお芝居で、ほんとうのよろこびがえられ、教養も身につき、人の心がわかるようになるのは劇場でだけと早くも話すようになった。

「でも観客はそんなことが本当にわかって？」――オーレニカは言った。

「ばか騒ぎが必要なのよ！　昨日は「さかしまのファウスト」をやったけど、ボックス席はほとんど空席でした。でも夫――ヴァーニチカといっしょになにか俗悪なものをかけてご覧なさい。まちがいなくすし詰めになるに決まってます。明日はヴァーニチカといっしょに「地獄のオルフェ」をやりますので、ぜひいらしてください」

そして演目や役者についてクーキンが言ったことを受け売りするのだった。観客のことを、夫と同じく、芸術に無関心だとか、無知だとか言って軽蔑し、リハーサルに口を出し、役者の演技を手直しし、演奏家の素行に目を光らせ、あげくには地方紙が演目を酷評すれば涙を流し、編集

［4］

部に説明をもとめに出向くのだった。

［5］

役者陣はオーレニカを好いていて、「ヴァーニチカといっしょ」とか「かわいいひと」と呼んでいた。オーレニカの方でも役者には目をかけ、少しなら金を貸してやったりもしたが、時折踏み倒されるようなことがあっても、こっそり泣くぐらいで、夫に告げ口したりはしなかった。

その冬も、二人は楽しく暮らした。町の劇場を冬中借り切って、短期間ずつウクライナ人の劇団や手品師、地元の素人芝居に貸しつけたりした。オーレニカはふくふくとして、満ち足りていたせいでいつも輝いていたが、クーキンは痩せほそり、黄色くなって、冬全体ではまずまずだったのに、ひどい赤字だとこぼしていた。夜になるとクーキンはせきこみだすので、オーレニカはキイチゴやら菩提樹の花やらを煎じた汁を飲ませたり、オーデコロンを塗ってやったり、自分のやわらかいショールでくるんでやったりした。

「あなたって、ほんとうにすてきな子ねえ！」――夫の髪をなでつけながら、オーレニカは心の底からそう言うのだった。「とってもいい子ねえ！」

大斎期にクーキンは団員を集めるためモスクワに発った。オーレニカは夫なしでは夜も眠れず、窓辺に座って、星を眺めていた。こんなときには、オーレニカは自分をめんどりになぞらえるのだった――めんどりもおんどりが鶏舎にいないと一晩中寝ずに、不安のままますごすのだった。クーキンはモスクワでぐずぐずしていて、復活祭までには帰るという手紙をよこした。手紙の中で「ティヴォリ」についてあれこれ指図してあった。だが受難週間〔復活祭前の一週間〕直前の日曜の深夜に、門を叩く不吉な音が突然響きわたった。だれかが木戸を、まるで樽でも叩くように打っている——ドン！　ドン！　ドン！　開けてやろうとして、寝ぼけまなこの料理女が水溜りを裸足でぴちゃぴちゃさせて駆けだした。

「どうか開けてください！」——門のむこうでだれかが、くぐもった低音《バス》で言った。「あなたに電報です！」

オーレニカは前にも夫から電報を何通か受けとったことがあったが、今度はなぜか失神しそうな思いだった。震える手で電報を開封して、内容を読んだ——「イヴァン　ペトローヴィチ　キョウ　キュウセイス　トトニカク　サシズ　マツ　ソソウギ　カヨウビ」こんな具合に、電報には「ソソウギ」とか、さらに意味不明な「トトニカク」のような言葉が印刷されていた。差出人はオペレッタの劇団の座長になっていた。

「ああ、あなた！」——オーレニカは泣きだした。「わたしの愛しいヴァーニチカ！　なぜわたしはあなたにめぐりあったのでしょう？　なぜわたしはあなたを知り、愛したのでしょう？　かわいそうなオーレニカを、かわいそうで、不幸なオーレニカをだれの手に置いていってしまったの？」

クーキンは火曜日に、モスクワのヴァガーニコヴォ墓地に葬られた。オーレニカは水曜日に帰ってきた。自室に入るなり、ベッドに崩れ落ち、表や隣近所からでも聞こえるほどの大声で泣きだした。

「かわいいひとねえ！」——隣人たちは十字を切りながら言いあった。「かわいいオリガ・セミョーノヴナが、あんなにつらい思いをして！」

［7］

三か月たったある日、オーレニカは――悲しみに暮れ、厳かに喪に服して――礼拝式から帰るところだった。たまたまいっしょだったのが、やはり教会からの帰り道だった、隣人のヴァシーリー・アンドレイチ・プストヴァーロフで、商人ババカーエフの材木置き場の管理をしている人物だった。麦わら帽子をかぶり、白いベストに金鎖をぶら下げ、商人というよりは地主みたいだった。

「オリガ・セミョーノヴナ、万事に天のさだめというものがあります」――同情のこもった声音で、分別くさく言った。「近しい人が亡くなったとしても、それは神様の思し召しですからね。そんなときには気をしっかりもって、おとなしく耐えなくては」

オーレニカを木戸のところまで送っていって、プストヴァーロフは別れを告げるとそのまま行ってしまった。その日は一日中ずっと、オーレニカには男の分別くさい声が耳からはなれず、目を閉じても、その黒々としたあごひげがちらつくのだった。オーレニカは男のことがすっかり気に入ってしまった。

そしてどうやら、プストヴァーロフもオーレニカのことが印象深かったようだ。というのも、しばらくするとオーレニカのところに、年配の女性がコーヒーを飲みに訪ねてきたからだ。この女性のことはあまり知らなかったのだが、テーブルにつくなり早速、プストヴァーロフのことを、あの人は身持ちのしっかりしたいい人だとか、あの人のところならどんな女性もよろこんでお嫁に行くにちがいないとかまくしたてた。三日後、プストヴァーロフ本人が訪ねてきた。プストヴァーロフは長居せず――十分ほどだろうか――言葉数も少なかった。だがオーレニカは男を愛してしまっていた——どれほど愛してしまったのかと言えば、一晩中まんじりともせず、体は熱病のように火照ってしまったほどで、朝には年配の女性に使いを出した。じきに縁談がまとまり、しばらくして結婚式があげられた。

プストヴァーロフとオーレニカは、結婚して、楽しく暮らした。大抵プストヴァーロフは昼食まで材木倉庫に座っていて、それから用事に出かける。オーレニカは入れ違いに事務所に夕方まで座って、そこで帳簿をつけたり、品物を発送したりした。

「いまは材木は毎年、二十パーセントずつ値上がりしています」——オーレニカは客や知り合いに話すのだった。「以前、わたしどもは土地の材木をあつかっていたんですけれど、いまや夫のヴァーシチカは毎年、モギリョフ県まで行かなくてはならなくなりました。その運賃がねえ！」——そう言いながら、さも恐ろしいといった具合に両手で両のほほを押さえるのだった。「その運賃がねえ！」

オーレニカには自分がもうずっと前から材木を商《あきな》っているように思え、人生で一番大事なことと、大切なことこそ材木であるように感じ、梁、丸太、小割板、薄板、木舞《こまい》、木ずり、角材、背板のような言葉を聞くとなんだか懐かしい、感動的なものに聞こえるのだった。夜になると夢に見るのは、さまざまな厚さの板の山々、どこか遠く郊外へと木材を運んでいく荷馬車の果てしないほど長い列だった。長さ二十アルシン、直径五ヴェルショークある丸太の一連隊が、直立して材木倉庫に戦闘をしかけてくるところや、丸太や梁、背板が乾燥した木の音を響かせてぶつかり合い、積み重なるように一斉に倒れてはまた起きあがるところを夢に見た。寝ていたオーレニカ

［9］

があっと叫ぶようなことがあると、プストヴァーロフはやさしく語りかけるのだった。

「オーレニカ、どうしたんだい？　十字を切りなさい！」

　夫の考えることが、オーレニカの考えることだった。夫が部屋が暑いだとか、近頃は不景気だとか考えると、オーレニカもそう考えるのだった。夫は気晴らしというものを好まず、休日も家にこもっているような人だったが、オーレニカもそうするようにした。

「ずっと家にいるか、事務所にいるかのどちらかじゃない」——知り合いたちは言った。

「お芝居か、サーカスにでも出かけてはどうかしら」

「ヴァーシチカとわたしにはお芝居なんかには行く時間なんてありません」——オーレニカは分別くさく答えた。

「わたしたちは働き人なので、くだらないことなんかしていられないの。お芝居のどこがいいのかしらねえ？」

　プストヴァーロフとオーレニカは土曜日には徹夜祷に、祭日には朝の礼拝に通った。教会からの帰り道では二人は、お香のいいにおいをただよわせながら、神妙そうな顔つきで並んで歩いていた。オーレニカの絹のドレスはさらさらと耳に心地よい音をたてていた。家に帰るとフレーバーのはいったパンやいろんな種類のヴァレーニエ〔果物の砂糖煮〕をつまみながらお茶を飲んだ。それからピローグ〔ロシアのパイ〕を食べた。毎日お昼になると、庭や門のむこうの通りにまで、ボルシチにローストした羊や鴨の匂いがただよった。精進日には魚料理の匂いがした。門のそばを通ると、ご相伴にあずかりたいという気持ちがどうしても起こってきてしまうのだった。事務所

［10］

ではいつもサモワール〔金属製の湯沸かし器〕が沸いていて、買いつけに来た客にはお茶とブーブリク〔輪状のパン〕がふるまわれた。週に一度、夫婦は浴場に行き、上気した顔で並んで帰ってきた。「おかげさまで、つつがなく暮らしています」――オーレニカは知り合いにそう話していた。「どうかみなさまも、わたしとヴァーシチカのように、お元気で」

プストヴァーロフがモギリョフ県に木材の買いつけに行ってしまうと、オーレニカはひどく寂しがって、夜は眠れず、泣いて過ごした。ときおり夕方になると、連隊つきの獣医のスミルニンがやってきた。この人物はまだ若かったが、離れに間借りしていたのだ。スミルニンはなにかと話をし、トランプ遊びをして、オーレニカの気をまぎらわせた。とりわけ興味を惹かれたのは、スミルニン自身の家庭の話だった。スミルニンは結婚し、息子をひとりもうけたが、妻の浮気が原因で別れてしまい、いまでは元妻を憎みながら息子の養育費として四十ルーブルを毎月送っていた。その話を聞くと、オーレニカははぁっと息を吐きだして首をふった。スミルニンってなんてかわいそうなんだろう。

「神さまのご加護がありますように」――ろうそくを手に玄関の階段までスミルニンを送っていきながら、オーレニカは言った。「気をまぎらわせてくださって、ありがとうございます。どうか、お元気で。聖母さまのご加護もありますように……」

こんな風にオーレニカはいつも分別くさい、まじめくさった言い方をしたが、夫そっくりだった。獣医の姿がドアのむこうに消えてしまっても、オーレニカは呼びとめて、こんな話をするのだった。

「ヴラジーミル・プラトーヌィチ、どうか奥さまと仲直りなさってね。息子さんのためにゆるしてあげてください！　坊やもきっと全部わかっているから……！」

それでプストヴァーロフが戻ってくると、オーレニカは小声で獣医とその不幸な家庭生活について語って聞かせ、それから二人してはぁっと息を吐きだして首をふった。そしておそらく父親がいなくて寂しがっているだろう坊やのことを語り合い、そのあとでどうした奇妙な思考の流れでだか、二人とも聖像の前に立って、地面に頭がつくほど深々とお辞儀をして、子供をお授けくださいと祈りを捧げるのだった。

こんな風にして夫妻は平穏無事に、仲睦まじく、和気藹々《あいあい》と六年間暮らしていた。だがある冬のこと、木材倉庫にいたヴァシーリー・アンドレイチが、熱いお茶をたくさん飲んで、木材の搬出のために帽子もかぶらずに外に出て、風邪を引いて倒れてしまった。何人も腕のいい医者に診てもらったが病には勝てず、四か月の闘病生活ののち亡くなった。オーレニカはふたたび、寡婦になってしまった。

「ああ、あなた！　わたしをだれの手に置いていってしまったの？」――葬儀をすませると、オーレニカは泣いた。「このみじめでかわいそうなわたしは、あなたなしで、これからどうやって生きていけばいいの？　親切なみなさん、まったく身寄りのない人間に、どうか憐れみを……」

オーレニカは喪章のついた黒衣ですごし、帽子も手袋も身につけるのをやめた。家からもめったに出なくなり、教会か夫の墓参りをするくらいで、修道女のように暮らしていた。やっと六か月

［12］

がすぎてから、オーレニカは喪章を外し、窓の鎧戸を開けるようになった。朝にはときおり、料理女といっしょに食料品の買い出しに市場にでかける姿を見かけるようになった。だが現在彼女がどんな暮らしをしているのか、家でなにをしているのかは想像するしかなかった。たとえば、自分の庭で獣医とお茶を飲んでいたり、そこで獣医に新聞を聞かせてもらっていたなどという目撃情報から、推し量るしかなかった。そしてさらに、郵便局で知り合いの夫人と会ったとき、彼女はこんなことを口にしたという。

「この町にはきちんとした獣医の家畜検査がないから、病気がこんなに多いのよ。牛乳にあたったとか、馬や牛から感染したとか、よく聞きますわよね。家畜の健康も、人間の健康と同じくらいちゃんと気にしなくてはだめね」

オーレニカは獣医の考えをくり返し、いまやあらゆることで同じ意見になってしまっていた。はっきりしたのは、オーレニカは愛慕する対象がなくては一年と生きていけないということ――そして家の離れに自分の新たな幸福を見いだしたということだった。ほかの女性ならそれでたたかれもしようが、オーレニカのことはだれも悪く言うものはいなかった。オーレニカの人生ならそれでしっくりきたからだ。オーレニカと獣医は二人の関係に起こった変化についてはだれにも語らず、隠そうとしていたが、そんなのはなんにもならなかった。オーレニカには秘密などありはしないのだ。獣医のところに連隊の同僚が客としてくると、オーレニカはお茶をいれたり、夕食をふるまったりしていたが、大型有角獣の疫病のこと、家畜類の結核のこと、市営の屠畜場のことなんかを話しだすのだった。すると獣医はひどくまごついてしまって、客が帰ったあと、オ

［13］

ーレニカの腕をつかまえて、怒った口調でもごもご言うのだった。

「お願いだからわかりもしないことに口を出さないでくれないかな！　われわれ獣医が仕事の話をしているときは、口を出さないでもらいたい。まったく、つまらんよ！」

オーレニカは驚きと不安の入り混じった目で相手を見て、こう訊ねるのだった。

「ヴォロージチカ、わたし、いったいなにを話せばいいの⁉」

オーレニカは目に涙をためてスミルニンに抱きつき、どうか怒らないでと懇願し、そして二人は幸せになるのだった。

だがその幸せは長くはつづかなかった。獣医は連隊とともに町を出ていってしまった――それも永遠に出ていってしまったからだ。連隊はどこかずっと遠いところに――シベリアもかくやという場所に――移ってしまった。そしてオーレニカはひとり残された。

いまやオーレニカは完全にひとりきりになってしまった。父親はとうの昔に死んでいた。例の安楽椅子はほこりをかぶって屋根裏に転がっていた。足も一本欠けていた。オーレニカは痩せ、容色も衰えた。通りで人と会っても、以前と同じようには見てくれず、ほほ笑みかけられることもない。どうやら良き時代は過ぎ去って過去のものになってしまった。いまやなにか新たな、未知なる人生がはじまっていた――だが、それがどんなものか考えない方がいいだろう。日が暮れて、オーレニカが玄関ポーチに座っていると、「ティヴォリ」で音楽が演奏され、打ち上げ花火があがるのが聞こえてくる。だが、その音を聞いてもなんの思いもわいてこなかった。自宅のうつろな庭をぼーっと眺めている。なにも考えず、なにもしたいと思わない。それから夜になると、寝にいって、夢の中でまた自宅のうつろな庭を眺めるのだった。食べたり飲んだりしていても、まったく心あらずといった感じだった。

一番、なによりもまずかったのは、なんの考えも浮かんでこないということだった。あたりを見て、なにが起こっているのかも全部わかるのだが、なんの意見も組み立てることができないし、なにをしゃべったらいいかもわからないのだ。それにしても、なんの考えもないというのはなんと恐ろしいことだろう！　たとえば、ここにビンがある、雨が降っている、農夫が荷馬車に乗っていくでもなんでもいいのだが、そのビンが、雨が、農夫がどうしたとか、なんの意味があるのだとか、千ルーブル払うからと言われても、一言もしゃべれやしないのだ。クーキンやプストヴァーロフがいたころは、そのあと獣医がいたころは、オーレニカはなんでも説明することができ、自分の意見をなんであれ言うことができた。しかしいまや頭の中も心の中も、庭と同じで、うつろなのだ。ニガヨモギを食べすぎたときのように、ひたすら味気なく、苦いのだ。

町は少しずつ四方に広がっていった。ジプシー村にはちゃんとした通りの名前がつけられた。横町「ティヴォリ」遊興地があった場所や材木倉庫があった場所には建築物が次々に建てられ、横町もいくつもできていった。時の過ぎるのはなんと早いことか！　オーレニカの家は黒ずみ、屋根は錆びつき、納屋は傾ぎ、庭じゅうに棘のあるイラクサだとか雑草が生い茂っている。オーレニカ自身も老け、容色が衰えた。夏は玄関ポーチに座っているが、心の中は前と同じようにうつろで、退屈で、ニガヨモギのような味がする。冬は窓辺に座って雪を眺めていた。春の香りが漂いだし、教会の鐘の音を風が運んでくると、突然、過去の思い出が押しよせてきて、胸が甘やかに

［15］

締めつけられ、眼からはおびただしい涙が流れる……だがそれも一瞬のことで、またうつろになってしまい、なんのために生きているのかわからなくなる。ブルィスカという黒猫がじゃれてきて、ごろごろ喉を鳴らすのだが、猫ちゃんが甘えてもオーレニカの心は動かない。いったい、そんなもの必要だろうか？　オーレニカに必要なのは、その全存在を——心を——理性を——抱きしめてくれ、考えを——生きる指針を与えてくれ、老いていく血を温めてくれるような愛情なのだ。すそにまとわりつく黒猫ブルィスカを追い払いながら、いまいましいといった感じでこう言うのだった。「あっちにお行き……なにもないのよ！」

こんな風に毎日が過ぎ、年月が……なんのよろこびもなく、なんの考えもなく過ぎていった。料理女のマーヴラが話をして、それで十分だ。

ある七月の熱い日、町の家畜の群れが通りを追いたてられ、庭全体が雲状になったほこりでおおわれてしまう夕刻に、突然木戸を叩くものがいた。オーレニカは自分で戸を開けに出ていって、一目見たとたん気を失いそうになった。門のむこうには獣医スミルニンが立っていたのだ——もう白髪頭になっていて、服も軍服ではなかった。オーレニカは突然すべてを思い出した——こらえきれなくなって泣きだし、無言のまま頭を相手の胸元にあずけた。感動がこみあげてくるあまり、二人がどうやって家の中にはいり、座ってお茶を飲んだのかも覚えていない。

「ああ、あなた！」——よろこびで震えながら、その言葉が口をついてでた。

「ヴラジーミル・プラトーヌィチ！　どうしてここに？」

「ここに越してこようと思ったのです」——スミルニンは言った。

［16］

「退職を機に、気ままに生きてみたくなったのです。ひとところに身を落ち着けたくなりました。息子もうギムナジウムにあげなくてはなりません。大きくなりました。私は——ご存知かもしれませんが——妻と和解しましてね」

「奥さまはどちらに？」——オーレニカは訊ねた。

「妻は息子とホテルに泊まっています。私はこうして住む家を探しに出てきたというわけです」

「まあ、あなた、この家をお使いになって！　ここだっていいじゃないですか。ああ、あなたから一銭もとりませんから……」——興奮してそう言うと、オーレニカはまた泣き出した。「ここに住んでくださいね。わたしは離れで十分だから……。ああ、うれしいことったら！」

　翌日にはもう家の屋根のペンキ塗りがはじまり、壁も白く塗られた。オーレニカは胸をはり両手を腰に当てて庭を歩きまわり、あれこれ指図していた。その顔は以前のような笑みでかがやき、全身が生き生きとして、まるで長い眠りから覚めたように若やいで見えた。獣医の妻がやって来た。痩せた、不器量な女で、髪は短く、顔つきはわがままそうだった。妻は息子を連れていた。サーシャという名前の男の子で、年の割には背は小さく（もう十歳になろうというのに）、太っていて、きらきらした水色の瞳をして、ほほにはえくぼがあった。庭に入ってくるなり猫に駆けよっていくと、すぐに屈託のない、朗らかな笑い声が響いてきた。

「おばちゃん、こいつおばちゃんの猫？」——男の子はオーレニカに訊いた。「こいつが子供を生んだら、一匹もらえないかなあ。ママがネズミをすっごく怖がっているんだ」

　オーレニカは男の子としばらく話をして、お茶を飲ませた。胸の奥の心臓がふっと温かくなり、

［17］

甘く締めつけられた――まるで男の子が自分の本当の息子のような気がしたのだ。夜になると、男の子はテーブルの前に座って授業のおさらいをした。オーレニカはその様子を目をうるませながら眺め、情感をこめてつぶやくのだった。

「まあ、かわいいこと。ハンサムねえ……。わたしの坊や、あなたってなんてお利口さんに、なんて色白にうまれたんでしょう」

「島とは」――男の子は読みあげる。「四方を水に囲まれた陸地のことを言う」

「島とは四方を……」――オーレニカもくり返した――これこそが、長年の沈黙と思考の空白の末に、確信をもって彼女が発した最初の意見だった。

それからオーレニカは自分の意見をもつようになり、夕食の席ではサーシャの両親に、いまは子供がギムナジウムで学ぶのは大変だとか、でもなんにせよ古典教育は実業教育よりもましで、ギムナジウムを出れば道が開けていますから――医者にも技師にもなれますから――などと言った。

サーシャはギムナジウムに通いはじめた。サーシャの母親はハリコフの妹のところに行って、帰ってこなくなってしまった。サーシャの父親は毎日どこかに牛の検疫に行ってしまい、ときに三日も家を空けることもあったので、オーレニカにはサーシャがまったく放っておかれており、家では余計者あつかいで、飢え死にしてしまうのではないかと思えた。そこでオーレニカはサーシャを離れに引き取り、小さな部屋をつくってやった。

こうしてサーシャが離れに住むようになって半年が過ぎた。毎朝オーレニカはサーシャの部屋を

［18］

のぞいてみた。片手をまくらにしてぐっすり眠っている。寝息もたてていない。起こすのはかわいそうだ。「サーシェニカ」――オーレニカは悲しそうに声をかける。「坊や、起きなさい！　ギムナジウムに行く時間よ」

サーシャは起きてきて、着替えをし、お祈りをしてから、座ってお茶を飲む。コップに三杯お茶を飲み、大きなブーブリク二つと、バターを塗ったフランスパンを半切れ食べる。まだすっかり目が覚めていないので、機嫌が悪い。

「サーシェニカ、お話をちゃんと覚えていないでしょう」――オーレニカはそう言って、まるで長旅に送りだすかのようにサーシャを見つめる。「ほんと、手がかかるんだから。坊や、一生懸命に勉強するのよ……。先生の言うことをよく聞くのよ」

「まったく、ほっといてくれるかな！」――サーシャは言う。

それからサーシャは通りを歩いてギムナジウムに向かう――小さい背丈に不釣り合いなほどの大きな帽子をかぶり、ランドセルを背負っている。その後ろをオーレニカはそそくさとついていく。

「サーシェニカ‼」――そう、声をかける。

サーシャが振り返ると、オーレニカはその手にナツメヤシの実やキャラメルを持たせてやる。ギムナジウムが建っている横丁に折れると、サーシャは自分のあとから背の高い、ふくよかな女性がついてくることが恥ずかしくなる。サーシャは振り返って言う。

「おばさん、おうちに帰ってよ。もうぼくひとりで行けるから」

[19]

オーレニカは立ちどまって、うしろ姿を見送る。ギムナジウムの玄関に消えてしまうまで、まばたきもせずにじっと見ている。ああ、どれほどあの子を愛していることか！　かつての愛着はどれもこれほどまでに深くなかった――かつてオーレニカの心がこれほど私心なく、献身的によろこびにつつまれたことはなかった――いまやオーレニカのなかで、母性愛が日増しに燃えさかっていたのだ。この自分にとっては他所の子のためなら、ほっぺたのえくぼのためなら、帽子のためなら、オーレニカは自分の人生を全部差しだしたろう――歓喜とともに、感涙とともに差しだしたろう。でもどうして？　だれにもわからない――いったい、どうして？

サーシャをギムナジウムに送ると、オーレニカはそそくさと家に帰る――満足げに、心穏やかに、あふれんばかりの愛情につつまれて。この半年で若やいだその顔はほほ笑み、かがやいている。ばったり会った人は、彼女を見かけると、うれしくなって声をかける。

「かわいいオリガ・セミョーノヴナ、こんにちは！　ご機嫌いかが？」

「きょうび、ギムナジウムの勉強も大変になってきたわね」――市場でオーレニカはそんなことを言う。「本当、冗談じゃありません。昨日は一年生にお話を暗記させたのよ。それにラテン語の訳でしょ、それに宿題……。ほら、小さい子には無理ではありませんか？」

そしてオーレニカは先生や授業、教科書なんかのことを話しはじめる――そう、サーシャが話していることそのまんまだ。

二時すぎにはいっしょに食事をとって、晩にはいっしょに予習をして、涙を流す。ベッドにサーシャを寝かしつけるときには、長い時間かけて十字を切り、祈りのことばをつぶやく。それから自分も横になると、はるか遠いおぼろげな未来のことを思い描く――学校を終えたサーシャが医者か技師になって、自分の大きな家を、馬を、馬車をもつようになり、結婚して子供が生まれる……。眠りに落ちても同じことを考えていて、閉じた瞳から涙が頬をつたって流れる。黒猫がすぐわきで寝ていて、のどを鳴らしている。

［20］

「ごろ……ごろ……ごろ……」

突然、木戸が強くノックされる。

オーレニカは目を覚まし、恐怖で息ができない。心臓がどきどき鳴っている。三十秒ほどのちに、また音がする。

「ハリコフからの電報だわ」――そう考えると、全身がぶるぶる震えだす。「母親がサーシャをハリコフに呼び寄せるのよ……ああ、神さま！」

オーレニカは絶望にくれる。頭から、足から、腕から血の気が引いていく。この全世界で自分ほど不幸せな人間はいないような気がする。だがその一分後には、声が聞こえてくる。獣医がクラブから帰ってきたのだ。

「ああよかった」――オーレニカは思う。

心臓から少しずつ重しがとれていく。また胸が軽くなる。オーレニカは横になってサーシャのことを考えている――サーシャは隣の部屋でぐっすり眠っていて、ときおり寝言をつぶやいている。

「うるさいなあ！　ほっといてくれよ！　ぶつなったら！」

パターン小説

「かわいいひと」について

復習になるが、小説の主な構成は二部にわけられる。

最初に、作者は期待感をつくりあげる。「むかしむかし、あるところに、頭が二つある犬がいました」とくれば、読者はいくつもの疑問（頭どうしは仲良くできるのだろうか？　食事はどうするのだろう？　この世界ではほかの動物も双頭なのだろうか？）が浮かぶ。また、これがどういった話になるのか（自我の分離についてだろうか？　烏合の妄信？　楽観主義対悲観主義？　友情？）といった予測も浮かぶだろう。

次に、作者はその期待感にこたえる（もしくは利用するか、つけこむか、報いる）。と言っても、期待に沿いすぎる（あまりにも期待どおり、どんぴしゃり）というわけにも、まったくの期待外れ（期待とは完全に無関係な方向に話が進む）というわけにもいかない。

期待感にこたえる昔ながらの方法として、パターンの実行がある。

「むかしむかし、あるところに、三人の兄弟がいました。長男は立身出世を目指して家を出ましたが、しょっちゅう携帯電話を見ていたので、崖から落ちて即死してしまいました」という文章の次の行が「次男は翌日早起きして……」と来たら読者はこの時点で、（1）次男の死を予期し、（2）次男と携帯電話の関係性が気になるだろう。つづきを読みすすめたところ、「次男は翌日早起きし、家に携帯電話を置いたまま、玄関から外に出ました」ときたら、私たち読者の期待はふたたび更新される。携帯電話が原因で亡くなることはないが、不幸はまだ起こりうる。つづきを読み、「右側に崖があるのを認めて、次男はうまく崖を避けました。そして次男は声のかぎりに、周囲にまったく注意を向けることなく歌っていたら――ヒルダに念願のプロポーズをする妄想で頭がいっぱいだったのです――トラックにはねられ即死してしまいました」とくれば、不謹慎だが、この文章からは一定の満足感がえられる。読者は、この例がなにに「関する」話か、たとえば不注意による死亡に「関する」ものだと考える。そうして三男が翌朝玄関から外に出て、どのような不注意が三男を殺すのだろうと思いながら読みすすめる。三男が崖を認めて転落しないように避け、路肩でスピードをあげるトラックをやりすごしても、この話はまだ不注意に「関する」ものだ。三男がなにかしらの不注意で死ぬだろうと読者は予期している。ここまで、そういう話だったからだ。

ひとつのパターンができあがっていて、読者はそのくり返しを期待する。そして、少しの変化を伴いつつも実際にパターンがくり返されると、読者は満足感をえて、少しの変化が示しうる意義を考える。

本短編「かわいいひと」もこのタイプの小説だ。このタイプを「パターン小説」と呼ぼう。本短編の基本のパターンは、ひとりの女性が恋に落ち、その恋が終わりをむかえる、というものだ。このパターンが三回くり返される。相手は「ティヴォリ」支配人のクーキン、材木屋のプストヴァーロフ、獣医のスミルニン。そして、四回目のくり返しの最中で終わりをむかえる。彼女は少年のサーシャに愛情をかたむけるが、本短編の終了時点ではこの愛はまだ終わっていない。

クーキンは1頁から登場し、自らの境遇を嘆いている（田舎の遊興地を運営するのがこれほど大変だとは、彼には想像もつかなかった）。そして私たち読者は（2～3頁で）オーレニカが「いつもだれかを好きになり、それなしでは片時もいられないのだった」ということを知る。また、対象者のリストとして自分の父親、おば、教師とある。つまり、オーレニカは、いつも愛する対象がいないと生きていけない。いまは、クーキンと彼女の家で同棲している。

甘い恋愛関係、しかもオーレニカにとっては初恋のようだ。たしかに、クーキンは少々ダウナー系（「小柄で、やせこけ、黄色い顔をして、［…］いつも焦燥の色を浮かべていた」）ではあるが、「オーレニカは、不幸なクーキンに心動かされ、愛するようになった」。

オーレニカとクーキンの関係性について、チェーホフが2から6頁で読者に伝えている内容を見ていくと、具体的な事実から特殊な関係性が築かれていることが読みとれる。クーキンの仕事（遊興地を運営しているがうまくいっていない）、交際の経緯（自発的な恋愛関係からはじまり、オーレニカは同情からクーキンを好きになる）、二人の仲のよさ（関係性は良好で、いっしょに悲しみ、不安になり、ロウブラウの一般観衆に対する嫌悪感を共有している。オーレニカは体重が増えていくが、クーキンは体重が落ちていく）、クーキンのオーレニカに対する印象と想い（「あなたって、ほんとうにすてきな子ねえ！」「とってもいい子ねえ！」）、二人がいっしょにいた期間（十か月）、二人の別離の原因（家から離れているときにクーキンが亡くなり、オーレニカは誤記だらけの電報で訃報を知る)、オーレニカが喪に服していた期間(三か月)が示されている。

参照しやすいよう、以上のデータを表2にまとめた。

ひとまず、情報が非常に密であること、そして最初の数頁がオーレニカとクーキンの関係性を示す具体的な事実の羅列でしかないことを特筆しておこう。

また、オーレニカの象徴である、クーキンを愛しすぎてクーキンになりきってしまうという性質もこの数頁ではじめて読者に明かされる。4頁で、オーレニカが劇場の運営を手伝っていることがわかる。早々に、オーレニカは友達に劇場がこの世でもっともすばらしく、重要で、必要なものだとふれまわるようになる。あまりにもクーキンの言《げん》そのままを話して回るので、役者たちは「ヴァーニチカといっしょ」と彼女を呼んでちゃかす。

本短編のはじめのほうにあたるこの時点では、オーレニカの考えがクーキンのものと混ざっていても違和感はない。ただ、オーレニカが深く恋しているのが伝わる。だれしもが恋に落ちるときに経験するであろうできごとを、甘く脚色したバージョンのようだ。愛する人になんでも合わせ、考えを共有し、人生に一度しかえられない深いつながりを感じ、幸せに浸る。

5頁の中盤には、幸せな結婚生活ができあがっていて、話の流れは安定している。もし、先の頁もこのまま進み、二人ならではの関係性で幸せな生活がつづいたとしたら――クーキンはさらに痩せ、嘆

表2　オーレニカとクーキン

分類	詳細
クーキンの仕事	「ティヴォリ」の運営
交際の経緯	自発的な恋愛関係からはじまる。オーレニカは「とうとう」同情からクーキンを愛するようになる（「不幸なクーキンに心動かされ、愛するようになった」）。
仲のよさ	いっしょに悲しみ、不安がる。一般観衆に対して嫌悪感をともに抱く。オーレニカは体重が増えていくが、クーキンは「痩せほそ」っていく。「二人は楽しく暮らした」
オーレニカに対する印象	「かわいいひとだなあ！」
クーキンに対する印象	「あなたって、ほんとうにすてきな子ねえ！」「とってもいい子ねえ！」
二人がいっしょにいた期間（頁の長さ）	五頁
二人がいっしょにいた期間（時間）	十か月
クーキンの死因もしくは別離の原因	詳細不明の死因で亡くなる。オーレニカは（誤記だらけの）電報で訃報を知る。
喪に服していた期間	三か月
「離れ」の状態	交際期間中はクーキンが住んでいた（クーキンは彼女の自宅敷地内から彼女に会いにいっていた）。結婚してからは、離れは空き家になっていた。

き、オーレニカはより肉づきよくかわいくなり、幸せなまま季節がめぐっていくとしたら――どうだろうか。どこに向かっているのかわからない話を読んでいるときに感じるような、だれかしらの昨晩みた長い夢について聞かされているときにわきおこるようなあの感情を、読者はおぼえるのではないだろうか。

ふたたびドクター・スース風に言うならば、読者は「なんでわざわざ私にその話をするんだ？」と疑問に思う。

たとえば、私が次のように書いたらどうだろうか。「あるところに、食べるのが大好きな犬がいました。ある朝、犬は自分のドッグフードを食べたあと、猫のえさも食べました。犬は外に出て、木の下で見つけたリンゴを何個か食べました。そして、近くの木の下でもっとリンゴを見つけたので、それも食べました。それから公園でポークサンドの食べ残しを見つけたので、それも食べました」――まあ、おわかりいただけるだろう。あなたはこの話のパターン（犬が食べる）をつかんで、このパターンをとめるなにか――パターンに対抗する（たとえば犬が生きた熊を食べようとする）か、パターンの結果を示す（犬は太りすぎて歩けなくなる）なにか――を期待するだろう。「この犬はいつもはらぺこで、いつもなにか食べている」という事実は、真実かもしれないが、この世界はそういった一目で明らかな、偶発的な真実――「あるところに、テニスボールの入った植木鉢がありました」「とある女の子は、バスを待っているときにいつも、自分の頭のてっぺんを触ろうと背伸びをしていました」――にあふれている。

このような文章形態はただのアネクドートでしかなく、「うん、だからなに？」となってしまう。

アネクドートを小説に変えるのは、エスカレーションだ。もしくは、エスカレーションが突然に感じられた瞬間こそ、あなたのアネクドートが小説に進化した合図だと言ってもよいだろう。

図1は、「フライタークのピラミッド」と呼ばれる簡単な図で、どのように物語《ストーリー》が成立しているのかを表している、とされている。たしかに、うまい物語はどうなっているのか、理解するのにけっこう役立つ。あとづけ論であり、小説の執筆段階では必ずしも役に立つわけではないが、すでに走り出している物語を分析したり、うまくいかない物語を診断したりするのに使える。

オーレニカとクーキンの幸せな結婚生活が続いている場面は、「発端」（いつもの状態）と記された平らな線上に読者もとまっている。オーレニカがクーキンを称賛する、5頁の中盤の場面（「あなたって、ほんとうにすてきな子ねぇ！」）ですでに、私たちは一抹の不安を感じる。必要なものがすべて示されており、通常の状態が完成し、崩壊するのを待つだけであることを予感する。なにか大変なことが起こるのではないかと読者は警戒し、「上昇」へと押し進められる。

「大斎期に［…］モスクワに発った」という一文を読んで、私たちは少し警戒する（その二段落前に、クーキンが病気だと知らされているのでなおさらだ）。チェーホフがクーキンをモスクワに送ったのも、このためだろう。モスクワでクーキンの身になにかが起こり、読者を上昇へと進めるのだ（発端部分で、何頁書いても上昇に向かえずいきづまったら、「なにかが起こってすべてを永遠に変えてしまった」という一文を入れればいい、というジョークを、私はときたま授業で披露している。そうすれば、小説はこの一文にこたえざるをえなくなる）。

読者はモスクワからの報せを待ちわびる。クーキンは予定の日がすぎても帰ってこない（「クーキンはモスクワでぐずぐずしていて、復活祭までには帰るという手紙をよこした」）。なぜクーキンは予定を変えたのだろう

図1｜フライタークのピラミッド

と、読者はいぶかしむ。オーレニカへの気もちがなくなってしまったのだろうか？　モスクワで不倫しているのだろうか？　これ、そういう話なの？　もしそうなら、クーキンのくそ野郎。そうでないなら、劇場運営について指示を出しているのは、オーレニカのことも結婚生活のことも大事にしている証だろう、と読者は理解する。だが、モスクワでなにも起こらないのであれば、チェーホフはなぜクーキンをモスクワにやったのか？　なにも起こらず、クーキンが普通に帰ってきて、出かける前とまったく同じ状態だったら、モスクワにいったのは脱線で、読者の喉元にひっかかる非効率でしかなく、読者は（まだ）発端部に拘束されていると感じるだろう。

　しかしここで、運命を変える単語「だが」が登場し、話の流れを変えるできごとが待ちうけているとわかる。

「**だが**受難週間直前の日曜の深夜に、門を叩く不吉な音が突然響きわたった」

　深夜に響く木戸のノック＝悪い報せ、と私たちは考える。

　そして「電報」と来た。深夜に響く木戸のノック＋電報＝訃報？

その電報は笑ってしまうような誤記だらけだった。悲しくもおかしくて、クーキンの死を受けいれやすくする。どこかでクーキンは話から消えなければならないことは予期していたし、この電報のおかげでクーキンの死が報われたような気がして、チェーホフが安直なやりかた（死亡させる）でクーキンを消しても読者は許してしまう。

さて、クーキンは遠くモスクワで死んだ。新しい友人の立場であれば、かわいいオーレニカをかわいそうに思う。

だが一読者としては、なんだかほっとしてしまう。

さようならクーキン、上昇に向かうために命を捧げてくれたね。

クーキンが死に、オーレニカは悲嘆に暮れている。ここ（6頁の最後の段落）で話が一時停止する。クーキンは愛され、真似され、死んだ。さて、これからどうなるのだろうか？　オーレニカは狂い、酒に明け暮れ、一生喪服しか着ないのだろうか？　小説の書きだしをうまく執筆できる書き手ならだれしも、この気が狂い、壊れそうになる瞬間を経験する。進路の選択肢がたくさんある。どれが一番いいだろう？どれが一番いいかなんて、どうすればわかる？

ここで、「チェーホフはどうやって次の展開を決めたのか？」という問いをいったん横に置いて、実際にどうしたかを見てみると、なんとも大胆なことをやっている。チェーホフはその後三か月間（葬式後の悲しい九十日あまりの期間すべて）を一気に飛ばし、「**三か月たった**ある日、オーレニカは——悲しみに暮れ、厳かに喪に服して——礼拝式から帰るところだった」ですませている。「葬式が終わってからの数日間、オーレニカはなにもしなかった。水曜日に、オーレニカはきれいな雲を眺めた。木曜日には、洗濯をしなければならなかったが、どうにも手がつかなかった。クーキンがいつもどれほどやさしくしてくれたか、思いだしてしまったのだ。それから木曜日の午後に、台所を掃除した。クーキンの予備のグラスを目にして、オーレニカは涙に……」という展開にはならない。

それまでにあった一日一日の、カレンダーを辿っていくような事実の詳述がまったくない。なぜか？　その九十日あまりはどうでもいいからだ。意味がない。だれにとって意味がないのか？　本短編にとって意味がない。この九十日あまりを割愛することで、そのあいだに意味のあるできごとはなにも起こらなかったことを読者に示しており、次の意味あるできごと、すなわち本短編の目的に関するできごとの直前まで読者を引っぱってきてくれたのだ。

この大胆な割愛は、短編小説において重要な点を私たちに教えてくれる――短編はドキュメンタリーでもなければ、時間の経過の厳密な記録でもないし、実際にその人が生きたとおりの人生を中立的に記述するものでもないのだ。短編は、極端なまでに削られ、（つまらない現実世界と比べれば）いくぶんか漫画みたいで、その決断の極端さで読者をわくわくさせてくれる、ちょっとした機械のようなものだ。

読了したばかりであればご存知のとおり、話は進み、私たちは材木置き場の管理人であるプストヴァーロフと出会う。初読では、ここではじめて本短編がパターン小説であることを認識していくのではないかと思う。7頁のはじめ、ヴァシーリー（という男性）の名前が登場するところだ。オーレニカが愛情のあまり、事実上クーキン自身になっていったのを私たちは知っている。愛情を向けるべき新しい対象が、現れようとしている。読者は疑問に思う。オーレニカが彼を愛するようになるわけがないじゃないか（あれほどクーキンが好きだったのに）？　オーレニカが彼（クーキンとはちがう人間）を愛するようになるわけがないじゃないか？　どんな風に彼を愛するようになるのだろうか（プストヴァーロフに、劇場にいくよう迫るのだろうか？　リビングにクーキンの写真を飾ることを強要するのだろうか？　プストヴァーロフがシェイクスピアは「無理」だからと、二人の関係が壊れるのだろうか）？　私たちは、ひとりの女性が（クーキンと）恋に落ちたと信じていた。ここで、その女性が二度目の恋に落ちる機会を見ることになる。

私が子どものときに住んでいたシカゴでは、話のひねりがいいと、年配の男性たちは「これはまさに最高級《リッチ》だな」と言っていたものだ。プストヴァーロフが初登場するこの場面も最高級だ。突如として、愛のあり方について問われるからだ。

この数年で、私たちのとある友人は、夫に対する愛情の深さを特定のしぐさ——二人で立っているとき、彼女は無意識に夫のベルトの輪に指をとおす——で、家の外でも表現するようになったとしよう。夫が亡くなり、彼女は再婚し、新しい夫に同じしぐさをしているのを見かける。このしぐさをだれが批難するというのだ？　まあ、全員が批難するだろう。私たちは、愛は唯一無二のものだと信じたい。だからこそ、愛が別の人に対しても再生可能で、同じしぐさをほぼ同じようにくり返すようになると知ると、不快に感じてしまう。あなたの現在のパートナーが、あなたが他界し埋葬されたあと、同じ呼び方で新しいパートナーを呼ぶだろうか？　呼んでいけないことはないではないか。英語の場合、パートナーの呼び名などさほど多くない。あなたが気に病むことなどないではないか？　つまるところ、愛されているのはひとりだけ、あなただけだと信じているのだ（だから、愛するエドはあなたのことを「かわいい《ハニー》うさぎちゃん《バニー》」と呼ぶのだと信じている）。だが、それはちがう。愛情がそこにあって、その矛先にたまたまいるだけなのだ。あなたが死後、エドの頭上を漂っていて、例の友人である泥棒猫のベスのことを、エドが「かわいいうさぎちゃん」と呼んでいて、ベスが無意識にエドのベルトの輪に裏切り者の指をとおしていたら、魂だけになったあなたは、エドとベスへの想いが冷めるのを感じるだろう。愛という感情自体に対する考えも冷めるかもしれない。そんなことはないだろうか？

　もしかしたら、あなたの場合はちがうのかもしれない。

　恋に落ちているとき、私たちは多かれ少なかれ同じようなことをしているのではないだろうか？　恋人と死別したり、恋人にふられたりしても、あなたはあなた自身のままで、愛情の向け方も変わらない。世界には、愛すべき人々がまだ大勢いる。

　事態は急激に、7頁の三段落のあいだに変化する。オーレニカは、教会からの帰り道でプストヴァーロフになぐさめられ、彼の「黒々としたあごひげ」がちらついてしまうほど、プストヴァーロフのことが好きになりすぎて、二人は結婚する。そしてオーレニカはプストヴァーロフみたいに考え、話すようになる。最高級の話の流れが示された。オーレニカはクーキンと同じようにプストヴァーロフを愛し、プストヴァーロフを真似る。

　オーレニカを想って、私たちはよろこぶべきなのだろうか？　それとも落胆するべきなのだろうか？　オーレニカとクーキンの関係性を見直したほうがよいのだろうか？

すべてがうまくいっている。この作品は、小説の役割を果たそうとしている。しかし、あなたが書き手であれば、（まだ）疑問が残っているだろう。けっきょく、チェーホフはどうやってプストヴァーロフとの出会いまですっとばしてよいと確信できたのだろうか？　つまり、チェーホフは執筆時に、どうやってその「決断」ができたのだろう？　当然のことながら、自分が執筆していて同じような状況になったときに、同じようにうまく立ち回る方法を知りたいわけだ。

回答としては、「そんなのわかるわけがないじゃないか？　チェーホフは天才なんだから、なんとなくわかったんじゃないか？」と答えてもよいのかもしれない。

だが、よい執筆の習慣として、ここから学びとるべきものがあるように思う。

チェーホフは、本短編の最初のほうで、オーレニカの特徴——恋に落ちると、その相手になりきってしまう——を提示することで、個性を描いている。「荷馬車で」でもふれたように、（事実の蓄積で）人物像ができあがると、その登場人物の身に起こるできごとのうち、どれに意味があるのかわかるようになる。

詳細が、話の筋をつくっていくのだと言ってもよいかもしれない。

筋：「むかしむかし、あるところに、愛する人になりきってしまう女性がいました」

チェーホフ：「本当に？　その前提をどうやって検証しよう？　うーん。どうすればいいんだ？　わかった。最初の恋を強制終了させて、二度目の恋に落とせばいいんだ」

つまり、「よい執筆の習慣」というのは、文章を見なおしつづけて詳細をつきつめ、詳細が浮かびあがったら話の筋をかためていく（これまでの言葉でいえば「意味のあるできごと」を書いていく）ことなのだ。

次の文章を見てほしい。詳細があいまいな順にならべている。

とある男がとある部屋で、なにも考えずに座っていたら、別の男が部屋に入ってきた。

人種差別主義者の男が、なぜ自分がこうも理不尽な人生を送らなければならないのかと怒りながら部屋のなかで座っていたら、ちがう人種の男が入ってきた。

メルという怒れる人種差別主義者の白人男性が、がんを患って診察室で座り、なぜ自分がこうも理不尽な人生を送らなければならないのだと考えていたら、少々利己的な部分があるパキスタン系アメリカ人で主治医のブカーリ医師が、メルにとって悪い報せをもちつつも、自分が大きな賞をとったばかりのため幸せに輝きながら、診察室に入ってきた。

最後の、より詳細になった文章のあとになにが起こるのかは私にもわからないが、確実になにかが起こるのではないかと思う。

7から11頁目で、パターンの二回目のくり返し(「オーレニカは男を愛してしまっていた」)に移ると、警戒していた(もしくは数年にわたり本短編を教えてからようやくこのことに気づいた私と同様、少しだけ警戒していた)読者は、チェーホフがオーレニカとプストヴァーロフの関係について、オーレニカとクーキンのときとまったく同じように情報を提供していることに気がつくだろう。オーレニカとプストヴァーロフについて、オーレニカとクーキンのときと同じような表（表2）を書きだしてはじめて、私はこのことに気づいた。そして、表の列名がまったく同じなのだから、新しい表をつくらなくてもよかったことにあとで気づいた（表3を参照）。

少し先に進むと、オーレニカとスミルニン、サーシャとの関係性も同じ類似性が見えてくる（こちらも表3に含めている）。

おもしろいが、ちょっと異常でもある。チェーホフは、オーレニカとクーキンの関係性を描いた際の要素をそのまま、彼らとの関係性を描く際にも使っているのだ（チェーホフは意図的にそうしたのだろうか？意識的だっただろうか？　私はちがうのではないかと思うが、いったん疑問は横に置いておこう）。

さて、7から11頁目を読みすすめると、プストヴァーロフの仕事（材木置き場の管理人）、交際の経緯（偶然の出会いから、仲介者をとおしての交際開始）、二人の仲のよさ（性的に、より情熱的で濃密な関係で、いっしょに食事し、料理し、祈り、浴場にいき、教会帰りには「二人は、お香のいいにおいをただよわせ」ていた。ただ仲がよいのではなく、「楽しく暮らした」）、プストヴァーロフのオーレニカに対する印象と想い（「オーレニカ、どうしたんだい？」）、オーレニカのプストヴァーロフに対する印象と想い（彼のことを想うと「体は熱病のように火照って」眠れない、彼のことを「愛してしまって」、「ひどく寂しがって」）、二人がいっしょにすごした期間（六年間）、二人の別離の原因（自宅で風邪を引いたあとに死亡）、オーレニカが喪に服していた期間（六か月以上）が示されている。

二つの恋愛関係を、私たちは比較できる――むしろ、比較しないわけにはいかない。構成からして、比較せずにはいられない。スミルニンとサーシャについての記述も含めた表3は、オーレニカの恋愛遍歴のわかりやすい比較表になっている。

この表3こそ、私が「かわいいひと」を教える理由だ。小説の構成が果たす役割とその価値がつまっており、一冊の充実した入門書並みだと思う。ためしに表3を一行（たとえば「オーレニカに対する印象」）、横に辿っていくと……さまざまなバリエーションの羅列になっているのがわかる。本短編は、こうして見ていくと、決められたパターンを織りなす美しい機械のようだ。チェーホフは、一度提示した要素を、細心の注意をはらって（思慮深く、読み手を引きつける、人間味あふれるバリエーションの数々を提示して）後続の文章でも守りぬいた。一見、ひとりの女性の恋愛物語を一生分、心和ます実体験のように語った作品のように見えるが、実のところ、四組の関係性の類似点と相違点を巧みに織りまぜた模様《パターン》をいわば数学的に、事実の報告という形で語っているのだ。どこを読んでも、パターンのバリエーションばかりだ。

人でいっぱいのアメフトのグラウンドを見下ろしている、と想像してほしい。そのうち半数が赤、残りの半数が青のシャツを着ている。そして、なんだか複雑な振り付けで踊りを披露しはじめる。それだけで、彼らは「意味をもちはじめる」。振り付けがランダムでないかぎり、そのパターンからなにかしらの意味を「発している」。赤シャツが青シャツの周りをぐるぐると回りはじめ、じょじょに距離をつめて青シャツのなかに混ざっていったら、私たちは、たとえば「融合」という意味だと理解する。もし青シャツが、いっきに赤シャツに押しよせ、赤シャツがたじろいでいたら、「攻撃」という意味だと理解する。ときには、彼らの動きが、彼らの複雑なパフォーマンスの意味が、感じられはするけれども言葉に

表3―オーレニカの恋愛遍歴

分類	クーキン	プストヴァーロフ	スミルニン	サーシャ
相手の仕事	遊興地「ティヴォリ」の運営	材木置き場の管理人	獣医	子ども
交際の経緯	自発的な恋愛関係からはじまる。オーレニカは「とうとう」同情からクーキンを愛するようになる（「不幸なクーキンに心動かされ、愛するようになった」）。	教会からの帰り道で偶然知り合い、仲介者（仲人）をとおして交際開始。	舞台裏、あまり褒められたものでない関係性。結婚しない。交際に発展した詳細な経緯は不明。ある日、二人はすでにカップルになっていた。	家に連れてこられ、オーレニカに世話をまかされるようになる。
仲のよさ	いっしょに悲しみ、不安がる。一般観衆に対して嫌悪感をともに抱く。オーレニカは体重が増えていくが、クーキンは「痩せほそ」っていく。「二人は楽しく暮らした」	二人は「楽しく暮らした」。二人はいっしょに食事し、料理し、祈り、「お香のいいにおいをただよわせ」、浴場にいった。事務所ではお茶とブーブリクがふるまわれた。健康で充足して楽しく暮らし、性生活もあったと思われる。	スミルニンは少しオーレニカを支配しているきらいがあり、オーレニカを恥ずかしいと思っている。しかし喧嘩してもまた、「そして二人は幸せになるのだった」。	オーレニカ自身はサーシャを守る存在だと思っているが、サーシャはオーレニカを抑圧的に感じている。
オーレニカに対する印象	「かわいいひとだなあ！」	「オーレニカ、どうしたんだい？」「プストヴァーロフもオーレニカのことが印象深かったようだ」、オーレニカに惹かれていた。	「口を出さないでくれないかな！」（「かわいい」と一度も言わない）	「ほっといてくれるかな！」最後の行、学校で喧嘩している夢が象徴的。

相手に対する印象	「あなたって、ほんとうにすてきな子ねえ！」「とってもいい子ねえ！」	「オーレニカは男のことがすっかり気に入ってしまった」「一晩中まんじりともせず、体は熱病のように火照ってしまった」「男を愛してしまって」、あまりにもそばにいないと「ひどく寂しがっ」た。	「どうか怒らないでと懇願」する。	「まあ、かわいいこと。ハンサムねえ」（はじめて「かわいい」と言う相手）
二人がいっしょにいた期間（頁の長さ）	五頁	四・五頁	一・五頁	四頁
二人がいっしょにいた期間（時間）	十か月	六年	「長くはつづかなかった」	本作終了時点ではおよそ六か月間
相手の死因もしくは別離の原因	死因不明。オーレニカは（誤記だらけの）電報で訃報を知る。	10頁でフェイントがあり、プストヴァーロフは死ぬのか？と思わせるが死なない。スミルニンが登場する。すわ不倫か？それもちがった。プストヴァーロフは風邪をこじらせて自宅で亡くなった。	連隊とともに町を出ていった（自発的にオーレニカのもとを去る、はじめての男性）。	不明。オーレニカは、サーシャがいつか独り立ちして出ていく日が来るのではないかと想像する。
喪に服していた（悲しみに暮れていた）期間	三か月	六か月以上	数年ほど憂鬱な期間をすごし、そのあいだに容姿が衰えてしまった。もう、町の「かわいいひと」ではない。	なし。本作終了時点では、二人はまだ「いっしょ」にいる。
「離れ」の状態	交際期間中はクーキンが住んでいた（クーキンは彼女の自宅敷地内から彼女に会いにいっていた）。結婚してからは、離れは空き家になっていた。	空き家	スミルニンに貸しだしているが、オーレニカといっしょに本邸に住んでいるため、離れにはほとんどいない。	スミルニンが再登場した際に、オーレニカが離れに移る。スミルニン夫妻がいなくなってから、サーシャを離れに連れてくる。

できない――体感しているが説明できない、見えるし感じるけれど言語化できる域を超えてしまうこともある。
小説でも同じだ。作品について語るとき、私たちはあらすじ（起こったできごと）に終始してしまいがちだ。私たちは正しく、そこになにがしかの意味が宿っていると感じる。しかし、作品はその内なる力学によっても意味をなしうる。話の展開、各構成部分の相互作用、各要素の並びによっても、瞬間的に意味が発動する（ように感じられる）のだ。
内なる力学のもたらす意味が中和されたバージョンの、「かわいいひと」を次に挙げてみた。

そのむかし、オーレニカにはクーキンという恋人がおり、オーレニカはクーキンに完全に付き従っていました。彼女の彼に対する愛情は、十点満点中九点でした。二人は六か月間いっしょにすごしました。そしてクーキンは亡くなりました。その後、オーレニカには新たにプストヴァーロフという恋人ができ、オーレニカはプストヴァーロフに完全に付き従っていました。彼女の彼に対する愛情は、十点満点中九点でした。二人は六か月間いっしょにすごしました。そしてプストヴァーロフは亡くなりました。それから、オーレニカにはスミルニンという三人目の恋人ができ、オーレニカはスミルニンに完全に付き従っていました。彼女の彼に対する愛情は、十点満点中九点でした。二人は六か月間いっしょにすごしました。そしてスミルニンは亡くなりました。

これは小説ではない。力学を生みだす、事実の詳細に欠けているからだ（具体的にどのようにクーキンは亡くなったのか？　オーレニカはどれくらいの期間、喪に服していたのか？　それに対し、プストヴァーロフの死後は、どれくらいのあいだ喪に服していたのか？　愛情がもっとも肉欲的な形をとった対象はだれか？　愛情の形が残酷だったのは？　などなど）。先述のバージョンでは、ほかのなにかをもたらす力学に欠ける。つまり、意味がなにもない。美の源を開拓できていないのだ。物事が「進展」し、「悲劇」となるが「反転」し、「救い」となるようなバリエーションを、完全なる創作世界のなかで実際に起きているかのように描きだせなかった。

先ほどのハーフタイムショーの劣化版でたとえるならば、グラウンドの人々は色もばらばらな普段着を着て、あてもなく歩き回り、特に意味をあらわさない。ハーフタイムショーでの洗練されたパフォーマーと見習いのちがいは、この内なる力学の詳細部分にどれだけ注力できているかのちがいにある。

「かわいいひと」が綿密に織られたパターン小説であり、チェーホフがこのパターンのくり返しと微妙なバリエーションのちがいをどのように巧妙に織りなしたかを議論するとき、チェーホフがどのように執筆したかに触れているように見えるかもしれない（つまり、チェーホフが事前にすべてを計画し、毎日、オリジナル版の表3を書きたす形で、三人の夫が生きている頁数や、「オーレニカの呼び名」といったパラメーターを、少しずつバリエーションを加えて描いていった）。

だからひとつだけ言っておきたい。私はチェーホフがどのように「かわいいひと」を執筆したか、まったくわからない——が、前述の方法で書いたとは思えない。チェーホフのストーリー・テラーとしての天性の才能により、スピード感をもって本短編は自然に展開していったのではないかと思う。パターンの最初のくり返しで特定の要素がくみこまれていった結果、チェーホフはそれらの要素を直観的に次へ、また次へと、一定の正確性と、凡人である私たちからすれば絶妙な変化を加えて、くり返していったのではないだろうか。

また、チェーホフは本短編を「パターン小説」だと認識していたわけではないと思う。なぜなら、すべての小説がパターン小説だからだ。

なにを言いたいかというと、すべての小説にパターンは内在する（とは言え「かわいいひと」は異常なまでに徹底した「パターン小説」ではある）。

たとえば、私の著作で「パストラリア」という、歴史を題材にした落ち目のテーマパークを舞台にした短編がある。本短編の語り手の仕事は、ジオラマで類人猿を演じることだ。あらすじとしては、この展示を観賞する客がながらく来ていなかった。必然的に、この状況下で語り手がどのように規律性（居住している洞穴では英語を話してはいけない、など）を維持するか奮闘する話になっていく。

この短編の冒頭（一頁目）で、私は習慣をどのように描くかでつまずいてしまった。語り手と、類人猿としてのパートナー役（ジャネット）は、「大きなスロット」という機械から食べ物を毎日入手していた。食べ物は、管理者から送られていると考えられ、「毎朝、大きなスロットに殺したばかりの新鮮なヤギが入っている」*。大きなスロットは、洞穴内での日常生活の詳細をくみたてていくなかで浮かんだアイデアだ。だが、「大きなスロット」を吐きだして自立させたら（そのほうがおもしろいと思ったのだ）、作品世界の特徴に、作中の要素のひとつになっていった。

一頁目で、基本の状況が成立した。毎朝、ふたりは大きなスロットからヤギを手に入れる。ある朝、語り手が大きなスロットを見にいったら、ヤギがいなかった。「テーマパークに問題あり」という証だ。翌朝も、ヤギはいなかった（問題は継続している）。そんな風にして私は「パターン」をつくりあげた（どや！）。ときおり大きなスロットにヤギが現れ（一時的に状況の改善が認められる）、またあるときにはヤギの欠品のお詫びに補給食（たとえばウサギ）が小さなスロットという機械から現れる。たまに、大きなスロットまたは小さなスロットから出てくるものといっしょに、または欠品の報せとして、メモが出てくることもあった。しまいには、状況がとてつもなく悪化した証として、大きなスロットから「焼き串をとおす穴が空いていた」[＊＊]プラスチック製のヤギが出てくる。

私はこのあらすじを事前に計画したわけではなく、また「うん、この話にはパターンが必要だ」と考えたわけでもない。おもしろくしようと試行錯誤していたら、「大きなスロット」とキーボードで打ちこんでいたのだ。それを作中にとりいれて、手を加え、大きなスロットのなかを都度都度のぞきこんで、なにがあるか見てみただけだ。

それがパターンになり、多くのパターンがそうであるように、話への期待感を次々に進化させていった。

＊〔訳注〕ジョージ・ソウンダース「パストラリア」『パストラリア』法村里絵訳、角川書店、二〇〇二年、六頁。

＊＊〔訳注〕同書、七〇頁。

次の状況を想像してほしい。三日連続で、ちょうど正午に、けたたましいトランペットの音とともに、だれかがあなたの頭をピコピコハンマーでたたく。

四日目にもなれば、十一時五十九分になると、あなたはそわそわしだす。そこへ、トランペットのかわりにフルートが聞こえる。「実におもしろい。トランペットが鳴るパターンに慣れてきていたが、かわりにフルートとは。パターンを完全に放棄したわけではないが、変化があったということは、今日はハンマーの代わりに……」

と考えたところで、ピコッとたたかれる。

あなたは「あいたたた。では、いまのパターンは、なにがしかの楽器が鳴って（最新回ではフルート）、それからピコッとたたかれるということか」と考える。

言いかえれば、パターンのくり返しにより、同じパターンがつづくことを期待させ、私たちの期待感をそこに集中させる。そして書き手との関係性を緊密にする（サイドカーが本体のバイクに近づいていくイメージだ）。

クーキンは旅先で亡くなっていることから、プストヴァーロフが出張にいくときも（10頁「モギリョフ県に木材の買いつけに行ってしまう」）、プストヴァーロフは死ぬだろうと読者は予測する。プストヴァーロフが旅先では死なずに帰宅し、その六年後（三段落後）に死亡したのを見て、読者は、パターンが阻害かつ重用されたのだとうれしい気もちになってしまう。

プストヴァーロフの死が予感されているあいだに、スミルニンが初登場する。考えうるパターン（「オーレニカの愛する人は死ぬ」ところから「愛する人は新しい人に置き換えられる」というところまで）が見えてきているので、スミルニンがオーレニカの恋人になる展開が待ち受けているのだろうか（クーキンが死んだときと同様に、新しい恋人ができて、パターンがくり返されるのか）と読者はいぶかしむ。そして、「とりわけ興味を惹かれたのは、スミルニン自身の家庭の話だった」という文から、二人は不倫関係ではないと気づく。容赦なく効率重視の原則（YKG）に忠実な私たちは、「であれば、なぜチェーホフはスミルニンを登場させたのだろう？」と疑問に思う。そしてチェーホフはすぐに「プストヴァーロフとオーレニカの家庭的な関係性を、スミルニンとネグレクトされた息子と対比させることで強調したいからだ」とこたえてくれる。読者がスミルニンに気づいたことにチェーホフも気づいて、（「私も効率を重視しているよ」とでも言うように）読者の手を軽くなで、スミルニンの本作における存在意義（と正当性）を与えてくれるのだ（しかしおわかりのとおり、これはフェイントだ。スミルニンはすぐに彼女の恋人になる。フェイントだったとわかった瞬間も、読者はよろこんでしまう。最初に死を予感したにもかかわらず、一度否定されているからだ。読者はまちがっていた、ただ完全にまちがっていたわけではなかったと気づかされる）。

クーキンとプストヴァーロフの死はどちらも、オーレニカが愛情をあふれんばかりに表現したあと（5頁の「ほんとうにすてきな子ねえ！」、10頁の「どうかみなさまも、わたしとヴァーシチカのように、お元気で」）に起きていることから、今度は（ほかの二人が先に死んだのとまったく同じように）スミルニンが死ぬ番だと予感したとき、私たちはふたたび、オーレニカの幸せに満ちあふれた愛情表現を期待する。だが、愛情表現のかわりに、スミルニンのおもしろいが残酷な台詞が向けられる。「われわれ獣医が仕事の話をしているときは、口を出さないでもらいたい。まったく、つまらんよ！」という台詞は、オーレニカの愛情表現に対し、家族的でありながら相反する関係にあると言えるだろう。オーレニカからの誉め言葉に対して、オーレニカへの侮蔑が向けられるのだ。

もう一度問おう。私たちは、初見でこのことに「気づく」だろうか？　私がはじめて本作を読んだとき、当然のことながら気づかなかった。だが、作品を分析しているいま、私たちは気づく。この構成は、疑うまでもなくそこにある。初見では「感知する」もしくは「読書中の潜在意識で気づく」のだと私は思う。本短編のパターンは、パブロフの犬のようなはたらきをしている。なぜだかわからないが、反応してしまう。この反応により、なにがしか重要で親密なトランプゲームをやっている最中に、作者に手札《メルド》がそろったと宣言されたような気もちになる。


プストヴァーロフが死ぬ。オーレニカの新しい恋人はスミルニンだ。スミルニンとの関係性を、過去の恋人との関係性と比較して、私たちはオーレニカが落ち目にあるように感じる。なぜそう感じるのか？表3の、特に「交際の経緯」「二人の関係性」そして「オーレニカの呼び方」の列を見てほしい。スミルニンとの新しい関係は不倫であり、カメラが回っていないところで（12頁のはじめに、ずるずると）はじまり、二人は結婚しない。オーレニカがスミルニンに愛情を示しはじめ、スミルニンを真似て話しだすと、スミルニンは反撃する。スミルニンは、けしからんことに、一度もオーレニカを「かわいい」と言わない。

「荷馬車で」をとりあげた際に、大まかな情報を提示し、のちに複雑な情報で塗りかえていくチェーホフの技術についてふれた。話の全体像が、「凋落のオーレニカ」を示していることに気づいた読者は、そくざにここまでの話の内容を振りかえり、疑問に思う——あれ、オーレニカの人生ってずっと落下をつづけていたんだっけ？　クーキンが死んでから、ずっと下り坂だっただろうか？　この話って、「言動に問題のある女性が、転落していくという形で罰を受ける話」なのか？

（ややこしいことに）答えはノーだ。私はむしろ、クーキンからプストヴァーロフへの移行は、一種の改善だと思う。クーキンは初恋の相手で、真実の愛があるように見えたが、オーレニカとプストヴァーロフの関係性が健康的で、性的で、情熱的であるのを見せつけられ、二人の食事量が増えていることから、「うーん、もしかしたらこっちがオーレニカの真実の愛の相手かもしれない」と読者は考える。もしくは、「これもまた、ちがった形の真実の愛なのかもしれない」と考える。

ただ、スミルニンはオーレニカに対し攻撃的になるものの、スミルニンがまちがっているわけではない。読者と同様にスミルニンも、オーレニカがスミルニンを真似ていることに気づき、少々殺気立ってしまっただけだ。したがって、スミルニンとの関係はさらに健康的で、気のおけない関係性だとも考えられる。ようやく、オーレニカの相手をやたら敬いたがる性質にほだされない男性が見つかったのだ。彼女にとっていいことでもある。スミルニンは、より健全な愛情の向け方を教えてあげられる（この解釈はうがちすぎかもしれないが、いくばくかの真実——過去の恋人を新しい恋人で「塗りかえる」ことでえられる利点——が含まれている。この解釈で本短編を読んでも、完全に否定されることはない）。

また、恋人の人数が増えるにつれ、別離後に悲しみに暮れる期間が長くなっている（クーキンの死後は三か月、プストヴァーロフの死後は六か月以上、スミルニンのあとは数年）。恋人の喪失をのりこえるのが、段々と難しくなっている。なぜか？　オーレニカの愛情が、回数を追うごとに深くなっているからか？　加齢とともに、回復力が弱まっているのだろうか？

このような疑問をおぼえるのも（そして、愛の本質とはなにか、作品が問いかけるのも）、作中でそれぞれの関係が継続した期間が示され、チェーホフがこの期間を少しずつ変えることを「忘れず」、もしくはそれに「尽力して」いたからこそだ。

13頁で、スミルニンがオーレニカのもとを去り、読者は次の（四番目の）、「オーレニカがだれかに恋に落ち、彼の意見や興味を丸のみする」というパターンのくり返しを予期する。

パターンはいつも、新しい恋人の登場ではじまることから、読者は新しい恋人の登場を予期する。そうして、猫という形で登場するのがブルィスカだ。オーレニカはブルィスカに愛情をかたむけ、ブルィスカの視点から世界を見るようになるのだろうか？「ねずみは最低です。やつらは小さくてすばやいのです。鳥ですか？ 鳥はまったく変なのです。いつも歌ったりなんだりしているじゃないですか？」うん、もしかしたらありえるかもしれない。読者が新しい愛情の対象を期待しているので、チェーホフは候補をよこしてきた。これまでは、その対象はだれでもよかったことから、オーレニカの愛情はブルィスカに向けられる（落ち着く）と予想する。これまでの本短編の流れが、私たちにそう予想させるのだ。これまでのところ、オーレニカが興味をもちはじめたあとに、その相手を拒絶したことがない――チェーホフが登場させた相手を、オーレニカはもれなく好きになっている。しかしチェーホフは（疑問をつきつめる価値を理解しているので）、「だったら、もしオーレニカがブルィスカで落ち着かなかったら？」と問いかける。このような語り手の転換は、チェーホフの卓越した才能のひとつだ。自らがつくりだした変曲点――重大な決断を下さなければならない（下すことになる）場面――がもたらす影響力を十分に理解している。チェーホフは立ちどまって問いかける。オーレニカにとって、(話の流れにまかせて)この猫を愛すること、もしくは拒絶することに、意義がある(より豊かになれる)のだろうか?(眼科の検査技師のように、「これで見えやすくなりましたか? これは?」と聞くのだ。)

本短編のクライマックスは、猫を拒絶する方向にあるようだ。「ブルィスカでは相手不足」なのだ。つまるところ、オーレニカはロボットではない。本短編は、「オーレニカが生きとし生けるものならなんでも愛し、それを真似る」という話ではない。まったくちがう。「オーレニカに必要なのは、その全存在を——心を——理性を——抱きしめてくれ、考えを——生きる指針を与えてくれ、老いていく血を温めてくれるような愛情なのだ」とある。猫では不十分だ。話の内容が狭まり、具体化され、オーレニカがよりおもしろい、思慮に値する人物だと読者に思わせる。「愛する対象が必要な女性」から、「自身の価値にみあう、愛する対象が必要な女性」へと変わった。

また、この美しい感情のグラデーションは、単純な技法で描かれている点も特筆すべきだろう。パターンのくり返しが、新しい恋人の登場をにわかに呼びよせるので、「わかっている」とばかりにチェーホフは新しい対象(ブルィスカ)をさしだすが、オーレニカはこの安直な提案を拒否する。

そうしていま、読者と同様、オーレニカは次の、愛するに値する対象が、作中に登場するのを待ちわびている。

相手はスミルニンだった。

スミルニンは、15頁の後半(「もう白髪頭になっていて、服も軍服ではなかった」)で、妻と子どもといっしょに戻ってくる。スミルニンとオーレニカは、別れたところからふたたび関係を構築し、スミルニンは恋人ナンバー・スリー兼ナンバー・フォーになるのではないかと読者は考えるかもしれない。しかしそうはならず、チェーホフにはもっとよいアイデア（新しいバリエーション）があった。スミルニンの小さな息子、サーシャが次の愛の対象だ（「荷馬車で」と同じく、最初に思い浮かぶ選択肢が、話を盛りあげてくれる）。読者の予想どおり、オーレニカは、サーシャに溺れたが最後、彼に変身していく（「「島とは四方を……」」——オーレニカもくり返した——」）。オーレニカはふたたび愛情にあふれ、幸せになった。もしかしたら、これまでで一番幸せと言っていいかもしれない。

ここで話を終わらせてもいいんじゃないか？　17頁にある、

「これこそが、長年の沈黙と思考の空白の末に、確信をもって彼女が発した最初の意見だった」

という一文で、ジ・エンド。

けっこういい終わりだと思う。オーレニカの愛（恋愛や性的な関係で表現されてきた）が、母性愛に変化する——最後のくり返しとしては、驚きと満足感のある終わり方だ。プストヴァーロフといっしょに子宝に恵まれるよう祈っていた場面でほのめかされていたように、オーレニカがずっと求めていたのは母親になることだった。純粋なる恋愛感情から脱皮し、より壮大なものに成長したのだ。これで一件落着。オーレニカは適切な愛する対象をえられた。同じ目線で語ることができて幸せなのだから、すべてよし。

だが、先を見るとまだ三頁以上残っている。

もう一度、どのように小説は終わるものなのか考えてみよう。どうすれば二人の関係は終わらせせられるだろうか？　エンディングとなりうる場面をすぎ、まだなしとげないといけない、なにかがあるのだろうか？

究極なまでに効率的な本短編の構成から考えて、残りの三頁が脱線にならないよう、なにをしなければならないのか？


私たちのフィクションにおける普遍的な法則の一覧（具体的に！　効率を徹底して！）は、いつも正しいわけではないが、ここに「常にエスカレーションさせる」という法則を足してもよいかもしれない。究極のところ、小説とは、エスカレーションの連続装置なのだ。一文は、読者の感覚値で小説のエスカレーション（の継続）に寄与していると感じられる場合のみ、作中での立ち位置を確立できる。

「かわいいひと」のこの場面で、エスカレーションを起こすものはなんだろうか？

まあ、まずは一歩下がってみよう。そもそも、エスカレーションとはなんだろう？　エスカレーションしているような幻影を、小説はどのようにつくりだしているんだ？（もしくは、書き手であれば「このくずをエスカレーションさせるにはどうすればいいんだ？」と尋ねるかもしれない。）答えとしては、同じビートのくり返しを拒絶するのもひとつの手だ。登場人物の状況が決定的に変化したことをきっかけに一度話が動きだすと、同じような変化を起こすことはできない。その状況を詳述してとどまることもできない――この場面のように、残り三頁もとどまるのは無理だ。

17頁では、私たちはまだ「同じ」ビート――オーレニカは新たに愛すべき対象（今度は小さな男の子）を見つけ、男の子の意見や興味を受けいれ、ようやくふたたび幸せになりました――を聞いている。

先を読みすすめて、このビートからどのように外れるのか――なにがしかのエスカレーションを感じられるのか——見てみよう。

17頁の最後から18頁にかけては、日常的な朝の風景が描かれている。オーレニカはサーシャに学業のことで小言を言い、サーシャは「まったく、ほっといてくれるかな！」と言う。サーシャが学校に歩いて向かうのを、オーレニカは「そそくさと」追う。サーシャが振りかえり、おそらく（オーレニカがあまりにも静かだったので）驚いたところで、オーレニカは「ナツメヤシの実やキャラメル」をあげ、「サーシャは自分のあとから背の高い、ふくよかな女性がついてくることが恥ずかしくなる」。サーシャがオーレニカを愛していないことがわかる。それに、オーレニカのことをほとんどわかっていないようだ。オーレニカはただの「おばさん」なのだ。

そうして、新しいなにかが話に組みこまれた。私たちが考えもしなかった（チェーホフが読者に考えさせなかった）、オーレニカが愛する対象に与える影響だ。まったく新しいというわけでもないかもしれないが（スミルニンが13頁で、オーレニカは獣医にとって「つまらん」人間だとえらそうに言っているのを思いだしただろうか）、エスカレーションしていると感じられる程度には異なる。以前のスミルニンが抵抗する場面は、成人が「専門家としてのプライドを少々傷つけられた」とも読みとれるが、サーシャの抵抗は直接的でいらだちがこめられており、なおかつサーシャはオーレニカとの関係性に積極的でない子どもだ。

オーレニカは「満足げに、心穏やかに、あふれんばかりの愛情につつまれて」家に帰る（オーレニカはサーシャの抵抗に気づいていない）。その後、二人はいっしょに宿題をして（そしていっしょに「涙を流す」。なんだか奇妙ではあるが、オーレニカがふたたび、愛する対象の感情をのみこんでいるのだと示唆される）、「黒猫がすぐわきで寝ていて、のどを鳴らしている」隣でサーシャの将来を夢みる。サーシャが抱えている不快感に気づくこともなければ、認めるそぶりもない。オーレニカはただただサーシャを愛しており、彼女にとってはその事実以外はどうでもいいのだ。

そして私たち読者はもう一度問いかける。なぜ、この幸せそうにごろごろと鳴いている子猫といっしょの場面で、エンディングをむかえないのか？ これでいいではないか。オーレニカは幸せ、ブルィスカは幸せ、サーシャは……幸せではない。サーシャはただの愛の対象者だ。オーレニカの愛情の、新しい側面が見えてきた。一方通行で、オーレニカしか満たされない（そして子猫にふたたび役が与えられる。かつての恋人に対するオーレニカの立ち位置と同じで、オーレニカが幸せならば、ブルィスカも幸せだ）。

だが、まだ一頁近くも残っている。

チェーホフはここでとまらない。残りの一頁近くで、まだエスカレーションをつづけられるという確信があるのだ。意味のさらなる拡張を探しもとめて、再度狩りに出た。チェーホフが次にどうしたのか見てみよう（私は小声でささやくゴルフ解説者になった気分だ。「ヴァーン〔アメリカの大御所スポーツ実況者ヴァーン・ランドクイストのこと〕、アントンが小説の終わりにアプローチしています。なんとすばらしい瞬間でしょう！」）。

そして木戸を叩く音が聞こえ、クーキンが死んだときの音を連想し、読者（とオーレニカ）はこれまでの「オーレニカから愛する者がとりあげられる」瞬間と同じサインが来たと理解する。

が、ちがった。クラブから遅くに帰宅したスミルニンだった。

残り五行。残りの数行でなにができるのだろう？ チェーホフは、さらなるエスカレーションを見つけられるのだろうか？

もちろん、見つけられる。あのチェーホフ様だからな。

本短編は次のように終わる。

心臓から少しずつ重しがとれていく。また胸が軽くなる。オーレニカは横になってサーシャのことを考えている——サーシャは隣の部屋でぐっすり眠っていて、ときおり寝言をつぶやいている。

「うるさいなあ！　ほっといてくれよ！　ぶつなったら！」


ジ・エンド。

これのどこが読者にとって新しいのだろう？（すでに、「サーシャはオーレニカの愛情を拒む」という新しいビートはわかっている。）

まず、サーシャは象徴的な立場にある。サーシャは「ぐっすり眠っていて」夢のなかだ。つまり、完全に純真な状態だ。これまでに見られなかった、内なるサーシャを、サーシャが本当はどのように感じているのかを、見られるようになった。

サーシャはなにを夢みているのだろうか？

オーレニカのことだと私たちは思うが、そう単純ではない。訳者によってこの寝言の訳が異なるが、「うるさいなあ！」は「おまえをやっつけてやる！」と同義、「ほっといてくれよ！」は「さっさと消えなかったら、おまえなんか蹴りとばしてやる！」と同義と読めなくもない。「ぶつなったら！」は、サーシャが学校でけんかをおっぱじめているように読める。

いずれにせよ、サーシャは暴力的な夢を見ている。怒りながら暴力をとめようとしているか、暴力をさらなる暴力で押さえつけようとしている。サーシャの「うるさいなあ！　ほっといてくれよ！　ぶつなったら！」は、文の構成上、以前に（15頁で）オーレニカがブルィスカを叱っていた場面を連想させる（「あっちにお行き……なにもないのよ！」）。言いかえれば、「あなたに私はもったいないの！　私の愛情をえようなんて百年早い！」ということなのだ。

オーレニカは、サーシャの寝言にも動じない。「あー、サーシャは私のせいで不快な、怒りに満ちた夢を見てるのね。サーシャの怒りをおさえなきゃいけないな」などとオーレニカは考えない。サーシャが「まったく、ほっといてくれるかな！」と言ったときにも反応しなかったし、オーレニカが登校するサーシャのあとをつけていったせいで明らかに不機嫌になったときも、なにもしなかった。だが、これらの場面は「サーシャは不満だ」ということの「軽めの」描写だった。そのため、サーシャの夢を読者は一種のエスカレーションと受けとめる。18頁でサーシャは、家庭の外で、不満を軽く愚痴っているが、オーレニカは無視する。最後の頁でも、純真無垢の状態（自分だけの時間）にあるサーシャは、怒りながら不満をぶちまけているにもかかわらず、オーレニカは（まだ）無視している。

実におもしろい。チェーホフは、ここで話を終えることで、読者に間接的に、サーシャの不満に対するオーレニカの態度はすぐに変わることがないと示唆している（そうでなければ、ここで態度の変化を見せることで、さらなるエスカレーションを描いただろう）。オーレニカはサーシャの気もちをないがしろにしつづける。オーレニカは、サーシャの寝言が聞こえているが、受けいれない。二人の人生はこれまでどおり、つづいていく。

これは……なんとも恐ろしい。オーレニカは、この世の独裁者の状態を体現している。オーレニカにとっての真実で満足し、ほかの人にとっての真実には興味がない。オーレニカの、恋人のすべてにとらわれる性質は、クーキンたちのときは愛らしく見えたのに、いまや自己中心的かつ抑圧的に見える。

作家ユードラ・ウェルティは最後のサーシャの言葉について、次のように述べている。

最後の言葉は子どもの、しかも抵抗の言葉だが、眠っているあいだに発せられている。起きている世界のかわいいひとたちへの抵抗は常に、こうした内向きで静かな反抗でしかありえないのだ。*

たしかにうまいこと書かれているのだ。本短編は、最後の一行で意味を深め、その後の余白にも拡張していく。前述したエンディングがうまい作品の特徴と同じように、本短編でも、もっともらしい未来の多様な可能性を提示している。オーレニカは、じょじょに自身の抑圧的な態度に気づいて言動を見直し、本当の愛を知る日が来るかもしれない。サーシャは家出をするか、オーレニカが寝ているあいだに彼女を殺すかもしれない。サーシャは（けっきょく、どこにもいくところがないので）オーレニカに服従しつづけ、年を追うごとに怒りが増し、相手からの好意に束縛の臭いを少しでも感じようものなら逃げだすような一生を送るのかもしれない。

一部の読者（トルストイを含む）は、「かわいいひと」を女性についての話だと論じようとした。女性はかくあるべき、もしくはあらざるべきで、男性を通じてしか自らのアイデンティティを見いだせない、従属的なタイプの女性を解説したものだと考えた。その解釈では、本短編を過小評価しすぎだと私は思う。私にとって「かわいいひと」は、だれしも経験のある、愛を「双方向のコミュニケーション」ではなく「無条件に受けいれるもの」と勘違いしてしまう話だ。オーレニカが男でもよかったのだろうか？もちろん、男でもよかった。「かわいいひと」が女性についての話——女性特有の先天性についての話——だという考えは、作中で、異常分子としてオーレニカが描かれていることと矛盾する。オーレニカの性質が異常だからこそ、この話はなりたつし、彼女を主人公にできた（同じ町に暮らすほかの女性たちは、オーレニカのような愛情表現をしていない）。本短編は女性についての話でも、「ひとりの女性」についての話でもなく、愛情表現が特殊なひとりの人間についての話であり、本短編はこの愛情がよいものなのか、例外なのか、特殊なのか、悔やむべきものなのか、珍しいものなのか、聖なるものなのか、それとも未熟で、不快なものなのか、読者に問いかけている。

チェーホフは、部屋の中央にある物体を設置し、その周りを歩いていろんな角度から観賞するよう、私たちを招きいれる。私たちはオーレニカの愛情表現を、ある角度から見て、美しいものだととらえる。この角度からは、自我が消え、愛する者への好意と自己犠牲的精神しかない。ちがった角度から見ると、同じものが恐ろしくみえる。紋切り型の愛情を、愛する者の個性を無視して押しつけている。オ

——

＊〔訳注〕Eudora Welty. *The Eye of the Story: Selected Essays and Reviews.* New York: Vintage Books, 1979.

ーレニカは恋愛音痴で、愛する対象と見定めた者にバンパイアのように食らいつく。ゆるぎない寛容さですべての不安にこたえる、強烈で、一方通行で、純真な愛の形だと私たちは受けとめる。それは、彼女の弱さとも受けとれる。偶然近寄ってきた男性（猫をのぞく）の人物像に自我が溶けこみ、オーレニカの本当の自主性は完全に消えてしまう。

この考えは、私たちの思考におもしろい影響を与える。私たちは、オーレニカのことをどう思えばいいのか、わからなくなる。もしくは、彼女に対していろんな感情を抱いてしまい、どう評価すればいいのかわからなくなる。

本短編は、「オーレニカの性質は、善なのか、悪なのか？」と問いかけているようだ。チェーホフは「イエス」と答えてはぐらかしている。

目が覚めた瞬間、物語《ストーリー》がはじまる――「ほら来た。ベッドのなか。働き者の、よき父親、よき夫、何事にも最善を尽くす男。ああ、背中が痛い。たぶん、あの最低なスポーツジムにいったせいだ」。

このように、私たちの思考から、新しい世界がつくられていく。

少なくとも、ひとつの世界ができあがる。

思考から世界をつくりあげていくのは、自然で、理知的で、ダーウィン的だ。生きのびるために、だれしもやっていることだ。そこに害はあるだろうか？　まあ、害はあるだろう。私たちは限られた、生活に必要な範囲でしか見たり聞いたりできず、そのとおりにしか思考できないからだ。私たちは、本当であれば見ることも聞くこともできるすべてを感知することなどない。自分の役に立つことしか見聞きしない。私たちの思考も同様に限りがあり、決められた生きのびるという目的のためにしか思考できない。

この制限された思考には、自我《エゴ》という不運な副産物がつきまとう。生きのびようとしているのは？「私」だ。頭では、膨大な全体像（銀河系）を認識しつつも、そのなかの小さな欠片（自分自身）だけを選びとり、その視点から思考を出発させる。そうして、その欠片（私、ジョージだ！）がリアルになり、（驚くべきことに）その世界の真ん中に位置づけられ、いわばジョージという映画監督のもとですべてが動く。すべてが、ジョージのための、ジョージについてのものになる。こうして、倫理的な評価基準ができあがる。私、ジョージにとっていいものは……善だ。ジョージにとって悪いものは悪だ（熊がいたとして、食欲をむきだしにしてジョージに向かってくるまでは、善でも悪でもない）。

そんな風に、毎秒、私たちの考える真実と、本当の真実とのあいだにたちはだかる、妄信という名の壁がより高くなっていく。こうして私たちがつくりあげた世界を、私たちのとらえる現実世界と混同する。自分の見方が正しいと頑なに信じれば信じるほど、悪影響や誤作動（最低でもなにがしかの不快さ）も大きくなり、見え方に多大な影響をおよぼす。

だれかが「シカゴ」と言っているのが聞こえたら、私は頭のなかにシカゴを思いうかべる。でも、それは不完全なシカゴ像だ。ミシガン通りと、その南にある、子ども時代をすごした自宅の一九七〇年にありし姿しか思いうかべない。シカゴで一番高いウィリス・タワーのてっぺんに立ち、街を見下ろしていると想像してみても、不完全な映像しか浮かばない。シカゴは大きすぎるのだ。超能力を手に入れ、シカゴの全体像（すべての下道のにおい、すべての屋根裏部屋にあるすべての段ボール箱の中身、全住民の感情）を一瞬で把握できたとしても、次の瞬間、時計の針が進めば、一瞬前のシカゴはもう存在しない。その点は問題ない、むしろ美しいと言ってもいいだろう。だが、私がシカゴに評価を下せるなら、それをどうにかすることもできるのではないか、とだれかに提言された瞬間にすべてがややこしくなる。「で、シカゴをどうすればいいの？」なんて聞かれた日には、神にすがるしかない。私が古きよき日のシカゴの劣化版を連想してしまったように、仮に回答が浮かんでも、それは稚拙なものにしかならないだろう。

これは、私たちが想像するときだけでなく、他人を評価するときも同じだ。もし、現実世界にオーレニカが存在したとして、私が彼女を見知っていて、ある日だれかに「私たちはオーレニカになにをしてあげればいいのかな？」と聞かれたら、なんらかの答えを返せるだろう。彼女に対する私の評価を伝えることができる。けっきょくのところ、そうせざるをえないだろう（もしかしたら声に出して言うのはやめるかもしれないが、心のなかでは言うだろう）。

実際に私たちは、けっこう精力的に彼女を見定めようとしていた。オーレニカが彼女なりのやり方でクーキンを愛していたとき、私たちは彼女をかわいいと評価した。その後、プストヴァーロフを（そしてスミルニンも）同じように好きになって、私たちは彼女を変な、どこかしらロボットのような人だと思った。オーレニカが孤独になり嘆いているとき、私たちは彼女をかわいそうに思い、彼女にとって愛は選択するものではなく、彼女を形成する性質だと気づいた。幼いサーシャにオーレニカが愛情を押しつけるころには、私たちの見解は深まりつつも、曖昧模糊になった。と同時に、私たちはこの性質がオーレニカにとっては自然で、気もちを満たすものであったが、サーシャにとっては抑圧的であることにも気づく。

本短編の冒頭では、オーレニカを善良だと判断したからこそ、オーレニカを愛することができた。中盤から、少し彼女に距離を感じるようになる。そして終盤ではふたたび、私たちは彼女を好ましく思うようになるが、その感情はより深くなる。チェーホフの導きにより、彼女の全体像が見えるようになっても、まだ彼女のことが好きだ。オーレニカのすべてを見ても、オーレニカを愛している。そんな風に、大きな欠陥がある、（少なくとも子どもに）害を与えるような人間を好きになれるなど、思ってもいなかったかもしれない。でも、短いあいだだけでも、好きになれるとわかった。

もしかしたら「愛」という言葉は正確ではないかもしれない。私たちは彼女を必ずしも肯定するわけではないが、彼女を知っている。多様な空模様のなかで彼女を見てきた、と言ってもいい。「荷馬車で」のマリヤのように、オーレニカとも人工的に仲良くなった。オーレニカの強み（全身で愛する！）は、すべて彼女の弱み（あまりにも全身全霊で愛しすぎる！）につながっていて、彼女には選択の余地がない。彼女はそういう人間で、これまでもずっとそうだったのだ。

本短編の幕が下りるころには、オーレニカが愛する者になりきってしまうのは生来からの気質であり、愛する対象がつづけて現れたことで、自然に発現した、彼女固有の性質なのだと、私たちは理解する。彼女の愛という太陽は、四つの異なる地を照らした。その光は、善でも悪でもない。ただそこにある。彼女の気質は、たとえば、背が非常に高いという身体的特徴になぞらえることができる。非常に背が高いことは、善だろうか、悪だろうか？　まあ、棚の高いところにあるものをとろうとしているときには、背が高いのはよいことだ。天井の低い廊下を急いで歩いているときであれば、悪いことだ。私たちは身長を選べないし、背の高さを悔いあらためることも、背を低くすることもできない。だが、世界には狭く低い空間や、バスケットボールのゴールや、「君のいる上空の天気はどうだい」なんて聞いてくる人なんかにあふれている。

きっと神がオーレニカを想うように、私も彼女のことを想っている。私は彼女のことをたくさん知っている。なにも隠されていない。現実世界では、だれかのことをこれほどまでに完璧に知ることなど、ほとんどない。いろんな彼女の姿を知っている。幸せで新婚ほやほやの若妻、さびしい年配者、甘く愛おしい女性、家具のようにないがしろに、軽視され、ほとんど地元の笑い種と化した姿も、献身的な妻、それから仮初の母親として支配的な態度をとっていた彼女の姿も知っている。

そして、彼女を知れば知るほど、彼女に短慮で厳しい評価を下したくないと思うようになった。私のなかの、ある重要な慈悲のスイッチが入ったみたいだ。神は思うままに手に入れられるが、私たちには手に入れられないものに、無限の情報がある。神が私たちをこれほどまでに愛せる、と言われているのは、無限の情報があるからかもしれない。

授業のあとに　その三

前章の「授業のあとに」では、小説は対等な二者間の実直かつ緊密な会話だと結論で締めくくった。それで方向をあやまることなどあるだろうか？

まあ、とてつもなくたくさんある（ここで、過去に経験した不快な会話を思い出してくれてもかまわない）。悪い会話の主な症状として、参加者の片方がオートパイロットの状態であることが挙げられる。デートに出かけた、と想像してみてほしい。不安なあなたは、カンペをもってきた。たとえば、「午後七時。子どものころの思い出を尋ねる」「午後七時十五分。彼女の容姿をほめる」というカンペをもってこようと思えばできないこともないが、なぜそんなことをするのか？　まあ、不安だからだ。デートを成功させたいと強く願っている。だがカンペに視線を落とすたびに、彼女は脈なしと受けとってしまう。でも彼女は正しい。彼女をプロセスからはじきだしているからだ。

実際に起こったできごと（会話ならではのエネルギーの発動）に対する瞬発的なリアクションが求められているとき、私たちは不安からこうした手段を渇望する。

カンペは、会話における計画と同じだ。計画があるのはいい。計画があると、私たちは思考をとめる。ただ計画どおりに実行するだけ。しかし、会話はそれでうまくいくわけではないし、作品も同じだ。意図的に計画し、そのとおり実行しても、よい芸術作品はできあがらない。芸術家なら知っている。作家のドナルド・バーセルミによれば、「書き手は、タスクにとりくむ際に、なにをすればよいのかわかっていない人間だ*」という。詩人のジェラルド・スターンは、「二匹の犬がファックしている詩を書こうとして、二匹の犬がファックしている詩を書きすすめられたのなら——二匹の犬がファックしている詩が書けたというだけのことだ」というようなことを言っていた。私が先述のとおり台無しにした、アインシュタインの実際に言ったのだか言わなかったのだかよくわからない「価値ある疑問が、当初の構想の次元で解かれたためしがない」という発言も、このリストに加えてもいいかもしれない。

なにかをやりはじめ、それを（そのまま）やりつづけたら、みんながっかりする（それは芸術じゃない、ただの説明、データの塊だ）。小説を読みはじめるとき、私たちは期待を抱いている。低いところから出発して、私たちが驚く高みまで連れていってくれることを、当初の理解をこえて成長できることを期待する（友達に「この河川の動画を見てみてよ」と言われ、川岸が決壊しあふれだす映像が流れた瞬間、なぜこの動画を見るべきと言われたのか理解するように）。

だからこそ、なぜデートにカンペをもっていく必要はあるのか？　一言でいうなら、自信がないからだ。カンペを準備し、もっていって、彼女の目をよく見るべき場面で不器用にカンペを参照するのは、計画なしでは十分に彼女に与えられるものがないと思いこんでいるからだ。

私たちの芸術の旅路は、まわりに十分与えられるだけの力を自分がすでにもっているのだと納得し、それがなんなのか突きとめ、それを洗練させていくプロセスだと考えられる。

子どものころ、私はホットウィール〔北米で人気のミニカー玩具シリーズ〕のセット一式——プラスチック製のコース、金属製の車、電池で充電するタイプのプラスチック製の「ガソリンスタンド」——をもっていた。いくつかあるガソリンスタンドのなかにはそれぞれ、回転している一対のゴム製のタイヤが組みこまれていた。車がガソリンスタンドのなかに入ると、反対側から勢いよく飛びだす。ガソリンスタンドをうまく配置できると、登校時に発車させた小さな車が、何時間も経ってから帰宅したときに、まだコースを走りつづけている。

読者は、この小さな車のようだ。書き手の仕事は、ガソリンスタンドをコース内に適切に配置し、読者が最後まで読みつづけられるようにすることだ。このガソリンスタンドにあたるものはなにか？　まあ、要するに書き手の魅力を表現したものだ。読者が読みつづけたいと思えるものならば、なんでもよい。自らの素直さ、機転のよさ、言葉の力強さ、ユーモアを放出させればいい。この世のなにかを含蓄たっぷりに綴った目からうろこの文章でもいいし、読者を引っぱるテンポのよい会話文でもいい。その文章も、小さなガソリンスタンドと同じ役割を果たしうる。

書き手は芸術人生すべてを捧げ、自分にしかつくれないガソリンスタンドはどのようなものか、試行

＊〔訳注〕Donald Barthelme. *Not-Knowing–The Essays and Interviews*. New York: Random House, 1997.

錯誤する。読者がコースを走りつづける原動力になるようななにかを、もちあわせているだろうか？　日々の会話でスピード感を出したいとき、どうしているか？　相手を楽しませたいとき、相手に好意を伝えたいとき、自分が話を聞いているのだとわからせたいとき、どうしているか？　相手を誘惑するとき、説得するとき、慰めるとき、気を引きたいとき、どうしているか？　この世界で自分が魅力的でありつづける方法として、なにを見つけただろうか、そして執筆時に発揮できる同等の魅力はなんだろうか？　単純に、「ああ、日常生活では自分は〜しているな」と気づいて、執筆するときもその行為を作品に組みこめればいいが、実際はもっと複雑だ。自分にしかない書き手としての魅力を見つけるには、何千時間も執筆にとりくみ、自分の内面を感じとるしかない（そして書き手としての魅力は、「本当の」人間としての魅力と間接的に関係していることもあれば、まったく関係のないこともある）。辿りついた先にあるのは、ひとつの信条ではなく、普段から重用しがちな一連の欲望たちだ。

意欲的な書き手が自問しうるすべての問いのなかで、もっとも緊急性が高いのは「どうすれば読者は読みつづけるだろうか？」という問いだ。というよりも、「どうすれば私の読者は読みつづけるだろうか？」と言ったほうが正しい（読者を私の文章に引きつける原動力はなんだろうか？）。

どうすればわかるだろうか？　先述したとおり、自分とほぼ同じように読者が読んでくれるという前提に立って、自分が書いたものを読むしか、知りようがない。自分が退屈だと感じるものは、読者も退屈に感じるだろう。自分にささやかな幸福感を与えてくれるものは、きっと読者も励ましてくれる。

真っ向から見ると、これは奇妙な前提だと思う。読書会や創作ワークショップなどの経験から、みながまったく同じように作品を読むわけでないことはわかるだろう。

それでも、映画館で複数人が同時にはっと息をのむ瞬間がある。

こうして考えてみると、私たちが（少なくとも私が推敲時に）していることは、他人が自分の作品を読んでいるのを完璧に想像するというより、自分が初見で読んでいたらどうするだろうと、自分自身を真似することだ。

不思議だが、それがこのスキルの全容だ。目の前の文章を（実際には何百万回も読みなおしているが）まったく読んだことのない自分自身に、いい具合になりすます。こうしてテキストの一部を読んでいき、自分の反応を観察し、修正を加えていくと、丁寧に書かれていたことが読者に伝わる（初見の読者は、書き手が残した最終版の文章の背後に、最終化前の雑なバージョンの文章を感じとってしまう、と言ってもいいかもしれない）。

不思議なことに、私自身が没頭する、ある意味特殊な嗜好のもののほうが、読者に強く訴えかける、読者が丁重にもてなされていると感じる文章になるようだ。

会話の例に立ちかえると、会話はときに責任逃れになるし、稚拙で、政治的で、自己中心的にもなりうる。なかには緊迫したものや、緊急性の高いもの、寛大なもの、真実味にあふれたものもある。そのちがいはなんだろうか？　私は、存在感ではないかと思う。そこにいるのか、いないのか？　テーブル越しに正面に座っている人間は、（私のために）いるのか、そうでないのか？　小説を書いているとき、私たちは読者と会話しているわけだが、稿を改めるごとに改善できるという特大のアドバンテージが私たちにある。私たちは、より傾聴する姿勢で「そこに存在」しているように見せられる。文章を読んでいて、自分のメーターの針をマイナスの目盛に振れさせるなにかにいきあたったのなら、その文章を執筆しているとき、書き手はそこにいなかったのだ（たとえば私が「オレンジ色の夕日は、美しいオレンジ色だった。

た」という文章を書いているとき、私はそこにいない。いまはいる。少なくとも、その可能性がある）。

推敲していくにつれ書き手と読者の関係性は改善するのだから、推敲は人間関係を構築する方法だとも考えられる。親密かつ直接的、そして気の置けない関係性にするには、どうすればよいだろうか？関係性が溝にはまってしまうのは、どういう場合だろうか？　よろこばしいことに、私たちはこうした疑問を抽象的にしかぶつけられないわけではない。読者が自分と同じように反応してくれる前提に立って、作品を構成するフレーズごと、一文ごと、節ごと、という風に自分でメーターをかざして尋ねればいい。

よい心地になる（勢いがあり、真実味があって、抗いがたい）文章と、つづきを読みすすめるのが嫌になってしまう文章のちがいは、不快に感じる文章は作品全体から読者をはじきだし……うん、どうこの一文を終わらせればいいのか、少なくとも普通に終わらせればいいのか、わからなくなった。でも、終わらせなくてもいいだろう。書き手になるには、自分が書いた特定の一文を、その特定のコンテキストのなかで読みとり、鉛筆を手にもち、好きな日に、気の向くままに文章を修正していけばいいだけだ。

そして自分が納得いくまで、何度も何度も、くり返すだけだ。

主人と下男

1895年

レフ・トルストイ

［1］

主人と下男

一

一八七〇年代の、ある冬の聖ニコラオス祭の翌日のことだった。地元の教区では祭がつづいていたので、村の宿屋の主人で、第二階級の商人のヴァシーリー・アンドレイチ・ブレフーノフは家を空けるわけにはいかなかった。教会にも行かなくてはならなかったし（教会執事をしていた）、家でも親類や知り合いをむかえてもてなさなくてはならなかった。

だが最後の客が帰ってしまうと、ヴァシーリー・アンドレイチはさっそく、隣村の地主のところに出かける準備をはじめた——だいぶ前から交渉していた林を購入するためだ。ヴァシーリー・アンドレイチがあわてて出かけたのは、このうまみのある取引を町の商人に横取りされないかと思ってのことだった。

若い地主は林の代金として一万ルーブルを要求していたが、理由はヴァシーリー・アンドレイチが七千という値をつけたからというだけだった。実は七千でもその林の本当の価値の三分の一ぐらいのものだった。ヴァシーリー・アンドレイチはひょっとしたらもっとまけさせられるかもしれなかった——というのも林は彼の縄張りにあり、彼らと土地の商人たちとのあいだには、相手の縄張りで商人の方から価格を吊り上げないというしきたりがかねてからあったからだ。だがヴァシーリー・アンドレイチは、県庁所在地の材木商がゴリャーチキノの林を買いとりに来たがっているというのを察知し、さっさと出かけて行って地主と手打ちにすることに決めたのだった。そんなわけで、祭日の催しがすむとすぐに自分の長持から七百ルーブルをとりだし、そこに預かっていた教会の金二千三百ルーブルを加えて三千ルーブルにし、何度も数えなおして札入れに入れ、出かける準備をした。

［2］

その日、ヴァシーリー・アンドレイチの下男のうち唯一しらふだったニキータが走ってきて馬車に馬をつけた。この日ニキータは一切酒を飲んでいなかった——もともとは酒好きだったのだが、半コートと革のブーツを飲み代《しろ》にしてしまった斎期直前の日以来、禁酒の誓いをたて、一月以上も酒を飲んでいなかった。祭の初日、二日目には、みながそこらじゅうで酒を浴びるように飲んでいるのにそそられながらも断酒していたのだ。

ニキータは齢五十の農民で、近隣の村の出身だった。他人の口にのぼるところでは、根なし草で、人生の大半を自分の家よりも他人の家で過ごしてきた人間だった。どこでもその勤労ぶり、手先の器用さ、力仕事を評価されていた——とりわけ、善良で、気持ちのいい性格は認められていた。だがどこにも腰を落ち着けたためしがなかった——というのも年に二度ほど、ときにはもっと頻繁に、無茶な飲み方をし、身につけているもの全部飲んでしまうだけでなく、喧嘩っ早くな

〔3〕

って他人に絡むのだった。ヴァシーリー・アンドレイチも何度かニキータを追い出したのだが、その後しばらくするとその正直さや動物好きな点、そしてなにより給金の安さに惹かれてふたたび雇いいれてしまうのだった。ヴァシーリー・アンドレイチはニキータにはこういった下男の相場である八十ルーブルではなく、四十ルーブルほどを払い、その金もはっきり帳簿をつけずに小出しにあたえ、さらにその大部分は現金ではなく、店の商品に高値をつけて支給した。

ニキータの妻は、昔は美人だった農婦のマルファで、ちゃきちゃきしていて、ちいさい男の子と二人の娘を育てながら家を切りまわしていたが、ニキータを呼んで家でいっしょに暮らそうとはしなかった。第一に、もう二十年ほども桶屋といっしょに暮らしていたからだ。この男は別の村から出てきた農夫で、マルファの家に居候していた。第二に、亭主が素面のときは好きなだけこきつかっていたのに、酔うとおっかなくて仕方なかったからだ。一度など、家で大酒をくらったニキータは、しらふのときにおとなしくしている腹いせのつもりなのか、妻の長持を壊し、その衣装の中でも高価そうなものから何着か出してきて、斧をとっては切り株にのせてサラファンやワンピースを全部細切れにしてしまったことがあった。ニキータの稼いだ給金はすべて妻にわたされ、それでニキータも文句はなかった。今回もそれにならい、祭の二日前にマルファはヴァシーリー・アンドレイチのところに出向き、主人から小麦粉やお茶、瓶に八分目の酒など、全部で三ルーブルほどの品物をもらったうえに五ルーブルを受けとって、格別の恩を賜ったかのようにお礼を述べたのだが、どんなに安く見積もってもヴァシーリー・アンドレイチは二十ルーブルほども払わずにすむのだった。

［4］

「お前とはなんの取り決めもしてはいないね？」――ヴァシーリー・アンドレイチはニキータに言った。「必要なら取ればいい、稼げばいいだけの話だ。俺はほかの人間とはちがうんだ。やれ待てだの、清算だの、罰金だのと言うような人間とはね。俺たちはまともな人間だ。お前が俺に仕えれば、俺はお前を見捨てることはない」

そう言いつつ、ヴァシーリー・アンドレイチは自分がニキータに恩義を施しているのだと心から信じきってしまった――それというのも、ヴァシーリー・アンドレイチがあまりに自信満々に話す術をこころえていたせいでもあり、そしてニキータをはじめその金銭に寄りかかって暮らす人間がこぞってその自信――自分は彼らをだまくらかしているのではなく、恩義を施しているのだという――を支えたせいでもあった。

「はいわかりました、ヴァシーリー・アンドレイチ。本当の父親に尽くすようにこちらも尽くさせていただきます。よくこころえておりますので」――ニキータは答えたが、ヴァシーリー・アンドレイチが自分をだまくらかしているのはよくこころえていた。だが同時に感じていたのは、主人に給金の勘定について説明をもとめても仕方がない、ほかの働き口がないうちはこうして暮らし、くれるものをもらわなければならないということだった。

いま主人から馬をつけろという命令を受けて、ニキータはいつものように明るく元気に納屋に向かった。その足取りは颯爽としているけれども、アヒルのような内股だった。納屋でふさのついた重い革の馬勒《ばろく》を釘からはずし、鉄製の輪をがちゃがちゃいわせながら閉め切ってあった厩舎に入っていった。そこにヴァシーリー・アンドレイチにつけろと言われた馬が一頭だけ別につな

［5］

がれていた。

「この馬鹿、退屈して退屈して仕方なかったかい？」——かすかな歓迎のいななきに応えてニキータは言ったが、そのいななきの主はおとなしい、尻のいくぶんたるんだ栗鹿毛《くりかげ》の中型の牡馬《ぼば》で、厩舎に一頭だけつながれていたまさにその馬だった。

「どう、どう！　急ぐが、まずは水を飲ませてやろう」——まるで言葉を解する生き物に話しかけるようにニキータは馬に話しかけた。そして食い肥って真ん中がくびれた、牡馬の丸々として埃だらけの背中を外套の裾ではらってやった。そして牡馬の若く美しい頭に馬勒をつけ、耳やたてがみを整え、おもがいは取ってしまって、水を飲ませに引いていった。

厩肥がうず高く積まれた厩舎からそろそろと出てくると、栗鹿毛はふざけて後足をあげ、あたかもいっしょに井戸の方に駆けていくニキータを蹴ろうとするようなしぐさを見せた。

「ふざけやがって、ふざけやがって、このわんぱく小僧めが！」——そうニキータはたしなめたが、栗鹿毛の用心深い性格はよく知っていた——この馬は後足を跳ねあげても、せいぜいがうす汚れた半コートに触れるぐらいで、実際に当たったりはしないのだ。そしてニキータは馬のそんないたずらっぽいところも大好きなのだった。

馬は冷水をたらふく飲むと、濡れた大づくりな口元をふるわせた——すると唇から透明な雫が桶に滴った——そして吐息をつき、物思いにふけるかのように静止した。それから突然、声高くいなないた。

「もうほしくない、もういらないいならそう知らせるんだぞ。そうなったらもっとほしがってもだめだ」——ニキータはまったく大真面目に、自分の行動について分別臭く栗鹿毛に説明した。そしてまた、庭中に蹄の威勢のいい音を響かせる若く陽気な牡馬の手綱《たづな》を引いて、納屋にむかって駆けだした。

下男はだれもいなかった。いるのは祭でやってきた他所の、料理女の夫がいるだけだった。

「お前さん、ちょっと聞いてきてくれないかね」——ニキータは男に言った。「どのそりを馬につければいいのかね。幅が広いそりか、小型のそりか」

料理女の夫は一段高いところにあるトタン屋根の家に入っていき、小型のそりをつけろという命令を受けてすぐに戻ってきた。ニキータはそのときにはもう馬の首輪をはめ、鋲の打ってある鞍褥《あんじょく》をくくりつけて、片手でペンキを塗った軽い頸木《くびき》をもち、もう片方の手で馬を引きながら、納屋のそばにつけてあるそりのほうに歩みよっていた。

「小型のなら小型のにしよう」——そうニキータは言って、しょっちゅうこちらを嚙むまねをする賢い馬を轅《ながえ》のあいだにいれ、料理女の夫の手を借りてそりをつける手順にかかった。ほとんど用意ができて、あとは手綱をつけるだけになった。ニキータは料理女の夫をやって、納屋のわらと、倉庫の粗麻布をとってきてもらった。

「これでよし。どうどう、強情を張るんじゃない!」——料理女の夫が持ってきてくれた脱穀したての蕎麦のわらをそりの中で踏みしだきながら、ニキータは言った。「さて今度はズックをシーツみたいにしいて、その上に粗麻布をかけるんだ。そうだ、そうだ。座り心地もいいってもんだ」——言いながら、ニキータは実際言ったとおりのことを作業していた——つまり、座席全体

〔7〕

にかけたわらのうえから粗麻布を押しこんだ。

「お前さん、どうもありがとう」――料理女の夫にニキータは言った。「二人だとなんでも仕事も早いってもんだ」そして結び目のはしに輪のついた革の手綱をさばいて、ニキータは御者台に腰かけた。そしてしきりに前に行こうとする気のいい馬を駆って、庭の、凍りついた厩肥の上を門の方へと進んでいった。

「ミキートおじさん、おじさん、おじさんったら！」――背後からか細い声を張りあげて、七歳の男の子が玄関から庭にちょろちょろ駆け出してきた。男の子は黒い半コートを着て、おろしたての白いフェルトの靴をはき、あったかそうな帽子をかぶっていた。「乗せておくれよ」――半コートのボタンをかけながら男の子は歩いてきて、そう頼むのだった。

「うんうん、駆けてきなさい、坊ちゃん」――ニキータはそう言って馬をとめ、主人の息子を乗せてやった――痩せぎすで、青白い坊やの顔はよろこびにぱっと輝いた――そして表に出ていった。

　時間は二時をまわっていた。凍えるような寒さだ――華氏十度〔摂氏マイナス十二度〕ほど、曇っていて、風も強かった。空の半分ほどを、低くたちこめた黒雲がおおっていた。だが庭は静かだった。屋敷の外は風がはっきり強かった――隣の納屋の屋根から雪が吹きおろされ、隅の浴室のあたりでくるくる渦を巻いていた。

　門を出て馬を表階段のほうにまわすやいなや、ヴァシーリー・アンドレイチが玄関口から姿をあらわした――巻煙草をくわえ、裏地が羊毛の長外套を羽織り、幅広の帯を低く、きつく締めていた。そして革で縁取りをした防寒ブーツをぎゅっぎゅっと鳴らしながら、雪が踏み固めてある高い張り出し玄関に出てきて立ちどまった。巻煙草の残りを吸ってしまうと、足元に投げ捨てて踏みつけた。そして口ひげの合間から煙を吹かしつつ、出てくる馬を横目で見ながら、赤ら顔（口ひげ以外はきれいに剃りあげていた）の両側から突きでた毛皮外套の襟足を、毛皮が内側になるようにたくしこみ、吐息で濡れないようにした。

「このいたずらっ子め、もう乗っているな！」——そりの上に息子の姿を認めて、ヴァシーリー・アンドレイチは言った。ヴァシーリー・アンドレイチは客と酒を飲んで高揚していたせいで、いつも以上に自分の所有物や自分がなしたことにいちいち満足を覚えていたのだ。内心は後継ぎにしようとずっと決めている息子の姿を認めると、いままさに強い満足感で満たされるのだった。並んだ大粒の歯を剥き出しにし、目を細めて息子を見つめるのだった。

ヴァシーリー・アンドレイチの妻は、頭から肩まで毛織のプラトークに身をつつみ、そのせいで両目だけが見えていた。妻は痩せていて青ざめ、妊娠中だった——夫を見送ろうとして、あとから玄関口に立っていた。

「本当に、ニキータを連れていった方がいいよ」——妻は戸口からおずおずと出てきて言った。

ヴァシーリー・アンドレイチは妻の言葉にはなにも答えなかった。そんなことを言われたくなかったようで、むっとして顔をしかめ、唾をぺっと吐いた。

「お金を持っていくんだし」——妻は同じような哀れっぽい声でつづけた。「それに天気がよくならなかったら大変ですよ」

［9］

「道も知らないわけじゃないのに、道案内が絶対にいるなんてことがあるかい？」――ヴァシーリー・アンドレイチは、売り手や買い手を相手に話すときのいつもの調子で不自然に口元を引きしめ、音節ひとつひとつを気張ってはっきりと発声した。

「本当に連れていって、お願いだから！」――プラトークをかけ直しながら妻はくり返した。

「そうしつこく言うのはやめないか……。なんで連れていかなくちゃならないんだい？」

「はい、ヴァシーリー・アンドレイチ、こっちは準備できてます」――ニキータは陽気に言った。「私がいないあいだ、馬に餌だけやってもらえれば」――おかみさんの方をむきながら、そう付け加えた。

「ニキートゥシュカ、私が見ておくよ、セミョーンに言いつけておく」――おかみさんは言った。

「ヴァシーリー・アンドレイチ、それじゃあ行きましょうかね？」――ニキータはうずうずしながら言った。

「ううむ、うちのばあさんに敬意を表するか。ただ行くとなったなら、もっとあたたかいコートなり着てこいよ」――ヴァシーリー・アンドレイチはまた笑顔になって、ニキータが着ている半コートにちらりと目くばせしてそう言った。コートは脇や背中に穴が開き、裾は房状にほつれ、脂で汚れ、ぼろぼろに着古してあった。まさにあらゆる目にあってきたようなコートだった。

「おいお前さん、ちょっと馬をおさえておいてくれ！」――ニキータは庭にいた料理女の夫に叫んだ。

「ぼくが自分でやる、自分で！」――男の子がぴーぴー声をあげながら、かじかんで赤くなった

［10］

小さな手をポケットから出して、つめたい革の手綱をつかんだ。

「あまりコートの着つけなんかに時間をかけるなよ！」――ヴァシーリー・アンドレイチは大声を張りあげてニキータをからかった。

「すぐにやってきますよ、ヴァシーリー・アンドレイチ旦那さま」――そう言うとニキータは、庭へ、下男小屋へと駆けだしたが、その足元では、フェルトを縫いつけて穴をつくろった古い防寒ブーツの内側の靴下がちらちら見えていた。

「おいアリーヌシュカ、俺のガウンを暖炉からとってくれ！　ご主人とお出かけだ！」――ニキータは下男小屋に駆けこんで、帯を釘からはずしながら言った。

昼食後ぐっすり寝た下女は、いま夫のためにサモワールでお茶の準備をしていたが、にこやかにニキータをむかえ、その急いでいる様子にあてられたのか、てきぱき働きはじめ、暖炉の上に干してあったぼろぼろに着古したカフタンを取ってくると、埃をはたいたり、もんで整えたりしはじめた。

「これでお前さんも夫とのんびり羽を伸ばせるというものだ」――ニキータは下女に言った。この男はだれかと差し向かいになると、愛想のよさからなにかと話しかけるくせがあった。

そして、使い古した帯を巻きつけると、痩せた腹を一層へっこませて半コートの上から全力でしめつけた。

「これでいい」――ニキータはそう言ったが、もう料理女ではなく、両端を腰に差しこんだ帯にむかって話しかけていた。「これでずり落ちはしないね」――両腕の自由をたしかめるため肩を上げ下げし、ガウンを上にはおって、やはり腕が自由になるよう背中を伸ばし、わきの下をたくしあげて、棚から手袋をとった。「さあ、これでいい」

「ステパヌイチ、別な靴にはきかえたほうがいいよ」――料理女が言った。「ブーツがひどいもの」

ニキータは思い出したかのように立ちどまった。

「そうかもな……。まあこれでも大丈夫だ、それほど遠方でもないし！」そしてニキータは庭を走っていった。

「寒くはならないでしょうね、ニキートゥシュカ？」――おかみはそりに近づいてきたニキータを見て言った。

「寒いどころか、あたたかいですわい」――ニキータは答えながら、そりの前部にしいてあったわらを整えて自分の足元を覆うようにし、良馬には不要の鞭をわらの下にしまいこんだ。

ヴァシーリー・アンドレイチはもうそりに座って、毛皮外套を二枚も着た背中でそりの湾曲した後部をほとんど占領していたが、すぐに手綱をとって、馬を出した。そりが発進してからニキータは前部の左側になんとか腰を落ち着けると、片足を突きだした。

二

聞き分けのいい牡馬はかすかにみしみしという音をたてながらそりを引き、意気揚々と走りだした。集落の道は踏み固められ、凍てついていた。

「なんでそんなところにしがみついているんだ？　ミキータ、おい、鞭をこっちによこせ！」――

［12］

ヴァシーリー・アンドレイチは叫んだが、すべり木に後ろから乗ろうとしている後継ぎ息子にご満悦なのは明らかだった。「お前だよ、このきかん坊が、ママのところに走っていけ！」

男の子は飛びおりた。栗鹿毛はだく足を速めた。蹄の音が変わると、速足に移行した。

ヴァシーリー・アンドレイチの家のあるクレストィ村には家が六軒しかなかった。村はずれにあるクズネツォフの小屋から離れるとすぐ、思ったよりもはるかに風が強いことに二人は気がついた。道はもうほとんど見えなくなっていた。そりの跡はすぐに吹き消えてしまうので、道を見分けようにも、ほかの場所よりも高くなっているところぐらいしか目印がない。野一面に吹雪が渦を巻いていて、天と地が寄りあう線も見えない。いつもはよく見えているチェリャーチンの森も、粉雪のむこうにときおりうっすらと黒ずんでしか見えない。風は左側から吹きつけていて、栗鹿毛のぴんと立てた、肥え太った首筋に生えたたてがみを執拗に一方向になびかせ、軽くゆわえたふさふさした尻尾も脇に吹き飛ばしていた。風が吹きつける側に座っていたニキータの高い襟も、自分の顔や鼻に押しつけられてしまっている。

「雪がこうでは、馬もきちんと走れやしない」――ヴァシーリー・アンドレイチはそう言って、自分の良馬にご満悦だった。「一度パシューチノに乗っていったときには、三十分で着いたのだが」

「なんですか？」――ニキータは襟のせいで聴きとることができず、訊きかえした。

「パシューチノへと言ったんだ。三十分で着いたんだ」――ヴァシーリー・アンドレイチが大声をあげた。

「なんたって馬がいいですからね！」――ニキータは言った。

［13］

二人は少し黙っていた。だがヴァシーリー・アンドレイチはしゃべりたかった。

「どうだ、お前、奥さんには桶屋には飲ませるなとか言っているんだろう？」――やはり大きな声で口にしたヴァシーリー・アンドレイチは、ニキータも自分のような賢明にして意義のある人物と話ができることに感激の念を持つべきだと信じきっていたし、自分の冗談に至極ご満悦だったので、この話がニキータにとって愉快ではないかもしれないなどとはちらりとも思いもしなかった。

ニキータはまたしても主人のことばが風に持っていかれて聞こえなかった。

ヴァシーリー・アンドレイチはその大きな、よく響く声で桶屋についての冗談をくり返した。

「ヴァシーリー・アンドレイチ、あの二人のことはどうでもいいんです。そんなことは気にしてはいません。私は妻がちびをいじめなければそれでいいんですよ。ほかはどうでもいいんです」

「そうだな」――ヴァシーリー・アンドレイチは言った。「ところで春までには馬を買うつもりなのだろう？」――こう言って、新しい話題を切りだした。

「そうせずにはいられません」――カフタンの襟を折り返して、主人のほうに屈みこむようにしてニキータは答えた。

今度はニキータにも関心のある話なので、一語たりとも聞き漏らすまいとした。

「ちびがだいぶ大きくなりましたので、自分で耕さなくてはなりません。いままでは馬を借りて済ませていたんですが」――ニキータは言った。

「どうだ、家のまずまず飼葉を食べる馬を買ったら？　高くはしないぞ！」――ヴァシーリー・

［14］

アンドレイチは叫んだ。興奮がこみあげてくるのを感じ、そのせいで頭の働きをすべて吸いこんでしまう大好きな仕事——仲買業——に前のめりになってしまった。

「十五ルーブルも貸してもらえれば、自分で買ってきますよ」——ニキータはそう答えた。主人が自分に売りつけようとしているまずまず飼葉を食べる馬とやらはどんなに高値がついても七ルーブルぐらいのものなのだが、ヴァシーリー・アンドレイチの手にかかれば二十五ルーブルほどにもされてしまい、そうなれば半年は主人から金はもらえないことになってしまう。

「いい馬だ。俺はお前のことは、自分のように思っているんだ。良心から言っているのだぞ。このブレヴーノフはだれのことも騙したりはせん。自分のものがなくなってもかまわない。ほかの人間とはちがうからね。名誉にちかうぞ」——ヴァシーリー・アンドレイチは、自分の売り手買い手をごまかすときの声音でわめきちらした。「ちゃんとした馬だぞ！」

「そうでしょうね」——ニキータはため息をついてそう言うと、もうこれ以上聞くことはなにもないと思ったので、襟をつかんでいた手を放してしまった。すると襟は即座にニキータの耳と顔を覆ってしまった。

三十分も二人は口をきかなかった。風がニキータのわき腹と腕に吹きこんでいた。そこの部分の毛皮が破れていたのだ。

彼は身をちぢめて、口を塞いでいる襟の中で息をするようにした。すると、寒さは消えてなくなった。

「カラムイシェヴォに寄っていくか、まっすぐいくか、どうするね？」——ヴァシーリー・アン

［15］

ドレイチは訊ねた。

カラムイシェヴォに行く道は、往来も多く、目立つ道しるべが二列になっているが、遠かった。まっすぐ行く道は近いが、往来は少なく、道しるべもないか、あってもひどいもので、雪に埋まっていたりした。

ニキータは少し考えた。

「カラムイシェヴォのほうが遠いですが、行きやすいでしょう」――そう口にした。

「まっすぐ行っても窪地を抜けるときそれなければ、あとの森は楽だ」――まっすぐ行きたそうなヴァシーリー・アンドレイチは言った。

「お好きに」――ニキータはそう言って、また襟をはなした。

ヴァシーリー・アンドレイチはその通りにして、半露里も来ると、まだ枯れ葉をあちこちに残したまま風で揺れている樫の高木のあたりで左に曲がった。

曲がってからはほとんど向かい風になった。さらに雪が上から降ってきた。ヴァシーリー・アンドレイチは馬を繰《く》りながら、頬をふくらまして息を下から口ひげに吹きこんでいた。ニキータはまどろんでいた。

二人はそのまま十分ほども黙って進んでいった。突然ヴァシーリー・アンドレイチはなにかを口にした。

「なんでございましょう?」――目を開けて、ニキータは訊ねた。

ヴァシーリー・アンドレイチは答えずに体を屈め、馬の後方、前方を何度ものぞきこむように

［16］

した。馬は股の付け根や首筋に汗をかいたせいで毛が細かく縮れたようになりつつ、歩をすすめていた。

「なんておっしゃられたんでござしょうか？」——ニキータはくり返した。

「なんでござしょう、なんでござしょう！」——ヴァシーリー・アンドレイチは怒って口癖をまねた。「道しるべが見当たらない！　道をそれたんだ！」

「ではとめてください、道を見てきましょう」——ニキータは言って、ひらりとそりから降りて鞭をわらの下から取り、自分が座っていた側から左の方に歩きだした。

この年の雪は深くはなかったので、どこでも歩くことはできたが、それでも膝まで埋まってしまうところもあって、ニキータのブーツに雪が入ってしまった。ニキータは歩きまわり、足と鞭でさぐったが、道はどこにもなかった。

「どうだ？」——ニキータがそりに戻ってくるとヴァシーリー・アンドレイチは訊ねた。

「こちら側には道はありません。あちら側に行く必要があります」

「なにか前の方に黒いものがある。行って見てきてくれ」——ヴァシーリー・アンドレイチは言った。

ニキータは歩いていって、黒く見えるものに近づいてみた——それは、秋まき作物の土が雪の上に露出して、黒く見せているのだった。ニキータは右の方にも歩いてみてから、そりに戻ってきた。体から雪を払い落とし、ブーツの中からもふるい落として、そりに座った。

「右に行く必要があります」——ニキータはきっぱり言った。「風は左側から吹いていましたが、

［17］

いまは真正面にきます。右に行かなくては！」——ニキータはきっぱり言った。

ヴァシーリー・アンドレイチはその意見を容れ、右に馬を走らせた。だが道はなかった。二人はもうしばらくのあいだ進んでみた。風はやまず、小雪も降っていた。

「ヴァシーリー・アンドレイチ、どうやら私らは完全に道からそれちまったようです」——突然、あたかも満足したかのようにニキータが言った。「あれはなんでしょう？」——雪の下から突き出ているじゃがいもの黒い葉と茎を指して、下男は言った。

ヴァシーリー・アンドレイチは馬をとめた。馬はすでに汗をかいて、張りだした横っ腹を苦しそうに波立たせていた。

「なんだ？」——ヴァシーリー・アンドレイチは訊ねた。

「つまり、ザハーロフさんの畑に来てしまったんです。なんてところに来ちまったんだろう！」

「嘘をつけ！」——ヴァシーリー・アンドレイチは大声で言った。

「嘘をついているもんですか。ヴァシーリー・アンドレイチ、本当のことを言っているんです」——ニキータは言った。「そりの音を聞いてください。じゃがいも畑を進んでいるんですよ。あそこになにか盛り上がっているでしょう。じゃがいもの葉や茎を集めておいてあるんです。ザハーロフさんの工場の畑です」

「なんてところにそれちまったんだ！」——ヴァシーリー・アンドレイチは言った。「どうすりゃいいんだろう？」

「まっすぐ行けばいいだけです。どこかには出れますよ」——ニキータは言った。「ザハーロフさんのところに出れなくても、地主屋敷に出れるでしょう」

ヴァシーリー・アンドレイチは意見を容れ、ニキータの言うがままに馬を走らせた。二人は相当のあいだ、進んでいった。野菜畑がむき出しになった上に出ると、そりが凍った地面にあたって大きな音をたてることもあった。雪の下からニガヨモギやわらが風でそよいでいるのが見えるような、収穫の終わった畑や秋まきや春まき小麦の刈り入れあとに出たりもした。見わたすかぎりなにひとつない、一面の銀世界の、雪深いさなかに出てしまったりもした。

雪は上から降ってくるが、下から巻きおこることもあった。明らかに馬はへばっていて、汗で全身の毛が縮れ、霜がおりて真っ白になり、並足で歩んでいた。突然、馬が溝か水が抉った穴に落ちて、へたりこんでしまった。ヴァシーリー・アンドレイチはとまろうとしたが、ニキータは大声を張りあげた。

「なんでとめるんです！　入ってしまったら、出なくちゃならないんですよ。どう、かわいいやつめ！　どう！　どう、いい子だ！」――そりから降りると、自分でも溝にはまりこんで、明るい声で馬に呼びかけた。

馬は急に元気になって、凍りついた土手にすぐに飛び出した。明らかにそれは灌漑用の溝だった。

「一体、どこにいるんだ？」――ヴァシーリー・アンドレイチは言った。

「じきにわかりますよ！」――ニキータは答えた。「とにかくすすめば、どこかに出ますよ」

「あれはゴリャーチキノの森にちがいなかろう？」――前方に雪の合間からのぞいている黒いも

［19］

のを指して、ヴァシーリー・アンドレイチは言った。

「近づいてみれば、なんの森かわかるでしょう」――ニキータは言った。

ニキータが見ると、その黒ずんだもののほうからヤナギの長細い枯葉が飛んできたので、それが森ではなく、人家だと知れたが、口を開く気にはなれなかった。実際、嵌まり込んだ溝から十サージェンも行かないうちに、前方に明らかに木のようなものが黒く見え、聞き覚えのない、物憂げな響きが聞こえてきた。ニキータの推測は正しかった。それは森ではなく、背の高いヤナギの列で、まだそこかしこに葉をつけたまま震えていたのだ。ヤナギはたしかに、穀物小屋の堀にそって植わっているのだ。風に吹かれて物憂げな音をたてるヤナギに近づくと、馬は突然前足をそりよりも高いところにかけ、後足もつづいてその高台にのせた。そして左に曲がると、雪にひざまで埋まるようなことはなくなった。道だった。

「さあ、着きました」――ニキータは言った。「どこだかはわかりませんけんども」

馬が雪に埋まった道からそれずに進みだして四十サージェンも行かないうちに、穀束乾燥小屋の編み垣がまっすぐ伸びているのが黒く見えだした。小屋の屋根の上には、雪がこんもりと積もっていて、そこから休みなく雪が吹き散らされている。穀束乾燥小屋のそばを通ると、道は風にそって曲がっていた。そりは雪だまりに乗りいれてしまった。前方の二軒の家のあいだに細い道が見えるので、雪だまりはどうやら道の上に吹き寄せられたものらしかった。つまり乗り越えていかなくてはならない。実際、雪だまりを越えていくと、通りに出た。はずれの家の庭では、紐にかけたまま凍りついてしまった洗濯物が、風でひどくはためいていた。シャツ――赤が一枚、白が一枚――に、股引、厚手の靴下、スカート。白いシャツはひときわひどくもがいて、そでを振っていた。
「どうも、女が怠け者のようだ。もしくは死にかけているのかな。祭だというのに、洗濯物もとりこまないで」――揺れるシャツを見て、ニキータは言った。

三

通りのはじめのほうはまだ風が強く、道も雪で埋もれていたが、村の中心部にくると静かになり、暖かくなって、気持ちも楽になった。犬の吠え声が聞こえてくる家もあれば、別の家では頭からすっぽり半コートをかぶった女がどこからともなく走り出てきて、敷居のところに立ってこちらをじっと見てから、小屋の戸口に消えるようなこともあった。村の中心の方からは娘たちの唄も聞こえてきた。


村の中は、風も、雪も、寒さもそれほどでもないように思われた。

「ここはグリーシキノではないか」――ヴァシーリー・アンドレイチは言った。

「そうですね」――ニキータは答えた。

実際、ここはグリーシキノなのだった。つまり、二人は左にそれて八露里ほども来てしまったわけだ。行くはずだった方向とはまったくちがっていたが、それでも用向きの場所に近づいてはいた。

グリーシキノからゴリャーチキノまでは五露里ほどだった。

［21］

村の真ん中で、二人は道の中央を歩いてくる長身の男に出くわした。

「そこを行くのはだれだね？」——男は馬をとめて叫んだ。だがすぐにヴァシーリー・アンドレイチだと気づくと轅をつかみ、手でそれを伝うようにそりに近づいてくると、御者台に座ってきた。

男はヴァシーリー・アンドレイチの知り合いである農民のイサイであった。界隈では随一の馬泥棒で通っている男だった。

「おお！　ヴァシーリー・アンドレイチ！　いったいどこに行くおつもりで？」——イサイは、飲んできたウォッカの臭いをニキータに浴びせながら言った。

「ゴリャーチキノに行くつもりだったんだ」

「それなのにこんなところに来ちまったのか！　マラーホヴォに向かっていけばよかったのに」

「よかったどころではなかったんだが、うまくいかなかったんだ」——馬をとめながら、ヴァシーリー・アンドレイチは言った。

「なかなかいい馬だ」——イサイは言いながら馬をじっくり見て、ふさふさとした尻尾の結び目がゆるんでいたのを、慣れた手つきで結び直してやったりした。

「ここに泊まったらどうでしょう？」

「いや、お前さん、なんとしてでも行かなくてはならないんだ」

「どうもそうらしいね。ところでこちらは？　ああ、ニキータ・ステパヌィチか！」

「ほかにだれだっていうんだい」——ニキータは答えた。「それとお前さん、うちらはまた道からそれないようにしなくてはならないんだがね」

「こんなところで迷うはずがあるかい！　引き返して、道をまっすぐ行けばいい。村を出ても道なりにまっすぐです。左には曲がらないよう。そうすれば街道に出るから、そうしたら右です」

「その街道のどこで曲がるんだい？　夏道か、冬道か？」——ニキータは訊ねた。

「冬のほうだよ。村を出たらすぐ藪があって、向かいに大きな樫の木が茂っているから、それも目印になるし、そこを曲がればいい」

ヴァシーリー・アンドレイチは馬を後ろに返して、村を走らせた。

「それより泊っていけばいいのに！」——後ろからイサイが叫んだ。

しかしヴァシーリー・アンドレイチは呼びかけには答えず、馬を駆りたてた。五露里の平坦な道を行く（うち二露里は森のなかを通る）のは楽なように思えた。風もなぎ、雪もやんだとなればなおさらだ。

［22］

ふたたび二人はまだ湯気のたつ馬糞がそこここに落ちて踏み固められて黒ずんでいる通りを抜け、洗濯物がかかっていた屋敷を通りすぎたが、白いシャツはもう吹き飛ばされて、凍った片袖だけでなんとかしがみついていた。二人はふたたびヤナギの木が恐ろしい音で鳴っているあたりに出たのち、ふたたび開けた荒野に出た。吹雪はしずまらないどころか、一層強くなっているように思えた。道は雪に埋まり、道に迷わないようにするには、道しるべに頼るしかなかった。だが前方の道しるべはなんとも判別しがたかった。風が向かい風だったからである。

ヴァシーリー・アンドレイチは目を細め、首をすくめて、道しるべを矯《た》めつ眇《すが》めつしていたが、馬に頼って、まかせることのほうが多かった。馬は実際、足の下に感じる道の曲がりに合わせて右に折れたり、左に折れたりしながら、迷わずに進んでいった――おかげで、降雪や風は強さを増すばかりだったのにもかかわらず、道しるべはずっと左右に見えていた。

こんな風にして十分ほども進んだだろうか。突然馬の前方に黒いものがあらわれた。風に追いたてられて、ななめに降る雪の網の中でもがいている――それはある意味で道連れだった。栗鹿毛はほとんど追いつきそうになって、前を行くそりの座席に足をぶつけた。

「よけて……先に行ってくれ！」――そりから声があがった。

ヴァシーリー・アンドレイチはよけようとした。そりには農夫が三人、女がひとり乗っていた。見るからに、祭から帰る客だった。農夫のひとりは、雪をかぶった馬の尻を枯れ枝でぴしぴしと叩いていた。二人は前部座席で手を振って、なにか大声を張りあげていた。全身衣類にすっぽりとつつまれている女は全身に雪を浴びていて、ぴくりともせずに後部座席に座って、いかにも陰気な様子だった。

「どこの家のものかね？」――ヴァシーリー・アンドレイチは叫んだ。

「ア、ア、ア、スキーのものだ！」――聞こえてきたのはこんな声だけだった。

「どこの家のものだって？」

「ア、ア、ア、スキーのものだ！」――農夫のひとりがあらん限りの大声を張りあげたが、それでもなんとも判別できなかった。

「それ行け！　負けるな！」――もうひとりは馬をひっきりなしに枯れ枝で打ちながら叫んでいた。

［24］

「どうやら祭の帰りだな？」

「行け、行け！　セームカ、それ行け！　よけて先に行け！　それ行け！」

そりとそりの雪よけがぶつかりあって、もうすこしで絡まりあいそうになったが、うまくはなれ、農夫のそりは後方に遅れていった。

全身に雪を浴びた、ころころした毛深い馬は、頸木に頭を押しさげられて荒い息をし、枯れ枝の打擲《ちょうちゃく》から無益にも逃れようとして最後の力を振り絞っていたようだった。深い雪の中、短い足を引きずりながら、何度も崩れ落ちそうになっていた。

鼻づらを見れば若いようだったが、魚のように下唇を固くひきつらせ、鼻孔を拡げ、恐怖に耳をぴたりと伏せていた。馬はほんの数秒はニキータと肩を並べていたが、その後は遅れだした。

「酒のせいだな」――ニキータは言った。「あんなに馬をいじめて。まるでアジア人だ！」

数分のあいだは虐《しいた》げられた馬の荒い息づかいと農夫らが酒に酔って張りあげる大声が聞こえてきていたが、まず息づかいが鎮まり、それから声の方もやんでしまった。あたりはふたたびなにも聞こえなくなってしまった。聞こえるものと言えば、耳元で鳴る風の音と、ときたま道の上の雪が吹きはらわれた場所ですべり木が軋んでたてるかすかな音くらいだった。

農夫たちとの出会いは、ヴァシーリー・アンドレイチを元気づけ、勇気づけたようで、前よりも大胆になり、道しるべに目を凝らすこともなく、馬にまかせて先へと駆りたてた。

ニキータは特になにもしなかった。こういった状況でいつもするように、寝不足の時間を取り戻そうと、ニキータはまどろみだした。突然、馬がとまった。ニキータはつんのめってあやうく

［25］

前に落ちそうになった。

「またも思わしくないようだぞ」――ヴァシーリー・アンドレイチは言った。

「なんですって？」

「道しるべが見えないんだ。どうやら、また道からそれてしまったにちがいない」

「道を迷ったら、探さなくちゃなりますまい」――短くそう言うと、ニキータはまた立ちあがって、内側にひねるような身軽な足さばきで、雪の中を歩いていった。しばらくのあいだ歩いて、視界から見えなくなったかと思うと、またあらわれ、また見えなくなりをくりかえし、やっと戻ってきた。

「ここらには道はありません。ひょっとすると、前の方にあるかもしれません」――そう言って、そりに乗りこんだ。

もうとっぷり日が暮れていた。吹雪は強まりはしなかったが、弱まりもしなかった。

「あの農民たちの声でも聞こえてくればいいんだが」――ヴァシーリー・アンドレイチは言った。

「そうですね、追いついてこないので、かなり道からそれてしまったんですよ。向こうも道に迷ったかもしれねえが」――ニキータは言った。

「どこに行くべきだろう？」――ヴァシーリー・アンドレイチは言った。

「馬にまかせるべきです」――ニキータは言った。「馬が連れていってくれるんです。手綱をかしてください」

ヴァシーリー・アンドレイチはあたたかい手袋をはめた両手が凍えだしていたところだったの

［26］

で、手綱をよろこんでわたした。

ニキータは手綱をとって、愛馬の知恵を借りるのをよろこびながら、それを極力動かさないよう、ただ持っているだけにした。実際、賢い馬はあっちの方向、こっちの方向へと片耳ずつめぐらせながら、向きを変えだした。

「話せないだけなんですよ」――ニキータは言っていた。「なんと、うまい具合だ！　行け、さっさと行け！　そうだそうだ」

風は後方に吹きはじめ、あたたかくなってきた。

「賢いでしょう」――ニキータは馬にまだほれぼれとしていた。

「キルギス産の馬は強いけど、頭が悪いからこうはいきません。ご覧なさい、耳を動かしてます。電報なんて必要ありません。一露里先まで感じとれるんですから」

三十分も進まないうちに、本当に前方になにか黒いものが見えてきた。森か、村か。そして右側にはまた道しるべがあらわれた。どうやら、二人はふたたび道に出たのだった。

「ここはまたグリーシキノではないですか」――突然、ニキータが言った。

実際、いま左手には、雪が吹きおろされていたあの穀束乾燥小屋があり、その先には例の縄に、凍った下着やシャツ、股引がかかっていて、やはり同じように風でひどくはためいていた。

またもや通りに入ると、またもや静かに、あたたかく、陽気になって、またもや馬糞が落ちた道が見え、またもや声や歌が聞こえ、またもや犬が吠えだした。もう日もとっぷり暮れてしまっていたので、窓には明かりがついているものもあった。

［27］

通りの中ほどでヴァシーリー・アンドレイチは馬を返して、煉瓦を二重にした造りの大きな家に近づくと、その玄関先にそりをとめた。

ニキータが雪が積もった、明るい窓のほうに歩みよると、舞い落ちる雪片が照らしだされてきらきら輝いていた。ニキータは鞭で窓をこつこつと叩いた。

「そこにいるのはだれだい？」——ニキータの呼びかけに答える声があった。

「クレスティ村から来たブレフーノフ家のものですよ」——ニキータは答えた。「少しお願いしますよ！」

むこうが窓辺から離れて二分ほどしてから、玄関の間のドアを引き剝がす音が聞こえ、それから外の扉の閂が外れるかちっという音がし、風で閉まらないように扉をおさえながら、背の高い農民の老人が姿をあらわした。老人は白ひげを生やし、祭用の白シャツの上に半コートを羽織っていた。老人の後ろには赤いシャツを着て、革のブーツをはいた若者が立っていた。

「お前さんはひょっとしてアンドレイチかね？」——老人は言った。

「そうです。道に迷ってしまいまして」——ヴァシーリー・アンドレイチは言った。「ゴリャーチキノまで行きたいんだが、ここに来てしまってね。それで村を出たんだが、また迷ってしまってね」

「なんと、ずいぶん迷ったもんだね」——老人は言った。「ペトルーシュカ、行って門を開けてやりな！」——老人は赤いシャツを着た若者にむかって言った。

「わかったよ」——若者は明るい声で答えると、玄関の間に小走りで行ってしまった。

［28］

「そうですが、泊まっていくわけにはいかないので」——ヴァシーリー・アンドレイチは言った。

「こんな夜にどこへ行きなさる。泊まっていきなさい！」

「泊めてもらえるのはありがたいのですが、行かなくてはなりません。悪いけど、だめなんです」

「では、せめてあたたまっていきなさい。サモワールの準備もできたところだ」——老人は言った。

「あたたまっていくのはかまいませんが」——ヴァシーリー・アンドレイチは言った。「これ以上暗くはならないし。月でも出れば明るくなるかもしれませんから。それじゃあ、あたたまっていこうか、ミキート？」

「はい、あたたまらせてもらいましょう」——ひどく凍えてしまって、四肢をあたためたくてしかたのないニキータは言った。

ヴァシーリー・アンドレイチは老人といっしょに家の中に入り、ニキータはペトルーシュカが開けてくれた門の中にはいって、指示されるまま、馬を納屋の屋根の下に引きいれた。納屋には厩肥が敷かれていたので、高い頸木が横梁に引っかかった。その梁にもともとまっていためんどりやおんどりがなにか不満そうに鳴いたり、脚で梁を引っかいたりしだした。不安になった羊たちは凍った厩肥をひづめでかきながら、わきによけた。犬はやけにきゃんきゃん吠えていた——びっくりしたのと、憎いのとで、いかにも子犬といった感じで声を張りあげて、見知らぬ人にむかって吠えかかっていた。

ニキータはみなと話していた。めんどりたちにはこれ以上騒がせないとわびを言い、羊たちにはわけも知らないくせにおびえるんじゃないとたしなめ、子犬には馬をつないでいる間中ずっと

［29］

恥を知れとのたまっていた。

「これでまずまずよかろう」――体から雪をはらいのけながらニキータは言った。「また吠えだした！」――そう、犬にむかって言い足した。「もういいんだよ！　まったくばかなんだから。自分で不安になっているだけだ」――ニキータは言った。「泥棒じゃなくて、仲間だよ……」

「これがいわゆる、家の三匹の相談役だよ」――外に置いてあったそりを力強い腕で軒下に投げこみながら、若者は言った。

「なんだって相談役なんだい？」――ニキータは言った。

「パウリソン*にそう書いてあるんだ。泥棒が家に忍びこむときに犬が吠えるのは、油断するな、気をつけろって意味だ。おんどりが鳴いたら、起きろって意味だ。猫が顔を洗ったら、大事な客だからもてなせという意味だ」――若者は笑いながら言った。

ペトルーハは読み書きができ、所有していた唯一のパウリソンの本をほとんど暗記してしまっていた。そして今夜のように少し酔ったときなどにはとくに、その場にふさわしいと思った格言を引用するのが好きだった。

「まったくそうだね」――ニキータは言った。

「おじさん、どうやら凍えちゃったようだね？」――ペトルーハは付け足した。

「そう、見てのとおりだ」――ニキータは言った。そして二人は庭と玄関を通って家に入っていった。

四

ヴァシーリー・アンドレイチがやってきた農家は、村でも指折りに豊かな家だった。家族は五つの分与地をもち、別に土地を借りてもいた。庭には六頭の馬がいて、牛が三頭、当年生まれの子牛が二頭、さらに二十頭の羊がいた。家族は全部で二十二名いた。四人の息子は結婚しており、孫が六人いて、うちひとりのペトルーハも結婚しており、ひ孫が二人、ひきとった孤児が三人、子持ちの嫁も四人いた。まだ分家していない、珍しい家だった。だが家の中ではもう、よくある女同士のあいだで起こりがちなもやもやした内輪もめの動きがあって、どうしても分家にならざるをえない形勢だった。二人の息子はモスクワで水運び屋をし、ひとりは軍隊にいた。いま家にいるのは老夫婦と、二番目の息子（一家の主人）、モスクワから祭で来ていた一番上の息子、それに女子供全員だった。家の人間以外には、客がひとり――隣人の名づけ親だった。

家の中には、テーブルの上にシェードつきのランプがつるしてあって、茶器やウォッカの入ったびん、前菜、隅の飾り棚にイコンが、両側に絵が何枚かかかっている煉瓦の壁を明るく照らしだしていた。テーブルの一番上座の席には黒い半コートだけになったヴァシーリー・アンドレイチがつき、凍りついた口ひげをなめなめ、出目を凝らした鷹のような鋭い目つきで、周囲の人々

[30]

＊〔訳注〕ヨシフ・イヴァーノヴィチ・パウリソン（一八二五―一八九八）。著名な教育学者。ここではその著書『文章読本』を指している。

や室内の様子を見つめていた。ヴァシーリー・アンドレイチをのぞいては、テーブルについたのは四人だった。白い手織りのシャツを着ている、白ひげにはげ頭の老主人。そのとなりにはモスクワから祭のために来た薄い更紗のシャツを着ている、上半身のがっしりした二番目の息子が、もう片方のとなりには家のことをきりまわしている肩幅の広い一番年長の息子が座っている。そして隣家の痩せた赤毛の農夫だった。

男たちはもう酒も飲み、軽い食事もとって、さてお茶を飲むばかりだった。ペチカ〔ロシアの大きな暖炉、上に寝ることもできる〕のそばの床に置いてあるサモワールはすでに音をたてていた。寝床やペチカの上には子供らの姿も見えた。板寝床には女がゆりかごに屈みこんで座っていた。顔中、縦横にはしる小じわに覆われ、口元にまでしわがおよんでいるおかみの老婆は、しきりにヴァシーリー・アンドレイチの世話をやいていた。

ニキータが家に入ってきたときは、おかみが厚いガラスのコップにウォッカを注いで、客にすすめているところだった。

「あいにくなにもないですが、ヴァシーリー・アンドレイチ、祝ってくれなくてはいけませんよ」

——おかみは言った。「どうぞおあがりください」

ウォッカの見た目と匂いが、凍えて疲労困憊しているいまだけに、ニキータにはひどく悩ましかった。ニキータは顔をしかめ、帽子とカフタンから雪を払うと、聖像にむかって立ち、それ以外はなにも見えないといった風に三度十字を切ってお辞儀をし、それから老主人のほうにむかってまずお辞儀をした。それからテーブルのまわりの人々に、それからペチカのそばに立っていた

［32］

おかみにお辞儀をして、こう言った――「おめでとうございます」――上着を脱ぎながらも、テーブルの方は見ないようにした。

「おじさん、ずいぶん雪をかぶったもんだね」――ニキータの顔や目、ひげに積もった雪を見て、上の息子が言った。

　ニキータはカフタンを脱ぐと、それもさらにひと払いして、暖炉のそばにかけ、テーブルに近づいた。ニキータにもウォッカがすすめられた。瞬間、胸中で苦闘した。すんでのところでコップを取って、香しい、光り輝く液体を流しこむところだった。だが、ヴァシーリー・アンドレイチを一目見たとたん、誓いの言葉を思い出し、飲んでしまったブーツを思い出し、桶屋のことを思い出し、春には馬を買ってやると約束した子供のことを思い出して、嘆息したのち辞退した。

「大変ありがたいのですが、飲まないのです」――顔をしかめてニキータは言った。二つ目の窓のそばのベンチに腰かけた。

「どうしてだい？」――上の息子が訊ねた。

「飲まないと言ったら、飲まないんです」――目を上げずにニキータは言った。自分のまばらな口元のひげを横目でにらんでいると、そこからつららが溶けてきた。

「だめなんですよ」――コップをあおったあとにバランカ［小さな輪状のパン］をつまみながらヴァシーリー・アンドレイチは言った。

「では、お茶を」――おかみはあいそよく言った。「芯から凍えてしまったんだね。おまえさんたち、サモワールをいつまでいじくっているんだね？」

「準備はできてるよ」――若い女が返事をし、蓋をしたサモワールをエプロンではらってから、苦労して持ってくると、持ちあげてテーブルの上にがちゃんと置いた。

そのあいだ、ヴァシーリー・アンドレイチは自分たちが道に迷った経緯、この村に二度も来てしまったいきさつや、迷子になって、酔った農夫にあったことなどを語っていた。家のものは驚いたり、どこでどうして迷ったのか、酔っ払い（その農家の知り合いだった）はだれだったのかを説明してやったり、今度はどう行ったらよいのか教えてやったりした。

「モルチャノフカまでだったら小さい子供でも行けますよ、街道から折れるところだけには気をつけなくてはならないけれど。あそこは藪が見えるんだ。そこまでも行けんかったわけだな！」――隣人が話した。

「だったら泊まっていけばいい。女たちに寝具の準備をさせますので」――老婆はしきりに諭した。

「朝方出発すればいいでしょう。それがちょうど具合もいい」――老人も後押しした。

「ありがたいですが、だめなんですよ！」――ヴァシーリー・アンドレイチは言った。「一時間先延ばしにすれば、一年取り返しのつかないことになるので」――林のことや、その買い物をほかの商人に横取りされかねないということを思い出して、そう付け加えた。「行けるよな？」――ヴァシーリー・アンドレイチはニキータのほうをむいて言った。

口元のひげが溶けないのが気になるように、ニキータはしばらく答えなかった。「また道に迷わなければいいんですが」――ニキータは陰気な調子で言った。

ニキータが陰気だったのは、ウォッカが喉から手が出るほどほしくてたまらず、その渇きを鎮

［34］

める唯一の術はお茶だったのに、そのお茶がまだ出てきていなかったからだった。

「その曲がり角に行けさえすれば、道に迷うことはなかろう。むこうまでずっと森だしな」――ヴァシーリー・アンドレイチは言った。

「ヴァシーリー・アンドレイチ、あなたのお仕事ですからね。行くなら行くしかないですな」――ニキータは出されたお茶のコップを手に取りながら、そう言った。「お茶をたっぷり飲んだら、出発だ」

ニキータはなにも言わずに、ただうなずいただけだった。注意深くお茶を受け皿に注ぎ、その湯気でいつも仕事で腫れあがっている指をあたためだした。それから、砂糖の塊をほんの少し嚙みちぎると、家の人々にお辞儀をして、こう言った。「お達者で」――そしてあたたかい液体を流しこんだ。

「どなたか曲がるところまで送ってくれればいいのだが」――ヴァシーリー・アンドレイチは言った。

「ああ、いいですよ」――上の息子が言った。「ペトルーハに馬をつけさせて、曲がるところまで送らせましょう」

「それでは馬をつけてもらいましょう。本当に感謝します」

「いえいえ、とんでもない！」――老婆はあいそよく言った。「こちらのほうこそうれしいぐらいですよ」

「ペトルーハ、行って牝馬《ひんば》をつけろよ」――上の息子が言った。

［35］

「ああ、いいよ」──笑いながらペトルーハは言って、すぐに釘から帽子をとると、馬をつけに走っていった。

馬をつけているあいだ、一同の会話はヴァシーリー・アンドレイチが窓辺にそりを近づけたときに途切れてしまった話に移った。老人は隣家の老村長に、三番目の息子が祭の日の記念に妻にはフランス製のスカーフを送ってよこしたのに、自分にはなにもよこさなかったことを嘆いた。

「若者はわしの言うことなんて聞きません」──老人は言った。

「言うことを聞かなくなっちまったら」──名付け親である隣人が言った。「手におえんよな！　知恵をつけちまってよ。あのデモーチキンなんて、親父の腕を折っちまったじゃないか。みんな知恵をつけすぎたせいだよ」

ニキータは二人の顔を見ながら話を聞きいっていた。どうやら、自分も会話に入りたいようだったが、すっかりお茶に気をとられていて、ただうんうんとうなずくだけだった。ニキータはコップのお茶を一杯、また一杯と飲みほしていき、だんだんと体もあたたかく、気分もよくなってきた。話はながながと同じ話題、分家の害についてつづいていた。会話は、明らかに抽象的なものではなく、この家の分家についてだった──そこに座って、不機嫌そうに黙りこんでいる二番目の息子が要求しているものだったのだ。

明らかにこれは悩みの種で、家族全員が頭を抱えている問題だったが、他人の目をはばかって内輪の話は持ちださずにいるのだった。だが結局、老人はこらえきれなくなって涙まじりの声音でこんなことを言いだした──自分が生きているあいだは分家などゆるさん、このままなら家は安泰だが、分家すれば、みんな乞食になると。

「マトヴェーエフの家のようになりますよ」隣人は言った。「前はちゃんとした家だったのに、分家してからはなんにもなくなってしまった」

「お前もそうなりたいのか」——老人は息子の方をむいて言った。

息子はなにも答えなかった。なんとも気まずい沈黙が訪れた。この沈黙を破ったのはペトルーハだった。すでに馬をつけて、ちょっと前からこちらに戻ってきており、終始笑顔を浮かべていた。

「パウリソンの本にはこんなたとえ話*がある」——ペトルーハは言った。「親が息子たちにほうきをやって折らせてみた。すぐには折れなかったが、一本一本の枝にばらしたら、楽に折れてしまった。これと同じだ」——そう言って、大口を開けて笑った。「準備できた！」——そう言い足した。

「準備できたのなら、出発しよう」——ヴァシーリー・アンドレイチは言った。「じいさま、分家のことは降参しなさんなよ。お前さんが稼いだんだから、お前さんが主だ。調停裁判にかけなさい。取りしきってくれるから」

「強情っぱりで、強情っぱりで」——老人は泣き声で同じことを言った。「あいつとはうまくいかん。本当に嫌らしい奴だ！」

* 〔訳注〕イソップ童話「農婦とその子供たち」より。

［37］

そのあいだニキータは五杯目のお茶を飲みほし、それでもコップをふせずに、六杯目をついでもらえないかと脇に置いた。しかしサモワールの中のお湯がもうなくなっていたので、おかみはそれ以上はつがず、ヴァシーリー・アンドレイチも上着を着だしていた。これではどうしようもない。ニキータも席を立つと、あちこちかじった砂糖の塊を砂糖壺に戻し、汗で濡れた顔を外套の袖でふいて、ガウンを羽織りに行った。

上着を着ると、重々しい吐息をはいて、ニキータは家の人々に感謝の言葉と別れを告げ、あたたかくて明るい部屋から、暗くて寒い玄関の間――扉は吹きこんでくる風にうなり声をあげ、隙間からは雪が舞いこんできていた――に出て、そこからさらに暗い庭に出た。外套を着たペトルーハは自分の馬といっしょに庭の真ん中に立ち、ほほえみながらパウリソンの本にあった詩を朗じあげていた。それはこういうものだった。

嵐と闇は空を覆い、
旋風は雪を纏《まと》って渦を巻き、
獣のように吠え、
幼児のように泣く。

ニキータはうんうんとうなずくと、手綱をさばいた。

ヴァシーリー・アンドレイチにつきそってきた老人は、灯りを玄関に持ちだして照らしてくれようとしていたが、すぐに吹き消されてしまった。庭にいるだけでも、吹雪が一層激しさを増していることがわかった。

「まったく、なんて天気だ」——ヴァシーリー・アンドレイチは考えた。「ひょっとすると、辿りつけないかもしれない。いや、それでも仕事だから行かなくては！　それに支度もして、向こうの馬までつけてもらったんだし。大丈夫、行けるだろう！」

老主人も考えていた——行かせるべきではなかろう、だが自分はもう何度も引き留めたのに、向こうが聞き入れなかったのだ。これ以上言っても仕方ない。

「ひょっとしたら、自分は年齢のせいで腰が引けているのかもしれん。二人なら辿りつけるかもしれん」——老人は考えた。「少なくともこっちは時間通りに床につけるってなもんだ。あくせくしないですむ」

ペトルーハといえば、危険なんてまったく思いもよらなかった。道も、ここらの地理もよく知っていた。さらに「旋風は雪を纏って渦を巻き」という詩の一節が、庭での様子を見事に言いあらわしていたので、それに勇気づけられていた。ニキータはといえば、まったく出かけたくなどなかったのだが、もう彼は長いこと自分の意志を持たず、他人に仕えることに慣れきっていた。そんなわけでだれも出発を引きとめなかったのである。

五

ヴァシーリー・アンドレイチは暗闇の中で手探りしながらやっとのことでそりに近づいて、乗

[38]

［39］

りこむと手綱をとった。

「先に行ってくれ！」――ヴァシーリー・アンドレイチは大声を張りあげた。

ペトルーハは百姓そりに立ち膝になったまま、自分の馬を走らせた。前に牝馬がいるのを嗅ぎつけてもうずっといないていた栗鹿毛は、あとを追って駆けだした。そしてそりは通りに出た。またもや村の近郊の同じ道を通り、凍った洗濯物がかかっていたあの家のそばも通ったが、今度はもう見えなかった。また例の、ほとんど屋根まで雪に埋まって、そこから果てしなく雪が吹きおろしてくる納屋のそばも通った。あの、風に吹きたわめられて、陰気にざわざわ、ひゅうひゅうと鳴っているヤナギのそばも通った。そして、またもや上に下に吹き荒れる雪の海に出た。風があまりに強かったので、横殴りに吹きつけている最中に御者がそれに逆らうものなら、そりが横に傾いたり、馬がわきにそれたりもした。ペトルーハは自分のおとなしい牝馬に小刻みの、よたよたしただく足で前方を駆けさせ、威勢よくかけ声をかけていた。栗鹿毛はそのあとを追った。

十分間ほどすすむと、ペトルーハがこちらをむいて何事か叫んだ。ヴァシーリー・アンドレイチも、ニキータも、風のせいで聞こえなかった。だが、曲がる場所にさしかかったのだと二人とも察した。実際、ペトルーハは右に曲がり、いままでは横殴りだった風がまた向かい風になった。そして右手には雪のむこうになにか黒いものが見えた。

「それじゃあご無事で！」

「ペトルーハよ、ありがとう！」

「嵐は空を闇でつつみ」――ペトルーハは声を張りあげると、見えなくなった。

［40］

「まったく、たいした詩人だ」――ヴァシーリー・アンドレイチはそう言って、手綱を引いた。

「ああ、いい若者です。本当の農民ですな」――ニキータは言った。

二人はそのまま進んでいった。

ニキータは着ているものですっぽり体をくるみ、首をすくめたので、まばらなあごひげが首をおおうかたちになった。そして無言で座り、農家でお茶を飲んで蓄えたぬくもりをつとめて失うまいとした。前方には轅がまっすぐな線になっているのが見え、それが始終目を欺いてよく踏みならされた道のような錯覚を生んだ。目をもう少し前にやると、馬の揺れる尻、その片側に結わえられた尾が風に吹きつけられているのが見え、さらに前方には高い頸木とたてにしゃんしゃんと振られる馬の頭と首筋、そして振り乱れるたてがみが見えた。時折、道しるべが目に飛びこんできたので、いまのところは道なりに進んでいて、なにもしなくていいと知れるのだった。

ヴァシーリー・アンドレイチは御しながらも、馬が自分で道なりに進むにまかせていた。だが栗鹿毛は村で一息ついたにもかかわらず、気のりしないで走っており、道を外れるようなこともたびたびだったので、そこでヴァシーリー・アンドレイチがその都度修正してやらなくてはならなかった。

「右手に道しるべがひとつ、あそこにふたつ目、あそこに三つ目がある」――ヴァシーリー・アンドレイチは数えていった。「前に森が見えてきた」――そう思って、前方の黒いものに目を凝らしてみた。ところが、森のように見えたものは、ただの茂みだった。茂みも通り過ぎてしまい、さらに二十サージェンほどいっただろうか――四つ目の道しるべは見当たらず、森もなかった。

［41］

「今度こそ森のはずだ」──ヴァシーリー・アンドレイチはそう考えて酒と茶のいきおいのまま馬をとめずに、手綱を何度も引いていた。しかしそのせいでこの従順な生き物はまったく見当違いの方向だと知りつつも、言うことを素直に聞き、だく足で──あるいは小刻みなだく足で──指図されるままに走っていた。そのまま十分ほどが過ぎても、森はなかった。

「俺たちはまたしても迷ったぞ！」──ヴァシーリー・アンドレイチは馬をとめながら言った。

ニキータは黙ってそりを降りると、風のせいで体にくっついたり、裏返しになってすべり落ちそうになるガウンをおさえながら、雪の中を這いまわるように歩いていった。あっちの方に行ったかと思うと、こっちの方に行ったりもした。視界から完全に消えてしまうことも三度ほどあった。やっと戻ってくると、ヴァシーリー・アンドレイチの手から手綱をとった。

「右に行く必要があります」──きっぱりそう言うと、決然と馬を返した。

「わかった。なら右に行けばいい」──ヴァシーリー・アンドレイチは手綱をわたして、かじかむ手を袖の中につっこんだ。

ニキータは返事をしなかった。

「さあ、もうひと踏ん張りだ」──ニキータは馬に大きな声で呼びかけた。だが馬は手綱を揺さぶられても、ただ並足で歩くだけだった。

雪はひざまであるところもあったので、そりは馬が動くたびにがくがくと揺れた。

ニキータはそりの前部にかけてあった鞭をとると、ぴしりと打った。おとなしい、鞭に慣れていない馬はぱっと飛びだして、速足で進んだが、すぐにまただく足になり、並足になってしまっ

［42］

た。こうして五分ほどが過ぎた。暗すぎるし、上も下もけぶっていたしで、頸木が見えなくなることもあった。そりがどうも同じ場所にとまっているようなのに、周囲の野が後ろに走り去っていくように思えることもあった。突然、馬が急にとまった。明らかに、前方になにかまずいものを嗅ぎつけたのだ。ニキータはまた手綱を投げて、ひらりと飛び降りると、なんでとまったのか見てやろうと馬の前を歩いていった。ところが馬の前に一歩足を踏み出そうとした瞬間、足がすべってなにか崖のようなところを転がり落ちてしまった。

「とまれ、とまれ、とまれ」――ニキータは自分に言い聞かせて、落ちながらもなんとか踏んばろうとした。しかしこらえきれずに、窪地の底に積もった分厚い雪の層にやっと足がめりこんでとまった。

崖のはしに垂れ下がっていた雪だまりが、ニキータの落下に揺さぶられてぱらぱらと落ち、首元に雪が入ってしまった……。

「えらいことしやがる！」――窪地と雪だまりのほうをむいて非難がましくそう言うと、ニキータは襟元から雪を払い落とした。

「ニキータ、ニキート！」――ヴァシーリー・アンドレイチが上から叫んだ。

だがニキータは叫びかえさなかった。そんな時間はなかったのだ。ニキータはぱっぱと雪を払うと、崖から足をすべらせたさいに落としてしまった鞭を探しまわっていた。鞭を見つけると、ニキータは自分が落ちてきた場所であるすぐ背後の崖をのぼっていった。だがのぼるのは不可能だった。何度も後方に落ちたので、窪地の底で上への出口を探さねばならなかった。足をすべら

［43］

せた場所からは三サージェンほどの場所で、四つん這いになってやっとのことで丘をのぼり、そこから馬がいるはずの窪地のふちをつたって元の地点まで歩いていった。馬もそりも見えなかった。だがそれでもなんとか風の中を歩いていくと、そりが視界に入る前に、自分を呼ぶヴァシーリー・アンドレイチの叫びと栗鹿毛のいななきが聞こえた。

「いま行くよ、行くよ、があがあ言うなったら！」――ニキータは言った。

もう少しでそりにたどり着くというところで、馬とその傍らに立っているヴァシーリー・アンドレイチの姿がやけに大きく目に飛びこんできた。

「いったいどこに消えちまってたんだ？　後戻りしなくてはならん。グリーシキノに戻るんだ」――主人はニキータに怒った調子で話しかけた。

「ヴァシーリー・アンドレイチ、戻るのは結構ですが、どっちに行きますんで？　そこには崖があって、落ちたら戻ってこれません。私はあそこに落っこちて、やっとのことで抜けだしてこられたんです」

「じゃあここに突っ立ってろとでも？　どこかに行かなくてはならん」――ヴァシーリー・アンドレイチは言った。

ニキータはなにも答えなかった。ニキータは風を背にそりに乗りこむと、ブーツを脱いで中に詰まっていた雪をふるい出し、わらをとって、左足のブーツに開いている穴の内側に苦労して詰めこんだ。

ヴァシーリー・アンドレイチは、もう全部ニキータにまかせたとでもいった風情で黙りこんで

［44］

いた。ニキータはブーツをはきなおすと、その足をそりに入れ、また手袋をはめて、手綱をとって、馬を返して窪地に沿って走らせた。だが百歩もいかないうちに、馬がまたてこでも動かなくなってしまった。前にまた窪地があったのだ。ニキータはまたもや雪の中を這いまわるように歩いていった。ずいぶん長いことニキータは歩きまわっていた。やっとのことで、歩いていったのとは反対側の方向から姿をあらわした。

「アンドレイチさま、大丈夫ですか？」――ニキータは大声をあげた。

「ここだ！」――ヴァシーリー・アンドレイチは叫びかえした。「それでどうなんだ？」

「なにもわかりません。真っ暗なもので。窪地のようなものがあります。また風にむかって行かなくちゃなりません」

またしてもそりを走らせ、またしてもニキータが雪の中を這いずりまわった。またしてもそりに乗りこみ、またしても這いずりまわり、そしてとうとう息を切らしてそりの傍らで動かなくなってしまった。

「どうした？」――ヴァシーリー・アンドレイチは訊ねた。

「もうくたくただ！　馬もとまってしまうし」

「じゃあどうすればいいんだ？」

「まあ、しばしお待ちを」――ニキータはまた出ていって、すぐに戻ってきた。

「こっちに来てくれ」――ニキータは馬の前を歩きながら言った。

ヴァシーリー・アンドレイチはもうなにも指示する気もなく、おとなしくニキータに言われる

［45］

がままにした。

「こっちだ！」――ニキータは声を張りあげた。そしてさっと右に体を避けつつも、栗鹿毛の手綱をとって雪だまりの下方のあたりに馬首をむけた。

はじめのうち馬は頑として動かなかったが、しばらくして雪だまりを飛び越えようとしてぱっと走り出した。だが、うまくいかずに首輪のあたりまで埋まってしまった。

「降りてくれ！」――ニキータは依然としてそりに座っているヴァシーリー・アンドレイチに声をかけた。そして片方の轅の下をつかんで、そりを馬の方へと引っぱろうとした。

「こりゃ大変だ、兄弟」――ニキータは栗鹿毛のほうをむいて声をかけた。「でもやらねばならん。気張ってくれ！　どう、どう、もう少しだ！」――ニキータは声を張りあげた。

馬は一度、二度と飛びだそうとしたが、やはり抜け出せず、まるでなにか考えこんでいるかのようにまた座りこんでしまった。

「どうした、兄弟、うまくないぞ」――ニキータは栗鹿毛を教え諭そうとした。「ほら、もう一度！」

ニキータはまた、自分の側の轅を引っぱった。ヴァシーリー・アンドレイチも向こう側で同じようにした。すると栗鹿毛は馬首をめぐらせて突然飛び出した。

「どう！　どう！　もう埋まらないよ！」――ニキータは声を張りあげた。

一度、二度、三度とやっているうちに、とうとう馬は雪だまりから抜けだして、荒い息をして体を震わせながらとまった。ニキータはもう少し先に引いていこうとしたが、毛皮を二枚重ねで着ていたヴァシーリー・アンドレイチは息を切らしてしまい、一歩も踏みだせず、そりの中に倒れこんでしまった。

「一息いれさせてくれ」——ヴァシーリー・アンドレイチは言いながら、村で毛皮外套の襟元をしばってきたプラトークをほどいた。

「ここは大丈夫です。寝ててください」——ニキータは言った。「私が引いていくから」そしてヴァシーリー・アンドレイチをそりに乗せたまま、くつわをもって馬を十歩ほど下に引いていき、それから少し上にのぼって足をとめた。

ニキータが足をとめた場所は、窪地の中ではなかったので、小山から吹きおろされた雪で完全に埋まってしまうということはなかったが、それでも崖のせりだした部分のおかげで風から守られているのは一部分だった。風が少しは静まるような瞬間もあったが、長くはつづかず、その休息の埋め合わせをするかのように、嵐はその後十倍もの力で襲来すると、一層強烈に吹きつけ渦を巻いた。一息入れたヴァシーリー・アンドレイチがそりから降りて、どうしたものか相談しようとニキータの方に近づいてきたときも、突風が叩きつけてくるまさにそんな瞬間だった。二人とも、突風が行ってしまうまで、不満げに身を屈め、口を開くのを見合わせた。栗鹿毛もやはり不満気に耳を伏せ、首を震わせた。突風がやっと少しおさまると、ニキータは手袋を脱いで帯にはさみ、両手に息を吹きかけて、頸木から手綱をほどきだした。

「お前はなにをしようっていうんだ?」——ヴァシーリー・アンドレイチは訊ねた。

「馬をそりから外しています。それ以外なにを? どうすることもできないので」——詫びるような調子でニキータが答えた。

「本当にどこにも行かないのか？」

「行きません。馬を疲れさせるだけですから。かわいそうに、こいつ、立つのもやっとです」――おとなしく立って、こちらの命令に備えている馬を指しながら、ニキータは言った。馬はせりだした横腹を濡らし、つらそうに息をしていた。「ここで一晩過ごさないとなりません」――ニキータはまるで宿屋にでも泊まるつもりのような感じでくり返した。そして頸木を留めている革ひもを解きだした。尾錠《びじょう》がはずれた。

「凍えてしまわないか？」――ヴァシーリー・アンドレイチは言った。

「それがなんです？　凍えても仕方ありません」――ニキータは言った。

［47］

六

ヴァシーリー・アンドレイチは毛皮のコートを二枚も着ていたし、特に雪だまりで奮闘したあとということもあってあたたかかった。しかし本当にここで夜を明かさなければならないのだと悟ると背筋に悪寒が走った。落ち着こうとしてそりに腰かけ、煙草とマッチに手をのばした。

そのあいだニキータは馬を馬具からはずしていた。腹帯や鞍ひもをほどいたり、首輪の皮ひもをほどいたり、手綱をはずしたり、頸木を抜きとったりしながら、始終馬に話しかけ、はげましていた。

「ほら、出ろ、出ろ」――そう言いながら、ニキータは馬を轅から引っぱりだした。「ここにつな

［48］

いでおくからな。わらをしいて、くつわも取ってやるから」――そう言いながら、自分で言ったとおりにした。「食べるんだ、元気がでるから」

だが栗鹿毛は、ニキータの言葉に安心したという様子はなくそわそわしていた。足を踏みかえたり、尻を風の吹いてくる方にむけたままそりに体を押しつけてきたり、ニキータのそでに頭をこすりつけたりしていた。ニキータが自分の鼻づらの下に押しこんでくるわらのごちそうを断りたくない、あたかもそれだけのためのように栗鹿毛は一度だけ、そりにあったわらを一束くわえたが、いまはわらどころじゃないと即座に決めてしまったのか、ぱっとはなしてしまったので、風はすぐにわらを吹き散らしてさらっていくと、雪で埋《うず》めてしまった。

「さあ、今度は目印をたてましょう」――風をさえぎるようなむきにそりを変えて、ニキータはそう言った。そして轅を鞍ひもでしばり、それを上方に掲げたまま、そりの前部にくくりつけた。「こうしておけば雪で埋まっても、轅を見た人が掘り出してくれる」――ニキータは手袋をはたいて両手にはめながら言った。「じいさまたちが教えてくれたんだ」

そのあいだヴァシーリー・アンドレイチは毛皮のコートの前をはだけて、そのすそで覆うようにして、黄燐マッチを一本二本と鉄製の小箱に擦りつけていた。だが手が震え、マッチを一本二本と擦ってもまだちゃんと燃えていなかったり、煙草を近づけたまさにその瞬間に、風で吹き消されてしまったりするのだった。やっと一本のマッチにぱっと火が点いた。するとコートの毛皮や、内側に折り曲げた人差し指に金の指輪がはまっている手のひらや、粗麻布の下からはみだしている雪をかぶったカラスムギなんかが瞬間ぱっと照らしだされた。そして煙草に火が点いた。

［49］

二度ほど、ヴァシーリー・アンドレイチはむさぼるように煙を吸いこんで味わうと口ひげのあいだから煙を吐きだした。もっと吸おうと思ったが、火の点いた煙草は風に奪われて、わらの飛んでいったほうにさらわれてしまった。

だが煙草の煙を少しでも吸いこんだことで、ヴァシーリー・アンドレイチは元気を取り戻していた。

「ここで夜を明かすといったら、夜を明かすぞ！」——ヴァシーリー・アンドレイチは決然と言い切った。「ちょっと待て。俺がそこに旗をつくるから」——そう言いながら、襟元から外して、そりの中に投げすてていたプラトークを拾いあげた。そして手袋を外してそりの前部に立ち、背伸びをして鞍ひもに手をのばすと、轅にプラトークをきつく縛りつけた。

プラトークはたちまちひどくはためいて、轅にくっついてしまったり、急に吹き流されてぴんと張ってぱたぱた鳴ったりした。

「どうだい、器用だろう」——そりの中に腰を落ちつけつつ、ヴァシーリー・アンドレイチは自分の仕事にほれぼれしながら言った。「いっしょにいれば暖かいけど、二人は座れないぞ」——ヴァシーリー・アンドレイチは言った。

「場所は自分で見つけますよ」——ニキータは言った。「ただ馬にはなにかかけてやらないと、汗をかいていてかわいそうだ。ちょっとすみません」——そう言うとそりに近づいて、ヴァシーリー・アンドレイチの座っている下から粗麻布を引っぱった。

そして粗麻布をとると二つにたたんで、まず尻帯をはらいのけ、鞍をとってから栗鹿毛をその

［50］

布でつつんでやった。

「これであったかくなるぞ」――そう言いながら、また粗麻布の上に鞍と尻帯をのせた。――ニキータはその仕事を終えると、そりに近づいてきてこう言った。「ご主人には麻布はいらないのではないですか？　わらももらいましょう」

　そして、ヴァシーリー・アンドレイチの敷いていたものを両方とも取りあげると、ニキータはそりの裏側にまわって、雪に穴を掘ってその中にわらをしき、帽子を目深にかぶって、カフタンにしっかりくるまると、麻布を上からかけて、しきつめたわらの上に腰を下ろし、風雪よけになる靭皮《じんぴ》製のそりの後部に背をもたせかけた。

　ヴァシーリー・アンドレイチはニキータのやったことは受け入れられないといった感じに首をふった。もともと農民の無教養と愚かさには不寛容だったのだ。そして夜を過ごす準備にとりかかった。

　残りのわらをそりにしきつめ、自分の横腹の下にはちょっと多めに盛っておいて、両手をそでの中に突っこんで、風をよけるためにそりの前部の隅に頭をおさめた。眠くなかった。寝ころがって考えていた。考えていたのはいつもと同じことだった――自分の人生における唯一の目的、意味、歓び、誇りについて、つまりいくら金を稼いだか、そしていくらまだ稼げるかということだった。さらには自分の知っているほかの連中はいくら稼ぎ、いくら蓄えているのか、そうした連中はどうやって財を築き、稼いでいるのか、自分もそういった連中と同じように、まだまだ大金を稼ぎだすにはどうすればいいかとかそういったことだった。ゴリャーチキノの林の買いつけは自分にとって非常に大事なことはまちがいない。その森で、一度に一万ほども儲けられるのではないかとあてにしていたのだ。そこでヴァシーリー・アンドレイチは頭の中で、秋に見てきたその林の木の値踏みをはじめた――そこの二デシャチーナ分の樹木を全部勘定してきたのだ。

「樫はそりのすべり木になる。下生えはどうにでもなる。薪は一デシャチーナあたりだいたい三十サージェンはとれるだろう」――ヴァシーリー・アンドレイチは心の中で数えていた。「一デシャチーナあたり、悪くても二百二十五ほどにはなるだろう。五十六デシャチーナだと、五千六百に五千六百、さらに五百六十、さらにもうひとつ五百六十、おまけに二百八十だ」一万二千はくだらないと踏んだが、そろばんがなくて計算できなかったので正確にいくらかはわからなかった。「いずれにしても一万はやれんな。八千てところかな。それに木のない空き地の分を引かないと。測量技師に賄賂をつかませてやろう――百か、百五十か。そうすれば五デシャチーナぐらいの空き地をこっちのために測ってくれるだろう。それで八千ということになる。すかさず三千を現金でつかませる。まずまいってしまうだろう」――そんなことを考えながら、前腕部でポケットの札入れに触れてみた。

「しかしあの曲がったところからどうして迷ったんだろう！　このあたりに森と番小屋があるはずだが。犬の吠え声も聞こえてもいい。ちくしょうめ、必要な時にまったく吠えないんだからな」

ヴァシーリー・アンドレイチは襟から耳をはなして、耳をすませてみた。聞こえてくるのは相も変わらず、ひゅうひゅうという風の音と、プラトークがはためく音、落ちる雪がそりの靭皮にぴしっとあたる音だけだった。ヴァシーリー・アンドレイチはふたたび襟で顔をおおった。

［52］

「こうなるとわかっていたら、泊めてもらったんだけどな。まあ、どっちにしろ明日には辿りつけるんだ。一日余分にかかっただけのこと。こんな天気じゃ、行く奴はいないだろう」そこでヴァシーリー・アンドレイチは、九日には去勢羊の代金を肉屋から受けとらねばならないのを思い出した。「肉屋は自分で来るつもりだ。俺がいなければ、妻は代金をとれんだろう。ひどく無教養ときている。本当の付き合いってものもわかってない」――昨日、祭の客に来た郷警察署長を妻があつかいかねていたことを思い出しながら、さらに考えつづけた。「知れたこと――女だからだ！　どこに行った、なにを見たっていうわけでもなし。親の代にはわが家はどんなものだったか？　まずまず、村の農民にしては裕福だった。水車小屋に、宿屋が一軒――それが全財産だった。俺がこの十五年になしとげたものはなんだ？　店一軒に、酒場を二軒、製粉所、穀物集積所、賃料をとっている地所二か所、倉庫つきのトタンぶきの家一軒だ」――そんなことを、得意になって思い返していた。「親の代とはくらべものにならない！　いまこの界隈でだれの名前が轟いていると思う？　このブレフーノフだ」

「じゃあどうしてこうなったのか？　自分の仕事を忘れないで、励んだからだ。なまけたり、馬鹿なことばかりしている他の連中とはちがうんだ。俺は夜も寝ないぞ。吹雪だろうが、吹雪でなかろうが、行ってやる。だから仕事ができるんだ。連中は、ふざけ半分で金がもうかると思っている。ちがうんだ、骨を折って、うんと知恵をしぼらないとだめだ。こうして野宿しても寝ないぐらいでないとな。考えすぎて頭から枕が転がり落ちるぐらいじゃないと」――ヴァシーリー・アンドレイチは得意になって思いをめぐらせていた。「人は運があるやつが稼ぐと思っている。見ろ、ミローノフ家はいまじゃ百万長者だ。働いたからだ。さすれば神から与えられん。あとは丈夫な体さえ授かっていれば」

無一文から成りあがったミローノフのような百万長者に自分もなれるかもしれないと考えると、ヴァシーリー・アンドレイチは興奮してしまい、だれかと話でもしたいという気持ちがわきおこってきた。だが、話し相手はだれもいなかった……。ゴリャーチキノに行けさえすれば、ヴァシーリー・アンドレイチは地主にそんな話をして、相手を煙に巻いただろう。

「それにしてもすさまじい吹きようだ！　埋まってしまって、朝には這い出せなくなるぞ！」――ヴァシーリー・アンドレイチは突風に耳をかたむけ、そんなことを考えた。そりの前部に吹きつける風は、そりをたわめると、その靭皮を雪で切りつけていた。ヴァシーリー・アンドレイチは起きあがってあたりを見回した。揺らめく白い闇に見えたのは、黒く塗りつぶされたかのような栗鹿毛の頭と、風にはためく粗麻布にくるまれたその背、結わえつけたふさふさした尾っぽぐらいのものである。四方八方、前も後ろも、どこもかしこも同じ、揺らめく白い闇しかない。ときおりほんのわずかに明るくなったり、一層濃度を増したりするように思えるだけだ。

「ニキータの言うことを聞いたのは無駄だった」――ヴァシーリー・アンドレイチは思った。「出発して、とにかくどこかに出るべきだった。よしんばグリーシキノに後戻りしたって、タラースの家に泊まれた。なのに、なんで一晩中座ってなきゃならんのだ。ええと、なにかうまい考えが浮かんだっけかな？　そうだ、働けば神は報いてくれる。怠け者や、ぐうたらや、愚か者じゃなくてね。とりあえず、一服しなければ！」

［54］

ヴァシーリー・アンドレイチは座って、煙草入れに手をのばすと、コートのすそで風から火を守るようにうつぶせの体勢になったが、風はどこからか入ってくると、マッチを一本、二本と吹き消してしまった。とうとうやっとのことで一本に火が点き、一服にありつけた。目的を達し、ヴァシーリー・アンドレイチはとてもうれしくなってしまった。煙草をふかしたのはむしろ風のほうだったけれど、それでも三度ほど吸いこみ、また活力がわいてきた。ヴァシーリー・アンドレイチはまたそりの後部にもたれて、外套にぴったりくるまると、ふたたび思い返したり、夢想したりしはじめた。そしてまったく不意に意識を失い、まどろんでいた。

だが突然、なにかに突かれたかのようにして目を覚ました。栗鹿毛がヴァシーリー・アンドレイチの下からわらを引っぱったのか、内側からなにか突き動かすものがあったのか――とにかく目を覚ますと、心臓がどくどくと早鐘のように脈打っていて、そりががたがた揺れたかのように思われたほどだった。彼は目を見開いた。周囲の様子は相変わらずだったが、ただ少々明るくなったような気がした。「白みがかっているのか」――ヴァシーリー・アンドレイチは考えた。「きっと夜明けまでまもなくだ」しかしすぐに、白みがかっているのは月が出たせいだと思いなおした。体を起こして、まず馬を見てみた。栗鹿毛は依然として尻を風上にむけて立ち、全身を震わせていた。雪をかぶった粗麻布は一方がまくれあがっており、尻帯はわきにずり落ち、雪をかぶった頭にはためく前髪とたてがみはいまのほうがよく見えた。ヴァシーリー・アンドレイチはそりの後部に屈みこんで、その陰をのぞきこんだ。ニキータは座りこんだままの体勢でじっとしている。くるまっている麻布と足には雪がこんもりと積もっていた。

「この農民、凍死しないだろうな。なにしろろくなものも着ていないしな。責任はこっちにもある。人民とは物わかりが悪いものだからなあ。本当に無教養なんだ」――ヴァシーリー・アンドレイチはそう考えると、馬から粗麻布をはいでニキータにかぶせてやろうかと思ったが、立ちあがってむこうに回るのも寒いし、馬が凍死しないかとも心配だった。「なんでこいつを連れてきたんだ？　ひとえに妻が愚かなせいだ！」――ヴァシーリー・アンドレイチはいけ好かない女房のことを思い出してこう考えた。そしてそりの前部の自分がもといた場所にふたたび寝ころんだ。「おじもいつか一晩雪の中で過ごしたことがあったが」――ヴァシーリー・アンドレイチは思い出していた。「なんともなかった。だがあのセバスチャンが掘り出されたときには」――今度は別の事件のことが思い浮かんだ。「屠畜した肉塊みたいに全身かちかちになって死んでいたな。グリーシキノに泊まれば、なんともなかったのに」

そして毛皮のぬくもりがむだにならないように、全身（首筋、膝、足の裏も）くまなくあたたまるように、念入りにすそを閉め合わせると、目を閉じ、もう一度眠ろうとした。だが今度は何度がんばってみても意識を失うどころか、かえって活力がわいて至極生き生きとしてくるのだった。ふたたびヴァシーリー・アンドレイチは他人に貸してある金の利得の勘定をはじめ、また優越感をいだいたり、自分と自分の築いた地位にご満悦になった。しかし今度は忍びよる恐怖と、なぜグリーシキノに泊まらなかったのかという心残りで始終邪魔された。

「ベンチにでも寝ていればあたたかかったろうに」ヴァシーリー・アンドレイチは何度か寝返りをうち、横になり方を変えたりして、もっと居心地のいい、風があたらない体勢をさがそうとした。しかしどうしたところで居心地は悪かった。また体を起こして、体勢を変え、脚をくるみ、目を閉じ、息を殺してみた。しかしフェルト張りの頑丈なブーツの中で縮こまらせた足が疼きだしたり、どこかしら風が吹きこんできたりするので、少しのあいだ横になっていたかと思うと、いまごろグリーシキノの暖かい家の中でぐっすり寝れていたはずだというい まいましい思いが自分に対してまたしてもわきあがってきて、そしてふたたび起きあがり、寝返りをうち、体をくるみなおしたりして、ふたたび寝る体勢を変えたりしていた。

一度、ヴァシーリー・アンドレイチは遠くでおんどりが鳴くのが聞こえたような気がした。うれしくなって、毛皮のコートの前をはだけて、聞き耳をたてたが、どれだけ耳に神経を集中させても、なにも聞こえてはこなかった。ただ、轅でプラトークをはためかせている風のひゅうひゅうという音と、そりの靭皮を切りつける雪の音だけだった。

ニキータは昨晩から同じ体勢のままずっと座りこんでいて、微動だにせず、ヴァシーリー・アンドレイチから二度ほど声をかけられても応じなかった。「こいつ、平気の平左で眠っている」――ヴァシーリー・アンドレイチは、雪にすっかり埋まってしまっているニキータのほうをそりの後部ごしにのぞきこみながら、いまいましくもそう思った。

ヴァシーリー・アンドレイチは二十回ほども起き上がって、寝なおした。彼にとって、この夜は終わりがないようにすら思えたのである。「今度こそ、夜明けが近いはずだ」――体を起こしてあたりを見回して、一度こう考えたこともあった。「時計を見てみよう。着物をはだければ、凍えてしまうけれど。それでも朝が近いとわかれば、だんだん陽気になってくるからな。そうなれば

［57］

馬をつけよう」

ヴァシーリー・アンドレイチは心の底ではまだ朝ではないとわかっていたが、弱気の虫がむくむく首をもたげると、時間を確かめたいという気持ちと、自分をだましたいという気持ちが同時にわきあがってきた。ヴァシーリー・アンドレイチは用心深く半コートのホックを外し、手を懐に突っこんで、じっとさぐっていたが、やっとチョッキに手が届いた。とうとうほうろう細工の花がついた銀時計を引っぱりだすと、見てみようとした。灯りがなければなにも見えなかった。ふたたび、煙草を吸ったときと同じく、肘と膝をついてうつぶせになって、マッチを取りだして火を点けようとした。今度は先ほどよりも細心の注意をもって仕事にかかり、燐の量が一番多いマッチを指先でさぐりあてると、一度の挑戦で火を点けた。灯りを文字盤にかざしてのぞきこんだが、自分の目が信じられなかった……。十二時十分でしかなかったのだ。まだ丸々一晩あるではないか。

「ああ、なんて長い夜だ！」――ヴァシーリー・アンドレイチは悪寒が背筋にはしるのを感じながらそう考え、またホックをはめ、外套にくるまると、忍耐強く待つことにしてそりの隅に身を寄せた。突然、風の単調な響きのむこうから、新しい、生物の音がはっきりと聞こえてきた。その音は段々と強まってきて、至極はっきりと聞こえるようになると、また同じように段々と弱まっていった。まちがいない、狼だ。狼はかなり近くで吠えているようだ――狼があごを動かして、自分の声の音色を変えているところまで、風を通してもはっきりと聞こえてきたのである。ヴァシーリー・アンドレイチは襟のホックを開いて、耳を澄ませていた。栗鹿毛も同じく、耳を

［58］

傾けながら、神経を張って聴いていた。狼が一節吠え終えたときに、足を踏みかえて、警告するようにいなないた。それからというもの、ヴァシーリー・アンドレイチは眠れないどころか、落ち着かなくなってしまった。例の計算だとか仕事、自分の名声や長所や富についていくら考えようとしても、ヴァシーリー・アンドレイチは恐怖にどんどん心がとらわれるようになってしまった――なにを考えても、なんだってグリーシキノに泊まらなかったのかという思いに打ち消されてしまうし、混ざってしまうのだった。

「あんなもの、林なんてどうでもいい。なくたって問題ない。泊まっていればよかったなあ！」――そう、自分にむかって言っていた。「酔っている人間は凍死すると言うぞ」――ヴァシーリー・アンドレイチは考えた。「俺は飲んでしまった」自分の感覚に意識を集中すると、震えているのが感じられたが、なぜ震えているのかは自分でもわからないのだった――寒さか、恐怖か。ヴァシーリー・アンドレイチは前のようにぎゅっとコートにくるまり、寝ころんでみようとした。だがもうだめだった。同じ場所にじっとしていることができず、起きあがって、なにかやってみたかった――それは自分の中にわきおこってくる恐怖心をもみ消そうとしてのことだったが、それを前にしては自分が無力だと思わざるをえなかった。ヴァシーリー・アンドレイチはまたもや煙草とマッチに手をのばした。だがマッチはもう三本しか残っておらず、どれもしけっていた。三本とも火が点かないままくすぶってしまった。

「ええいちくしょう、どこへなりとも失せやがれ！」――だれともなく怒鳴りつけると、握りつぶした煙草を投げだした。マッチ箱も投げだそうとしたが、途中でやめて、腕をそのままポケッ

［59］

トに突っこんだ。そして同じ場所にこれ以上じっとしていられないほどの不安にとらわれた。ヴァシーリー・アンドレイチはそりから這い出ると、風に尻をむけて立ち、帯をきつく、下の方に締めなおしはじめた。

「ただ寝ころんで、死を待っているなんて！　馬に乗って、進めよ進めだ」――ふと、そんな考えが脳裏をよぎった。「乗ってしまえば突っ立っているなんてことはないだろう。それでこいつは」――ニキータのことを考えた。「死んでも同じことだ。こいつの人生ときたら！　こいつは命なんて惜しくないだろうが、こちらはありがたいことに、生きるだけの価値があるんだ……」

そこでヴァシーリー・アンドレイチは馬の手綱をとくと、馬首に投げわたして、飛び乗ろうとしたが、毛皮とブーツが重く、すべり落ちてしまった。今度はそりにあがって、そりから乗ろうとした。だがそりは重さで傾いでしまったので、また落ちてしまった。三度目にしてやっと、馬をそりに寄せ、そのはしにそろそろと立ち、馬の背に横向きに、腹ばいのような姿勢で乗ることができた。そのまま少し腹ばいになっていたあとで、一、二度と体を前に進め、とうとう片足を馬の背にわたすことに成功し、尻帯の革のベルトに足裏を乗せて支えながらまたがった。そりの揺れのせいでニキータは目覚め、体を起こした。ヴァシーリー・アンドレイチには、ニキータがなにかしゃべっているように思えた。

「お前みたいな馬鹿者どもの言うことなんて聞いていられるか！　なんのためでもなく、こうして死ねっていうのか？」ヴァシーリー・アンドレイチはそう叫ぶと、風でめくれあがる毛皮外套のすそをひざのしたに押しこみながら、馬首を返した。そしてそりを尻目に、森と番小屋があるにちがいないとふんだ方角へと馬を追いたてていった。

七

ニキータは麻布で体をおおってそりの後部のかげに座りこんでからというもの、じっと動かないでいた。自然を相手に暮らし、困窮に慣れている人間のご多分に漏れず、ニキータは忍耐強かったので、不安や焦燥に駆られることもなく、落ち着いて何時間も、いや何日ですら待つことができた。ニキータは主人が自分を呼ぶのが聞こえたが、もう動きたくも返事もしたくもなかったので応じなかった。飲んできたお茶のおかげでまだあたたかかったが、雪だまりのなかを這いまわって体をやたらに動かしたせいもあって、そのぬくもりも長つづきしないとわかっていた。が、体をあたためようにも、動きまわる力はもう残っていなかった。あまりにも疲れすぎていたせいだった。ニキータの疲れ方たるや、立ち往生した馬のようだった――つまり馬がどんなに鞭をもらっても一歩も進まず、もう一度働かせるためには、餌をやらないといかんと主人に見てとれるほどのものだったのである。穴の開いたブーツをはいている方の足はかじかんでしまって、親指がついているという感覚ももうなかった。それだけでなく、全身がどんどん冷えこんできた。たぶん、いや大いにありうることだが、今晩自分は死ぬかもしれないという考えが脳裏をよぎった。しかしその考えは特段嫌なものでもなければ、特段恐ろしくもなかった。この考えが特段嫌な感じもなかったのは、ニキータにとって人生は祭が間断なくつづいているようなものではなく、むしろ反対で、働きどおしでもういい加減疲れはじめていたからだった。この考えが特段恐ろしく

［61］

感じなかったのは、ここで仕えているヴァシーリー・アンドレイチのような主人たちのほかに本当の主人がいて、ニキータはいつも自分の人生はその本当の主人の意のままだという思いを抱いていたからだった。その主人こそ、この人生に自分をおつかわしになられた人物だった。そしてニキータは知っていた――死んでもその主人の恩寵のもとにあるし、この主人は怒ったりもしない、と。「住み慣れた場所を捨てるのは惜しい気がするな。でも仕方がない。また新しいのに慣れるだけさ」

「罪は？」――ふと思いつき、自分が大酒飲みだったこと、飲み代にした金のこと、妻を詰《なじ》ったこと、悪態をついたこと、教会に通わなかったこと、精進の斎を守らなかったこと、告解のときに司祭から言われたことなんかも全部思い出した。「たしかに、これは罪だ。でも、本当に自分から罪を犯したのか？　どうやら、神さまがそうしむけたみたいだ。でも、罪だ！　どこにも身の置きようがない」

こんな風に最初、ニキータはその夜自分に起こりそうなことを考えていたが、そのあとはくよくよ考えずに、ひとりでに頭に浮かんでくる記憶に身をまかせていた。マルファが来たときのこと、雇われ人たちが大酒を飲むこと、自分が酒を断ったこと、今回の遠出、タラースの家、分家の話、自分の息子のこと、いま馬衣をまとってあたたまっている栗鹿毛のこと、いまそりの中で寝返りをうって軋ませている主人のことなんかを思い起こしたりしていた。「たぶん、あの人も、出かけてきたのがうれしくなかったんだな」――ニキータは考えた。「あんな暮らしをしているのなら、死にたくないだろう。あっしらとはちがうからな」

［62］

こうした思い出がみな頭の中で絡み合い、混じり合っていった。そして寝入ってしまった。ヴァシーリー・アンドレイチが馬にまたがって、そりを揺らしたとき、背中をもたせかけていた後部座席が突然なくなってしまい、すべり木が背中にごつんとあたったので、ニキータは目を覚まして、意図せずとせざるとも体勢を変えざるをえなくなった。やっとのことで足を伸ばして雪をはらいのけながら立ちあがると、すぐにおぞましいほどの寒さが全身を貫いた。事態が飲みこめると、ニキータは馬をおおう必要もなくなった粗麻布を置いていってもらおうとして、主人にそのことを大声で叫んだ。

だがヴァシーリー・アンドレイチは馬をとめず、雪煙の中に消えてしまった。

ひとりとり残され、ニキータは瞬間、どうしようか思案した。人家を探しに歩いていく力は自分にはなさそうだ。元の場所に座っていることはもうできない──すっかり雪に埋もれてしまった。そりの中にいたところで暖はとれない気がした──かぶるものがないし、カフタンや毛皮外套ではもうまったく体があたたまらなかったのだ。ひどく寒く、シャツ一枚だけでいるかのようだった。ニキータは心細くなった。「天にまします父なる神よ！」──ニキータはそう唱えた。だれかが自分の声を聴いていてくれ、見放したりしないと思うと、心が安らかになった。深く息をはき出して、頭から麻布もとらずに、そりに這いあがって、主人がいた場所に横たわった。

だがそりの中でも体はどうしてもあたたまらなかった。はじめのうち、ニキータはがたがた全身を震わしていた。しばらくして震えがおさまると、少しずつ意識を失いだした。死にかけているのか、眠りかけているのか、自分でもわからなかったが、どちらでも同じように覚悟はできていると思っていた。

［63］

八

そのあいだヴァシーリー・アンドレイチは、なぜか森と番小屋があると思った方向にむけて、足と手綱の先をつかって馬を追いこんでいた。雪のせいで目がくらみ、風はこちらをその場に押しとどめようとするかのようだったが、ヴァシーリー・アンドレイチは体を伏せ、毛皮の前を終始かきあわせつつ、そのすそを、どうにも座りにくい冷たい鞍と自分の隙間にたくしこみながら、馬を走らせるのをやめなかった。馬はおっくうそうではあったが、それでも従順に、追いたてられる方にだく足で進んでいった。

五分ほども馬をひたすらまっすぐ（そう、ヴァシーリー・アンドレイチには思えていたのだが）進めたろうか、馬の頭と白い原野をのぞいてはなにも見えず、馬の耳元と自分の毛皮のえり元でひゅうひゅう鳴る風の音をのぞいてはなにも聞こえなかった。

突然、眼前になにか黒いものがあらわれた。よろこびのあまり心臓が高鳴った。村の家の壁だとはやくも見てとると、その黒いものを目指して進んでいった。だがその黒いものはじっとしているわけではなく、ざわざわ蠢《うごめ》いていた——それは村ではなく、畑の境界線に茂った背の高いニガヨモギだった。雪の下から顔を出して、一方からどっと吹きつけ、ひゅうひゅうかき鳴らす風にさらされながらも、必死にもがいているのだった。無慈悲な風に苦しめられているニガヨモギの姿を見て、ヴァシーリー・アンドレイチはなぜだかびくっと身震いした。彼は急いで馬を走ら

［64］

せたが、ニガヨモギに近づいていったときに、それまでの方向をまったく変えてしまったことに気づかなかった。そしていま、番小屋があるにちがいないと思えた方向に進んでいるものと思いこみながら、まったく別の方向に馬を進めていることになってしまった。しかも馬はずっと右に曲がろうとするので、ヴァシーリー・アンドレイチはずっと馬首を左にむけてやっていた。

ふたたび目の前になにか黒いものがあらわれた。ヴァシーリー・アンドレイチは今度こそ村にちがいない思ってよろこんだ。だが、またしてもニガヨモギの茂った畑の境界線にすぎなかった。また同じような干からびた雑草が必死に振りみだれている姿を見ると、なぜだかヴァシーリー・アンドレイチの胸に恐怖が去来した。だが、それが同じような雑草だったからばかりではない——そのかたわらには風に吹きさらされている、馬の足跡がぽつぽつつづいていたからだ。ヴァシーリー・アンドレイチは馬をとめると、屈みこんで凝視した。それは馬の足跡で、わずかに雪に埋まっている……自分の馬がつけたもの以外には考えられなかった。どうやらたいして広くもない空間の中でぐるりと一回りしてしまったようなのだ。「このままじゃあ破滅だぞ！」——そうヴァシーリー・アンドレイチは思ったが、恐怖に屈しまいとして、さらに力いっぱい馬を駆り立てにかかりつつ、雪の白い闇に眼を凝らした——その中に光点が瞬いた気がしたが、凝視した瞬間に消えてしまった。一度、犬の鳴く声か狼の吠え声かが聞こえた気がしたが、その音はあまりにかそけきものだったので、本当に聞こえたのか、そういう気がしただけかもさだかではなかった——そこで馬をとめて、気を張って耳をすませだした。

不意に恐ろしい、耳を聾《ろう》するような叫びが耳元で響きだし、体の下の方からぞわぞわと震えが伝わってきた。ヴァシーリー・アンドレイチは馬の首にしがみついた。だが馬の首もぶるぶる震えていたので、恐ろしい叫び声はいっそうおぞましいものになった。数秒のあいだ、ヴァシーリー・アンドレイチは茫然としてなにが起こったのかわからなかった。だが実際は、栗鹿毛が自分を鼓舞しようとしたのか、だれかに助けを求めたのか、甲高い巨大な声でいなないたに過ぎなかった。「ちぇっ、まったくいまいましい！　驚かせやがって！」──ヴァシーリー・アンドレイチは自分に言い聞かせた。しかし恐怖の本当の原因がわかっても、もはや振り払うことは不可能だった。

「気をとりなおして、落ち着かなくちゃだめだ」──自分にそう言い聞かせたが、同時にこらえきれずに馬をせきたてるばかりなのだった。そして自分がいまは風上にではなく、風下にむかって進んでいることにも気がついていなかった。体はと言えば、とくに馬が歩んでいるときなどには、コートなしに鞍に触れる尻の部分がかじかんで痛かった。両腕両脚はぶるぶる震え、息づかいは途切れがちになった。ヴァシーリー・アンドレイチは自分がこの恐ろしい雪の原野のただ中で倒れる様子が想像できたし、救出の手立ての方はまるで想像できなかった。

突然、乗っている馬がどこかにふっと落ちた。馬は雪だまりにはまりこんで、もがきだし、横だおしになってしまった。ヴァシーリー・アンドレイチは馬から飛び降りるも、その拍子に片足を乗せていた尻帯を横にずらしてしまい、つかまっていた鞍褥をねじりとってしまった。ヴァシーリー・アンドレイチが背からいなくなるやいなや、馬は立ち直り、前方めがけて突進した。そして一回、二回と跳ねると、ふたたびいななき、粗麻布と尻帯を後方に引きずったまま、ヴァシ

［66］

ーリー・アンドレイチを雪だまりにひとり残して視界から消えてしまった。

ヴァシーリー・アンドレイチは後を必死に追いかけたが、雪があまりにも深く、毛皮外套があまりにも重かったせいで、足を踏みだすごとにひざの上まではまりこんでしまい、二十歩より先は歩けず、息を切らしてとまってしまった。「林、去勢羊、貸地、店、酒場、倉庫つきのトタンぶきの家、跡取り息子」――ヴァシーリー・アンドレイチは思いをめぐらせた。「そんなの全部残るかどうか？　この事態はいったいなんなんだ？　まったくありえん！」――そんな考えが脳裏をよぎった。なぜか思い出されたのは、自分が二回もそばを通った、風にもがいていたニガヨモギのことだった――その姿を思い描くとひどい恐怖に襲われ、自分の身に起こったことが現実とは信じられなくなるほどだった。ヴァシーリー・アンドレイチは考えた。「これは全部夢じゃなかろうな？」――目を覚ましたかったが、目が覚めるはずもなかった。これは本物の雪で、それが顔にぴしぴしと当たって、体にふりかかり、手袋をなくしたその右手をかじかませているのだ。そしてこれは本物の雪原で、いまそこにたったひとり残され、避けがたい、まもなく訪れる無意味な死を待っているのだ――あのニガヨモギのように。

「生神女よ、節制の師である聖者ニコラオスよ」――ヴァシーリー・アンドレイチは昨日の祈禱式を――金の祭服をまとった黒い顔の聖像とろうそくを思い出した。その聖像に供えるろうそくはヴァシーリー・アンドレイチが売ったもので、買った者が用が済んだあとすぐに戻してくると、ちょっと焦げたようなろうそくは箱にしまいこんでいたりしたのだった。ヴァシーリー・アンドレイチはそのまさにミラのニコラオスに助けを乞いだした――祈禱式をあげ、ろうそくを奉納すると誓った。だが同時にはっきり、まごうことなくわかっていた――つまり、その顔、祭服、ろうそく、司祭、祈禱式といったものはみな、教会のなかでは大変に重要で必要だったが、ここではなんの助けにもならないということ――ろうそくや祈禱式と、自分の現在置かれている苦境とのあいだにはなんの関係もないし、ありえないということを。「くじけてはならない」――ヴァシーリー・アンドレイチは考えた。「馬の足跡を追っていかなければ。さもなくばそれも雪で埋もれてしまう」――そんな思いが頭によぎった。「馬が連れ出してくれる。さもなくば捕まえるぐらいはできるだろう。ただ、慌ててはならない。さもないと我を忘れて、もっとひどいはめになる」

だが静かに進んでいこうと思っても、どうしても前へ前へとしゃにむに駆け出してしまうので、ひっきりなしに転んでは起きあがり、ふたたび転ぶというのをくり返した。馬の足跡は、雪の深くないところではもうほとんど見分けがつかなくなっていた。「もうだめだ」――ヴァシーリー・アンドレイチは思った。「足跡も見失ったし、馬もつかまらない」だがその瞬間、ふと前を見ると、なにか黒いものが目に飛びこんできた。栗鹿毛だ。栗鹿毛だけでない。そりと、プラトークをゆわえた轅もあった。栗鹿毛は尻帯と粗麻布をわきにずり落としたまま、今度は元の場所ではなく、轅のそばに立ち、絡みついた手綱に下に引っぱられる頭を振っていた。どうやら、ヴァシーリー・アンドレイチは、ニキータと二人ではまりこんだ例の窪地にまたはまりこんでしまったようだ――馬にそりのもとに引き戻されてしまったのだし、結局馬から飛び降りたのもそりから五十歩も離れていない場所だったのだ。

九

なんとかそりにたどりつくと、ヴァシーリー・アンドレイチはそりにしがみついた。そして息を静め、落ち着きを取り戻そうと、しばらくじっと立ちつくしていた。元の場所にニキータはいなかった。だがそりの中にはすでに雪に埋もれて横たわっているものがあった。ヴァシーリー・アンドレイチにはそれがニキータだと察しがついた。ヴァシーリー・アンドレイチの恐怖はいまやすっかり消え去っていた。もしなにか怖いものがあるとすれば、馬上で味わった恐怖がつづくあのぞっとするような状況、とりわけ雪だまりにひとりとり残されてしまったときぐらいだった。なにがあってもあの恐怖にとらわれてはならない。とらわれないためには、なにかしなくてはならない、なにかに気をむけていなければならない。一番はじめにしたのは、風を背に立ち、毛皮外套の前をはだけることだった。それから一息つくと、ブーツと左手の手袋から雪を振り落とした。右手の手袋はなくなってしまって見つけるのは絶望的だ――もう、雪の下半アルシンほどの場所に埋もれているにちがいない。それから農民が荷馬車で運んでくる穀物を買い取りに店から出るときのように、帯を下の方にきつく縛りなおして、活動できる準備を整えた。思い浮かんだ最初にやることは、馬の足から手綱を解いてやることだった。ヴァシーリー・アンドレイチはそれをやり終えると、手綱をゆるめて、栗鹿毛を元の場所の、後部座席の鉄のかけ金にゆわえつけた。そして尻帯や鞍褥、粗麻布を直してやろうとして後ろにまわりかけた。だがちょうどそのとき、そりの中でなにかがうごめいたかと思うと、埋まっていた雪の下から、ニキータが頭をもたげるのが見えた。どうやら、凍死しかかっていたニキータが力をふりしぼって体をおこすと、なんとも奇妙な、ハエを追うような仕草で自分の鼻先で手をふりながら、座ったのだった。ニキータは手を振りながら、なにごとかしゃべっていた。それがヴァシーリー・アンドレイチには、自分を呼んでいるように感じられた。ヴァシーリー・アンドレイチは粗麻布を直さないままほうりだして、そりに近づいた。

「どうした？」――ヴァシーリー・アンドレイチは訊ねた。「なんて言ってるんだ？」

「こっちは死、死ぬところです」――大儀そうに、とぎれとぎれの声でニキータは話した。「給金は息子か、ばあさんにやってください、どちらでもかまいません」

「どうした、凍えてしまったのか？」――ヴァシーリー・アンドレイチは訊ねた。

「もう死にます……。すみませんが……」――ニキータは泣き声でそう言いながらも、ハエを追い払うかのように、顔の前でずっと手を振りつづけていた。

ヴァシーリー・アンドレイチは三十秒ほど黙ったまま身じろぎもせずに突っ立っていた。それから突然、掘り出し物を買うときのように両手をぽんと打つ、あのときのような様子で決然と一歩あとずさると、毛皮外套のそでをまくりあげて、両手でニキータとそりから雪をかきだしにかかった。雪をすっかりかきだしてしまうと、ヴァシーリー・アンドレイチは急いで帯を解いて毛皮外套の前を開け、ニキータを押し倒して上に乗り、自分の毛皮だけでなく、あたたかく熱を帯びた自分の身体全体でおおいかぶさった。両手で毛皮のはしをそりの靱皮とニキータのあいだに差しこみ、両膝で毛皮のすそをおさえつけ、頭を前部座席の靱皮について支え、ヴァシーリー・アンドレイチはうつぶせの体勢で寝そべった――馬の動きも、嵐のひゅうひゅうなる音ももはや

［70］

聞こえず、ただニキータの息づかいにだけ耳を傾けた。ニキータははじめのうちずいぶん長いことじっと横たわっていたが、しばらくしてどっと大きく息をはき出すと、ちょっと体を動かした。「ほら、どうだ、死ぬなんて言いおって。寝たままあたたまっていろ。こんな風に……」——そう、ヴァシーリー・アンドレイチは口を開いた。

だが驚いたことに、その先を言おうにも言葉が出てこなかった。目から涙があふれだし、下あごががくがく細かく震えだしたからだ。ヴァシーリー・アンドレイチは話すのをやめ、喉にこみあげてくるものを呑みこんでいるだけになった。「怖気づいてしまったせいで、こんなにも弱ってしまったのだろうか」——ヴァシーリー・アンドレイチは自分の状態について考えた。だがその自分の弱さに、彼は嫌な感じを受けなかっただけでなく、それまで一度も味わったことのない、ある種特別なよろこびをおぼえた。

「こんな風に……」——そうひとりごちながら、ヴァシーリー・アンドレイチはある種特別厳粛な感動をおぼえていた。そんな風にして長いこと黙って横たわったまま、コートの毛皮で涙を拭ったり、たえず風で巻きあげられる毛皮のすそをひざでたくしこんだりしていた。だが自分の感じているよろこびについて、だれかに話したいという思いが強くわきあがってきた。

「ミキータ！」——ヴァシーリー・アンドレイチは言った。

「あたたかくていい気持ちだ」——ニキータはすぐに返した。

「あのままだと、俺も死んじまうよ。お前も凍死しちまうし、俺も……」

だがここでふたたび頬骨ががくがく震えだし、目は涙で一杯になってしまい、それ以上なにも

［71］

言葉が出てこなくなってしまった。

「いや、大丈夫だ」——ヴァシーリー・アンドレイチはそう思った。「自分で自分のことはよくわかっている」

そして黙りこんだ。そんな風に長いこと横になっていた。

ヴァシーリー・アンドレイチは下はニキータで、上は毛皮であたたかかった。ただニキータのわきで毛皮のはしを押さえていた両手と、風にひっきりなしに毛皮をまくりあげられる両足がかじかみだしていた。とくにひどく凍えたのは手袋をなくした右手だった。しかしヴァシーリー・アンドレイチは足や、手のことなどなにも考えていなかった。ただ、どうやったら自分の下で倒れている農民をあたためてやれるかだけを考えていた。

ヴァシーリー・アンドレイチは馬の方を何度かちらちらと見た。馬の背中がむきだしになって、粗麻布と尻帯が雪の上に落ちているのを見て、立ち上がってかけてやりたいと思った。だが、一瞬でもニキータを放りだして、自分がいま感じているよろこびをかき乱してしまう気にはなれなかった。いまや恐怖など、一切感じなくなっていた。

「こうなったら、はなさないぞ」——そんな風にヴァシーリー・アンドレイチが、自分が農民をあたためているのをひとりごちるときの口調は、自分の商いについて話すときのあの自慢げな口調になっていた。

こんな風にしてヴァシーリー・アンドレイチは一時間、二時間、三時間ものあいだ横たわっていた。だがどれほど時間が経過したのか、自分ではわからなかった。最初のうち頭に浮かんでき

［72］

たのは吹雪や、轅や、目の前で震えている頸木をつけた馬などのイメージだった。そして自分の下に横たわっているニキータのことが浮かんできた。それから祭や妻、警察署長、ろうそくの箱なんかの思い出が混ざりだし、そしてふたたびニキータのことを――その箱の下で寝ている――思い出した。それから、物を売ったり買ったりしにくる農民、白壁、トタンぶきの家――その軒先でニキータが寝ているのだ――なんかのことが思い浮かんだ。それから全部が混じりあっていった――虹の七色が溶けあって白一色になるように、さまざまな印象がすべていっしょになって無だけになってしまった――そして、ヴァシーリー・アンドレイチは寝いってしまった。

彼はかなりのあいだ夢も見ずに寝いっていた――だが、夜明け前にふたたび夢を見た。夢のなかで自分は、ろうそくの箱のそばに立っていた。チーホンの妻に祭用に五コペイカのろうそくを売ってくれと頼まれた――ヴァシーリー・アンドレイチはろうそくをとって手渡したかったのだが、両手があがらない――ポケットから抜けないのだ。箱を避けていこうとしても、足は動かないし、新しいぴかぴかのオーバーシューズも石造りの床に根が生えたようで、上がらないし、脱ぐこともできない。そして今度は突然、ろうそくの箱はろうそくの箱でなくなったかと思うと、ベッドになった。気づけばいつのまにか、ろうそくの箱――つまりは自宅のベッドに横たわっているではないか。ベッドに寝ていて起きられない――でも、起きねばならない。なぜなら、もうすぐ警察署長のイヴァン・マトヴェーイチが訪ねてくるのだ。そしてイヴァン・マトヴェーイチといっしょに林の買いつけや、栗鹿毛の尻帯を直しに出かけなければならない。

そこで妻にこう訊ねた。「どうだ、ミコラーヴナ、来なかったかい？」――「ええ」――妻は答える。「まだ来ていないよ」そこに、だれかが玄関に車をつけるのが聞こえる。きっと、あの男にちがいない。いや、通りすぎてしまった。「ミコラーヴナ、ミコラーヴナ、どうだ、来ないかい？」――「ええ、まだです」こうしてベッドに寝たまま、まったく起きあがれずにいて、ひたすらに待っている――待っているのは怖いような、わくわくするような心地がする。と、突然わくわくが成就する。待っていた人物が来るのだ――警察署長のイヴァン・マトヴェーイチではなく、別人なのだが、こちらが待ちわびていたまさにその人なのだ。その人物はやってきて、こちらを呼んでいる――その呼んでいる人物こそが、ヴァシーリー・アンドレイチに声をかけて、ニキータにおおいかぶされと命じた当人なのだ。ヴァシーリー・アンドレイチはそのだれかが来てくれたのがうれしくてたまらない。

「行きます！」――と、よろこんで叫んだ。そしてその声で目を覚ましてしまう。目は覚ましたけれど、目を覚ましてみると寝いったときとはもう、まったくの別人になっている。ヴァシーリー・アンドレイチは起きあがろうとする――できない。手を動かそうとする――できない。足はどうか――これもできない。首をまわそうとする――やっぱりできない。そこで驚いてしまう――だがちっとも悲しくはない。ヴァシーリー・アンドレイチにはそれが死なのだということがわかっている――そしてそのことがちっとも悲しくはないのだ。そこでニキータが自分の下で寝ていることを思い出す――あたたまって、生きている。すると自分はニキータで、ニキータは自分のような気がし、自分の命は自分自身の中にあるのではなく、ニキータの中にあるような気がする。耳をすますと、ニキータの息づかいが、かすかないびきまでもが聞こえてくる。「ニキータが生きるってことは自分も生きるっていうことだ」——そう、誇らしげな口調でひとりごちた。

そこに、お金や、店、家、商売、ミローノフ家の百万長者たちのことが頭に浮かんでくる。彼には、なぜこの人間、ヴァシーリー・ブレフーノフと呼ばれていた人物が、自分がかかずりあっていた万事にかかずりあっていたのか、理解が追いつかなくなった。

「いや、あいつは肝心なことがわかっていなかったんだ」——そう、ヴァシーリー・ブレフーノフのことを考える。「昔はわかっていなかったが、いまはこのとおりわかっている。もう、まちがわないぞ。いまはわかっているんだ」また呼ぶ声が聞こえる——一度自分に声をかけてくれた人物だ。「行きます、行きます!」——感動とうれしさのあまり、からだ全体で、そう言っていた。そして自分が自由で、最早なにものにも縛られないと思う。

そしてヴァシーリー・アンドレイチは、この世のものはもうなにも見えなくなり、聞こえなくなり、感じなくなった。

周囲ではあいかわらず万事がけぶっていた。旋風がくるくると雪を巻きあげては、息絶えたヴァシーリー・アンドレイチの毛皮と、全身を震わせている栗鹿毛にぱらぱらと振りかけていた——そりはもうかろうじて見えるほどで、底には主の死体の下でニキータがぬくぬくと寝ていた。

［74］

十

夜明け前にニキータは目を覚ました。彼を起こしたのはまたしても、背筋に走った冷気だった。ニキータは夢を見た——粉ひき小屋から主人の小麦粉を積んだ荷馬車に乗ってすすんでいたが、小川を渡ろうとして橋にさしかかったときに、馬車がはまりこんでしまった。見ると、荷馬車の下に這いこんだ自分が、背筋を伸ばして、持ちあげようとしている。だが不思議だった！　荷馬車はちっとも動かず、背中にへばりついてしまい、持ちあげようにもうんともすんともいわないばかりか、下から這い出すこともできない。腰まわりが押しつけられていた。それにしてもその冷たいことといったら！　どうにか、這い出さないといけない。「もうたくさんだ」――背中に荷馬車を押しつけているだれかに言った。「袋をどけてくれ！」ところが荷馬車はいっそう冷たくなってのしかかってくる。そして突然、こつこつとなにか普通ではない音がする――そこでニキータは完全に目を覚まし、すべてを思い出す。冷たい荷馬車――それは自分の上に横たわっている、凍え死んだ主人だったのだ。こつこつと叩いたのは栗鹿毛で、蹄でそりを二度蹴ったのだ。「アンドレイチ、アンドレイチ！」――はや真相を察して、背筋をぴんと張りながら、ニキータは主人にそっと声をかけた。だがアンドレイチは答えなかった。その腹も足も、冷たく、固く、重くなっていて、分銅のようだった。

「お亡くなりになったんだ。天国に行かれたんだ！」――そう、ニキータは思った。

ニキータは首をまわし、目の前の雪を片手で掘りぬいて、目を開けてみる。明るかった。やはり風がひゅうひゅうと轅を鳴らしているし、雪はぱらぱらと落ちてくる。ただちがいがあるとすれば、そりの靱皮に切りつけるようなものではなく、音もなくそりと馬の上にどんどん高く降りつもるようになっていて、もう馬の動きも、息づかいも、それ以上聞こえてこない。

「馬も、きっと凍死してしまったにちがいない」――ニキータは栗鹿毛のことを考えた。実際、ニキータを起こした、ひづめでそりを蹴った音は、もうほとんど凍えていた栗鹿毛が、体を支えようとして死の間際の力を振り絞ったものだったのだ。

「神さま、どうやら私のこともお呼びのようで」――ニキータはひとりごちた。「神さまの御意のままに。でも嫌なもんだね。でも二度死ぬもんじゃないし、一度は免れない。せめて早く……」そしてニキータはふたたび手を引っこめ、目を閉じて、自分はもうてっきり完全に死ぬものと信じこんだまま、意識を失ってしまう。

［76］

翌日の、もう昼時といった時間に、農民たちがショベルでヴァシーリー・アンドレイチとニキータを掘り出していた。場所は村から半露里ほど、道からは三十サージェン離れたところだった。雪はそりよりも高く積もっていたが、轅と、結わえられたプラトークはまだ見えていた。栗鹿毛は背から尻帯と粗麻布がずり落ちたまま、腹まで雪に埋まり、死んだ頭をかちこちになったのどぼとけに押しつけるような格好で、全身真っ白になって立っていた。鼻孔の氷はつららになっていて、眼は霜をかぶり、やはり氷が涙そっくりになっていた。栗鹿毛は一夜にして骨と皮だけになるほどやせこけてしまっていた。

ヴァシーリー・アンドレイチは屠畜した肉塊を冷凍したように、こちこちになってしまっていた。そこで足を大きく、ガニ股に開いた格好のまま、ニキータから引きずりおろされた。出目を凝らした鷹のような鋭い目つきのまま凍りつき、刈りこんだ口ひげの下の開いた口は雪が詰まっていた。一方でニキータはそれでも生きていた。しかし全身に凍傷を負っていた。ニキータは呼

［77］

びおこされたとき、自分はもう死んでしまっていて、いま起こっているのも、この世ではなくあの世の出来事なのだと信じきっていた。だが、自分を掘りおこしてくれ、こちこちになったヴァシーリー・アンドレイチをのけてくれた農民たちがあげる声を聞いたときも、最初のうちは、あの世でも農民は同じように声をあげ、同じような体をしているとびっくりしていた。だが自分がまだこの世にいるとわかると、よろこぶよりもむしろ悲しんだ――とりわけ自分の両足の指が凍傷にかかっていると感じると、なおさらだった。

ニキータは二か月のあいだ病院で寝ていた。指は三本切除されてしまったが、残りは大丈夫だったので、働くことはでき、その後二十年も生きつづけた――はじめは下男として、老いてからは見張り番をしていた。死んだのはやっと今年になってからのことで、家で――望んだように聖像の下で――火を灯したろうそくを手にしての臨終だった。死の前にニキータは自分の老妻にゆるしを乞い、自分も桶屋のことをゆるしてやった。息子や孫たちにも別れを告げた――自分が死ねば、息子夫妻にとって余分な食い扶持を減らせるだけでなく、ひどく飽き飽きしたこの生から、月日が、時間が経つにつれ、理解が深まり、一層心惹かれるようになったあちらの生へと本当に移っていけるのを心よりよろこびながら死んだ。この本当の死をむかえたあと、目覚めた場所であるあの世での生活はましなものだったろうか？　それともなおひどかったろうか？　幻滅しただろうか？　それとも期待したとおりのものを手に入れたろうか？――遅からず私たちみんなにもわかることだ。

それでもつづく

「主人と下男」について

倫理道徳の巨頭、名立たる著作家、ベジタリアン、貞節論者（だが高齢になっても継続して自ら実践できなかった）、農業論者、教育改革者、国際的なキリスト教アナキスト（ナボコフには「ヒンズー教の解脱《ニルヴァーナ》と新約聖書とを半々にまぜたようなもの、あるいはキリストから教会を差し引いたようなもの」＊の宗教活動家と言われた）、若かりしガンディーをはじめとした熱狂的な弟子を世界中にもつ非暴力主義者――それがトルストイだ。トルストイのフィクション作品で、私たちが自身をどう考えるかが変わった、と言っても過言ではないだろう。

そんなトルストイの散文のほとんどが、事実からなりたっているというのは興味深い。トルストイの文章は特別盛っているわけでも、詩的でも、あからさまに哲学的というわけでもない。ほとんどの場合、人々がなにかやっているのを、ひたすら叙述しているだけだ。

＊ウラジーミル・ナボコフ『ナボコフのロシア文学講義　下』小笠原豊樹訳、河出文庫、二〇一三年、一三頁。

「主人と下男」の序盤にあたる次の文章を見てみよう。

ニキータはいつものように明るく元気に納屋に向かった。その足取りは颯爽としているけれども、アヒルのような内股だった。納屋でふさのついた重い革の馬勒を釘からはずし、鉄製の輪をがちゃがちゃいわせながら閉め切ってあった厩舎に入っていった。そこにヴァシーリー・アンドレイチにつけろと言われた馬が一頭だけ別につながれていた。

もしくは、ニキータが仕事をやりだす次の場面。

食い肥って真ん中がくびれた、牡馬の丸々として埃だらけの背中を外套の裾ではらってやった。そして牡馬の若く美しい頭に馬勒をつけ、耳やたてがみを整え、おもがいは取ってしまって、水を飲ませに引いていった。

またはグリーシキノでとまる場面。

「準備はできてるよ」――若い女が返事をし、蓋をしたサモワールをエプロンではらってから、苦労して持ってくると、持ちあげてテーブルの上にがちゃんと置いた。

では、また塗り絵パズルをやってみよう。本短編のどの頁でもよいので、事実を一色、作者の意見（哲学的または宗教的な思いや、人間の言動に関する格言的な考察とか）をほかの色でハイライトする。そうすると、本短編はほとんどが事実、しかも動作の詳述にひどく偏っているのがわかる。トルストイが登場人物に対して主観的な意見を述べるときも、ニキータが庭をとおっているときや、馬の準備をしているときと同じぐらい客観的かつ正確に記されている。しかも事実の羅列のなかに組みこまれていくので、読者は彼の意見もつい受けいれてしまう（ニキータがいつも明るく元気だというトルストイの主張も、馬勒が重い革製でふさがついているという記述と同じように受けいれてしまう）。

同様に、あと少ししたらわかると思うが、トルストイが登場人物たちの考えや感情を語るときも、簡潔かつ正確に、平易で客観的な文章で綴るので、その文脈と控えめさから事実のように読めてしまう。

事実が私たちを引きこむのだ。これもまた、私たちが見てきた「小説の法則」のひとつのようだ。「車はへこみ、赤かった」とあれば、読者の頭のなかに車が浮かぶ。その事実が動作であれば、なおさら浮かびやすい。「へこんだ赤い車は、ゆっくりと駐車場を出ていった」という文を読んだ瞬間、そんな車も駐車場もないのを忘れさせるぐらい、一瞬で不本意ながらもその内容を受けいれてしまうものだ。

だが、本短編のほとんどが事実だからと言って、トルストイがミニマリストというわけでもない。トルストイは、事実を記述することにこだわりつつも、山ほどの情報を伝え、詳細に富む、というよりも細かすぎるぐらいの世界をつくりあげていく才能がある。

次の二つの文章を比べてみてほしい。

メイドがサモワールをテーブルに運んだ。

トルストイ版：蓋をしたサモワールをエプロンではらってから、苦労して持ってくると、持ちあげてテーブルの上にがちゃんと置いた。

エプロンのはためき、「苦労して」サモワールを運ぶ女性、それをテーブルに置いた音、テーブルより低い位置で運んでいること（それをテーブルに「置く」前に「持ちあげて」いる）——これらすべての事実は、「女性がサモワールをテーブルに運ぶ」という基本的な動作を修飾するものだ。いずれも人物像を具体化するものではないが（だれでもサモワールを重く感じるだろうから）、動作を詳細にするものだ。彼女がただ「サモワールをテーブルに運ぶ」と書くよりも、サモワールはより重く、熱くなっているし、本来私には知らされていないはずのもの——彼女の赤い頬、ブラウスの腋の汗染み（そしてテーブルから離れるとき、汗だくの髪の毛を額から吹きとばす）——も見えてしまう。

あの小さなガソリンスタンドにたとえるならば、トルストイの場合は、読者に真実だと思わせるようななにかを語っている、ということだ（ナボコフはこれをトルストイの「知覚の本質的な正確性」*と呼んでいた）。

私たちは、物事がどうあるか、そしてありえないかも知っている。物事がどう動くか、どう動かないか知っている。物事がどこに向かうことが多いか、または絶対に向かわないかも知っている。読者は、小説の内容が自分の考える世界の仕組みと一致することを好むものだ。そのほうがスリルがあるし、リアルさというスリルがあるから読みすすめてしまう。完全に創作である小説の場合、それこそが読者を離さない主なポイントになる。すべて作者がつくりだしたものだから、読者は常に少しの疑いをもって読んでいる。一文一文が、真実を問う投票のようなものだ。読者は「嘘か真か？」と問いつづける。そして読者の答えが「うん、本当のようだ」となれば、読者はあの小さなガソリンスタンドから飛びでて、また読みつづける。

「ロシアの大抵の作家はこの「真理」の具体的な在り場所と、その本質的な属性について、多大の関心を抱きつづけてきた」、そして「トルストイは頭を低くし、拳を固めて、まっすぐそれに立ちむかって」**いったとナボコフは述べている。トルストイは真実を、小説家と説教者の二とおりの道から探っていた。前者としてのほうが権力を握っていたが、後者にずっと後ろ髪を引かれていた。この葛藤が、（ナボコフいわく）「美しい黒土を、白い肌を、青い雪を、緑の野を、紫色の雷雲を満足げに眺める男と、片や、小説は罪深いものであり、芸術は不道徳なものであるという意見をあくまで主張する男」***との対立があるからこそ、トルストイは倫理道徳の巨頭なのだと、私たちはとらえるのだろう。トルストイは、どうしてもしかたのないときだけフィクションに救いを求めたようだ。そして罪深い免罪符が本当に有意義となるよう、最大の問いを投げかけ、最高の、ときには痛々しいほど実直な答えを提示するときにのみ、フィクションを活用した。

＊〔訳注〕ソーンダーズはナボコフの引用としているが、『ナボコフのロシア文学講義』に記載はなく、出典元は不明。
＊＊ナボコフ『ナボコフのロシア文学講義　下』、一六頁。
＊＊＊同書、一五頁。

しかし、妻ソフィヤの日記によれば、トルストイは家庭内では倫理道徳の巨頭というような人間ではなかったようだ。ソフィヤは次のように綴っている。

長年私を苦しめてきた夫の隠遁生活のせいで、私の肩に全部が押しつけられた——子供、家の切り盛り、領民とのつきあいや雑用、家、出版関係——例外なく全部だ。そのくせすべてにおいて、エゴイスティックな、批判的な無関心で、私を蔑んでいた。［…］夫は散歩し、馬に乗り、少し執筆し、好きなところで好きなように暮らし、家族のためにはまったくなにもしない［…］。伝記には、夫が屋敷番に水を運んでやったと書かれるのだろうが、妻が休めるように自分の子に水を持ってきてやったことがないなんて、私に一息つかせ、十分な睡眠をとらせ、散歩させ、あるいは単に労働から解き放たれるようにするため、三十二年間のあいだに五分間だって病人のそばについてやったりしたことがないなんて、誰も知らないのだ。*

トルストイの伝記の著者アンリ・トロワイヤによれば、ソフィヤは日記で「家族や同時代の人間というより、公に向かって訴える」**傾向にあったと書いている。

うん、ソフィヤ、十分伝わっているよ。そいつはクズみたいだね。

それでいて、トルストイの文章は思いやりにあふれている。トルストイはそういう文章で知られている。力なき弱者を心配し、どのような問題も多面的にとらえ、次から次へと登場人物（下層の人々、上位の人々、馬、犬、なんでもござれだ）に乗りうつってみせる。そうしてできあがったフィクションの世界は、実世界と同じぐらいディテールと多様性に富んでいるように感じる。だれしも、生の見方が変わらないまま、トルストイの文章を数行でも読みつづけられないだろう。

これはどういうことだろうか？

まあ、当然ながら作者はそういう人間ではないのだ。作者は、特定の美徳——作者自身がそのとおり生きられないとしても——を推奨する世界のモデルをつくりあげる人間の、ある一面にすぎない。

ミラン・クンデラは、次のように書いている。

> 小説家はだれの代弁者でもありません。いや私ならこの断言を押しすすめて、小説家は自分の抱いている思想の代弁者ですらないとまでいうでしょう。トルストイが『アンナ・カレーニナ』の最初の草稿《ヴァリアント》を書いたとき、アンナはきわめて反感をそそる女性でしたし、彼女の悲劇的な死は当然の報いでした。小説の決定稿はこれとはまったく異なったものですが、私はトルストイがこの間にその倫理的考えを変えたとは思っておりません。むしろ彼は書いている間に、自分個人の倫理的確信とは別の声を聞いていたのだといいたいところです。彼は、私なら小説の知恵とでも呼び

＊〔訳注〕*Толстая С. А.* Дневники, 1862-1900. Т. 2. М., 1978. С. 223, 233.

＊＊Henri Troyat. *Tolstoy.* Translated by Nancy Amphoux. New York: Dell, 1967.

たいものを聞いていたのです。およそ真の小説家は例外なく、超個人的なこの知恵に耳を傾けます。偉大な小説がその作者よりもつねにすこしばかり知的なものである理由はここにあります。自分の作品よりも知的な小説家は職業を変えてしかるべきでしょう。*

クンデラが言うように、作家は技術的に「超個人的な知恵」に身を預ける。そういう「業」なのだ。自らにある自己超越的な叡智に辿りつく道なのだ。

この「業」を念頭に、トルストイがやばい倫理道徳の巨頭のように見える部分を見ていきたい。本短編の3頁から始まる、五つのパートに動きが分けられる場面だ。

「ニキータの妻は、」から始まる段落では、全知全能の語り手が、ヴァシーリーが日常的にニキータと妻を裏切っているという客観的事実を語っている。

その次の（「お前とはなんの取り決めもしてはいないね？」から始まる）段落では、トルストイはヴァシーリーに直接（ニキータに対して）この関係性について「俺たちはまともな人間だ。お前が俺に仕えれば、俺はお前を見捨てることはない」と発言させている（そして読者はこれが真実ではないと、全知全能の語り手が教えてくれたので知っている）。

次に、ヴァシーリーの考えに移ると、彼が自分のついた嘘をどう思っているのかわかる。ヴァシーリーは「自分がニキータに恩義を施しているのだと心から信じきってしまった」。ヴァシーリーの考えが腹黒な人間のものであった場合とは、異なった印象を与える。「ヴァシーリーが嘘をつくことにためらいがなかったのは、ニキータが農民であり、頭の足りない下男たちに対して嘘をつく罪悪感がないからだ」と読者は理解する。ニキータに確信犯的に嘘をつくヴァシーリーと、嘘をついているという自覚がない（薄い）ヴァシーリーは、別ものだ。ヴァシーリーは嘘をつきつつ、自分を悪意のない人間であると考えたい。ヴァシーリーはいわば偽善者だ。そしてすべての偽善者がそうであるように、偽善的だという自覚がない。

次にトルストイは、ヴァシーリーの公平な取引についての発言に、ニキータに直接答えるチャンスを与えている。「本当の父親に尽くすようにこちらも尽くさせていただきます」とニキータは言う（が、読者は疑う。ニキータは頭を働かせたのではないか）。

ようやく（もっと正直な人間である）ニキータの考えに移り、彼が騙されていることを「こころえて」いるとわかる。だが自分の事情を説明しても無駄だと、「ほかの働き口がないうちはこうして暮らし、くれるものをもらわなければならない」と理解している。

このように、この三段落で視点が五回変わっている。（1）（全知全能の語り手による）客観的な事実。（2）（ニキータへの発言に見られる）ヴァシーリーの建前。（3）（独白に見られる）ヴァシーリーの本音。（4）（ヴァシーリーへの発言に見られる）ニキータの建前。（5）（独白に見られる）ニキータの本音。

通常、これほど視点の変更があると、読者側の負担が増える。いわば、読者の集中力が通行料のよう

＊ミラン・クンデラ『小説の精神』金井裕・浅野敏夫訳、法政大学出版局、一九九〇年、一八四頁。

に奪われてしまう。だがここではトルストイの「知覚の根本的な正確性」に魅了され、視点の変更にほとんど気づかない。登場人物の頭のなかに入り、そこで見たことはなじみある真実だと感じてしまう。読者自身も同じような考えをもっているので、登場人物の考えも受けいれてしまい、場面をホログラムのように立体的に、神のような視点から眺められる。

この技術が使われている例はほかにも、38頁の最初のほう、ヴァシーリーとニキータがグリーシキノを二度目に（そして最後に）立ち去る場面だ。

「まったく、なんて天気だ」と、まずヴァシーリーの考えから入る。

次の二段落で、私たちは「老主人」の頭のなかに入っていく。

この部分の最後の段落で、まずペトルーハの頭のなかに入っていく。そしてニキータに切りかわる。

最後の一行で、論理的な根拠（QED！）かつ死刑宣告のようにも思える場面で、トルストイ兼全知全能の語り手は、「だれも出発を引きとめなかったのである」と述べている。

四段落で視点が五回切り替わっているわけだ。

それでも私たちが引きこまれていくのは、この人から人へと頭のなかを移動していくせいだけではない。トルストイが、そこで見つけたことについて、直接的に事実だけを報告するやり方にある。主観も、詩的表現もない。公平に観察した内容だけだ――もちろん、自己観察の一種ではあるが（作者は「もし自分がこの人物の立場だったら、なにを思うのだろう？」と問いかけるわけだ）。だって、ほかにどう説明できるだろう？　トルストイ自身の脳内以外から、他者の脳内になにがあるかなんて、考えつけるわけがない。四人の登場人物はすべてトルストイだ。彼らがなにを考えているかを語るにあたって、特別「思いやり」にあふれているわけでもない。トルストイ自身が考えに耽っていた際の思考回路を彼らに分けあたえているだけで、登場人物たち固有の考えでもなく、心理学的にも彼らのものでもなく、その場面での彼らの役割（外出のきっかけとなる人間、老主人、文学好きの若者、寒さに凍える下男など）にあわせてつくられただけで、トルストイだけが知る特定の個人の考え（といっても実在しないわけだが）にもとづいているわけではない。

言いかえるならば、トルストイは倫理道徳の巨頭であると私たちが考えるのは、彼に技術（登場人物たちの頭のなかを次々と見せていく）とあわせて自信があったからだろう。トルストイがなにに自信をもっていたか――他人と自分は、相違よりも共通点が多いという点に自信があった。自分のなかに、ヴァシーリーも、老主人も、ペトルーハも、ニキータもいる。この自信が、神聖な慈悲への道筋（のように読めるもの）となるのだろう。

マジシャンは、本当に助手を真っ二つに切断するわけではない。短いパフォーマンスのあいだだけ、そのように見せているにすぎない。観客との距離が多少あり、観客もそれが幻でしかないと受けいれたうえで参加しているというアドバンテージがある。

私たち読者は観客と同じだ。同じ人間のひとりが神のようにそれらしくふるまい、神が存在するならば私たちをどのように見ているか、私たちの言動を見て神がどう思うか眺めたいとどこかしら思っているので、作品世界に浸ることに同意する。

「主人と下男」の美点は、通常であれば大衆的なエンターテインメントを連想する、いわば映画的な美徳だ。悲惨だし、危険だし、どういう顚末になるのか気になる。しまいには、だれが死ぬのか知るために読んでいる。認めてしまおう——可もなく不可もない地元の博物館にいくときのような義務感から読む小説というものがある。興味をもつべきなのだが、本音を言うとどうでもいい。そういう小説を読むとき、私たちはただ読んでいる。義務的に、文字の羅列を解読しているだけ。作家が巧みに踊っているのを、私たちはお行儀よく眺めている。だが「主人と下男」を読んでいくと、読者はその世界に生を受け歩みはじめるかのようだ。文字は消え、読者は語彙の選択よりも、登場人物たちが下す決断に、そして読者自ら下す決断に、または今後、実世界で下すことになるかもしれない決断に思考がそれていく。

こんな風に、作品が文章ではなく人生そのものになっていくような、そんな作品を書きたいと私は思う。けれども、それは見た目よりもはるかに難しい。

「主人と下男」の仕掛けの一部は、その構成にある。

私が、あなたにある館を案内するところを想像してほしい。私はツアーの段取りを説明する——まず屋根裏部屋からはじめて、下の階に下りていく、と言う。にもかかわらず、次の階で私が順路からそれたとしても（横の部屋へと案内し、三段ほど段差をあがって秘密の部屋へ入っても）、おおむね当初の予定（下の階に下りていく）どおりなので、あなたはさほど気にもとめず、むしろ楽しんでくれるかもしれない。

「主人と下男」が映画のような推進力をもつのは、冒頭でトルストイが段取り（「下の階に下りていく」と同じようなもの）——「私たちはあの土地を買うためにそりに乗っている」——を宣言しているからというのも大きい。

ここで話の筋をまとめておこう（表4）。

表4　「主人と下男」の話の筋（基本のパターン）

節	動作
一	隣の地主の家に出かける準備をする。ヴァシーリーとニキータの紹介。
二	領地を離れ、一度目の迷子になる。グリーシキノの村にいきつく。
三	グリーシキノでとまらず、二度目の迷子になる。ふたたびグリーシキノの村にいきつき、今度はとまる。
四	老主人の家で立ちどまり休憩する。そこで一泊するのを拒否する。
五	三度目の迷子になる。崖の近くで夜をすごさなければならない。
六	その晩のヴァシーリー視点。ヴァシーリーが馬に乗って去っていく場面で終わる。
七	少し巻きもどり、その晩のニキータ視点。ヴァシーリーが馬に乗って去っていく場面で終わる。
八	ヴァシーリーの暴走。迷子になり、ぐるぐると同じところを歩きまわり、ニガヨモギにいきあたる。馬が逃げる。それを追いかけて――そりを見つける。
九	ヴァシーリーがニキータの上に覆いかぶさり、死に、ニキータを助ける。
十	ニキータの後日談。

どこかに向けて出発し、迷子になる、という基本のパターンが四回くり返されている。話全体が、迷子になり出発点に戻るというくり返しであり、最後は偉大なる回帰――ヴァシーリーが道徳的な帰結へと「立ちかえり」、天国へと向かうのだと読者は解釈する（よく考えてみると、本短編の結末は、ニキータにとっては、故郷と神の御許、二重の意味での回帰といえる）。

そして「かわいいひと」でも見たように、パターンが話の推進力になっている（前述のパターンで道が見つかるたびに、また迷子になるのだろうなと読者は予期する。そして、予想どおりになる。思ったとおりになって読者は満足する）。

また、もうひとつのパターンが、「裏構造」のように埋めこまれている（表5）。どの節も、欲望、問題、または後退にはじまり、かすかに改善への希望が見えたところで終わる。

表5―「主人と下男」の話の筋（もうひとつのパターン）

場面	**動作**
一	ヴァシーリーは土地が欲しくなる。祝祭日**だが**、購入するために出発する。
二	二人は迷子になる。**だが**村を見つける。
三	二人は（ふたたび）迷子になる。**だが**村を見つける。
四	二人はふたたび出発する。**だが**今度は先導役がいる。
五	二人は迷子になる。**だが**それを受けいれ、崖の近くで野宿すると決断する。
六	ヴァシーリーは失望する。**だが**行動する（自分を助けるために逃げだす）。
七	ニキータは死にかける。**だが**それを受けいれる。
八	ヴァシーリーは迷子になり、自分の足で歩くはめになる。**だが**そりを見つける。

九　ヴァシーリーは死ぬ。**だが**幸せな気もちで死ぬ。

十　ニキータはその後も二十年生きのび、死ぬ。**だが**死をよろこんでいる。

このパターンは本短編の大きな流れにも埋めこまれており、ヴァシーリーは人生に失敗する**が**、最後に（魂が）救われる。

この裏構造は、それ自体が多少の推進力を供給している。各節で、ヒーローたちは苦難に遭う**が**、乗り越えていく。彼らと読者は、なにがしかの苦難から逃れられてほっとした気もちのなか、次の節に突入する（綱渡り芸人が揺れ、落ちるかと思ったら元に戻るようなものだ。見る私たちの集中力があがっていくのが、おわかりいただけるだろう）。

読者は話全体の激しい流れに押されて、たびたび局所的な小さな渦につかまり脇道にそれつつも、下流へと流されていく。その場面場面で、読者の注意力は局所的な渦に引きこまれてしまい、川の端に待ちうける、死の滝のほうへと流されていることに気づかない。

第二節の最初のほうでのトルストイの仕事は、前述のあらすじによれば、ヴァシーリーとニキータを「領地から離し、一度目の迷子に」させることだ。

作者が二人をそうさせるには、いくとおりかの選択肢がある。

力不足の作者（私たちが絶対にああいう風になりたくないと思っている、あのかわいそうな作家）であれば、次のように進めるかもしれない。（1）二人が家を出発し、なにがしかを通過していくあいだ、どうでもいい話をする。（2）交差点に辿りつき、よくわからない理由で（示されていないか、不明確な理由で）、ヴァシーリーは道をまっすぐ進む。そう、ただ進む。（3）なにがしかの理由でニキータは眠ってしまう。（4）なぜだか二人は迷子になる。

さて、トルストイ版と比べてみよう。（1）家を出発し、ヴァシーリーはニキータの妻といういやな話題でニキータをいじる。そして馬を買う予定はないか尋ねたため、いつもどおり、ヴァシーリーはニキータを騙そうとしているのだと読者に示唆された。この二つの話題でニキータはいらつく。（2）交差点に辿りつく。ヴァシーリーはニキータの意見を尋ねる（読者は、天気を考慮してニキータの意見のほうが賢明だろうと思う）が、ヴァシーリーはニキータの意見を却下する。却下されてもニキータは反論せず、「お好きに」と受け流す。（3）ニキータは眠ってしまう。読者は、（1）と（2）のせいだろうと思う。いじられ、ないがしろにされ、ニキータはもう自分は関わりたくないとばかりに寝てしまうのだ。（4）ニキータが寝てしまったので、ヴァシーリーは自分で手綱をとり、迷子になる。

この二つのバージョンの大きなちがいは、トルストイ版のほうが、原因がはっきりしていることだろう。「力不足の作者」版だと、話は無関係なできごとの羅列にしか見えない。なにも新しいできごとの火種とならない。なにがしかが――起きる。でもなぜ起きたのかはわからない。その結果として起こるできごと（「迷子になる」）は、その前にできごとと無関係のように感じる。なぜだかよくわからないが、いつの間にかただ迷子になっているだけなので、無意味だ。

よくわからないツアーガイドのあとを歩いているときのように、いらいらと、落ち着かない気もちで読みすすめていく。「なにに注意して見ればいいんだ?」と私たちは思う。ヴァシーリーとニキータの存在に、リアルさも具体性も感じられない。彼らはただの棒人間のように、なにも決断しない、リアクションも返せない存在だ。一場面が終わっても、その場面がはじまったときと同じように、二人のことはなにもわからないままだ。

私は長年、天性の才能に恵まれた若い作家たちを指導してきたので、出版デビューできる作家とできない作家のちがいは二つある、と公言する資格があるように思う。

一点目は、推敲への前向きな姿勢。

二点目は、原因をつくりあげる能力の習得度合いだ。

原因をつくりあげる能力というと、そんなにたいしたことない、文学的でもないと思われるかもしれない。AがBを引きおこすように考えるのは、労働者のやること、昔のバラエティー番組やハリウッドがやることだと思われるかもしれない。だが、それを習得するのは非常に難しい。ほとんどの人にとって、自然に習得できるものではない。しかしながら、小説とは結局、できごとの羅列であり、読者がその因果関係を理解できる必要がある。

ほとんどの人にとって、なにかできごとを起こすのは難しくない(「犬が吠えた」「家が爆発した」「ダレンが車のタイヤを蹴った」なんかをキーボードで打ち込むのは簡単だ)が、ひとつのできごとが次のできごとを引きおこしているように読ませるのは難しい。

因果関係が意義をつくりだすので、重要なポイントだ。
「王様が死に、それから王妃が死んだ」*（E・M・フォースターの有名な公式からの引用だ）では、二つの無関係のできごとが、連続して起こっている。それ自体に意味はない。「王様が死に、そして悲しみのために王妃が死んだ」とすると、二つのできごとのあいだに関係性が生まれる。ひとつのできごとが、ほかのできごとの原因になったのがわかる。このできごとの羅列は、因果関係が生まれたことにより、「王妃は王を愛していた」という意味をもつようになった。

作家にとって因果関係は、作曲家にとってのメロディのようなものだ。聴衆にとっては、作品の核心をなす、人知を超えた力であり、その曲を聴きたいと思わせる。これがまた難しく、平凡な人間と非凡な人間を分かつところだ。

すばらしい散文は、草の上に置かれた手塗りの美しいカイトにたとえられる。きれいだし、いいなと思う。風によって、カイトが揚がる。そのままでも美しかったカイトは、その役目を果たして美しさを増すのだ。

この因果関係についてもう少し考えたいので、23頁で「ア、ア、ア、スキー」からやってきた酔っぱらいの農夫たちを乗せたそりと遭遇した場面を見てみよう。

この場面は、本短編のなかでどういう役回りを果たしているのだろうか？　十分面白い場面だが、（「コーンフェルドの原則」を思い出してほしい）これはどのように「ストーリーをゆゆしく前進させ」ているだろうか？　このエピソードをまるまるカットできるだろうか？　一頁ほどを節約したとして、ニキータとヴァシーリーはこのカットされたあいだも道を進めるだろうか？
　ヴァシーリーとニキータはグリーシキノをはじめて通過したところだ。本短編のパターンにそって、二人はまた迷子になるだろうと読者は予想する。そうしたら、「ななめに降る雪の網の中」、前方にほかのそりを発見するわけだ。ヴァシーリーは横を通りぬけようとするが、そのそりを操縦している酔っぱらいの農夫は、ヴァシーリーを追いぬこうとする。相手のそりの馬がちらっと見え、酔っぱらいに鞭うたれて「鼻孔を拡げ、恐怖に耳をぴたりと伏せていた」のがわかる。二か月間も禁酒しているニキータは、改心者の立場からかっとなって「酒のせいだな。あんなに馬をいじめて。まるでアジア人だ！」とヴァシーリーに愚痴る。これにより、「馬は酷使されて死ぬこともある」という認識が生まれる（以降、忠実でかわいそうな栗鹿毛への見方が変わるだろう）。また、「勝つために無理を押しつけると、問題が起きる」（ヴァシーリーのこの見切り発車としか思えない移動と重ねて見てしまう）という認識も生まれる。このできごとに対するヴァシーリーの反応をニキータのものと比べてみよう。ヴァシーリーは闘争心が煽られ、ニキータは苦しむ馬に同情する。実際のところ競争などないにもかかわらず（ヴァシーリーのそりは農夫のそりに追いついただけだ）、競争が勃発したように見えただけで煽られている。これは、ニキータとの金のやりとりにも通ずるようだ。ヴァシーリーは、自分が優位な競争でも勝つことにこだわる。

＊〔訳注〕ソーンダースの原文では「王妃が死に、それから王様が死んだ」となっているが、フォースターの原文では王様が先に死んでいる。E・M・フォースター『E・M・フォースター著作集8　小説の諸相』中野康司訳、みすず書房、一九九四年、一二九頁。

つまり、この場面は、それ自体の出来がよくておもしろいだけでなく、テーマを強調するうえでも有意義なのだ。とはいえ、私たちが求めているのは、「この場面はどのようにストーリーをゆゆしく前進させるのだろうか？」という問いへの答えだ。

小説を、エネルギーの転換プロセスとしてとらえる見方に立ちかえってみよう。よい小説では、作者はひとつのビートでエネルギーを生みだし、エネルギーをそのまま次へと転換させる（エネルギーが「保持」される）。作者は、自分が生みだしたエネルギーの本質をわかったうえで、この転換をおこなっている。出来の悪い小説（または小説の初稿）だと、作者は生みだしたエネルギーの性質がよくわからずに、ないがしろにしたり、うまく活用できなかったりして、エネルギーは消えてしまう。

理想的な、もっとも効率的で最適なエネルギーの転換方法（ストーリーをゆゆしく前進させる最上級の方法）は、ひとつのビートが次のビートを生むことだ。エスカレーションの場面なんかは次のビートが重要だし、作中の大事な転換点の場合は特に重要だ。

また迷子になるだろうと読者が思っているなか、「農夫がたくさん乗っているそりと競争する」というビートに突入する。

この競争はなにを引きおこすのだろう？

まあ、ヴァシーリーの闘争心に火をつける。当然だ。勝つために生きてきた男は、常に勝ってきた。「農夫たちとの出会いは、ヴァシーリー・アンドレイチを元気づけ、勇気づけた」とある。ヴァシーリーの気分があがったことで、次のビートが生まれ（「前よりも大胆になり、道しるべに目を凝らすこともなく、馬にまかせて先へと駆りたてた」）、また次の（重要でゆゆしい）ビートが生まれて、ふたたび迷子になってしまう。

本短編中で印象深い内容のひとつに、迷子の指針として何度も登場する小さな村グリーシキノがある。この村は、二人にとって最後の救いの可能性でもある。

村の外側にあり、ヴァシーリーとニキータが四度も通りすぎる物干し紐を見てみよう。通過するたびに、トルストイは服についての描写を少しずつ変えている。

一度目（19から20頁）…二人ははじめてグリーシキノを通過する。「シャツ——赤が一枚、白が一枚——に、股引、厚手の靴下、スカート。白いシャツはひときわひどくもがいて、そでを振っていた」とある。

二度目（22頁）…二人は村を通りぬける。白シャツは紐から外れかけており、「凍った片袖だけでなんとかしがみついていた」。

この二つのイメージの並びにも、ちょっとした物語がある（「このあたたかい、安全な村に入ってきたとき、わたし、白シャツは心配でとり乱して、先は危険だとあなたたちに知らせようとした。でもあなたたちは馬鹿だからわたしの助言を無視して、嵐のなかに戻っていくなんて、もうわたしは正直言ってがっくりと来ちゃって、かろうじてロープに引っかかっていた、というわけ」）。この物語は、私たちの立ち位置を、物理的（「村に入ってきたときと同じ道を戻って、村から出ていこうとしている」）、そして精神的（「うぬぼれから忠告をはねつけた」）に表し、教えてくれる。

そうして……

三度目（26頁）…グリーシキノに戻ってくると、「凍った下着やシャツ、股引がかかっていて、やはり同じように風でひどくはためいていた」とある。

「やはり」「ひどく」とあるので、「ああ、まだまだ危険はつづくのか。しかもヴァシーリーはまだそれがわかってない」と読者は読みとる。トルストイは、ここで盛りすぎない(たとえば、シャツが二枚とも恐怖で抱きあっているとかはない)が、トルストイが洗濯物を覚えていて活用したことに、読者はまた嬉しくなる。

四度目(39頁)…二人がグリーシキノを二度目(かつ最後)に離れると、「またもや村の近郊の同じ道を通り、凍った洗濯物がかかっていたあの家のそばも通ったが、今度はもう見えなかった」。

ゴクッ。最後のイメージは、がむしゃらに手を振るシーンではなく、完全にいなくなってしまうというものだった。これが、いい予兆なわけがない。「過去の忠告が無視されたから、洗濯物は忠告するのをやめたんだ」とか、「シャツと同様、だれか(ヴァシーリー)が——いなくなってしまうのかも」といったイケてない読み方もできるかもしれない。

前に、エスカレーションは読者がビートのくり返しを拒絶したときに生まれると定義した。物干し紐を通りすぎるたび、洗濯物はなにがしかの小さな変化を経ていた。私たちはこれをエスカレーション、少なくとも「くり返しの拒絶」であるミニ・エスカレーションだととらえる(四回の記述がまったく同じ内容だったら、本短編の評価は下がっただろう)。

したがって、「つねにエスカレーションしなければならない」は、「くり返しのためにつくったパターンの選択肢に、たえまなく注意を向けろ」という風に理解してもよいだろう。なんらかの要素がくり返されるとき、再登場した場面は変化を起こすチャンスであり、エスカレーションの可能性も秘めている。たとえば、映画で舞台設定(皿、スプーン、フォーク、ナイフとか)を映したあと、カメラが三度も、まったく同じ設定の場面を写したとしよう。動きが見られない。だが皿とスプーンとフォークとナイフの並びを適切に変更し、順番に映して、場面にバリエーションが増えたら、一連の流れをエスカレーションととらえることができ、有意義なものになる。たとえば、並んでいる皿を次の順番で映したらどうか。(1)正しく完璧にカトラリーが並ぶ(皿、スプーン、フォーク、ナイフが並んでいる)。(2)スプーンがない。(3)スプーンとフォークがない。(4)カトラリーがすべてない(皿だけが残る)。そうしたら、「避難」もしくは「消失」といった意味だと私たちは読みとるだろう。

このパターンのバリエーションは、法則があるわけでも、直喩的でもない(たとえば、洗濯物が凍っていない状態から凍った状態へと、ニキータとヴァシーリーが近い将来そうなるのだというように変化するわけでもなく、最初から凍っている)。そくざにこのバリエーションに気づくわけではないが、よくよく見てみると、完全につながっているように感じる。事前に決められ、単純化された意義をお行儀よく並べるよりも、このほうが神秘的な雰囲気が醸しだされるし、比喩の世界が実世界に少し食いこんでいくような感じでもある。

農夫とのそり競争がヴァシーリーに火をつけ、また迷子になったあと、ニキータはヴァシーリーから手綱を受けとり、結果として賢くかわいい栗鹿毛にまかせたおかげで、第三節の終わりごろにはグリーシキノに戻れた。

この場面で読者は、ヴァシーリーが最初からすべきだったことをなすチャンスが来たことを感じとる——救われるために、ここで留まれ。ヴァシーリーがようやく(「煉瓦を二重にした造りの大きな家」で)とまると知り、読者はほっとする。

そこで疑問なのは、(「荷馬車で」の居酒屋と同様)なぜこの家でとまるのだろう? グリーシキノにある家々のうち(そしてトルストイが生みだしたすべての家々のうち)、なぜトルストイは、この家で二人をとめたのだろう?

つまるところ、この場面が本短編のなか(のこの構成部位)で、果たす役割はなんだろうか? 一単位(この場合、26から38頁の、グリーシキノでの停車中のできごとを綴った全文章)だけでも、ひとつの物語《ストーリー》として、フライタークのピラミッドのような形をとらせたい(これは原則というより理想だ)。一構成単位でも、小説のミニチュア版のように、上昇があって、クライマックスへと向かっていくべきだ(執筆中の小説の一構成単位がそういう形になっていない場合、その構成部位がそういう形になりたがっていないか、と考えてしまう。すでにそういう形になっている場合、もっと尖った形にしたいと考えるかもしれない)。

この場面では、すてきなことがたくさん起こっている(ニキータは禁酒に苦しみ、家中にあたたかく居心地のいい雰囲気が漂い、あのパウリソンを引用したがる孫がいて、ヴァシーリーが調子に乗って「行けるよな?」とぬかしたのに対し、ニキータが「また道に迷わなければいいんですが」と陰気に答えるおもしろいシーンもある)が、いずれも(この部位の)フライタークのピラミッドでいう「発端」から抜けだすきっかけにはならない。「かわいいひと」で見たように、読みすすめるなかで(まだ)発端にいると気づいたとき、読者は上昇に切り替わる予兆になりうるものがないか、警戒する。私がこの警戒状態になったなと感じたのは、34頁の最後、馬に馬具をつけているあいだに交わされる会話(「若者が手に負えなくなっている」件とでも呼ぼう)がはじまるところだ。

この会話の最中で、ここがクライマックスのようだと感じさせることは起きているだろうか?

この会話の要点は次のとおりだ。（1）若者が手に負えなくなっている。（2）若者が知恵をつけすぎるので、管理下に置くことなどできない。（3）分家という形で伝統を否定するのは有害だ。（4）この家の次男は家を出ることを考えており、父親の心を傷つけている。

私は頭のなかで少し計算して、なぜトルストイがこの会話を提示したのか、理解しようと試みる。

本短編で、「若者が手に負えなくなっている」件と通ずるものがある、と感じられる部分があっただろうか？　私はヴァシーリーを思い浮かべる。正確に言えばヴァシーリーは若くはないが、老主人よりは若いし、新世代の一員であるように見える——自己中心的で、打算的で、権力に執着する。一泊しない理由（「一時間先延ばしにすれば、一年取り返しのつかないことになるので」）は「知恵をつけて」いるように見えるし、老主人の価値観からは外れる。一家の年老いた主は、家族に囲まれてまったりとすごす。これが昔ながらの正しいありかただ。対するヴァシーリーは、仕事を言い訳に、祝祭日に妻と息子を家に残している。だから私たちはヴァシーリーと、この新しもの好きでなりあがりの次男とのあいだに関係性を感じる。

だが、おもしろいことに、老人が話しおわるとヴァシーリーが会話に参加するのだが、次男を擁護するのではなく、老人側に立つ。「お前さんが稼いだんだから、お前さんが主だ」とヴァシーリーは言うのだ。つまり、「あなたが主人、私も主人、わかるよ。あきらめずに、現状維持すべきだ」と言うのだ。

トルストイは事実上、ヴァシーリーを「分身」させる。ヴァシーリーの価値観は、大枠では次男と同じなのに、父親を擁護するような発言をする。ヴァシーリーは両方とりいれたいようだ——時代遅れで昔ながらの、全権を持つ主人として尊重されたいのと同時に、向こう見ずで因習を嫌う投機家としてのやり方を認めてもらいたい。

グリーシキノの二度目の停車の目的は、「ヴァシーリーに、この家で一泊するという、二人が救われる最後のチャンスを与えるため」だと読者は理解する。そこでヴァシーリーは自身のような一家の主に出会い、一泊するよう説得される。

これでスラムダンクが決まるはずだった。ヴァシーリーが一家のなかで一番好ましく思う主が、一泊するよう勧め（許可を与え）ているのだ。

だが残念なことに、ヴァシーリーがこの老人と出会うタイミングが最悪だった。ヴァシーリーが対等な存在として見たであろうこの老人は、息子たちを管理下に置けなくなり、いっしょにいてくれと希《こいねが》うにもかかわらず離れようとしていて、ちょうど弱っているところだった。目に涙を浮かべ、来客の前で次男を苦々しく不器用になじる。若かりしころは強い一家の主だったのかもしれないが、この晩にかぎっては、とてもではないが力強くは見えなかった。

さて、私たちが知るヴァシーリーは暴力的ないじめっ子だ。自分の思いどおりに、なにごとも正しく、自分が勝ち、従わせなければ満足しない。家では亭主関白で、あまり愛されてはいないが恐れられてもいない、できるかぎり避けられていて、甲斐性もなく利己的な性格を、裏で嘲笑されているのだろうと読者は想像する。

ヴァシーリーはここで一泊しないとすでに宣言している。前言を撤回する主人などいるだろうか？　この老人のような、弱った主ならそうするだろう――家庭が崩壊し、涙に暮れ、ヴァシーリーがこれまでずっとなりたくないと思いつつ、実は自分もそうだとわかっている存在。

若く、まだ権力を維持している主が支える一家に立ちより、下男にもやさしくすべきと諭されたならば、力強い主と対等にはりあいたいヴァシーリーは心を入れかえ、自分の下男であるニキータをどれほど大事にしているか示そうとしたかもしれない。

しかしヴァシーリーは、年老いて弱り、打ちまかされた主と出会ったので、反感を抱いてしまう。馬にすでに（親切心から）馬具がつけられていたこともあいまって、彼は夜のなか、死へと進んでいく。ヴァシーリーは、自分の権力を維持し発揮するために、「主人」は強固かつ揺るがない人間であるべきという考えに固執しすぎて、自分の首を絞めてしまっているようなものだ。

チャールズ・ディケンズの『クリスマス・キャロル』のスクルージは、最初は気難し屋だったが、最後には寛容で幸せになる。フラナリー・オコナーの「田舎の善人」*のジョイ（ハルガ）は、最初は傲慢不遜だったが、最後には辱められる。F・スコット・フィッツジェラルドの『グレート・ギャツビー』のギャツビーは、最初は自信と希望に満ちあふれているが、最後にはどちらも（そして命も）失う。シェイクスピアのリア王は、最初は権威ある君主だったが、最後には――まあ、同じようにすべてを、そして命を失う。

―――

＊フラナリー・オコナー「田舎の善人」『フラナリー・オコナー全短編　上』横山貞子訳、ちくま文庫、二〇〇九年。

私が全文学作品のなかでも特に気に入っている第六節の最初では、ヴァシーリーはいつもの怒りっぽい、我慢がきかない、高慢で、雪に旗を立てて満足するようなおこちゃま状態だったが、最後には恐慌に陥る愚か者になり、ニキータを残して死ぬ。もし私が馬鹿になったら――神よ許したまえ――私もまったく同じようになるだろうと確信している。

力強く巧みな節であり、トルストイより劣る作者たちは嫉妬と敵愾心でいっぱいになるだろう（少なくとも私はそうなる）。だが、人は心変わりする、という幻想をここでつくりあげているのが、ヴァシーリーにとってうまくいっていたやり方がうまくいかなくなる、という単純なパターンであることは、私たちへの慰めになるだろう。

本節は、ヴァシーリーが眠る前（47から54頁）とヴァシーリーが目を覚ましたあと（54頁以降）の二つのエピソードに自然に分けられる。

最初のエピソードでは、だんだんと怖くなってきたヴァシーリーが、恐怖から気をそらそうといろいろ試す。ヴァシーリーは煙草をもち、雪に例の旗を立てる。そして「自分の人生における唯一の目的、意味、歓び、誇り」（すなわちお金）に意識を向ける。今回の旅の目的である購入の利益を皮算用しはじめる（「薪は一デシャチーナあたりだいたい三十サージェンはとれるだろう」）。どうして迷子になったのかについても再考し、責任を自分以外にも転嫁しだす（「しかしあの曲がったところからどうして迷ったんだろう！」とあり、自分が悪いと思っている節がない）。それから嬉々として、犬（「ちくしょうめ、必要な時にまったく吠えないんだからな」）、「奴」（「この天気じゃ、行く奴はいないだろう」）、妻（「ひどく無教養ときている。本当の付き合いってものもわかってない」）らを心のなかでけなす。再度、いつも上昇気流に乗ってきた自分の成功譚を脳内で語りだす

（「いまこの界隈でだれの名前が轟いていると思う？　このブレフーノフだ」）。どれほど自分が特別か（「自分の仕事を忘れないで、励んだからだ。なまけたり、馬鹿なことばかりしている他の連中とはちがうんだ」）を思いおこし、このままいけば百万長者になれるかもなどという泡沫の夢に浸り、だれかに話したい（というか自慢したい）と考える。だが（下の身分の）ニキータしか、ここにはいない。物欲しげにグリーシキノを思いだし、もう一本煙草を吸おうと決めるが火をつけるのに苦戦し、ようやく火をつける。健康で物欲が満たされ、死から何十年も離れている人間であればだれしもそうであるように、「目的を達し、ヴァシーリー・アンドレイチはとてもうれしくなってしまった」。

それからヴァシーリーはうたたねをしてしまうが、「なにか」（無意識下から着々と迫ってきている恐怖心）に揺らされ目を覚まし（54頁）、二番目のエピソードに突入する。最初のエピソードで心を落ち着かせてくれたのとまったく同じ方法をくり返し、気をそらそうとする。

だが、今度は気分転換できない。

人民（「物わかりが悪いものだからなあ」）や（「いけ好かない」）妻（のせいでニキータを連れてくることになった）をけなしてみる。それでも恐怖がおさまることはなく、まるで良心がうっかり、本作中で初めてとなる自己評価を吐きだしてしまうかのように、「グリーシキノに泊まれば、なんともなかったのに」と考えてしまう。

いつもの代用品でもある、「また優越感をいだいたり、自分と自分の築いた地位にご満悦になった」も担ぎだすが、膨らむ不安がよろこびを打ちけしていく（「忍びよる恐怖」に邪魔された状態だ）。ここに来て、ニキータは話し相手に格上げされる。ヴァシーリーは「二度ほど」声をかける（が、この状況下でヴァシーリーよりも賢明なニキータは、体力を温存するために無視する）。ヴァシーリーに狼の鳴き声が聞こえ（「狼があごを動かして、自分の声の音色を変えているところまで、風を通してもはっきりと聞こえてきた」）、思考が「名声や長所や富」に向かい、「あんなもの、林なんてどうでもいい。なくたって問題ない」と吐きだした。最後に、煙草に火をつけようとして失敗し、読者は扉が閉まり鍵もかけられたことを感じる。ヴァシーリーが喫煙（自分のやりたいと思うこと）で安心感をえることはもうない。

これまでうまくいっていた二つの対処法（他者をけなし、自分語りをする）が、うまくいかなくなった。迷子になった責任を他者に広げてごまかしていたのも、実直な心へと変わっていく。ニキータに仕方なく話しかけてやる、という態度から語りかける姿勢へと変わっていく。林を購入したらどれほど利益をえられただろうかという考えは、そもそも購入しようと思ったのがまちがいだったという率直な後悔に変わった。

この節の構造の中心にあるのは、単純なビフォー・アフターの比較パターンだ。トルストイよりも劣る作家である私たちにとっては、技の盗みどころだ。作中で変化を起こしたいのであれば、現状がどうなっているのかを詳述するところからはじめるのが、真っ当な手順である。私たちが「テーブルは埃っぽかった」と書いたとしよう。その後、「拭かれたテーブルは輝いていた」と書けば、これまでテーブルをないがしろにしていただれかがテーブルを拭いた、その人物が変化したということが示唆される。

この単純なビフォー・アフター構造が、さまざまなものの詳細や、あっという間に変わっていく心理状態の描写、雪の積もった屋根や風になびくたてがみ、紅茶の入ったカップなどのシーンのカットが複雑に配置されているなかに埋めこまれており、読者は現実のある一夜の、実際に起こった吹雪のできごとだと信じてしまいそうになる。だが、前述した箇所に該当する文章（パターンの前半と後半で変更される部分）を色分けしてみると、このパターンを構成している行数の多さに、構成がもはや数学的と言ってもいいことに、そして（一刻一刻と悪化し、恐怖を増す）「現実」のなかに自然に織りこまれていることに、あなたも驚くだろう。

今度はニキータの視点から、愚かなヴァシーリーが馬に乗って去る場面（62頁）を見せられ、本短編がひとつのテーマ――ヴァシーリーは変われるのか？――に絞られたことがわかる（平たく言うと、クズは変われるのだろうか？）。けっきょくのところ、彼らが助かるかどうかの問題ではない。水平線の彼方から大量の医者と毛布、いくばくかの煙草と乾いたマッチを乗せたそりが突如現れたとしても、本短編の本質的な問いに対する答えにはならない。ここまで本短編は、ヴァシーリーの悪人ぶり――どれほど利己的で、欲深く、ニキータをないがしろにしてきたか――を継続して読者にアピールしており、こんな人間が助かるかどうか、ではなく変われるかどうかを問いかけているのだとわかる。

本短編の答えが、残念ながら「無理だね」ということもありうる。

でも、「イエス。こうしたら変われる」という答えのほうがもっとおもしろく、上級向けだ。手腕の劣る作家仲間が「クズを改心してみせろ」という命題を与えられたら、どうするだろう？　私であれば、悪人になにか考えさせ、悟り、その決意を胸に言動を変えていく、という話にしたくなる。

だが、本短編ではそうはならない。

ヴァシーリーは五分ほど馬を走らせ、「なにか黒いもの」にいきつく。ヴァシーリーは村と見まちがえるが、本当はニガヨモギ（苦さ、終末、困難、未練を連想させるハーブ）の藪だった。物干し紐の白シャツのように、「必死にもがいている」。「ひゅうひゅうかき鳴らす風にさらされ」ている光景にヴァシーリーは身震いするが、「なぜだか」わからない。

栗鹿毛を先に進めようとするが、またニガヨモギに戻ってきているのに気づく。またニガヨモギが見えたことで（ふたたび）同じところをぐるぐると回っていることに気づき、「胸に恐怖が去来した」。「このままじゃあ破滅だぞ！」と思う。

栗鹿毛は雪だまりに落ち、立ちあがり、また走りだす。ヴァシーリーは追いかけるが、二十歩ほどで息が切れて立ちどまってしまう。不安が押しよせる。このままだとすぐ手放すことになりそうだと恐れているものを頭のなかで挙げていくが、そのリストのなかには妻の存在はなく、所有物のみであり、最後の項目（「跡取り息子」）でさえ、愛する子どもというより物として扱っているようだ。再帰を多くちりばめた本短編らしく、ヴァシーリーは（頭のなかで）ニガヨモギに三度戻ったところで「ひどい恐怖に襲われ、自分の身に起こったことが現実とは信じられなくなるほどだった」とある。

このニガヨモギの、なにがそれほど恐ろしいのだろうか？

以前、私は（カモメのせいで！）エンジンを片方失った飛行機に乗りあわせたことがある。十五分ほどだっただろうか、機内のだれもが、もう墜落すると思っていた。飛行機の横から、猛スピードで走るミニバンみたいな音がしたかと思うと、頭上の換気口から黒煙が流れだし、女子ソフトボールチームの子たちが叫びだし、照らされた賽の目状の街路（シカゴだった）がすさまじい速さで近づいてくるのが見えた。パイロットは、ようやく機内放送を流し、パニック気味に「シートベルトを締めて席についてください！」とだけ叫んだ（まったく安心できなかった）。前の座席の背部をみながら、「私はこの体から離脱することになるんだ、そうさせられてしまうんだ」と考えていた。座席の背部は、私を守ることも対立することもなかった。座席からしたら、私のことなど、どうでもよかったのだろう。私を死に追いやる物体となった、それだけだ（「やっほー、死です、ほらみんなのところにもやってきたでしょう？」）。死はいつもこの世にあったけれども、この瞬間まで、私はそれに気づいていなかった。そしていま、私のところに、すぐにやってこようとしている。私の頭のなかは、狂った呪文（「いやだ、いやだ、いやだ」）と、時間を巻きもどして、そもそもこの飛行機に乗らなければよかった、という強い願いしかなかった（私にとってのグリーシキノであった、シカゴ・オヘア国際空港にただただ戻りたかった）。

だが、そうはならない。地上から何千メートルも上空にいて、自明のあの方法以外では着陸できない。その瞬間まで自分は、人生に満足して幸せな、自信にあふれた（自分のやりたいことができていた）人間だった。ああ、なんて自分は愛おしいお馬鹿さんで、詰めが甘く怠惰で、世界はやさしいものだと根拠なく信じきっていたのだろう。このような状況下では、自分はなんとか冷静さをたもち、幸せな時間を送れたことを静かに世界に感謝し、落ち着いて立ちあがりほかの乗客をゴスペルの「クンバヤ」かなにかで導くような人間だと妄想していた。でもちがった。私の脳内はあの「いやだ、いやだ、いやだ」のループにつかまり、私の妻や娘、そして作品（！）のことなど頭になく、恐怖のあまりちびってしまうという話は大げさではなく、こういうことかとわかった。パニックになにもかも乗っとられ、少しでも状況が悪化したら、身体機能さえもいつ乗っとられてもおかしくないと感じた。

いまでも、あの切羽詰まった、ひどい気分を思いだせる。
だがかすかなので、やりすごせる。

死がヴァシーリーに迫っているが、なにも彼だけの話ではない。死はそういうものなのだ。しかし生に魅了されているヴァシーリーがいま、その道にさしかかっている。ヴァシーリーもすべてがいつかは地上を去るのだと知っているし、受けいれていたわけだが、その「すべて」のなかに自分も含まれていることを、なかなか受けいれられずにいる。短編「イヴァン・イリイチの死」でトルストイは、死の病にあるイヴァンについて次のように書いている。

> こんな三段論法の例を習った――「カイウスは人間である。人間はいつか死ぬ。したがってカイウスはいつか死ぬ」。彼には生涯この三段論法が、カイウスに関する限り正しいものと思えたのだが、自分に関してはどうしてもそう思えなかった〔…〕だが自分はカイウスではないし、人間一般でもなくて、常に他の人間たちとはぜんぜん違った、特別の存在であった。彼はイワン坊やであり、ママがいて、パパがいて〔…〕いったいカイウスなんてやつに、イワン坊やが大好きだったあの縞々の革ボールのにおいがわかるか？*

ニガヨモギは、一度に複数のものを表す、すばらしいが禍々しい「象徴」なのだ。まず、無駄骨の印である（ヴァシーリーはニガヨモギが村であればと願うが、村ではない。もうニガヨモギには戻りたくないと思うが、また戻ってきてしまう)。死はだれにでも平等に訪れるという冷酷な性質と、不可避であることの物理的なリマインダーでもある(どこに向かおうと、そこに現れる。敵対するわけではないが、無関心にそこにある)。ヴァシーリーはニガヨモギを見つけると、自身とニガヨモギに共通点があると考える(自分と同様、「ひゅうひゅうかき鳴らす風にさらされ」ており、同じく「ひとり残され、避けがたい、まもなく訪れる無意味な死を待っている」)。

だが、そこに実物のニガヨモギがある、真っ白な世界のなかでただひとつ、黒色の塊が月の光の下で揺れているのを——そう、私が見ているだけだ。この部分を読むたび、私は冷たい絶体絶命のパニックが押しよせるのを感じる(凍死せずにすむ逃げ場が、文字どおりどこにもない)。頭上にロシアの紺青の空が見え、なじみのだらしないブーツが雪を踏みしめる音が聞こえる。ブーツのなかはすぐに(おそろしいことに!)凍ってむくみ、死に絶えた私の足でぎゅうぎゅうになるだろう。

また、ニガヨモギはヴァシーリーに祈りを捧げさせる。

だが、「ろうそく[…]といったものはみな、[…]ここではなんの助けにもならない」。それまでのヴァシーリーの信条は商慣習や、「信仰に倣っていれば、あなた(神)は永遠に与えてくれる」という契約にもとづいたものばかりだった。いまのヴァシーリーは、与えられないことに気づいている。充足感を与えうるだろう信仰は、自分の許容範囲を超えて深く精神的に敬虔でなければならない。その充足感もまた、次の世界につながるものでしかない。(あの機内にいた私のように)ヴァシーリーは切実に現世に留ま

---

*レフ・トルストイ『イワン・イリイチの死』望月哲男訳、光文社古典新訳文庫、二〇〇六年、八六‐八七頁。

って、いつもの居心地のいい、幸せで、自信にあふれ、自分が正しいと思う人間像を生き、恒常的に絶え間なく、自分のやりたいようにできていた自分に戻りたかった。

彼の祈りが報われることもなく、ニガヨモギはちがった行動——パニック——を引きおこす。

混乱したまま栗鹿毛を追いかけ、駆けだし、走りさえするが、辿りついたのは——その後ろだ（またしてもむなしい逆戻りだ）。恐怖は消え、「もしなにか怖いものがあるとすれば、馬上で味わった恐怖がつづくあのぞっとするような状況」ぐらいだった。ニガヨモギは死の恐怖さえも脅かして追いだし、より最悪な恐怖——また恐怖にとらわれるかもしれないという恐怖——に置きかえる。ここにきて、ヴァシーリーは死ではない恐怖に怯える。いま恐れているのは虚無——背後のニガヨモギで垣間見た虚無だった。

虚無感を追いやる方法として、ヴァシーリーはなにを思いつくか？　簡単だ、それなら知っている。「なにかに気をむけ」ることだ。彼の癖だ。（自分の能力であったり、同窓生と比べた自分の状況であったりに）不安なとき、ヴァシーリーはいつも「なにか」をしていた。たった数時間前にもしていた——所有物を増やすために、そして先手を打たれて負けるかもしれないという焦りを抑えるために、家族から離れて飛びだしたのだった。数分前にも同じように、不安から、ニキータを見捨てた。

いつもどおり、ヴァシーリーは自分のことをまず考える。外套の前を開け、ブーツや手袋から雪を落とす。それから「農民が荷馬車で運んでくる穀物を買い取りに店から出るときのように、帯を下の方にきつく縛りなおして、活動できる準備を整えた」。馬に注意を向け、足から手綱を解き、手綱をつけなおした。

このすべての行動が、要するに自己中心的で、自分の生存確率を高めるためのものだ。

そして、ニキータがヴァシーリーに声をかける。死にかけているからだ。最後に、自分の収入についてお願いをし、「「すみませんが……」——ニキータは泣き声でそう言い」許しを請い、「ハエを追い払うかのように」自分の顔の前で手を振る。

ヴァシーリーは「三十秒ほど黙ったまま身じろぎもせずに突っ立っていた」。

その後、本短編がここまでつくりあげた瞬間——ヴァシーリーが改心する瞬間がやってくる。

トルストイは、自らを苦しい状況に置いている。トルストイはリアルなクズをつくりあげるが、私たちが現実世界で知っているとおり、クズはクズのままでしかいられないこともある。読者は安易な変化を恐れる。トルストイが納得しがたい変化の方法（ヴァシーリーなら絶対にしないだろうなと思われる言動に出たりだとか）を提示しようものなら、この話はプロパガンダだということがわかってしまい、崩壊する。読者が信じられるような、現実のクズが本当に経験するかもしれない変化を、トルストイは披露しなければならない。

トルストイは、どのようにして変化が起きるかもしれないと提示しているのだろうか？

まず特筆したいのは、三十秒ほどの沈黙のあと、ヴァシーリーは独白したり、脳内劇場で主人と下男の関係性に対する自分の受けとり方の変化を語ったり、急に身についたキリスト教的な道徳観を不運な人間にあてはめたりといったことをしない。ヴァシーリーは（読者にもニキータにも、彼自身にも）、なにかを「悟った」ということを告げない。変化が起こり、彼が悟り、読者に語り、言動に移す、という順序にはなっていない。ただ行動に移している（というよりも、実際としては行動に戻っている）。いつも行動していたときと同じように、「掘り出し物を買うときのように両手をぽんと打つ、あのときのような様子で決然と」した状態に戻っている。ヴァシーリーはいままでの人生でやってきたのと同じように、がむしゃらに働くことで不安を避けている。

ヴァシーリーはニキータから雪をかき落とし、帯を解いて外套の前を開け、ニキータを下に押し、その上にかぶさり、ニキータを覆うようにして外套の裾を広げた。

二人は「ずいぶん長いこと」そこで静かに横たわっていた。

本短編のメインとなる動きが、これで終わった。ヴァシーリーは変わった。彼の行動からわかる。奇跡の文章だと思う。変化がどのようにして起きたか語らずして、これまでの流れからヴァシーリーには絶対無理だと思っていた行動をとらせている。

ヴァシーリーも読者と同じぐらい驚いていて、変化に対する彼のリアクションを見てみると、ニキータが息を吐きだしたあと、「ほら、どうだ、死ぬなんて言いおって。寝たままあたたまっていろ。こんな風に……」という美しく神秘的な言葉を漏らす。それから「目から涙があふれだし、下あごががくがく細かく震えだした」。

「こんな風に……」とまた自分自身に言って、「ある種特別厳粛な感動」を覚える。

「こんな風に……」とはどういう意味なのだろうか？　ロシア風なのか、ロシアの主人風なのか、人間的なのか？　美しいやり方だ。いままではそうでなかったと、この瞬間まで思いだせていない。彼にとってははじめてだ。

ちがうだろうか？　自分の楽しみや健康や命を、ほかの人間のため（ましてや下男のため）に犠牲にしてもいいと思ったのはたしかにはじめてだ。だが、社会のためによいことをしたという気もちになるのははじめてではない。

それはいままでもずっとやってきたことだ、と感じている。


さて、私の飛行機は落下しつづけている。客室乗務員やパイロットは恐ろしいまでに沈黙している。シカゴ都市圏の夜に見られる格子模様も、ひきつづき近づいている。私の隣に座っている乗客――十四歳ぐらいの男の子だ――が怯えた小さな声で、「これは飛行予定どおりなのでしょうか？」と尋ねてきた。私の心は彼を思って痛んだ（「私の心は彼を思って痛んだ」というのもすごい言い回しだ。非日常的ななにかが起こったように聞こえるかもしれないが、私たちの心はいつも、だれかのためを思いやりたいと努力している）。

「そうだよ」と私は嘘をついた。

長年の育児と教育の経験から、彼を安心させる言葉が自然に出てきた。彼を安心させようとすることで、自分自身が戻ってきたように感じた。説明が難しい。古いカトリックの聖歌のように、「あの方は栄え、わたしは衰えねばならない」*。私は習慣から、だれかを説得したり、おだてたり、落ち着かせたいときにいつも使う声色で子どもに話していた。その声色で、落ち着かせる、安心させるという（なじみのあ

＊〔訳注〕新約聖書『ヨハネによる福音書』第三章三〇節より。『聖書　新共同訳』日本聖書協会、二〇一六年。

る）意図をもって返事をし、彼の反応（疑っていたかもしれないが少し安心したようだった）を見て、私の体内でなにかが変わった。私のエネルギーは体内に向かって心配をかきたてるのではなく、彼に向かって体外に流れた。また私自身に戻れたので、どう動けばいいのかわかった。

まだ怖かったが、それ以前のパニック状態で死ぬよりも、この状態で死ぬほうがましだと思った。これと似たようなことがヴァシーリーにも起こったのではないかと思う。自分らしく行動できたことで、自分をとりもどした。自身をとりもどしたので、なにをしなければならないのかわかる。ヴァシーリーの生来のエネルギーは、自分自身の利益のためだけに長年使われていたが、方向転換する。欠陥が超能力に変わる（店舗に殴りこみにいくような乱暴者が、方向転換してとり壊し予定の家屋で暴れるような）。

そして、行動する自身を観察し、自分が寛大で無私無欲の人間になったのを見て感激し「ある種特別なよろこび」を感じる。彼を害していた生き方から脱皮できた、安堵感からえられたよろこびではないかと思う。新しい自分を自覚して、「ある種特別厳粛な感動」を覚え、ヴァシーリーは泣きだす。

これが「変化」だ。

ヴァシーリーの変化の過程は、ほかの文学作品で描かれた変化——スクルージの変化を連想させる。スクルージは幽霊に導かれ、時間をさかのぼり、半生をふりかえる。クリスマス休暇に置き去りにされる孤独で小さな男の子から、恋に落ちる青年、雇い主にやさしくされる男としての自分が映される。だが幽霊たちはスクルージをちがう人間に変えるわけではない。スクルージに従前の自分を思いださせるだけだ。いまとはちがって感情豊かで、その感情豊かだった過去のスクルージたちは、まだ彼自身のなかにある。幽霊たちは、過去のスクルージたちのスイッチをふたたびオンにしている、と言ってもよいかもしれない。

ヴァシーリーは、過去の自分はちがっていた、困難にいきあたったときには精力的に解決にとりくむ人間だったと思いだす。彼の一番よいところ(疲れを知らない働き者)が戻ってきた。だがヴァシーリーは、背後のニガヨモギで思いしっている。ニキータが死にそうだと言ったときも、ヴァシーリーには彼の声が聞こえ、「自分で自分のことはよくわかっている」と答えるだけの心の準備ができていた(ヴァシーリーとニガヨモギとニキータは同じだけ無力で、死する運命にある)。こうして、ヴァシーリー国の国境はニキータを包囲できる分だけ拡張された。ヴァシーリーはまだ私欲のために動いているが、ニキータもヴァシーリー領に入ったので、ニキータのために動くのも彼にとって(ヴァシーリー自身のために動くのと同じくらい)自然になり、ニキータはヴァシーリーの(厚意的な)エネルギーの恩恵をあますことなく受けられる。


美しく変身したヴァシーリーは——まあ、ほとんどヴァシーリーのままだ。馬の粗麻布を回収しようかとも考えるが、「よろこび」にまだ浸っていたくて動けない。自分本位で、自分が気分よくいられるために生きていて、本質的に自己中心的で傲慢なヴァシーリーのままだ(なんとまあ人助けに向いている!)。ヴァシーリーが「こうなったら、はなさないぞ」と言うとき、「自分の商いについて話すときのあの自慢げな口調になっていた」とトルストイは説明している。

だが、なにかが変わった。ニキータの上で横たわっているヴァシーリーが、第六節にもあった彼を慰める行動リストをくり返すが、どれも慰めにならない。リストにある行動をひとつずつ、突破するか転換させようとする。まだ勝利する自分を妄想している（だが彼の勝利はニキータを助けることになっている）。もうヴァシーリーは不誠実な人間ではなく、その逆だ（「いまはこのとおりわかっている」）。第六節でのヴァシーリーは、最初はニキータにしゃべらなかったのに、のちにニキータに話しかけるようになっている。いまのヴァシーリーは、ニキータとはちがう人間でないこと（「自分はニキータで、ニキータは自分」）をよろこんですらいるし、ニキータが生きてさえいれば、ヴァシーリーも生きていることになる。いまの二人はひとつだからだ。かつての自分がお金のことばかり考えていたことを、ヴァシーリーは思いだす。そのころのヴァシーリーは「あいつは肝心なことがわかっていなかった」が、新しい人格のヴァシーリーは知っている。

毎日彼を凍死させる者がまわりにいれば、ヴァシーリーはよい人間でいられたかもしれない。

トルストイの提案はいささか過激だ。倫理的な変貌は、罪人を完全につくりかえるのではなく、それまでのなじみのエネルギーを純粋な新たなエネルギーに置きかえるのでもなく、彼の（いつもと同じ）エネルギーの方向転換により起きるのだ。

この変化のモデルは、なんとも救いがある。私たちが生まれもち、いつももっていて、これまで享受してきた（そして束縛されてきた）もの以外に、なにがあるだろう？　あなたが、世界トップクラスの心配性だったとしよう。その心配エネルギーが極端なまでに衛生面に振りきると、あなたは「ノイローゼ」ということになる。心配エネルギーが気候変動に向けられれば、あなたは「確固たる信念をもつ活動家」だ。完全に新しい人格に生まれかわらなくても、私たちはよい人間になれる。見方を変えるだけで、生来のエネルギーが正しい方向に向けられるだけでいい。もう権力を乱用しないと誓わずとも、自分のあり方や好きなことや得意なことを嫌悪して反省しなくてもいい。それらは私たちの馬のようなものだ。馬たちをつかまえて正しい……そうだな、そりにつなげばいい。

ヴァシーリー自身を、これまでの人生でずっと縮こまらせていたものはなんだったのだろう（いま私たちを縮こまらせているものはなんだろう）？　彼の死に際が示すように、ヴァシーリーは本当のところちっぽけな人間ではない。彼は無限だった。私たちが心のよりどころとしているヒーローたちのように、ヴァシーリーも大きな愛に包まれていた。なぜヴァシーリーは、小さな自己中の国から生涯抜けだせなかったのだろう？　最後にようやく、そこからヴァシーリーを振るいおとしたものはなんだろうか？　まあ、正体は真実だ。ヴァシーリーは、自覚していた自分像が真実でないことに気づいた。いつも自分自身でいたという自覚も、真実でなかった。長年、彼の一部しか生きていなかった。その一部は、彼の考えやプライドや勝ちたいという欲望で常に自分をつくりあげては保身して、ヴァシーリーをいつもそれ以外のものすべてから隔離した。そんな保身ばかりのヴァシーリーが消えさり、残された部分によって彼の誤信がはっきり浮かびあがり、偉大なる純ヴァシーリーが合流（再合流）した。

私たちがこの過程を巻きもどしたとしたら（ヴァシーリーを生きかえらせ、身体をあたため、雪を溶かし、その晩に彼が会得したものをすべて忘れさせたら）、ヴァシーリーは脳内で一連の嘘――「自分はほかとはちがう」「自分が世界の中心」「自分が正しい」「このままの自分のほうが優れている、自分が一番だと証明してみせろ」――に再同意するだろう。

そしてヴァシーリーはいつもの自分どおりに生きていくだろう。

授業のあとに　その四

「主人と下男」で私は常々ちょっと不満に感じていたことがあるのだが、本文でその不満を書くことで、本短編に対する私の称賛の気もちを損ないたくなかった。

かわりにここで書かせてもらう。

第六節で、ヴァシーリーは自分が死にそうだという事実を受けいれようとしている。第七節は、ニキータの番だ。

ヴァシーリーに見放され、ニキータは束の間怯えるが、祈りを捧げすぐに「だれかが自分の声を聴いていてくれ、見放したりしないと思うと、心が安らかになった」。意識がもうろうとし、待ちうけるのが睡眠にせよ死にせよ、心の準備ができている。

死にそうだという事実をニキータが受けいれられるのは、「本当の主人がいて、ニキータはいつも自分の人生はその本当の主人の意のままだという思いを抱いていたから」だとある。彼の罪は——まあ、神が彼をそうつくったのだからしかたない。ヴァシーリーについては、ニキータは寛大な心で「たぶん、あの人も、出かけてきたのがうれしくなかったんだな」「あんな暮らしをしているのなら、死にたくないだろう」と思う。

この節は……拙いと私は感じる。おもしろみに欠けるし、具体性にも欠ける。ニキータが善人すぎて、嘘くさい。ニキータのような人間が死の局面で抱くだろう感情を、トルストイの理想の農民像をつくりあげたいという欲望で抑えつけているようだ。ニキータが死を恐れないのは、彼が単純すぎるだとか、無欲だからだとか、真実だからではなく、神を想う気持ちだけで恐怖心が落ち着くからだ。ノイローゼ気味で、複雑で、信仰心がなく恐怖に染まった領主のヴァシーリーと、ニキータは対局をなす存在になっている。

だが単純でない農民はいただろうし、ノイローゼ気味の農民もいただろうし、単純かどうかにかかわらず死に怯える農民もいただろうし、神を信じない農民もいただろう。「農民」もけっきょくのところみな人間であり、「農民」という生き物ではないからだ。言いかえるなら、トルストイもまたヴァシーリーの悪いところ——ニキータをひとりの完全な人間として認められない——を少しもちあわせているように思う。

本短編の最後の節（第十節）に飛ぼう。

ヴァシーリーにあたためられて、ニキータは生きのびる。翌日に掘りおこされ、「最初のうちは、あの世でも農民は同じように声をあげ、同じような体をしているとびっくりしていた」。自分が生きのびているとわかり、ニキータはよろこぶよりも、特に両足が凍傷になっていると気づいたあとに「悲しんだ」とある。

最後の段落で、話は二十年後に飛ぶ。そして読者はこう思うかもしれない——この二十年間、ヴァシーリーがニキータのために犠牲になったことでえられた時間、ニキータはなにをしていたのだろう？どうも、たいしてなにも起こらなかったようだ。もしくは、同じ生活がつづいただけ。

あの夜はニキータをどう変えたのか？　なにも変えなかったようだ。

ニキータは死ぬ直前、妻に許しを請い、桶屋と関係をもったことを許していることから、それまでニキータは許しを請うことも与えることもしていなかったことが示唆されている。二十年前、ヴァシーリーから慈愛をたっぷり受け、包帯だらけの両足でびっこをひきながら病院から帰宅しても、物事を正さなかったのだ。特に描かれていないので、動物にやさしく、ときどき妻の服を斧で攻撃したりというようもの生活に、ニキータは戻ったのだと読者は考える。

あの壮絶な、そりに乗った一晩を思いおこすニキータを、読者が見ることはない。ヴァシーリーの愚かさや贖罪をふりかえることもなく、「主人はなぜあんなことをしたのだろう？」だとか、「あの最期の局面で、主人になにが起きたのだろう？」と疑問に思うこともない。ヴァシーリーは自分とニキータがひとつになったと感じたが、ニキータはどうだろうか？　答えは、「あんまり」だ。ニキータはさほどヴァシーリーに感謝している様子もない。ヴァシーリーについてまったく考えない。

なんとも……奇妙だ。だれかが自らを犠牲にして他者を助け、その助けられた人間が助けてくれた人間についてなにも考えず、感謝する様子もなく、なにも変わっていないように見えたら、その犠牲にどんな意味があったのか、不思議に思わざるをえない。その助けられた人間について、疑問も抱く。

作者についても疑問を抱く。

読者は、死にゆくヴァシーリーの最期の瞬間を、第九節の終わりの長文の独白（71から74頁）で目撃している。ニキータの最期では、彼の死が淡々とした事実（「家で――望んだように聖像の下で――火を灯したろうそくを手にしての臨終だった」）と語られるだけで、ニキータが死にゆくなかで感じたことや考えたことはなにもわからない。紗幕がかけられ、ニキータが「幻滅しただろうか？　それとも期待したとおりのものを手に入れたろうか？」は、あなた自身の死が来ればわかる、と言われているようなものだ。

以前に、ゴーゴリの「ネフスキー大通り」という欠陥はあるが注目に値する短編を教えていたとき、ある生徒に性差別的だからこの短編は嫌いだと言われたことがある。教師としての貴重な見地をかきあつめて、「どこが？」と尋ねたところ、彼女は登場人物が罵られる場面を二か所、具体的に例示してくれた。男性が罵られる場面では、ゴーゴリはその男の頭のなかに入り、彼の反応を読者に見せる。女性が罵られる場面では、三人称の語り手はその女の頭のなかに入り、彼女の反応を揶揄する。

そこで私は、ゴーゴリが公平に、女性にも独白をさせていたら、この短編はどうなっただろうか、と生徒たちに問いかけた。少しの沈黙のあと、みな溜息や笑みを漏らしていた。そうしたほうがよい作品になっただろう――同じくらい暗くて奇妙だが、もっとおもしろくて正直になっただろう――と全員が思ったのだ。

よって、たしかにこの短編は性差別的だが、言い方を変えるなら、技術的な問題点のある作品だったとも言える。その欠陥は（もしゴーゴリが死んでいなかったら）修正可能だった。生徒が指摘した性差別的な表現はたしかにあり、テキスト内に独特な形――「不公平な語り」という形式――で主張されていた。

これは一般論と言ってもよいのではないか――道徳的な欠陥（性差別、人種差別、同性愛嫌悪、トランスフォビア、衒学的《ペダンティック》、盗作、ほかの作家のパクり、などなど）があると思われる作品は、十分に批評的な目で精読すると技術的な欠陥が見つかり、それを解決すると（必ず）改善されるのだ。

ここで私たちの批判（「トルストイは階級のバイアスにかかっている」）*に戻ろう。これが（「具体的にどこが？」と尋ねることで）より中立的で実現可能な、技術的な観察に変えられたらどうだろう。「（少なくとも）二か所、ニキータが病院から帰宅する場面と、二人のそれぞれの死の場面で、トルストイがヴァシーリーに与えた内面性をニキータの似たような場面では与えなかった」箇所を改善するのではないか。

とは言え、「主人と下男」という美点のたくさんあるすばらしい作品は、称賛をもって受けいれられるべきだと思う。

だが、技術を詮索するやじ馬精神でこの作品を突きまわすのも、なんだかおもしろい。

そこで、トルストイが似た場面でヴァシーリーに与えたように、第十節でニキータにも同等の語りを与えたら、どんな風になるだろうか？

このバージョンは、救出後の病院内で、ニキータが考えている場面からはじめてもよいかもしれない。読者が知っているニキータは、ヴァシーリーのごまかしも賢くのりきっていた。ニキータはヴァシーリーをどうしようもない人間――頑固で自己中心的、目的もなく、我慢してやりすごさないといけない相手――だと認識していた。いま、ニキータはヴァシーリーをどう思っているだろう？　驚いているだろうか？　困惑している？　ヴァシーリーが自分のために、「ただの」農民でしかないニキータのために、命を犠牲にした事実を、どう受けとめているだろう？　本短編をとおして、ヴァシーリーはニキータを過小評価していたが、実際のところ、ニキータもヴァシーリーを過小評価していた。これに気づいたとき、ニキータはなにを考え、感じるだろう？

第九節の最後にあるヴァシーリーが死ぬ場面で、彼の死をつまびらかに、全知のように記述していたのと同じに、本短編の最後の場面も修正したほうがよいかもしれない。

やる気があるなら、きっとよい練習問題になるだろう。

そうときたら出題だ——第十節を書きなおしなさい。

トルストイが書いたかのように書きなおしなさい。その、ほら、事実をたくさんちりばめて（笑）。

＊トルストイは純朴で道徳的な農民像にかなり入れあげていたので、あまりリアルでない農民をときおり登場させることになった。ナボコフの言うように「人のいやがる仕事を進んで引き受けるが——その仕事ぶりには天使のように無関心」だと読者は思うかもしれない。ナボコフ『ナボコフのロシア文学講義　下』、一九七頁。

鼻

1836年

ニコライ・ゴーゴリ

鼻

ニコライ

一

三月二十五日、ペテルブルグで実に奇妙な事件が起こった。床屋のイヴァン・ヤーコヴレヴィチはヴォズネセンスキー通りに住んでいた（床屋の姓がなんだったのかはいまとなってはわからない——看板にすら片頬に石鹸の泡をつけた紳士の絵が描かれ、「瀉血《しゃけつ》もします」という文言が残るほかにはなにもなかった）。その床屋のイヴァン・ヤーコヴレヴィチはかなりの早朝に目を覚ますと、焼きたてのパンの匂いを嗅ぎつけた。ベッドで体を少し起こすと、コーヒーに目がない自分の妻——かなり立派なご婦人——が、かまどから焼けたパンを取りだしているのが目に入った。

「今日はね、プラスコーヴィヤ・オシポヴナよ、私はコーヒーはやめておくよ」——イヴァン・ヤーコヴレヴィチは言った。「かわりに、焼きたてのパンと玉ねぎを食べたいね」（というのもイヴァン・ヤーコヴレヴィチはコーヒーもパンもほしかったのだが、一度に両方を頼むのは土台無理な話とわかっていたのだ——プラスコーヴィヤ・オシポヴナはそういうわがままが大嫌いなのだ）「この馬鹿にはパンでも食わ

［2］

せておいたほうがいいね」――妻は腹の中でそう考えた――「一人分コーヒーがあまるというものだ」そしてパンを一個テーブルにほうり投げた。

イヴァン・ヤーコヴレヴィチは礼儀正しくシャツの上に燕尾服を着てテーブルの前に着席し、玉ねぎ二個に塩を振りかけて用意を整えると、しかつめらしい顔つきをして、ナイフを手に取り、パンの切り分けにとりかかった。真っ二つにパンを切り分けて中を見てみると、驚いたことに、なにか白いものが目に入った。イヴァン・ヤーコヴレヴィチは用心深くナイフでほじると、指で触れてみた。「ずっしりしている！」――内心でつぶやいた――「いったいこりゃなんだ？」

彼は指を突っこんで引っぱり出してみた――「鼻だ！……」イヴァン・ヤーコヴレヴィチは愕然とした。目をこすって、探ってみた。鼻だ、まちがいなく鼻だ！　それだけではなく、どうも誰か知った人のもののようだ。イヴァン・ヤーコヴレヴィチの顔に、恐怖がまざまざと浮かんだ。しかしその恐怖も、その妻を襲った憤怒にくらべればものの数ではなかった。

「この人でなし、どこで鼻なんて削ぎとってきたのさ？」――怒りくるって妻は叫んだ。「詐欺師！　酔っ払い！　私が自分で警察に引っぱっていくからね。なんちゅう泥棒だよ！　私はもう三人から、髭剃りの時あんたが鼻を取れそうなほど引っぱるって聞いているんだから」

だが、イヴァン・ヤーコヴレヴィチは生きた心地も死んだ心地もしなかった。この鼻は、水曜日と日曜日にいつも髭を剃る八等官コヴァリョフのものにちがいないと気づいたからだ。

「待て、プラスコーヴィヤ・オシポヴナ！　こいつは布巾にでも包んで隅っこに置いておこう。ちょっとだけ置いておいてから、捨ててこよう」

〔3〕

「聞きたくもない！　削ぎ落とした鼻を部屋に置いておくなんて許せるものかね……。この痩せっぽちの冷血漢めが！　できることと言えば、とぎ革で剃刀をなでるぐらいで、自分の務めをすぐに果たせなくなっちまうんだから、このろくでなし！　役立たず！　私があんたのかわりに警察に申し開きをするとでもいうのかい……。このへぼ床屋、木偶の坊！　さっさと外に持っていけ！さあ！　どこへなりとも好きな場所に！　そんなもの私は臭いすら嗅ぎたくもないんだから！」

イヴァン・ヤーコヴレヴィチは殺されでもしたかのように立ちつくしていた。彼は考えに考えたが――なにを考えたらいいかわからなかった。「いったいどうしてこうなったのか、まったくわからねえ」――耳をかきながら、やっとのことでイヴァン・ヤーコヴレヴィチはこう言った。「昨日帰ってきたとき、酔っていたのかどうかさえもうわからねえ。だがこれはどう見てもまったくありえない出来事にちがいない。第一パンはよく焼けているのに、鼻はなんともなっていない。なにもわからねえや！……」

イヴァン・ヤーコヴレヴィチは黙ってしまった。警察が家から鼻を探しだし、自分を訴えると考えると、まったく茫然自失してしまった。美しい銀の刺繡が入った赤い襟ぐりや剣なんかが早くも目にちらつきだし、彼は全身を震わせだした。ついに下着やブーツを取り出して、そのぼろきれに身を包むと、プラスコーヴィヤ・オシポヴナのきつい非難につきまとわれつつも、彼は布巾にくるんだ鼻を手に、表に出た。

イヴァン・ヤーコヴレヴィチは鼻をどこかに突っこんでしまいたかった。門の脇の馬車止め用の砲身の中に入れてしまおうか、なんとかうっかり落とした風にして横町に曲がろうか。しかし

［４］

間が悪く、知り合いに誰彼となく出くわして、すぐさまこんな質問を浴びせられることになった――「どこにお出かけで？」とか「こんなに早くだれの髭を剃りにいくんですか？」――そこでイヴァン・ヤーコヴレヴィチは一瞬たりとも好機をつかまえられなかった。一度など、やっとのことでそいつを落っことしたのだが、巡査が離れたところからそれを斧槍で指して「なにか落としたぞ、拾いたまえ！」と言ってきた。そこでイヴァン・ヤーコヴレヴィチは鼻を拾いあげてポケットにしまいこまなくてはならなかった。彼は絶望におしひしがれてしまった。街に人はどんどん増えていき、それにつれて大小の店も開きはじめたのでなおさらだった。

イヴァン・ヤーコヴレヴィチはイサーキエフスキー橋に行くことにした。そこならなんとかしてネヴァ川に投げ捨てられるかもしれない……。しかしこれは私の側に少々不手際があったのだが、ここまで、多くの点において敬すべき人物イヴァン・ヤーコヴレヴィチについてなにも話していなかった。

イヴァン・ヤーコヴレヴィチは、ロシアのまっとうな職人がみなそうであるように、ひどい飲んだくれだった。そして毎日他人の髭を剃っているくせに、自分の髭ときたら生まれてこのかた一度も剃ったことがなかった。イヴァン・ヤーコヴレヴィチの燕尾服（イヴァン・ヤーコヴレヴィチは決してフロックコートを着なかった）は、まだらになっていた。もとは黒かったのだが、いまや全体が黄土色や灰色の斑点だらけになっていたのだ。襟は脂でてかてか光り、ボタンが三つも取れ、糸だけが残っていた。イヴァン・ヤーコヴレヴィチは大の冷笑家だった。八等官のコヴァリョフは髭を剃らせるさいにはいつもこう言ったものだ――「イヴァン・ヤーコヴレヴィチ、きみはい

［5］

つも手が臭いねえ！」するとイヴァン・ヤーコヴレヴィチはこう答えた――「どうして臭いんでしょうな？」「知らんよ、きみ、とにかく臭うんだよ」――そう八等官に言われると、イヴァン・ヤーコヴレヴィチは嗅ぎ煙草をやってから、当てつけに八等官の首筋と言わず鼻の下と言わず耳の後ろと言わず顎と言わず――一言で言えば、気の向くままに石鹸を塗りたくってしまった。

この敬すべき市民はイサーキエフスキー橋に到着していた。まず周囲を見回した。それから橋の下に魚がたくさんいるかのぞきこむみたいにして欄干から身を乗りだした。そして布巾に包んだ鼻をこっそり投げ落とした。あたかも、十プードも一気に目方が減った気がした。イヴァン・ヤーコヴレヴィチはほくそ笑んですらいた。役人の髭を剃りに行くかわりに、ポンチ酒でも一杯やろうと「一品料理とお茶」と書かれた店にむかったが、突然橋のたもとに警察分署長がいるのに気がついた。堂々たる風采で、立派なあごひげをたくわえ、三角帽をかぶり、佩刀《はいとう》していた。イヴァン・ヤーコヴレヴィチはぎくりとした。警察分署長は彼を指で指して、こう言った――「そこのお前、こっちに来い！」

イヴァン・ヤーコヴレヴィチは礼儀を知っていたので、離れたところから帽子を脱いで、そそくさと歩み寄ると、こう言った――「旦那、ご健康をお祈りいたします！」

「いやいや、きみ、旦那じゃないよ。橋に立って何をしていたのか言ってみたまえ」

「とんでもございません。髭を剃りに行く途中、川の流れが速いか見ただけで」

「嘘をつけ、嘘を！　おざなりなことを言って逃げちゃだめだ。ちゃんと返事をしろ！」

「ねえ旦那、週に二度、いや三度でも、タダでお顔を剃らせてもらいたいと思っております」――

イヴァン・ヤーコヴレヴィチは答えた。

「なんだ馬鹿馬鹿しい！　私のところには三人も床屋が通ってきているし、みなそれが名誉だと思っているのだ。さあ、あそこでなにをしていたのか、話してもらおうか」

イヴァン・ヤーコヴレヴィチは真っ青になってしまった……。しかしここでこの一件は霧につつまれてしまい、どうなってしまったのか、皆目わからないのである。

二

八等官のコヴァリョフはかなりの早朝に目覚めると、くちびるで「ブルル……」とやった――これは朝目覚めた時に決まってやる動作で、自分でもなぜやるのかわからないのだった。コヴァリョフは伸びをして、テーブルの上に立ててあった小さな鏡を持ってこさせた。昨夜、鼻の上にできたにきびを見たかったのだ。ところが吃驚仰天したことに、鼻のかわりにまったいらな面だけがあったのである！　驚いたコヴァリョフは水を頼み、タオルで目をこすった。いやはや、本当に鼻がない！　彼は手であちこちつねったりしだした――自分はまだ眠っているのではないか？どうやら、そうではないらしい。八等官のコヴァリョフはベッドから飛び起き、身震いした。鼻がない！……。彼はすぐさま着るものを持ってくるように言いつけると、警察本部長のところにすっ飛んでいった。

だがここでこの八等官がどんな種類の人物か読者にわかるように、コヴァリョフについて多少なりとも話しておくべきだろう。八等官、この称号を卒業証書によって拝受するものを、カフカスでできあがった八等官とくらべることは到底できない。この二つはまったく別種のものなのだ。大学を卒業した八等官は……。だがロシアというのは不思議な土地で、ある大学を卒業した八等官について話そうものなら、リガからカムチャッカに至るまであらゆる場所の八等官が等しく自分のことにちがいないと思うのだ。同じことがあらゆる称号や官職について当てはまるのだ。コヴァリョフはカフカスの八等官だった。彼はこの地位についてまだ二年しかたっていなかったので、一瞬たりともそのことを忘れることができなかった。さらに品格と重みを増すために、決して自分では八等官と名乗らず、少佐と称していた。「いいかい、かわいこちゃんよ」――彼は街で胸当てを売っている既婚女性に会うと、きまってこう言うのだった。「うちにおいでよ。私のうちはサドーヴァヤ通りにあるんだ。コヴァリョフ少佐はここにお住まいですか？って聞くだけで、みんな教えてくれるよ」どこかの別嬪さんに出会おうものなら、さらに秘密の指示をつけ加えるのだった。「かわいこちゃんよ、コヴァリョフ少佐のアパートって訊ねるんだよ」まさにこんな具合なので、私たちもこの八等官を少佐と呼ぶことにしよう。

コヴァリョフ少佐はネフスキー通りをぶらぶら歩くのを日課としていた。その胸当ての襟はいつも過度に清潔で糊がきいていた。その頰髭はいまでも県や郡の役場の測量技師や、建築家や連隊付きの医師、さまざまな警察業務を果たす人々や、真っ赤な、まん丸な顔をしてトランプのボストン遊びが上手な諸氏なんかには総じて見られるものだった。この頰髭は頰のちょうど真ん中を通ってまっすぐ鼻にまで達している。コヴァリョフ少佐は紅玉髄《べにぎょくずい》の印章をたくさん持ち歩いていた――さまざまな紋章や、水曜、木曜、月曜などと彫りこんであるものだ。コヴァリョフ少

［8］

佐がペテルブルグにやって来たのはある必要から——その官位に見合った職を探してのことだった。あわよくば県の副知事か、どこか立派な部署の会計検査官に就けるかもしれない。コヴァリョフ少佐は結婚するのもやぶさかではないと思っていたが、それは花嫁に二十万ルーブルの持参金がある場合に限られていた。こうしたわけなので、なかなか悪くない整った鼻のかわりに、ただただまっ平らで間抜けな平面があることに気づいたとき、この少佐がどんな状態になったか読者は自ずから察せられようというものだ。

あいにく通りには一台の辻馬車もいなかった。そこでコヴァリョフ少佐は、マントに身をくるみ、プラトークで顔を隠してそこから血が出ている風にして歩いて行かなくてはならなかった。「だが、これは思いちがいかもしれない。鼻をうっかり失くすなんてありえない」——彼はそう考えて、鏡で見てみようと菓子店に入ってみた。折よく、菓子店には誰もいなかった。給仕人が店内を掃き、椅子を並べていた。眠そうな目つきで熱いピロシキを盆にのせて運び出すものもいた。テーブルや椅子の上にはコーヒーの染みがついた昨日の新聞が散らばっていた。「しめしめ、誰もいないぞ」——彼はつぶやいた。「いまなら見れるだろう」彼はおずおずと鏡に近づき、のぞきこんだ。「なんたることだ」——つぶやいて、唾をはき出した。「鼻のかわりになにかあるならまだしも、なんにもないじゃないか!……」

コヴァリョフは腹だたしげに唇を噛んで菓子店を出ると、いつもの習慣に反して、誰にも目をやらず誰にもほほえみかけないことにした。突然、彼はある建物の扉の前で棒立ちになってしまった。眼前に名状しがたい光景が広がっていたのだ。玄関の前に馬車がとまり、扉が開いた。制

〔9〕

服姿の紳士が身をかがめてぴょんと飛び出ると階段を駆けあがった。それが自分の鼻だと気がついたときのコヴァリョフの恐怖、そして驚愕といったらいかばかりだったろう！

この尋常ならざる光景に、目の中のものがすべてひっくり返ったかのような心地がし、立っているのもやっとのように感じた。しかし鼻が馬車に戻ってくるのをなんとしてでも待つことに決め、熱病にでもうかされたように全身を震わせてはいたが。数分後、鼻は実際に出てきた。鼻が着ている制服には金の刺繍がされ、大きな立襟がついていた。パンタロンはスエード製だった。腰には剣をさしていた。羽飾りのついた帽子から判断して、五等官の地位にあると見当がついた。様々な点から見て、どうもどこかを訪問するつもりのようだ。彼は左右を見ると、御者に叫んだ。「行ってくれ！」――そして馬車に座って行ってしまった。

哀れなコヴァリョフはほとんど気もくるわんばかりだった。このような奇妙な出来事をどう考えたらいいのか、皆目見当もつかなかった。実際、昨日までは自分の顔についていて、出歩くことなんてできなかった鼻が、制服を着ているなんてありえないではないか！　彼は箱馬車のあとを追って走りだしたが、幸いにも馬車はほど近いカザン大聖堂の前で停車した。

コヴァリョフは大聖堂に急いだ。以前は嘲笑っていた、目の部分だけ二か所開けて顔を布でくるんだ乞食の老婆たちの列をかきわけ、教会のなかに入った。教会内の参拝者はさほど多くなかった。みな入口あたりに立っているだけだった。コヴァリョフは混乱していたので、祈るような気もわいてこなかった。目を凝らしてあの紳士を隅から隅まで探してみた。ついに脇の方に立っている奴を見つけた。鼻は顔を大きな立襟のなかにすっぽり隠し、敬虔そのものの表情で祈りを捧げていた。

「どうやって奴に近づこう?」――コヴァリョフは考えた。「制服や帽子などなどから見るに、奴は五等官のようだ。どうしてそうなったのか、さっぱりだ!」

彼はそばで咳ばらいをはじめた。だが鼻は一瞬たりとも敬虔な姿勢を崩さずに、深々とお辞儀をくり返していた。

「もしもしあなた……」――コヴァリョフは内心でなんとか自分を励ましながら言った。「もしもしあなた……」

「なんですかな?」――むき直って鼻が言った。

「あなた、私には不思議なんですが……どうも……あなたがご自分の場所を知るべきじゃないかって。で、突然あなたを見つけたってわけです。どこでって、教会で。わかってもらえますかな……」

「失礼ですが、あなたがなにをおっしゃりたいのかわかりかねます……。ご説明ください……」

『どうやって説明したものかな?』――コヴァリョフは少し考えて、ええいままよと切り出した。「もちろん、私は……ところで私は少佐なのですが。わかってもらえると思いますが、私が鼻なしで歩かねばならないのは不調法でしょう。ヴォスクレセンスキー橋で皮を剝いたオレンジを売っている行商人の女かなにかだったら、鼻なしで座っていてもかまわないでしょう。ですが私は職を求めて……そのうえ、ほうぼうの家でご婦人方と知り合いだったりする……。チェフタリョーヴァ五等官夫人や、ほかの方々ですが……。ご自身で判断してみてもらえないでしょうか……。

［11］

私にはさっぱりわからないのですが（ここでコヴァリョフ少佐は肩をすくめてみせた）。失礼ですが……義務と名誉の観点に照らして見るならば……ご自身でお分かりに……」

「さっぱりなにもわかりませんな」――鼻は答えた。「もっと納得がいくようにご説明ください」

「もしもし……」コヴァリョフは彼本来の威厳をこめて言った。「あなたの言葉をどう理解したものか、わかりかねますな……。なにもかも火を見るより明らかじゃないですか……。それともあなたは……。だってあなたはまさにこの私の鼻なんですよ！」

鼻は少佐を見て、少し眉をひそめた。

「どうも、あなたはまちがっておられるようです。私は私ですよ。そのうえ、私たちのあいだにはいかなる接点もない。あなたの制服のボタンから判断するに、別の官庁にお勤めのようですな」

そう言うと、鼻は顔を背けて祈りのつづきをはじめた。

コヴァリョフは完全に面食らってしまい、どうしたらいいのか、なにを考えたらいいのかすらわからなくなってしまった。ちょうどその時、耳に心地よい淑女のドレスの衣擦れの音が聞こえてきた。近づいてきたのは中年の女性で、全身をレースで着飾っていた。彼女と一緒にいる華奢な女性は白いワンピース姿だった。ほっそりしたウェストにワンピースがよく似合い、輪郭をとてもかわいく見せていた。かぶっている帽子はクリーム色で、ケーキのように軽そうだった。彼女らの後ろには、立派な頰髭をたくわえ、まるまる一ダースものカラーをつけた背の高い従者が控え、嗅ぎ煙草入れを開けた。

コヴァリョフは近くに進みでた。胸当てのバチスト製の襟を突きだし、金鎖にぶら下げた印章

［12］

の位置を直し、周囲に微笑を振りまきながら、ほっそりした女性のほうに注意をむけた――女性は、春の花のように軽く会釈して白い手で額を押さえた。その指は半ば透き通っていた。コヴァリョフの微笑はさらに引き延ばされた――というのも、彼女の帽子の下に、丸みを帯びたはっとするほど白いおとがいと、春先のバラの色が影を落としたような頬がちらりと見えたからだった。しかしコヴァリョフは突然、火傷でもしたかのように飛びのいた。自分には鼻のかわりにまったくなにもないことを思い出してしまったのだ――目からは涙がじわりと滲んできた。彼は振りむいて、制服を着た紳士にあけすけに述べたてた――彼は五等官のふりをしているに過ぎない、ペテン師で卑怯者で、自分の鼻以外の何者でもないと……。だが鼻はもういなかった。まんまと逃げおおせて、また誰かの訪問に出かけたのだろう。

コヴァリョフは絶望のどん底に叩き落とされてしまった。コヴァリョフは引き返すと、柱廊の下で少々立ちどまって、どこに鼻が消えたのかあたりをきょろきょろ見回した。その帽子には羽飾りがあり、胸当てには金の刺繍がしてあったことをよく覚えていた。しかし外套がどんなものかわからないし、箱馬車の色も、馬もわからなければ、後ろにほかにどんな従僕を連れていて、どんなお仕着せを着せていたのかもわからなかった。その上、馬車があまりにもたくさん、すごいスピードで行ったり来たりしているので、目を留めることすら難しかった。仮に、うちの一台に目を留めたとして、停める手段などありはしなかった。太陽のまばゆい、すばらしい天気の日だった。ネフスキー通りは人出でごった返していた。ポリツェイスキー橋からアニーチキン橋までの歩道にはご婦人方があふれ、花の滝が吹きこぼれるかのようだった。あちらでは知り合いの

［13］

七等官が歩いていく――コヴァリョフはこの男を――とりわけ部外者の前では――中佐と呼んでやっていた。あちらにはヤルィギンだ――元老院の課長で、トランプのボストンで八枚取りをやればきまって負けてばかりいる大の親友だ。あちらには別の少佐だ――やはりカフカスで八等官をもらった口で、こっちに来いと手を振っている……。

「ちくしょう」――コヴァリョフは言った。「御者よ、まっすぐ警察本署長のところにやってくれ！」

コヴァリョフは無蓋の四輪馬車に乗りこむと、御者にこう怒鳴りすてた。「全速力で飛ばせ！」

「警察本署長はご在宅でしょうか？」――玄関ホールに足を踏み入れてコヴァリョフは叫んだ。

「不在にしております」――門衛が答えた。「たったいま外出されました」

「なんだって！」

「はい」――門衛が付け加えた。「とっくにというわけではありませんが、外出されました。ほんの少し早くおいでになれば、おそらくお会いできたでしょうに」

コヴァリョフは顔からプラトークを離さず、辻馬車に乗りこむと、絶望の叫びをあげた。「行けっ！」

「どちらにですか？」――御者が訊ねた。

「まっすぐ行けっ！」

「どうまっすぐ行きますか？　ここは曲がり角ですので。左ですか、右ですか？」

こう訊かれてコヴァリョフはいったん停止し、ふたたび考えこまざるをえなかった。置かれた状況からすれば、なによりもまず警察本部に駆けつけるべきだった。それはこの一件がじかに警

［14］

察沙汰だからというわけではなく、ほかの場所に行くよりもはるかに迅速に処理してくれるからだった。鼻が自分がそこに勤務していると公言している部署に善処を求めるのは愚かというもので、というのも鼻自身の返答からもわかるように、こいつには神聖侵すべからずものなどなにもなく、さっき嘘をついたときのようにこちらと一度も会ったことがないと嘘をつくことも可能なのだ。そこで、コヴァリョフとしては警察本部に向かうよう命令したかったのだが、ふたたびこんな考えが脳裏をよぎった――あのペテン師のいかさま師は最初に会ったときにすでにあれほど厚顔無恥に振る舞ったのだから、またしてもずるく立ち回り、この時間を利用して、うまい具合に街からこっそり逃げ出すなんてこともしでかさないともかぎらない――そうなれば捜索したところで万事無駄になるし、（そうなったらはなはだ困るが）まる一か月かかるということにもなりかねない。ついに、ほかならぬ天の啓示を受けたかのように閃いた。コヴァリョフは新聞発送課に直接出向くことにした――前もってあらゆる特徴を載せた広告を出稿し、誰であっても奴に会ったらすぐにこちらに引っぱってこれるように、あるいはせめてその滞在場所を教えられるようにするのだ。そうすると決めると、コヴァリョフは御者に新聞発送課に向かうように命じ、道中ずっとげんこつを御者の背中に食らわせてこう宣っていた――「急げ、卑怯者！　急げ、ペテン師め！」「ああ、旦那！」――御者は何度もそう言いながら、頭を振り振り、ムク犬のような長い毛並みの馬に手綱の鞭をくれるのだった。やっと馬車が停まり、コヴァリョフは息せき切って受付の小さな部屋に駆け込んだ。そこでは着古したフロックコートに眼鏡をかけた白髪頭の官吏が着席しており、ペンを歯に咥えながら、持ちこまれた銅貨の勘定をしていた。

［15］

「どちらが広告の担当かな？」――コヴァリョフは声を張り上げた。

「これはこれは、ごきげんよう！」――白髪頭の官吏は言って、一瞬ちらりと目線を上げたが、またあちこちに積まれた銅貨の山に戻してしまった。

「広告をお願いしたいのですが……」

「すみません。少しだけお待ちください」――そう言って官吏は片手で紙に数字を書きこみ、左手の指で算盤の玉を二つ弾いた。モールの記章をつけ、いかにも貴族の屋敷に住んでいるという風采の従僕がメモを手に柱の傍に立っているのだが、この男は自分の社交性を披瀝するのが礼儀と心得ているようで、こんなことを言った――「信じられますかい、旦那、その子犬は十コペイカ玉八枚の価値もありませんや。私なら二コペイカ玉八枚だって払いませんけどね。でも伯爵夫人がそいつをかわいがることといったら大変なもんで――見つけ出した人には百ルーブル出すなんて！　丁重に申し上げるなら、いまの私とあなたのように、人の好みは千差万別ですからね。狩猟家なら、セッターかプードルを所有していなくてはなりませんし、五百は惜しみませず、千でも出す。でも犬は上等なものをと言うわけです」

堂々たる官吏はこれを意味深長な顔つきで聞いていたが、同時に勘定もつづけていた。持ちこまれたメモが何文字か数えていたのだ。周囲には老婆や、商店の売り子、屋敷番やらがメモを手に大勢立っていた。あるメモには、飲酒癖なき御者、放免にて奉公予定などと書いてある。別のには、新古品の四輪幌馬車、一八一四年にパリから輸入などと書いてある。あちらには洗濯仕事経験ありの十九歳の屋敷勤めの女、ほかの仕事にも有用、放免にて奉公予定とある。頑丈な軽馬車、ばね一か所なし、というのもあれば、葦毛の若い悍馬《かんば》、生後十七年というのもあったし、ロンドンより届いたばかりの蕪と大根の種というのもあったし、種々の長所ありの別荘《ダーチャ》、馬用仕切り板二枚と、白樺と樅のすばらしい庭を敷設可能の用地つき、なんていうのもあった。古い靴底の購入希望者に、毎日八時から午前三時まで開催される競売に来場するよう誘うものもあった。こうした一団をおさめる部屋は狭く、ひどくむっとするような空気がたちこめていた。だが八等官コヴァリョフは臭いには気づかなかった。というのもプラトークで顔を覆っていたし、肝心の鼻がどこかにいってしまったからだった。

「もしもし、お頼みしたいのですが……。ことは切迫しているんです」——しまいにはしびれを切らして言った。

「はいはい、ただ今！　二ルーブル四十三コペイカ！　ちょっとお待ちを！　一ルーブル六十四コペイカ！」——白髪頭の官吏は、老婆や屋敷番の目の前にメモをほうり投げながら言った。「それであなたのご用件は？」——やっとのことでコヴァリョフの方を向いて言った。

「お頼みしたいのは……」——コヴァリョフは言った。「あったのは詐欺というか、ペテンというか、いまに至るまでさっぱりわからないのです。私はただ、あの卑怯者を引き渡してくれたら、十分な報酬を差し上げるという文面を印刷してほしいのです」

「すみません、あなたのお名前は？」

「いやいや、なぜ名前なんか？　そんなものを言う必要はありませんよ。私には知り合いも多いんです。チェフタリョーヴァ五等官夫人とか、パラゲーヤ・グリゴリエヴナ・ポドトーチナ佐官

［17］

夫人とか……。まったく、冗談じゃない！　たんにこう書いてくれないでしょうか。八等官、いや――少佐の地位にある者――こちらの方がいいな」

「で、お逃げになったのはあなたの下男でしょうか？」

「なんだって下男なんか？　そんなのはまだそれほど大きなペテンじゃありませんよ。私から逃げたのです……鼻が……」

「ふむ！　なんと奇妙な名前でしょう！　そのハナ氏はあなたから大金を盗んだわけですか？」

「鼻というのはつまり……あなたは考えちがいをしておられる！　鼻だよ、私自身の鼻がどこかに行ってしまったんだ。悪魔が私を笑いものにしようとしたんだ！」

「どういうわけでいなくなったんです？　私にはなんだかよくわかりかねますが」

「どういうわけかなんて、言えるわけないだろう。でも大事なのは、いま奴は街を馬車で徘徊し、五等官と自称していることなんだ。だからこそこうして、奴を捕まえて可及的速やかにこちらに引き渡してほしいという広告を出してくれと頼んでいるんだ。実際、あれほど目立つ部分なしでどうしたらやっていけるっていうのか考えてみてくださいよ。足の小指かなんかであれば、ブーツを履いてしまえばなくなっても誰も気づきませんが、そういうわけにもいかんのです。私は毎週木曜日にはチェフタリョーヴァ五等官夫人を訪問するし、パラゲーヤ・グリゴリエヴナ・ポドトーチナ佐官夫人とそのすてきな娘さんともごく親しい仲なのに……。自分でも考えてみてくださいよ、いったいいま、私はどうすれば……。あの方々のところに行けないじゃないですか」

　官吏はじっと考えこんでいた――それは固く結んだ唇からも知れた。

［18］

「いいや、そんな広告を新聞に載せるわけにはいきません」――長い沈黙のあと、男は言った。

「なんだって？　どうして？」

「つまり、新聞が評判を失ってしまいます。もしみんな鼻が逃げ出したとかそんなことを書きだしたらですね……。すでに載っているのは荒唐無稽な作り話やガセネタだらけだって言われてますから」

「この件のどこが荒唐無稽なんです？　そんなことはまったくないようですが」

「あなたにはそう思われるんでしょう。先週も同じようなことがありました。お役人が――ちょうどあなたがいま来たみたいに――メモを持ってやって来たんです。料金は二ルーブル七十三コペイカになりました。広告の趣旨は黒毛のプードルが逃げたというだけのものでした。それがどうしたってお思いですかな？　ところが誹謗文が出回ったのです。そのプードルが出納長官のことだ、と。どこの機関かは忘れましたが」

「私はプードルの広告を頼んでるわけじゃない。自分の鼻の件なんですよ。つまり、ほとんど自分のことなんです」

「いいや、そのような広告は絶対載せるわけにはいきません」

「本当に鼻がいなくなったんだ！」

「もしなくなったのなら、それは医者の管轄でしょう。なかにはお好みの鼻をくっつけてくれるのもいるようですよ。ですが、見たところあなたは陽気な性分にちがいありますまい。世間を騒がすのがお好きなようで」

［19］

「天地神妙に誓ってもいいが本当なんだ！　そこまで言うのなら、どうやら、あなたにはお見せしなくてはならないようだ」

「ご面倒にはおよびません！」――嗅ぎ煙草を嗅ぎながら官吏はつづけた。「しかしもし面倒でないのなら」――彼は好奇心に駆られて付け加えた。「ぜひ拝見したいものです」

八等官は顔からプラトークをはなした。

「実際、ひどく奇妙なもんですな！」――官吏は言った。「つるつるときている――まるで焼きたてのブリヌイ〔クレープやパンケーキに似たロシアの食べ物〕みたいだ。まったく、信じられないほどまっ平らだ！」

「それで、まだ議論されますかな？　これで広告を載せないわけにはいかないと、ご自身の目でお確かめになったでしょう。そうなればあなたには格別感謝しますし、この機会にあなたとお知り合いになれてとてもうれしく思います……」

この様子からもわかるように、今回少佐は少しばかり下手に出ることにした。

「もちろん載せるのは、大したことじゃありません」――官吏は言った。「そんなことをしても、あなたの益にはこれっぽっちもなりゃしませんよ。それでもお望みなら、どなたか筆のたつ人物に頼んで、この件を自然の生んだ珍事として書いてもらい（ここで官吏はまた嗅ぎ煙草をやった）、『北方の蜜蜂』紙に（ここで鼻をぬぐった）載せることです。若者のためになりますし、大衆の関心も惹くでしょう」

八等官は絶望のどん底に突き落とされてしまった。ふと目線を落とすと新聞に観劇情報が載っていた。彼の顔は思わずにんまりとほころんだ——そこにある美人女優の名前を見つけたからで、手をポケットに突っこんで五ルーブルの青紙幣がないか探った。というのも、コヴァリョフの考えでは、佐官たるもの平土間席に座らなければならなかったからだ——しかし鼻のことを考えると、すべて台無しではないか！

官吏自身もコヴァリョフの苦境に心を動かされたようだ。その悲嘆を幾分なりとも和らげるべく、一言二言、慰めの言葉をかけるのが礼儀と考えたようだ。「私も、正直、そんなこっけいな目にお遭いになるなんて非常にお気の毒だと思いますよ。嗅ぎ煙草でもおやりになりませんか？これをやれば頭痛はとれますし、沈んだ気分もどうでもよくなります。痔関係にすら効きますしね」こう言って官吏は、蓋（帽子をかぶったどこかの女性の肖像が描いてあった）を本体の下に至極器用に折り曲げながら、コヴァリョフに煙草入れを差しだした。

何気ない行動だったが、これでコヴァリョフの堪忍袋の緒が切れてしまった。「冗談を言うのも時と場所をわきまえたほうがいい」——かんかんになってコヴァリョフは言った。「私にはその匂いを嗅ぐものがないというのがまさかわからんのか。あなたの煙草なんてどうでもいい！　その下品なベレジナ煙草だけじゃない、たとえラペー煙草を出してきたとしても今は見たくもないんだ」そう言い捨てると、コヴァリョフはひどく立腹したまま新聞発送課を後にし、砂糖に目のない警察本部長のところにむかった。この本部長の家には玄関から食堂まで、至るところに棒砂糖のかたまりが置かれていた。懇意にさせてもらっているお礼という体で商人が持ちこんだのだ。このときは料理女が本部長の足から官製のブーツを脱がしているところだった。すでに剣や装備は部屋の隅に安置され、いかめしい三角帽はその三歳の息子がいじっていた。本部長は戦いにあけくれたあとで、世俗の喜びを味わう手はずを整えていた。

コヴァリョフが入ってきたのは、本部長が伸びをして、喉を鳴らして、こう言ったときのことだった――「いやはや、二時間ばかり寝られそうだぞ！」ゆえに、八等官の訪問はまったくもって間の悪いことだったのは想像に難くない。わからないが、このとき、たとえコヴァリョフがお茶かラシャの数フントを持参したとしても、心からの歓迎というわけにいかなかったろう。本部長はあらゆる芸術工芸品、織物の大の愛好家ではあったが、政府発行の紙幣におよぶものはなかった。彼はいつも話していた――「これよりもいいものなんてなにもない。食べ物も欲しがらないし、場所もほとんどとらない、いつだってポケットに収まるし、落としても壊れない」

本部長はコヴァリョフにかなり冷淡に対応し、食後は捜査をする時間ではないとか、満腹後はしばらく休むのが自然の定めだとか（ここからわれらが八等官もわかったのだが、本部長は古の賢人の金言に暗くないようだ）、ちゃんとした人間は鼻などとれないとか、世間にはきちんとした下着すらつけずに公序良俗に反する場所をほっつき歩いている少佐など山ほどいるとか言った。

つまり急所を突かれたのだ！　コヴァリョフがきわめて怒りっぽい人間だったことは、指摘しておかねばならない。彼は自分自身についてならなにを言われても大目に見たが、官位や称号に関することになると決して許さなかった。演劇の中でも、尉官はどんな扱いをされても構わないが、佐官にはいかな攻撃も許されないとすらコヴァリョフは思っていた。本部長の応対にコヴァリョフはひどく当惑したので、頭を振って、両手を少し広げ、自尊心をあらわにしてこう言った

［22］

――「あなたの側からこのような侮辱的な見解をいただいたあとでは、正直なところなにも付け加えることはありませんね……」そして出ていってしまった。

コヴァリョフは家に帰ってきたが、足元もおぼつかないほどへとへとだった。すでに黄昏時になっていた。不首尾に終わった捜索の一部始終のあとでは、彼の住居は物悲しい、いや非常に忌々しいようにすら感じられた。玄関ホールに入ると、垢だらけの革張りのソファに仰向けになって寝ている下男のイヴァンが目に入った。天井めがけて唾を吐き、ほとんど同じ場所に命中させている。このいかにも呑気な様子にかっとなった。コヴァリョフは下男の額を帽子で打ち、こう言い足した――「この豚野郎め、いっつも馬鹿なことばかりしやがって！」

イヴァンはがばと飛びおき、全速力で駆けよって主のマントを脱がせにかかった。

自室に入ると、疲れ、悲しみに沈んだ少佐は、安楽椅子に倒れこみ、ため息をなんどかついたあとでついに口を開いた。

「大変だ！　大変だ！　なぜこんな災難が？　手や足が一本ないほうがまだましだ。両耳がなくっても嫌ったらしいがまだ我慢できる。だが鼻がないとなると、いったいなんなんだ。鳥じゃない鳥、人じゃない人――そんなものはとっつかまえて窓から放り出せってなもんだ！　戦争や、決闘で削ぎ落とされたとか、自分自身でとかならまだ理由になる。だがなんのわけもなく、一文にもならずに消えちまうんだから……！　いやいや、ありえない」――少し考えて、コヴァリョフは付け加えた。「鼻がいなくなるなんてありえない。なにがあってもありえない。こんなのは夢でも見ているか思いこみにちがいない。たぶん水とまちがえてウォッカを飲んでしまったのかも

［23］

な。髭を剃ったあとに顎につけるやつだ。イヴァンの馬鹿が片づけなかったせいで、たぶんやっちまったんだ」

酔っていないかどうか実際に確かめようと、少佐は自分で自分をつねってみた――それがあまりにも強くて、思わず叫び声をあげた。この痛みで、自分が現実世界に生き、活動しているのがはっきりわかった。彼はそっと鏡に近づき、まず目を細めてみたが、それはひょっとしたら鼻が元の場所にあるのではないかという考えからだった。だが、すぐにこう言って後ろに飛びのいた――「なんとおぞましい顔だ！」

これはまったく不可解だ。もしなくなったのがボタンや銀のスプーン、時計とかそんなものならよかったのに、よりによってなぜ？　おまけに、ほかならぬ自分の家でときている！……コヴァリョフ少佐はあらゆる事情を思い描いて、真相に一番近いのはこれだという説に思い至った。悪いのはほかならぬポドトーチナ佐官夫人にちがいない。娘を自分と結婚させたがっていた人物だ。コヴァリョフの方でもすすんで娘に言い寄っていたのだが、決着は避けていたのだ。佐官夫人が娘を彼にやりたいと面と向かってはっきり述べたさい、コヴァリョフは自分はまだ若く、まだ五年ほども勤める必要があり、そうすればちょうど四十二歳になるとか言って波風立てずにお愛想を振りまいて逃れてしまった。そこで佐官夫人はきっと復讐心からかこちらに呪いをかけることにし、呪い女の類を雇ったのだ――そうでもなければ鼻を削ぎ落とすなんてどう考えても不可能だからだ。誰も部屋には入らなかった。床屋のイヴァン・ヤーコヴレヴィチが髭を剃ったのは水曜日だったが、水曜日のその後はずっと――木曜日などは終日――鼻は無事だった。このこと

［24］

は彼もよく覚えていたし、知っていたのだ。そのうえ痛みを感じたろうし——まちがいない——傷もこんなに早く治ってブリヌイのようにすべすべになるはずもない。彼は頭の中で計画を立てた。佐官夫人を正式な手続きで法廷に召喚するか、彼女のところに自分から出ていって暴いてやろうか。彼の思考は扉のあちこちの隙間から差しこんできた光のせいで中断された——どうやら玄関ホールでイヴァンがもう灯りをつけたのだ。じきに当のイヴァンが、自分の前に灯りをかかげて部屋中を煌々と照らしながら姿をあらわした。とっさにコヴァリョフはプラトークをつかんで昨日まで鼻があった場所を覆った——実際、己の主人がかくも奇妙な事態に陥っているのを見て、愚かな人間にあっけにとられてほしくないと思ってのことだった。

イヴァンが自分の控えの間に下がるやいなや、玄関ホールから見知らぬ声がこう言うのが聞こえてきた。「八等官のコヴァリョフ少佐はこちらです。お入りください」コヴァリョフは慌てて飛び起きるとドアを開けた。

「コヴァリョフ少佐はこちらです。お入りください」

入ってきたのは立派な風采の警察官、頬髭の色は明るすぎず、暗すぎず、頬はぽちゃぽちゃしており、この話の冒頭でイサーキエフスキー橋のたもとに立っていたまさにあの人物だった。

「あなたはご自分の鼻を失くしていませんか？」

「まったくその通りです」

「たったいま見つかりました」

「なんですって？」——「コヴァリョフ少佐は声を上げてしまった。よろこびで舌が動かなくなった。目の前に立っている分署長をまじまじと見つめた――そのぽってりした唇や頬は、蠟燭の揺らめく灯りにあかあかと照らし出されていた。「どういう具合で？」

「奇妙な偶然のおかげです。旅に出る寸前のところを押さえました。すでに駅馬車に乗りこんで、リガに行こうとしていました。パスポートも別の役人の名前でとっくに取得していました。そして不思議なことに、はじめ私自身も奴をきちんとした人物と思ってしまったのです。ですが幸運にも私は眼鏡を持っていましたので、鼻だと気づけたのです。私は近視なので、目の前に立たれても顔があることがわかるぐらいで、鼻も、顎もなにもわからないのです。義母、つまり私の妻の母もなにも見えないのですが」

コヴァリョフはすっかり興奮していた。「どこに奴はいるのですか？　どこに？　いま飛んでいきますから」

「ご心配には及びません。あなたがご入用でしょうからお持ちしています。奇妙なのは、本件の主犯がヴォズネセンスキー通りのいかさま師の床屋なことでして。いま奴は留置場に入っています。私はずっと前からこの人物に暴飲と窃盗の嫌疑をかけていましたが、つい二日前、ある店からボタンを一揃いくすねたのです。あなたの鼻はまったく元のままです」そして分署長はポケットに手を入れ、そこから紙にくるまれた鼻を取り出した。

「これだ！」――コヴァリョフは叫んだ。「まさしくこれです！　今日お茶をご一緒させてください」

「お気持ちは大変ありがたく思うのですが、無理なのです。これから矯正院に行かなくてはなりませんので……。近頃はなにもかもひどい物価高ですなあ……。家には義母、つまり妻の母親と子供たちがいるものでして。上の子はとくに期待が持てそうなのですが。とても利発な少年なのですが、養育費がどうにも首がまわらないもので……」

コヴァリョフは察し、テーブルから十ルーブルの赤紙幣を一枚ひっつかむと、分署長の手に押しこんだ。分署長は一礼をして出ていったのだが、すぐに外からその声が耳に飛びこんできた——歩道に四輪荷馬車を乗り入れた愚かな農夫の口元に分署長は一発お見舞いしていたのだ。

八等官は分署長が出ていったあともしばらくのあいだなにやらぼんやりとしてしまい、見たり、感じたりできるようになるまで時間がかかった。このような人事不省の状態になったのも、不意によろこびが訪れたからだ。彼は見つかった鼻を両の手のひらを重ねてうやうやしく取りあげ、もう一度まじまじと眺めた。

「まさにこれだ！　左側に昨日できた吹き出物もある」

少佐はうれしさで笑いだしそうになるのをこらえた。

だがこの世には長続きするものなどなにもなく、よろこびも次の瞬間にはさほど活き活きとしたものではなくなってしまい、その次の瞬間にはさらに弱まり、しまいには普段の心の状態といつの間にか溶けあってしまうものなのだ——水に落ちた小石のまわりに生まれた波紋が、しまいには滑らかな水面に溶けあうのと同じことだ。コヴァリョフは考えこんでしまい、ことはまだ片付いていないのだと理解した。鼻は見つかった。だが本当に必要なのはそれをくっつけて、元の場所におさめることだ。

［26］

［27］

「仮に、くっつかなかったら？」

自分で問いかけたこの疑問に、少佐はさっと青ざめた。

名状しがたい恐怖をいだいてコヴァリョフはテーブルにすっ飛んでいくと、鼻を曲がってつけないように鏡を手近に引き寄せた。両手は震えていた。注意深く、用心深く、鼻を元の場所に置いた。ああ、なんということか！　鼻はくっつかないではないか！……コヴァリョフは鼻を口元に持っていき、そっと息を吹きかけて温め、もう一度両頬のあいだのすべすべした元の場所に押し当ててみた。しかし鼻はどうしてもくっつかなかった。

「この！　この！　くっつけったらこの馬鹿野郎！」――コヴァリョフは話しかけていた。だが鼻は木でできたかのように、コルク栓みたいなヘンテコな音をたててテーブルに落ちてしまうのだった。少佐の顔は引きつったかのように歪んでしまった。「本当にくっつかないのか？」――驚いてそう口走った。だが何度元の場所に持っていっても、骨折りは依然、無駄に終わるのだった。

彼は金切り声をあげてイヴァンを呼びつけ、医者を呼びに行かせた。医者は同じ建物の二階、もっといい部屋に住んでいるのだった。この医者は黒々とした見目うるわしい頬髭を生やし、健康な夫人を妻にした押しだしのいい男性で、朝には新鮮なリンゴを食べ、ほとんど四十五分もかけてうがいをし、五種類の歯ブラシで歯を磨いて、口内を異常なまでに清潔な状態に保つのだった。医者はすぐにやってきた。不幸があってからどのくらい経つのか訊いてから、医者はコヴァリョフ少佐の顎をもって引き上げ、親指で鼻があった場所を弾いてみたが、そのせいで少佐は頭を思いっきり後方に反らすことになり、後頭部を壁にぶつけてしまった。医者は大丈夫ですよと

［28］

言い、壁からもう少し離れるようにと告げ、少佐の頭をまず右側にたおさせ、鼻があった場所を触った。そして言った――「ふむ！」それから今度は頭を左側にかたむけさせて言った――「ふむ！」――そして最後にまた親指で顔を弾いたので、コヴァリョフ少佐は歯をのぞかれた馬のように頭をのけぞらせた。こんな検査をしたあとで医者は首を振って言った――「これはダメですな。このままにしておいたほうがいいでしょう。なにかすればひどくなりかねませんから。もちろん、くっつけることは可能でしょう。おそらく、いまくっつけてさしあげることはできます。しかしあなたにとって事態は悪化すると思います」

「かまいませんよ！　どうやって鼻なしでいられます？」――コヴァリョフは言った。「いまよりもさらに悪くなるなんて、ありえないですよ。いったいどうしたらいいんですか！　こんな屈辱的な状態でどこに行けばいいって言うんです？　立派な方も知り合いにおりますし。今日、二軒のお宅の夜会にうかがわなくてはならないんです。知り合いはたくさんいるんです。チェフタリョーヴァ五等官夫人とか、ポドトーチナ佐官夫人とか……。もっとも今回のような仕打ちのあとでは、彼女とは警察を通してしか関わらないでしょうが。なにとぞお願いします」――コヴァリョフはすがるような声で言った。「なにか手段はないものでしょうか？　どうにかしてくっつけてください。ちゃんとじゃなくても、せめて落ちない程度には。危なくなれば手でちょっと支えておくこともできますから。ダンスも踊りません。不用意な動きで傷つけでもしたら大変ですからね。ご来診の謝礼についても、信じていただきたいのですが、私にできるだけのことはしますので……」

［29］

「信じてもらえるかはわかりませんが」――医者は大きくも、小さくもないが、非常に丁重かつ魅力的な声音で言った。「私は打算から治療しているわけではありません。そんなものは私の原理原則や私の医療と相いれないものなのです。たしかに、往診料はとっておりますが、それもお代を辞退して相手を傷つけないようにという理由からだけなのです。もちろん、あなたのお鼻をくっつけることはできるでしょう。ですが、名誉にかけて言いますが、仮に私の言葉を信じてもらえませんとはるかにひどいことになります。自然そのものの働きにゆだねてはどうですか。もっと頻繁に冷たい水で洗えば、鼻をつけているのと同じくらい、なくても健康でいられると断言しますよ。鼻のほうは瓶に入れてアルコール漬けにしておけば――あるいは大さじ二杯の強いウォッカと温めたお酢をそこに加えればもっといいでしょう――かなりの額を稼げるんじゃないでしょうか。あまりに高額でなければ、私の方で引きとってもかまいません」

「いや、いや！　いくら積まれようが売るなんてとんでもない！」――コヴァリョフ少佐は絶望して叫んだ。「そんなのならなくなったほうがましですよ！」

「申し訳ありません」――医者はお辞儀をして言った。「お役に立ちたかったのですが……。仕方ありません！　少なくとも当方の努力はわかってください」こう言うと医者は物腰柔らかに部屋から出ていった。コヴァリョフはその顔すら目に入らなかった――感覚を一切消失してしまったなかで見えたのは、医者の黒い燕尾服の袖からのぞいていた雪のように白く清潔なシャツのカフスぐらいのものだった。

その翌日、彼は告訴に先立って佐官夫人に手紙を書くことにした。彼女が争いを避けて、こちらにしかるべき状態を返すつもりがあるかどうかを訊くためだ。手紙はこんな内容だった。
「拝啓
アレクサンドラ・グリゴリエヴナさま！*
あなたの行動の不可解さに苦しんでおります。信じていただきたいのですが、このような行動をなさっても、なにも得るものはありませんし、私がご令嬢と結婚することにもなりません。自分の鼻の件で、ほかの誰でもないあなたが首謀者であろうことは私には明々白々なのです。その本来の場所からの突然の蒸発、逃走、変装——それも役人のふりをしたり、しまいには元の姿に戻ったりなど——は、あなたやあなた同様やんごとなき仕事に従事する人物の呪いの仕業にちがいありません。私としてはあなたに以下のことをあらかじめ通告するのを義務とみております。もし私の鼻が今日中に元の場所に戻らない場合、私は法律の庇護に頼らざるをえないということです。
しかしながら、あなたとお付き合いできますことを大変な名誉と考えております。
あなたの忠実なる僕《しもべ》
プラトン・コヴァリョフ」

* ［訳注］小説の初出ではこの人物の名前はパラゲーヤ・グリゴリエヴナ・ポドトーチナだった。

［31］

「拝復
プラトン・クジミーチさま！
あなたからのお手紙に大層おどろいております。正直に申しまして、思いもしなかったことです し、あなたからの根も葉もない非難についてはなおのことでございます。あらかじめ申し上げて おきますと、あなたがおっしゃる役人だかの人物は、変装しましょうが、本来の姿でしょうが、 一度も宅に足を踏み入れたこともございません。たしかにフィリップ・イヴァーノヴィチ・ポタ チニコフ氏はたびたびお見えになっています。そして確かにこの方は娘に求婚したかったようで す——品行方正で博学多才の人物ですが、私は彼に希望をあたえるような振る舞いは一度たりと もしておりません。あなたは鼻のことにも触れておられます。仮にあなたが、私があなたを鼻で あしらおうとしている——つまりあなたに正式な断りをいれようとしているとおっしゃりたいの なら、ほかならぬあなたがそんなことをおっしゃるとは驚きですし、私はといえば、あなたもよ くご存じの通りまったく逆の考えでした。つまりもしあなたがいまからでも、私の娘に正式に求 婚なさるのなら、私は即座に認めるつもりでおります。なぜならそれこそが、常に私のもっとも 強い望みだからです。その望みのためなら、いつもあなたのお役に立つ所存の
アレクサンドラ・ポドトーチナ」

「いやいや」——手紙を読み終えてコヴァリョフは言った。「ポドトーチナ佐官夫人はまちがいな く無実だな。ありえない！　この手紙は、犯罪を犯した人間にはとても書けない類のものだ」八

等官はカフカス地方にいたさいには何度か取り調べに派遣されたこともあったから、この手のことはよく知っていた。「いったいどうしたわけで、どういう運命のいたずらで、こんなことが起こったんだ？　さっぱりわからない！」——コヴァリョフはそう言って、肩を落とした。

そうこうするうちにこの尋常ではない事件についての噂が首都のすみずみまで広がった——よくあることだが、それには風変わりな尾ひれがついていなくもなかった。当時は人々みなの関心がちょうど異常な出来事にむけられていた。近頃、動物磁気の実験が大衆の関心を惹いたばかりだった。さらにコニューシェンナヤ通りの踊り椅子の話もまだ記憶に新しく、八等官コヴァリョフの鼻がきっかり三時にネフスキー通りをうろつくという噂がすみやかに広まりだしたのは驚くにあたわない。毎日、野次馬が大勢つめかけた。誰かの話では、鼻はユンケル商店にいたという——するとユンケル商店のまわりには黒山の人だかりで、警察が駆り出される始末になった。ある山師——劇場の入口で菓子屋から仕入れてきた干乾びたピロシキを各種売っていた、頬髯を生やした立派な風采の男——などは見栄えのする頑丈な木製ベンチをわざわざこしらえて、その上に客を乗せてやってひとり当たり八十コペイカの料金をとったほどだった。ある戦争功労者の元大佐はこのためにわざわざ家をいつもよりも早く出て、大変な苦労をして群衆をかきわけてきたのだが、店のウィンドーに見えたのは鼻のかわりにごく平凡な毛糸のセーターと石版刷りの絵だけだったのには大いに憤慨した。絵には片側のストッキングを直している女性と、それを樹の陰から見ている前開きのベストに顎鬚をちょぼちょぼと生やしたしゃれ男が描かれており、その場所に掛けられてからゆうに十年以上は経過していた。その場から離れると、元大佐は腹をたてて言った——「どうしてこんな、愚かな、根も葉もない噂に人々は惑わされるのだろう？」

そのあと、コヴァリョフ少佐の鼻がうろついていたのはネフスキー通りではなく、タヴリーダ庭園だという噂が流れた。ずっと前にペルシャ皇太子ホズレフ＝ミルザが滞在していたころから奴はそこにいて、この自然の奇妙ないたずらに皇太子は大いに驚かれたらしい。外科専門学校の学生には、そこに行ってみたものも何名かいた。さる高名な、身分の高いご婦人は、公園管理人に手紙を書いて、子供たちにその稀なる現象を見せてやってほしい、可能ならば、若者向けの教訓的でためになる解説もつけてやってほしいと依頼した。

こうした出来事はみな、夜会がなくては生きていけない社交界の紳士を大いに沸かせた——彼らはご婦人を笑わせるのをことのほか好んだが、当時、話のタネが払底していたからだった。ごく一部の、尊敬すべき良識ある人々はひどく気分を害していた。ある紳士は憤慨して、この現在の、啓蒙の世紀にどうして馬鹿馬鹿しい作り話が広まってしまうのか理解できないし、政府の無関心さにもあきれてしまうと話していた。明らかにこの紳士は、万事につけて——はては毎日の夫婦げんかにさえ——政府の介入を望む、あの手合いのひとりであるようだ。このあとは……しかしここでふたたびこの一件の全貌は霧につつまれてしまい、その後どうなったのかさっぱりわからなくなってしまうのだ。

三

この世ではまったく馬鹿げたことが起こるものだ。ときに本当らしさのかけらもないことすら起

［34］

こる。五等官のなりをして馬車を乗りまわし、市内にあれほどの騒ぎを巻きおこしたあの鼻が、突如、ほかならぬコヴァリョフ少佐の両頰のあいだの元の場所にふたたび収まっていたのだ。四月も七日になろうかというときだった。目を覚まして何気なく鏡をのぞきこんだコヴァリョフが見たものは――鼻だ！――手で触ってみる――たしかに鼻だ！「おおっ！」――コヴァリョフはよろこびのあまり、すんでのところで裸足でトレパーク〔ロシアの民族舞踊〕を部屋中ところせましと踊りだすところだったが、イヴァンが入ってきて妨げられた。コヴァリョフはすぐに洗顔の用意をするよう言いつけ、顔を洗いながらもう一度鏡を見てみた。鼻だ！　タオルで顔をふきながら、またもや鏡をのぞきこんだ。鼻だ！

「見てくれないか、イヴァン、どうも鼻に吹き出物みたいのがあるようなんだが」――こう言って、コヴァリョフはそのあいだ考えていた。「イヴァンがこう言ったら悲劇だぞ――『いいえ旦那、吹き出物どころか鼻自体がありませんや！』」

　だが、イヴァンはこう言った――「いいえ旦那、吹き出物なんてなにもありませんや。きれいな鼻ですぜ！」

「よおおし、やったぞ！」――コヴァリョフは独り言を言って、指を鳴らした。このとき戸口から床屋のイヴァン・ヤーコヴレヴィチが、脂身を盗んでお仕置きされたばかりの子猫のようにおずおずと中をのぞきこんでいた。

「まず言ってみろ、手はきれいか？」――まだ離れたところからコヴァリョフは叫んだ。

「きれいです」

「嘘をつけ！」

「神に誓って、旦那、きれいです」

「よし、気をつけてやるんだぞ」

コヴァリョフは腰を下ろした。イヴァン・ヤーコヴレヴィチは客に布をかけると、髭剃り用のブラシをつかって顎全体と頬の一部をまたたくまにクリームまみれにしたが、そのクリームときたら商家の名の日の祝いでふるまわれるような代物なのだった。「なんとまあ！」——イヴァン・ヤーコヴレヴィチは鼻をながめてひとりごちた。それから首を別の側にかたむけて、横から鼻をじっと見た。「これはこれは！　こいつは本当にどう考えたらいいのだろう」——床屋はしばらくずっと、鼻をしげしげとながめていた。そしてやっと、想像しうる最大限の丁重さで、床屋は二本の指を伸ばしてその先端をつまもうとした。それがイヴァン・ヤーコヴレヴィチのやり方だったのだ。「おい、おい、おい、気をつけてくれよ！」——コヴァリョフは声を張りあげた。イヴァン・ヤーコヴレヴィチはこれまで一度もなかったほど弱りはて、茫然とし、狼狽してしまった。やっとのことでおずおずと剃刀で顎髭の下をなではじめた。嗅覚器官に手を触れずに髭を剃るのは大層難儀で、骨が折れたが、それでもなんとかざらざらした親指を頬や下の歯ぐきにあてながら、やっとのことで障害物を克服し剃り終えた。

万事終わると、コヴァリョフはすぐに着替え、辻馬車をつかまえてまっすぐ菓子店にむかった。店に足を踏み入れ、まだ大分離れたところから声を張りあげた。「ボーイさん、チョコレートを一杯！」——そしてすぐに鏡に姿を映してみた。鼻がある！　コヴァリョフはうきうきして後ろを振

［36］

りかえると、いくぶん目を細めて皮肉な面持ちで二人連れの軍人を眺めた――うちひとりの鼻はチョッキのボタンほどもなかったのだ。そのあとで官庁に足をはこんだ――ここで副知事か、だめな場合でも庶務監査官のポストをえられないか奔走していたのだ。応接室を通りすぎるとき、鏡をのぞいてみた。鼻がある！　それからコヴァリョフはほかの八等官、あるいは少佐のところに出かけた。この人物は大の皮肉屋ときていて、あの手この手の皮肉が利いた意見には、コヴァリョフは「ああそう、きみは毒舌だね！」としょっちゅう返すはめになった。道すがら、コヴァリョフはこう考えた――「もし少佐がこちらを見て、噴き出すことがなければ、万事元の場所におさまっているという確かなしるしになる」だが、八等官はなにも言わなかったのだ。「いいぞ、いいぞ、やったぞ！」――胸のうちでコヴァリョフは思った。その道すがら、ポドトーチナ佐官夫人とその令嬢の二人連れにばったり会い、丁寧に会釈すると、相手方はうれしそうな声をあげた。つまるところ大丈夫なのだ。彼にはどこにも欠けたところはないのだ。コヴァリョフは親子とずいぶん長々と立ち話をし、わざと嗅ぎ煙草入れを取り出して、二人の目の前でじっくりと両の鼻の穴に嗅ぎ煙草を詰めこんでいたが、内心ではこう言っていたのだ――「本当に、あなた方女性たちは鈍感だなあ！　いずれにしても娘さんとは結婚しないよ。まあ火遊びの相手なら承りますけれど！」そしてそれ以来、コヴァリョフ少佐はネフスキー通りも、劇場も、ほかの場所もみな、何事もなかったかのように闊歩しはじめたのだ。同じく鼻も何事もなかったかのように顔に鎮座し、他所に逃げ出すような気配すら微塵も見せなかった。その後、コヴァリョフ少佐はユーモアに常にあふれ、にこにこして、すてきなご婦人と見れば誰でも例外なく追いまわし、ある時など百貨店ゴスチーヌイ・ドゥヴォールの前で立ちどまり、勲章の飾り帯を買っていたことがあったが、自分では勲章などなにももらっていないのだからいかな理由があるものかわからなかった。

これがわれらが広大な国家の北方の首都で起こったお話というわけだ！ いまになって様々な角度から検討してみても、不可解な点が多々ある。鼻の超自然的な分離や、その五等官のなりでの各所への出没がまったく奇妙なのは言わずもがなだが——どうしてコヴァリョフは新聞発送課で鼻の広告が通らないことなど察しなかったのだろう？ ここで言いたいのは、広告料が高いように思えるなんて話ではない。そんなのささいなことだし、私は欲深な人間にはまったく属さないのだ。そうではなく、みっともないし、きまり悪いし、不愉快なのだ！ さらには、どうして鼻が焼きたてのパンに入っていたのか、そしてほかならぬイヴァン・ヤーコヴレヴィチはいかにして？ ……いいや、こんなことは一切わからない、断固としてわからない！ しかしなにより奇妙で、理解できないのは、作家連中がどうしてこのような筋書きを採用するのかということだ。正直言って、これはまったく理解不能だ。これはまさしく……いやいや、まったくわからない。第一に、祖国にとってまったくなんの役にも立たない。第二に……だが第二も同じで役に立たないのだった。これはなんなのか、たんにわからないのだ……。

しかしそれでもだ、それにもかかわらず、もちろん、これはありうる、これもありうる、これも、さらにもっとと認めたとしても……道理に合わないことがなくなるわけでもなかろう……？ しかしそれでも、よくよく考えてみると、ここにはたしかになにかある。誰がなんと言おうと、同じような出来事はこの世で起こるのだ——めったにはない。だが起こるのだ。

真実への扉は違和感かもしれない

「鼻」について

本書ではここまでに、フィクションにおける真実の役割、「現実」とはなにか、をとりあげてきた。小説のなかの世界に真実味が感じられると、読者は引きこまれるのだと前述した。

「主人と下男」でトルストイの「風は左側から吹きつけていて、栗鹿毛のぴんと立てた、肥え太った首筋に生えたたてがみを執拗に一方向になびかせ、軽くゆわえたふさふさした尻尾も脇に吹き飛ばしていた」という文章を読むと、私にはあの馬が見え、凍えるような風を首に感じるし、下手したら冷たく固い木のベンチの感触も、薄い手縫いのロシア製のズボン越しに感じる。

これは、小説に真実味をもたせるやり方の一例だ。

もうひとつのやり方は、できごとの羅列に真実味をもたせる方法だ。傲慢な地主が、吹雪のなか、そりの手綱を自分がとると言ってきかず、迷子になり、下男に責任をなすりつける。私は「世間でときおりあることだよな、うん」と思う。「観察の本質的な正確性」があるので、私は作者を信頼し、作品世界に浸れる。

これが、言ってしまえば、「リアリズム」のエッセンスだ。そこに広がっている世界を、作者は作品のなかで模倣する。

だがこれまで見てきたように、リアリズムはさほどリアルではない。これまでにとりあげたチェーホフ、ツルゲーネフそしてトルストイの作品世界は凝縮され誇張されており、すさまじいレベルの取捨選択を経て、形成されている（オーレニカほど自我がない女性が実在しただろうか？　ヴァシーリーほど単純な主人がいただろうか？　あなたの家から町への移動で、マリヤの移動行程のようにドラマがぎゅっと詰まっていたことがあっただろうか？）。

「合意上《コンセンサス》の現実《リアリティ》」という、私たちがおおむねこの世の真実と合意している事柄を説明する用語がある、と聞いたことがある。水は青い、鳥は歌う、などがそうだ。水は単純に青一色ではないし、すべての鳥が歌うわけでもない。鳥が「歌う」と表現するのも、鳥の実際の行動に近い言葉をあてはめ、簡略化したもので、この見方が自然で有用だという合意《コンセンサス》があるというだけだ。私が「鳥たちは歌いながら青い水面すれすれのところを低く飛んでいた」と言った場合、あなたがそこの池の景色を大まかに知りたかったのであれば、私のこの話は有用だろう。私が「危ない、頭上からピアノがふってくる」と言えば、あの木と象牙と金属の集合体を「ピアノ」と呼ぶこと、あなたの首の先についているものを「頭」と呼ぶこと、上の方角を「上」と呼ぶことに合意していることから、あなたがピアノを避けるのに間にあうだろう、と信じたい。

「リアリズム」は、こうした私たちの合意上の現実の盲信を開拓している。物事は、おおむね現実世界のとおりに起きる。通常のできごと、物理的に可能なできごとに、モードが限定される。

だが、合意上の現実を却下しても——現実世界では起こらない、起こりえないできごとが起きたとしても——小説は真実味を維持できる。

私があなたに、携帯電話、手袋一組、落ち葉一枚が登場する短編を書くという宿題を出したとしよう。携帯電話たちは、都市近郊の車道をとおる手押し車のなかでおしゃべりしている、という設定だ。この短編に真実味をもたせられるだろうか？　答えはイエスだ。短編内の反応、短編の前提への反応、短編の進行——短編内の物事の変化、内部ロジックの概観、要素同士の関係性——から、真実味をもたせることはできる。

十分に手当すれば、物をいっぱい積んだ手押し車は、私たちの世界の真実を語る、意義を含ませたシステムそのものになりうるし、語られた真実の一部は、伝統的なリアリズムの手法では表現できないものかもしれない。そのシステムは、最初の前提に対するもっともらしさや精密さではなく、前提に対してどのように反応するか、どう影響したかという側面から意義をもつようになる。

作者が奇妙なできごとを登場させ、フィクションの世界をそのできごとに反応させたら、読者には実のところ、フィクションの世界の心理的物理を教えているのだと言えるだろう。この世界のルールはなにか？　物事はどのように進むのだろうか？　フィクションの世界の心理的物理が、私たちの世界の心理的物理と似ているように感じられれば、読者はその短編もまた真実味があり重要だと考える。

それではここで、「鼻」をとりあげたい。

イヴァン・ヤーコヴレヴィチは朝食のパンに鼻を見つける。当然のことながら、イヴァンは「愕然とした」。

パンに鼻がある、というのが最初の奇妙なできごとだ。そこで読者は、このフィクションの世界（この場合、イヴァンと妻のプラスコーヴィヤ・オシポヴナ）が反応するか待ちわびる。この作品の意義が形をなそうとする場面だ。パンに鼻がある、というできごとではなく、夫婦がどのように反応するかによって意味が浮かびあがっていく。パンに鼻が生えうるこの世界は、私たちの世界とは異なるわけだが、これもまたひとつの世界だ。この世界にもルールがあるわけで、どのようなルールがあるのだろうと読者は待ちうける。

さほど驚いていないプラスコーヴィヤ・オシポヴナは、どのようにして鼻がパンに辿りついたか、はっきりわかっている。床屋であるイヴァンが、客の顔から切りおとしてしまったのだ。

束の間、読者はこの主張を受けとめる。そこに鼻が、顔から離れてしまった鼻がある。その鼻は「どうも誰か知った人のもののようだ」とある。イヴァンは床屋である。彼の愛する妻が罪を糾弾している。

でも、なんだかしっくりこない。

私がイヴァンなら、「ちょっと待て、考えてもみなよ。なんで私が客の鼻を切りおとすんだ？　切ったとしても、なんで鼻を家にもちかえるんだ？　家にもちかえったとして、なんでそれをパン生地に――しかもよく考えてみたら、昨晩家に帰ってきたときにはなかったのに――そこに鼻を入れるんだ？　それに、今朝きみがパン生地をこねているときに、なんで鼻があるのに気づかなかったんだ？」といった反応を返すだろう。

イヴァンはこのようなことはなにも言わない。イヴァンのリアクションと、私たち読者がとりうるリアクションの落差に、ゴーゴリ的な世界観が浮かびあがる。イヴァンのリアクションは、そくざに妻の（歪んだ）理論を受けいれるというものだった（なにか悲惨なことが起きたのなら、自分が犯人にちがいないと考えた）。そしてイヴァンは鼻が客のひとりであるコヴァリョフのものであると気づく（顔から切り離された鼻だけを見て、それが週二回会う人間のものだとわかるものだろうか？　たとえば、私が通っているジムの受付の人間の鼻だとして、私は識別できるだろうか？　無理なんじゃないか。まあ、鼻にもよるのかもしれないが）。

さて、私はイヴァンとプラスコーヴィヤといっしょにむきだしの木の椅子に座り、十九世紀ロシアのぐらついたテーブルに身を寄せ、目の前のパンに鼻が生えているのを見ているわけだが、話が始まってまだ二頁にも満たないのに、すでに彼らに距離を感じてしまっている。できごとに対するリアクションが私とはちがいすぎるし、話の結論も私には受けいれがたいものだし、私なら尋ねるだろう問いかけもしない――コヴァリョフは自分の鼻が切りおとされたと気づいて、思うところがあるんじゃないか？鼻が切りおとされてから、コヴァリョフはどうしているのだろう？　イヴァンが鼻を切りおとして家にもちかえったのではないのなら（どうも彼がやったとは思えない）、鼻はどうやってパン生地に入ったのだろう？

二人はどうすべきか？　あなたなら、ここからどうするだろう？　私なら、一呼吸ついて、この突拍子もない事件がどのようにして起きたか考えるだろう（「プラスコーヴィヤ、家に帰ったとき私は酔っていただろうか？　私は帰宅して最初に、なにをしていた？　私の剃刀が血まみれになっていないか見てみよう」などと思う）。自分は無罪だと結論づけ、コヴァリョフを見つけ、鼻を返し、彼の鼻が消えたことと私は無関係だと説明するだろう。

だがイヴァンは「布巾にでも包んで隅っこに置いておこう。ちょっとだけ置いておいてから、捨ててこよう」とする。でもプラスコーヴィヤは鼻をすぐに追いだしたい。二人は非合理的で保身的な選択（鼻を捨てる）について口論しているのではなく、いつ行動に移すかを言いあらそっている。

プラスコーヴィヤはイヴァンが悪いと決めつけており、イヴァンもそれに同意している。だが、イヴァンの罪はなんだろうか？　イヴァンは「警察が家から鼻を探しだし、自分を訴える」ことを恐れているが、どのような罪状になるだろう？　私たちは——本来であればイヴァン自身も——イヴァンがなにも悪いことをしていないとわかっている。そもそも、警察が家のなかにある鼻をどうやって「探しだ」すというのだろう？　だから私たち読者は、夫婦の心配——ひとりの人間が鼻を失ったことではなく、だれにその責任があるのかという点を気にしている——が、ずれていると感じる。

そしてイヴァンは、私の目的が「証拠隠滅」であればとるであろう行動を、実行する。鼻を布巾に包み、「どこかに突っこんでしまいたかった［…］なんとかうっかり落とした風にして横町に曲がろうか」ともくろむ。だが次々と知人にばったり会うものだから、タイミングがわからない。どことなく……うさんくさい。たとえば私が、ニューヨーク市内で、ジムの受付の男性の鼻を布巾にくるんでもちあるいていて、どれだけ多くの知人にばったり会おうとも、どうにか捨てる方法を見つけると想像してみよう——落として蹴りとばすという古典的な方法か、スターバックスの外にごみ箱があるのを見つける、だとか。汚い布巾に包まれているのだから、ごみには見えるだろう。イヴァンが鼻を捨てるための必要条件と考えているものが、なんだか厳しすぎる——イヴァンは神経質になっている。

ようやく落とすことに成功するが、すぐに警察官に見つかって、拾うように言われる（イヴァンの神経質が正当化される——世の中は本当に監視社会だ）。

そしてイヴァンは鼻をイサーキエフスキー橋にもっていき、川に投げる。そこで二人目の警察官に声をかけられる。ただし、鼻を川に投げたからではなく、ゴーゴリの作品世界において犯罪となっている、橋の上で立ちどまっていたせいだ。

この場面は、本短編全体と同様に、「多重奇妙性症候群」とでも呼ぶべきものにあふれている。最初の奇妙性は、パンのなかから鼻が現れること。二番目の奇妙性は、パンのなかから鼻が現れたのに対し、夫婦が非合理的な反応を示すこと。三番目の奇妙性は、夫婦が非合理的に反応したため、奇妙な計画（鼻を遺棄する）を立ててしまうこと。四番目の奇妙性は、イヴァンが計画を実行に移すも、うまくいかないことだ。心配しすぎたのと、世間が少しばかり理不尽に敵対しているせいだ。立てつづけに知人にぶつかるし、通りには警察官がやたらに多い（数頁で少なくとも二人と出会う）。

ここにもう一段階、本短編の語りに関する奇妙性が加わる。

4頁でイヴァンが橋で突っ立っているあいだ、話が一度それる。語り手は、「イヴァン・ヤーコヴレヴィチについてなにも話していなかった」と告げ、イヴァンが「多くの点において敬すべき人物」であると言う。だが、この蛇足のおかげでイヴァンに対する尊敬の念が生まれるかというと、そうでもない。イヴァンは飲んだくれで、身なりがだらしなくて、手が臭いと読者は知る。また、イヴァンが「冷笑家」であり、その証拠に、コヴァリョフがイヴァンの手が臭うと主張したとき、イヴァンは妥当な疑問（「どうして臭いんでしょうな?」)を返したと知る。そしてお返しに、イヴァンはコヴァリョフの「首筋と言わず鼻の下と言わず耳の後ろと言わず顎と言わず」石鹸を塗りたくった。がさつではあるが、床屋が泡立てて当然の全部位を泡立てている。

つまり、この蛇足は生真面目な顔で権威的な風を装って語られているが、(イヴァンと同じく)目的を果たせないでいる。読者はイヴァンという人間について大してわからないままだし、語り手が主張するようには、イヴァンに敬意を払えない。語り手が命題をはきちがえてしまい、まぬけかつ真逆の理論で命題を証明しようとしているようなものだ。

そうして読者は、ゴーゴリの作品世界だけではなく、語り手もうさんくさいようだと疑いはじめる。

ゴーゴリの文章は、チェーホフやトルストイのものと比べると、不格好で、品がなくて、まとまりがないようにみえる。不思議なくらい不正確で、イヴァンとプラスコーヴィヤと同じく、奇妙な結論に辿りつく。本短編の最初の段落で、語り手はイヴァンの名字が「わからない」、つまり語り手は名字を知らないと明言している。そして名字が家の外の看板に「すら」書かれていないと指摘する。だが、この二つの事実は関連していない。語り手はイヴァンの名字を語れないが、イヴァンはおそらく自分の名字を知っており、知らないから看板に書けなかったというわけではないだろう。語り手はプラスコーヴィヤ・オシポヴナを「かなり立派なご婦人」と表現しているが、ある人間が「かなり」立派とはどういう意味だろう(その、「かなり立派」と「完璧に立派」のちがいはなんだろう)? 夫婦の会話が非合理的な方向に向かっていったときも、語り手がしゃしゃり出て非合理的だよねと読者に賛同してくれるということもない（「「この人でなし、どこで鼻なんて削ぎとってきたのさ？」とプラスコーヴィヤは怒鳴るが、イヴァンがもし本当に切りおとしたなら、客は当然クレームを言うだろうから、彼がやったとは考えにくいのに彼女は無視する」というように語り手がかばうこともない）。

というのも、「鼻」の語り手は、ロシア独特の「スカース」と呼ばれる信頼できない一人称の語り手の形式なのだ。役者が、その役柄になりきって物語《ストーリー》を語っているとしよう。そしてその役柄が……なんか変なのだ。研究者のヴィクトル・ヴィノグラードフはこの語り手は「規範から外れた語りという目立つ特徴を与えられている」*と述べた。同じく研究者のロバート・マグワイアは、ゴーゴリのスカースを、

> 十分な教育を受けておらず、意見形成の方法がよくわかっていない。自分の感情を、流暢に説得力をもたせて語るなどできるわけもないが、情報をもつ客観的な語り手だと思ってもらいたがっている。だが語りはまとまりがなく脇にそれがちで、重要な事柄を些末な事柄から区別できないようだ**

と説明している。研究者・翻訳者であるヴァル・ヴィノクールは、最終的に作品が「語り手による不適

---

* Viktor Vinogradov. *Gogol and the Natural School*. Translated by Deborah K. Erickson and Ray Parrot. Ann Arbor: Ardis, 1987.
** Robert Maguire. *Exploring Gogol*. Stanford: Stanford University Press, 1994.

切な強調」と「ずれた前提」によって歪むと述べている*（私たち読者もこの点には気づきはじめたところだろう）。マグワイアが言うように、語り手の「想いが常識を上回る」のだ。

だから、この作品に品がないわけではなく、偉大な作家が品のない作家の文章を書いているのだ（それだけでない。偉大な作家が、稚拙な作家による「切りおとされた鼻がパンのなかにまぎれこむ世界線」の文章を書いているのだ）。

本短編の語り手は、厳格だが不正確な文体で語っている。語り手はしったかぶってえらそうにしているが、自分の知能と魅力を過大評価している。語り手は読者の肩に腕をまわし、自分と同類の洗練された側の人間として私たち読者を（不器用に、大仰に、初歩的なミスを重ねながらも）歓迎し、いっしょに（下賤な）登場人物たちを見下ろそうと話しかけるわけだが、その語り口がなんとも奇妙に感じるのだ（「わが友よ、見たまえ、そこの下にいる、君や私とは異なり低能な民たちを」と話しかけてくるわけだ）。その結果、私たちは語り手を疑いの目で見るようになり（「そもそもこいつ誰だ？」と思う）、その語りを信じられなくなる。語り手は、ほかの作品で見かけた語りのように自らもふるまいたいが、そのようにできない（あの脱線も失敗している）。奇妙なできごとを語っているにもかかわらず、読者を十分に驚かせられない。自分を世界の上に、世界を評価する側に置きつつも、語っている世界が奇妙なのは語り手のせいだと読者は思ってしまう。この試行錯誤の目的は、語り手をこの世界のイヴァンやプラスコーヴィヤのような人間の上に置くためのものだ。だがうまくできないので、読者により、登場人物たちの横、下手したらその下に置かれてしまう。語り手はゴーゴリではないがゴーゴリの創作物であり、本短編の登場人物のひとりではある。その文体によって、自身が思うほど重要でも賢くもないことを、意図せずさらけだしてしまう、という役回りだ。

さて、イヴァンは変だし、プラスコーヴィヤも変だし、こうなっては語り手も変らしい。

でも……変じゃない人などいるだろうか？

スカースの伝統（アメリカ版としてはマーク・トゥエイン、ジョン・ケネディ・トゥールがあるし、コメディアンのサラ・キャノンが演じるミニー・パール、サシャ・バロン・コーエンが演じるボラット、ドラマ『ジ・オフィス』でレイン・ウィルソンが演じるドワイト・シュルートもその例だ）は、無関心で、客観的で、三人称で全知の語り手は現実世界のどこにでも存在しうる、という前提を脅かす。そんな人間が実在したとしたら、と考えるのはおもしろいので、作家たち（チェーホフ、ツルゲーネフ、トルストイも含まれる）は、その前提を巧みに活かしたが、それは真実を多少なりとも犠牲にしているよね、とゴーゴリは言っているわけだ。どの小説にも語り手がいる。そしてどの語り手にも視点があるため、どの小説にも語られないことがある（語りが主観的になる）。

どんな語りも不完全なら、おもしろく不完全にしてしまえ、とゴーゴリは考えたのだ。

相対性理論の文章版のようなものだろうか。固定され、客観的で、「正しい」視点は存在しえない。非中立的な語り手が、非中立的な声《ヴォイス》で、非中立的な登場人物たちの言動を語っている。

言いかえれば、これは実際の人生と同じだ。

＊Val Vinokur. "Talking Fiction: What Is Russian Skaz?" *McSweeney's Quarterly Concern*, Fall 2002.

何年も前、私がシラキュース大学の学生だったころに教わっていたダグラス・アンガーが、この世界で人々がどのようにコミュニケーションをとっているかというモデルを示してくれた。

二人の人物が会話しているとして、二人の頭上の漫画みたいな吹き出しには、それぞれの個人的な欲望や展望、恐れや抱えていた悩みなどが書かれているとしよう、とダグは仮定した。Aさんが話し、Bさんは、どのように返事しようかと考えながら聞いている。だがAさんのセリフがBさんのもくもくとした形の思考吹き出しのなかに侵入し、混ざっていく。

Bさんは、母親の誕生日に電話するのを忘れてしまい、きょうだいからショートメッセージで小言を言われたので、Bさんの吹き出しのなかは罪悪感でいっぱいだったとしよう。Aさんが「来週スピーチをしないといけない」と言ったとき、Bさんは、きょうだいからの小言を思い出していたので（吹き出しからその思考が飛びでて）、「手厳しい人もいるよね」とAさんに返してしまう。スピーチをしないといけない不安でいっぱいのAさんは、それを「そうだね、たぶん失敗するんじゃない」ということだと受けとって、渋面をつくる。Bさんは、「Aさんが渋い顔をしているのは、私が母親の誕生日を忘れてしまうようなダメ人間だとばれたからだろう」と思う。*

私たちにとっては、それぞれの頭のなかにある世界しか存在しないので、思考回路の傾向によって見えてくる世界が変わってくる。

猫の額ほどの牧場の家に住み、牧草が枯れていることで頭がいっぱいの女性がヴェルサイユ宮殿にいっても、主に感動するのは芝生の部分だろう。

結婚生活が破綻し妻の尻に敷かれている男性が演劇にいっても、マクベス夫人が妻にどれだけ似ているかという考えに囚われるだけだろう。

これが人生だ。

いやほんと、これが人生だよ、とゴーゴリは言う。

それで、ある話を思いだした。とある裕福なハリウッド・エージェントのフェラーリが、ロスアンゼルス郊外の砂漠で故障した。もう最悪だ。その日、いままでの人生で最重要と言ってもいい会議の予定があったのだ。携帯電話は死んでいる。周りにはだれもいない。だが待てよ。遠くのほうから車がやってくるようだ。近づいてきた車をみたら、ピックアップ・トラックだった。古い、がたがたのピックアップ・トラックだ。農家が乗るようなやつ。ああ詰んだ。保守的な農家は、エージェントのような人間（フェラーリ、上等なスーツ、大量の整髪剤）を見ると金を投資するばかりでちゃんとした仕事——その、農業だったり、灼熱の太陽の下で働くだとか、牛と格闘するだとかその類の——を、ろくにやっていないと決めてかかる。かっこつけた金もちの若造が、どうやって金を稼ぐかって？　うまく他人を口車に乗せるのさ！　嘘つきが！　ああ、運がないなあとエージェントは考えたわけだ。世界中の人間のなかでも、よりによって助けに現れたのがこのタイプの男だとは。この世間知らずが、俺がどのような人生を送ってきたか、どれほど必死に働いてきたか、わかるわけがないだろう？　ジークだかクレムだか知ら

＊第二節の終盤にあるコヴァリョフとポドトーチナ佐官夫人の手紙のやりとりなど、このようなミスコミュニケーションの典型例だ。

ないが、こいつは年老いてもいっしょに農業を営む妻と安定した結婚生活を送っているんだろうな、こっちはエージェント業による長時間労働でジェニーヌに捨てられて、かわいい子どものレックスにもほとんど会えなくなって……

と思っていたらトラックが横で止まった。

「乗っていくか？」とやさしい農家は尋ねる。

だがエージェントは「ファック！」と叫んだ。

そんな風に、発言したあとに私はまちがっていたのだと考え直す。自分のまちがいは、まちがった考えをもっていた相手にも影響し、二人してまちがった考えをもっていたものだから、人間としては当然の行動として二人とも考えたことを行動に移さざるをえず、実際に行動を起こしてしまったいま、状況は悪化していった。

私と同じように、「ほとんどの人間がやさしいのに、なんでこの世界はこんなにクソなんだ？」と不思議に思ったことがないだろうか。ゴーゴリが答えをもっている。私たちの頭のなかにそれぞれ固有のスカースが元気いっぱいに駆けまわっていて、私たちはスカースを信じきっている。「これはただの私見だけど」というのではなく、「これが真実なんだ、絶対に」と思っている。

地球上で起きているドラマがすべて、脳内スカースその一が外に出て、脳内スカースその二と出会うことから始まる。どちらも自分を世界の中心だと、自分を高く評価しているので、すべてを少しばかり見誤る。二人は意思疎通を図ろうとするが、二人とも下手だ。

そうやって愉快なことになっていく。

イヴァンはパンのなかに鼻を見つけて、その理由を悪く考えて、ひとっとびに（頓珍漢な、突飛な）行動に移してしまう。一方のコヴァリョフは朝起きて鼻がないことに気づくが、そのときの反応は変わっていた（戦慄したというよりむっとして、「うっかり」鼻が消えたことに腹を立て、「かわりになにかあるならまだしも」と思った）。そして彼も行動力を発揮し、自分の鼻にいきあたるが、読者が最後に見たときはパンに紛れこむぐらい小さかったのに、いまや成人男性並みの大きさになっていた。

前の文を楽しみながらタイプさせてもらった。なぜかって？

その答えの大本に、ゴーゴリの才能の重要な部分がある。

コヴァリョフがはじめて反抗的になった自分の鼻を見た場面は、授業で読んでいる英訳*では「それが自分の鼻だと気づいたときの、コヴァリョフの恐怖と驚きを想像してほしい！ Imagine the horror and at the same time the amazement of Kovalyov when he recognized that it was his own nose!」となっている。ピーヴァーとヴォロコンスカヤの英訳**では、「彼が自分の鼻だと気づいたときの、コヴァリョフの恐怖と同時に驚きぶりといったら！ What was Kovalyov's horror as well as amazement when he recognized him as his own nose!」となっている。この「それ it」とはなにか？「彼 him」とはだれか？*** コヴァ

---

* Nikolai Gogol. "The Nose." *The Overcoat and Other Short Stories*. Translated by Mary Struve. Mineola, N.Y.: Dover Thrift Editions, 1992.
** Nikolai Gogol. "The Nose." *The Collected Tales of Nikolai Gogol*. Translated by Richard Pevear and Larissa Volokhonsky. New York: Pantheon, 1998.
*** 〔訳注〕原文では「それが自分自身の鼻だと что это был собственный его нос!」となっている。

リョフが見ているものは、正確に言うとなんだろうか？　その鼻には……鼻があるのだろうか？　鼻には顔があるのだろうか？　もしそうだとしても、容貌は記述されていない。だが「自分の鼻だと気がついた」と確信に満ちた文章があるので、典型的な鼻、理念的《プラトニック》な鼻、描いてみろと言われても具体的な特徴に迷う鼻なのだと読者の脳内にすりこまれる。

いままさに鼻が、とある建物のなかに走って入っていく。

そして数分後、例の鼻が建物のなかから出てきたとき、なぜコヴァリョフがこれ（人間？　それとも鼻？）が彼自身の鼻だと判別できたのだろう、という疑問はもうない。読者には、鼻が「着ている制服には金の刺繡がされ、大きな立襟がついていた。パンタロンはスエード製だった」ことと、「羽飾りのついた帽子から判断して、五等官の地位にあると見当がついた」とだけ伝えられる（鼻の形や大きさの変化ではなく、地位の変化に焦点が当てられているわけだ）。

この「語り手による不適切な強調」は、現実にこれが起きたとして、読者がその場に居合わせたなら ば答えられただろう疑問から目をそらさせるために用いられている。例の鼻には、顔があるのかもしれないし、ないのかもしれない。本短編内では、成人並みの身長で帽子をかぶり、両腕両足があるように描かれている場面もあれば、鼻が「少し眉をひそめた」、つまり顔があるように描かれている場面もある。鼻に顔があるならば、その両眼や口やらは、どこから手に入れたのだろう？　それらは、だれのものなのだろう？　だれに似ているのだろう？　それとも、ただ大きい鼻に眉がついているだけなのだろうか？

読者は、例の鼻は顔がない、かつ顔がある、両方の状態を一度に満たしていると結論せざるをえない。

もしくは、文脈にあわせて、どちらでもない、どちらか片方、それとも両方の状態を保持しているのだと考える。

　こうして、言葉が連れていってくれる場所で、その実態とはなんだろうと考えてみるのもおもしろい。言葉はコミュニケーション・システムであるが限界があり、日常生活での使用に適しているが高度な使用域《レジスター》（文学的な表現）ではほころびが生じる。言葉は、与えられた権限以上に主張したがるようだ。それらをつなぎあわせて、実際のできごとや、ときには先に起こりうることもあらわす文章に整えることができる。

「机は腕を掻こうとしたが、自分に腕はないし、脚のうちの一本がほかよりも短いことを思いだして、少し恥じらった」と私が書いたとして、机の擬人化は一種のナンセンスだ。だがそれだけではない。ひとたび恥じらいがおさまれば、机はそれまで象徴していたもの――赤みがおさまった頰のすぐそばにある「自由のえくぼ」だとか、どうしようもない小さな「運命のマフィン」でいっぱいだったせいで助けられなかったカナダとか――に戻れる。これらのイメージを頭のなかに描けるだろうか？　私はなんとなくできる。運命のマフィンはいくつあるだろう？　マフィンはどれぐらい「小さい」だろうか、机のうえにどんなふうに並べるだろうか？　自由のえくぼの近くだろうか？　運命のマフィンは、部分的にしか脳内に構成されていないわけだが、食べることも、同情港に捨てることも、円錐状に曲げたニューアーク市文書に形を変えて、飛行優秀者の猫の辞令に腹を立てたジュディが読みもせずに破ってもいい。

　さてこれらは、なんとなくではあるが形ができあがったいま、なにを意味するのだろうか？　言葉は、これまでもこれからも存在しえない世界をつくれる、ということだ。ゴーゴリを読んでいると、私たちの脳内が常にやっていることじゃないかと気づくかもしれない。言葉で、本当を言えば存在しない世界をでっちあげている。言葉は意味の近似因子でしかないのに、自分を大きく見せて、私たちを意図的に欺くこともあれば（悪だくみをしている人間は、言葉をゆがめて、すぐさま動かないといけないと急かすものだ）、意図せずに欺くこともある（頭に浮かんだアイデアをもとに、それらしい事例をつくりあげて、自分のアイデアが本当らしく聞こえるよう、自分の考えを評価しすぎるあまり言葉をゆがめてしまい、薄い言葉の布地をめいいっぱい伸ばして言いたいこと以上のことを表現してしまう）。

言葉は、代数のように、特定の制限下でないとうまく使いきれないものだ。世界を表現するツールであるはずが、残念ながら、それ自体が世界そのものだと私たちは勘違いしがちだ。ゴーゴリは荒唐無稽な世界をつくっているわけではない。私たち自身が常に荒唐無稽な世界を頭のなかでつくっているのだと、示している。

緊急事態でパニックになる友達を見たあとのように、ゴーゴリを読んだあとの私たちは、旧友であるはずの言葉を同じ眼では見られなくなるかもしれない。

それはいいことだ。真実へと近づくツールでしかないものを、真実そのものとまちがえずにすむ。

翻訳でしか読むことのできない作品の言葉について語るのは、いろいろと問題がある。

ゴーゴリを英語で読むのもいいが、ロシア語で読むのはまったくの別ものらしい。ロシア語で読んだほうがおもしろいそうだ。同音異義語や音が近い単語の言葉遊び、だじゃれなど英語で表現できないものだが、それはそれとしてしかたがない。私が教鞭をとりはじめたばかりのころ、シラキュース大学の同僚に私の講義に来てもらって、翻訳の難しさについて生徒に話してもらったことがある。あまりにも話がすばらしかったので、私の授業全体をだめにしてしまうところだった。彼女の話を聞き終えて、私たちが授業で読んでいたのは、原作のなんとも薄っぺらい模倣でしかないと気づかされたのだ。同僚は、同じくゴーゴリの短編作品で傑作の「外套」の一節を例に、音関連の言葉遊びがどれほど英訳から抜けているのか、私たちに教えてくれた。たとえば、「外套」の序盤で、新生児の名前を考えていた母親が、いろんな名前を検討してようやく父親と同じ名前にしようと決めたため、赤ん坊はアカーキー・アカーキエヴィチとなった。教えてくれた同僚いわく、ロシア語では、その一節では赤ん坊の名前を宣言するまでに、大便を連想させる音の言葉が何度も登場するらしい。「アカーキー・アカーキエヴィチ」という名前の「カ」が重なる音は、英語〔と日本語〕と同じようにロシア語の発音にもあるわけだが、ロシア人の耳には、さんざん大便を連想させる単語を読まされたあとだと、「シット・シットヴィチ」みたいな名前に聞こえるらしい（またはクソップ・プーリ・クソートンとか、アホール・アホートンとか。いくらでもつづけられるな）。ロシア語の読者は、この一節を読むあいだずっとにやにやし、名前が明らかになった瞬間爆笑するだろう、というのだ。

少なくとも、私たちの反応はちがっていた。十九世紀ロシアの、赤ん坊に対する伝統的な命名法からはちょっと外れているみたいだな、という程度の認識しかなかった。

だが、心底からの感情が、歪んだスカースのフィルターを通して反対側から出てくると、心底からの感情ではあるが歪んでしまっている、というゴーゴリの文章の美点のひとつは、翻訳であっても表現されている。

子どものころに、こんな感じの話を聞いたことがある。近所で夜更けまでパーティーをしていて、私の親の知り合いが、酔いが回り、だれでもいいから、この世界が自分にとってどのように見えているか（美しさや理不尽さとか、いままで気づかなかったけれどもいろんな謎が隠されていたんだ！）という話を聞いてもらいたくなった。そうして、シカゴ版スカースが発動されるわけだ。「やりたい盛りなんだよな。でもサルみたいなもんだから、アレをしてみりゃいい」と言い、立てた中指を挿入するしぐさをして「そういうやつらが、初めてイッたときの顔ときたら！」などとのたまう。

どの魂も茫洋《ぼうよう》としていて、自分をあますことなく表現したいという欲望に駆られてしまうものだ。（多かれ少なかれ、生まれたときから拒絶されているものだが、）表現するために必要なものを拒絶されると……詩（窮屈な穴から無理に押し出された真実）が生まれる。

実際のところ、詩とは不思議ななにかが発露したものだ。通常の会話がいきすぎたもの。世の正義を守ろうとして失敗したもの。詩人は、言語の囲い《フェンス》に身体をぶつけ、言語に縛られることで、言語が不十分であることを示す。詩は、囲い《フェンス》から膨らんでできた産物だ。ちっぽけな男ども――もごもごと、はっきり話せず、口で苦境を乗りきることはできないくせに、器のでかい男（はきはきと話し、教養があり、自信のある）と同じように物事を感じられる――が住む街にあるフェンスに、ゴーゴリは自ら身体をぶつけ、体現している。

その結果として生まれたものは、（へんてこな）語り手の魂に触れることで、奇妙で、おかしくなりつつも、真実を写したものになった。

文章の書き方のひとつのモデルに、自分を正確に表現するために、上を、言語の高みを目指して書くというやり方がある（ヘンリー・ジェイムズをイメージしてほしい）。もうひとつのモデルに、私たちの自然な表現法に身をまかせ、多少の齟齬はあるかもしれないが、そのモードで集中することで（言ってしまえば）改善を図り、（非効率な）表現法から、ほんのり詩的なものを生みだすやり方がある。

とある会社の法人部が「一部の人が感じているストレスは、私たちからしてみれば、ゴール未達または期待したほどゴールを超えられなかったというように見えるわけで、みな覚えているだろうが、先月に法人部門のマークが送った重要通知のなかでも明言していたことだ」と言えば、正しくないので詩になる。真実（聞き手の社員たちがやらかした）も含まれているが、それと同時に「それじゃない」感が――話し手の会社員の人柄や社風が、ただ「やらかしてしまった」だけでは伝わらないなにか――表現されている。

ゆえに、これは詩であり、おまけともいえる意味を伝える機械である。

また、ところどころにゴーゴリのスカースの不器用さが垣間見える。突然語りが崩れ、文章の流れが美しくなる。コヴァリョフが鼻をとりもどしたが、もうくっつくことはないと気づいた場面で語り手は次のように語っている。

だがこの世には長続きするものなどなにもなく、よろこびも次の瞬間にはさほど活き活きとしたものではなくなってしまい、その次の瞬間にはさらに弱まり、しまいには普段の心の状態といつの間にか溶けあってしまうものなのだ――水に落ちた小石のまわりに生まれた波紋が、しまいには滑らかな水面に溶けあうのと同じことだ。

この発言で「規範から外れた」部分はどこにもない。

つまり、ゴーゴリがここで使っているスカースは、リアルさがある。偉大な作家が品のない作家の文章を書いているような場面もあれば……偉大な作家がただ書いている場面もあるのだ。

ナボコフは「ゴーゴリは奇妙な男だったが、天才というものはつねに奇妙である。感謝に満ちた読者の目に、読者自身の人生観を上手に語り直してくれる年老いた賢い友と映るのは、諸君の健康的な二流作家だけなのだ」[*]と語っている。トルストイとチェーホフもまた「非合理な洞察の瞬間」をもちあわせていたことにより、突然な「焦点移動」があるのに対し、ゴーゴリの場合は「芸術の土台そのもの」だったとも論じている。[**]

ゴーゴリは鼻に固執し、蛭やミミズを怖がった。自分の（長い）鼻の先を、舌の先で触れたらしい。学校でのあだ名はなんだったと思う？　「謎の小人」だそうだ。ナボコフは、ゴーゴリが「虚弱な、絶えず身を震わせている二十日鼠のような少年で、汚れた手、脂じみた髪をし、耳からは膿を滴らせていた。いつでもべたべたするボンボンをしゃぶっており、級友たちは彼の使った本に手を触れることを避けた」[***]と私たちに教えてくれている。貴族階級の同級生たちはゴーゴリを見下していて、そのうちのひとりでいかにもゴーゴリ的な名前の作家V・I・リュビッチ・ロマノヴィチいわく、若かりし日のゴーゴリは「朝に顔と手を洗うことはほとんどなく、いつも汚らしい下着としみだらけの服を着ていた」のだという。ゴーゴリが教室の一番後ろの列に座っていたのも、「いじめの対象にならないように」だそうだ。

ゴーゴリはウクライナの地方出身で、少しマザコンのきらいがあり（そして母親も子離れができていなかったようで、鉄道と蒸気船の開発に貢献したとしてゴーゴリをほめたたえていた）、サンクトペテルブルグに引っ越して出会った、さらに高い貴族階級の作者たちからのけものにされた。リチャード・ピーヴァーが、ゴーゴリの『死せる魂』英訳に寄せたすばらしい序文のなかで次のように述べている。

ロシア語の文体は、プーシキンとミハイル・レールモントフの作品により完璧な簡潔さと明瞭さを手に入れており、ゴーゴリは彼らの作品を非常に敬愛していたので、彼らに並び立とうなどとは思わなかった。ほかの文体を探しはじめ、教養のある男性の自然な会話文を真似るのではなく、簡潔さと正確さによる「美しい文章」を好むこともなく、むしろ真逆とも見える方向に舵を切った。****

ロシア人評論家のアンドレイ・シニャフスキーによれば、これを実行するためにゴーゴリは「私たち

---

*ウラジーミル・ナボコフ『ナボコフのロシア文学講義　上』小笠原豊樹訳、河出文庫、二〇一三年、一三八頁。

**同書、一三八－一三九頁。

***〔訳注〕ウラジーミル・ナボコフ『ニコライ・ゴーゴリ』青山太郎訳、平凡社ライブラリー、一九九六年、二一一頁。

****Richard Pevear. "Introduction" in Nikolai Gogol. *Dead Souls*. Translated by Richard Pevear and Larissa Volokhonsky. New York: Vintage Classics, 1997.

が話すときの文章ではなく、普通に話せない不自由さ」に依拠していたようだ。*

ゴーゴリの自己評価は次のとおりだった。

> プーシキン［…］は、ぼくにいつも言っていたものだ。見逃されることの多い些細な事柄が誰の目にも大きく見えるように人生の俗悪さを明瞭に描き出して見せ、俗悪な人間の俗悪さをすばらしい力をこめて浮かびあがらせることのできるこの才能はこれまでどの作家にもなかった、と。これはぼくの主要な特質で、それはぼくだけのものであって、他の作家には実際ないものだ。**

「教養のある男性の自然な会話文を真似るのではなく」書くにはどうしたらよいのだろう？　私たち自身の「普通に話せない不自由さ」を開拓していくには、どうすればよいのだろう？　ゴーゴリはどのようにして、「俗悪な人間の俗悪さ」をこれほどまでに表現できるようになったのだろうか？

まあ、まず考えられるのはゴーゴリの内面だ。もしかしたら、ゴーゴリは世にいる俗悪な男たちを観察し、観察したことを書くのではなく、自らのなかにある俗悪な男を観察し、それを綴っていったのかもしれない。

自身の最高傑作のなかで、ゴーゴリは二役を同時に演じていると私は思う——わかりにくい、大仰で、堅い田舎者の語り手と、その田舎者を上から見下ろすような鋭い感性をもつ作者として、語り手を利用し、語り手を通じて話し、語り手の声《ヴォイス》を調整することで、崇高かつ美しいコミカルさを演出している。

ゴーゴリは晩年の十年間で、この自分を二分化させる能力を失った。もしくは、俗悪な男の部分がゴーゴリを完全に乗っとってしまったと言ってもよいかもしれない。いらいらしながら『死せる魂』の第二部にとりかかったゴーゴリは、荘厳な神秘主義に方向転換し、イタリアからロシアにいる教養ある友人たちに向けて、見下すような文面の、スピリチュアルな助言にあふれた手紙を多く送っている。その手紙は驚きをもってむかえられたが、友人たちはときおりゴーゴリに貶されていた（その手紙のひとつでゴーゴリは、最近妻を亡くして落ちこんでいる男性に対し、「イエス・キリストはあなたが真《まこと》の人間になることに力を貸して下さるでしょう。教育によっても、あなた自身の志向によっても、現在のあなたは依然として真の人間にはなっておられない――これは私の口を借りて奥様が語られることなのです」***とアドバイスしている）。これらの手紙は『友人との往復書簡抄』にまとめられたが、文学研究者のドナルド・ファンガーには「非常に私的で、ほとんどが恥ずかしい内容の本」というようなことを書かれてしまう。この書簡集は「ゴーゴリの初期の傑作にみられるアイロニーや批判的な姿勢」がまったくみられない、とも書いている。

さらに、「傑作を生みだしたユーモアのセンスから離れ（もしくは見放され）、自作の風刺作品を自身が体現するようになっていった」などとファンガーは述べている。

「私の言葉を信じてほしい。私自身が、彼らを信じないわけにはいかない」というようなことをゴーゴ

---

*同書。

**ニコライ・ゴーゴリ「評論『死せる魂』についてさまざまな人物に宛てた四通の手紙」灰谷慶三訳『ゴーゴリ全集　6』河出書房新社、一九七七年、一二五頁。

***〔訳注〕該当の手紙が記載されている、ナボコフ『ナボコフのロシア文学講義　上』、一二二頁の小笠原訳を引用。

リは手紙に書いている。
この文章は、ゴーゴリのスカースの語り手による発話であってもおかしくないが、実際のところゴーゴリ自身がまじめに書いた文章だ。

「鼻」には、どことなく親近感と恐怖を覚えてしまう。ある男が大事なものを失くし、探しにいく。そんな悪夢を見たことがない人なんて、いるのだろうか？　私たちはなにかを探しもとめているが、見つけられない。夢の世界は、私たちをいらだたせるために立ちふさがるかのようだ。夢のもつ意味は、その夢の世界が有する特定の無情さにある。

ここに、「コヴァリョフ、自分の鼻と出会い、助けを求める」と呼べるだろう（12頁からはじまる）場面の概要を示す。

- 警察本署長の家をたずねるが、留守だった。
- 新聞発送課をたずねるが、誤解されいらいらがつのる。
- （本署長ではなく）本部長の家をたずねるが、怒られる。
- 帰宅し、これは全部ポドトーチナ佐官夫人のせいで、彼女は魔女だと考える。
- 鼻といっしょに分署長がやってくる。
- 鼻がくっつかない。
- 医師が訪問し、鼻をくっつけることはできるがやめた方がいいと言って鼻を買いあげようとする。

・コヴァリョフはポドトーチナ佐官夫人に手紙で抗議するが、彼女からの返信のなかで、彼女はコヴァリョフを完全に誤解していたことがわかる。

この場面のパターンは大まかに言えば、コヴァリョフは妥当な策をとろうとするが、満足のいかない結果に終わる、というものだ。

本署長とはいきちがいになり、新聞発送課の官吏には誤解され、本部長には貶され、医者からは適切な助言を受けられない。妥当な行先をすべてあたり、妥当な人間にお願いにいく（おおむね、私たちがとるであろう行動をコヴァリョフもとっている）し、だれもが完全に礼儀正しく振る舞っている（ただし本部長を除く。コヴァリョフより地位が高いことを考慮すれば、無礼なのも許容範囲内ではある）。だれもが正しいことを言っている（心配と同情の言葉を口にしているし、気づかいと関心をもって接しているし、力になりたいと、少なくとも自分も力になれるのだと思われたそうにしている）にもかかわらず、だれもコヴァリョフの助けにならない。だれもが、コヴァリョフがまさに体験している悪夢を（まだ）体験していないからだ。その悪夢はいろんな形をとりうる――自分の鼻を失くす、というのも無論ありうるが、腕を片方なくすだとか、健康を害すとか、生活や妻や子どもや理性を失くすというのもありうる。この世界にはいろんな悪夢が私たちを待ちうけているが、コヴァリョフが助力を求める人たちはこれを信じない、もしくは私たちと同様にまだ信じられない。この悪夢はコヴァリョフ固有の（例外的、狂気的、そして恥ずかしい）ものであり、そのうち私たち全員にやってくるであろう（待ちうける、避けられない）悪夢の予告版だとはとらえない。

彼らにそうする義務もない。それぞれが、自ら一部となっているシステム全体から、許可され期待されている言動の範囲の境界線を、厳密に守って生きている。そのシステム（彼らの社会）は通常運転をつづけるよう設計されている。コヴァリョフのように、特別な助けが必要なだれかを、助けることはできない（コヴァリョフは鼻ではなくスーツケースを失くしたのかも、と思ってしまうほど彼らの反応は奇妙なほど穏やかだ）。

すべてが通常運転だ――ある男は鼻を失くしているし、よぼよぼの乞食は聖堂の前でばかにされているし、無実の囚人は醜悪な専制主義《ツァーリ》下の牢獄で落ちぶれているし、金もちは派手な舞踏会で踊る一方で子どもたちは飢えているし――ほかにも、フィクションの世界のサンクトペテルブルグの一八三五年三月二十五日に、起こっているだろう何百という暴力を列挙できる。いや、どの日にちのどの実在する都市でも起こっているだろう暴力を挙げることはできるわけだが、いずれもこのまま つづくしかないと、暴力を解決するのは期待されている役割から外れてしまうのだからと、私たちはみな暗黙の裡に了解している。

さて、コヴァリョフのやりとりのうちのひとつ（14から20頁の新聞発送課の官吏とのやり取り）に焦点を当てて、ゴーゴリ的夢の世界の無情さが具体的にどのような趣向のものか見ていこう。

コヴァリョフは（プラトークで鼻がないのを隠しながら）、広告を掲載したいと言う。彼は「鼻を失くした」と言うのではなく、むしろはにかみ、恥ずかしそうに、「ペテン」にあってと言う。彼は、自分の顔についていた鼻というよりも、なんとも「卑怯者」になりさがった（自らの意思をもつようになってしまった）鼻を探しているのだ。彼が強調しているのは、「自分の鼻が行方不明だ」ということではなく、「自分の顔から離れることで自分を辱め、別の、自分よりも上の人間に変貌してしまい、自分を平等に見てくれないので、捕まえて自分の言うことを聞かせたい」という点だ。

官吏は名前を尋ねる。コヴァリョフはそれを断る。官吏はそれでよいという（であれば、なぜ尋ねたのだろう?）。官吏は誤解し、コヴァリョフは逃亡した下男を探しているのだと勘違いする（悪夢のように、私たちは実際の問題からどんどん離れていく）。だが官吏は部分的に正しく理解した。少なくとも、コヴァリョフは勘違いを受けいれて、逃亡があったのは事実そのとおりだが、逃げたのは自分の鼻だと修正を試みる。官吏は聞きまちがえ、自分の理解があっているか、「そのハナ氏はあなたから大金を盗んだわけですか?」と確認する。コヴァリョフは再度、「鼻だよ、私自身の鼻がどこかに行ってしまったんだ」と訂正する。それでも官吏は驚きもしない。だが、もう少しくわしく教えてほしいという。彼は「私にはなんだかよくわかりかねますが」と穏やかな口調で言う。

コヴァリョフは自明の理由（自分の鼻、しかも消えてしまった）で鼻を探しているわけだが、自分の体の部位で消失しているのを隠しようもない場所なので……その、ご存知のとおりえらい人たちに頼ってきて……。

であるから、この官吏であれば、自分よりも低い階級にいるのだし、自分の求めているものを理解してくれるだろうと思っていた。官吏は広告の掲載を検討するが、ためらって、新聞の評判を守るために、このような荒唐無稽な内容を載せることなどできないと言う。それに、鼻がないのなら、医者にいくべきではないかと官吏は言う。だが……鼻は本当に消えたのだろうか?　官吏はコヴァリョフが「見たところあなたは陽気な性分にちがいありますまい。世間を騒がすのがお好きなようで」と感じる（この官吏もどことなくゴーゴリ的だ。「世間を騒がす」「陽気な性分」というのは、他人だらけの混み合った部屋に入り、自分は鼻がないんですと宣言するようなことも含まれるわけだ）。

いらだつコヴァリョフはプラトークを顔から外した（これは盛大な告白だ。自分の鼻が消えたと妄想する狂った男ではなく、コヴァリョフの鼻は本当にないのだと外部から証明される最初の機会になる）。官吏は「つるつるときている――まるで焼きたてのブリヌイみたいだ」と認めるが、怯えてはいない。驚いてすらいない。それに、さほど興味もなさそうだ（なくなったのは他人の鼻だし）。彼は、コヴァリョフが広告を掲載しても「益にはこれっぽっちもなりゃしませんよ」と言う。本当にそうだろうか？　もし、本当に鼻が街中を馬車で走りぬけていたとしたら、広告を目にしただれかが身長ほどの大きさがある鼻を見て、広告と自分の見ているものをつなぎあわせ、コヴァリョフに連絡し、事態がいくらか進展したかもしれない。コヴァリョフにとって十分な「益」になりうる（ゴーゴリが読者をここまで導いてきたのだとわかる。私たちは広告を掲載すべきだと議論しているわけだが、それは鼻が人間に変身したという事実を受けいれただけでなく、新聞に広告を載せればそれを――その正体がなになのか、私たちが本当に探しているのは、その……だれなのか、よくわからなくても――探せるかもしれないと思っている。私たちがやりすぎだと判断する限界値が、どんどん高くなっていく）。

コヴァリョフは官吏の非論理的な意見に反論するか？　答えはノーだ。コヴァリョフは「絶望のどん底に突き落とされてしまった」、そしてかわいい女優の名前を見て、劇場にいこうかと思いつく。たったそれだけで、やる気をそぐパンチ二発と女優の誘惑だけで、コヴァリョフの冒険は――少なくともこの一部分だけは――頓挫する。

なぜコヴァリョフは挫折するのか？　なにが彼を挫くのか？　同情をえられなかったからではない（「私

も、正直、そんなこっけいな目にお遭いになるなんて非常にお気の毒だと思いますよ」と、コヴァリョフが求めているにもかかわらずえられないものを少しだけ与える前に言っている)。ゴーゴリの世界の仕組みすべてが、なんだか気もちを挫かせる。重大なミスコミュニケーションが発動し、すべてを、小説の構成もその内部ロジックさえも、浸食していく。

悪意のまったくない官吏でさえ助けにならないというのは、なんともかなしい、一番かなしいことだ。そしてコヴァリョフに私たちも共感できるものがある――コヴァリョフが新たな理不尽にもすぐ順応してしまう(しかも早すぎる)――ことに気づく。コヴァリョフの怒りは限界があるのだ。私たちが思っているよりも早く、コヴァリョフは恐ろしい新事態を受けいれ、そのまま悲しみながら、いらいらしながら生きていく。だが、無礼となるような反抗はしない。

どこにいっても、人々は(おおむね)親切でまじめで、私たちとおおむね同じような責任感や真実や近所づきあいといった概念をもちあわせている。にもかかわらず、毎晩のように嫌なニュースが流れたり、「いつの時代も」だとか、「どの歴史書にも」だとか語られたりすることからわかるように、どのような残虐なできごとも、どこかしらで、だれかが実行した実績がある。どのような凋落や絶望の物語も、だれかが実際に経験しているのだ(いまこの瞬間もだれかが経験している)。

典型的なハリウッド映画風の悪人のように、甲高く笑いながら嬉々として悪へと落ちていき、早い段階で失望されてだれからも嫌われる敵となるような人物に、私個人としては実際に会ったことはない。私が世界で見た悪――私が経験したひどいできごと(私が他者にやってしまったことでもある)――の多くは、よかれと思ってやられたことなのだ。自分はいいことをしていると考えている、分別があり礼儀正しい人間が、思いやりのあるふるまいを見せ、ちょっとした勘違いで動く。じっくり物事を考えるつもりがない、もしくはその時間がない。自分も属する信念体系のマイナス面に蓋をしている、もしくは見ないようにしている。世間から押しつけられたご都合主義や「常識」に完全服従してしまい、疑問視できない。言ってしまえば、彼らはゴーゴリの作中の人々のようなのだ（ここでは、凶悪犯罪者、危険なエゴイスト、大それた思想をもつ人たち、いきすぎた富や知名度や成功から現実社会から切りはなされた人たち、超傲慢な人たち、生まれながらに力に貪欲な人たち、社会的・精神的病者は除いて考えている）。

だが現実世界から見てみれば、悪（いじわる、抑圧、無視など）を理解しようとするなら、その罪を犯した人たちは必ずしも高笑いしながらその罪を犯すわけではないということを、私たちは認識しなければいけない。彼らはたいてい、役に立つ、正義を行使していると感じて笑みを浮かべているのだ。

ヴィクトール・クレンペラーは、ホロコースト下のドイツを綴った回顧録『私は証言する』*のなかで、クレンペラーがユダヤ人だからと大学の研究室を奪い、特定の店で買い物できなくし、職や家も奪った人たちは、礼儀正しく、ときには謝りながらそうしたと語っている（彼らのアイデアではなく、ベルリンにいるわからずやの考えからきているのだ。どうしようもないだろう？　というわけだ）。クレンペラーの目には、彼らが反ユダヤだとは映らなかったが、その瞬間の彼らがアンチ・反ユダヤだとも思えなかった。彼らは礼儀をわきまえ、罪悪感はありながらも、意識的にナチの歯車として動いていた。

クレンペラーの描くドイツは、ゴーゴリの描く作品と共通点があるようだ。どちらでも、トラブル（鼻の紛失、おぞましい政策）が、礼儀正しい、善良な、いつもどおりに物事を進めたい市民に迎えられる。

グレゴール・フォン・レッツォーリの代表作『反ユダヤの回顧録』について、デボラ・アイゼンバーグは、一部の悪人によって成される悪事は「安全な我が家の窓から快晴の空を眺めているその他大勢の人たちによる受動的な助け」がないとなりたたないと指摘している。彼女は、そのような受け身の人たちの罪は「無関心で、論理性に欠け、薄っぺらい俗物主義で、社会的もしくは理性的に無頓着」なことだとも述べている[**]。

ゴーゴリの作中の官吏が、助けになれない理由はなんだろう？　官吏は確固たる自分の立ち位置があり、自分を形成するすべて――視点、習慣、関心、自分の責任範囲――に過剰なまでの好感と保身を示している。そんな彼にとって、コヴァリョフの身に起きているできごとは……赤の他人に起きているのだから、興味などないに決まっているじゃないか？

私たちが本書で読んでいる、ゴーゴリを含む作家たちはだれも、ホロコースト（またはロシア革命やスターリン主義者による大粛清）の恐怖など想像もつかなかっただろうが、ゴーゴリであればその恐怖を語れたのではないか、と私は思う。彼のスタイルであれば、順応できただろう。ナチの指導者たちのバカンスの様子を写したテクニカラー・フィルムの映像を見たとき、ゴーゴリ的だなと私は思った。大虐殺者た

＊ヴィクトール・クレンペラー『私は証言する――ナチ時代の日記（1933－1945年）』小川－フンケ里美、宮崎登訳、大月書店、一九九九年。

＊＊Gregor von Rezzori. *Memoirs of an Anti-Semite.* With an introduction by Deborah Eisenberg. New York: New York Review Books, 2007.

ちがださい水着を着て、踊ったり、おどけたり、ときどきカメラ目線になったりしている。彼らは悪行を善行だと考えていて、脳内には歪んだスカース（テクノクラート、人種差別主義、危険思想）がくり返し再生されているのだろう。

ここで、本作はつじつまが合わないという点を強調しておきたい。

ありえないできごとが起きているのは、ご存知のとおりだ。小説にありえないできごとを組みこんでもいいか？　言わずもがなだ。ある小説のなかの晩餐会にいるとしよう。ホストの首が突然ぽんと跳ねあがり、天井で跳ねかえって、ホストのスープに落ちる。問題ないか？　問題ないに決まっている。この場面は、読者にどのような期待をもたせるだろうか？　作者はそれに気づき、作品もそれに気づかせるようになる（テーブルの席についているだれもそれに気づかなければ、作者の管轄能力不足、つまり駄作だと読者は思う）。また、話のつづきはこのできごとを踏まえるだろうと考える（たとえばほかの人の首も跳ねあがるか、その晩、恥ずかしさでいっぱいのホストがしつこく首元を確かめながらもベッドで泣きくずれる、とか）。前に言ったとおり、なにかありえないできごとが起こっている作品の意味は、起こっているできごとそのものにあるわけではなく（けっきょくのところ、そのできごともだれかが練りあげた言葉でしかない）、その不可能性にどのように反応しているかという点にある。そうして、私たち読者にその作品が信じているものを伝えている。

ゴーゴリの作中では、なにかありえないできごとが起きても、（1）だれも気づかない、または（2）気づくが誤解し、そのできごとについてすれちがったまま話が進む。語り手も、読者が気づいている奇妙さにずっと触れることなく、できごとを誤って理解し、読者にとって受けいれがたい解釈をたれながし、語っているできごとがなぜ起こったのか、その理由を説明することができない。

読者のなかでは、読みすすめていくほど疑問が積みあがっていく。

イヴァンが川に鼻を落とした数時間後、コヴァリョフは菓子店の近くで馬車から降りてくる制服姿の鼻を目撃している。鼻はどうやって川からはいあがったのだろう？　成人の身長ほどの大きさになったのは、川からはいあがる前だろうか、あとだろうか？　その数時間で、どうやって馬車を頼めるほど金銭をえることができたのだろう？　それにどうやって話せるようになったのだろう？　あの馬車を走らせているのはだれだろう？　御者はどのようにして雇われたのだろう？　御者は、雇用面接を受けているとき、最終的な雇い主が鼻になることに気づいていただろうか？

鼻は「別の役人の名前でとっくに取得して」いたパスポートを使って（「とっくに」というのも変な話だ、鼻がコヴァリョフから離れてから数時間しか経っていないのに）、街を出ようとリガ行きの駅馬車に乗ろうとする。鼻はなぜ、街を離れないといけないと思ったのだろう？　コヴァリョフが探していると聞いたのだろうか？　どうやってそれを聞いたのだろう？　鼻には耳があるのだろうか？　だれから聞いたのだろうか？　だれが鼻に話しかけるというのだろう？　ほかの人はそれを鼻と認識しているのだろうか？　分署長は鼻をきちんとした人物に見まちがえ、鼻と気づいて逮捕している。どうやって「気づいた」のだろう？　なにがきっかけになったのだろう？　鼻の逮捕容疑はなんだろう？　鼻がコヴァリョフのものだと、どうしてわかったのだろうか？　鼻が自供したのだろうか？　逮捕された時点で鼻はまだ成人の身長ほどの大きさがあったと思われるが、コヴァリョフの手に紙に包まれて戻ってきたときまでに、なぜか元の大きさに縮み、服も動きも話す能力も失っている。手錠をかけられたときに縮んだのだろうか？それとも、その前だろうか？　人生ならぬ鼻生に戻ったきっかけはなんだろう？　なぜ分署長はまだイヴァンが「本件の主犯」だと疑っているのだろう？　イヴァンが川に鼻を投げたところを見たわけでもないのに。たとえ見ていたにしても、投げられたのがその鼻だと気づくわけがない――鼻は投げられてすぐ川を泳いで下りつつ、水中で五等官に変身し、下流のどこかで陸に上がったはずなのだから。

などなど。

これらの質問の答えがないだけではない。本短編中のほかの箇所と同等の、場所や時間の事実説明ができないのだ。

コヴァリョフはこの状況を「実際、昨日までは自分の顔についていて、出歩くことなんてできなかった鼻が、制服を着ているなんてありえないではないか！」とかなり簡潔にまとめている。このように、本短編と同じようにコヴァリョフも答えがわからない（この話の説明として妥当な「事実」となりうる答えなどありようがない、というのもその理由のひとつだろう）。

私のワークショップで、短編に関する批評としてまずあがるのが、ナンセンスについてのものだ。「いまは冬だって言っていたじゃないか。それなのになぜゲルトルードは水着でプールサイドにいるんだ？意味不明だ」「ラリーがあんなに落ち着いているのはおかしい、宇宙人に去勢されたばかりなのに」などなど。私たちは、作品の意味は因果関係を辿ることで見えてくる部分があるとわかっている。そして作品の力はその因果関係が真実であると感じられること、つまり内部ロジックが確かであることに由来する。

さて、なぜ私たちは「鼻」を駄作だと切りすてないのだろうか？

まあ、その理由のひとつは……切りすてようとしないからだ。この精巧に練りあげられたジョークは、ある程度論理的であると見せかけて非論理的な話になっており、スナップショットの連続を見せられると連続した動きが見えると眼が錯覚してしまうように、私たち読者の脳をだます。

本短編は陶器の欠片にたとえられるかもしれない。同じ模様が描かれた欠片が、特定の配列で床に並んでいると、私たちは「割れた花瓶」と認識してしまう。でも欠片をつなぎあわせようとすると、元々が花瓶ではなかったので欠片が花瓶の形に組みあわさることはない。陶工は花瓶を焼きあげて割ったわけではなく、欠片を花瓶の形に並べただけなのだ。

だがより高次的な理由としては、私たちは本短編の奇妙なロジックはエラーでも、邪な企みでも浅はかな企みでも偶発的なものでもなく、世界の真のロジック――私たちがはっきり見えさえすればわかるであろう、物事の本当の流れ――なのだと感じるからだ。

ときおり、人生は「ありえない」としか言いようがないと感じることがある。すべてどうでもいい、努力は水泡に帰し、あらゆるものが偶然と邪悪なものにしか見えず、善意は常に砕かれる。このスタンスだと、闇ととげとげしさが伝わり、賢明さのようにも感じられる。だが、私たちは人生がありえないものとして生きているわけではない。人生には意味があって、意味をなすようにと生きている。私たちはやさしさ、忠義心、友情、よりよくしようという努力、他人への思いやりをもって生きて（少なくとも生きようとして）いる。因果関係と、ロジックの継続性を前提に生きている。生きていくなかで、私たちは自分の言動に意味がある（かなりある）と気づく。私たちはいい親にも毒親にもなりうるし、安全運転も危険運転もできる。清廉で前向きな気もちでいることも、汚れた後ろ向きな気もちでいることもできる。目標をもって、それに向かって生きていくのは健全だと感じる。本気になれるものがない人生は悪夢だ（日常生活から欲望が消えることを、うっと呼ぶ）。私たちは、いくとおりかの人生のモードはほかよりも推奨されるものだという前提のなかで生きていて、私たちはよいほうのモードはどれかを判断し、それに向かって生きていけるのだと考えている。

だが、人生はなにもかもありえないというのはまちがっているのと同じぐらい、人生はなにもかも論理的だというのもまちがっているのではないかと思う。よく練られた計画というのは、うっとうしいものだ。なにもまちがったことはしていないのに、罰せられることもある。愛する者が早逝する。精神が堕落する。理不尽に誤解される。突然、世界のすべてが敵のように感じることがある。グラスを棚に戻した途端、落下する。その界隈でいちばん手入れがいき届いている庭で愛犬が排便したところで、その家の主が室内から出てくる。クズどもが権力を握っている。道徳心のある人々が理不尽に苦しむ。なにもかもに恵まれた、幸運で幸せな人々が、なにも与えられてこなかった不運で不幸せな人々に実証主義を説く。「助けて」と書かれたボタンを押したら、ボクシング・グローブが飛びでて顔を殴られ、機械からふざけた屁の音が出る。

そんなわけで、人生と言うのはおおむね理性的なものだが、ときおりありえないものが飛びだす。もしくは、もしかしたら、普通の状態では前提としている理性が維持されるが、監禁状態にあると綻びが生まれるのかもしれない。

監禁状態で理性が破綻していく様子を描いた作品もある（シベリア強制収容所を舞台にしたヴァルラーム・

シャラーモフの『極北コルィマ物語』や、女性嫌悪のディストピアを舞台にしたマーガレット・アトウッドの『侍女の物語』がある）。「鼻」は、理性が常に、至極普通な場面でさえも破綻している。けれどもところどころ散りばめられている安定性と寛大さと真っ当さと健全性に気をとられ、読者はそれに気づかない。

ゴーゴリは不条理主義者だと、私たちは無意味な世界に生きていることを作品は伝えているのだと、言われることがある。だが私にとってゴーゴリは究極のリアリストで、物事をただ一瞥するのではなく、本当にどうあるのかを見極めていると思う。

ゴーゴリは、日々五感からえているものからして、私たちはだまされているのだと伝えている。私たちはほとんどの場合において、自分の言動には意味があると、真剣に会話していて、自分は実在していて、常にそこにいて、自分の運命をコントロールできていると感じている。通常であれば、その感覚は（おおむね）あっている。私たちは穏やかな港に泊まる頑丈な船の、真っ当な船員だ。だが一度幕が切られると（そう、この比喩的な港には幕があるのだ）、そこには開けた海、大波、強風が待ちうけている。そして私たちは大海原へと進んでいるのだ。すぐに、私たちはまったくコントロールなどできておらず、快適で穏やかなデッキ――私たちの人徳でなりたっていたデッキ――できぱきと働く船員ではないことを思いしらされる。船は海に投げだされ、デッキは氷に包まれ、私たちは仲間の船員が言っていることが歪んで聞こえる特殊なヘッドフォンと、自分の返事も歪んで聞こえてしまう特殊なマウスピースをつけさせられている。いまや船は沈みつつあり、なにかしなければ、どうにか協力して、思いやりをもって行動しなければいけない。お互いを思いやらなければと、私たちは本気で思うのだが、歪んで発声されるマウスピースと歪んで聞こえるヘッドフォンをとおした思いやりの言葉は的外れだ。助けにならないし、下手したら傷つくし、最悪なことに、なにも事態を変えてくれない。

ゴーゴリは、日常生活のなかの小さなすれちがいが、監禁状態では壊滅的なものになりうるのを察知した。コヴァリョフが聖堂で、自分自身の鼻から真っ当な答えをえられない様子は十分におかしいが、同じようなミスコミュニケーションが、大ごとになると革命や虐殺や政治変動や癒えることのない家庭の悲劇（離婚、別居、恨みなど）の原因になりうる。人が経験する苦難――人間同士のあらゆる関係性に常にある不安や不満感――の根幹には、こうしたいきちがいがあるのだとゴーゴリは示唆している。

ゴーゴリ作品には普遍性があるように思う。どんな時代や場所でも、ゴーゴリは正しい。世界の終わりが来るとしたら、それはいまこの瞬間――私たちがこうして考えているこの瞬間（そしていついかなる瞬間）――に崩壊がはじまる（というかほかにはじまりようがない）のだと、ゴーゴリは言っているかのようだ。外の世界で起こっているいきちがいは、私たちのなかにも――いまこの瞬間、静かな部屋にひとりで座っているとしても――起こっている。

だが、ゴーゴリの表現手段はよろこびであることを認知しなければ、私たちの怠慢になってしまう。本短編の私の好きな場面――古くも新しくもない、不変だと感じる場面――は、新聞社の場面の最初のほう、広告掲載を待っている人たちが急に広告したいものに変身し、小さなオフィスが「飲酒癖なき御者［…］洗濯仕事経験ありの十九歳の屋敷勤めの女［…］頑丈な軽馬車、ばね一か所なし［…］葦毛の若い悍馬《かんば》［…］種々の長所ありの別荘《ダーチャ》」などでいっぱいになる。

これこそ、ゴーゴリを偉大な作家たらしめるところだと思う。なぜだかそのように描こうと思い、奇妙なよろこびいっぱいに、自信をもってそのとおりに実行してしまうのだ。作品世界に対し、その場面を読みすすめるにつれて説明しようのない好感度があがっていく。作品全体の流れから見れば必須の場面ではなく、ただおもしろいから入れただけのように見える。私にとって、これこそゴーゴリの醍醐味だ。

さて、本短編はなにを「意味」しているのだろう？　主人公はどのような変化を経ているだろう？　作中のできごとはどのように、「すべてを永遠に変えてしまう」だろう？

うーん、コヴァリョフの鼻はいったん離れるが、戻ってくる。一度は元通りくっつくのを拒絶するが、気まぐれとしか思えないタイミングでくっつく。このひどい行程でコヴァリョフはなにを学んだだろうか？　なにも学んでいない。彼のヒーローズ・ジャーニーとはなんだろう？「一瞬、奇跡がわが身に起こったが、私はずっと変わらなかった、ときおりちょっといらいらしてしまったが」というものだ。

鼻を失くす前のコヴァリョフはどんな人間だっただろうか？　浮気者で、エゴイストで、ろくに考えもせず媚を売って出世を狙い、他人の威を借るような人間だ。鼻がなくなり、奇跡的に戻ったことで、彼はどのように変わるだろう？　なにも変わらない。鼻が戻ってきて、どのような人間になっただろう？同じ人間のままだ。鼻が戻った直後から「そしてそれ以来［…］何事もなかったかのように闊歩しはじめたのだ」とある。「同じく鼻も何事もなかったかのように顔に鎮座し、他所に逃げ出すような気配すら微塵も見せなかった」「大丈夫なのだ。彼にはどこにも欠けたところはないのだ」とある。読者が最後に見るコヴァリョフは、最初に見たときと同じことをやっている――受領してもいない階級を気取り、「勲章の飾り帯を買っていたことがあったが、自分では勲章などなにももらっていないのだからいかな理由があるものかわからなかった」。

ここで読者は、「主人と下男」と同じものを感じるかもしれない。ヴァシーリーと同様に、コヴァリョフは死を少し体験する――自分がやりたいように（煙草を吸ったり、鼻のある状態を維持したり）できる時間は、一瞬で終わりかねないという世界からの警告を受けている。

だがヴァシーリーとちがって、コヴァリョフはそのヒントがわからない。自分の生き方を変える必要があるとは、思いもよらない。ただ、元通りの生活に、できるだけ早く戻りたいというだけだ。

つまり、コヴァリョフはばかだ。だが、私たちのだれでもコヴァリョフになりうる。尺度の問題だ。が、それだけか？　もしくは、突如として、人生は尊く、自分の習慣のばからしいことに気づく。私たちはなぜこうも頻繁にゴルフにいくのだろう？　なぜ私たちは、すぐそこに大事な妻が座っているのに、メールばっかりやっているのだろう？　すべては自分に戻ってくる。なにも問題ない。元の状態に戻り、心が穏やかになる。するとまた幸せになり、妻が見ている目の前でゴルフの予約のメールにいそしむ。

鼻が象徴するものはなんだろう？　鼻はなにを求めているのだろう？　そもそも、なぜ鼻はコヴァリョフの顔から離れたのだろう？　永遠にわからない。鼻が消えたのは、なんというか、家出というか、コヴァリョフの薄っぺらさや貪欲さや傲慢さへの反抗から来るものだと、読者も最初は思ったかもしれない。だが鼻はコヴァリョフの行動が原因になって離れるわけでも、コヴァリョフがなにかをやめたから戻ってくるわけでもない。コヴァリョフが言動を見直して、納得して戻ってきたわけではない。鼻が消えたからといって、コヴァリョフはまったく変わっていないのだ。鼻が戻ってきたのは、分署長によって連れもどされただけで、コヴァリョフの顔に戻ったのは……うん、語り手が言うとおりであればなんの理由もない。ゴーゴリに同意して、そろそろ話をまとめるころあいが来たと思っただけかもしれない。

一方で、コヴァリョフはただのばかでもないのかもしれない。「なんの理由もなく鼻が消えて、なんの理由もなく戻ってきた。こんな災難は、自分がどのように生きていこうと関係なく、起こりうるもの。だから、ありのままの自分を必死で守ろうと思う、いつもどおりに、もらってもいないメダルを集めて、女性たちを追いかけるのさ」とコヴァリョフは言っているかのようだ。世の中はこういう人間であふれているし、私たち自身もそういう人間だ。趣味や気に入っている習慣をつづけてしまう――早起きして執筆したり、いきつけのカフェに通ったり、陶器のアヒルを集めたり、顔に緑と黄色のペイントを塗ってアメフトのパッカーズの試合を見にいったり、などなど、先述した船が沈没する前に束の間の祝福をえようとする。

鼻は（彼は、と言うべきなのだろうか？　ペニスはついているのだろうか？）、この束の間の散策を、コヴァリョフよりもよっぽど満喫している。コヴァリョフが心底欲しがっているであろうもの――昇進、堂々とした態度、権力、御者付きの馬車――を、一朝で手に入れている。コヴァリョフよりも幸せで自由で、もっと積極的で行動的だ（ロマンス小説のヒーローみたいに、「駅馬車に乗りこんで、リガに行こうと」していたところで捕まる）。

鼻はコヴァリョフの一番いいパーツ、褒められポイントで、自信をもてるパーツで、コヴァリョフが執着している習慣をやめさせる力があるパーツで、まっさらの思考と人生を歩みだせるような、その、急いで新大陸に逃げださせてしまうようなものだ。鼻はコヴァリョフの内なる精神で、近代生活のしがらみに抗っている。批評家の一部に言わせると、この鼻はもはやペニス（とさっき私も触れたが）のようなものである（それなしではコヴァリョフは男でいられなくなり、浮名を流したりもできなくなる）。本短編の美点は、こんなことがあっても、もしくはこれらにかかわらず、もしくはこれらをもってしても、鼻が……鼻のままであることだ。特定の鼻のままだ。本物の鼻でもあり、比喩的な鼻でもある。作品の求めに応じて、鼻はちがった対応を見せる。鼻は、大事なものはなにか、なくしてしまったものはなにか、読者に探しにいかせるためのツールになっている。ゴーゴリがよろこびの狂おしい舞を披露するための、手段なのだ。と同時に、ひとつの鼻だ。にきびまでついている。

このような話を、どのようにして作者は終わらせるのだろう？

第三節の序盤では、鼻はコヴァリョフの顔に戻っているようだ。祝おうと、コヴァリョフはネフスキー通りに出かけ、鼻つきのすばらしい日のはじまりを飾ろうと、叙勲されてもいないのに街で飾り帯を買う。これで話は終わりだという雰囲気が醸しだされる（「その後、コヴァリョフ少佐は」ではじまる一文の直後で話を終わらせることもできた）。そこで終わっていれば、本短編は「あるところに、鼻を失くしてとりもどしたけどなにも変わらなかった男がいました」というような話になっただろう。でも、そこで終わってしまうとなんだか物足りない感じがすると私は思う。ＫＩＭカートにひとつだけ残っているものがある。先述したとおり、作品全体をとおして読者がつきあわされてきた非合理性が、未解決のまま、怪しさだけが積もっていき、説明されない、説明できないできごとを語り手が散らかしたままになっているし、スカースならではの奇妙さ（まとまりのなさや脱線であったり、「大事なことと些末なことを区別」できなかったり、「語りの不適切な強調」や「的外れな前提」）も残されたままだ。なんだか、だまし討ちにあったような気分になる。最後まで、語り手を信じてついてきたのに、最後の最後まで、本当のところを語ってくれない。語り手（と話）は、語りの過剰な点を正当化（説明）していない。

私たち読者は、これらすべてがどうにか説明されるべきだと思うし、（我らの友）力不足の作者であれば、まさにそのとおり説明しようとするかもしれない（「なんと、本当に起こっていたのは……」と語りだすだろう）。だが、本短編の狂ったロジックに片がついてしまうと、狂ったロジックから読者が感じた啓示を与えられたような感覚——本短編のロジックは、この世界の本当のロジックであるということ——も、本短編が読者に現実を示すための人工的なシチュエーションであるということも、通常であればそのロジックの働きは隠されていて、喪失や災害でも起こらない限りわからないのだということも、片がついてしまう。

では、ゴーゴリはどうしたか？

打ちあけることにした。

語り手は、「いまになって様々な角度から検討してみても、不可解な点が多々ある」という。「いや、そうだけどさ」と私たちは考える。

だが、語り手が認めたことによって、私たちはほっとする。

友達とディナーをともにしているとしよう。なにかがおかしい。席についてからなにかがおかしくて、もう食事はほとんど終わった。どうしよう？　そう、認めてしまおう。真実を吐きだしてしまおう。「今日の会話はなんだか堅苦しかったよ。あなたのフィアンセのケンの話題を避けてたよね。知ってのとおり、私は彼のこと嫌いだしね」と言うと一瞬で、会話は堅苦しくなくなる。会話を無意味にしたからだ。偽りがあったので、友達に面と向かって真実を話すことで、偽りをなかったことにしたのだ。

もしくは、バスに乗っていたとしよう。もう何キロメートルか走行しているが、下のほうから不自然なドンドンという物音がずっと聞こえているのに、運転手は無視を決めこんでいる。ようやく後ろをふりかえって、「わあ、いまひどい音がしたよな？」と言う。

その瞬間、運転手の印象がよくなり、真っ当な社会システムのなかにいるように感じる。

語り手が（最後の二段落で）、これまで自身が語ってきた話に不信感をもち、ますます困惑し、私たち読者が感じつつも我慢してきた不信感とまったく同じ意見（「鼻の超自然的な分離や、その五等官のなりでの各所への出没がまったく奇妙なのは言わずもがな」）を述べたことで、私の内心でたまりにたまっていた不信感が消えていくのがわかった（カーディーラーが、交渉のまっただなか、なぜ自分はこんな嘘ばかりついていられるのだろうと疑問を口に出してくれたら、彼の誠実さに私の信頼感はいっきに再構築され、けっきょく車を買ってしまうのだろうなと思う）。

自身を非難している最中も、語り手はいつものスカースのままだ。語り手の批判（コヴァリョフは「鼻の広告を出す」という誤った方法を選んだ、など）は的外れだし、その後脱線するものの立ち消えになる（「みっともないし、きまり悪いし、不愉快なのだ！」）。一瞬元の話題に戻る（「どうして鼻が焼きたてのパンに入っていたのか」）が、また脱線し、作者（つまり彼自身）がこんな筋書きをどうして選んだのだろうと疑問を呈する。とりあげたいずれの疑問にまったく答えない（「これはなんなのか、たんにわからないのだ……」）が、わたわたとしている様子のおかげで、私のＫＩＭカートは空になる。

論理的な説明に失敗しているではないか、と私は反論する。

語り手は「そうだよね？　もはや列車事故だよな？」と言う。

なぜだか、それで十分だと思ってしまう。

そうやって——チベットの僧侶たちが細心の注意を払って数週間かけて砂で描いた曼荼羅のように——ゴーゴリは自分がつくりあげたものを嬉々として破壊し、川に流してしまうのだ。

授業のあとに　その五

あるとき、カフカの『変身』についての学生の課題を採点していて、「本作を熟読していくにあたり、私は自分がわずかに傾いているように感じた」という一文が目についた。

ふむ、ほー、と私は思った。なかなかひどい。と同時に、ちょっとすごい。

私は学生のその声《ヴォイス》を真似してみようと、自分の内面から感じて、なにかえられないかとやってみた。わりとすぐに、私なりにその声で何頁か書きだすことができた。

ちょっと前の話だけど、あのときのぼくら全員は、コーディネーターの指示を受けて、《自分の好きなことは自分で！》ってタイトルの教育ビデオを見たばっかりだった。そのビデオでは、ぼくらみたいな十代《ティーン》の子が、オナニーしたり、好きな感じにセルフタッチしたりするのがどんなに健康にいいかを教えてた。

そうやって、部屋いっぱいのティーンエイジャーが現れた。彼らは性的に興奮しているようで、あまりに興奮しすぎているので、だれかが自慰を促すための短いビデオを見させたのだ。言わずもがな、私は「監禁状態のティーンエイジャーたちが、どうやって生まれたばかりの強力な性欲に対処するか、書いてみたいな」と思っていたわけではない。私はただ、学生の課題文にあったあの一文をリフみたいにくり返してみて、あの一文「みたい」だと感じられる文章を書いてみようとしただけだ。

数行後、私の書きだしの一文に導かれて次のようにつづけた。

というわけで夜になると、うちの施設では、各自のプライバシー・カーテンの奥から静かにせわしない息づかいが聞こえ、全員が《自分の好きなことは自分で！》仕込みのテクニックを実験してたんだけどさ、意外や意外、ふたつのジェンダー・エリアを仕切ったスライド式の壁とメインの壁のあいだのせまいすきまは、ほんとにほんとにせまいと、だれだって思うじゃない。*

突如として、プライバシー・カーテンやジェンダー・エリアが現れるので、(この場所がどんなところであれ)男女共用ならば、割りあてられたジェンダー・エリアから離れてセックスしにいく男子や女子が出

---

*ジョージ・ソーンダース「ジョン」浅倉久志訳『S-Fマガジン』通巻五七八号、二〇〇四年六月、一一頁。

てくるかもしれない、という疑問が浮上する。そして、実際のところ、そうしたいと思う子たちが出てきて、そのうちの二人（ルーシーとジョシュ）がすぐにそのとおり実行している。私は、以前に触れたとおり、「この話がとりうる選択肢は狭まった」と感じた。

作品を、部屋ほどの大きさのブラックボックスにたとえて考えてもいいかもしれない。作者のゴールは、読者にその箱のなかに入ってもらって、なかに入るときと出たあとでちがった精神状態になってもらう、というものだ。箱のなかで起こるできごとは、スリリングで些末でない内容にしないといけない。それだけだ。

スリルは、具体的にどのような趣向のものだろうか？　作者はわかっていなくてもいい。それを探るために書きすすめているのだから。

どうやってそのスリルを完成させるのだろう？

アーチェリー（をやったことのある人ってどれぐらいいるんだろう？）の比喩を使うなら、このスリルを生みだすひとつのやり方は、的を狙うのをやめて、矢が弓から離れる感触に集中する、という方法だ。この代替方法では、矢は一定の方向へ飛びたち、進路を調整していき、着地したところが……そこが的になる。

私がシカゴに住んでいた子ども時代、先生か、ほかの子ども（自分と身長が同じくらいか低い子）の物真似、もしくはあるタイプの人々（「不機嫌なお隣さん」や「ヒッピー」や「中古車販売員」）を「演じる」のがうまいと、一種のお粗末な権力がえられた。私のおじで何人か、これがすごくうまいひとがいた。彼らはおかしいペルソナをつくりあげ、その人格になりきっていた。ときには不自然なほど長時間、そのままだった。おじが部屋に入ってくるだけで、みながうれしそうに見るのですごいなと私は思った。いま思えば、おじたちがやっていたのは即興だ。室内の空気を読んで、演技を調整し、だれかの物真似でオーディエンスを楽しませようとした。ときには、架空の人物を演じてみせた。それをやめた瞬間、もしくは部屋に入っても物真似をやる気配がなかったら、さみしかった。

あの日、エンジニアリング会社で議事録をとっていたはずの私が、ドクター・スース的な詩を書いていたときに発見した、もしくは再発見したのは、彼らのそのアプローチだった。

このアプローチは、「声に従う」と呼べるだろう。

声のアイデアが生まれ、そこから動きだす。あなたは、その声を「なんだかやりたい」とただ思う（そしてできることに気づく）。ときには、声のインスピレーションは実在する人物から生まれるかもしれない。またあるときには、自分にある傾向を大げさに盛ったものかもしれない（たとえば、私の「滝」という短編では、主人公モースに、神経症で心配性な私の心猿を少し盛ったような人格を与えた）。ときには、ほかで聞いた言葉の欠片から生まれる（学生の課題にあったあの一文のように）。

ここで私が主に言いたいのは、この書き方は楽しいということだ。この書き方を実践しているとき、私はこの声を維持することしか考えていない。話のテーマやら次にどんなできごとを起こさないといけないとか、まったくいらない。最初のほうの段階では、なぜその登場人物がそういった話し方をするのか、私自身よくわかっていないこともある。私のゴールはただ、その声のエネルギーを高いまま維持し、登場人物がそのキャラクターらしくいられるようにするだけだ。それはつまり、その声を拡張しつづけなければいけないということだとわかった。その声のおおまかな「ルール」が把握できるようになってくると、そのルールから（理由もなく）外れる文章が出てきた場合、読者は不安になる。だから、その人物がその人らしく聞こえるためにどうしたらいいのか、私は試行錯誤をつづけなければならない。この一番いいやり方は、その人物に新しいできごとを経験させる方法だ。エスカレーションとなるできごと（その人物にとって未経験）にし、その声でそのできごとに対応するためには、新しい声域《レジスター》を会得しないといけない（特定の声で話す登場人物がいたとして、彼が乗馬未経験であれば、彼に乗馬をやらせて、馬に慣れるためにどのように声が広がっていくのか試してみる）。

最初に挙げた短編（「ジョン」）で、私が執筆のために毎日机に向かっているときにやっていたのは、おおざっぱにいうと、脳内の「不明瞭レベル」と名づけられたダイヤルを一定のレベルまであげる許可を出すことだった。いつもよりも（さらに）不明瞭になってしまうことを許し、だれしもが普段からやるような、口に出す前に考えて直すという作業を楽にした。私がやっていたのは、いわゆる感情の赴くままに、「よし、サーファー役だ、それ社畜役だ」といったことを自分に言いきかせてやっていただけだ。構文が崩れておかしく感じるけど、なぜだかわかりやすく感じてしまうような文章を目指した（たとえば、「そのとたん、ダメダメとぼくの性腺にストップをかけてたわらしべの最後の一本がパキッと折れて」とか）。

また、多くの企業で「典型的な」ティーンエイジャーを雇い製品のフィードバックをもらって、市場（つまり「典型的なティーンエイジャー」の市場）をもっと効率的に開拓できるようにしていると、最近になって知った。そのやり方の皮肉と合理性に衝撃を受けたし、とても平均的と見なされた若者が依頼を受けて「よろこんでやりますよ！」とこたえているのだろうと思うと、私は悲しくなった。

私たちの文化の興味深い側面だと思う。

つまり、実際になにが起こっているのかと言うと、二つのことが同時進行している——声が私を導くと同時に、私が声を導いているのだ。鶏と卵のどちらが先か、というような問題なので、少々説明が難しい。でもポイントとしては、声の創造が作品の「結末」や「メッセージ」についての構想を打ちかえしつづける作業だということ——文章が（ただの）「二匹の犬がファックしているポエム」で終わってしまわないようにする、ということだ。

「ジョン」は最終的に、企業資本主義、物質主義の危険性、商業が言語をどのように変形させるか、愛、結婚、忠誠心などなど、盛りだくさんの「意味」をもつことになった。いずれも、最初から意図していたわけではなかった。本短編全体をとおして、私の手を動かしつづけたのは、自分のなかにある声を探す楽しみとよろこびだった。声が私にどうすればいいのか教えてくれたし、「それからキャロリンがしてくれたキスといったら、とろけるような、としか形容のしようがない」*といった文章を吐きだす自分を発見できた。ティーンエイジャーたちを天に上るような気もちにさせるドラッグで薬漬けにする施設がある日突然現れ、入居者たちは、この世でつくられたすべてのテレビコマーシャルがロードされたチップを首に埋めこまれ、コマーシャルはＬＩ（記憶位置表示番号《ロケーション・インディケーター》）と呼ばれるもので分類されていた、という

＊ソーンダース「ジョン」、一二頁。

ようなことも、私の語り手がこのような語り口になった理由の一部だ。

その世界のすべてが、あの学生の課題の一文にある声を真似しようとして、その遺伝子を私が組みかえたものからできあがっている。

そんなわけで、「当初の構想の次元」から話をもちだして膨らませる方法のひとつは、そもそも当初の構想などつくらないというものだ。この方法を実行するにあたり、手順が必要だ。私の場合（そしてゴーゴリも、スカース・モードのときはそうだったのではないかと思いたい）は、「声に従う」という手順になる。だが、いろんな方法がある。どの方法も、作者が強い意見をもっている物事で、それを追及したいという思いに報いる、もしくは助けることになる。たとえば、作品内のパターンのくり返しにこだわり（とよろこび）をもっているとか。頁の文字の見え方にこだわりがあるだとか。音の詩人なら、自分でもわからない歪な聞こえ方の法則に導かれるかもしれない。構造の些細な部分に固執しているかもしれない。なんでもいいのだ。つまりは、作者の注意が、自身によろこびを与えてくれる、こだわりがある物事に向いていれば、どのように書き進めるかしっかり把握している可能性も、予備知識に縛られる可能性も低くなる。前にも言ったように、予備知識は作品を弱めてしまい、講義や一方通行のパフォーマンスのようになってしまい、読者の気をそいでしまう可能性がある。

ジョンがようやく片思いしているキャロリンとのセックスにもちこめたとき、ジョンは次のように説明している。

そういえば、ミルクの流れとハチミツの流れが合わさって甘くおいしい川ができるのは、ハニー・グラハムのＬＩ３４３２１で何度も見てるけど、メイクラブしてはじめてわかった。どっちかがハチミツではじまっても、まもなくふたりはどっちがミルクでどっちがハチミツだったか思いだせなくなり、ただひとつの液体、ハチミツ／ミルクのコンボになっちゃうんだ。＊

要するに彼が言いたいのは「セックスはよかったし、恋に落ちたと思う」ということだ。でもそれ以上の感情を抱いている。それ以上の彼の感情を（すべて）伝えきるために、彼の声が必要なのだ。前述した文章では、彼が感じているだろう幸せを感じられるし、彼の幸せを自分が感じていることも感じられる。この文章では、とあるまぬけな人間が恋に落ちる。恋とはそういうものだ――とあるまぬけな人間が落ちていくものだ。それしかない。

あるすがすがしい夏の朝、家を出て歩きだした経験があればだれもが、「ある六月の朝、私は家を出た」以上の真実がその瞬間にあると知っている。その文章にはなにかが、家を出る「私」が欠けている。その朝は、特定の精神状態にないと、本当らしい朝のように感じられない。

言いかえれば、声はただの装飾ではない。真実の重要な一部分なのだ。「鼻」では、語り手はあの管理

＊ソーンダース「ジョン」、一二頁。

職や下級官僚たちの世界からやってきたのだろうと、語り手の声から読者は聞きとる。本短編はこの語りによって、真実とよろこびの次元が追加されるという恩恵を受けている。

言ってしまえば、私たち読者がひとつの文章、短編、本に求めているのは、よろこび（感激、エクスタシー、鮮烈な刺激）かもしれない。こうしたよろこびは、文章で語ろうとするには、内容が大きすぎるように見えるかもしれない。だが、それについて語る努力を怠った瞬間、私たちは死へ向かっているのだと思う。


ここで、あのブラックボックスに戻りたい。

作品は、特定のメッセージを伝えるための、決められた時間に決められた駅にとまる電車みたいなもので、私がその仕組みを構築する疲れきったエンジニア……になってしまうとやりすぎだろう。私は制御不能になり、なにも楽しくなくなってしまう。

だが、自分が陽気なカーニバルの客引き係で、あなたを私の不思議な（自分でもなかがどうなっているのかわからない）ブラックボックスに誘うのが仕事だとしたら、それならできそうだと思う。

「なかに入ったらどうなるんですか？」とあなたは尋ねる。

「よくわからないんですよね。でも、スリリングでおもしろくなるよう、精一杯頑張ったことはお約束しますよ」と私は言う。

「なかに入ったら楽しいですか？」とあなたは尋ねる。

「そうだといいなと思います」と私は言う。「というのも、そうなるように頑張ってつくったわけでして……」

前に触れた、直観的に一文一文推敲するやり方は、ボックスのなかで起こるできごとがスリリングであるように、そして些末でなくなるように工夫していく方法だ。なにが起こるにしても、鮮やかではっきりとした体験になる。私はどのような決断をするときも、「これは私にとっておもしろいか？」と問いつづけながら進めているので、読者のみなさまにとっても少しはおもしろいものがあるはずだ。

こうして、ブラックボックスは（カーニバルのたとえを使うなら）ジェットコースターみたいになる。ジェットコースターの設計者は、カーブや落下に気をつかう。テクニックとして、それぞれの箇所で刺激を最大化するにはどうすればいいのか知っている。乗客の実際の反応は知らないし、あまり気にしてもいない。乗客がそのカーブや落下で絶叫し、最後に降りるとき、衝撃で意識がぼんやりしつつも、数秒間は気分転換ができ、楽しい気もちが継続できてさえいればよくて、それ以上はなにも望んでいないのだ。

すぐり

1898年

アントン・チェーホフ

［1］

すぐり

まだ早朝だというのに雨雲が空一面を覆っていた。静かで、暑くもなく、物憂い日だった。薄曇りのときには――そう、野の上に黒雲がずっと垂れかかっていて、雨を待っているのに、降らないというときには――よくあるような日だった。獣医のイヴァン・イヴァーヌィチとギムナジウムの教師のブールキンはもう歩き疲れてしまっていて、野が果てしなく広がっているように思われた。前方はるか先には、ミルノーシツコエ村の風車がいくつかかすかに見えた。右手には丘がひとつらなりになって伸び、村のはるかむこうで消えていた。二人にはわかっていた――あちらには川辺が、あそこには牧草地が、緑の柳が、地主屋敷があるのだと。そして丘のひとつに立ちさえすれば、同じように途方もない野原、電信局や、遠目には芋虫のような列車も見え、天気のいい日にはそこから町までだって見わたせるのだ。自然がじっと物思いにふけっているような、静かな天気の今日みたいな日には、イヴァン・イヴァーヌィチとブールキンはこの野原が愛おしいという気もちがわきおこってきて、二人ともこの国がどれほど偉大か、どれほど美しいかに思いをはせるのだった。

ブールキンは言った――「この前、プロコーフィー村長の納屋に泊めてもらったとき、なにかの話をしようとしていませんでしたか」

「ええ、あのときは弟の話をしたかったのです」

イヴァン・イヴァーヌィチはふーっと息を吐きだして、パイプに火をつけたが、話しはじめようとしたまさにそのときに雨粒が落ちてきた。五分もたつと雨脚は強くなり、いつ止むのかわからなくなった。イヴァン・イヴァーヌィチとブールキンは足をとめて物思いにふけっていた。犬たちもはやずぶ濡れになって尻尾を巻いて立ちつくし、二人をうるんだ瞳で見つめていた。

「どこかで雨宿りしなくてはなりません」――ブールキンは言った。

「アリョーヒンのところに行きましょうか。ここから近い」

「行きましょう」

二人はわきにそれて、草が刈られた野原を突っ切ったり、右に折れたりしながらずっと歩いていき、やっと街道に出た。じきにポプラの木々や庭が見えるようになり、しばらくして納屋の赤い屋根が見えてきた。川面がきらめいたかと思うと、水車小屋や白塗りの浴場のある広々した淀の眺めが開けた。これがアリョーヒンの住んでいるソフィーノ村だった。

水車は雨音をかき消すほど回転し、堰堤は震えていた。荷馬車のかたわらにはそぼ濡れた馬たちがうなだれて立ちつくし、道行く人々は袋をかぶっていた。どうにも湿気っていて、ぬかるんでいて気持ちいいものではない――淀の眺めは冷たく、厭《いとわ》しかった。イヴァン・イヴァーヌィチ

［3］

とブールキンは全身がびしょびしょで、汚くもなり、不快だった。足には泥がまとわりつき、堰堤を通って地主の納屋に上がっていくころには、お互いにむっとしたようになって黙りこんでしまった。

納屋の一軒ではとうみのやかましい音がした。戸が開いていて、そこからほこりっぽい空気が吹きだしている。敷居のところに立っていたのはまさしくアリョーヒンだった。四十がらみの男で、背が高く、肉付きがよかった。髪はのばしたままで、地主というよりは大学教授か画家のような風貌だった。着ている白いシャツは長いこと洗っていないようで、ベルトとして縄紐を巻き、ズボンのかわりにズボン下をはき、ブーツも泥やわらだらけだった。鼻と目はほこりで黒ずんでいた。彼はイヴァン・イヴァーヌィチとブールキンを認めると、顔をほころばせた。

「どうぞ家にお入りください」——アリョーヒンは笑顔で言った。「私もすぐにまいります」

家は広く、二階建てだった。アリョーヒンは下の階の二部屋に住んでいて、丸屋根と小さな窓がついており、もともとは管理人が寝起きしていた場所だった。そこには簡素ながら家具があり、ライ麦パンやら、安ウォッカやら、馬具やらの匂いがした。他方で二階の客間には、客が訪ねてきたとき以外はめったにのぼらなかった。出迎えに出てきた若い女中があまりに美人だったので、二人とも足をとめて思わず顔を見合わせたほどだった。

「お二人にお会いできて私がどれだけうれしいか、おわかりいただけますかな」——二人の後から玄関に入ってきたアリョーヒンが言った。「思いもかけなかったですよ！　ペラゲーヤ」——こう、女中に声をかけた。「お客様になにか着替えを持ってきてくれ。私もついでに着替えよう。だけど、まず体を洗わないと。どうも、春ごろより風呂にはいっていない気がするし。よければ浴室に行きませんか。そのあとでこちらの準備もできるでしょうから」

美しいペラゲーヤが――物腰柔らかで、見るからにやさしそうだ――タオルと石鹸を持ってきてくれた。アリョーヒンは客を連れて浴室にむかった。

「そうだ、ずいぶんと体を洗っていなかった」――と、服を脱ぎながらアリョーヒンは言った。「うちの浴室はごらんのとおり立派で、父が建てたのですが、風呂に入るひまもないのでして」段になっているところに腰を下ろして、自分の長い髪や首筋を洗うと、体のまわりの水が茶色になった。

「これは、正直に言いまして……」――イヴァン・イヴァーヌィチはアリョーヒンの頭を見てしみじみと言った。

「ずいぶん体を洗っていませんでした……」――アリョーヒンはきまり悪そうにくり返して、もういちど体を洗うと、まわりの水がインクのような群青色になった。

イヴァン・イヴァーヌィチは浴場の外に出ると、水にざんぶと飛びこみ、雨のなか両手を大きくつかって泳ぎだした。イヴァン・イヴァーヌィチから波が起こって、スイレンの花が波間に揺れていた。イヴァン・イヴァーヌィチは淀の真ん中まで泳ぎつくと水の中にもぐり、しばらくして別の場所から出てくるとさらにばしゃばしゃと泳いでいき、何度も体を沈めて川底まで潜ってみようとした。「ああ、いい気持ちだ……」――楽しみながらイヴァン・イヴァーヌィチはくり返した。「ああ、いい気持ちだ」水車小屋まで泳いでいくと、農夫たちとなにか話していたが、戻っ

［5］

てきて、淀の真ん中で体を伸ばして浮かび、顔を雨に打たせていた。ブールキンとアリョーヒンはすでに服を着て、出る準備を整えていた。だがイヴァン・イヴァーヌィチはまだ泳いだり潜ったりしていた。「ああ、いい気持ちだ」――イヴァン・イヴァーヌィチはくり返した。「ああ、最高だ」

「そろそろ行きましょう！」ブールキンが声をあげた。三人は母屋に戻った。

二階の広々とした客間にランプが灯り、ブールキンとイヴァン・イヴァーヌィチは絹のガウンを着てあたたかい室内履きを履き、安楽椅子に座った。体を洗ってさっぱりしたアリョーヒン自身は髪を整え、新しいフロックコートに身を包んで、客間を行き来していた。見るからに家のぬくもりや清潔さに気をよくし、身にまとう乾いた服や軽い靴の感触を楽しんでいるようだった。やわらかい笑みを浮かべた美人のペレゲーヤが絨毯の上をしずしずと歩き、お盆の上にお茶とヴァレーニエをのせて入ってくると、やっとイヴァン・イヴァーヌィチは例の話をはじめたが、あたかもブールキンとアリョーヒンだけでなく、金の額縁からこちらを静かに、だが厳しい目つきで見つめている老若のご婦人たち軍人たちにも聞かせるかのようだった。

「私たち兄弟は二人きりで」――彼は語りはじめた。「私はイヴァン・イヴァーヌィチ、そして弟はニコライ・イヴァーヌィチです。弟の方が年はふたつ下です。私は勉学の道を志し、獣医になりましたが、ニコライは十九歳にして県財務庁に勤めていました。父のチムシャ゠ギマラーイスキーはカントニスト*の出でしたが、士官にまで成りまして、貴族の身分とわずかながらですが領地を遺してくれました。父の死後、領地は借金のかたに取られてしまいましたが、とにかく子供

［6］

時代私たちは田舎で気ままに過ごしたものです。農民の子とまったく同じように、私たち兄弟は昼も夜も野原や森で過ごしておりました。馬の番をしたり、菩提樹の皮を剝いだり、魚を釣ったり、そんなことをしていました……。人生で一度でもアセリナを釣ったことがある人は——空気の澄んだ涼しい秋の日に、渡り鳥のツグミが群れをなして田舎の空を飛んでいるのを見たことがある人は、街の住人になんてなる気がしないものです。そんな人は気ままな生活に死ぬまであこがれるのでしょう。弟は財務庁の仕事に倦《う》むようになりました。歳月が流れましたが、弟は同じ場所に座って、まったく同じ書類を書きながら、どうやったら田舎に行けるか、そのことばかり考えていました。この憂愁は少しずつある種の願望のかたちをとるようになりました——どこかの川辺か湖畔にささやかな屋敷を買いたいという夢です。

弟は善良で温和な人間で、私も大好きでした。でも弟の自分の屋敷に一生引きこもっていたいという願望は、私には決して共感できないものでした。人には三アルシンの土地があればいいとよく言われます。でも三アルシンが必要なのは死体であって、人間ではありません。インテリゲンツィヤ〔進歩的知識人階層〕たちが土地への関心をもって、屋敷を求めるようになるようになれば、それはいいことだとも近頃言われていますね。でもこういう屋敷だって三アルシンの土地と同じではないですか。街から、闘いから、日々の煩わしい生活から逃れて、田舎屋敷に隠れてし

＊〔訳注〕兵士の息子、一八五六年までのロシアでは誕生と同時に兵籍に入れられ、軍事教練を受けさせられた。

〔7〕

まう――こんなの人生じゃありませんよ。エゴイズムだし、怠惰です。こんなのある種の出家ですが、偉くもなんともない出家です。人間に必要なのは三アルシンの土地や田舎屋敷ではありません。この地球まるごと、大自然すべてが要るのです。その広がりのなかでこそ、人間は自分の魂の特性や特徴を遺憾なく発揮できるのです。

弟のニコライは役所の自分の席に座って、庭じゅうにおいしそうな匂いをさせながら自分でつくったシチー〔キャベツ入り野菜スープ〕を飲んだり、青々とした草地に座って食事をしたり、陽だまりの中で眠ったり、日がな一日門の外のベンチに腰かけて野や森を眺めたりするような生活を夢みていました。農業の本だとか、カレンダーに載っているあれこれの警句だとかそういったものが弟の生きるよろこび、愛する魂の糧になったわけです。弟は新聞を読むのも好きでしたが、読むのはただ広告だけで、数デシャチーナの耕作地と牧草地に屋敷、小川、庭、水車小屋がついて、ため池ありでいくらのようなものばかりでした。頭の中には、庭の小径《こみち》や、花、果物、ムクドリの巣箱、池のフナとかそういった物事があれこれ浮かんでいるのでした。こうした空想のイメージは、目にとまる広告によってさまざまでしたが、なぜだかどの広告にも決まってすぐりの木が出てくるのです。どんな屋敷も、どんな詩情あふれる里山も、弟にとってはすぐりの木なしには想像できなかったのです。

「田舎暮らしはそれなりの良さがあるよ」――弟はよくこう言ったものでした。「バルコニーに座って、お茶を飲んで、池には自分のアヒルが泳いでいて、なんとも言えないいい匂いがして……。それにすぐりの木も生えているしさ」

［8］

弟は自分の地所の図面も引いていました。どの図面にもまったく同じものが書かれているのです。（一）お屋敷（二）召使部屋（三）菜園（四）すぐりの木。弟は質素に暮らしました。飲み食いを切りつめ、乞食同然のみなりをし、金はつかわず全部貯金しました。ひどくけちくさくなりました。私は弟を見ているのも辛くなり、なにかと物をやり、祝いの日には金を送ったりしましたが、それすらしまいこんでしまいました。人間、なにかの考えにとりつかれてしまうと、もうどうすることもできません。

歳月が流れました。弟はほかの県に異動になり、もう四十も過ぎていましたが、まだ新聞の広告を読み、貯金していました。その後、結婚したと聞きました。すぐりの木がある屋敷を買うという目的はそのままで、弟は年をとった不美人なやもめを、特に好きでもないのに、ただ彼女が小金をもっているというだけで嫁にもらったのです。弟は妻とも質素に暮らし、相手にも食うや食わずの生活をさせる一方で、妻の金も自分の名義で銀行に預けていました。前の夫は郵便局長で、ピローグや果実酒に親しんでいたのに、二番目の夫の家では黒パンですらめったにお目にかかれませんでした。こんな生活を三年ほどつづけるうちに弟の妻はやせ衰えていき、神に召されてしまいました。もちろん弟は自分のせいで妻が死んだなどちらりとも考えませんでした。お金はウォッカと一緒で、人間をおかしくしてしまいます。私どもの街で、ある商人が死にました。死ぬ前に蜂蜜を皿にのせて持ってこさせると、ありったけのお札や当たりくじに蜂蜜をまぶして食べてしまったのです。だれにも渡さないようにと。あるとき駅で私が家畜の群れの検査をしていると、仲買商人が機関車に轢《ひ》かれ、片足がちぎれてしまったことがありました。みんなで救護

［9］

室に運びこみました。血が流れました――おそろしいことです。しかし商人は足を探してくれと頼んで、やきもきしているんです。切断された脚がはいていたブーツに二十ルーブル入れていたので、なくしはしないかと思っていたのです」

「それはまるで別の話ではないですか」――ブールキンが言った。

三十秒ほどもじっと考えてから、イヴァン・イヴァーヌィチはつづけた。

「妻が死んだあと、弟は自分で地所を見てまわるようになりました。もちろん、五年かけて見てまわったところで、誤解から思っていたのと全然別のものをつかまされるのが落ちですよ。弟のニコライは仲買人を通じて、借金の肩代わりもして、屋敷つき、召使部屋つき、庭つき、果樹園なし、すぐりの木なし、アヒルのいる池なしの百十二デシャチーナの土地を購入しました。川はありましたが、水はコーヒーのような色でした。それというのも地所の一方のとなりにはレンガ工場があり、もう一方のとなりには骨灰工場があったからです。でも弟のニコライはめげませんでした。自分ですぐりの苗木を二十本取り寄せて植え、地主として暮らしはじめました。

昨年、私は弟を訪ねて行きました。ちょっとどんな感じか、見にいってやろうと思ったのです。弟は手紙の中で、自分の領地をこんな風に呼んでいました。チュンバロクロヴァ荒野、またの名をギマラーイスキー村。私が「またの名をギマラーイスキー村」にたどり着いたのは昼下がりでした。暑い日でした。あちこちに溝や、塀、垣根があって、モミの木が何列にも植わった植えこみがありました――どうやって庭まで行って馬をつなげばいいのかもわかりませんでした。屋敷まで歩いていってみると、赤毛の犬が迎えに出てきましたが、太っていて豚にそっくりです。吠えようとするのもおっくうというような犬です。台所から料理女が出てきましたが、はだしで太っていて、こちらも豚にそっくりです。旦那さまは昼食のあとはお休みですよと言うじゃありませんか。弟のところに入っていくと、ベッドに座って毛布をひざにかけていました。老けこみ、肥え太り、病的にむくんでいます。頬も鼻も唇も前に突き出ていて――いまにも毛布の中でブーと鳴きそうでした。

私たちは抱擁を交わして涙を流しました――うれしさだけでなく、昔はお互い若かったのに、いまは白髪頭になりじきに死んでしまうことのつらさもあったのです。弟は着替えて自分の地所を見せに連れだしてくれました。

「それで、ここではどんな暮らしだい?」――私は訊ねました。

「まずまずだよ。おかげさまでいい暮らしをしているよ」

弟はもうかつてのおどおどした貧乏役人ではなく、本物の地主、旦那さまなのでした。すでにこの土地に住み慣れ、酸いも甘いも嚙み分けているのです。たらふく食べては、蒸し風呂に入り、肥え太り、村団たちや両側の工場と裁判で争い、農民が自分を「閣下」と呼ばないといって大いに腹をたてたりしていました。いかにも旦那といった具合に、信心も固く、善行を積むにしてもあっさりではなく、もってまわったやりかたなのでした。善行とはなんですかって? 農民たちの病気を手あたり次第ソーダとひまし油で治そうとするとか、自分の名の日には村の真ん中で感謝の祈禱をあげさせるとかです。祈禱のあとは半ヴェドローほどの酒をふるまうのですが、それもどうやらそうすべきだと思っているからのようでした。ああ、その半ヴェドローが恐ろしいこ

［11］

とといったら！　今日太った地主が家畜による作物の被害のかどで農夫たちを村長のところに引っぱって行ったかと思うと、翌日の祝日には半ヴェドローがふるまわれ、それを飲んだ農夫たちがウラーと叫び、へべれけになって旦那の足元にはいつくばるというわけです。生活の好転、飽食、無為は、ロシア人にとってうぬぼれ、極度の厚顔無恥を助長するもとです。かつて財務庁で保身のため自分の意見を持つことも怖がっていた弟のニコライ・イヴァーヌィチは、いまでは大臣もかくやといった口調で、話すことといえば「教育は必要だが、民衆には時期尚早だ」とか「体罰は概して有害だが、有益で不可欠な場合もある」とかそんな真理だけ。

「私は民衆というものをよく知っているし、扱い方もこころえている」――弟は語りました。「民衆に愛されてもいるんだ。私が指一本動かすだけで、民衆はこちらのしてほしいことをなんでもしてくれるんだ」

こういったことをすべて、かしこぶった善良そうな笑みを浮かべて話してくれたのです。弟は二十回ほども「私たち貴族は」「私は貴族として」などとくりかえしました。私たちの祖父は農民で、父は兵士だったことなどどうやら忘れてしまっているのです。私たちの名字はチムシャ＝ギマラーイスキーというなんとも不相応なものなのですが、いまや弟の中では立派で響きのいい、すこぶる好ましいものになっていたのです。

しかし問題は弟ではなく、私自身にありました。お話ししたいのは、いかな変化がこの限られた時間――弟の屋敷に滞在していたあいだ――で私の中に起こったかということなのです。夜になって、お茶を飲んでいると、料理女がすぐりを皿に山盛りにしてテーブルに持ってきました。

［12］

これは買ってきたものではなく、自分の家でとれたすぐりで、苗木を植えてからはじめて収穫できたものでした。弟のニコライ・イヴァーヌィチはぱっとほほ笑んで、しばらくのあいだすぐりを黙ったまま見つめていました。目には涙さえ浮かべて――感動のあまり口もきけなかったのです。それから一粒口に入れると、こちらを見るのですが、その目つきがやっと自分のほしかったおもちゃを手に入れて勝ちほこった子供のようなのです。そしてこう言いました。

「こりゃうまい！」そしてむさぼり食いながら、こんな風にずっとくりかえすのです。

「ああ、こりゃうまいぞ！　食べてみてくれ！」

すぐりは固くて酸っぱかったのです。しかし、かのプーシキンもこう言っています。

心身を高める嘘は、
真実の闇よりも貴し。

私が目にしていたのは幸せな人間でした――長年の夢を見事にかなえ、人生の目的を達し、欲していたものを手に入れ、自分の運命も、自分自身にも満足しきった男です。人間の幸せというものについての私の考えはどういうわけかいつも物悲しいものが入り混じっているのですが、いまこうして幸せな男を目にすると、絶望にも似た重苦しい感情にとらわれるのでした。夜更けはとりわけ重苦しいものでした。私のベッドは弟の寝室のとなりの部屋に据えつけられたのですが、寝つかれない弟が、ベッドから起きてきては皿に近づいてすぐりをつまんでいる音が聞こえてくるのです。私にはわかったのです——幸福で満ち足りた人間というのは実に大勢いるのです！　その力の圧倒的なことといったらどうです！　この人生というやつを見てごらんなさい。強者の厚顔無恥と怠惰、弱者の無学と家畜並みの暮らし、いたるところにありえないほどの貧困、窮状、低劣、アルコール中毒、偽善、虚偽……。それでいて町や家の中はどこも静かで、平穏ときています。街の住人五万人のうち、だれひとりわめきだしたり、大きな声でののしったりしない——私たちに見えるのは、市場に食料を買いに出かけ、昼間は食べ、夜は寝て、ぺちゃくちゃしょうもないおしゃべりをし、結婚し、老いさらばえ、身内が亡くなればおとなしく墓場まで引きずっていく人間です——苦しんでいる人々や、人生の舞台裏のどこかで起こっている恐ろしい出来事は見えも、聞こえもしません。まったく静かで、平穏で、抗議しているのといえば物言わぬ統計ばかりです——気の狂ったのが何人、飲んだ酒が何ヴェドロー、栄養失調で死んだ子供が何人みたいなね……。たしかに、そんな秩序も必要でしょう。たしかに、幸福なものが快く生きていけるのは、不幸なものが黙って重荷を背負っているからでしかなく、この沈黙なくして幸福などありえないのです。これは集団催眠ですよ。だからこそ満足しきった、幸福な人々の戸口に、木槌をもっただれかを立たせて、こつこつ叩いて不幸というものが存在しているぞと絶えず思い出させてやる必要があります——どんなに幸せでも遅かれ早かれ人生は爪を剝き出しにして、苦難（病気、貧困、喪失）が襲いかかり、そうなればいま自分が他人のことが見えも聞こえもしないのと同じように、誰もこちらのことなど目もくれないし耳を傾けようともしないのだぞと。でもそんな木槌をもった人間などいませんし、幸福な人間は気ままにくらしています。ささいな生活上の心配が、風がヤマナラシの木をざわめかせるように、心をざわつかせることがあるとしても――万事なにごともなくすすんでいくのです」

［14］

　イヴァン・イヴァーヌィチは立ちあがってつづけた。「その夜わかったのは、自分も満足した、幸福な人間だということです。私も食事のときや猟に出たときには、いかに生き、いかに信仰し、いかに民衆を治めるべきか談義してきました。私もこんなことを言っていました。学問は光であって、教育は不可欠だ。だが平民にはさしあたっていろはだけで十分だ、とか。自由であることは善きことだ――そうも私は言いました――それがないのは空気がないのと同じ、でももう少し待たなくては。たしかに私はそう言いましたが、いまはこう訊きたいのです。なんのために待つのでしょう？」――怒ったようにブールキンを見て、イヴァン・イヴァーヌィチは訊ねた。「なんのために待つのかと、私は聞いています。いったい、いかなる理由でしょうか？　よくこんなことを言われます――どんな理念も即座には成らない――人生において徐々に実現していくものだ。時機を待とう。でもいったいだれがこんなことを言うのです？　それが正しいという証拠はどこにあるんです？　あなたは自然の摂理だとか、諸事の法則なんかを持ちだすんでしょう。でも摂理だとか法則なんていうものが、私（自分の頭で物を考えられる生身の人間です！）が堀に立って、堀が勝手になくなったり、泥で埋まったりするのを待っているときになんの役にたつんでしょう？　堀なんて自分で跳びこえられるか、橋を架けられるかもしれないのに？　もう一度うかがいますが、なんのために待つのです？　生きる力がない、でも生きなくてはならないし、生きたいと思う、こんなときに待てですって！

［15］

私は早朝に弟の家を辞去し、それ以降街で暮らすのがほとほと耐え難くなってしまったのです。平穏無事というものに嫌気がさし、窓をのぞきこむのも怖いのです。幸福な家庭が、テーブルを囲んでお茶を飲んでいるという光景ほど今の私にとって重苦しいものはないのですから。私はすでに老い、闘いの役にはたちません。私は憎むことすらできません。ただ心の中で哀しみ、怒り、苛立つぐらいです。夜な夜な考えがあふれかえって頭が痛くなって眠れないのです……。ああ、私が若かったなら！」

イヴァン・イヴァーヌィチは興奮して部屋のなかをあちこち行ったり来たりしながら、くり返した。「私が若かったなら！」

彼は突然アリョーヒンに近づいて、その手を片方、もう片方と握った。

「パーヴェル・コンスタンティヌィチ」――彼は懇願するような声音で言った。「安楽にしていてはいけません、自分を麻痺させてはならないのです！　若くて、力があって、元気なうちに、倦むことなく善行にはげむのです！　幸福などないですし、あるはずもありませんが、もし人生に意味や目的があるのなら、その意味や目的は私たちの幸せになんてありません。それはもっと良識的な、偉大ななにかにこそあるのです。善行をなしなさい！」

これをみな、イヴァン・イヴァーヌィチは憐れな、すがるような笑みを浮かべて、まるで自分の個人的なことを頼むかのような調子で語ったのだ。

それから三人とも、部屋の別々の隅に置いてある安楽椅子に座ったまま、黙っていた。イヴァン・イヴァーヌィチの話はブールキンにも、アリョーヒンにも響かなかった。夕闇のなか、金の

［16］

額縁からこちらを見つめる将軍たちご婦人たちの息づかいがいまにも感じられそうなときに、すぐりを食べたみじめな役人についての話を聞くのは退屈だった。どういうわけか、優雅な人々のこと、女性のことを話したり聞いたりしたくなった。覆いをかけたままのシャンデリアや、安楽椅子、足元にある絨毯なんかがみな揃っている客間に彼らが座り、話しているということ、かつてはここをいまや額縁から見つめるあの人々が行き来し、座り、お茶を飲んでいたということ、いまではここを美しいペラゲーヤが音もなく行き来していること——そんなことがどんな話よりも心地よかった。

アリョーヒンは強い眠気を覚えた。仕事のために早く、朝の三時に起きたので、いまにもまぶたがくっつきそうだったが、客たちが自分のいないあいだになにかおもしろいことを話すのではないかと思って立ち去りかねていた。たったいまイヴァン・イヴァーヌィチが言ったことに理があるかどうか、彼はよく考えてみようとはしなかった。客たちが話していたのはひきわり麦のことでも、干し草やタールのことでもなく、自分の生活に直接関係のないことだったので、それがうれしく、もっとつづけてほしかった……。

「でももう寝る時間です」——そう言ってブールキンは腰をあげた。「失礼して、休ませてもらえますかな」

アリョーヒンは挨拶して階下の自室に引き上げたが、客人は上に残っていた。その夜、客人二人にはレリーフがほどこされた古い木のベッドのある大きな部屋があてがわれていた。部屋の隅には象牙のキリストの磔刑像が置いてあった。美しいペラゲーヤのしつらえた広いベッドはひんやりして、真新しいシーツの香りが漂っていた。

イヴァン・イヴァーヌィチは黙って服を脱ぎ、横になった。

「神よ、われら罪びとを許したまえ！」——そうつぶやいて、頭からふとんをかぶってしまった。

テーブルに置かれたイヴァンのパイプからは煙草の焦げくさい臭いがして、ブールキンは長いあいだ寝つけず、どこからこんなしつこい臭いがするのかどうしてもわからなかった。

雨は一晩中、窓を叩いていた。

［17］

雨のなか池で泳げば

「すぐり」について

私がシラキュース大学大学院に入って最初の学期に、教授陣のひとりであり、すばらしい短編小説家のトバイアス・ウルフが朗読会をおこなった。私が朗読会にいきはじめたころに参加した会のひとつだった。彼は自作を朗読するのではなく、チェーホフをいくつか朗読してくれた。まずは「箱に入った男」という短編にはじまり、次に「すぐり」、最後に「恋について」でしめた（この三作品は、「小三部作」もしくは「愛のかたち三部作」と呼ばれることもある）。

その時点で、私はチェーホフをあまりわかっていなかった。それまでに読んだ作品の印象は、（我ながら無知だったと思うが）穏やかで、声高に主張したり、かっこつけたりしない、というものだった。この判断は、当時の成長途中の私にとって、致命的だった。

だがトビーの朗読で、聴衆はチェーホフがどれほどおもしろいか、個性的で機知に富んでいるか、そしてどれほど読者に近づいて対話しようとしているのか、伝わってきた。前述したバイクのサイドカーのように、話が向かうほうへと読者も連れていかれる。トビーをとおして私たち聴衆は、チェーホフのユーモアとやさしさとちょっぴりシニカルな（だけれども愛情のこもった）ハートを感じとれた。まるで会場にチェーホフ自身がいるかのようだった。人好きのする、だれからも愛される彼が、私たちのことを大事に思ってくれて、彼らしい穏やかなやりかたで、私たちの注意を引こうとしている。

大きな窓の前に演壇が設置されており、トビーが朗読するなか、彼の背後で、その年の初雪がしんしんと降りはじめたのを覚えている。私はようやく文学コミュニティの仲間入りができたような気がした。同じく会場にいた全員と、同じ大学院を修了した書き手たちと、朗読会の少し前まで同じく教鞭をとっていたレイモンド・カーヴァーと、チェーホフもみな、いっしょに短編司祭の侍者になれた心もちだった。

本当に、ちょっとした人生の転機だったと思う。

当時、私は作家の卵がよく抱える疑問の数々に悩まされていた。作品は教養のためにあるべきか、エンターテインメントのためにあるべきか？　哲学的であるべきか、行動を促すものであるべきか？　啓蒙的か、快楽的であるべきか？　トビーが読むチェーホフ作品は、「イエス。もちろん、そのすべてだ」と答えていた。突如として、フィクション作品のもつ世界を突きうごかす力が、無限大であるように感じられた。作品はなんにでもなれる――言葉の力を最大限に発揮し、この世に存在するなによりも効果的に、作者の頭から読者の頭に直接働きかけるコミュニケーション法であり、強力なエンターテインメントの形でもある。それまでの私は、短編で本当に十分なのかと疑っていたのだと思う――私の広大な野望をかなえ、（青かった）私の芸術に関する考え（作品はすべての人々に、人々の良心に語りかけ、人生をよくするものであるべき）を実現するのに十分なのだろうか、と。

トビーの朗読を聞いてからは、短編のもつ力を疑うことはもうなかった。ただ、よりよい作品を書けるようになるにはどうすればよいのか、必死になった。

そんなわけで、「すぐり」は私にとって特別に思い入れのある作品だ。

表面だけを読むと、「すぐり」は読者の人生を変えるような話ではないと思うだろう。実際のところ、作中でたいしたことはなにも起こらない。盛りあがるような動きもないし、活発な対立もない。登場人物の進む道が永遠に変わってしまった、ということもない。死んだり戦ったり恋に落ちたりもない。ただただ、狩猟中に雨に降られた友人二人が、三人目の友人の家で雨宿りしているときに、そのうちのひとりが話をするが、ほかの二人の不興を買うというだけだ。「すぐり」のあらすじは次のとおりだ。

- イヴァンとブールキンは、狩りに出かけ、ロシアの野原を歩く。
- ブールキンがイヴァンに、自分になにか話を聞かせる約束であることを念押しする。
- 雨が降りはじめる。
- この近所に住むアリョーヒンの家に向かう。
- 彼の家でアリョーヒンと、女中のペラゲーヤと会う。
- 男三人で浴室に入る。
- アリョーヒンが身体を洗うと水が汚くなった。
- イヴァンは川泳ぎを楽しむ（ブールキンにとっては楽しみすぎだったようだ）。

•家のなかに戻り、居心地のいい客間で、イヴァンは約束どおり、次の話を聞かせる。

イヴァンの弟のニコライが、田舎暮らしにあこがれて、そのために節約生活を送ることになった。

ニコライは金のために未亡人を娶《めと》り、言ってしまえばあまりの赤貧生活で、妻を死なせてしまう。

ニコライは農場を手に入れる。

イヴァンが彼の農場を訪れる。

•客間で、その訪問時のことを思い出して、イヴァンは次のように熱弁を振るう。

幸福な人間は巨大な力をもつが、その力は（声なき者の）不幸でえられるのだ。

幸せな人間は、みなが幸せになれるわけではないことを、言われないと思いだせない。

イヴァンにとっては、幸福を見るのはもはや苦痛だ。

ブールキンとアリョーヒンに、幸せではなくより偉大なもののために生きるべきだと力説し、「倦むことなく善行にはげむのです！」と言う。

•客間の二人は、イヴァンの話を非常につまらないと断じていた。

•ブールキンが寝る時間だと言う。

•三人とも就寝する。


ここで読者はあることに気づくだろう――2頁の前半、イヴァンが話をはじめようとしたところで（雨による）脱線がはじまり、その三頁後にあたる5頁の後半、イヴァンが語りだすところで脱線が終わる。この箇所は脱線というだけではなく、そのまま本文からぽんととりだせてしまう。御覧に入れよう、その脱線の頁を省略すると、次のようになる。

イヴァン・イヴァーヌィチはふーっと息を吐きだして、パイプに火をつけた。［三頁省略］「私たち兄弟は二人きりで」——彼は語りはじめた。「私はイヴァン・イヴァーヌィチ、そして弟はニコライ・イヴァーヌィチです。弟の方が年はふたつ下です。

（継ぎ接ぎしたのがわからないほど滑らかだ。）

この脱線は「気づかずにはいられないもの（ＫＩＭ）」に挙げられる。とはいえ、実際のところは初見では気づかないだろう。まったく自然に読める。雨が降ってきたので、当然ながら、雨宿りできるまでイヴァンの話はおあずけだ。読者はそれについていく。脱線しているとも気づかずに、ただ彼らと同様に、雨をしのげる場所を探す。

だが、実際のところは本文二百八十二行中、この脱線は六十二行もあり、作品の四分の一近くを占めている。

これまでにもとりあげたように、形式が事実上、短編の効率を決める。長さが限られていることから、短編のすべての部位について、存在意義がなければならない。私たち読者はすべてにおいて、句読点に至るまで、作者の意図があるものと考える。

ひとまず、この脱線が本短編の構造的特徴である（気まぐれというか、甲状腺の腫れみたいに厄介なもの）とメモしておこう。私たちのＫＩＭカートにあり、本短編の最後まで読んだら、カートのなかを見直して

「さて、君はなんのためにあるのかな?」と疑問に思うのだろう。

ツルゲーネフの短編で活用したテクニックを思い出してほしい。フィクション作品を深掘りするときに、「この作品の中心はなんだったのだろう?」と問いかける手法が役に立つ。

ここでは、おあずけにされており、かつ作品全体の動きがそこに読者を誘導するためのものと思われるので、イヴァンの弟についての小話(5から15頁)が「すぐり」の中心(もしくは存在理由、ドクター・スース的に言うなれば「なんでわざわざ私にその話をするんだ?」という問いの答え)だと私たち読者は思う。

その小話の中心(つまり作品の中心の中心)には、幸せの本質についての熱弁があり、12頁のなかほどから15頁のなかほどまでつづく。

イヴァンの弁は、なんとも過激で突飛だ。毎回読みなおすたびに、私は初読のときのように心動かされ説得されてしまう。「だからこそ満足しきった、幸福な人々の戸口に、木槌をもっただれかを立たせて、こつこつ叩いて不幸というものが存在しているぞと絶えず思い出させてやる必要があります――どんなに幸せでも遅かれ早かれ人生は爪を剝き出しにして、苦難(病気、貧困、喪失)が襲いかか」るというのを、私は信じる。チェーホフもそう信じていたのではないだろうか。イヴァンの熱弁は、チェーホフの日記からそのまま抜きだしたのではないかとさえ思う。イヴァンの弁(作品の中心の中心)が、幸せになりたいという気もちに身をまかせるべきか抗うべきかという問いに「ついて」であることから、読者は本短編がその問いに関する一種の黙考ではないかと感じる。イヴァンの結論「幸福などないですし、あるはずもありません」は、遡って本短編全体にかかってくる。

ここにきて突然、読者は本短編が幸せに「ついて」の話である、またはそうなりたがっているように感じるだろう。

15頁の後半に、小さいながらも読者を驚かせる場面がある。読者がイヴァンの話に魅せられ説得されているなか、ブールキンとアリョーヒンは……そうなっていないのだ。二人はこの「すぐりを食べたみじめな役人についての話」を退屈だと思った。その場所（あたたかく、腹は満ち足り、アリョーヒンの亡くなった先祖たちの肖像画の下でお茶を飲んでいる）では、「優雅な人々のこと、女性のことを話したり聞いたりしたくなった」。なぜか？「あの人々が行き来し、座り、お茶を飲んでいた」からだ。

まあ、ブールキンとアリョーヒンが気にいらないのも無理はないか。この二人はまさに、イヴァンの話の実例だからだ。自分の快楽にしか関心がなく、ブルジョワらしく、身だしなみを整え、他人が料理した食事で腹を満たしたばかりだ。二人のリアクションが、イヴァンの結論を裏づけている。幸せで満ち足りた人間は、話を聞かない。自分の楽しい気分を害する、鬱々とした話など聞きたくないのだ。

三人ともベッド（「美しいペラゲーヤのしつらえた広いベッド」）へと向かう。イヴァンは最後に一言（「神よ、われら罪びとを許したまえ！」）つぶやいて、頭からふとんをかぶり、眠りに落ちたようだ。

以上が本短編の内容だ。

だが、実際には二段落残っており、そこではじめて、すべてが変わる。

段落は次のようにはじまる。

テーブルに置かれたイヴァンのパイプからは煙草の焦げくさい臭いがして、ブールキンは長いあいだ寝つけず、どこからこんなしつこい臭いがするのかどうしてもわからなかった。

これまで読者が寄りそってきた、偉大なる思想家であるはずのイヴァンは、思いやりに欠ける行動で友人に迷惑をかける——臭いのせいでブールキンは眠れなくなってしまった。より正確に言うなれば、イヴァンの話のせいで気もちが高ぶって眠れなくなってしまい、完全に目が覚めたところで臭いに気づいた。

イヴァンの思いやりに欠ける行動により、読者のイヴァンに対する感情が複雑になる。「善行をなしなさい！」と力説していた男が、自分の発言に酔いしれ、常識的なマナーをないがしろにした（「善行をなしなさい！」だって？　パイプを手入れしとけよ、口先ばっかりのやつだな、と思うわけだ）。それでもイヴァンの熱弁は真実だと言えるだろうか？　まあ、答えはイエスだ。と同時に、読者はここにきて真実とも言いきれないように感じる。もしくは、疑わしいと、自分自身が口にした教訓どおりに行動できていないではないかと感じる——思いやりをもって生きていくべきと発言した当人が、たったいま、思いやりに欠ける行動をとっているのだから。

読者が作品の中心の中心だと考えている場面で、イヴァンは「幸福などないですし、あるはずもありません」と明言している。

これについて私たち読者はいま、どう感じているだろうか？

私自身は、本短編を「幸せ、とそれに関するもの」を探してざっと読みなおしていた。つまり、「幸せの長短とは？」という問いの光明となりうる箇所を探した。

たとえば、4頁の突然泳ぎはじめる場面がある。

いまや読者からほどよく懐疑的な眼で見られているあのイヴァンが、浴室から飛びだし、大雨のなか「淀の眺めは冷たく、厭しかった」ように見えるのに、川*に飛び込む。イヴァンの力強い泳ぎで「波が起こって、スイレンの花が波間に揺れ」、イヴァンは子どものように、川底を触ろうと潜りつづけ、農夫たちと雑談しようとうれしそうに泳いで近づく。どれもこれも、つい先ほど幸せの負の側面に関する腹立たしいご高説を垂れたイヴァンと同一人物だ。

さて、イヴァンは幸せを追いもとめることに賛成なのか、反対なのだろうか？力説しておきながら、イヴァンはまだ幸せを受けいれているように見えるし、実際のところ、さらなる幸せを追いもとめ、友人たちよりも幸せに触れられているようにも見える。

もしかして、幸せを追いもとめているからこそ、それに抗いたいと思っているのだろうか？

＊ロシア語ではплёсという語が用いられている。ロシア人の友人が、この単語は古語で、もうあまり使われなくなっていると教えてくれた。「水がぱしゃぱしゃ、ぱちゃぱちゃと跳ねるような音が出る」と言う意味の動詞плескатьсяに関連した名詞だそうだ。плёсは大きい体積をもつ水を指し、川の湾曲と湾曲のあいだや、貯水池の一番深い辺りなどを表す。私の手元にあるほかの英訳では「水たまり」や川の「区域」と訳されており、どこか他の英訳（それこそトビーが何年も前に読んでくれた英訳かもしれない）では「池」と訳されていたように記憶している。いずれにせよ、私の脳内では池に変換されている。流れもなく、冷たく、穏やかで、水辺には葦が生え、水深は深く、松の木に囲まれた池だ。

この再考された読み（イヴァンが実のところ、幸せを精力的に追いもとめていることに、ときおり賛同している）は、当初の読み（イヴァンは幸せを追いもとめることに反対している）を塗りかえるものだろうか？　答えはノーだ。二つの読み方は共存していて、片方だけの場合よりも、真実をより大きくしている。

作品が大きくなったのだ。作品はそれでもまだ、幸福がもたらしうる堕落についての話である一方で、一面的な考えをもつことの浅はかさについての話にもなった。もしくは、そのような考えを体現することの不可能性についての話、とも言える。イヴァンは本当に幸せを追いもとめるのが悪いことだとは思っていないし、たとえそう思っていたにしても、同時に幸せを追いもとめることが必要不可欠だとも思っている。

したがって、臭いパイプによって新たな光が差し、イヴァンの熱弁を異なる側面から読めるようになった。

初見では抑圧される側の人間を代弁した、人徳の訴えとも読めたもの（「この人生というやつを見てごらんなさい。強者の厚顔無恥と怠惰」）が、いまや……ただの言いがかりのように読める。イヴァンは、権力者のことは好きではないが、かといって弱者に気を割いているわけでもない（「見てごらんなさい［…］弱者の無学と家畜並みの暮らし」）。どこもかしこも（つまり世界中が）、イヴァンによれば、ぐちゃぐちゃなのだ（「いたるところにありえないほどの貧困、窮状、低劣、アルコール中毒、偽善、虚偽……」）。こうしてみると、イヴァンの弁はアンチ・幸福というだけではなく、アンチ・この世のすべて（アンチ・人生）のようにも読める。イヴァンは、自らも「自分も満足した、幸福な人間だということです」と認めている（14頁）。それにしても、彼自身がいままさにやらかしているではないか。ブールキンとアリョーヒン（と読者）に、どのように生きるべきか語っているではないか。イヴァンの、幸福を追いもとめる姿勢を道徳的な立場から諫めた発言は、少々感情的なボリシェヴィキ思想のようだ。「幸せになってはいけない、なぜなら罪深いと私が断じるからだ」と、もしくは、「私があなたのためになると断じるなら、幸せになってもかまわない」とでも言っているようだ。

イヴァンは熱くなり（友であるブールキンを「怒ったように」見る）、威圧的な、だがあまり論理的ではない、成長を待つことの無意味さの話をしている（「なんのために待つのでしょう？」）。そして14頁の後半に、代名詞「あなた」でまた少し盛りあがり、「あなたは自然の摂理だとか、諸事の法則なんかを持ちだすんでしょう」という。イヴァンは、ブールキンでもアリョーヒンでもない、脳内の仮想評論家に反論しているのだ。

この一晩の温かい雰囲気にのまれ、身をもってえられた悟りを友人二人と共有したいイヴァンは、賢明な思想家というよりも気が立った老人のように（も）見える。人生に倦み、発散したいと思うばかりで、聴衆を（逃げ場もなく）飽きさせていることに気づきもしない。

構造的に本短編の軽度の甲状腺腫のようになっているこの脱線がどういうものなのか、迷っていた読者も、こうして見るとこの脱線はある意味必要だったと思えるのではないだろうか——この脱線のおかげであの川泳ぎの場面の存在が「許され」、そしてそのおかげで読者のイヴァンについての理解が複雑化した。

だが、脱線のおかげで生まれたのは川泳ぎの場面だけではない。

脱線のおかげで、女中のペラゲーヤと、地主のアリョーヒンに出会えた。

ペラゲーヤが登場するときはいつも、狭窄された、容貌をやたら強調するレンズをとおして描かれている（「美人」、「物腰柔らか」、「見るからにやさしそう」、「美人」、そして「しずしずと歩」くと同時に「やわらかい笑みを浮か」べている、「美しい」、それからまた「美しい」と描写されている）。ペラゲーヤの役割は、抗いがたい美をあらわすためとでもいわんばかりだ。もしくは、無意味な愛嬌を体現するため、とも考えられる。彼女に対するイヴァンとブールキンの反応から、無敵のかわいいの爆発にはだれも太刀打ちできない、ということがわかる。二人とも、彼女の姿を見るだけで生き生きとしだす。ペラゲーヤは、あの清々しい池の人間バージョンだ。彼女は、あの家の人間とは考えられないぐらい美しい。読者が期待する以上に、必要以上に美しい。端的に言えば、理屈を超えた心地よさの源であり、美は不可避なのだと気づかせるものであり、人生において必要不可欠な要素でもある。それが何度も目の前に現れるので、私たちはそれに応じつづける。理屈としてはどう思っていようと、美に無反応になった日には、私たちは人間と言うより死体に近いものになっているのだろう。

ペラゲーヤの美貌にイヴァンとブールキンの足がとまる場面（「出迎えに出てきた若い女中があまりに美人だったので、二人とも足をとめて思わず顔を見合わせたほどだった」）は、この世に存在する全文学作品のなかでも登場人物の美が際立つお手本だと、個人的に思う。チェーホフは彼女についてなにも記述していない（髪の長さ、身長、体格に関する記述はまったくないし、香水や、瞳の色や、鼻の形もわからない）にもかかわらず、お上品と思われる二人のつまんない野郎どもは彼女に魅了されるあまり、不躾の一線を超えてしまう。

その事実によって、私には彼女が見えるというか、脳内に彼女が形づくられていく。「たしかに、幸福は自己快楽的になりえますし、追い求めることで他者を抑圧することもあるのです。一方で、私たちは快楽や美やよろこびなしにはだれも生きていけないのです、たったいま、あなたがた紳士の私に対する反応によってそれが証明されましたね」と彼女は言っているかのようだ。彼女を見ていると、美がリアルなものであるのを否定したり、幸福は避けるべきだと主張したりすることの、虚しさと傲慢さともろさが腑に落ちていく。

彼女の存在によって、本短編は読者に警告を放つことになる。幸福は道徳的に正当化できるのかと問うているなかでも、「道徳的な清らかさを追いもとめていても、幸福を求めたいという感情がある現実をないがしろにしないように」と忠告している。

イヴァンとブールキンの彼女に対するリアクションがあまりにも受け身なので、批判する気が失せる。花火大会ではっとため息が出るのと同じようなリアクションだ。そのため息を我慢する人間ってどうなのだろう、というわけだ。

私たちは本当に幸福なしで生きられるのだろうか？

幸福なく生きていきたいだろうか？

だが、ペラゲーヤにはもうひとつ、ややこしい役割がある。彼女こそ、いまいましい仕業の犯人なのだ。彼女はタオルと石鹸を取りに家のなかへ駆けていき、男どもが入浴中にガウンや室内履きを並べ、また家のなかに戻ってお茶を淹れ皿にジャムを乗せて運び、また走って客室のベッドメイクをしたりなどしている。イヴァンの「幸福なものが快く生きていけるのは、不幸なものが黙って重荷を背負っているからでしかなく、この沈黙なくして幸福などありえないのです」という主張は、彼女の存在によって裏づけされてしまっている。男どもが心地よくすごせるように、そして幸福を追いもとめることは妥当か腰を下ろして話しあえるように、彼女はこうもかいがいしく働かなければいけないのだろうか？

アリョーヒンはどうだろうか？　彼は世俗から離れ、快楽を追いもとめているようには見えない。それでも幸せであるように、あるいはそこそこ幸せなように見える。彼は芯のとおった人間であり、いわばアンチ・イヴァンのようだ――快楽の享受（たとえば友人と語りあう夜）を意識しつつ、自分が正しいかのように弁舌を振るったり思索したりといったこととは無縁だ。彼はアンチ・ニコライのようでもある。アリョーヒンは「正しい」理由で農業を営んでいる（みみっちい、すぐり関連の野望のためとかではなく、下人にもちあげられてやっているわけでもなく、この世の中でまじめに働きたいと思っている）ように読者は感じる。ニコライのように下人を見下して話すことはせず、いっしょに働く。アリョーヒンはその存在によって、名誉ある幸福は実現可能であると、よろこびのためではなく穏やかな満足感のために黙々と働けばよいのだと、主張しているようだ。

一方で、アリョーヒンの生き方は……さみしいものがある。一種の悲劇のような、諦めのようなものがある。アリョーヒンの汚れ具合と、（下級の）管理人が寝起きしていた部屋に住んでいる事実から、なにかに追いつめられてしまい、希望を抱くことに消極的になって、熱量を少なからず失くしてしまったと思われる。幸福を諦めた人間は、彼のように道を失い、身なりが悪くなり、自らのポテンシャルを活かせずに生きていくことになるのだ。

脱線により可能となったことが、もうひとつある。イヴァンの川泳ぎにブールキンが不機嫌になる場面だ。

ブールキンはアンチ・快楽のような役割を果たしており、無感情であることを強制する審判のように、イヴァンが感情的になりすぎるたびにストップをかける。イヴァンを水中から引きずりだすのみならず、足を切断した家畜の仲買商人の話を嬉々として語るイヴァンを（「それはまるで別の話ではないですか」と言って）遮る。イヴァンとアリョーヒンは夜通し話しつづけたそうだったのに、（「でももう寝る時間です」と言って）その夜の語り合いを中途半端に終わらせている。

興をそぐ人間など、だれも好きになれない。とはいえ、イヴァンの興はたしかにそいだほうがいいかもしれない。イヴァンがあまりに長いこと泳いでいるのでブールキンとアリョーヒンは岸辺で待ちぼうけを食らっているし、だれも聞きたくないご高説を一晩中話して（そしてみなが飽きているのにも気づかないで）いるし、臭いパイプの件もナルシストで享楽的な一面の（自己中心的な）一片と言えるだろう——快楽と幸福を痛烈に批判している最中も、楽しげに喫煙していたではないか。

一方で、ブールキンは（も）また一種（別種）の残念な人間だ。イヴァンの話の中心にある、幸福は抑圧を伴うものだという事実に対し、ブールキンが抗っているように読める。世の中のブールキンのような人間（鈍感で、想像力のない輩で、決められた時間ぴったりで泳ぐのをやめ、適切な時間だけ楽しむような人間）こそ、巨大な悪の機械を動かしているものだ。終盤にブールキンを目覚めさせるのは、真実とは苦々しく、あの臭いパイプのように必ずしもよいものではないということだ。世の中のブールキンたちは、真実は響きがよく受けいれやすいものであってほしいと思い、そのままぼーっと生きていきたい。彼らの注意をひくためには、臭いパイプのようなもの――感情の副産物であり、受けいれがたい真実を突きつけるためには欠かせない、付随的な必要悪のようなもの――をときには要するのだ。

その一方の一方で、ブールキンは実のところ、パイプのせいではなくイヴァンの熱弁の余波で眼が冴えてしまう。この事実が、彼をよく表しているのかもしれない。最初はイヴァンの語る真実を拒絶しようとするが、それはブールキンのなかに侵入し、興奮させ、眠れなくする。けっきょく、彼はイヴァンの意見を聞きいれているようなものかもしれない。


もうひとつ、脱線によって本短編中で可能となった場面がある――大雨そのものだ。

大雨の前まで、イヴァンとブールキンは景色を眺めてうれしそうにしている(「二人ともこの国がどれほど偉大か、どれほど美しいかに思いをはせるのだった」)。そして雨が降りはじめてすぐ、二人は「お互いにむっとしたようになって黙りこんでしまった」。

ひとまずこれを構造的なモジュールとして、一組のビフォー・アフターの写真として捉えてみよう。

ビフォー:天気はよく、世界は美しく、二人はハッピーだ。

アフター:天気が崩れ、世界は醜くなり、二人は不機嫌になる。

大雨により、幸せは、私たちではどうにもできない物理的状況と関連していることが示されている。

私たちはいつも、幸せでいることを選べるわけではない。幸せはギフト、しかも一定の条件のあるギフトなのだ。与えられたときに、受けいれるしかない。幸せな感情は便利なツールになりえるし、うまくやっていくためには必要な条件でもある（「善行をなしなさい！」と言われて従う以前に、「オッケー！」と言える状態でいるのも、「全身がびしょびしょで、汚くもなり、不快」という状況では難しいものだ）。それに、雨のなかから屋内に入り、美しいペラゲーヤがタオルと石鹸とガウンと室内履きとお茶をもってきてくれたらうれしいではないか（幸せを感じられたときのほうが、気分がよくなり、世の中の役に立つことができそうな気がするし、そうやって力をくれるものを拒絶するのも馬鹿馬鹿しいではないか）？

本短編で、雨は脇役のひとりのように立ちまわっている。男どもが体を洗っているあいだも降りつづけ、最後の一文で登場して消えていく（「雨は一晩中、窓を叩いていた」）。雨は（二人が野を歩いていくうえでの）不幸の源であり、（あの池で泳いでいるあいだも降りつづける）幸福の源でもあった。そしていま、くどくどと、軽度ではあるものの良心をえぐるように……その、なにかを忘れるなと訴えている。本短編の洗練された美しさに触れたいのなら、最後に窓を叩いた雨が、読者になにを「忘れるな」と訴えているのか（もしくは、なにをあなたに「訴えかけている」のか「表している」のか）書きだしてみてほしい。それはひとつだけではない。一度にいろんなものを訴えている。それに個人的なものでもある。私が自分の答えを記したとしても（何度か試してみたが、物足りなく不十分な気がして、毎回書いたものを消すはめになっている）、私の答えはあなたの答えとまったく同じにはならない。

幸いなことに、私たちは口頭で答え合わせしなくてもいい。

その答えこそ、本短編が書かれた理由の一部だ。あれ以上は合理化できないだろう最後の場面は、あれ以上なにもつけ加えなくてもいい。

本短編に脱線がなかった場合、次のようになるだろう。

まぶしい陽の光の下、雨に降られていない平原を歩きながら、イヴァンは弟の話をブールキン（だけ）に話した。イヴァンの最後の意見（「幸福などないですし、あるはずもありませんが、もし人生に意味や目的があるのなら、その意味や目的は私たちの幸せになんてありません。それはもっと良識的な、偉大ななにかにこそあるのです。善行をなしなさい！」）は、ブールキンにのみ語られる。日が暮れ、ちょっとばかり失望したロシアの星たちは、ブールキン同様に、イヴァンの話がもっとおもしろければと思いながら瞬いている。

なにが本文から消えているだろうか？

これまでとりあげたように（今度は時系列に並べよう）、大雨、アリョーヒン、ペラゲーヤ、川泳ぎ、川泳ぎに対するブールキンのリアクションが抜けている。

この脱線なしのバージョンでは、イヴァンは幸福に反対する立場を示すが、彼に対抗するものがなにもない。その結果、イヴァンのご高説は議論されず、「幸福はそんないいものじゃない」という単純なメッセージを伝えるだけになる。

聞くに値する高説かもしれないが、「すぐり」でえられる複雑な読書体験には及ばない。

本短編が「幸福を追いもとめるのは正しいことなのだろうか？」と問うているのが理解できると、脱線の内容からほかのいろんな問いが湧き出てくる——「幸福に従わないとしたら、なにを失うのだろう？」「人生は快楽のために、それとも義務のために生きるべきなのだろうか？」「ある考えにのめりこみすぎとは、どの程度を言うのだろう？」「人生は重荷か、それともよろこびか？」などなど、本短編を読みすすめるなかで、もしくはいま作品を見直しているなかで、次々とあなたの脳内で増えていったこと思う。

ＫＩＭカートにずっと居座っていたこの脱線も、ここにきて、自身を正当化できたと言ってよいだろう。

本短編が私たちのほうを振りむき「これで、どうしてあんな脱線をしたかわかった？　複雑化する余地を出すため、幸せについて一面的に論じただけの文章になってしまわないようにして、神秘的で美しいものになれるように、何度読みなおしても新しい視点を与えられるようにするためだよ。ジョージのこのエッセイではほとんど見逃されているけどね」*と言っている。

複雑な要素を生むことがこの脱線の存在意義だという私の意見は、同じことを言いかえているだけと思われるかもしれない――イヴァンの弟についての話と、その話のあと、最後の二頁にある短いエピローグをのぞけば、この脱線は本短編のほぼすべてなのに（脱線以外に、本短編中のどこでこれらの複雑な要素を収められるとでも？　これだけ長いのだから、脱線中にしかないではないか？）。また、この短編がどのようにして

――

＊たとえば、本短編が幸せではなく、極論についての話だとしたら、どうなるだろうか？　それも正解だ。作中に極論者が何人登場するか、見ればわかる。イヴァンは極論で幸福を非難し、極端に泳ぐのに熱中している。極端なまでの仲介役であるブールキンに呼ばれないと、イヴァンは水中から出てこない。ニコライは当然、すぐり極論者だし、アリョーヒンは極端に清貧だ。ペラゲーヤは極論者だろうか？　まあ、彼女は極端にかわいいし、極端に働き者だ。本短編は、こうした極論に賛成だろうか、反対だろうか？　賛成だろう。ほかの考え（「義務」「情熱」「抑圧」で試してほしい）でも同じようにできる。

書かれたか――チェーホフがはじめにイヴァンの熱弁を書きだし、意図的にその弁を縁どるように、熱弁前後の文章をつけ、複雑化していったのか――私が主張しているように思われるかもしれない（本当は知りようがないのに）。

だが、本短編がどのように書かれたかに関係なく、本短編を読む楽しみは、当初は無駄もしくは間接的（ただの脱線）と考えていたものが、「当初の構想の次元」から離れて作品を盛りあげていることに気づき、作品がより複雑で神秘的なものに感じられる点にあるだろう。最初は脱線と思われたものが、美しいまでに効果的とわかる。

作品は、高次元で見ると、その結論ではなく進め方に意味がある。

これまで見てきたように、「すぐり」は執拗なまでの自己矛盾法によって進んでいく。作中の一要素が特定の視点を提示したと思ったら、新しい視点があらわれてその見方に反論する。

本短編は、読者に幸せについてどう考えるべきかを語るためのものではない。読者が考えるのを助けるためのものだ。読者が考えるための構造である、と言ってもよいかもしれない。

この構造は、私たちにどのように考えてほしいのだろうか？

というか、それはどのように考えているのだろう？

それは、一連の「一方で」からはじまる命題で思考しているようだ――「イヴァンは幸福に反対の立場にあるが、その一方で泳ぎを楽しんでいるのは確かだ」「アリョーヒンは穏やかで身の丈に合った、好ましい生活を送っている一方で、自分の身なりをないがしろにしていたので浴室の水が濁ってしまう」

「イヴァンの情熱は利己的だが、その一方でブールキンがひっきりなしにイヴァンを抑えようとするのは鬱陶しいものだ」「すぐりのようにささいな物事に熱中するのは奇妙だが、その一方でイヴァンの弟は、ただの果実とはいえ愛情をもつものがあるといえる。その一方の一方で、アリョーヒンは少なくとも、清貧さからだれかを死に追いやることまではしていない」などとつづく。

言いかえるならば、本短編は読者に、オートパイロットで操縦してほしくないと思っているようだ。本短編（と読者）があまりにも単純な概念を固めようとしているが、その概念がまちがっていると気づく可能性があるのだと、警戒してほしいのだ。短編は決着をつけたがり、決着をつける必要がないと判明するまでもがきつづける。本短編がなんらかに「賛成」か「反対」の立場を示すものだと理解し、自分もそのなにかに賛否を判じられるように、読者は安定した足場を探しつづける。だが本短編は、結論を求めないほうがいいのではないか、と訴えつづける。

生きていくのはしんどい。生への不安から、私たちは白黒はっきりさせ、確固とした立場を示し、決断できるようにしたいと願う。確固たる信念体系をもつことは、大きな安心材料になる。

アンチ・幸福論狂信者として生きていこう、と単純に決めてしまえたらいいのに、と思わないか？　池で泳ぐのを自らに禁じ、ペラゲーヤのような人間に会うたびにしかめ面をする。完全に一貫した態度でいられるので、二度と迷うことはない。水着を売りはらったあなたは、いらだたしげに歩きまわり、すべてを見下して生きていけばいいのだ。

そういった意味では、ただ一貫して幸せを求めるのもよさそうではないか？　熱狂的な幸福論者として、いつも祝い、踊り、楽しみ、自分の快楽を最大化するために生きていくと決めてしまってはどうだろう？　だがそうすると、気づかぬうちにインスタグラムで鼻持ちならないヤツと見られる——花輪を身に着けて滝のなかに立ち、このすばらしい人生を与えてくれた神に感謝していると投稿をすれば、そのすばらしい人生とやらは自身のなんとも純粋無垢な人格からえられたとでも言いたいのか、と思われるにちがいない。

決断をしないかぎり、さらなる情報が入ってくるのを私たちは許しているのだ。「すぐり」のような短編を読むことで、この練習をしているとも捉えられる。「Xは正しいか、誤っているか？」といった形式の問いは、その問いをさらに明確化する問いかけをすればよいこともある。

問い：「Xは善か悪か？」
短編：「だれにとって？　いつ、どのような状況下で？　Xによる予期しない影響は考えられない？　Xの悪いところに、よいところが隠れていたりしない？　善であるXに、悪いところが隠れていたりしない？　もっと詳しく聞かせて？」

どのような意見にも、問題が潜んでいる。それを信じすぎると、道を誤ることがある。どのような意見も正しいとは言えない、というわけではない。どのような意見も、正しいと言える時間が限られているのだ。落ち着いて生きたいという欲望——物事に思いなやまされることからようやく解放され、肩の力を抜いて生きつつ、ただ正しい存在でいたい、そんな信条を見つけて一生従っていきたい——に目がくらんで、私たちは絶え間なく、完全なる徳から外れてしまうにもかかわらず、気づきもしない。

私が思うチェーホフの一番いいところは、チェーホフがそういった信条にとらわれていないように、作品の頁上では読めるところだ。彼はすべてに好奇心をもちつつ、固定の信念体系と結婚している状態にはならず、データの導きに身をまかせている。チェーホフは医師だったので、フィクション作品に対する彼のアプローチは診察のようで好ましい。診察室に入ったら、人生が座っていたので、「すばらしい、さてどうなっているのかな！」とでも言っているかのようだ。チェーホフが確固たる意見をもっていなかったというわけではない（意見をもっていたことは書簡集に残っている）。だが彼の傑作（本書でとりあげた三編に加え、「犬を連れた奥さん」「谷間」「敵」「恋について」「僧正」も傑作に挙げたい）のなかでは、意見を超越したところまで押しすすめるために、そして普段私たちが意見を形成していくやり方にメスを入れるために、その形式を利用しているようだ。

もしチェーホフに、そんなメスを隠しもつような魂胆があったのなら、そのことに慎重になっていたのだろう。

「なによりも神聖なるものは、身体、健康、叡智、能力、着想、愛、そして完全なる自由——あらゆる暴力や嘘からの解放です*」とチェーホフは書いている。

政治的、倫理的観点が欠落していると、チェーホフは批判された。トルストイの最初の評価は「彼は才能にあふれているし、まちがいなく良心のもち主だが、人生に対しこれといって決まった態度を貫い

＊アンリ・トロワイヤ『チェーホフ伝』村上香住子訳、中央公論社、一九八七年、一〇七頁より、一部改変を施して引用。

ているわけではなさそうだった」[*]というものだった。

だが、いまのところ私たちは、チェーホフのそんなところが大好きなのだ。世間のだれもかもが、わずかな（大抵の場合歪められた）情報にもとづいて、なにもかもわかっていて情熱ももっているようにふるまっている。そして確からしさが権力ととりちがえられることも多いなか、不確かであること（つまり、もっと知らなければという気もちをもちつづけること）が当然だと言える仲間がいるのは、なんとも心強い。

チェーホフの健康状態は悪かった（四十四歳で結核により亡くなっている）し、家族はやさしかったものの貧しかったし、若くして有名になり、周りの人々はひっきりなしに頼みごとをもってやってくるので煩わしかった。そんななかでも、チェーホフは穏やかでありつづけたし、自らの生をよろこんでいたようだし、やさしい人間であろうとしていたようだ。「極度に節度を保つことは、ちゃんとした教養人の表れだ、と彼はみなしていた。彼にいわせると、誠実な人間というのは、自分の悩みをあれこれ並べ立てて、他人を巻き込んではならなかった」[**]とトロワイヤは書いている。チェーホフは短いながらも、情熱的で、見返りを求めない数多の温情を施しつづける人生を送った。彼宛に送られた原稿はなんでも読んでコメントを送りかえし、必要とするすべての人に医療を無償で施した。ロシア中の病院や学校に融資しており、その多くが今日でも残っている。

彼の世界を愛する気もちは、作中では絶え間ない再診のような形（「本当にそうだと、私は言いきれるだろうか？　それって本当？　先入観から、なにかとりこぼしていないだろうか？」と問う形）をとった。彼は再思三考する能力に恵まれていた。再思三考は難しいものだ。勇気がいる。過去のどこかの時点でなにがしかの答えをえて、その答えを疑問に思うことなく生きてきたのに、ずっと同じ人間でありつづける快適さを拒絶しなければならない。言いかえるならば、私たちはオープンな状態でいなければならない（確固たる信念をもつニューエイジ的にそう言うのは易しいだろうが、実行しようとするとすごく難しい。実世界の、ミシミシと音を立てている恐ろしい人生のなかでは大変だ）。こうしてチェーホフを見てきたが、すべての結論に対し儀礼的に疑問を呈するので、私たちは安心する。再思三考しても大丈夫なのだ。立派なことだし、神聖と言ってもいいかもしれない。実行可能なことなのだ。私たちにはできる。そう確信できるのは、チェーホフの作品に例が示されており、いずれもすばやく再思三考できるすばらしい機械のようだから、と言ってもいいかもしれない。

イヴァンの熱弁についてもう一点。

多くの若い書き手は、作品は自分の意見を表現する、自分が信じていることを世界に発信する場だ、という考えから出発する。つまり、作品は自分の考えを伝達するシステムだと理解している。私もそんな風に思っていた。作品は、世の中を正し、薄っぺらい独自性をまとった、私の優れた道徳観によって、栄誉を勝ちとる場だった。

だが、技術的な問題として、フィクションは意見を推すのにはあまり向かないのだ。作者がすべての

＊Henri Troyat. *Tolstoy*. Translated by Nancy Amphoux. New York: Dell, 1967.

＊＊トロワイヤ『チェーホフ伝』、二七二頁。

要素を創造するので、作品はなにも本当に「証明」する立場にないからだ（たとえば、アイスクリームででき たドールハウスを太陽の下においても、「家は溶けるもの」という考えを証明することにはならない）。「若い」作品では、作者がそこにいるのが、読者にわかってしまう――ほらそこに、ウィットに富み、上から見下ろしている、すべてにおいて正しいヤツだ。よくあるのは、悩みを抱えつつも魅力的な登場人物の形をとっていて、学びの多い海外旅行から帰ってきたので、眉をひそめながら、その世界を構成するその他大勢の愚か者たちを見下ろしている。このことから、一般的（かつ正しい、と私は思う）に、作者の信条は作中から除くべきという概念が生まれた。

作中に、信条が書かれているか否かという問題というよりは、どのように書かれているか、それが果たしている役割はなにか、という問題なのかもしれない。

イヴァンの熱弁は、すばらしい小論文のようにわかりやすく、誠実で、正確に書かれ、例示によって裏づけられ、真剣な想いも込められている。だからこそ読者はそれを信じるし、心動かされる。だがチェーホフはそこから、イヴァンと関連づけることで熱弁を二重利用していく。イヴァンがチェーホフをとおして語り、チェーホフから離れていく（14頁で、盛りあがった挙句に怒りっぽくなり、厳密さを失うようになる）ところで、チェーホフは（「私じゃない、彼だ」とでも言わんばかりに）イヴァンをなりゆきまかせにし、新しいイヴァンに作品を対応させた。イヴァンの新しい側面を見つけ、チェーホフはイヴァンを「古い木のベッドのある大きな部屋」に追いやる。そして「そのような状態（力説したのに話が滑ってしまった直後で、気もちが高ぶったまま、いらいらしている）の人間が、次にどのような行動をとるのだろう？」と問いかける。そして「思いやりに欠け、パイプを手入れし忘れ、そのまま疲れきって寝てしまう」という答えをえる。

これで、本短編は作者が高説を垂れるための場でしかないのでは、という私たちの懐疑心が和らぐ。直観的な意見（私たちが体感している事実）のもつ力と、イヴァンに関連づけられることによる不安定さ（これまで見てきたように誤謬がある）の両方を、チェーホフは手に入れたのだ。

もし私が登場人物の声《ヴォイス》で書いていて、その登場人物がなにかをうっかり呟いてしまったら、それは「私」なのだろうか？　まあ、そうとも言える。そのうっかりは、けっきょくのところ私から生まれたのだ。だが、本当に「私」なのだろうか？　私はそれを「信じている」だろうか？　でも、そんなことだれが気にするのだ？　一件落着だ。それは善か？　力をもつか？　そうであれば、使わない手はない。そうやって登場人物はできあがる。自分の欠片をとりだし、その欠片にズボンやら髪型やら故郷やらを与えればいいのだ。

このように登場人物をつくっていくと、一歩下がって、「彼」を少し疑いの目で見ることができる。それを信じることの影響はないだろうか？　たったいまの「彼」の発言に、疑わしい、盛りすぎなところはないか？　予測される二次被害はないか？　予測できない、潜在的な影響（臭いパイプとか？）はないか？

私は過去作（「ビクトリー・ラン」）で、ティーンエイジャーの女の子が、ダンス教室への母親の送迎を待っている場面を書いていた。暴力的でやたらドラマティックな話を書くのに疲れていた私は、なにか好感のもてる作品、チェーホフの「芝居がはねて」のようなものを書こうと決めた。「芝居がはねて」は、かわいらしい十六歳の女の子が恋こがれて考えふけっているだけで、たいしたできごとは起こらない。

本当の十六歳が考えるような内容なので、読者も十六歳に戻ったような気もちになり、感情移入して幸せな気分になる。だがなぜだか、彼女の将来もそこにあるのだ。読者は、彼女がいつか四十歳になったときの姿も感じとれる。

　私も……そんな感じに書いてみよう、と決めたのだった。ただ、試してみたがうまくいかなかった。姦《かしま》しい独白で、ただの小話で、動きがなくて、手に汗握るものがない。だが、なんだかおもしろいものがそこにあった。大人の機能不全（中毒、離婚、不倫……などの一九七〇年代末ごろの問題の数々、と言えば通じるだろうか）は、大人が改善を決意すれば簡単になおせるものだと考えていた、傲慢だった十六歳当時の私をとおして、私は次のセリフを、登場人物の女の子の声で吐きだしていた——「善をなすには、それだけの決意が必要なんです。勇敢でなければならないの。正義のために戦わなければならないのよ」[*]。

　私はそれを信じていたかって？　まあ、昔は信じていた。執筆当時、五十一歳だった私は、それを信じていたわけではなかった。だが彼女がその発言をするや否や、私ではなく彼女の発言によって、プロットのきっかけが浮かんできた。

　彼女：「善をなすのなら、ただ善をなすことを決意すればいい」

　作品：「え、本当に？」

　こうして作品は、現在の彼女の（そしてかつての私の）安易な考えを問いただしていくことになる。まだ読んでいない読者のためにネタバレはしないでおくが、心温まる、暴力のない話を書きたいという私の望みは、読者が読みおえられるであろう作品を書きたいという、より強い望みに置きかわっていたのだ。

私たちが表現するアイデアは、自分のなかにあるたくさんのアイデアのなかの、たったひとつにすぎない。日々の暮らしでは、当然ながら私たちは、そのアイデアに共感し、支持し、体現し、そのために闘うことを選ぶ。思いつくかぎりの対立する考えは、ないがしろにする。若かりしころに大切にしていたがのちに捨てた思想の名残（リバタリアニズムを提唱した作家のアイン・ランドを思いだす）、かつてしゃべっていた変な口調、政治的に同意できない思想と、その思想の名残が自分のなかに残っていることに気づいたときの不快感からも、目を背ける。

あなたが移民賛成派だったとして、あなたのなかに移民に嫌悪する感情はないのだろうか？　もちろんあるだろう、だからこそ移民の権利について議論していると感情的になってしまうのだ。自分のなかに潜んでいる一部に反論しているのだ。政治的に対立する相手に怒ってしまうのは、不快に感じている自分の一部を思いだしてしまうからだ。やれと命令されたら、移民反対派の人間を、あなたはわりとうまく真似られるだろう（移民反対派の人間が中道左派に対抗して怒りながらデモ行進するのも、同じことだ）。

私たちは大抵、特定の意見に共感し、その立場から世界を評価する。私たちのなかにあるオーケストラは、特定の楽器が強く、ほかの楽器は小さな音で演奏するか、まったく弾かないように指揮される。執筆をとおして、私たちはその勢力図を変える機会をえる。音の小さかった楽器が、前面に出られるよ

＊〔訳注〕ジョージ・ソーンダーズ「ビクトリー・ラン」『十二月の十日』岸本佐知子訳、河出文庫、二〇二三年、一六頁。

うになる。いつも高らかに鳴っていた信条は、金管楽器は膝の上に置いたまま、静かに座っているように言われる。それはいいことだ。そのほかの物静かな楽器たちも、ずっとそこにいたのだと思いださせてくれる。世界中のすべての人間が、自分のなかにオーケストラを抱えていると仮定した場合、そのオーケストラにある楽器は、私たちのなかにあるものとだいたい同じはずだ。

だから文学作品は機能するのだ。

アンリ・トロワイヤの『チェーホフ伝』に、チェーホフとトルストイがはじめて出会ったときの、すてきな場面が描かれている。チェーホフはトルストイとの会見を先延ばしにしていた。「技術的進歩を拒絶し、精神的進歩を説く、この怖気づくような予言者の前で、頭を垂れる気は毛頭なかった[*]」からだ。だが一八九五年八月八日、チェーホフはこの偉人と相まみえるため、トルストイの住まうヤースナヤ・ポリャーナに向かう。

トロワイヤは次のように書いている。

> 邸へ向う白樺の小径で、チェーホフは老文豪と出会った。トルストイは白いリンネルの上っ張りを着ていた。タオルを肩にかけ、川で水浴びをしにいく途中だった。彼はチェーホフに一緒についてくるように誘った。ふたりは脱衣し、川の中で首までつかった。こうして創世記を思わせる全裸姿で、水音をたてながら、ふたりの会話は始まったのだった。飾り気のないトルストイの態度に接して、チェーホフは驚喜していた。自分の前にいる人が、ロシア文学の巨匠だということ

を、つい忘れてしまうほどだった。**

その遊泳のあいだに、「すぐり」全編が詰め込まれていたのではないかと、私たちが想像するのも無理はないだろう。トルストイがいわばイヴァンの凝縮版の役回りで、荘厳な道徳的発言をしている一方で、全裸で楽しくぱしゃぱしゃとはしゃいでいる。チェーホフはブールキンの役回りだ（トルストイが熱心に自分の意見を一般化しようとするのに抗う）。両方がアリョーヒン（休息をとっている働き者）も演じている。そうして考えてみると、チェーホフもイヴァンの敬虔で祝福的な一面を体現している。チェーホフはトルストイに懐疑的だったが、最終的にトルストイを慕っている自分に気づき、「僕はトルストイの死を怖れているのです。もし彼が死ぬようなことになったら、僕の人生にはぽっかり大きな穴があいてしまうでしょう。なんといっても僕はこれまで、彼ほど愛すべき人間に会ったことがないのです」***と手紙に書いている。しかしながら、一九〇四年にチェーホフが先に亡くなっている。そのとき、トルストイは「彼が私のことをそれほど慕っていたとは知らなかった」と綴っている。

トルストイとの川泳ぎから三年後、一八九八年にチェーホフは「すぐり」を書いている。

---

*トロワイヤ『チェーホフ伝』、一八七頁。
**同書、一八七頁。
***同書、二五四頁。

授業のあとに　その六

私たちが本書で読んできた短編は、それぞれの作家が書いた作品のなかでも傑作ぞろいだ。だが同じ作者が、やや劣る作品も書いている。これらも読むのは大事だ。毎回ホームランを打てる人間はいないのだと、傑作と呼ばれる作品の陰には、いろいろやってみるために書いた試作品も三つか四つほどあってもおかしくない、と教えてくれる。

この考えを深掘りするために、練習問題をふたつほど提示したい。ひとつはロシア文学の作品から、ひとつは映画からの出題だ。

トルストイが若かったころ、乗っていたそりが吹雪のなかで遭難してしまった。一行は、吹雪をしのげる場所にいきつくまで二十時間ぶっとおしで、一晩中そりを走らせつづけることになった。それから間もなく、トルストイはこの実体験をもとにした「吹雪」という短編を書いた。その四十年後、同じ題材を使って「主人と下男」を書いた。この二作品をつづけて読むと、この四十年のあいだにトルストイが習得した語りの技術を垣間見ることができる。

二つ目にとりあげるのは、『チャップリンの拳闘』というチャーリー・チャップリンの初期の短編映画の、ボクシングのシーンだ。この作品の十六年後、チャップリンは同じようなボクシングのシーンを『街の灯』にも組みいれている。

　さて出題だ。

「主人と下男」を最近読みおわったところで、今度は「吹雪」を読んでみよう。

順不同でかまわないので、『街の灯』のボクシングのシーンと、『チャップリンの拳闘』で対応するボクシングのシーンを観てみよう。

先に発表された作品に対し、あとに発表された作品を重ねあわせてみよう。

　そうすると、あとの作品のほうが、整然としたシステムのように感じられるのではないだろうか。

「吹雪」のトルストイの目標は、実際のできごとを記録することにあるようだ。吹雪のなか遭難したというできごとが、主な内容だ。どの登場人物も、なにかを象徴しているわけではないし、性格を示すような行動もとらない。彼らは運よく助かる。いくつかすばらしい点もある（凍死するんじゃないかと恐れた主人公が、うとうとしてしまい、夏の夢を見るところとか。また、嵐と馬の描写も見事だ）。だが、作中には「主人と下男」にはあるドラマがまったくないし、この一時点において遭難した人間がいたという以外に、人生について特に語っていないようだ。

『街の灯』のシーンに比べると、『チャップリンの拳闘』の対決シーンはたるみ、躍動感に欠ける。アドリブと思われる跳躍がたくさんあるので、懸命に作業した結果なのだということはわかる。若かりしチャップリンは、『街の灯』に再登場するのと同じギャグの初期版をとりいれているのだが、それが何度もくり返されてしまっている。のちに『街の灯』でやったように、コンパクトに、作品が盛りあがるように編集するという考えには、若かった当時は至らなかったようだ。

ここで少しまとめるとしたら、整頓されたシステム内では、因果関係がより強調され、意図的になっているということだ。そのシステム内では、パーツがより的確に選ばれているように見えるだろう。エスカレーションにも作為が感じられ、すべてに役割がある。

より整頓されたシステムのほうが、おわかりのとおり、優れているのだ。

そうすると、「私のシステムをもっと整然とさせるには、どうすればいいのだろう?」という問いが書き手なら生まれて当然だろう。

一室に書き手を十人、優れた書き手から下手な書き手まで集めたとしよう。彼らにフィクションの必須事項を一覧化してもらっても、各々の一覧にたいしたちがいは見られないだろう。そのような必須事項の一覧は存在するのだ。本書でロシア文学作品をとりあげていくなかで、私たちも少しずつ一覧に書きたしてきた。具体化する、そして効率化する。ディテールをたくさん活用する。常にエスカレーションを心がける。語るのではなく見せろ。などなど。部屋に集めた十人の書き手の執筆談義を聞けば、前述した必須事項の再掲やカスタム化、追加や削除があるだろう。必須事項を称賛するのに、似たようなたとえ話を挙げるだろうし、いつも必須事項に忠実に従って執筆していると断言するだろう。

「野球でカーブを打つには」とグーグル検索するのは、だれにでもできる。打者は「回転を見極める」「甘い球は打って、厳しいコースは見逃す」といったことがわかるし、バッティングゲージに入るまではそれを熱く語れる。だが一度ゲージに入ってしまうと、カーブを打てる人間と打てない人間がいることが明白になる。

偉大な作家とよい作家（もしくはよい作家と下手な作家）のちがいは、執筆中の即決即断の質にある――脳内に一文が浮かぶ、一フレーズ消す、そのセクションを消す、何か月も文中に並んでいた二つの単語の順序を逆にする、といった決断だ。

同じカフェの同じ長テーブルに、五人の書き手が一列に並んで座っている。全員が具体性の信奉者だ。でも、運命が決まる一瞬のあいだに、何人かは具体性を深める方法を思いつくが、ほかは思いつけない。なんとも厳しい。

でも解放的でもある。執筆中に気にしないといけないことを、たったひとつに絞り込んでくれる――自分の書いた文章の一文を読んでいるとき、それをなおすかどうか決めないといけない。

執筆作業というのはこの作業に集約されている。一文を読む、リアクションが生まれる、そのリアクションを信じる（受けいれる）、リアクションに対してなにか、即座に本能的に対応する。

それだけだ。

それを何度も何度もくり返す。

やってられないと思うかもしれないが、私の経験上、それがすべてだ。（1）自分のなかに声《ヴォイス》がある、その声が好きなものを、本当に真実理解できていると信じる。（2）その声を聞く力を磨いて、その声に従って動く。

詩人で優れた文芸評論家でもあったランダル・ジャレルは、「評論にはどこかふざけたものがある。よいものは批評家がわざわざ言わなくてもよいものだと、どのような神の下にあろうと関係なく、私たちはみな知っている*」と語っている。

たしかに。

私たちはわかっている。

もしくは、とりあえずわかっているかもしれない。だから、今日のうちに大きく修正しようか（もしくはやめておくか）と考える。このやり方の長所は、明日も、次の日も、その次の日も、同じところを通って、同じ文章を読んで、そのままにするか、もう一度修正できる。最初に書いた文章に戻すこともできる。

結論が出るまで、それをくり返す。その文章が変わらなくなったら、これで決まりだとわかる。

私たちが「より整然としたシステム」と呼んでいるものは、このくり返しの結果だ。一行ずつ進めた、何千もの小さな編集の決断の積み重ねだ（ニューヨークで私が与えたアパートの一室があっただろう？　二年間、自分でものを選んで買いもとめ、元々あったものをあなたが好きなものに置きかえていった部屋だ。あの部屋もまた、ひとつの整然としたシステムだ）。

あなたの作品のなかに、次の文章が現れたとしよう。

　窓から力強く降ってきた日光は、ベッドに寝転んだまま電話に出ようとしたアンの手首にじんじんと感じられるぐらいだった。まだ朝早い。こんな早い時間に電話してきたのはだれだろう？　外にはトラックかバスが走っている。

さて仕事だ、だがなにをすればよいだろうか？　この文章を読んで、気になるのはどこだろう？　どの部分が好きだろう？　あなたの好みを、かっこつけて「編集基準」と呼んでみよう。さあ、やってみて。あなたの編集基準を当てはめてみる。この一連の散文をどうしたいと思うかによって、書き手としてのあなたのすべてが見えてくるだろう。

私であれば、単刀直入に「ジーザス。こんな早くにかけてきたのはだれ？」からはじめたい。私の編集基準では、差しこむ日光もトラックまたはバスも重要でない。日光について書かれている文章は問題がある（「力強く降って」くるのはおかしくないか）。トラックもしくはバスは、どんな市街地の道路でも見られるありふれた特徴だ（「うぇっ、こんなの自分の作品にはいらない」と私は思ってしまう）。私の編集基準は、日光云々から逃げて、トラックもしくはバスを削るべきだと訴えている。だが、ほかの書き手は「窓から差し込む光」「ベッドのなかにいる人物」を気に入って、頭のなかで組みあわせていくかもしれない。すわりがいいように、次のように書きなおしたいと思うかもしれない。

窓から差しこみ、マリーの腕に当たった日光は、火傷しそうなほどの熱を帯びていた。

＊ Randall Jarrell, *Poetry and the Age*. New York: Ecco Press, 1953.

ほかの書き手は、次のように書きなおしたいと思うかもしれない。

　外、トラックかバスか。寝ぼけ眼のマリーは、トラックかバスがグレッグを乗せた車だと思ったが、電話の着信音で起きあがり、夢から覚めて気づいた。ちがう。グレッグも、彼を乗せたトラックかバスも、まだダラスにいる……

とまあ、なんでもいいのだが。要点は、あのものさびしい例文からはじめて、それをあなたの趣味（保身や理論武装は不要だ）にあわせて、（またそれらしい専門用語で呼ぶとしたら）「精力的に攪拌し」はじめると、整然としたシステムへと変わっていく。そうなるのだ。そのなかには、あなたの一部分が組みこまれていく。たくさんのあなたの一部分が混ざっていくだろう、あなた以外にいないのだから。あなたの趣味に合わせて整えているわけだし。あなたは展開の速さを重視するのかもしれないし、読みやすさを重視するかもしれない。速い展開を厭って、ゆっくりと進めたいと思うかもしれない。「読みやすさ」は、あなたにとって単純化しすぎのように感じられるかもしれない。要するに言いたいのは、あなたの趣味自体はなんでもいいのだ。どれほどあなたが自分の趣向に固執できるか、それによって整然さの加減が変わってくるのだ。

　収録スタジオで、音量や照明を調整するフェーダー・スイッチが並ぶミキシングボードを見たことがあるだろうか。短編は、ミキシングボードのようなものと考えられる。ただ、何千ものフェーダー・スイッチが並んでいるので、決断を下さなければならないポイントも何千もある。

ある短編で、マイクは息子の手術のために金を借りなければならず、父親に相談しにいくとしよう。「マイクと父親の関係」とラベリングされたフェーダー・スイッチが現れる。二人が親しい、という話もあれば、二十年間話していないというのもまた、別の話としてありうる。作者は、そのフェーダー・スイッチをどこで入れるか決めなければならない。「マイクの父親」というのも、ひとつのフェーダー・スイッチになりうる。父親は裕福で気前のいい人間かもしれないし、裕福だけど倹約家（もしくは貧しい倹約家、もしくは貧しいけど気前のいい人間）かもしれない。

このモデルでは、作者はふたつの作業をしなければならない。まずはフェーダー・スイッチをつくって（どうやって父親の同情を引こうかとマイクが考える場面でつまずきつつも、その場面はキープするのだろう）、それからそのスイッチを設置する。数多のバージョンが考えられるマイクの父親のうち、どのバージョンをこの作品に入れたいか決めないといけない。

ここで、いま使っている比喩を少し調整させてほしい。ミキシングボードは音楽を録音するためではなく、室内を美しい、強力な照明で埋めつくせるように設計されたものだ。何千もあるフェーダー・スイッチのどれを調整しても、室内の照明の質と明るさが微妙に変わる。完璧な作品では、どのスイッチも完璧に操作されていて、それ以上明るく、もしくは美しく室内を照らすことはできない。

このモデルでは、作品を何度も何度も推敲する作業は、既存のフェーダー・スイッチを微調整し、必要に応じて新しいスイッチを足していく（たとえば、マイクの母親も登場させるとか？）作業になる。スイッチをどれかひとつ、一ミリ動かすだけでも、システムの整然さは少しだけ増す。あなたの一部分がさらに加わり、室内の明かりはより美しくなる（まあ、そうなるのはよい決断ができたときだけだ。だが何度も何度も決断をくり返すのだから、少しずつよい決断ができるようになると考えていいだろう）。

私には私の好みがあるし、あなたにはあなたの好みがある。芸術作品は、私たちがそれぞれ自分の好きなものを、何度も何度も愛でることが許されるだけでなく、それが能力として必須になっているのだ。自分の好きなものに、あなたはどれほどの情熱を傾けられるだろうか？　ひとつのものに、どれほど長く取りくみつづけられるだろう？　全部のパーツが、あなたの「好き」の欠片といっしょに組みこまれるまで、つづけられるだろうか？

選んで選んで選ぶ。私たちがやらないといけないのは、それだけだ。

壺のアリョーシャ

1905年

レフ・トルストイ

［1］

壺のアリョーシャ

アリョーシャは末っ子だった。なぜ壺と呼ばれているのかといえば、母親がアリョーシャにミルク壺を持たせて輔祭の妻のところへやったら、つまずいて壺を割ってしまったことがあったからだ。母親はアリョーシャをたたき、周囲の子供らは「壺」と呼んでからかった。壺のアリョーシャ——そんなわけで、それがあだ名になったのである。

アリョーシャはちびでやせていた。耳が垂れていて（耳が羽のように突き出ていたのだ）、鼻は大きかった。子供らは「アリョーシャの鼻は、丘のオス犬そっくりだ」と言ってからかうのだった。村には小学校があったが、アリョーシャは読み書きができるようにならなかった。そもそも勉強する時間なんてなかった。兄は町の商家で暮らしていたので、アリョーシャは幼いころから父の手伝いをするようになった。六歳のころにはもう、さほど歳の変わらない姉といっしょに羊や牝牛を追っていたし、もう少し大きくなると昼も夜も馬の番をするようになった。十二歳になるともう、畑を耕したり、荷馬車で荷物を運んだりしていた。力はなかったが、器用ではあった。いつも明るかった。子供らに笑いものにされても、黙って笑うだけだった。父親に叱られるようなことがあれば、黙って聞いていた。そしてお小言がやむとすぐ、アリョーシャはまたにこにこして目の前の仕事にとりかかるのだった。

兄が兵隊にとられたとき、アリョーシャは十九歳だった。そこで父親は商家の下男だった兄のかわりにアリョーシャをやることにした。アリョーシャは兄のお下がりの古いブーツに、父のお下がりの帽子と半コートをわたされ、街に連れていかれた。アリョーシャは自分の着ているものがうれしくて仕方なかったが、商人はアリョーシャのなりにまだ不満だった。

「セミョーンのかわりに一人前の人間をよこすと思っていたんだが」——商人はアリョーシャをじろじろ見て言った。「ずいぶんと鼻たれ小僧を連れてきたもんだ。なんの役に立つのかね?」

「なんでもできますよ。馬車の用意だって、馬車でどこかに行って用事をすませることだって、馬車馬のように働くことだって。編み垣みたいななりをしてますが、こう見えて頑丈です」

「そうか、それなら見てみようじゃないか」

「なにより、こいつは聞き分けがいいんです。もくもくと働きますよ」

「そこまで言われては仕方がない。置いていけ」

こうしてアリョーシャは商人の家に置いてもらえることになった。

商人の家はさほど大家族というわけではなかった。おかみさん、年老いた母親、結婚した上の息子(たいして学がなく、父親といっしょに働いている)、下の息子(学があって、ギムナジウムを終えて大学にいたが、追い出されて、宅住まい)、そして娘(ギムナジウム生)だ。

［3］

最初からアリョーシャが気に入られたわけではなかった——いかにも農民じみていて、身なりも悪く、みなに「あんた」と呼びかけるわで、受け答えもなっていない。しかしすぐになじんだ。働きぶりは兄よりもよかった。まさに聞き分けがよく、なんでもやらされた。どの仕事も熱心に、さっさと片づけたので、これもやれあれもやれと休みなく仕事をまわされた。家にいるときのように、商家でも、アリョーシャには次から次へと仕事が舞いこんできた。仕事をこなせばこなすほど、なおさら周りに仕事を押しつけられたのだ。おかみさん、主人の母親、娘、息子、番頭、料理女、みながこっちだあっちだと使いにやり、あれだこれだとやらせるのだった。聞こえてくるのは、「ひとっ走りしてきてくれ、兄弟」とか「アリョーシャ、これを片づけといてくれ——なんだアリョーシュカ、忘れたのか？——今度は忘れないよう気を配るんだぞ、アリョーシャ」みたいなものばかりだ。そこでアリョーシャは走りまわり、物事を片づけてまわり、気を配ってまわり、忘れないようにして、万事こなしていた——そしていつもにこにこしていた。

兄からもらったブーツはすぐに破れてしまったので、商人はアリョーシャがブーツにぼろを巻き、裸足の指が見えたまま歩いているのをこっぴどく叱り、市場で新品のブーツを買ってこいと命じた。ブーツは新しくなり、アリョーシャはよろこんだが、足は古いままだったので、夜になると走り疲れて痛んだ。それで腹をたてたものだった。アリョーシャは父親が給金を受けとりにきたら、商人がブーツの代金を差し引いたのを知って怒るのではないかと気が気ではなかった。

冬、アリョーシャは夜明け前から起きだし、薪を割った。それから庭を掃き、牝牛と馬に餌をやり、水を飲ませた。それから暖炉に火を入れ、主人のブーツや衣服を清め、サモワールを沸かして磨いておいた。それから番頭に商品の蔵出しをやらされるか、料理女にパン生地をこねさせられるか、鍋を洗わされるかだ。それから町にお使いにやらされるか、娘をギムナジウムに迎えにいかされるか、老いた母親用のオリーブ油を買いにいかされるかだった。「このとんまめ、どこで油を売ってるんだい」――みなが口々にそんなことを言うのだった。「自分で行くことなんてないですよ――アリョーシャを走らせましょう。アリョーシュカ！　おいアリョーシュカ！」そしてアリョーシャは走った。

　アリョーシャは朝食を歩きながらとり、みなといっしょの昼食に間に合うこともめったになかった。料理女はアリョーシャがみなといっしょに来ないと言って叱ったが、それでも不憫に思って温かいものを昼食と夕食に残しておいてくれた。とりわけ祝祭日の前や当日には仕事が山のようにあった。アリョーシャは祝祭日をよろこんだ。なぜなら、おこづかいをもらえるからだった。といっても額は少なく、全部で六十コペイカほどでしかなかったが、なにはともあれ自分の金だった。好きなように使ってしまってよかった。アリョーシャは自分の給金も目にしたことがなかった。父親がやってきて商人から受けとってしまい、アリョーシャにはブーツをすぐにだめにしやがって、と小言を言うばかりだった。

　アリョーシャはこの「おこづかい」の金を二ルーブルまでためて、料理女の助言にしたがって赤い手編みの上着を買った。これを身につけたときには、うれしくてついつい口元がゆるんでしまった。

［5］

アリョーシャはあまりしゃべらなかった。口を開くことがあっても、いつもつっかえつっかえで、言葉数は少なかった。そしてあれをやれとか、あれもこれもできるかとか聞かれると、一切躊躇《ちゅうちょ》せずにこう言うのが常なのだった──「全部できますさあ」──そしてすぐに取りかかり、やってのけた。

祈りのことばはまったく知らなかった。母親が教えてくれたが、忘れてしまった。それでもとにかく朝晩とお祈りはした──十字を切って、両手を組んで祈った。

アリョーシャはこうして一年半過ごした──そう、二年目も半ばがすぎたころに、ちらりとも思いもしなかった事件が人生に降りかかった。事件とはなにか──アリョーシャはびっくりしたのだが──人間関係には、お互い利用しあうものだけではない、まったく独特の種類のものがあると知ったことだった。つまりブーツを磨かせたり、買い物に行かせたり、馬車の用意をさせたりするためではなく、人はただこれといった理由もなく他人が必要だということ──その人にただ奉仕したり、やさしくしたりするためにも必要で、アリョーシャがまさにその対象だということだった。このことを、彼は料理女のウスチーニヤを通して知った。ウスチューシャことウスチーニヤは孤児で、まだ若かったが、アリョーシャと同じくらい働き者だった。ウスチューシャはアリョーシャを憐れむようになり、アリョーシャははじめて自分が──自分の働きぶりではなく──自分自身が誰かに必要とされていると感じた。母が自分にやさしくしてくれたときには、アリョーシャはそれに気づかなかった──というのも、自分で自分を憐れむのと同じで、まったく当然のことと思われたからだ。しかし今回、アリョーシャははたと気がついた。ウスチーニヤは赤の他人なのに、自分を憐れんでくれ、壺にバター入りのお粥を残しておいてくれたり、自分が食べているところを腕まくりした片手で頬杖をついて見つめていたりしているのだ。そこでアリョーシャが彼女の方を見ると、笑いだすので、こっちも笑ってしまうのだった。

こうしたことにはまったくなじみがなく妙だったので、最初のうちアリョーシャは面食らってしまった。自分が前と同じくらい働けなくなるのではないかと思ったほどだ。それでもアリョーシャはとにかくうれしくなり、ウスチーニヤが繕ってくれたズボンを見ると、うんうんとうなずいてにこにこしていた。仕事中だったり、歩いているときなどには、しょっちゅうウスチーニヤのことを思い出して、こうつぶやくのだった——「ウスチーニヤって！」ウスチーニヤはできる限り彼を助けてくれ、彼の方でも彼女を助けた。彼女は自分の生い立ちを語った——ウスチーニヤは孤児だったこと、おばに引き取られ、町に奉公に出されたこと、商人の息子がいやらしいことをするために言い寄ってきたが、はねつけてやったこと。彼女は話好きで、アリョーシャもその話を聞いているのがうれしかった。働きに出ているどこそこの農民が、料理女と結婚したなんてのは町ではよくある話だと、アリョーシャは聞いたことがあった。あるとき、ウスチーニヤはアリョーシャに、じきに結婚するのかいと訊ねた。アリョーシャはそんなのわからないし、村でするのは気がすすまないと言った。

「どうして？　だれかいい人でもいるのかい？」——彼女は訊ねた。

「ああ、あんたならもらいたいんだけど。きてくれるかい？」

「まあ、この壺、壺ったら、そんなうまいことも言えるなんて」——ウスチーニヤは手拭いでア

［7］

リョーシャの背中を叩いて言った。「もちろんいいわ」

大祭になると父親が町に給金をもらいにやってきた。

商人の妻はアレクセイがウスチーニヤと結婚するつもりでいるのを知って、気に入らなかった。「妊娠して、子供でもできたら、使い物にならないじゃないか」彼女はそれを夫に言った。

商人はアリョーシャの父に金をわたした。「どうです。うちのはちゃんとやっていますか？」——農民である父は訊ねた。「聞き分けがいいと言ったやつですが」

「聞き分けがいいのはそのとおりだが、馬鹿なことを考えついたもんだよ。料理女と結婚する気になったんだ。でもうちには所帯持ちは置いておけない。向かないんだよ」

「ばか、ばか、なんてことを考えつくんだい」——父親は言った。「気にすることはありませんや。そんなんはよせって言って聞かせますよ」

父親は台所まで行くと、テーブルの前に座って息子を待った。アリョーシャは走りまわって仕事をこなしていたが、息を切らして戻ってきた。

「お前は物わかりのいい人間だと思っていたんだが。いったいなにを思いついたんだ？」——父は言った。

「ぼくはなにも」

「なにがなにもだ。結婚しようとしてたろうが。時期が来れば結婚させてやる。町の身持ちの悪い女なんかじゃなくて、しかるべきひとと結婚させてやる」

父親はべらべらとよくしゃべった。アリョーシャは立ったまま、何度もため息をついていた。

［8］

父の話がやっと終わると、アリョーシャはほほえんだ。

「なら、やめておいてもいいよ」

「それでいい」

父が行ってしまうと、アリョーシャはウスチーニヤと二人きりになった。アリョーシャは口を開いた（彼女は扉の陰に立って、父子の話を聞いていたのだ）。

「どうもうちらの話はうまくいかねえみたいだね。聞いていたのかい？　怒っていたよ。やめろってさ」

ウスチーニヤはエプロンに顔をうずめて泣きだした。

アリョーシャはちぇと舌を鳴らした。

「聞くしかなかろう。どうも、やめるしかないようだ」

夜になって、商人の妻が鎧戸を閉めるようにアリョーシャを呼びつけて、こう言った。

「どれ、父親の言う事を聞いて、馬鹿なことはやめる気になったかい？」

「そりゃもう、やめましたよ」――アリョーシャは言って、笑いだしたが、すぐに泣きだした。

この時から、アリョーシャはもうウスチーニヤとの結婚について口に出さなくなり、前と同じように暮らすようになった。

精進期に番頭がアリョーシャに屋根から雪を降ろすように言いつけた。アリョーシャは屋根にのぼって、雪を全部おろしてしまうと、雨どいのところで凍りついた雪を剝ぎとろうとした。す

［9］

ると足をすべらせて、シャベルを持ったまま落ちた。不幸にして雪の上ではなく、玄関の庇のトタン屋根に落ちてしまった。ウスチーニヤが駆けよってきた。主人の娘もだ。

「アリョーシャ、怪我したのかい？」

「怪我だって？　なんともないさ」

アリョーシャは立ちあがりたかったが、できずにほほえもうとした。屋敷番の小屋に運びこまれた。准医師がやってきた。診察して、どこが痛いか訊ねた。

「そこらじゅうが痛いけど、なんともないさ。ご主人は怒るだろうけど。父に知らせないといけないね」

アリョーシャはまる二日間臥せっていたが、三日目になって司祭が呼びにやられた。

「なんだって、本当に死んでしまうっていうの？」――ウスチーニヤが訊ねた。

「それがなんだって？　いつまでも生きていられるとでも？　いつかはそうなるのさ」――いつものようにアリョーシャは早口でしゃべった。

「ウスチューシャ、憐れんでくれてありがとう。ほら、結婚できなくてよかったんだ。してもなんにもならなかったから。さあ、もう万事大丈夫だ」

司祭がくると、彼は両手をあわせて一心に祈った。アリョーシャの心にあったのは、人の言うことを聞き、怒らせなければ、ここでうまくいったように、あちらでもうまくいくだろうということだった。

アリョーシャはほとんど口をきかなかった。ただ水を飲ませてくれと頼み、たえずなにかに驚いている様子だった。
なにかに驚いてぴんと体を伸ばし、そして死んだ。

［10］

省略の叡智

「壺のアリョーシャ」について

登場人物は固有名詞として出発する——こちらで性格づけをほどこしてやる、棒人間だ。短編の最初の言葉で、アリョーシャという名前の人物がいるんだなと読者は知れる。それから彼は足をすべらせて転び、壺を割ってしまう。それで母親にはたたかれ、ほかの子たちにはからかわれ、「壺のアリョーシャ」というあだ名を頂戴することになったのだ。

子どもがひとり、立ちあらわれてくる。

おまけに彼は「やせて」いて「耳が垂れて」いて鼻が大きい（「アリョーシャの鼻は、丘のオス犬そっくりだ」）。好んでつけるような鼻ではない——でもこの鼻のおかげで読者は彼が好きになる。かわいそうな奴だと。彼は生まれついての勉強家ではない。どちらにしても学校にいく暇なんてないのだ。彼は労働者だ。ありとあらゆる文学作品のなかでも屈指の働き者だ。「幼いころから」父の手伝いをして、六歳で羊の番をし、十二歳で畑を耕す。

第二段落では、われらが棒人間は肉づけされてくる。やせっぽちの少年。鼻が大きい、働き者。ちょっと除け者にされている。いじめられていて、ひねこびてしまった変わった外見の働き者なら私たちは思いうかべることができる。でもそれはアリョーシャじゃない——彼は「いつも明るかった」。それからトルストイはその「明る」さの中身を教えてくれる（世界中にある明るさのなかで、彼がまとっていたのはどのタイプの明るさなのだろう?）。ほかの子どもにからかわれても、アリョーシャは黙っているか、いっしょに笑うかだ。父親に叱られると黙って聞いている。これはとても特殊な子どもだ——言うなれば、からかわれれば食ってかかる子どもや、父親に叱られてもこっそり舌を出しているような子どもとはちがうのだ。父親に叱られたアリョーシャがすることといえば、笑って、それから仕事に戻るのだ。

「かわいいひと」のオーレニカのように、アリョーシャは当初、こちらには戯画化（この言葉を侮蔑的なふくみなく使うとして）された人物のように映るかもしれない。アリョーシャは、複雑な周波数をフィルターにかけてとりのぞき、ただひとつの特徴だけをよりわけたのち提示される。おとぎ話のようにシンプルな本短編におけるその特徴は、にこにこと従順であることだ。

そのおかげで読者は彼のことが好きになる。すでに小説はこんなことを言っているようなものだ——「世界には、人生をはじまりから終わりまで、まったく退屈な仕事に費やさなくてならない人々がいる。そんな人間はいかに生きるべきだろう?」アリョーシャがあらわしているのは、だれもがときおり経験してきた姿勢である。「やりたくないことをやらなくちゃいけないのなら、せいぜい楽しくやりましょう」という。実際それは有効な姿勢だ。自分がなにかの学校行事に参加したと想像してみよう。でも椅子が出ていなかった。そこに大きな鼻をした少年がやってくる。「お手伝いしますよ!」——そう言って、とりかかって、てきぱき、きびきびと、笑顔で仕事をこなす。部屋の隅では、ゴス・ファッションの仲間がのたのた、携帯電話をかけるふりをしている。どちらが好きだろうか？　この瞬間をよく生きているのはどちらだろうか？

ひとたび棒人間の性格づけが定まると、小説はその性格を試していく。「むかしむかし、にこにこ従順な男の子が世間に出ていきました」。そして2頁のはじめのほうで、本筋がはじまる。するとアリョーシャはどうする？　父親が息子を商人の家に奉公に出すのだ。

さらなる虐待だ。新しいボスにとっては、彼は「鼻たれ小僧」でしかない。父親はかばってくれるのか？　まあ、ある意味では。しかし売りに来た馬をかばうのと同じ物言いだ──「編み垣みたいななりをしてますが、こう見えて頑丈です」。そして商人の家族もアリョーシャのことを好いてはいない──アリョーシャはみすぼらしい、本物の農民だ。

小説では、肉づけた性格にあわせた逆境と向きあわせなければならない（「かわいいひと」のオーレニカは極端に一途な女で、それから男が死んでしまう。「主人と下男」のヴァシーリーは傲慢で、吹雪にあい、おとなしくなる）。ここで商人一家のアリョーシャへのあつかいは、小さな、入門編的な逆境だ。アリョーシャはどう応じるのだろうか？　いつもどおりにすること──つまり、にこにこ一生懸命に働くことだ。言いかえしたりなんかはせず、なんでもすぐに「熱心に」こなし、決して休まない。これでうまくいくだろうか？まさしく。アリョーシャは家のきりもりに欠かせない存在になる。一家は感謝しただろうか？　そんなに。ただ仕事を増やしてくるだけだ。彼は「走りまわり、物事を片づけてまわり、気を配ってまわり、忘れないようにして、万事こなしていた──そしていつもにこにこしていた」のだ。そう、これは小説の最初のビートのくり返しなのだが、若干リスクの高い設定だ。ここでも、この大きな舞台でも、商人の立派な家でも、彼のやり方は通用する。実家では、にこにこしながら一生懸命働き、「ご褒美」は仕事だった。いま、彼は同じ「笑って働く」アプローチをとっている。またご褒美はあるのだろうか？

そう、すぐに。ウスチーニヤの愛だ。

だがまず、3頁の後半で、別の逆境が起こる。アリョーシャのブーツが壊れてしまったのだ。

そしてアリョーシャについてのいくらか発見がある（小説は段落ごとに——そっとではあるが——アリョーシャについての新しい情報をちゃくちゃくと積み重ねていくことに注意しよう）。ブーツをはきつぶしてしまって新しいのをもらっても、商人がブーツの代金を給金から差し引くのを父親が怒るのではないか、アリョーシャは心配している。小説をめぐる疑問の最初のヒントがここにはある。アリョーシャがにこにこと従順なのには欠点があるのではないか？　おそらく、従順すぎるのではないか？「アリョーシャの側の公正さの感覚では、アリョーシャはこき使われているのだが、アリョーシャの側ではそう思っていないのだ。私たちは、彼とは少しばかり意見を異にしている。」つまり、私たちの側のさっきまでポジティブなものと思われていた性格が、いまはやや疑問にふされるようになっている。

アリョーシャには欲がない。あるいはきわめて弱い。彼は祝祭日が好きだが、おこづかいをもらえるからだ（賃金は父親がかすめとってしまう）。集めたお茶代で彼は「赤い手編みの上着」を買ってうれしくなる。どれくらいうれしいかといえば「ついつい口元がゆるんでしま」うほどだ。

つまり、アリョーシャにも慎ましやかではあるが幸福の器があって、それを満たしたいと思っている。極限状態が生んだ傑作であるこの器は、ひとたび導入されたからには使われなくてはならないのだ。

すぐに「まったくなじみがなく妙」なことが彼に起こる。いったいなんだろう？

事件とはなにか——アリョーシャはびっくりしたのだが——人間関係には、お互い利用しあうものだけではない、まったく独特の種類のものがあると知ったことだった。つまりブーツを磨かせたり、買い物に行かせたり、馬車の用意をさせたりするためではなく、人はただこれといった理由もなく他人が必要だということ——その人にただ奉仕したり、やさしくしたりするためにも必要で、アリョーシャがまさにその対象だということだった。

対応する箇所の三つの英訳を並べてみる。まずクラレンス・ブラウンのものだ。

> This something was that he found out, to his amazement, that besides those connections between people based on someone needing something from somebody else, there are also very special connections: not a person having to clean boots or take a parcel somewhere or harness up a horse, but a person who was in no real way necessary to another person could still be needed by that person, and caressed, and that he, Alyosha, was just such a person.[*]

サム・A・カルマック訳と比べてみよう。

This experience was his sudden discovery, to his complete amazement, that besides those relationships between people that arise from the need that one may have for another, there also exist other relationships that are completely different: not a relationship that a person has with another because that other is needed to clean boots, or run errands or to harness horses; but a relationship that a person has with another who is in no way necessary to him, simply because that other one wants to serve him and to be loving to him. And he discovered that he, Alyosha, was just such a person.**

ピーヴァーとヴォルコンスカヤは次のようにしている。

This event consisted in his learning, to his own amazement, that besides the relations between people that come from their need of each other, there are also quite special relations: not that a person needs to have his boots polished, or a purchase delivered, or a horse harnessed, but that a person just needs another person for no reason, so as to do something for him, to be nice to him, and that he, Alyosha,

---

* Leo Tolstoy, "Alyosha the Pot." *The Portable Twentieth-Century Russian Reader*. Translated by Clarence Brown. New York: Penguin Classics, 1985.

** Leo Tolstoy, "Alyosha the Pot." *Great Short Works of Leo Tolstoy*. 2nd ed. Translated by Sam A. Carmack. New York: HarperCollins, 1967.

was that very person.*

これら三つのバージョンを比べるために数分間時間をとって、よい翻訳同士のあいだに存在しうる距離や、語句のレベルにおける選択が小説の世界をどの程度創りあげるのかを感じてみてほしい（三人の別のウスチーニャが英訳でつくられている。ひとり目はアリョーシャに「必要とされ……愛撫され needed . . . and caressed」るのだと感じさせる。二人目は「彼に仕え、愛してくれる wants to serve him and to be loving to him」。三人目は「なにかと尽くしたくなる、やさしくしたいと思う so as to do something for him, to be nice to him」ためにアリョーシャにそばにいてほしい）。

しかしこれは特に難しい一節かもしれない。訳者のブラウンはこの翻訳について、次のように語っている。

アリョーシャが私心なき同情、ただただ人間的な好意という概念にはじめて目覚めるとき、驚きのあまりトルストイの構文はばらばらになってしまうのだ。アリョーシャのほとんど言語をもたない精神が、新たな観念に向けて手探りで進んでいくイメージだ。ほとんどの訳者は、この短編を『戦争と平和』の応接間にふさわしい文体で訳してしまってトルストイの邪魔をしている。私は非高尚かつシンプルに、原文同様非文法的でさえあろうとした。**

この短編は間接話法的に三人称で書かれていて、これはやはりトルストイ的な語り手が語っているのだが、アリョーシャの意識が端々に染みこんでいるのだ。どうしてトルストイはこんな書き方をしたのだろう？　より本当っぽくみせるためだ。アリョーシャは新たな真実につまずき、使える道具といえば手もちの乏しい言語だけなのだ。

ここでトルストイがアリョーシャの声《ヴォイス》でやったことと、ヴァージニア・ウルフが『灯台へ』でその後すぐにやったこと（そしてジェイムズ・ジョイスが『ユリシーズ』で、ウィリアム・フォークナーが『響きと怒り』でやったこととも）のあいだに、大きな隔たりはない。トルストイは「人物とその人物が話す言語は切りはなせない」という、モダニズムを席巻する考え方に到達したのだ（私の真実が知りたければ、私の言葉で――私にとって自然な言葉づかいや構文で――私に語らせるといい）。

それでアリョーシャはウスチーニヤに恋をする――ウスチーニヤは、アリョーシャには自分が差しだせるもの以上の価値があるんだと気づかせてくれるのだ。自分がなにかをしてあげる必要がなくても、相手はまだ自分のことを必要としてくれるかもしれない。相手は自分が好きで、いっしょにいると楽し

＊Leo Tolstoy, "Alyosha the Pot." *The Death of Ivan Ilyich & Other Stories.* Translated by Richard Pevear and Larissa Volokhonsky. New York: Vintage, 2010.

＊＊翻訳家は文章家である。そして、心に浮かんだイメージをぴったり喚起する文句に訳すという点で、文章家は翻訳家なのだ。文章家になりたいと思うのなら、その言語が話せなくても、翻訳に心を砕いてみることで、自分がなにに文体的な価値を置いているのか、なにがしか学ぶことができるだろう。

くて、こちらによくしたいと思っているかもしれない。これはアリョーシャにとっては天地が引っくりかえりそうな事態だ——だれも、母親をのぞいて、自分をこんな風に感じさせてはくれなかったから。それでアリョーシャは幸せだろうか？　ああ、幸せだ。でも「こうしたことにはまったくなじみがなく妙だったので、最初のうちアリョーシャは面食らってしまった」。6頁の後半の一節で、アリョーシャはウスチーニヤにプロポーズをする。ウスチーニヤは記念に「手拭いでアリョーシャの背中を叩」く。

二人のよろこびは長くはつづかなかった。父親は即座に結婚を却下する。そしてこの小説屈指の痛ましい場面になる——父親がウスチーニヤを「町の身持ちの悪い女」呼ばわりしているあいだ、ウスチーニヤはドアのすぐ奥に立っていて、アリョーシャが彼女を擁護しなかったのもふくめ、一切合切を聞いているのだ。

「どうもうちらの話はうまくいかねえみたいだね」——アリョーシャは弱々しく言う——「聞いていたのかい？　怒っていたよ。やめろってさ」

ウスチーニヤは泣きだしてしまう。アリョーシャは彼女を慰めるでもなく、父のところに戻って陳情することを約束するでもなく、「ちぇ」と舌打ちをする。つまり、ウスチーニヤにあまり大事にとるなと言いたいのだ。

アリョーシャの言うところでは、二人は父親の言うことを「聞くしか」ないのだ。

このとき、いまの時代の読者はアリョーシャにがっかりしてしまうだろう。彼は精神薄弱なようだ。長所のように映った性格も、欠点のように見えてくる。アリョーシャがにこにこと従順なのは、実は受け身が染みついているせいだろうか？　謙虚なのではなく、想像力に欠けているのだろうか？　権威に盲従しているだけなのか？　労働者階級だから尻込みしているのか？

その夜、商人の妻と話をする。アリョーシャは「馬鹿なことはやめる気」だろうか？

「そりゃもう、やめましたよ」――アリョーシャは言う。

ここはブラウンの訳ではLooks like I have toに、カルマックの訳ではYes. Of course, I've forgot itに、ピーヴァーとヴォルコンスカヤの訳ではSeems I haveになっている。

それからアリョーシャはいつもしていることをしようとする（にこにことしていようと）。二名の訳者は彼が「笑った laughed」、一名は「ほほえんだ smiled」としている。しかしそのあとで、（三名の訳文とも）いつものにこやかさを投げすてて泣きだしてしまう。

仮にアリョーシャが商人の妻にいつも通りに接していたら（「「そうしなくちゃなりません」――アリョーシャはにこにこと言って、まだ終わっていない仕事をしに部屋から出ていった」）、読者はビートのくり返し、つまりエスカレーションの失敗として受けとる。つまり、アリョーシャはいつも通りの自分のままだったね、という。

だがここで涙をあふれさせることで小説の筋道は狭まる。アリョーシャは実は、父親のふるまいが不当だと感じていて、自分がウスチーニヤを擁護できなかったことがわかっているのだ。つまりアリョーシャは感情のない間抜けではない。欲もエゴもない人間ではない。ほしいものもあるし、人を好きにもなるし、傷つきもするのだ。

私たちはいま、新たな領域にいる。アリョーシャもそうだ。人生ではじめて、にこにこと従順であるがゆえに犠牲を強いられ、そのことを知ったのだ。

読者はこのせいで彼がなにをするのか、固唾を飲んで見守っている。さて、小説によれば、なにも起こらない――「この時から、アリョーシャは［…］前と同じように暮らすようになった」。読者はそれが本当かどうか疑う。読者はそうでないことを願う。実際、そうではないと知る。もし身分の低い使用人が家のおかみさんの前で泣きだしてしまうようなことがあれば、その原因は単に消えてなくなったりはしない。否定されたり、抑えつけられたりはするかもしれないが、消えたりはしない。外面上は同じ生活を送っているように見えても、内側ではなにかが変わっている。

不正義は小説内部でばねのように力をため、読者はそれが反発力で元に戻るのをいまかいまかと待っている。

終わりまで三頁を切った。エンディングが迫りくるなか、この小説が投げかけた問い――「アリョーシャはこの不正義に対してどうするのか？」（あるいは「アリョーシャが被った不正義は、いかなしっぺ返しをうけるのか？」）――に答えるため、私たちがどれほどテキストを目を皿のようにして読みこんだことか。

いったん手をとめて、どうなるか考えてみよう。この小説には、アリョーシャがいつもの生活に帰っていき、外面上は「前と同じように」暮らしつつも内心は苦い思いをしているというバージョンもある。その苦い思いがあだとなりはじめる。アリョーシャは商人の娘に口答えし、クビになり、酒浸《びた》りになる。その苦い思いからついに、父親と対立することになるというバージョンもありうる。苦い思いが何事も引きおこさず、最終的になんとか折り合いのつけられる程度まで解消するバージョンもありうる。一番ドラマティックなバージョンではないにしろ、可能なものとは認めざるをえないし、現実世界でもいつも起こってきたものであるし、アリョーシャが生きざるをえないバージョンでもあるように思える。

だがトルストイは冴えた手段にでる。彼はアリョーシャを屋根からたたきおとしてしまうのだ。これは圧縮された時間の枠組のなかで、婚約破棄の精神的帰結を完全に出しきる効果がある。アリョーシャが落胆したエネルギーを行使するつもりなら、この残る三頁しかないのだ。

「壺のアリョーシャ」は、慎ましい暮らしを送る貧しい官吏が冬用の新しいコートを欲しがる、ゴーゴリの傑作「外套」の系譜に連なるものだ。どちらの短編でも、とるに足らない人物が束の間生き生きとする。アリョーシャはウスチーニヤへの思いによって、アカーキー・アカキエヴィチは新品の外套によって——後者は柄でもない大胆さで、外套を着て夜会にくりだす。両者とも自分がまっとうな人間だという思いあがりを厳しく咎められる。アリョーシャは屋根から落っこちる。アカーキーの外套は夜会からの帰り道に奪われる。とりもどそうとするなかで、頼みの綱だった官僚（「有力者」）にこっぴどく怒鳴られ、事実上そのショックのせいで亡くなる。

アカーキーが大目玉をくって死んでしまうのは、長年にわたるいじめと地続きとしてとらえられる。アリョーシャが屋根から落っこちたのは、実際問題としてなんのせいでもない。彼は「足をすべらせて、シャベルを持ったまま落ちた」。彼はただただ偶然に死ぬのである。いわば、倒れてきた木にあたるのと同じだ（実際そうなのだろうか？　私はいつも、アリョーシャが落ちたのはある種、動揺からの自殺だと感じる。意図的なものではないが、父親との一件のせいで——たとえば私たちが注意力が散漫になってへまをしてしまうように——身体が無意識のうちにとるような行動だ。父親が自分を監督し、永遠の子どもの状態に押しこめたので、アリョーシャは残りの人生が凍てついた荒野になるのを見越して、無意識のうちに抜けだすのだ）。

いずれにしても屋根から落ちることで、読み手側の疑問（「アリョーシャはこの不正義に対してどうするのか？」）への回答がなされる時間枠が加速するのだ。

アリョーシャが死ぬのは屋根から落ちたせいではなく、自作の終盤にさしかかったトルストイが、こちらが知りたがっていることはこれなんだよとできるかぎり迅速に伝えるためなのだ。

雪のなかに横たわるアリョーシャに、ウスチーニヤは怪我はないか訊く。どうやら怪我しているようだ。ひどい落ち方をして、立ちあがることができないのだ。数日中に彼は、内出血かなにかで死ぬだろう。アリョーシャは自分が怪我していることを認めるが、こうつけ加える――「なんともないさ」。立ちあがろうとするが、できない。反応は？　笑っている。あるいは実際には「ほほえもうとした」。なぜ彼はほほえむのだろう？　長年にわたって身につけた、苦難への無意味な、自動的な反応なのだろうか？　抑圧されているがゆえの行為なのか？　ウスチーニヤを安心させようとしたのだろうか？　あるいは彼はあまりに善良で、単純がゆえに、いまですらなお本当に幸せで、本心からほほえんでいるのだろうか？

「外套」で、アカーキー・アカキエヴィチの積年の恨みにははけ口がある――彼は幽霊になって、自分につらくあたった官僚を追いかけまわすのだ。「壺のアリョーシャ」という作品を結末近くまで読んできて、私たちはこう自問自答するかもしれない。アリョーシャには本当に、積年の恨みがあったのか？

カート・ヴォネガットは、読者の側でハムレットの父親の幽霊をどう解釈したらいいかわからないという事実が、『ハムレット』という作品をかくも力強いものにしているとよく口にしていた。現実か、ハムレットの心のなかのできごとなのか？　そのせいで劇中のあらゆる瞬間にあいまいさが入りこんでくる。幽霊が想像上のものなら、ハムレットがおじを殺すのはまちがいだ。現実なら、ハムレットは殺さねばならない。このあいまいさが芝居の力になる。

　ここでも同じようなことが起こっている。私たちは、アリョーシャがどんな状況でもにこにこと従順なのを見てきた。いま、雪のなかで致命傷を負って横たわっていてもそうなのだ。わからないのは、彼がいかな理由でそうしているのかだ。私たちだったら感じるようなことを彼もずっと感じているのだが、無理やり抑えつけているのだろうか？　過去、アリョーシャが疲れていたとき、足が痛かったとき、難しい仕事をやりおえてもなんの感謝もされず、ほかの仕事を押しつけられたとき、彼は気にしたのだろうか？　内心不満を感じる瞬間はちらりともなかったのだろうか？　あったのだろうか？　ここには二種類の人間がいる。片方はときには内心ぐちをこぼすが、もう片方は一切ぐちをこぼさない。

　アリョーシャはどちらなのか？

　アリョーシャは二日のあいだベッドに寝ていたが、三日目に司祭が呼ばれる。

「本当に死んでしまうっていうの？」とウスチーニヤは訊ねる。

　永遠に生きる人間なんていない——アリョーシャは言う——みんないつかはいくんだ。あたかも悲しくなったり、怖がったりするのを自分に許さないかのようだ。あるいは悲しかったり、怖かったりしても、正直に出せないのだ。アリョーシャはウスチーニヤに「憐れんでくれ」たことを感謝する。そして結婚しなくて結局よかったんだと言う。なんにもならなかったろうし、もう「万事大丈夫」だ。

ちょっと待ってくれ。本当にそうか？　本当に「万事大丈夫」か？　アリョーシャはなんだか性急に肯定的な結論に飛びついていないだろうか？

残りは短い段落が三つしかない。私たちはアリョーシャが自分がいま被ったばかりの不正義を認めるのを待っている（そんな不正義に満ちた人生に有終の美を飾るのだ。個人的には、彼がベッドで体を起こし、父親に食ってかかり、ウスチーニヤに謝罪し、司祭に頼んで商人とそのろくでもない、要求だけは多い家族の目の前で、いますぐその場で二人の結婚をとりおこなうところを見たいのだが）。目の前に横たわるテキストのかたまりはそれぞれが、アリョーシャが抗議の声をあげたり、反発したりする場所になるかもしれない。

読者にはアリョーシャの心を死ぬ前に一目見ることが許されている。

そこに抗議の声があるか？

いいや。


アリョーシャの心にあったのは、人の言うことを聞き、怒らせなければ、ここでうまくいったように、あちらでもうまくいくだろうということだった。

ブラウン訳：
In his heart was the thought that if it's good down here when you do what they tell you and don't hurt anybody, then it'll be good up there too.

カルマック訳：
And in his heart he felt that if he was good here, if he obeyed and did not offend, then there all would be well.

ピーヴァーとヴォルコンスカヤ訳：
And in his heart was this: that, as it is good here, provided you obey and do not hurt anyone, so it will be good there.

彼はまだ、どうやら自分の生き方がまちがっていたとは思っていない。実家から商人の家に従順という身の処し方をもちこんだように、次に向かう場所がどこであれ同じ身の処し方をもちこむ予定なのだ——つまり、死後の世界でもそうしたいのだ。

そして旅立ちのときだ。

アリョーシャはほとんど口をきかなかった。ただ水を飲ませてくれと頼み、たえずなにかに驚いている様子だった。

なにかに驚いてぴんと体を伸ばし、そして死んだ。

ブラウン訳：

He didn't talk much. He just kept asking for water and looked like he was amazed at something.
Then something seemed to startle him and he stretched his legs and died.

このなかでアリョーシャが最後の瞬間、なにかを悟ったという可能性を示すものはなにかないだろうか？

「なにかに驚いている様子だった」と「なにかに驚いて」という箇所に目がいく。

なにが彼を驚かせたのだろう？

使用している（右に引用した）ブラウン訳では、なにかを驚いて見ている最中に、びっくりしたと言いたいようだ。つまり、驚きという進行形の状態からびっくりしたのだ。この点はほかの翻訳でも同じことが言える。

カルマック訳：

He said little. He only asked for something to drink and smiled wonderingly. Then he seemed surprised at something, and stretched out and died.

ピーヴァーとヴォルコンスカヤ訳：

He spoke little. Only asked to drink and kept being surprised at something.
He got surprised at something, stretched out, and died.

つまり、これらの翻訳では、アリョーシャは二つの別々のものに、順に驚いているのである。ロシア語が堪能な私の元学生、その妻のロシア語のネイティブスピーカー、二人が相談したロシア詩人、元学生のロシア語の家庭教師（言語学者）は、この箇所の翻訳は少々難しいと口をそろえる。最後から二行目の「水を飲ませてくれと頼み」と「驚いている」は、ある一定の時間のなかでくり返し起こっていると理解すべきだという。* アリョーシャは一度しか水を飲ませてくれと頼まなかったわけではない。そして同じあいだに、彼はひとつではなく、複数のなにかに驚いていた。そして最終行で、うちひとつが飛びだしてきてアリョーシャを一番驚かせる（元学生によれば、アリョーシャが「驚いたのは一度ではなく、二度でもない。何度も驚いて、そして最後に一度驚く」）。

元学生とその妻、そして言語学者は最後二行の修正版を以下に提供してくれた。

He was only asking for something to drink and was being periodically surprised by things.
One of those things surprised him, he stretched out and died.

＊〔訳注〕原文のロシア語では、この箇所の動詞はくり返される動作を示す不完了体が使われている。対して最終行の「驚い」たは一回限りの動作を示す完了体。

私たちはずっと待っていたし、いまだに待ちつづけている——アリョーシャが完全に受け身の姿勢から抜けだすのを。

私たちは思う——やっとそうなったのではないか、と。

そこでひとつ謎がある——結末で最後にアリョーシャを驚かすものとはなにか？

長年、私はこの小説をこんな風に教えてきた——「最後の瞬間にアリョーシャが驚いたのは、自分があまりに従順に生きてきたということに突然に気づいたからだ。彼は自分自身とウスチーニヤのために立ちあがるべきだった。トルストイはずばりとは言わないが、この短編は書ききらない技術の傑作だ。そして（突然ぷつりと終わったせいで芽生えた激しい感情に突きうごかされざるをえない——なにしろほんの一頁前に起こったできごとなので、心に鮮やかに残っているのだ）順序だてて考えてみると、世を去るときにアリョーシャが私たちと同じように物事を見ているのを感じる——自分は愛されてもよかったし、ひとりのちゃんとした人間であってもよかった」。

近ごろは、確信がなくなってしまった。

あるとき別の学生が反論してきた。作品が書かれた当時（一九〇五年）のトルストイの芸術観・道徳観に矛盾しているというのだ。実際、一理ある。スラヴ文学者のエヴァ・トンプソンによれば、晩年になるにつれ、トルストイは「以前の文体の「ナンセンス」に決別し、創作はすべて自分が理解するところのキリストの教えを伝えるための道具とすることにした」。彼は簡明な文体を重んじ（「百姓たちは実にうまく物語をつくりあげるものだ」——トルストイはゴーリキーに言った——「すべてのことが単純で、言葉が少なくて、それでいて多くの感情が含まれている。真の知恵は言葉少ないものである。たとえば「神よ、我らを恵みたまえ」というようなものだ*」）、道徳の教授こそ芸術の真の役目だと信じていた。

ではトルストイの意図としては、人生を通じて――死に臨んでさえも――キリスト教の根本にある慎ましさを実践したアリョーシャをただただ賛美する小説をこちらに読んでもらいたいというのはありうるのだろうか。人間界のレベルでは悲しい話だ。しかし最終的には素朴さと信仰が勝利するというような？

アリョーシャの解釈のひとつは、ロシアで「聖愚者《ユロージヴィ》」と呼ばれるような人物の例として読むことだ。これは（また別の）ロシア人の友人の言葉によれば**、「完全に神の思し召し――導きのもとにある」人を指す。リチャード・ピーヴァーの記述によれば、「（トルストイとトルストイ作品の登場人物の多くが永遠にえられなかった）純粋さと平和な心をもったまま生き、死んでいく」ような人物のことだ***。そのような人物にとって「にこにこしている」状態そのものが、精神的な目的として妥当なのだ。なんであれ心を愛で満

---

*マキシム・ゴーリキイ『トルストイの追憶』神近市子訳、春秋社、一九二六年、一五頁より、一部改変を施して引用。

**ロシア人の友人がたくさんいるかのように見えるかもしれないが、三人だけで、みなやさしくて、親切で、心が広い。リューバ・ラーピナとヤーナ・チュリパーノヴァ（二人ともモスクワ英文学クラブのメンバー）、ヴァレーリー・ミヌーヒンの三人だ。こちらの小説についてのおびただしい問い合わせに、忍耐強く卓見を示してくれたことを彼らに感謝する。

***Richard Pevear, "Introduction," Leo Tolstoy, *The Death of Ivan Ilyich and Other Stories*, trans., Richard Pevear and Larissa Volokhonsky, New York: Vintage Classics. 2010.

たしておくことこそ、深淵なる精神的達成であり、神の本質的な善性に対する積極的な信仰のかたちなのだ。

私たちの手にあまるできごとがあまりに多いのなら、心を平穏に保ち、世は乱れるがままにまかせようではないか。愛につつまれて超然としていよう。あるがままの状態を肯定し、束の間の虚構にすぎない己を手なずけるのだ。

マーティン・ルーサー・キング・ジュニアはこう言っている――「私は愛を手放さないことに決めた。憎しみの重荷は大きく、耐えられない」。人生を通じてアリョーシャが至った結論も同じだったのではないか（あるいは彼は生まれながらにしてそれを心に抱いてきたのかもしれない）。

最後の小説『復活』で、トルストイはこう書いている――

もしもでも何でもいいが、ほんの一時でも、また何か非常特別の場合にでも、人間愛の感情より大事なものがあり得ることを認めでもしたら、もう、どんなひどい犯罪を人に対して犯しても、自分に責任はないと済ましていられるのだ［…］。つまり何もかもが、みんなが、人間に愛情なしで接していいような立場があると思うことから来るのだが、元来、そんな立場なんかありはしないのだ。［…］人に対する愛情を感じない時は、おとなしくしてるがいい［…］。そんな時は自分自身でも、品物でも何でもいいから、そうしたものにかまけていればいいので、人にだけは接しないようにすることだ。［…］愛情なくして接することを自分に許したが最後［…］、自分自身の苦しみも無制限になるのだ。*

しかるにこの胸を焦がす思いは、決して壊れてはいけない。仮にエゴの通常の、自己防衛的関心事を犠牲にしなくてはならないのなら、そうしなさい。

この点において、アリョーシャは成功した。彼のことを一種の、愛の天才だと見てもいいだろう。小説全体を通じて——あるいは話されたかぎりにおいての全人生を通じて——彼は憎しみを口にしたり考えたりすることはない。

うん、ここまではいい。

ではこの読み方でいくと、アリョーシャは死ぬときになにに驚くのだろう？

「「驚き」というのはほかの場所でも起こっているだろうか？」という問いを立てて、小説をざっと読みなおしてみよう。ああ、あった。5頁でウスチーニヤにびっくりして人生の認識が変わる場面だ。「びっくりした」とある（わかる範囲では、ウスチーニヤと死の床は、アリョーシャの短い人生の二大驚きだ**）。

読者はこの二つのできごとを結びつける。ここで最後にアリョーシャを驚かせたものは、5頁で彼を驚かせたものと同種かもしれない（そうであるはずだ）。

そちらではなにに驚いたのだろうか？

＊〔訳注〕トルストイ『復活』北御門二郎訳、東海大学出版会、二〇〇〇年、三六五、三六七－三六八頁。

＊＊第三のちいさな驚きは4頁で、赤い新しい上着を着たときだ。

アリョーシャは、愛なんてものが存在し、自分がその対象になること――つまり自分が自分であるというだけで、気にかけてくれる人がいることを知って驚いたのだ。なんの見返りも求めずに、ただ無条件に愛してくれるひとがいることに。

頭のなかでこれをあてはめてみる。死の床にあって、アリョーシャはこの種の愛にさらに大きなものがあり、自分がその対象だと知って驚いたのかもしれない。つまり、ウスチーニヤからかつて受けたものを普遍的なかたちで感じたのだろうか？

こうして見ると、過激で、やや悩ましい小説だ――「おとなしい男がいて、自分になにが起きても、だれにつらくあたられてもおとなしいままでいて、最後には神の愛にむかえられ、それが正しい生き方だとわかる」。

これは悩ましい。だが、世界にはびこる邪悪にどう対処するかという時間を超越したジレンマにとりうる解決策としては、ある意味で納得がいくものだ。自分の愛の邪魔をしない。

この読み方の問題は、馬鹿者を馬鹿者のままにしてしまう点だ。たとえばアリョーシャの父親だ。アリョーシャが受け身なせいで、父親からは駄獣のようなあつかいのままだ。アリョーシャは自己主張したほうがよかったのでは？　父親にとってもよかったのでは？　そうすればアリョーシャの思いやりからの行動と受けとめられ、父親の目からうろこが落ちたのではないか（「ああ、息子は人間なのだ。敬意をもってあつかうべきだ。言われなければ、自分では気づかなかった。これからは心を入れかえて生きよう」）？　もちろんそんな効果はなかったかもしれないが、トルストイがアリョーシャを無私の愛のスーパースターとして提示したいのなら、少なくとも父親にはやりかえそうとすべきだった。そうしなかったのは、愛の失敗だと読者は感じる。

私の考えではアリョーシャも愛に失敗している。ウスチーニヤをドアの後ろになすすべもなく立たせておいて、唯々諾々と彼女を愛する人——自分——のいない人生にゆだねてしまった時点でそうなのだ。そして最後、彼女を慰めないままいってしまう——死ぬ間際に心にもない気休めを言うだけだ。

そこでアリョーシャが受けいれるアドバイスは、力あるものが力なきものに、太古より送りつづけてきたものだ——つべこべ言うな。にこにこしていろ。おたおたするな。不満をもつな。

そしてトルストイもそのメッセージを肯定しているようだ。


この「アリョーシャは受け身で立派だ」という読み方は、現代の読者にはちょっと落ち着かないところがある。

トルストイがある意図（「アリョーシャ万歳、謙虚な聖者だ！」）をもってこの小説を書いたが、今日の私たちが別の意味（「アリョーシャ、お気の毒に。あまりに受け身すぎたよ」）に解することはありうるのではないか？なぜならこの小説が書かれたあと年月は流れ、私たちは不幸な人々の苦しみにより敏感になり、人々に黙って苦しみに耐えろという昔ながらの宗教を許容できなくなっているからだ。

ああ、たぶんそうだ。でも私の友人の作家ミハイル・ヨッセルによれば、この「アリョーシャ万歳！」という結末に居心地の悪さを感じるのも、おそらくはまさにトルストイの意図するところだったのだという。こちらが苦しみに習慣的にとっている反応（つまり、仕返し）がいかに陳腐で、即物的で、究極的には無駄だと示すことで、トルストイは世俗の読者を驚かせ、怒らせ、当惑させようとした——言いかえれば、トルストイは挑発を意図していたのだ。

仕返しは、私たち人間が敵と認めたものに対していつもとってきた方法だ。仕返ししなければ弱いと見なされてしまう。

しかしそれで私たちはどうなったのだろうか？

別の方法をとるように言ってきたのはごく一握りの偉人たちだ。アリョーシャはまさにそんな（稀な、神聖な）人間だと、トルストイは言っているのだろう。

「汝の敵を愛せよ、汝を呪うものを祝福せよ、汝を憎むものによくせよ、汝を虐待し、迫害するもののために祈れ」とキリストはふざけて言ったのか？「許すということは強さの証しなのだ」とガンジーは本心から言わなかったのか？「この世の怨みは怨みをもって静まることはありえない。怨みを捨ててこそ静まる。これは永遠の法である」と仏陀は冗談で言ったのか？

ああ、私は挑発されたが、満足はしていない。

トルストイがアリョーシャを道徳上のロール・モデルとしてこちらに提示しているのなら、どうもデザインがまずいように思うのだ。つまり、アリョーシャは受け身の抵抗——あるいは、ほとんど無抵抗——の姿勢をあまりにやすやすと、あまりに早く、あまりにもつまらない対象に対してとるのである。父親に反発することは苦もなくできたはずだし、そのうえでキリスト教の教義のなかにとどまることは可能だった。キリストは金貸しが神殿にいるのを知って、愛に満ちておとなしく出ていったのではない。愛に満ちて金貸しをその場から追いだしたのだ。そしてのちに無条件の愛の原則を最高のレベルで達成するため、死の間際にキリストは自分を殺そうとする者たちに、「父よ。彼らをお赦しください。彼らは、なにをしているのか自分でわからないのです」と言ったのだ。キリストは「万事大丈夫だ、だれも私を怒らせるようなことはしていない」とは言わなかった。彼らを許すためには、キリストは彼らが自分を殺そうとしていることを知り、認めねばならなかった。アリョーシャはいまになってさえ、自分に対して不正義がおこなわれたとは感じていないそうだ。本当に、心の底から気づいていなかったのか？だが涙を流していたのは覚えている。確実にそれが不正義だと気づいている。それを認めないのは失敗だった。聖人というより、逃げているだけのように感じられるからだ。聖人君子ではなく、自己主張ができない人物のようにだ——元気がないか、たぶん、愚鈍なように感じられる。

実際、リチャード・ピーヴァーは短編集『「イヴァン・イリイチの死」そのほかの短編』に寄せた序文で、トルストイの領地には本物のアリョーシャが雇われていて、トルストイの義理の妹はこの若者を「白痴」と思っていたと書いている。* 私のロシア人の友人の話では、ロシア語でこの短編を読むと、アリ

---

*この義妹タチヤーナ・クズミンスカヤ（『戦争と平和』のナターシャのモデル）はこう書いている。「料理番の助手兼門番をしていたのは、半分白痴の「壷のアリョーシャ」だったが、このアリョーシャはどうしてだかとてもロマンチックな人物に書かれているので、本で読んだ時にはそれがあの無邪気で不格好な、トルストイ家の「壷のアリョーシャ」だとは気づかなかった。私の覚えているかぎりでは、いいつけられたことは文句をいわずになんでもやる、もの静かな、おとなしい男だった」。クズミンスカヤ『私の見たトルストイ——義妹の手記　上』直井武夫訳、改造社、一九五〇年、三三六頁より、一部改変を施して引用。

ョーシャに「知的障害」があると感じるそうだ。私たちは、トルストイがそのような人間を人類学的観点からとらえ、トルストイ自身が大事にしていた美徳を投影しているのだと想像できる。またトルストイが、そのような人間が被ったであろう苦難を省みず（あるいは考慮せずに）、にこやかだからといって内面も平穏だとまちがえているのも想像できる。

しかし小説のアリョーシャ（登場人物としてのアリョーシャ）が限られた想像力しかもたない人物だとしよう。ならば彼の人生への謙虚なアプローチは、とりうる最善のものかもしれない。自分の意見をとおしたり、権威を否定するなんて考えもしないので、にこにこと従順でいることに決め（あるいはその術を学び）、権威には叡智があると思うことにした。実際、そうすることで自分の居場所を見つけることができたのだ。彼のシンプルな道徳プログラム（なんであれ言われたことをして、だれも傷つけない）はもっと悪いかもしれない。限られた想像力しかもたない人間には、はるかに野心に満ち、卑劣な目的がある人々もいる。

それなら、トルストイはアリョーシャのように生きろとみなに言っているのではないかもしれない。ひょっとすると彼はひとりの人間（アリョーシャ）を、やさしさと畏敬の念をこめて、ただ観察しているだけなのでは？

しかし私はその案には乗らない。この小説はアリョーシャを道徳上の模範として掲げているように思えるからだ。彼がなぜそうするのか（彼が聖人だから単純なのか、単純だから聖人なのか）はともかく、彼を賞賛するよう求められるように感じる。

ただし私はそうしない。

彼のことをかわいそうだと思う。そして自分のために立ち上がるガッツがあればよかったのにと思う。とはいえ、実際、彼に賞賛の念のようなものは抱いている。彼は残酷なシステムの犠牲者として、腹を立て、苦々しい思いをする人物でもよかったはずだ。しかし彼はなんとかその罠をくぐりぬけてよりよい人生をつかんだ——忍耐強く、幸福で、(いまだ)愛すべき犠牲者として。

でもそこでこう考えてしまう——ちょっと待て。よりよいのか?

だからトルストイがこちらに到達してほしそうな結論(つまり、アリョーシャが生き、不満もなく死んでいったのは正しかった)になかなか辿りつけない。ひょっとするとこの短編は時代遅れなのではないか? なにがだめかと言えば、作家が自論を押しとおそうとするのだが、その主張は極論で、こちらはすでに卒業済みのものなのだ。

でも私はこの短編が好きだし、読むたびに心を動かされてしまう。

だから不思議だ。こんなことはありうるのだろうか——トルストイはアリョーシャをほめたたえるつもりが、意図せず別のなにかを、より複雑ななにかを、ずっとのちの時代の私にいまだに話しかけてくるなにかをしたなどということが。どうやら、そうだ。実際トルストイはまさにその可能性を、チェーホフの「かわいいひと」について書いた文章のなかで述べている。その文章によれば、チェーホフはある種の女性(男に媚びへつらうような)を小ばかにするところからはじめた、つまり「否定的に書く」ところからはじめたという。トルストイいわく、チェーホフは『民数記』のバラムのように、オーレニカを呪うために山に登ったが、「口を開くや、詩人チェーホフは、呪詛するつもりだったものを祝福してしまった」のだ[*]。つまり、チェーホフはオーレニカをパロディするつもりが、「超個人的な叡智」の聖霊が訪れて、彼女のことが好きになってしまい、そしていまや私たちもそうなのだ。「壺のアリョーシャ」ではトルストイは逆をやったと言えるかもしれない。トルストイは祝福するつもりのものを意図せずに呪ってしまったのだ。つまりトルストイは理論上はアリョーシャに心服し、その黙従とにこにこと従順なさまをほめたたえる小説を書いたのだが、小説それ自体は――トルストイの実直な筆さばきに触れると――そのメッセージを迷いなく伝えることができずにいるのだ。

アリョーシャの死の場面をくわしく見てみよう。

> アリョーシャはほとんど口をきかなかった。ただ水を飲ませてくれと頼み、たえずなにかに驚いている様子だった。
> なにかに驚いてぴんと体を伸ばし、そして死んだ。

以下が、おあそびの「アリョーシャはにこにこと従順な聖人で、うやまわなくてはならない」という小説の読み方に即した別バージョン（つまりトルストイが意図したであろうバージョン）だ。

> アリョーシャはほとんど口をきかなかった。ただ水を飲ませてくれと頼み、たえずなにかに驚い

ている様子だった。彼は神が自分を愛してくれ、自分のにこにこと従順なさまを称賛してくれているのを感じた。アリョーシャが父親になんの疑問も抱かずに従ったときも神はよろこばれたのだ。彼は自分がえた、そして私たちみなが目指すべき永遠の報酬に自分が引き寄せられるのを感じながら、ぴんと体を伸ばし、そして死んだ。

この二つのバージョンのなにがちがうだろうか？
示してみよう。

アリョーシャはほとんど口をきかなかった。ただ水を飲ませてくれと頼み、たえずなにかに驚いている様子だった。彼は神が自分を愛してくれ、自分のにこにこと従順なさまを称賛してくれているのを感じた。アリョーシャが父親になんの疑問も抱かずに従ったときも神はよろこばれたのだ。彼は自分がえた、そして私たちみなが目指すべき永遠の報酬に自分が引き寄せられるのを感じながら、ぴんと体を伸ばし、そして死んだ。

カットした部分は全部、私がこしらえた内面のモノローグだ。ご覧のとおり、私とちがって、トルス

＊〔訳注〕トルストイ『文読む月日　中』北御門二郎訳、ちくま文庫、二〇〇四年、三八頁。

トイはアリョーシャの頭のなかに入っていかない。あるいは実際のところ、トルストイはアリョーシャの頭のなかから出ていってしまう（その前の文章ではそこにいたのに――「アリョーシャの心にあったのは、人の言うことを聞き、怒らせなければ、ここでうまくいったように、あちらでもうまくいくだろうということだった」）。ほかの小説（「主人と下男」ふくめて）では、トルストイは登場人物が死ぬさいにその頭のなかに留まることをまったく厭わない態度でいる。しかしここではトルストイは（「アリョーシャはほとんど口をきかなかった」という文で）アリョーシャの頭から出て、以降私たちはアリョーシャが死ぬのをベッドのかたわらで見守ることになる。今際のきわに彼のなかでなにが起こったのか、読者は観察して推しはからなくてはならない。*

ただし、それはできないのだ。

仮にトルストイの意図が（最後にいたるまで）アリョーシャがにこにこと従順なのをほめたたえることにあったとして、なぜそういう風に書かないのだろう？　なぜそう言わないのだろう？

あるいはトルストイの意図がアリョーシャがにこにこと従順なのを批判することにあったとして、なぜ次のように書かないのだろう？

アリョーシャはほとんど口をきかなかった。ただ水を飲ませてくれと頼み、たえずなにかに驚いている様子だった。突然、彼は自分の生き方がまちがっていると悟った。あまりに受け身すぎた。彼は自分とウスチーニャのために声をあげるべきだった。だがもう遅すぎた。そしてなにかに驚いてぴんと体を伸ばし、そして死んだ。

こちらでもよかったかもしれない。

アリョーシャはほとんど口をきかなかった。ただ水を飲ませてくれと頼み、たえずなにかに驚いている様子だった。突然、彼は自分の生き方がまちがっていると悟った。あまりに受け身すぎた。彼は自分とウスチーニヤのために声をあげるべきだった。もういまとなっては遅すぎた。だが大丈夫だ。しかたのないことだ――驚きながらも彼は悟ると、彼は突然神の愛が押しよせてくるのを感じた。そしてぴんと体を伸ばし、そして死んだ。

いずれにせよ、小説をこう読め、と読者にはっきり言うことができたはずなのに、なぜこの末期の思念を省いたのか？

おそらくはこういうことだ。トルストイは小説をこう読め、とこちらにはっきり言いたくなかったのだ。

あるいはある程度はそうだったのだ。

＊「主人と下男」の場合、トルストイが今際のきわにその頭に立ちいらないのは農民のほうだ。

トルストイには二面性があった。禁欲を支持しながら、晩年になってもソーニャを妊娠させつづけた（二人の最後の、十三番目の子どもであるイヴァン・リヴォヴィチは一八八八年に生まれている。トルストイが六十歳、ソーニャが四十四歳のときの子だ）。万物に注がれる神の愛を説きながら、ソーニャとはどろどろのけんかをした。農民の若者が結婚前に婚約者と「罪を犯さなかった」ことを聖人ぶってほめたたえもしたが、チェーホフに若いころ「大いに女遊びをした」か嬉々として訊ねた。あるとき、ゴーリキーとの会話で（ゴーリキーの『トルストイの追憶』で語られている）、トルストイはある家系が世代を追うごとに頽廃していくという意見を一方的に退けた。しかしゴーリキーが現実に起こったその事象の例を挙げると、トルストイはがぜん興奮しだした。「いや、それは事実だ。私は知っている。丁度そんな家族がチューラには二つある。それは書かなくちゃいけない。［…］君は、書かなくちゃいけない」*。

ゴーリキーはトルストイが酒について、次のような意見だったのを記している。

私は酔っぱらっている人は嫌いだ。けれど酔うと非常に面白くなる人を、私は知っている。この人々は、酔わない時には持たない、例えば、機知とか思想の美しさ、機敏さとか弁舌とかを持つようになる。こんな場合には、私は何時でも酒はいいものだと思う**。

あるとき、舞台監督のレオポルド・スレルジツキーと街を歩いていると、若さゆえの自信に嫌味なほど満ちあふれて、二人組の兵士が近づいてくるのをトルストイは目にとめた（ゴーリキーはこう書いている——「彼らの装具がキラキラと光った。拍車は鳴った。彼らは一人のように足を揃えていた。その顔はまた、自己の力と青春との確信に満ちて輝いた」）。トルストイは、兵士たちの傲慢を、自分の肉体の力への過信を、考えもなしに従順にしているさまをぶつぶつとこきおろしはじめた（「何という堂々たるお馬鹿だ！　動物のように、鞭で馴らされて……」）。だがすれちがうと、「愛撫するような眼」で兵士たちを追い、トルストイは態度を変える。まったく反対だ。兵士たちがいかに強く、美しいかを語るのだ。「おお神よ！　人が美しいと、何とよいものだろう。実に何と愛すべきものだろう！***」

トルストイはゴーリキーにこう語ったことがある。

> いわゆる偉人と言われる人は、何時でも恐ろしく矛盾をもっているものである。それは他の多くの馬鹿げた行為と一緒に彼らには許されている。しかし矛盾は愚かな事ではない。愚かな者は片意地ではあるが、どうして矛盾を生むかを知らない。****

トルストイは自分がいかに矛盾しているか知っていた。

彼は一八九六年の日記にこう書いている——。

---

*ゴーリキイ『トルストイの追憶』、八八–八九頁より、一部改変を施して引用。
**同書、四八頁より、一部改変を施して引用。
***同書、四八–四九頁より、一部改変を施して引用。
****同書、一一二頁より、一部改変を施して引用。

〔物語は〕人がいかにして卑しくも恋に陥るかという事を〔描く。〕〔…〕だが生活、あらゆる生活は、それ自身の食物、分配、労働に関する、信仰に関する、また人々の関係に関する問題で煮えくり返っている……それは恥ずかしい、汚い事だ。*

彼はその三十年前の一八六五年にもこう書いている――「芸術家の目的は問題を明白に解決することではなく、次から次へと種々雑多な現れ方をする人生を人々が愛するように仕向けることです」。** 矛盾は歳のせいだけではない。人生のそれぞれの段階で、芸術家と気取り屋がトルストイのなかでちらちら見え隠れしているかのようだ。

その教えが生きていると彼が主張するキリストについてすら、トルストイは矛盾していたかもしれない。ゴーリキーはこう書いている。

彼はキリストを単純に憐れみに値するものだと見ている。そして時折彼を褒めることはあるが、彼を愛するということはほとんどない。それは丁度彼が不安であるからそうするもののようである。もしキリストがロシアの村落に来られたなら、娘たちは彼のことを笑っただろう。***

(この間抜けなキリストはアリョーシャの面影がある。)ゴーリキーは神について語るときのトルストイが妙に冷めた様子なのを書きとめている。「この問題については、彼は冷ややかに物憂げに語った」。****

だから小説を二つの矛盾した、それぞれ成立する解釈で読むことが可能なのだ。

この小説は、にこにこと従順でいることのすばらしさの例である。

この小説は、にこにこと従順でいることのすばらしさを語ると暴君の餌食になるというすばらしい例である。

どっちだろうか？

この小説が不思議なのは、この問いに答えるのに失敗している点にある。あるいはむしろ、双方の意見の側から同時に問いに答えている（答えるのに成功している）点にある。

技術的に言えば、どちらの読み方か決められないのは、肝心の瞬間にアリョーシャの思念が読みとれないからだ（アリョーシャにとってあの「驚き」はなにか、唯一の意味があったはずなのだが、小説がそれを語ることはない）。私たちは解釈に優劣をつけたいのだが、小説がそうさせてくれないのだ。二つの解釈は前進していたかと思えば後退しているといった具合で、あたかもルビンの壺の視覚トリックのようなのだ（図2）。

＊〔訳注〕トルストイ『トルストイ全集　59』宇佐美文蔵訳、トルストイ全集刊行会、一九二八年、五六頁より、一部改変を施して引用。
＊＊〔訳注〕トルストイ『トルストイ全集　18』中村融訳、河出書房新社、一九六七年、三七〇頁。
＊＊＊ゴーリキイ『トルストイの追憶』、八‐九頁より、一部改変を施して引用。
＊＊＊＊同書、五四頁より、一部改変を施して引用。

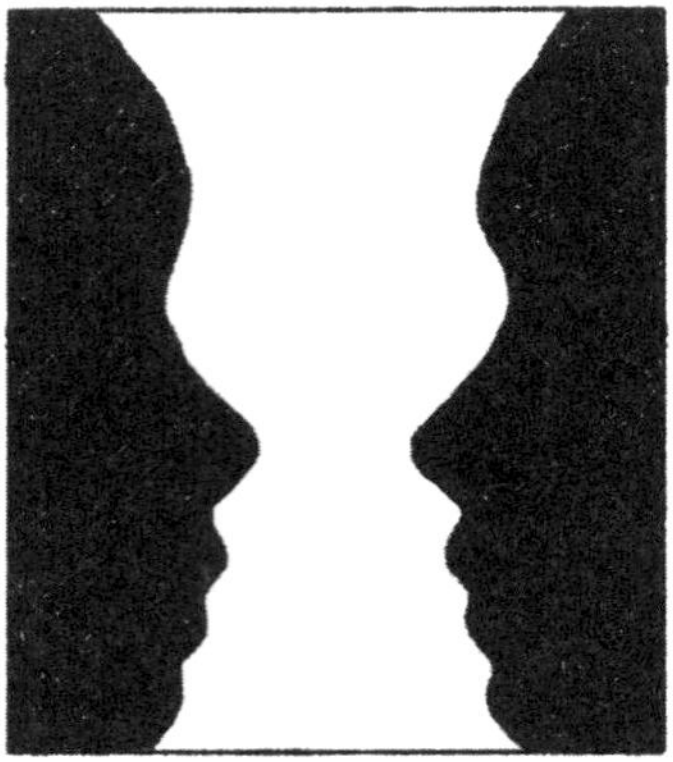

図2｜ルビンの壺

「小説」ではこの二つの解釈が現に共存しており、優劣をめぐって永遠に相争いつづけている。小説はにこにこと従順な姿勢を支持しているとこちらが決めれば、そうなる。小説はにこにこと従順な姿勢を批判しているとこちらが決めれば、そうなる。どちらの読み方も過激なものに感じられる。だが、どちらにしてもいかに抑圧に対して身を処すべきかという問題を提起する。これぞ当時もいまも、もつ者ともたざる者に分けられた世界で、もっとも差しせまった問題のひとつだ。

しかし小説は、答えは出さないことで（答えを出すところはぼやかして）、問題を避けるのではなく、問題にくっきりと光をあてているように感じられる。

トルストイはこんな芸当をどうやったのだろう？

ありうる答えのひとつは、たまたまというものだ。ピーヴァーによれば、トルストイはこの小説を一日で書いたという。書きあげてみたものの、気に入らなかった。日記にはこう書いている。「アリョーシャを書いた。ひどいものだ。匙を投げた」。

なにが気にいらなかったのか？　どうしてやめたのか？

推測してみよう。

死の場面で、アリョーシャの頭のなかに入るチャンスがありつつも、トルストイは……そうしなかった。その決断はどんなものだったのか？　私たちがトルストイの七十七歳の頭のなかに入れるのならどうだろう？　最終段落にさしかかり、頁の上に低く身を乗りだしたトルストイの頭のなかでは一体なにが起きていたのだろう？　私の推測はこうだ。接近してみたが、とっさに回避行動をとった。「超個人的な叡智」（つまり、生涯にわたる文筆活動）に導かれたこの（単なる）書きなぐり屋は、アリョーシャの頭のなかに入らないと決めたわけではなかった。ただ単に気がのらなかっただけなのだ。この瞬間、彼は、にこにこと従順であることを擁護したいという自身の欲望に――言ってしまえば――居心地の悪さ（あからさまな、知的な居心地の悪さではなく、うっすらとした、潜在的な居心地の悪さ）を覚えた。この回避行動には、自身の教訓主義にあらがうトルストイの姿を感じる。芸術的留保とでも呼ぶべきなにかが作用したのだ。バートルビーのように、トルストイは「そうしたくな」かったのだ。それでしなかった。

トルストイは書いていて件《くだん》の瞬間に、アリョーシャが感じていたこと（正確には彼が驚いたもの）を特定してもよかったが、そうしなかった。なぜなら――そう、なぜなら知らなかったから。あるいはまだ知らなかったから。あるいは自分がひねりだそうとした答えが気にいらなかったから。この回避行動は、その瞬間に決めないこと――決定を先延ばしにすること――をある意味暫定的に決定したのだ。

できるかぎり芸術的で、誠実であろうとすれば、ときにただ嘘を避けるぐらいしか手がないことがある。つまり回避行動をとること、削除すること、決定しないこと、沈黙すること、固唾をのんで見守ること、やめどきを知ること。

省略はときに欠陥であり、明晰さを損なう。だがときに美点であり、語りの緊張感を高める。チェーホフは言った――「人を退屈にさせる秘訣は、全部話してしまうことにある」。

あるときゴーリキーはトルストイに、むかし自作の登場人物のひとりに唱えさせた意見に同意しているのかと訊ねた。

「君はぜひ聞きたいんですか？」トルストイは訊ねた。

「ええ、ぜひ」ゴーリキーは言った。

「じゃ、私は言うまい」トルストイは言った。*

一日で書きあげると、トルストイは「壺のアリョーシャ」にもう戻らなかったようだ。なぜかはわからない。この時期、トルストイは病気で、世界中の宗教や哲学からアフォリズムを集めて、『文読む月日』と『人生の道』（どちらもなかなかすばらしい）のような本を編むことにかなりの時間とエネルギーを費やしていた。おそらく、折にふれてトルストイの心はアリョーシャに向かったが、満足のいく決着がまだ浮かばないように感じていたのだろう。

いずれにしてもトルストイはこの作品に戻ることはなく、「壺のアリョーシャ」はトルストイが残していったままのかたちで目の前にある。

そして、私の意見ではそれで完璧なのだ。

仮に作品に戻っていたとしたら、アリョーシャの最後の瞬間の意味をはっきりさせるか、あるいはほかの手段で、作品をアリョーシャの生き方についての自分の、トルストイの意見にもっと合うようにして「改善」したかもしれない。

だがそれは改善だろうか?

訳者のクラレンス・ブラウンはこう言っている――「アリョーシャの哀しい運命は同情をさそう。だがほとんどの読者は、読書の結果、自分が具体的にいったいなにをすべきか、なにをするのをやめるべきかと思いをめぐらせるだろう」。

そのとおりだ。私たちは思いをめぐらせる。なにせ、こんなにも酷いことが起きるのを目の当たりにしたのだ。なんのよろこびもないちっぽけな人生が一瞬だけ華やぎ(赤い上着、恋人!)、アリョーシャにも愛される芽が――どんな慎ましい生活を送る人間でもその機会にあずかっていいものだ――出てきそうだったのに、その芽はたいした理由もなく摘みとられてしまう。そして不当だとはだれも思わないせいで、だれも謝ってはくれない。

規模からすれば小さな不正義だが、古来よりずっとこんな不正義が無数に起こってきたと想像してみ

――――

＊ゴーリキイ『トルストイの追憶』、三一―三二頁より、一部改変を施して引用。

てほしい。そんな人々——人生において不当なあつかいを受け、死の床につきながら恨みも晴らせないままだったり、満たされなかったり、つらい思いをしたり、愛されたいと切望する人々（彼らにとって人生は不満と落胆と苦痛でしかない）——にとって、人生という小説の本当の結末とはなんだろうか？

さて、私たちはある程度まではそんな人々の一員ではないだろうか？　私たちにとって、人生は全部完璧に腑に落ちただろうか？　まさにこの瞬間に、あなたは（私は）完全に満足して、平穏な気もちでいるだろうか？　結末をむかえたとき、「戻ってやりなおせるなら、もっとうまくやるし、ゆく手を阻むものはなんでも恐れず、大胆に戦ってやるぞ」と思うか、「どうにもしかたがない。よくも悪くも私はこんな風にしか生きられなかったんだ。さあ幸福に逝って、なにか大きなものとひとつになるぞ」と思うか、どちらだろうか？

「壺のアリョーシャ」を読むたびごとに、思いをめぐらせずにはいられない。

小説は答えをくれない。それはただ「思いをめぐらせつづけろ」と言うだけだ。

そしてそれこそが、真の達成ではないだろうか。

授業のあとに　その七

作者と読者が池の両端に立っている。作者が小石を投げ入れると、さざ波が読者に届く。作者はそこに立って、読者がそのさざ波をどう受けとめたのかを想像しながら、次はどの小石を投げようかを決める。

そのあいだ読者はさざ波を受けとめて、どうにかしてそれに語りかけてみる。言いかえれば、両者のあいだにはつながりが生まれているのだ。

このごろは、つながりが失くなってしまったと感じることが増えた。人間にも、地球にも、理性にも、愛にも。私たちにはあるのだ、と言いたい。それでも読んだり、書いたりすれば、少なくともつながりの可能性をまだ信じていると言えるのだ。読んだり書いたりしていれば、つながりが生まれる（あるいは生まれない）のを感じる。これが読んだり書いたりという活動の本質だ。つながりが生まれるのか――どこで生まれるのか――どうして生まれるのかを確かめているのだ。

池の向こうのあの二人は、そんな姿勢で、大事な仕事をしているのだ。趣味や娯楽、気晴らしなんかではない。つながりをたがいに信じることで、世界をよくし（少なくとも二人のあいだ、束の間のあいだは）、より友好的なものにしているのだ。二人は未来の災害にも備えているのだろう。災害が起こったとき、あまりパニックにならずに、反射的な他者像を描かずに済む。なぜなら読んだり書いたりを通じて想像上の他者とのつながりに多くの時間を割いているからだ。

とにかくそういうわけなんだ。それに創作をめぐるトークと言えば、文学のイベントにいったり、作家へのインタビューを読んだりしたとき、この「小説は大事」だという主張をなんらかの形で聞いたことがあるだろう。

でも、それはおもしろいんだ。

私たちが読んできた短編が書かれたのは、ロシアで芸術ルネサンスが起こった信じがたい七十年のあいだだった（そう、ゴーゴリ、ツルゲーネフ、チェーホフ、トルストイの時代――それ以外にもプーシキン、ドストエフスキー、オストロフスキー、チュッチェフ、チャイコフスキー、ムソルグスキー、リムスキー＝コルサコフなどたくさん）。その後に訪れたのは人類史上、もっとも血なまぐさく、不合理な時代だった。二千万人以上の人間がスターリンに殺され、ほかにも数えきれない人々が拷問にかけられ、投獄された。飢餓が広がり、人食いが起こった場所すらあった。子どもが親を密告し、夫が妻を見捨てる。とりあげた四人の作家たちが生きたヒューマニストの価値観を、意図的かつシステマティックに転覆したのだ。

ソルジェニーツィンは『収容所群島』でこう書いている。

今後、二十年、三十年、四十年後にはどうなっているだろうかとしょっちゅう占いばかりしていたチェーホフ劇の知識人たちに、もし四十年後のロシアでは拷問をともなった取調べが行われるようになり、頭蓋《ずがい》を鉄の輪で絞めつけたり、酸の入った浴槽《よくそう》にひたしたり［ここでソルジェニーツィンはほかにもスターリニストによるとんでもない拷問を長々と列挙していくのだが、私は省いてしまおう］するようになるだろうと答えたなら、チェーホフの戯曲はただの一編も完結することはなかったろうし、その主人公たちも一人残らず気違い病院入りしたにちがいない。*

この時期の芸術の恵みは惨事を未然に防ぐには十分ではなかったし、思うに、ある意味では惨事を助長すらしたのかもしれない（実際、そうにちがいない）。ボリシェヴィキたちが受ける講読の授業をやわらげる役に立たなかったのか？　変化への焦りが、あまりに強引な革命につながったのか？　ブルジョワジーによって、ブルジョワジーのためにつくられたこのすばらしい芸術のすべては、長年にわたり皇帝専制主義者《ツァーリスト》の非道を許し、覆いかくしてきたのだろうか？　そしてスターリニストがヒューマニストの美徳にかくも激しく牙を剝いたことの理由のひとつになったのではないだろうか？

これらの疑問は私の手にある（こんな問いを立てるだけで若干どぎまぎしてきたほどだ）。こんな疑問を提起したのは、小説の働きかけや、私たちへの影響というものはなんであれ簡単ではな

---

*私がこの引用をはじめて知ったのは、スラヴ学者ゲイリー・ソール・モーソンによるソ連の残虐性についての目を見張るようなエッセイからだった。Gary Saul Morson, "How the Great Truth Dawned," *New Criterion*, September 2019.〔訳注〕アレクサンドル・ソルジェニーツィン『収容所群島　1』木村浩訳、ブッキング、二〇〇六年、一三八頁。

いということについてふれておきたかったからだ。

小説について語るとき、あらゆる問題を解決する救世主のように、万能薬のように語るようなやり方がある。小説を「生きる糧」だとか考えるやり方だ。そしてある程度までは――本書を見ればわかるように――私も同意する。だが、（特に年を重ねるにつれて）私はこうも思うのだ――過度な期待をしないでおくべきだ、と。小説の力を過大評価したり、不当に美化したりは禁物だ。そして実際、小説になにか特定の役割を求めることに対して用心しなくてはならない。美術評論家のデイヴ・ヒッキーはこのことを書いている――芸術がなにをすべきかということを言うと、反動的な体制側が芸術はそうしなくてはならないと言いだすようになり、やがて作品がそうではない芸術家を黙らせることになる、と。*言いかえれば、私たちがミカン箱の上に立って、万人にとっての効力を説いて小説賛歌を歌いあげれば、現実にはその自由を狭めていることになる……。小説はどんなものになろうとしてもいいのだから（ひねくれ、逆説的で、軽薄で、不快で、無益で、などなど）。

そしてもっとぶっちゃければ、読んだり書いたりする人はそうしたいから、それが生きがいだからするのであって、正味の効果がゼロだと証明されたとしても、私たちはまずやりつづけるだろうし、仮に正味の効果がマイナスだと証明されたとしても、私個人は自分がやりつづけるだろうなと思う（昔、私の小説を［誤って］読んで、それを根拠に年老いた母親を早々と養護施設に入れた男からメールをもらったことがある。文学よ、ありがとう！　とにもかくにも、翌日私は起きて小説を書いていた）。

それでも、気づけば自分が小説の有益な面について理屈をこねまわしていることがしばしばある。心の底では、長年自分が携わってきた仕事を正当化しようとしているのだ。

じゃあ完全に腹を割って、分析的に問うてみよう。

実のところ、小説のすることとはなんなのだ？

この疑問こそ、ロシアの短編を読む自分の頭の働きを観察しているあいだ、ずっと問うてきたものだ。ずっと、小説を読む前の頭の状態と読んだあとの頭の状態を比べてきた。そしてそれこそが小説がすることなのだ。小説は読者の頭の状態を斬進的に変えていく。そうなのだ。でも——そう、小説は実際にそうするのだ。この変化には限りがあるが、それでもリアルなのだ。

そしてこれは無ではない。

すべてではないが、無ではないのだ。

＊Dave Hickey, *Air Guitar: Essays on Art and Democracy*. Los Angeles: Art Issues Press, 1997.

おわりに

このロシア短編小説の小径のそぞろ歩きを、私と同じくらい――いや、半分でもかまわない――楽しんでもらえたらうれしい。なにしろ私は大いに楽しんだし、ロシア短編小説はまだまだたくさんあるのだから。

最後に少しだけ。

経験上、創作の教授は次のような形をとる。教師は、自分の意見を、唯一かつ全面的に正しいものとして強く打ちだす。生徒はその立場を受けいれるふりをする。教師を信頼し（その創作の原則を額面どおり受けとめようとし、その手法に身をゆだねる）、教えのなかになにかあるのではないかと目を凝らす。教授の期間も終わりになると（つまりいま）、生徒はそこから抜けだし、教師の意見を否認する。それが体に合わない服のように感じるようになるのだ。そして自分自身の考え方に戻っていく。しかしその過程で、生徒はなにかを拾いあつめたかもしれない。それは生徒がずっと前から知っていたようなことで、教師はただ思いださせただけなのだ。

この本のなかのなにかがあなたの目を啓《ひら》いたのなら、「あなたになにかを教えた」のは私ではなく、あなたがなにかを思いだしたか再確認しただけで、私はいわば、「肯定」したのだろう。では本のなかのなにかが、むしろ、不快に聞こえたら？　私に同意したくないという気もちが起こるのは、あなたの創作への意思が自己主張しているからだ（あなたはそれを紐につないで、私といっしょに散歩させてみたが、もともとの気質とは合わずに引っぱりまわされたような気が募っただけだった）。その抵抗感はある意味で銘記すべきものであり、よろこばしいものであり、誇るべきものなのだ。「はじめに」で述べた「イコンの場所」（自分にしかできない仕事をするための場所）に辿りつくための道筋は、強烈な、偏執狂的ですらある偏好（そして反骨心、こだわり、陶酔、弁解の余地なき執着）の瞬間の積みかさねからなっている。作家のランダル・ジャレルが短編小説について言っていることは、短編小説作家にもあてはまる——彼らは「知りたくはないし、気にしようともしない。ただ好きなようにしたいだけなのだ」＊。

これは短編小説の読者にもあてはまる。小説の頁以外の、どこにいけば好き嫌いをはっきり表に出し、分別をわきまえず反応し、自由に愛したり憎んだりし、本当の自分自身でいられるのだろう？　この小説について自分がどう思うかなんて、私がここにいなくてもわかったんだ（でも、女優のキャロル・バーネットが言って「歌って」いたように——「いっしょの時間をすごせてよかった」）。

＊〔訳注〕Randall, Jarrell. *Randall Jarrell's Book of Stories: An Anthology*. New York: New York Review Books, 1958.

あなたには感謝の言葉を伝えたい。私が先輩風を吹かせて短編小説を案内するのを許してくれて、自分がそれをどう読んだのか、どうして好きなのかを開陳する機会をくれたことを。私はできるかぎり明解かつ説得力があるように、なにに注意すべきかを伝え、技術的な事項について指摘し、「私たち」がなぜここやあそこで心動かされたのか自分にできる最善の解説を加えた。

しかし、すべては私の夢、小説を読んでいるうちに私の頭が見た夢でしかなく、こちらはその夢をそちらに伝え、あなたは親切にもその夢に耳をかたむけてくれたというわけだ。

こうして終わってみると、私は自分が夢を見ながら呟いたことのうち、いくらかがあなたの心に残り（そのアイデアはもともとあなたから来たのだから）役に立つのなら、（役に立たず、あなたのものでもない）残りは剝がれおちて、それが消えてしまうのをあなたによろこんで見送ってほしいと思う。

どうか、あなたがよろこんで見送るのを、私もよろこんで見ているのを知っておいてください。まさしくそれこそが、うまくいくための秘訣なのだ。

書くことについての本を書くうえで危険なのは、ハウツーもののように受けとられてしまいかねないということだ。

この本はその種の本ではない。生涯を通じて書いてきて、わかったことがひとつある。わかるのは私がどうやっているか、ということだ。あるいは、まったく開けっぴろげに言えば、私がそれをどうやったかということだ（私がそれをこれからどうやるのかは謎のまま残らざるをえない）。

神よ、マニフェスト（それが私のものであっても）からわれらをお救いください（「説明は十分に証明はしない」とトルストイは言っている)[*]。

私が提供すべき、方法論にもっとも近いものといえばこれだ。とにかくやりたいようにやれ。まさしくそのとおりなのだ。やりたいこと(すなわち、自分を愉しませること)を精力的にやれば、あらゆること――自分だけのこだわりとそれを満たす術、自分だけの挑戦とそれを美へと変換する形式、自分だけのスランプとそれを打破する極めて個人的ななにか――が身につくだろう。書くことの問題は、自分のやり方で書いて問題に入りこまなければわからない。そして自分なりのやり方で書いて抜けでるしかない。

ある学生がこんな話をしてくれたことがある。詩人のロバート・フロストがどこかの大学に朗読にやってきた。まじめな若い詩人が立ちあがって、ソネットの形式やらなにやらについて、込みいった、技術的な質問をした。

一瞬間をあけ、フロストはこう言った――「若者よ、気をもむな。**手を動かせ!**」

私はこの助言が好きだ。私の経験に照らしてもそのとおりなのだ。私たちが決められることには限りがある。大きな問題は、机に何時間も座って答えを出さなければならない。あまりに心配しすぎれば仕事の妨げになってしまい、ただただ(やってみればできるはずの)解決が遅れるだけだ。だから気をもむのではなく、手を動かしてみればいい。そしてすべての答えはそこにあると信じる

---

* 〔訳注〕マキシム・ゴーリキイ『トルストイの追憶』神近市子訳、春秋社、一九二六年、二五頁。

こと。*

前章を締めくくるにあたって、小説にかける期待をこう限定してみることにした——小説を読むと、心のあり方がその後しばらくのあいだ変わる。

しかしそれは、どちらかといえば控えめな物言いだったかもしれない。結局のところ、（これまで見てきたとおり）小説を読むと、こちらの心は独特のかたちに変わるのだ。つまり、自分自身の（限られた）意識から歩みでて、別の意識（二つでも三つでも）に入るのだ。

では、「その後しばらくのあいだ」にどう変わってしまうのかと聞きたくなるかもしれない。

（私の答えを言う前に、私にとってそんなことを問う必要はまったくないともう一度言っておこう。自分の心がロシアの短編小説を読むうちにどう変わったのか、私たちはその場にいたのでわかっている。そしてこれまでの人生でほかにもすばらしい読書体験に恵まれたのであれば、自分がおかげでどうなったかもわかっている。）

でも、やってみよう。

自分の考えが唯一の考えじゃないんだと気がつかされる。

他人の人生を想像したり、それを認めたりする能力にだんだん自信がついてくる。

自分が他人と地続きだという感覚が芽生える——他人にあるものは自分にもあり、その逆もしかり、という。

言語のためのキャパシティが再活性化される。内なる言語（自分が思考する言語）がより豊かで、具体的で、精密なものになる。

世界がより好きになる。より愛情をもって観察するようになる（これは自分の言語が再活性化されたことと関係がある）。

ここにいるのを幸運だといままで以上に感じるようになる。いつの日かいなくなるのだということをいままで以上に意識するようになる。

世界のことをいままで以上に意識するようになる。いままで以上に関心をもつようになる。

そう、全部とてもいいことだ。

基本的に小説を読む前は、知が足りている状態、いささかの確信がある状態にいる。人生によってある地点まで導かれてきて、その場所で満足して休んでいる。そこに小説が来ると、私はいい意味でわずかに揺らぐ。もはや自分の意見に確信がもてなくなり、自分の意見製造機はいつもちょっとずれているんだと思いしらされる。ごく限定的で、あまりにたやすく満足してしまうし、データも少なすぎる。

その状態がたとえ数分間しかつづかなくても、羨むべきなのだ。

渋滞中にだれかが割りこんできたら、その人物がどの政党の支持者かわかってしまうのが人間の常ではないだろうか（つまり、自分が支持していない政党の奴だと）。しかしもちろん、本当はわからない。それはまだわからない。まだなにもわからないのだ。小説はまだなにもわからないということに気づかせてくれ

＊だが……数年後、イベントのあとでフロスト研究者がやってきて丁寧に訂正をしてくれた。フロストが実際に言ったのは、「若者よ、手を動かすな。**気をもめ！**」であると。まあ、これも実際真実だ（たぶん気をもむのも執筆の一環なんだろう）。でも（私にとっては）同じくらい真実というわけではない。でもあなたにとって真実なら、この助言も前向きに検討しよう。手を動かすな。**気をもめ！**

る一助になる。小説とは、その境地に辿りつくための秘跡なのだ。美しい小説のラストで抱くような、世界に対して開かれた感覚を常にもちつづけることはできない。だがごく束の間でもそう感じれば、そんな状態が存在するんだと気がつき、もっとその場所に辿りつきたいという切望を心に抱く。

マリヤ、ヤーシュカ、オーレニカ、ヴァシーリーといった人物が現実にいたとして、文学のなかの彼らに対していま感じているのと同じほどの好意を抱けただろうか？　見すごしてしまうか、まったく気にもとめないかもしれない。

だれかの心のなかの概念として出発した彼らは、言葉になり、私たちの心のなかの概念になった。そしてこれからはいつもいっしょの存在になり、美しくも困難で、貴重な日々を今後送るうえでの道徳的装備の一部となるのだ。

私が執筆に使っている小屋のドアの外には、なにかがある。一体、なにがあるんだい？　まさにそうなのだ。それがなにかは私の話次第なのだ。話してしまえば、私は即座にそれをつくってしまえる。私の語り口でそれがなにか決まってしまう。それは「人生なんて敗北の歴史だよと語る、ぼさぼさの悲しいセコイアの樹々」だろうか？「誇り高い、赤茶色の大人物――数えきれないほどの過去の人々と私をつないでくれる、日々の労働の友人たち」だろうか？「セコイアの木立」だろうか？「数本の木」だろうか？　日によっても変わるし、気分によっても変わる。どの記述も本当だし、どれもちがうというだけだ。

小屋の外には椅子があって、ドアを開けたままの状態に押さえている（暑いので、戸口に扇風機を置いて涼しい空気を送りこんでいるのだ)。そしてホースが一本ある——これは鉢植えに水をやるために引っぱってきたものだ。鉢植えは多肉植物の一種で、正確な名前は知らないが、先月ホーム・デポで購入したやつで、毎朝ここに来るたびになにか元気づけるような言葉をささやいてやるようにしている。ホースはずっと伸びていて、暑い陽光の下では淡い緑色に見える。

ちなみに「この暑い、晴れた日に緑がかって見えていた」ではない。「暑い陽光の下では淡い緑色に見える」のだ。なぜ？　そのほうがいいからだ。なんでいいの？　私がそっちのほうが好きだからだ。

もちろん、意見が分かれるところではある。「暑い陽光の下では淡い緑色に見える」と読んで、実際あのホースが見えただろうか？　あなたの読書エネルギーはこのフレーズでなにかをしたはずだ。あなたは外にいたのか、それとも中にいたのだろうか？　私の隣にいたのか、それとも正対していたのだろうか？　わずかに前に押される感じだったのか、それともわずかに抑えつけられる感じだったのか？

そのちょっとした悶着で、あなたは私がここにいることを知る。そして私はあなたがそこにいることを知る。このフレーズは私たちのあいだをつなぐちょっとした通路だ——このフレーズから世界の断片がもたらされ、それをめぐって悶着があり——すなわちつながるのだ。

あなたのなかには無数のバージョンちがいのあなたがいる。私が小説を書いているとき、どのあなたに私は語りかけているのだろう？　最良のあなただ。最良の私にもっとも近いあなただ。この二つの最良の私たちは、小説を読んでいる瞬間に、普段の自分から抜けだして、互いに尊重しあうことで生まれた場所でひとつになるのだ。

これは人間同士の交流のモデルとしてはきわめて夢のあるものだ。二人の人間がいて、お互い尊重しあい、前のめりになって、ひとりはほとんど無理やりのように話し、もうひとりは聴き手にまわり、すすんで話に引きこまれにいく。
そうすれば、うまくやれる。

本書の筆をとったのは――冒頭で述べたとおり――本書に収録した短編を教えるのが、ここ二十年の自分にとっていかに大切だったか、自覚してのことだった。私の狙いは、自分がこの短編小説から学びとったことのうち幾ばくかを紙の上に定着させること――言うなれば、込められた教えを保存することにあった。短編にとりくんでいるうちに、なにか別のことが起こっているのに気がついた。学期のスケジュールから解放され、論述形式による具体化を迫られてみると、短編がいままでにはない形で開かれ、私に挑んでくるのを感じた。わかったのは、短編は私が信じてきたよりもさらにすばらしいということ――より複雑で、より深みがあるということ。そして短編は、私自身の作品を浮き彫りにしてもくれた。私はロシア人たちにはできて、自分が（これまでは）できていないことがわかるようになった。
自分が選んだ短編という形式には底知れぬポテンシャルが秘められていて、全部なんてまだぜんぜん発揮できていないとわかると、気が遠くなるような、胸が熱くなるような思いがした。
そしてこうも思いもした――このロシア人たちはかくも見事にやりとげたのだから、自分が――ほかのだれかが――やりつづける必要なんてないんじゃないか。
これは言いかえれば、短編という形式が進むべき新たな道を見つけるのが私の仕事（あなたの仕事）でもあるということだ。つまりこのロシアの短編と同じくらいパワフルだが、声や形式や関心においては新しい短編を書かなくてはならない。つまるところ、短編を書いたロシア人たちが存在して以降の地球で人々に起こったことを歴史に学び、応えなくてはならないのだ。この短編小説は——これまで見てきたように——ある種特別な形で機能している。私たちの短編はまた別の形で機能しなくてはならない。古い作品と区別がつくだけでなく、このロシアの短編がかつてそうしていたくらい活き活きと、自分の時代に語りかけるような短編でなくてはならない。

この本を書いているうちに私は六十一歳になった。執筆中幾度となく、なぜ小説を書くのは大事なのかと自問した——小説を書くのが、かかる時間に見合うほど大事だという話ならだ。というのも、時間は貴重で人生はすぎさっていくと、まざまざと感じるようになったから。この人生でやりたいこと全部は——まったく、絶対——できずに終わるし、終わりは思っているよりもずっと早く押しよせてくる（私の計画によれば、終わりが押しよせてくるのは二百年後の二百六十一歳のときなのだけど、それでもそうなのだ）。

本書を書くことは、もう一度、じっくりこう自問する機会になってくれた——「まだ小説を書くことに人生を費やしたいのかい？」

そしてその答えは——自分はそうする。

心からそうしたいのだ。

学期の最初の授業で決まって学生にお願いすることがある。想像のなかで、私の話には全部（つまり、学期のあいだずっと）前に括弧をつけて、その括弧の前に「ジョージによれば」という文句を入れるようにと。そして最後の授業のおしまいにはこうお願いする。括弧を閉じて、「まあ、とにかく、これはみんなジョージの言うことだ」とつけてくれと。

いまが括弧を閉じるときだ。

あなたがここまで時間とエネルギーを費やしてくれたことに、本当に感謝する。そしてここにあるなにかがあなたの役にたつよう、心より願っている。

カリフォルニア州コラリトスにて
二〇二〇年四月

訳者解説

一

本書はGeorge Saunders, *A Swim in a Pond in the Rain: In Which Four Russians Give a Master Class on Writing, Reading, and Life* (Random House, 2021) の邦訳である。

著者のジョージ・ソーンダーズは、一九五八年、アメリカのテキサス州生まれ。シカゴ近郊の街オーク・フォレストで育ち、コロラド鉱山大学で学んだ。一九八一年に卒業後、スマトラ島での石油採掘の仕事（このときの体験については「はじめに」でも触れられている）をはじめ、さまざまな職業を経験する。その後、シラキュース大学大学院創作科を一九八八年に修了。創作科では短編小説の名手トバイアス・ウルフに師事した。なお、このときやはり創作科で学んでいたポーラ・レディックと出会い、結婚している。その後、テクニカルライターや地球物理学エンジニアとして働きながら作品を発表。一九九七年から母校シラキュース大学で教鞭をとる。短編小説を中心に、中編、長編、童話など精力的に作品を発表し、数々の賞や助成金をえる。なかでも特筆されるのは、長編『リンカーンとさまよえる霊魂たち』でブッカー賞を受賞したことだろう。二〇二四年七月現在、ソーンダーズの主な作品と邦訳は以下の通り。

フィクション

CivilWarLand in Bad Decline（一九九六年）

Pastoralia（二〇〇〇年）：『パストラリア』法村里絵訳、角川書店、二〇〇二年

The Very Persistent Gappers of Frip（二〇〇〇年）：『フリップ村のとてもしつこいガッパーども』レイン・スミス絵、青山南訳、いそっぷ社、二〇〇三年

The Brief and Frightening Reign of Phil（二〇〇五年）：『短くて恐ろしいフィルの時代』岸本佐知子訳、角川書店、二〇一一年（のちに河出文庫、二〇二一年）

In Persuasion Nation（二〇〇六年）

Tenth of December（二〇一三年）：『十二月の十日』岸本佐知子訳、河出書房新社、二〇一九年（のちに河出文庫、二〇二三年）

Lincoln in the Bardo（二〇一七年）：『リンカーンとさまよえる霊魂たち』上岡伸雄訳、河出書房新社、二〇一八年

Liberation Day（二〇二二年）

ノンフィクション

The Braindead Megaphone（二〇〇七年）

Congratulations, by the Way：『人生で大切なたったひとつのこと』外山滋比古・佐藤由紀訳、海竜社、二〇一六年（のちにKADOKAWA、二〇二四年）

A Swim in a Pond in the Rain（二〇二一年）：本書

右記の邦訳書に未収録の邦訳短編・インタビュー

「ジョン」浅倉久志訳『S－Fマガジン』二〇〇四年六月号

「シュワルツさんのために」『変愛小説集2』岸本佐知子編訳、講談社、二〇一〇年

「赤いリボン」『楽しい夜』岸本佐知子編訳、講談社、二〇一六年

「ブッシュ・バッシングは不毛であり、選挙に敗れた者の怠慢だ」新元良一『アメリカン・チョイス』文藝春秋、二〇〇五年

なお最近『ニューヨーク・タイムズ』が発表した「二十一世紀のベスト本百冊」に、ソーンダーズの本は三冊も選ばれている（『パストラリア』『十二月の十日』『リンカーンとさまよえる霊魂たち』）。二十一世紀のアメリカ文学を代表する作家と目されている証だろう。

二

本書の原題はあえて訳すなら「雨のなか池で泳げば――ロシアの文豪四人が授ける書くこと、読むこと、生きることについての特別授業」ぐらいだろうか。

メインタイトルのほうは後回しにして、サブタイトル終わりの「特別授業」とはどういうことだろうか。アメリカの大学では戦後、文芸創作（クリエイティブ・ライティング）を教える創作科が発達し、作家志望の人間が創作科で学ぶのは一般的なことになっている。在学中はワークショップなどで創作や講評の修練を積み、卒業制作や修了制作をへて、学士や修士、特にＭＦＡ（Master of Fine Arts、芸術学修士）の学位をえたのちに商業誌での作家デビューを目指すのが王道ともいえるルートだ（なお、創作科のコースにもさまざまあるが、小説家志望の場合、短編小説の創作や講評をつうじて訓練をおこなうのが普通である）。

また、創作科を卒業ないし修了して作家としてデビューした人間が、今度は教員としてどこかの大学の創作科で教えるという循環もおこっている（もちろん本書の著者ソーンダーズもそういった作家のひとりであり、ソーンダーズが教えるシラキュース大学は、レイモンド・カーヴァーやその妻テス・ギャラガーがかつて教鞭をとっていたことでも知られる）。むしろ純文学の世界では、創作科出身でない作家、創作科で教えていない職業作家の方が少数派というのがアメリカの現状である。当然ながら、そもそも創作は（大学で）教えることができるようなものなのかという批判も長年浴びつづけてはいるが、創作科が教育プログラムとして一定程度機能し、無数の作家を輩出してきたという事実は否定できないだろう。

本書の「はじめに」でも書かれているように、ソーンダーズがシラキュース大学大学院で開講しているワークショップは「六、七百人の希望者の中から毎年六人」しか参加をゆるされないという。「小説家志望者の若者にもっとも文体を真似される小説家」とも呼ばれることがあるソーンダーズはある種の「作家好みの作家《ライターズ・ライター》」でもある。その人物が創作の秘密の一端を披露したものとなれば、人気を集めるのも当然だろう。なお、本書は直接にはとりあげられるロシアの短編小説の解説というかたちをとるが、自作の短編「ジョン」や「ビクトリー・ラン」のつくりについて触れた箇所もあり、ソーンダーズ自身の創作技法を知るうえでも貴重な資料になっている。本書を読めば、ソーンダーズの人気授業に合法的にもぐることができる。作家志望者にもそうでない読者にも、きっと興味深いことだろう。

三

本書の原題のメインタイトルである「雨のなか池で泳げば」というのは、本書に収められたチェーホフの短編小説「すぐり」の中の印象的な場面から来ている。そしてサブタイトル前半にある「ロシアの文豪四人」とは、アントン・チェーホフ（一八六〇－一九〇四）、イヴァン・ツルゲーネフ（一八一八－一八八三）、ニコライ・ゴーゴリ（一八〇九－一八五二）、レフ・トルストイ（一八二八－一九一〇）だ。まさにロシア文学を代表する――あえて言うなら世界文学を代表する――作家たちである。本書ではこの四人のロシア作家による、七本の短編小説をあつかう（なおゴーゴリは、現ウクライナの帝政ロシアのポルタヴァ県で生まれたが基本的にロシア語で執筆した）。各作品の発表された（書かれた）年は以下の通り。

「荷馬車で」（一八九七年）
「のど自慢」（一八五二年）
「かわいいひと」（一八九九年）
「主人と下男」（一八九五年）
「鼻」（一八三六年）

「すぐり」(一八九八年)
「壺のアリョーシャ」(執筆一九〇五年、発表一九一一年)

ほとんどが十九世紀の作品だ。二十一世紀のいま小説を書くために、これほどまでに古い作品を読んで、いったいなんの意味があるのだろうか? もっと新しい作品を読んだほうがいいのではないか?

しかしソーンダーズによればこれらの作品こそが「短編小説という形式の絶頂期に書かれた傑作」であり、「若手作家がこの時期のロシアの短編小説を読むのは、若手作曲家がバッハを学ぶようなもの」だという。ソーンダーズといえば、ぶっとんだ設定や突飛なガジェットのほうに注意がいきがちだが、そのような非現実的、SF的な形式を通じて常に現実世界や政治状況に対する風刺をこめる作家でもある。そのソーンダーズが百年以上前のロシア小説に強い影響を受けてきたというのは、意外なようでいて、実は納得できる面もある。

本書の「はじめに」でソーンダーズ自身が述べているように、この時期のロシア文学は現在から想像もつかないほど厳しい社会状況の下で書かれた「抵抗の文学」だった。ロシアでは伝統的に作家にもとめられる役割が重く、たんなる文筆家、売文業者である以上に、思想家や宗教家としての役目や、社会を改良し、民衆を教え導く役割が期待されてきた。他方で皇帝が君臨し、一八六一年までは農奴制がしかれていた封建的なロシアでは言論の自由はなく、作品は検閲の目にさらされていた。そのような状況で作家たちは虐げられる「小さき人々」(こう、ロシア文学史では呼ばれる)を見つめ、文学を通じて自分に課された責務をまっとうしようとした。

現在を情報の洪水にさらされる「劣化した時代」と呼ぶソーンダーズは、軽薄なトレンドに流されることなく、かつて作家たちが苦闘していた時代の古典に学ぶことを提唱する。小説を通じて社会や政治のような大きな問題にアクセスしようとするのは、ソーンダーズの問題意識とも重なるものだ（というよりも、ロシアの作家たちからソーンダーズが学んだと言えるのかもしれない）。

そのような意味では「反時代的」とも言える本書だが、その反時代性は、二〇二二年のロシアのウクライナへの本格侵攻の開始により、原書の刊行時よりもますます強まったとも言えるかもしれない。しかしもちろん現在も、迎合の文学を書いている作家がいる一方で、伝統芸である「抵抗の文学」を書きつづけているロシア作家たちもたしかに存在しているのである。

四

本書でソーンダーズがロシア文学の黄金期の作品群から、教室で読むために選ぶのは、「荷馬車で」「のど自慢」「かわいいひと」「主人と下男」「鼻」「すぐり」「壺のアリョーシャ」の七編だ。これらの作品のチョイスは、ロシア文学の名作中の名作として知られてきたものもあれば（たとえばゴーゴリ「鼻」やチェーホフ「かわいいひと」、ツルゲーネフ「のど自慢」を収める『猟人日記』）、それほど有名でないものもあって、それ自体なかなか興味深いものだ。

たとえば最初にあつかわれる作品である「荷馬車で」は、チェーホフの作品としてはもっとも有名な作品の部類にはいるとは言い難いものだろう。しかし、ソーンダーズの手にかかると、一見何気なく放り出されたかのように見える作品の細部が、物語をすすめるうえでそうするしかないという必然の配置によるものだということが明らかになっていく。

これはやはり、自身もすぐれた実作者ならではのものであると言える。作家によるロシア文学の入門講義といえば、本書でも何度も言及されるウラジーミル・ナボコフの『ナボコフのロシア文学講義』（河出文庫）が有名だ。これは作家ナボコフの（主に）アメリカのコーネル大学での学部生向けの授業をまとめたものだ。ただしロシア出身で、ロシア文学について専門的な知識をもっていたナボコフによる講義は、やはり作家としての趣味や好みが前面にでたものとはいえ（たとえば、そのドストエフスキー嫌いは有名だ）、かなりの程度体系的で、文学史や歴史・社会背景を踏まえたものになっている。その点、ソーンダーズによる本書は、「いい小説とはなにか」、「それを書くにはどうしたらいいか」に徹底的にフォーカスしたものと言えるだろう。実際、私は、ソーンダーズの授業を読んだあとでは、それまであまり印象に残っていなかった作品への見方ががらっと変わってしまい、「荷馬車で」はチェーホフの中でも大好きな短編になってしまったほどだ。

私は文学研究者の端くれとして、文学作品について考えたり、それについて論文を書いたり、大学で教えたりする仕事を生業にしているが、こういった作品にたいして書く側からアプローチする教授法というのは研究者にはなかなか思いつけない。

またソーンダーズは、分析や教授において、もともとの言語であるロシア語には直接アクセスしない（できない）。これは一見するとマイナス要素だが、現実の文学や国語の授業では授業をする側と受ける側の能力の問題から、かならずしも原文に触れることができない外国文学を教室で教えるうえで実は参考になる。そういった意味で、本書を私は小説を読んだり書いたりするのが好きなひと、あるいはそうしたいひとだけでなく、小説を教えるひとやそうしたいひと、小説について語ってみたいひとにも強く推薦したい次第である。本書の副題は「ロシア文学に学ぶ書くこと、読むこと、生きること」だが、私としてはここに「教えること」「語ること」も付け加えたい。

五

本書の翻訳は訳者二名による共訳である。それぞれの分担は以下の通り。

秋草＝「はじめに」「荷馬車で」「一度に一頁ずつ――「荷馬車で」について」「授業のあとに　その一」「のど自慢」「かわいいひと」「主人と下男」「鼻」「すぐり」「壺のアリョーシャ」「省略の叡智――「壺のアリョーシャ」について」「授業のあとに　その七」「おわりに」

柳田＝「小説の中心――「のど自慢」について」「授業のあとに　その二」「パターン小説――「かわいいひと」について」「授業のあとに　その三」「それでもつづく――「主人と下男」について」「授業のあとに　その四」「真実への扉は違和感かもしれない――「鼻」について」「授業のあとに　その五」「雨のなか池で泳げば――「すぐり」について」「授業のあとに　その六」

共訳に関しては、それぞれの訳文を持ちよって一章ごとにたたきあう読書会形式を今回も採用した。原書ではすでにある英訳――ときとしてかなり古い訳――が「教材」として用いられ、分析の対象になるが、本書では七編の短編はすべて原典であるロシア語から直接翻訳した（そのため本書の短編部分だけを取り出せば、ジョージ・ソーンダーズ編のロシア短編小説新訳アンソロジーとしても楽しめるという趣向でもある）。

原書ではソーンダーズは作品の分析において、ときに複数の英訳を参照するが、これは一部割愛した。ロシア語原文に照らしたさいに、挙げられた英訳が純粋に誤訳であるケースもあり、読者の混乱を招くと思われるためである。誤訳にもとづく議論まで逐一訳すほど原典至上主義でなくてもいいだろう。

なお原書には「付録」として、いくつかのドリルがついている。これはたとえば二百語の短編を五十種類の語彙だけで書く、といったもので、シンプルで無駄のない小説を書くためのトレーニングだが、英語読者を念頭に作成され、日本語では再現が難しい。また「付録」には一部、ユダヤ系ロシア語作家イサーク・バーベリの五種類の英訳を比較するというものもあり、これはこれで興味深いものだが、やはり多くの日本語読者にとってはあまり意味がないと思われるため割愛した。代わりにというわけではないが、日本語版にはロシア人の名前について、ロシアの単位についてのノートと、それぞれのロシア語作品の比較的入手しやすい既訳をまとめた読書案内を付した。

最後になったが、本書の翻訳をお声がけくださったフィルムアート社の薮崎今日子さん、途中から薮崎さんとともに編集を担当くださった今野綾花さんにお礼を申し上げる。フィルムアート社からでる訳書ももはや三冊目になったが、いつも変わらぬ丁寧なサポートをしてくださり、訳者として幸せなことだった。

二〇二四年八月　訳者を代表して

秋草俊一郎

読書案内

本書でソーンダーズが教材として選んだ作品は、日本でも長年親しまれてきたもので、どれも既訳が複数存在している。ここではその中でも比較的手に入りやすいものをあげておくので、本書をきっかけにして読書をひろげるための参考にしてほしい。

※印は版元品切れあるいは入手困難（二〇二四年七月現在）

アントン・チェーホフ「荷馬車で」
「荷馬車で」池田健太郎訳『チェーホフ全集　11』神西清・池田健太郎・原卓也訳、中央公論社※
「荷馬車で」『チェーホフ全集　8』松下裕訳、ちくま文庫※

イヴァン・ツルゲーネフ「のど自慢」
「歌うたい」『猟人日記』工藤精一郎訳、新潮文庫※
「歌うたい」『猟人日記　下』佐々木彰訳、岩波文庫※

アントン・チェーホフ「かわいいひと」
「かわいい」『新訳　チェーホフ短篇集』沼野充義訳、集英社
「かわいい女」『かわいい女・犬を連れた奥さん』小笠原豊樹訳、新潮文庫
『可愛い女』児島宏子訳、未知谷
「かわいい女」『チェーホフ小説選』松下裕訳、水声社

レフ・トルストイ「主人と下男」
「主人と下男」『トルストイ後期短篇集』中村白葉訳、福武文庫※
「主人と下男」『続・トルストイ短編集』北御門二郎訳、人吉中央出版社※

ニコライ・ゴーゴリ「鼻」
「鼻」『外套・鼻』平井肇訳、岩波文庫（なお、この訳は青空文庫でも読むことができる）
「鼻」『鼻／外套／査察官』浦雅春訳、光文社古典新訳文庫
『鼻』工藤正廣訳、未知谷

アントン・チェーホフ「すぐり」
『すぐり』児島宏子訳、未知谷
「すぐり」『チェーホフ小説選』松下裕訳、水声社

レフ・トルストイ「壺のアリョーシャ」
「壺のアリョーシャ」覚張シルビア訳『トルストイ　ポケットマスターピース04』加賀乙彦編、集英社文庫
「壺のアリョーシャ」『トルストイ短編集』北御門二郎訳、人吉中央出版社

著者

ジョージ・ソーンダーズ（George Saunders）

1958年生まれ。卓越した想像力とその寓意性で現代アメリカ文学を代表する作家。『リンカーンとさまよえる霊魂たち』（上岡伸雄訳、河出書房新社）でブッカー賞を受賞。そのほかの代表作に『短くて恐ろしいフィルの時代』、『十二月の十日』（どちらも岸本佐知子訳、河出文庫）などがある。シラキュース大学教授として文芸創作を教えている。

訳者

秋草俊一郎（あきくさ・しゅんいちろう）

1979年生まれ。東京大学大学院人文社会系研究科修了。博士（文学）。現在、日本大学大学院総合社会情報研究科准教授。専門は比較文学、翻訳研究など。著書に『「世界文学」はつくられる　1827–2020』、『アメリカのナボコフ——塗りかえられた自画像』など。訳書にクルジジャノフスキイ『未来の回想』、バーキン『出身国』、アプター『翻訳地帯——新しい人文学の批評パラダイムにむけて』（共訳）、レイノルズ『翻訳——訳すことのストラテジー』、ヴェヌティ『翻訳のスキャンダル——差異の倫理にむけて』（共訳）、ホイト・ロング『数の値打ち——グローバル情報化時代に日本文学を読む』（共訳）などがある。

柳田麻里（やなぎた・まり）

1988年生まれ。上智大学国際教養学部卒業、日本大学大学院総合社会情報研究科博士前期課程修了。現在、出版物やメディカル文書の翻訳者として活動中。訳書にローレンス・ヴェヌティ『翻訳のスキャンダル——差異の倫理にむけて』（共訳）。

ソーンダーズ先生の小説教室

ロシア文学に学ぶ書くこと、読むこと、生きること

2024年9月25日　初版発行
2025年3月25日　第2刷

著者——ジョージ・ソーンダーズ
訳者——秋草俊一郎・柳田麻里

ブックデザイン——加藤賢策（LABORATORIES）
装画——髙橋あゆみ
編集——藪崎今日子・今野綾花
本文組版——白尾芽

発行者——上原哲郎
発行所——株式会社フィルムアート社
〒150-0022
東京都渋谷区恵比寿南1丁目20番6号 プレファス恵比寿南
TEL 03-5725-2001
FAX 03-5725-2626
https://www.filmart.co.jp

印刷・製本——シナノ印刷株式会社

Printed in Japan
ISBN978-4-8459-2129-4　C0098